山口泉

Yamaguchi Izumi

私たちは
どんな「世界」に
生きたいのか

松下竜一論ノート

田畑書店

私たちはどんな「世界」に生きたいのか——松下竜一論ノート◎目　次

Ⅰ　燦然たる黎明

Ⅱ　生命の秘儀

私たちはどんな「世界」に生きたいのか——松下竜一論ノート

「日本文学」の彼方へ——

I

燦然たる黎明

燦然たる黎明
――『豆腐屋の四季』

松下竜一氏は、しばしば「生活者」であると言われる。またその作品は「生活者の文学」であるとも言われる。

だが、そもそも、人が「生活者」であるとは、一体どういうことだろうか？　人間は生きているかぎり、どんな形にせよそれぞれ「生活」してはいるはずであり、にもかかわらず、ある人物が、他の一部の人びとからことさら弁別され、特別に「生活者」であると強調されるとき……そしてその表現が「生活者の文学」であると、あえて規定されるときには――当然、そこになんらかの理由がなければなるまい。

こうした文脈で私がただちに思い出すのは、たとえば北代色《きただいいろ》氏の有名な「手紙」である。

わたくしはうちがびんぼうであったのでがっこうへいっておりません。
だからじをぜんぜんしりませんでした。
いましきじがっきゅうでべんきょうしてかなはだいたいおぼえました。
いままで、おいしゃへいってもうけつけで
なまえをかいてもらっていましたがためしにじぶんでかいてためしてみました。

かんごふさんが北代さん　とよんでくれたので大へんうれしかった。
夕やけを見てもあまりうつくしいと思はなかったけれどじをおぼえて
ほんとうにうつくしいと思うようになりました。（後略）
（北代色「手紙――夕やけがうつくしい」『にんげん――部落解放と全人民の解放を／解放学校用』（一九七五年、解放出版社刊から、すべて原文のまま／同書では、北代さん自身の肉筆を再録）

差別と抑圧の結果として、七十代まで文字を学ぶ機会から排除されてきた女性の、おそらく生涯、初めての書翰である。手垢のついた言辞を用いるなら、「文学」の「極北」たるテキストとも言えよう。

しかし、むしろ私には、「文学」という概念そのものを救済するかのような……もしもその言葉が肯定的に用いられる場合がありうるとするなら、こうした場合以外にはありえないような――これは「文学」の始原とも精髄ともいうべき表現なのではないかという思いもするのだ。

それにしても、この「手紙――夕やけがうつくしい」から受ける、深い、普遍的な感銘は、何に由来しているのだろう。

私は、その感銘は、人が自分自身と人間一般との比類ない価値を確認するという崇高な「経験」に由来していると思う。そしてそれはとりもなおさず、他の何にも増して、人間が真に自らが必要とする言葉や表現を手にしえたとき初めて十全に開かれ、他者に伝えうる「経験」にほかならないという事実を自ら証明してもいるようだ。したがって、現実にはその「経験」はそうした言葉や表現から遮断されてきた人びと、現存の社会構造において重層的に疎外され抑圧されてきた人びとの場合ほど、いよいよ意味深く根源的なものになってくることも、また当然である。

だとすれば、実はこの「生活」や「生活者」という考えが特別なものになるのは、それがある種の特権性を帯びた概念を相対化するような役割を果たす場合に、初めて起こりうることでもあるのかもしれない。現在にいたるまで「文学」と呼ばれてきた人間精神の所産が、しかも、あまりにも、ある種の社会的な特権性とともにしか存在しなかったとき……その特権性から排除されてきた人びとの必然的な要請にもとづく表現が、言葉の形をとったとき――初めて「生活者の文学」という概念は、本来の内実を獲得するのだともいえるかもしれない。

泥のごとできそこないし豆腐投げ怒れる夜のまだ明けざらん（「歌のはじめ」）

いかにも、一九六〇年代末葉――戦後日本の〝高度経済成長〟がその頂点を極めようとする時代に、社会の表層の風景に瀰漫する偽りの色彩を一瞬にして褪色せしめるような表現をもって登場した松下竜一氏もまた、こうした文脈でみるとき、「文学」の根源に極めて近い場所から自らの歩みを始めた作家であったことが分かる。「十一月十八日（昭和三十七年）」の日記に書きつけられたという、開巻劈頭の右の一首の黒ぐろとしたアレグロのフォルテッシモの力は、いまも鮮やかだ。

それに続く、ページを繰るたび読む者の視線を釘付けにする歌の数かずは、「生活」や「労働」の現場に関わる、なんと生なましい息遣いを秘めていたことだろう。

あぶらげを揚げ継ぎ噎《む》せて幾度びか深夜の雪を掴み来て食ぶ（「朱の林檎」）
油濃き指痕つけつつ卵吸うすでに九時間あぶらげ揚げ継ぐ（「あぶらげ」）
噢《おら》びつつ酔どれ過ぐるしばらくを夜業の灯を消し我がひそみいき（「夜業の窓」）

細ごまとこぼれおからをくわえゆく夜の蟻かなし踏まず働く（「抒情」）
東京五輪開幕の刻《とき》を寂しくもなりわいなればあぶらげ揚げいき（「オリンピック」）

たとえば本書の後半、「読書」の章に示された充実した読書量や勉学への情熱が明らかに後年の多様な活動を予感させるものであったとしても、それは氏の出発点が既存の特権的な「文学」のはるか背後に置かれていたことと、なんら矛盾しない。

寂しきかと窓越しに問う酔どれに黙して真夜をあぶらげ揚げおり（「裸身」）
あぶらげを裂きて半分買うもおり貧しき漁村の人声荒く（「小祝島」）
豆腐売れぬ春の補助にと我がひさぐ桜造花は我にまばゆき（「水ぬるむ」）
父母の島の漁協放送乗せ来ると春嵐の中に耳澄ます妻（『つたなけれど』後日」）
漁季の来て悲しきまでに魚《うお》食ぶる漁村に豆腐売れずなりたり（「売れる日、売れぬ日」）
歌よりも豆腐造りに精出せと老父怒れば我が涙わく（「病む日々」）

……いずれも一読忘れ難いこれらの秀歌が開示する現実は、またその「詞書」の湛える力によって、いっそう増幅されてゆくようだ。

雪が続き豆腐がよく売れる日々だった。（「新しい年へ（昭和四十三年）」）

なぜか人は、ふしぎなほど揃って豆腐を食べる気になったり、食べたくなかったりするらしい。だから売れる日と売れぬ日の差が大きくひらくのだ。ある日は大不足で、ある日はたくさんの廃棄となる（「売れる日、売れぬ日」）

私がポケットからもみくちゃの紙幣をつかみ出して卓に置くと、父は夜の灯の下で、ていねいにしわをのしつつ数える。数え終わると仏壇に持っていってしまうのだ。死んだ母の小さな仏壇の引き出しを、いつからか父は金庫がわりにしているのだ。（「皿廻し」）

本書を通じ、描出されてゆく著者の家族のなかでも、最初にひときわ印象深い存在感をもって迫ってくるのは「老父」のたたずまいである。

老い父はかくも寂しきか炬燵《こたつ》にて皿廻しをば試みはじめき（同前）
釜底の柔飯呉れよと云われつつつぎやる我も父も寂しき（「寂しい父」）

老親を詠ってこれらに比肩する短歌としては、ただちに啄木の数首が思い浮かぶ。しかも一語一語に込められた寂蓼感が、戦後日本という歴史的構図を明確に意識しながら造形されてもいる結果、そこに生成してくる批評性に、私は驚嘆する。

貧しきを苦しと洩らさぬ老い父が月面写真に黙々と見入る（同前）

その「老父」は、また人間としての本質的な叡智の形を、著者に自らの全存在をもって示す人でもあった。

病むも食べ歯の無き老いも食ぶる豆腐いとしみ造れと老父は教えき（「未明ひそかに」）

そして、豆腐造りに悩み、「出来ざりし豆腐捨てんと父眠る未明ひそかに河口まで来つ」（同前）と詠う著者の夢枕に、ある夜、「ゴムの前垂れを掛けて豆腐を造っている母」が現われる。亡母が、ほかでもない「豆腐造り」にゴムの前垂れをかけて姿を現わすというこの場面の、なんという崇高さか（母の豆腐造りの技倆に関しては、本書の後半でも語られている）。

そして「母に捧ぐ……」とのみ記された、本書の声低い献辞に象徴的に凝縮された、「血縁」をめぐる著者の思いは、もちろん姉や弟たちの存在の上にも絶えず及んでゆくだろう。

富士見ゆる工員寮の屋根裏に鳩飼うと云うか寂し弟よ
身ぎれいな職口ぐせに欲《ほ》りていし弟はホテルのボーイとなりぬ（「思い出」）

六〇年代の日本のある「階級」の青春の手触りを確実に定着したこれらの作品は、あえていうなら、それに先行する寺山修司の諸作の劇画的な自己愛の感傷をはるかに超え、「文学」が「社会」と相渉《わた》る次元の光芒をも、一瞬、垣間見せていると言えるだろう。

私事になるが、かつて私自身が本書およびその著者の存在を最初に知ったのは、十代前半の一九六九年、本書を「原作」とした民放の連続テレビドラマを通じてのことだった。緒形拳の演ずる主人公や林隆三らの兄弟に、藤原釜足の「老父」役が印象深かったこの「家族」の歴史が抱え持つ時間の厚みは、いまにして思えば当然のことながら——そうしたジャンルの企画としては、際立って良質なものではあったにせよ——なおテレビドラマという限界のなかで、十全に表現されたとは、明らかに言い難かったはずなのだが。

なお、ここで注意されなければならないのは、「血族」を描こうとする松下氏の「文学」の作業が、しかもつねに現実に相対化されることを前提とし、むしろ生きている生身の人間の存在をこそ主体的なものと見ようとしている点だ。

私は不本意ながら姉の常識に屈した。私は「文芸者」ではないのだ。あくまで平凡な「生活者」なのだ。自分の文や歌が周囲を傷つけるなら、書くことを詠うことを断念するのが当然だ。(「涙」)

この断念は、しかし言うまでもなく、決して著者の不名誉でもなければ、その「文学」にとっての蹉跌でもあるまい。なぜなら「文学」は生における不幸や痛み、欠落といった「負性」をも、そっくり「価値」に変えてしまう営みなのだから。むしろ「負性」なき生こそ、真の「文学」の論理にあっては空疎な、まがいものの特権にほかならないのだから。

著者のこうした眼差しが向けられるのは、ひとり「血縁」や「家族」ばかりではない。「継ぎあてし身のたけほどの前かけを洗う夜半に吾れ不意に泣く」(花野秀子)——こんな〝歌友〟をはじめとする「ある時期、朝日歌壇に幾首かの佳作を残し、やがて消えていった人たち」(「歌の友」)への思い。三十一人しかいない観客のまえで真剣に「マゲもの人情話」を演じる旅役者の一座(「おから」)。

その若い女が、三朝続けて、バケツにいっぱいのおからを買いにきたとき、豚の餌ですかと私は尋ねた。いいえ、八人の朝御飯ですと、女は平然と答えた。(同前)

たった二言のやりとりの孕む、緊縮した重い厳しさはどうだろう。著者と旅の一座の女優との、この対話に、ギリシア悲劇やシェイクスピア作品、能楽などの最も磨き抜かれた科白より、さらに圧倒的な厳粛さを、私は感ずる。

そうして、やがて松下氏の「歌」は、ついに独自の「詩美」を獲得する次元にまで到達するだろう。

「此の河口のいたずら鳥に追われつつ逃ぐるかもめも早くは飛ばず」（「蕗のとう」）という、大らかで悠揚迫らざる構図。「我が夜業寂しき二時を墓石積みまぼろしの如《ごと》過ぐる馬車見し」（「夜業の窓」）「あぶらげを揚げ継ぐほとり小蜘妹垂るうるむ我が目に夜の糸見えず」（「やもり」）の、透徹した対象把握が、そのまま凡百の〝幻想〟を踏み越えたリアリズム。「大公孫樹《おおいちょう》の根方にテントを敷きつめてぎんなん買いは枝揺りそめし」（「ぎんなん」）に漂う人事への共感は、たとえば似た調べを持つかに見える斎藤茂吉『赤光』の何首かを、その人間的スケールにおいて凌駕しているし、「豚小舎をぬくむる火らし雪の夜の小祝島にほのあかり見ゆ」（同前）の格調の高さにいたっては、著者が本書でも言及している「万葉」に淵源を有する「和歌」千三百年余の歴史のすべての階級序列《ヒエラルヒー》を根底から裏返し、「文学」という概念の再検討をさえ静かに促す力すら具えた絶唱であると、私は受け止める。

「ふと一冊の本を想った」（「書きはじめる」）――静かな、しかし根源的な意志とあこがれとを携えて書き起こされたその「本」『豆腐屋の四季』は、かくして稀有の書物となった。

副題に「ある青春の記録」とある。さりげないが美しく、そして秘めやかな自負に裏打ちされた言葉だ。そのとおり、そこに記録された「ある青春」は、労苦に満ちた孤独な現実が、表現されることによって、そっくり得難い至高性を獲得しえた奇蹟的な「青春」でもあった。文を綴ることの、これほど本源的な力と熱とに満ちた作業は、そうそうたやすく存在しうるものではない。
本書はまさしく「生涯でただ一冊しか書けない」(同前)「文学」の本源からの生成であり、堂堂たる人間の「生」の記録であると言うほかない。ここに封じ込められているのは「生活」の重みと深さとにそっくり重なり合おうとする「ほんとうの文学」の燦然たる黎明であり、〝文化〟の階級制に腐りきった既存の文学史の惨憺たる光景を踏み越えて、著者は〝無謬〟ともいうべき眩いばかりの出発を飾ったとも言えるのだ。
だが、こうした「生活」の尊重は、同時に避け難く苦渋に満ちた二律背反を、おのずから含んでもくる――。

そしてペンを取る私の思いのなかに、いつからか不思議な感情が混じり始めたことに気づいた。それは、妻の内なる命がやがて一人の若者となる日に、これがお父さんお母さんの青春だったのだよと、この手記を読ませる遠い遠い未来へ語りかける感情だ。(「千羽鶴」)

私が〝二律背反〟と感じる要素の、まず微妙に滲みだすのは、たとえば「ふるさと通信」に集約される、ほかでもない本書の中心的な主題――「家族」や「血縁」という概念においてのことだ。

彼女は彼女なりによく働いたのだった。豆腐の売れぬ春に、おから寿司などを工夫したのも義母だ。稲荷《いなり》寿司のごはんの代わりに、おからをつめて店々に卸したのだ。早春にふさわしい淡い味が好まれてわりとよく売れた。彼女が去ってのちの春、もう私たちはおから寿司をつくらない。(「義母のこと」)

本書のなかでも私が最も印象深く読んだ部分の一つである。掌篇ともいうべき文章の、しかも百二十字ほどのこの部分は、しかしそこに内包された人びとの思いの重量や時間の密度を縫い込んで、消えようのない読後感を残している。

義母なりし人去りて三日誰がせし生母の遺影又壁にあり（同前）

この「血縁共同体」のいかんともしがたいかに見える〝排他性〟について、誰よりも敏感に傷ついているのは、実はほかでもない、当の著者自身であるだろう。「生活者」であること、「生活」の擁護者であることは、現在までのとりわけ日本社会において、人間の自由に関する最も因襲的な決定論に身を寄り添わせることと、残念ながら無縁ではあり得ない。そしてそれは、事柄がより直截の政治性を増してくればくるほど、いっそう著しく、顕《あらわ》ともなる。

緑の大流星群が壮麗な閃光を放つ夜があったら、それは恐怖兵器の爆発だ。諸君、急いで目を閉じよう。あすから盲目とならぬために。

過日、私は妻の母の手術に立ち会った。人の命を救う老医師の執刀ぶりに感銘した私は、妻に語った。世界が軍備にかける巨費をすべて医学にかけたら、いかにすばらしいかと。（「命愛し」）

九大では、ついに学生たちが、師に角材をふるった。東大では、学生たちが医学部本館を閉鎖し、研究員や教授陣を一方的に追い出し、貴重な研究を数多く中断させてしまった。（「夏の終わり」）

〝核抑止力論〟信奉者に向かって、それを批判しうる論理は、「軍事費」を医療・福祉予算に転用するという次元では、おそらく成り立たない。一方、先端医療と核開発や宇宙開発とのあいだには――また著者がその「中断」を惜しんだ東大医学部の「貴重な研究」とのあいだには、「科学技術」の論理において微妙に通底する要素がないとは言えないのではないか。

「生母」への愛が「義母」との関係をあらかじめ規定せざるを得ない場合より、量的な規模としてははるかに大がかりな構造において、自らとそれに連なる人びとの「生活」への敬虔な思いは、一方で「歴史」や「社会」、「政治」への、自律した批判的な視点を確保する上での重い掣肘《せいちゅう》としても作用する。

たしかに、後年の著者のいくつかの作品や発言の萌芽ともいうべき、機械文明への批判（「くどの歌」「悲しみの臼」「雪に転ぶ」「石工の友」「テレビを禁ず」「爪葬りて」「機械」）には、傾聴すべき部分が多い。だが、それと対となる形で、やはりすでに芽吹いている〝女性原理〟への礼讃（「テレビを禁ず」「十三回忌」「指輪」「祝婚歌」『相聞』）については、私には異論がある。「未だ明けねば胸《むね》乳《ち》曝《さ》らけてよきかと問う豆腐作業に汗噴く妻は」（「補遺」）という、本書でも屈指の歌のかけがえのない美しさは、しかも避け難く、そうした危うさをもおそらく内包したものなのだ（この問題については、本巻の「解説」では詳述しない）。また、著者自身によって引かれた朝日新聞「声」欄への投書のいくつか――学生運動の実力行使について（「巨艦来たる」）や「選挙」制度について（「妻、選挙権を得る」）、旧社会党の〝非武装中立論〟について（「参院選」）等のいずれの問題に関しても、私は意見を同じくしない。

だが、問題がこのように明白な〝狭義の政治性〟を示した場合、松下氏の内省はいち早く明確に自らの立つ位置を剔抉《てっけつ》してもいる。

デモへゆくなと書きて寂しも遅れいし学費弟へ送り得る日に（「思い出」）

「デモへゆくな」と書いて、なおしかも、なぜ著者は「寂しさ」を覚えるのか。それは、自らに「デモへゆくな」と書かせる——その無形の圧力が、同時に自らに貧しさや苦しさ、孤独を強いてきた構造と同じものに由来していることを、ほかの誰でもない、著者自身が痛いほど知り尽くしているからだ。

こんな時代を私はどのような生き方をすればいいのか。私は今まで、ただ誠実におのが家業に精出し、人々においしい豆腐あぶらげを提供することを生き方としてきた。妻を愛し老父を尊び姉弟たちと助け励まし合おうとしてきた。（「反戦デー」）

空母迫れどただ卒論に励めりと書き来し末弟の文いたく乱る（「巨艦来たる」）

反戦デモ集えるかたえうつむきて日暮れの豆腐を積みて急ぎぬ（「反戦デー」）

こうした事情を示唆するものとして、著者は「文庫版へのあとがき」で「ここ十年以上、本書を一度も読み返していない」と断っている。多くの不満を示唆してもいる。あるいはそれは、私がここまで、縷縷《るる》、述べてきた点とも無関係ではないのかもしれない。

しかし、人は生きるために変革のみちにすすみつつ、また同時に生きているため変革のみちにすすむことが不可能なのである。私たちにあって変革の思想の最強の敵は、おそらくは生活の思想であり、飢えの思想であり、人が変革のみちからしりぞくのは、人が実在の生を生きている理由によってなのだ。

（黒田喜夫《きお》「詩は飢えた子供に何ができるか」一九六六年／『詩と反詩』勁草書房刊から）

本書『豆腐屋の四季』に私が最終的に感銘を覚えるのは、前述したような〝文句のつけようのない、完全無欠の、まさしく「文学」の始原ともいうべき〟労作にあって、しかもなお、松下氏自身が「デモへゆくな」と書かざるを得なかった自らの覚える「寂しさ」に敏感であろうとする――生身の人間が「生」と「変革」とのアムビヴァレンツ（両面価値性）に引き裂かれようとする現実のただなかでの拮抗を見つめ、生き続けようとする、その真摯な姿勢に対してこそなのだ。

この苦しみをかえりみないまま、本書の「つつましい美しさ」や著者の「民衆」性が一面的に賞揚されたりする事態は、なんとしても慎重に斥けられるべきだろう。誰よりも「生活者」でありつづけようとする者は、ひるがえって「生活の思想」の危うい反動性に、誰よりも鋭敏に傷つく者でもなければならないのだから。

そして松下竜一氏の困難な営みは、ここからどこへと向かったのか。

いかにも――。いま、私たち読者のまえには、「生」と「変革」との一致をめざして踏み出されたはずの著者のその後の足取りの刻印された、少なからぬ著作が用意されている。

〔一九九八年六月脱稿〕

間奏曲、ただ一度だけの黄金
――『潮風の町』

もう、冬の終りがそこに来ているようなほの暖かい晴天が続くので、虹色の玉の透《す》けて見えるきらめきがどんなに美しいだろうと思いついて、この数日一家はシャボン玉を吹いて遊んだ。

（「ジョーベット」）

ある夜は三匹の鬼を流した。
その翌夜は、赤ずきんちゃんを流した。
更に翌夜は、眠り姫を流した。

（「折舟に乗せて」）

なお未分離の心や体が世界へと向かっておもむろに開かれてゆく過程としての幼年時代が、本来、人にとって最も幸福な一時期のはずであることは疑いあるまい。だが同時に、一人の人間がそうした時期を生きていることは、その身近に居合わせる機会を得た他の異なった年代の人びと――大人たちにとっても、やはり同様にかけがえのない喜びなのだ。

とりわけそうした幼い者たちに、その保護者として関わりうる特権を享受する者、たとえば「親」にとっては、それは自らがいま一度、生のある種、最も甘美な部分を生きなおすような僥倖であるといっても過言ではないだろう。本書を、その深い部分で涵《ひた》し、繰り返し絶え間なく洗いつづけているのは、青春後期の終わりに一瞬、訪れる凪《なぎ》のような、そのただ一度だけの黄金の時間の至福の感覚である。

閉塞感に満ちた長い青春の鬱屈から、やがて壮年期へと向かって弧を描こうとするその時期は、人の生涯において特別の意味を持つものと、私は考える。そして事実上の第一作『豆腐屋の四季』で華ばなしい出発を飾った松下竜一氏の、折りから作家としての幸福な無風期のような、エア・ポケットにも似た時期と重なった期間の所産としての、いわば〝間奏曲〟を思わせる本書の特異な成り立ちは、すでに著者自身の複数の「あとがき」にも詳しい。

本書で何度も繰り返されているように、このかん、著者は長年続けてきた家業の豆腐屋をやめたという。

私が眠りに落ちてから、雪は又降り始めたのだろう。遅く目覚めた朝既に濃く積んでいた。豆腐屋であれば、どんなに苦しい今朝であったろうと、先ずそのことを思ってしまう。

（「紅雀を買いに」）

豆腐屋であった頃、私は配達の路上で誰よりもよく虹に気付くのだった。明けやすい夏の早朝、小浦の里の二度目の配達から帰って来る土手に、ふと振り向けば豊前《ぶぜん》の山並みの方に雨が過ぎたのか、あえかな虹が顕《た》っている。気付く者の少ないであろうそんな虹を遥かに仰ぎつつ、それを豆腐屋であることのしあわせのひとつにかぞえていた。三つの虹を次々と仰いだ朝さえあった。

（「虹の通信」）

あれほどまでに見事な「生活」と「表現」との、これも一回性の達成であり象徴であった『豆腐屋の四季』の光の重力圏を、いわば自ら意志的に離脱しようとした氏の決意は、ただならぬものであったにちがいない。「生」と「言葉」との関連が、たやすく自己目的化してしまいかねない職業文筆業者の危うさを、むしろその年齢の書き手としては初うういしいほどの身辺雑記や仄かな光と影を宿した幻想譚によって結び直そうと、そこでまず松下氏は試みる。

雪に降りこめられると、人の心はなぜこんなになつかしく寄り添うていくのか。老父は健一に雪兎を作ってくれた。よく見ると、二つの目は紅い風邪薬の糖衣錠だった。（「紅雀を買いに」）

また幼い者との幸福な日日は、つねに先入観や予断を超えて思いがけない発見をもたらす。

「ゆきのばかばか、かえれかえれ」
と、健一は叫んだ。白と灰色に塗りこめられた世界に、子の驚嘆の叫びを期待していた私は少しがっかりして窓を閉じた。（同前）

そして一方、年若い親たちには『豆腐屋の四季』の「青春」が、いまだ熾火《おきび》のように燃えつづけてもいる。

「なー、大丈夫？　ほんとに大丈夫なん？」
妻は幾度も不安そうに私の身体のことを心配して聞いた。（略）「健ちゃんの迷い子のどさくさで、こんな思いがけん機会が与えられたなあ」
妻が真顔でそういったので、私は笑ってしまった。（「迷い子」）

だが、精神の自浄力に対する一つの感覚を明らかに具えているはずの著者は、夢想と現実との関係を安易に一元化してしまいはしない。むしろ本書の全篇を貫いているのは、それら夢想を仮借ない現実の裏打ちによって精錬してゆこうとするかのような執拗な意志である。

「紅雀を買いに」の導入部に息子の「食糞」のエピソードを置き、それを息子による「雪の白さ」の発見の伏線とする著者のしたたかさは、「夜・蜂鳥など」という、さながらジュール・ミシュレのようなフランス小品風の美しい表題を与えられた散文の結構にも、遺憾なく発揮されている。


寝る前、歓のおむつを換えていた妻が不意に笑いだした。「さっき、帰って来てから歓ちゃんおぶったまんま便所に行ったやろ」

私は妻の方を見てうなずいた。

「うちがおしっこする音に、たまがったごとして肩からのぞきこむんよ」

私も笑いだした。

「そしてなあ、うちがウーンちいきずんでうんこしたら、歓ちゃんもウーンちゅうて背中でうんこしたんじゃら」妻はびっくりしたように笑い続けている。

（「夜・蜂鳥など」）


かくも慎重な「生の現実」の担保が提示された上に、初めて著者は次のような一片のイメージと「作家」的特権性とを、一瞬、提示するのだ。

——月光にも重さがある
——哀しみにも重さがある
私が声に出してつぶやくと、並んで歩く妻が聞きとめて、「書くこと、思いついたん?」と尋ねた。

（同前）

「どどっ、どどっと心臓が脈打ち、一瞬真紅に燃えるものがきりんの目を射抜いた。鋭い痛みが走った。なんという激しい世界だと、きりんはびっくりして思わず目を閉じた。命を得るということは、なんと強烈な痛みなのかと、きりんは臆してしまった」（「ちえかび萌えよ」）という、明らかに本書でも最高音域で歌われるテノールの一つは、同時に「『かあちゃんがなあ、新米をこげぇくれたんよ』／橋の上で妻は乳母車に積んだ大きな米の袋を示した。（略）『これで、今月の米代三千円が浮くなあ。浮いた分をどうするかなあ……』」（同前）というリアリズムに支えられることによって、かろうじて持ちこたえているとも言えよう。ともすれば氏の作品構造における夢想と現実とのかねあいが、「私＝男性＝夢想家」「妻＝女性＝現実家」という一面性の図式の上に成り立っていることは、おのずからまた別の問題を含んでくるにしても。

「もひとつ考えたらおかしいわ。お前の誕生日なんに、俺はなんのお祝いもやらんで、お前は俺にゴム長を買《こ》うてくれた」
「あっ、ほんとやら」もう一度繰り返して、妻は又笑った。

（「紅雀を買いに」）

『豆腐屋の四季』がその匂やかな詞書をも含め、なお「韻文」の精神によって人と生活とを定着していたのに対し、本書では明らかに「散文」へと向かう、著者の意識的な歩みが始まっている。だが、その出自において詩を――それも定型詩を修錬した松下氏の用いる言葉の密度とイメージの喚起力は、散文においてなお鮮やかだ。表題作は、そうした文章の化学変化の過程を示す好個の細部《ディテイル》に満ちている。

魚売りの婦《おんな》はその場で客の注文通りに料《りょう》ってくれる。魚を入れた大きな木箱を台にして俎板《まないた》を置く。この包丁さばきのあざやかさが小浦《こうら》の魚売り婦の身上なのだ。小浦というのが、婦達の出て来る三角洲の町の呼名である。小浦の魚売り婦が河豚《ふぐ》をさばくのは、ちょっと小気味いい見物《みもの》だ。河豚の顎の下にこつんと包丁で切れ目を入れると、そこに指を入れてくるりと全身の皮をひんむいてしまう。河豚の毒を恐れてやたらと洗い上げたりはしない。小浦の魚売り婦は河豚をさばくのに一升の水で済ますことを自慢にしている。

（「潮風の町」）

魚売り婦たちの、その庖丁さばきそのもののように小気味よい的確な叙述の背後に、風光や景物、人事のざわめきまでが感じ取られる達意の文章である。こうした表現は、かすかに次のような文体の息遣いをも遠望させないではない。

人びとは仙助老人が、毎日三合の焼酎を買いに、線路をのぼった道の上の店にゆく時刻を思い出した。あまりに毎日きっかりと、午後四時半に彼が出てゆくので、その姿は線路に添う土手の先の、夕陽を散らした海を背にしている茅の葉の中の風景と化してしまい、いつ頃からそうなっていたのか、人びとは思い出せないくらいであった。人びとは爺さまが「焼酎の肴には、ぶえんの魚の刺身でなければいけない」としていたことも思い出した。

（石牟礼道子『苦海浄土』「死旗」傍点原文）

限りなくおのおのの「民衆」像に近いところで紡がれようとしながら、それがしかも同時に、善きにつけ悪しきにつけ、やはりあくまで「文学者」の——ないしは「文学」を志向する者の言葉にほかならないという点では、この両者は共通している。だが、対象との距離における「文学」の自律性の、そのもたらす避けようのない特権臭を、その上でなお、いかに相対化するかという点では、はからずも松下氏のテキストの方が、描かれる「民衆」像の現実により近い場所に位置しているとは言えるかもしれない。

本書には、市井のさまざまな人びとが登場する。リュックに金物を担いで売る「咳取り」の老人（「咳取り老人」）。風呂敷包みから「どくろ団」のセットを取りだす盲目の紙芝居屋（「公園にて」）。一人息子に「音雄」と名付けた聾唖の老漁夫（「流れ星」）……。

言うまでもないことだが、もともと「民衆」や「庶民」、「大衆」といった用語ほど、本来の言葉の指し示そうとしているとされる実体から遠いものはない。最低限、それらが個別の顔や名前や歴史を持った、かけがえのない「個人」であることをないがしろにすることから往往にして出発しているのではないかといった程度の懸念は、残念ながら、少なくともまず人は持たなくてはならないようだ。その点、著者は右に並べたような集合概念としての言葉の空疎さに、十分に慎重である。

また松下氏は「あとがき」で、本書の内容のどこまでが「事実」でどこからが自身の「幻想」であったか、判然としなくなっていると記す。ただ、この点に関してだけは私は、著者のある種の〝客気〟を感じないでもない。というのは私自身は、むしろ本書のどの部分が「事実」で、どの部分がそうではないか――比較的容易に看て取られる気がしないでもないからだ。各篇のエピソードには、必ずしもその幻想としてのリアリティが鞏固《きょうこ》ではない部分、ここからここにかけては作者自身の「潤色」や「創作」ではないかと窺わせる色彩の濃い部分が、あながち皆無ではない。

いかにも、瑕瑾《かきん》のない藝術などあり得ない。ただ私がそんな言わずもがなのことをあげつらうのは、本書においてはそうした部分だけが、その内容や主題においても、その私小説的な方法を足場に組み上げようとしている「詩美」や「幻想」の若干、脆弱な要素と重なり合っているのではないかという気がしないでもないからだ。

一部の小説家志望者がしばしば陥りがちな誤謬がある。「だって、これは事実、あったことなんですから」——そう、作者が何度、繰り返し強調しても、読み手にリアリティの説得力をもたらさない表現は、言うまでもなく高次の尺度において藝術的虚偽となってしまうにちがいない。

当然、松下氏の方法はそれほど単純ではない。だが、「事実」と「幻想」との境界にあえて言及されている点は、おそらく著者にとって一つの必然性があったのだろう。その意味でも、本書は一つの「間奏曲」であるかもしれないという気はする。むろん、単なる空疎な連結部分としての間奏曲ではない。人の生涯における一回性の輝きを宿した、それは美しい間奏曲であることも事実である。

ただ、たとえば八木重吉や矢沢宰といった名前とともに松下氏が提示する思考やイメージが、果たして『豆腐屋の四季』の著者の作品に持ち込まれるに値するものであるかどうかという点については、私自身は一定の留保をしておきたいと思う。

もとより「二十一歳で早逝した青年の、まだ十六、十七歳という頃のそれこそ無垢な心の珠がころころと言葉となってころがり出て来たような可憐な詩集」(「迷い子」)になど、私は幼稚な欺瞞しか感じない人間だ。「十六、十七歳という」「青年」は、天地がひっくり返っても「無垢」だの「可憐」だのでだけはあってはならないと、私は強く考えてもきた。この思いは生涯、変わらないだろう。

だが八木重吉の方の欺瞞はもう少しだけ手が込んでいて、意外なほど多くの人がこれには籠絡されているのも事実である。とはいえ、一体ここ(「風船昇れ」)で引かれた「桃子は眼のふちがただれちゃったけれど／私の方へ金がかかるので／医者へつれて行けないのだって」などという言葉に、人はどうすれば共感することが可能なのだろうか。

実は私は、いわゆる「(血縁にもとづく)家族」という形式を、人間と人間とのつながりとして必ずしも高位には置かない者だ。しかし百歩譲ってそれを認めるとしても、私はむしろたとえば次のような表現に、よりいっそう感銘するだろう。


うちのお父さんは、かえってくるのがおそいです。

お父さんは、わたしがうまれるまえから、くびをきられました。

くびをきられたわけは、こくてつぶんかつみんえいかにはんたいしたからです。

お父さんは、おこるときもあるけど、とてもやさしいです。

お父さんは、せんでんをしたり、さっぽろえきでしょめいをあつめたりしています。

お父さんは、いつも会社からつかれてかえってきます。

お父さんは、なにかわるいことをしたのでしょうか。

（札幌・小学四年・銭座明日香「お父さんをJRにもどして」部分／家族上京団作文集第四集『JRで働くお父さんを見たい』国鉄労働組合・国鉄清算事業団闘争に連帯する会から／原文のまま）


わたしのお父さんは、はげてきました。

おふろの中でお父さんが、一どお話をしました。「お父さんは、むかしせんろのおしごとをしていたけど、くびを切られて、そのしごとをできなくなった」といいました。わたしはお父さんに「くびは切られてないがね」「くびはつながっているがね」といいました。すると、お父さんがわらいながら「くびを切られるというのは、ほんとうにくびを切られるのではなくて、あしたからこなくていいということで、お父さんのしごとがなくなるということだ」とおしえてくれました。（略）

お父さんとお母さんは、ときどき夜中にけんかをして、お母さんは、何かぶつぶついっています。

でも、お父さんは、下をむいてなにもいわないで、しょうちゅうをのんでいました。

早く、お父さんがしごとをして、どっかつれていってもらいたいです。

（志布志・小学二年・永吉麻里絵「わたしのお父さん」同前）

むろん、松下氏の病臥する日日が描かれた連作のなかでも、次のような部分は、前述したような不用意な脆弱さを十分に補うものとなっていることも、同時につけ加えておかねばならない。

老人は、よく便器を汚した。勿論病衣の裾も濃く汚していた。老人のあとから行くと、私は白いタイルの便器のふちをチリ紙で入念に拭き浄めてからかがまねばならなかった。

或る朝便所に来てみると、壁の白タイルに沢山の血のしぶきの跡が散っていた。老人が喀血したのに違いない。一人で処置しようとしたのか、おびただしいチリ紙が隅に捨てられていた。私はその朝とうとうおかゆの食事をそのまま残してしまった。いやな病人が入って来たなあと、私の入院生活はいよいよ暗いかげりを帯びて来た。

（「風船昇れ」）

そして、これら虚実皮膜の精妙な呼吸の果てに――「絵本」の物語がやってくる。

とにかく買って来てくれ、どうしても必要なのだといって買いに行かせたら、おふくろはなんと、「ももたろう」の絵本を買って来てしまった。なんでもっと気のきいた絵本を選ばなかったのかと腹が立ったが、おふくろには何を買えばいいか見当もつかなかったんだろう。それに、出来るだけ安い物を買おうとすれば、こんなものしかなかったのだろう。

（「絵本」）

本巻の掉尾《とうび》を飾る奇蹟的な友情の物語において、私が最も感銘を覚えるのは、ほかでもない、この部分なのだ。ここには、青春期の玩具のごとき〝精神〟の思惑をはるかに超えた、生なましい「現実」の姿が、たしかなリアリティをもって定着されている。

　そもそも松下氏のような、言うところの〝庶民の哀歓〟を〝叙情的な筆致〟をもって〝平易に〟定着してきた……つまりは、いつ、やすやすと〝流行作家〟となってもおかしくはないはずの文学者が——しかもなお、他の多くの、千篇一律、万古不易のメロドラマ〝純文学〟による〝出世作〟から、たちまち「文壇」に地歩を固め、エスニック趣味TVドラマの原作供給者として本物のメロドラマを量産する類の……輝かしくも醜悪な「日本文学」の多くの愚劣な通俗小説の書き手たちと、好むと好まざるとにかかわらず一線を劃さざるを得なくなったまま現在にいたっているのは、なぜなのか？

　——おそらくそれは、右に引いた部分に見られるようなさりげない現実把握と、決して無縁ではなさそうだ。

　私はむろん、松下竜一とて、またある意味では十分に「日本文学」という制度の内部の文学者であるとの認識を持っている。だが、前述したような氏の困難な歩みは、同時にその制度としての「日本文学」が、作家に「何を書いてもいいが、何を書いてはいけない」「ここまでは書いていいが、ここから先は書いてはいけない」と警告する禁忌の、第一次の非常線がどこに張られているかを如実に示しているとも言える。

　これだけは書いてはいけない——日本で、「日本文学」という制度の内部でのそれなりの「立身」を、「栄達」を図ろうとするなら、これだけは避けなければいけないという主題や方法のいくつかが、たしかに、厳然として存在する。そして『豆腐屋の四季』から始まった松下氏の歩みは、自らの内的要請に誠実であろうとすればするほど、当然、それら「ブレス・コード」のいくつかを紊乱《びんらん》せざるを得ないはずのものだった。

　その萌芽の一部が、すでに本書にもある。ちょうど氏自身が美しく描いた「ちえかび」のように。

「海をこげんなふうにしてしもうたんが、あいつらよ」

Nさんの指差す先にO市の臨海コンビナートの巨大な灯の群れがあった。赤色の濃くまじったその巨大な灯の群れは、一瞬不気味なただれのように思えた。そのただれをおおうて、山の稜線かなと思ってみたものが、夜空より濃い煙のたなびきだと気付いて私は驚いた。（略）O市が臨海コンビナート造成にあたって海岸を埋めていく過程で、O市の漁師達はとにかく金の補償を受けて漁業権を放棄していった。だが、直接埋立海域に漁業権を持たぬB市の漁師達には一円の補償も払われなかった。（「流れ星」）

氏の試みが、それらの主題の切迫した重大性を十全に詳《つまび》らかにし得ているかどうかについては、ここでは立ち入らない。すでにして「制度」の内部にあっていささかなりとも評価され、頭角を示している、そのこと自体が、とりもなおさず闘いの不徹底ないしは意識的な妥協を内包しているという見方も、むろん成立しうるだろう。

このかねあいは、おそらく必ずしも単純なものではない。まったく無視され黙殺されきった「無名性」の闘いの影響力の乏しさという問題も、また厳しく検討されねばならないだろうから。

そしてともあれ、幸福な一時代の記録は、読者にも、またおそらく著者にも、さまざまな課題を残しつつ、過ぎ去ろうとしている。

少年が「およねさん」と一緒に小浦の町に留まることにしたのは、果たして最良の選択であったのか（「潮風の町」）。「こんやん」に内緒のまま、皆で持ち回りにしてO文具店に花を託しに行ったクラスの仲間たちは、ほんとうに「やさし」かったのか（「紫苑の部屋」）。そして、他者の詩集を自らの

「遺す詩集」だと心に決め、自らが「二年余」の歳月、鏤骨の思いを持って打ち込んだ詩稿のノートを「裂き捨て」る青年の選択は、あくまで正しかったのか（「迷い子」）――。

小浦の里の女達の雪乞い祈願の潮汲みにもかかわらず、矢張りこの町に雪は降らないのだった。諦めたきょうちゃんばあばあは、今日妻が磨《す》った氷の雪をお椀に盛って亡夫の位牌に供えたのか。きめこまかで本当の雪のようだったというう妻のいいかたが、私の心に沁みた。

（「雪乞いの里」）

土着的な「共同体」の美しさをかくもこまやかに描破する松下氏が、同時にその残酷さを知らぬはずはない。だが、ともすればその肯定的な一面を、さらに「女性」性、ないしは「母性」とともに賛美してゆこうとする、ようやく明らかな氏の志向は、この後の政治的・社会的な主題に対する姿勢の原形を示しているようにも思われる。

私事だがこの解説は、一九九八年の七月下旬から八月中旬にかけ、アメリカ合衆国東海岸の諸都市を経めぐりながら本書を読み、取りつづけてきたメモをもとに書いている。

インドとパキスタンとの相次ぐ核実験によって、欺瞞に満ちたＣＴＢＴ（包括的核実験禁止条約）体制の崩壊がたちまち明らかにされた状況下、人類史上初めて核兵器の〝開発〟に成功し、それを実戦使用した、現在の世界で最強の軍事大国で、その核被害を陋劣に占有しつつ、米国の核の覇権主義に追従するためだけにヒロシマ・ナガサキを恣意的に玩弄する――しかもそれら一切の歴史的淵源となった天皇制と戦争責任はまったく等閑に付したまま――という国から、同地の四名の被爆者とともに、私自身は〝戦後世代〟の一員として「核廃絶」を訴えるという〝遊説〟の旅は、当初、予想していたのとはむしろ異なった意味で苛酷なものとなった。それは四年前から私が横浜・フェリス女学院大学の学生たちとともに作ってき、この旅に携えてきた絵本『さだ子と千羽づる』日本語・英語・朝鮮語、三箇国語版（一九九四年・九五年・九六年／オーロラ自由アトリエ刊）の、核兵器の惨禍も広島・長崎の原爆投下へと到った日本のアジア太平洋侵略戦争の責任もともに糾問するという内容が、当然、歴史の「加害」と「被害」の構造において、米国の無差別大量殺戮への批判を含んでいたこととも、明らかに無関係ではない。想像を超えて拒絶的だった米国側の反撥——時に〝血が凍るような〟思いがした——のみならず、それと事を構えまいとする日本のなかの融和主義的な部分が、むしろいっそう私を暗然とさせ続けた。

その旅に、日本から用意してきたのが、東京の寓居の近くの図書館で手配し借り出した本書『潮風の町』の初版本だった。

軍事でも経済でも、それどころか表層の〝文化〟においてすら「世界」を席捲しきった、その〝現代のローマ帝国〟の底の、灼けつくような緊張のただなか——数日、寄留した家の前庭の鉄製のテーブルに向かい、木の間から降る光の滝のごとき陽射しを浴びながら、雑木林の幹を栗鼠《りす》が這い回り、山羊《やぎ》が野生のハイビスカスを食べに来る気配を感じつつ、その一冊の本を開く午後の数十分は、忘れ難い真夏の貴重な「読書」の時間となったことを付記しておく。各篇の小見出しの下に置かれた永島慎二氏の手になる、記念切手ほどの大きさのカットに、かつて田舎の漫画少年だった私が小学生時代、愛読した漫画雑誌『ＣＯＭ』に連載されていた同氏の『フーテン』の記憶がおのずから誘われたことも含めて——。

〔一九九八年八月脱稿〕

「生活者」が「運動者」となるとき
――『いのちき　してます』

一体、どうしたことだろう。松下竜一氏の作品を一冊、二冊と読み継いできて、本書に出逢ったとき、私は否応なしにある印象の変化を覚えることとなった。『豆腐屋の四季』の清冽、『潮風の町』の澄明と打って変わって、この『いのちき　してます』に横溢しているのは、著者自身による「松下センセ」という自己戯画化を軸とした、むしろ「生活」そのものを意識的に「方法」とした結果、生み出される諸表現――すなわち職業「私小説家」のそれに極めて似通ったものであるからだ。

たとえば「小さな読者たち」や「自著を買う」「死に至らぬ病」、「感激の媒酌人」や「四十一歳の放蕩」、「髪を切る」「心理的原因?・」などに、とりわけその傾向は顕著なのだが――注意して読めば本書のほぼ全篇に、それら近代日本の「私小説」の伝統的な手法が、さらに著者ならではの「地方」や、過去の豆腐屋という「実業」(労働)、運動の「同志」、「病」という概念、そして仮設された「無名性」(なぜなら、松下氏はすでに決して「無名」ではないから)といった要素を駆使してデフォルメされ、用いられていることが諒解される。あえて言うなら、諧謔の質がむしろ十分に計算された上で一種因襲的なものに近づいていることも、また自己戯画化の韜晦趣味と表裏一体となった、ある屈折した矜恃も、「私小説」の精髄としての諸条件を踏襲しているものといえるだろう。

その意味で、一見、〝ノンシャラン〟(これ自体、二十世紀前葉の「私小説」を評するのに、当時の

「日本文壇」で流行した術語《ターム》だ）に書かれているかに見えるこれらの「身辺雑記」は、その実、いったんは見事なほどに「日本文学」の定式に過不足なく収まる装いを持ってすらいる。自己と家族を含めた周辺の他者の扱い、そしてそれらを提示する際の「読者」との距離の取り方の息遣いをめぐっては、その技術的な心配りに関するかぎり、私は他の作品で松下氏自身がしばしば言及している詩人・八木重吉などより、もっとはるかに意識的な散文家、むしろ太宰治に似た老獪な作家的手腕を感じた。

そして松下氏の「私小説家」的手法は、本書ではさらに、たとえば「悪友の一人」の「トルコ風呂のマネージャー」（「本なんか書いてます」）をも〝登場〟させるに到る（到ってしまう）。前段との関連で付け加えておくと、ここで「N市最大とかいうクラブ」におけるホステスたちとの交渉を描く著者の筆致にも、太宰の——たとえば『眉山』のような作品に、かすかに通ずるものがあるようだ。

〈いのちきをする〉とは、かつがつに生活をしているといった意味の、多分この地方に特有のいいかたで、貧しくともまっとうに生きる者たちの、最もつきつめた形での挨拶語であったといえようか。（「前口上」）

いかにも、ここで引かれた「生活」の意識の再確認と、著者の場合、それが「文筆」において成り立とうとしていることの、控えめな、しかし確固たる自負に貫かれた宣言は、ついに著者が本来の「職業」文学者であろうとすることを肯《うべな》う手続きであったともいえる。だが松下氏の場合、自らを「職業」文学者に位置づける作業は、そのことの美点も弱点も含め、同時に——単に「戦後文学」というにとどまらない、おそらく「日本文学」という空疎な虚構のなかで、その制度の「向こう側」へと、新たな一歩を踏み出そうとする数少ない表現者の列に自らを加えるべき、表現者としての本来の意味での野心に裏打ちされてもいたはずであったろう。

あらかじめ確認しておくと、本書に盛られた内容は、それのみでは精確な理解を期しがたい部分があるような気が、私にはする。

　右に引いた部分に先立って、松下氏は「火力発電所建設反対運動という公的使命を持った機関誌に、編集人たることの特権をもって、私小説的戯文をまぎれこませようとはかるには、こういう断りが必要であったわけである」と述懐している。また本文でも「発電所建設反対運動などという、不逞の行動」（「自著を買う」）と、著者は記す。一体、この本に収録された諸篇が書かれていたのは、それではどのような期間だったのか。そして著者やその周辺には、どんな事態が進行していたのか。

　さまざまに考え、思いあぐんだ末、本書の「批評」を書くに当たって私のとった方法は、ちょうど所収の諸篇がその一連の「編集後記」の集成でもあるメディア『草の根通信』の要請される直接の理由となった、著者・松下竜一氏を含む何人かの市民によって担われた「豊前火力発電所建設反対闘争」を扱う、松下氏の他の記録作品を併読することだった。それによって初めて、私は本書『いのちき　してます』に見られる明らかな〝変化〟が、ともすれば問題の本質を見誤らせそうなその数かずの現象的現われにも関わらず、『豆腐屋の四季』以来の松下竜一氏の歩みを、さらに巨きな社会的領域へと螺旋状に拡大してゆく自己展開の不可欠な過程に、明らかに本書を嚆矢《こうし》とする一連の「松下センセ」物もまた固有の位置を占めているのだという事実を確認できる思いがした次第である。

　今回、私が併せ読んだのは、本巻にも簡略な紹介が付されている、松下氏の『明神の小さな海岸にて』（社会思想社・現代教養文庫版）と『豊前環境権裁判』（日本評論社）の二著である。付言するなら、これらは、本巻収録作の本文と各篇の註からだけではその全貌を窺いがたい「豊前火力発電所差し止め請求訴訟」についての予備知識を得るという所期の目的を超えて、いずれも読んだことを佳かったと思える秀作であり、前者はその中心部分に幾つかの卓越した政治的洞察を具え、また後者は全体として「法」と「市民」との関係を――その「ブルジョワ法」的世界観の限界も含め――身をもって明らかにしようとする覚悟が結実させた名著である。以下、ここではもっぱら『明神の小さな海岸にて』からの最小限の引用を行ないながら、稿を進めたい。

そもそも、「豊前火力発電所差し止め請求訴訟」とは何か。

七三年夏、豊前海中津沖の海底は無酸素状態となり、鳥貝、赤貝が全滅、海域の漁民は県に漁業許可証を返上したほどであった。裏づけるように、その夏の瀬戸内海汚染総合調査団（星野芳郎団長）は周防灘西南部（豊前海）一九ポイントの海底採泥調査の結果九ポイントの海底が完全無生物状態であることを指摘した。

（松下竜一『明神の小さな海岸にて』第一章／海の価格「漁業権放棄」）

しかし、二年余を経た今、この海を守ろうとする運動に豊前海漁民の参加はない。ただの一名も。二年余の運動の過程で、私たちが漁業者に働きかけなかったのではない。また、漁民自身の中に埋立て反対者が皆無だったわけでもない。しかし、ついに私たちが入りこめなかった村構造の奥で、豊前海沿岸一八の漁協は次々と漁業権放棄を決議していったのである。

（同前）

本来なら、最も当然のありうべき闘いの主体とも思われがちな勢力が崩壊しさった後に、松下氏らの闘いは始まった。この、さまざまな意味でいかにも象徴的な事実を、まず念頭に置いておきたい。言うまでもなく、それは同時に、「闘い」の根拠をどこに見出すか――換言するなら、どのような意味づけにおいて自らが「闘い」の主体であることを確認するかという、今日の日本の擬似〝市民〟社会のなかで、そこに同化させせられつつある者がまず最初に出会わなければならない問いの形を暗示してもいよう。

七三年八月一二日、私たちは福岡地裁小倉支部に〈火力発電所建設差止請求訴訟〉を提訴して、その第一回公判は一二月一四日に開かれていた。（略）農業被害、漁業被害を直接にあげつらうことの出来ぬ私たちの、提訴の法的根拠は〈環境権〉であった。

すなわち、海や大気という〈環境〉はそこに住む万人の共有物であり、その恵沢はすべての者が享受しうるはずであり、それゆえに、〈環境〉を一方的に侵害したり独占したりする者を排除する権利は、その環境の住民たる私たち一人一人にあるのだという考え方なのだ。

（同前／「住民の論理」）

著者らに直接の示唆をもたらしたのは、これに先立つ一九七二年八月、日本の裁判史上初めて「環境権」を根拠に地域住民から提訴された「公害予防裁判」としての、北海道の「伊達火力発電所建設差止裁判」だったという。自らの暮らす地域の海を埋め立て、建設されようとしている豊前火力発電所に反対するにあたって、松下氏は「環境権」に関する「日本国憲法」第二十五条（生存権）と第十三条（幸福追求権）とから成る定義を確認する。

そのような考え方に立って、漁業者ならぬ私たちとて海面埋立てに抗する権利を持つはずであることを、〈環境権〉訴訟の中で展開しようとしているのであるが、私たちにとってあたりまえだとすら思えるこのような考え方が現在の法廷で認知される期待は薄い。弁護士からも尻ごみされて、私たちの訴訟は弁護士なしの本人訴訟となっているほどなのだ。

（『明神の小さな海岸にて』第一章／海の価格「住民の論理」）

抑圧のシステムがたえまなく〝進化〟〝発達〟を遂げ続ける限り、個人もまた新しい「権利」の発見や生成でそれに対抗しつづけなければならない。一方、いったん認知されたかに見える「権利」にしたところで、決して〝安泰〟でなどはありえない。「権利」は一般に、たえまなくそれが行使されつづけていないと、つねに無視、黙殺、公然たる侵害や否認の危険に晒されるだろう。人間の自由と平等とを守るためには、「権利」がつねに新たに「発見」されつづけ、また主張されつづけねばならないのだ。すべてのまっとうな思想がそうであるのと同様、新しい「権利」についても、その提唱者と賛同者とは、ともに重要な存在である。その意味で、大局的には明らかに遅きに失したとはいえ、七〇年代の日本で「環境権」という概念が提起され、主張され続けたことの意義は決して小さいものではない。

ここで私にとりわけ興味深いのは、この「豊前火力発電所差し止め請求訴訟」が松下竜一氏という文学者にとって、自らが民事訴訟原告として成立していたという点である。松川事件における広津和郎、狭山事件における野間宏といった著名な例を挙げるまでもなく、現代日本の文学者がその思想的良心から、冤罪事件の真相究明に乗りだすという例はある（後に、松下氏自身、甲山《かぶとやま》事件に関して、そうした活動を展開する）。また文学者自身がさまざまな経緯で「被告人」となる場合もある。だが他のさまざまな立場の人びととともに、「直接当事者」の一市民として民事訴訟の「原告」となったこの裁判は、むしろ日本における現存の「社会」と既存の「文学」との関係の在り方を問い直す可能性を秘めてもいるようだ。

付言するなら、これに近い例として私に思い浮かぶものでは、その晩年、一九七〇年以降、自らの居住地域に関わる「区画整理法」適用をめぐって平野謙が、同地域の住民たちとともに展開した運動がある。これもまた明らかに日本の制度的な職業文学者（文壇評論家）の枠を踏み越えた闘いではあった。また平野自身はこの運動の記録のなかで、小説家・中村武志の「東京間借人協会」会長としての営為に言及している。
これらの「住民運動」については、この著作集の後続の巻の「解説」でも詳述したいが、先回りして断っておくと、松下氏らの闘いは、平野らのそれと——そして松下氏自身も、平野と較べたとき、結果的にまったく異なった思想と運動の次元に到達することとなる。それでは、「私小説」としての本書の登場人物たちは、この一九七四年夏、いかなる闘いに踏み込んでいたか。

だが、着工が海上からだとすれば、いくら身体を楯として明神海岸に座り込んでも、阻止行動にはなりえまい。船がほしい。せめて一隻の船がほしい。私たちは沿岸を訪ねまわったが、埋立て反対派に船を貸そうという豊前海漁民はついに一人も見出せなかった。
（『明神の小さな海岸にて』第一章／海の価格「数字の詐術」）

日の昇る前の海が、いま乳色にしらんで凪いでいる。（略）
一台の自動車が到着した音に振り返ると、意外にも杖をついた人が降り立った。気付いて、私は声を呑んだ。浜元さん！　水俣病患者浜元二徳さん。
「まだまだ日本の企業は、これでも人間を痛めたらんごたる……」
眼前の海に向かって、吐息のように浜元さんはつぶやいた。（略）
杖にすがる身体で、遠い水俣から心配のあまり駆けつけて、今豊前の海岸に立っている人のことを、この時刻まだ眠りに沈んでいるであろう豊前の全市民に叫びかけたい衝動が突きあげる。
（同・第二章／殺されゆく海「海戦」）

後述する「海戦」を目前にした一九七四年六月二十六日払暁のことである。浜元氏が駆けつけてくれたときの松下氏の感銘は、想像に余りあるものと言えよう。浜元二徳《つぎのり》とは、誰か？

……親父と自分と、自分は親父の看護かたがた入院して、ベッドに寝かせたら、もうおしまいだった。おしまいといったらおかしいけれど、そのベッドで暴れるやら狂うやら、もうそれは、それはもう……。（略）

もう、バタバタ狂うから、壁のほうに押しつけると、今度は壁を手でかきむしる。爪のつけ根から血がでて、わぁわぁわぁわぁ言って壁をかかじるわけ。

意識があれば、あんなにするのは痛くてできないだろうに、意識のないものだから、肉がでて血がでてきて、何回も何回も。

（浜元二徳語り『出月私記』最首悟編／新曜社刊から・原文のまま）

私事だが、一九八八年夏、初めて訪ねた水俣で、何人かのチッソ有機水銀公害被害者の体験について直接、聴き取り調査を行なった際、浜元二徳さんとお会いする機会があった。自らの発病と、父親の発病、その死と病理解剖に立ち会い、直後に家が行政側から「消毒」された話をされたときの浜元さんの声と表情は忘れることができない。

午前十時二十分、ついに埋め立てが始まる。

船を持たぬ私たちは、茫然として沖をみつめている。（略）

その時、船体を傾けるようにして、大漁旗を飾った一隻の漁船が海岸めざして疾走してくるのが見えた。双眼鏡で船名（ＯＴ３－２０８６）を読みとった時、歓びが突きあげた。

真勇丸！
全速力で近づいてくる真勇丸の舳先を双眼鏡で見据えれば、おお、海岸に向けて手を振っているのは、西尾勇さんと上田耕三郎さんだ。

（『明神の小さな海岸にて』第二章／殺されゆく海「海戦」）

岸から僅か三〇〇メートル沖合の洋上では、既に測量も終えて、二隻の巨大な鉄鋼船がクレーンで捨石作業に入っていた。小さな真勇丸（四・九トン）は、まず作業指揮船「ふじ」（一三・七トン）に激突するように左舷船尾に接舷していき、数名が高い甲板によじ登って移乗していった。この船には豊前発電所建設所土木建築課副長が乗っていて、トランシーバーで築上火力屋上と交信しつつ全作業船の指揮にあたっていた。学生たちはこのトランシーバーを奪い取り指揮系統を遮断したのち、命じて「ふじ」を捨石作業中の第五内海丸（一九八・四二トン）に接舷せしめると、全員がこれに移乗していった。（略）得さんは、グリスでねとねとするクレーン・バケットに登って、ワイヤーにすがりつくようにじっと座り込んだ。

（同前）

だが、決死の思いをもって埋め立ての開始を阻止した翌日、事態はその政治性の全貌を示し始める。

あっ、巡視艇だ！
双眼鏡をのぞいていた者の鋭い叫びに、いっせいに海上を見やれば、降りけぶる沖に灰色の細身の艦船が五隻、さらに沖には大きな艦隻《ママ》が一隻見えて、あれは巡視船だと双眼鏡が確認する。
いまし彼らは散開し、みるみる海岸線と平行に一線に等間隔に並び、さながら海岸の私たちに対峙して戦線を展開したかのように威圧的な配置をつくる。

「ケッ、大げさな真似しやがって！　たった二〇人ぽっちの反対行動が、そげえおそろしいんか！」

「やっぱり、とうとう露骨に国家権力が出てきよったなあ」（略）

果たしてこの朝のおどろな艦隊は、まさに電力資本と国家権力の合体を示して、その弾圧示威は露骨すぎる光景である」

（『明神の小さな海岸にて』第二章／殺されゆく海「機械の側に立つ視点」）

あたかも小林多喜二『蟹工船』のクライマックス、帝国海軍駆逐艦が登場する場面を髣髴とさせる光景である。だが、ここでは最初から、これら「艦隊」は自分たちを弾圧する暴力として、松下氏らには明瞭に認識されている。

ついに支援学生から二名の逮捕者を出すことになったこの日の夜、福岡市内のホテルでは九州電力会長・瓦林潔に与えられた勲一等瑞宝章の〝叙勲祝賀会〟が開かれた。出席した福岡県知事・亀井光は、「九州における火力発電推進を激励する挨拶」をしたという。

事態はそこにとどまらない。続いて七月四日、梶原得三郎氏と西尾勇氏、上田耕三郎氏の三人が、威力業務妨害の容疑で海上保安官に逮捕される。

海を守ることこそ本務であるはずの海上保安部が、海を殺す者の手先となって、海を守ろうとした者に罪人のごとく手錠までかけたという事実に、無性に腹が立つ。そんな彼らに、和嘉子さんがていねいにお茶をついでやる。

「とにかく、おとうさんを眠らせてやって下さいね。お願いします。ここしばらく会社の勤めと海岸の座り込みで、ほとんど眠ってませんから。もうそれだけが心配です。お願いしますね……取り調べをきつくしないで下さいね……」

（同前／「弾圧」）

疑いなく、松下竜一氏らの闘いは平野謙らのそれより、はるかに熾烈なものとならざるを得なかった。民事訴訟の原告であるはずの者が、そのまま刑事裁判の被告となること――。これは一見、異様なようで、実は今日の〝法治国家〟日本の欺瞞に充ち満ちた現実を考えるなら、いささかも不思議ではない。

そして、稀有の記録『明神の小さな海岸にて』の白眉ともいうべき部分が来る。梶原得三郎氏が逮捕・勾留されているあいだ、その妻・梶原和嘉子氏と松下氏とのあいだで交わされた対話を再構成した「問答」である。

一節全体が充てられた、全篇ダイアローグ形式のこのやりとりは、やや長いものだが、ぜひとも中心部分を引用しておきたい。煩を避け、省略部分をいちいち明示しないとともに、便宜上、原文にはない発言者名を付す。

梶原　……だいたい、あんな騒ぎかたをして、うちたちの方になんの得があるちゅうんね。なあも得なんかありゃせんやないね。それどころか、裁判長の心証を悪くして、かえって損じゃち思うんよ。裁判長の頬がピリピリ震えよったんを、あんたも見たやろうで……。

松下　あのなあ……どういうたらいいかなあ……今いうた和嘉子さんのそげなん考え方じゃけど、そんな考え方こそ権力につけこまれるんだよ。あんたは法廷で皆おとなしくしてれば、裁判長はいい印象を持って、軽い判決をしてくれるち期待しちょるんだよな。それは、いいかえれば、あんたは権力にお慈悲を期待しちょるちゅうことなんよな。そうじゃろ。……だけど、権力にお慈悲なんか期待しちゃいかんのだ。絶対にいかんのだよ。だって、権力がお慈悲をかけるとすれば、それは絶対に抵抗もなあもせん、おとなしいいいなりになる者に対してだけなんだから。

梶原　それが、うちにはよう分からんちゃ。あんたたちんごと抵抗すればするだけ、弾圧は激しくなるばかりじゃない。それは、ばからしいこっちゃないで。そこは、やっぱりこっちも賢くして、わざっと一歩退いて、ある時は負けたふうをするんも方法じゃないんね、うちはそれをいってるんよ。

松下　ところがなあ……わざっと一歩退いて負けたふりをすることが、実際には本当の後退、敗北につながってしまうとしたら、どうなるの？　いいや、そうはならんちゅうてんが、やっぱりそうなるんよ。なんちゅうかなあ……妙ないいかたをすれば、それが権力を相手にする闘争の生理みたいなもんなんよ。

（『明神の小さな海岸にて』第二章／殺されゆく海「問答」）

この、いわば松下竜一氏と梶原和嘉子氏との「共著」とも言うべき十数ページは、生活と政治、現実と変革の重層的な諸関係をめぐる徹底した討議としての切実さにおいて、戦後日本の空疎な「組織」論や「転向」論を遠く凌駕している。そればかりか、ドストエフスキイや埴谷雄高の小説における登場人物同士の長大な〝議論〟に勝るとも劣らない思想的感銘をもたらすという点で、かつて制度的な「文学」が決して達し得なかった、ある水位の高みを遠望しているとも言えるかもしれない。類書を絶し、既存の政治文献や哲学論文には見出しにくい、まさしく素手で掘り当てられた「思想」の原石が随所に煌《きら》めいていて、見事である。

梶原　あんたさっき運動の生理ちゅう言葉でいうたけど、だんだん状況が厳しくなればなるほど、運動が先鋭化していくちゅうんが運動の生理やないんで？　……昨日もある人が来て、あんたたちんやりかたを厳しく批判していった。なるほどなあち思うて、うちは聴いたんやけど……今、どうあがいてぶつかっても、敵は強力やから、いたずらに弾圧されて傷つくばかりや、それより選挙で革新議席をふやしていき、やがて民主連合政府をつくれば、こんな個々の問題は政治の段階で一挙に解決されるち、その人はいうんよ。

松下　あっ、それはね和嘉子さん、その論は、実は今、全国の各地の住民運動の中で賛否を呼び起こしている大変大きな問題なんだよ。つまりあんたが聞いたんは、革新政党のいいぶんなんだよな。……だけどね、その民主連合政府ちゅうんは、まだ出来ちょらんのだ。ところが、今現実に眼の前に豊前火力は建てられ始めてるんだ。さあ、どうするんやちゅう時に、それに目をつぶって、とりあえず先の、いつできるか分からん民主連合政府に期待して、今の現実の阻止闘争をせんちゅうことにはなるまいが。今の問題に目をつぶってやり過ごすような者たちが作りあげる民主連合政府に、そもそも期待できるかちゅう気が、俺はするんよ。（同前）

そしていよいよ対話は、「政治」における「希望」とは何か、人間にとって「自由」とは何かという問題の本質をめぐっての、討議の中心部分に入ってゆく。

梶原　そじゃけど、たった六人か七人で何ができるちゅうんね。……結果はもう眼に見えちょるじゃないの。だったら、あんたたちん運動ちゃけっきょく単なる自己満足じゃないね。……それともあんたに聞くけど、松下さん、あんたほんとに豊前火力を止めきるち信じちょるんで、正直に答えちょくれ。

松下　そうじゃないよ。そげなん問いかたがそもそもおかしいんだよ。止めきるち信じちょるかどうかじゃないんだよ。止めたいち思うちょるんかどうかちゅう問いかたをせないかんのだ。そう問われたら、俺は止めたいち思うちょると答える。そして、その思いに忠実でありたいちゅうことなんだ。……ところが普通、みんな今のあんたのような問いかけから始まるんだよな。まず最初に、この運動をすれば止められるんかどうかをいろんな角度から検討するわけだ。ところが相手は九州の政財界を牛耳る大九州電力だ、結論は否と出る。そらぁそうさ、誰もかなわんと思うよ。そこで、じゃあもうかなわんからやめちょこうといって最初から尻ごみすることになる。……だからね、勝つと思うかどうかちゅう問いかけは、運動の中でしちゃいかんのだ。(同前)

何より、かつて「角材で機動隊に挑んでも無益だ」「佐世保での闘争が、世論の起爆剤になるならともかく、現実には権力にどうしても勝てぬ無力感を助長させているのみではないか」「学生は佐世保で闘うより、地方に散って地味な態度で教化に努めることこそ第一ではないのか」「たとえ五万人が機動隊を粉砕しても、それは一時の混乱で、政府の基本策は揺るがぬだろう。よりいっそう、機動隊を強化するのみだろう」(『豆腐屋の四季』「巨艦来たる」)と——また「新成人のほんとうの感慨は、成人の日よりも、むしろ選挙人名簿に自ら積極的に登録する瞬間にこそわきくるものであろう」「昨日佐世保、今日成田と英雄的転戦に陶酔していても、現に九大を拠点とした君たちの闘争を目撃したはずの福岡の若者たちでさえ、目ざめはしなかったのだ。君たちをも含めて、われわれ自身、選挙の一票の重さを再考し、積極的に新成人にも説こうではないか」(同「妻、選挙権を得る」)と朝日新聞「声」欄に投書していた松下氏の——そして「デモへゆくなと書きて寂しも遅れいし学費弟へ送り得る日に」(『豆腐屋の四季』「思い出」)「反戦デモ集《つど》えるかたえうつむきて日暮れの豆腐を積みて急ぎぬ」(同「反戦デー」)と詠んだ松下氏の……これは、なんと瞠目すべき政治的・思想的、そしてさらに言うなら文学的成熟だろう。

僭越な言い方をすれば、ここに披歴された思想は、ナイーヴな一青年の根源的な思想の自己変革であるにとどまらず、〝明治維新〟以降百年余り、フランス革命なしに産業の機械化という擬似「近代」だけが瀰漫《びまん》してきたこの国で語られた「革命論」のなかで出色のものの一つという気がする。かくも根底的な思想の一種〝コペルニクス的転回〟が、かつてあれほどナイーヴだったはずの精神によって成し遂げられるのだとすれば、そこには深い意味がありそうだ。

梶原　……おとうさん、起訴されるやろうか？
松下　そう覚悟しておくべきだろうね。　　（同前）

この短い確認をもって「問答」を了えた梶原和嘉子氏にも、しかし、とうとう変化が――臨界点を超えた自己変革が訪れる。

「うちも、そんうち弁護士さん並みになるきなあ。こんだあんたが逮捕された時は、うちが救援対策本部長をつとめてやろうかなあ」
彼女の口からそんな冗談が出た時、私は腹の底から快笑した。ついに彼女も乗り越えたのだと思った。厳しい弾圧が、かえって彼女にひとつの境を踏み越えさせたのだと思った。
「なんで、なしてそげえ笑うんね？」
（『明神の小さな海岸にて』第二葦／殺されゆく海「面会待合室にて」）

こうした厳しい思想的相互研鑽は、他の人びととの関係においても無数に発生する。「陸上工事着工」に際して、弾圧を受け続けた疲れと運動方針の閉塞状況、にもかかわらず「ニュースだね」を求め「派手な阻止行動」の再現を要求する商業ジャーナリズムのいじましさへの憤怒から、あえて事態を静観した松下氏らには「思いがけないところから」厳しい批判が突きつけられた。本来なら微罪であるにもかかわらず、梶原得三郎氏と同様、依然として勾留中の西尾勇氏・上田耕三郎氏である。

「だいたいやのう、わしどうが身体を張ってまで応援に行ったんはお前たちが絶対阻止の実力闘争をやるちゅうたからやないか。よし、それなら支援せにゃいかんと思うて船を走らせたんやないか。実力阻止闘争をやるならやるで、なして徹底的にやらんのか。実力阻止とかいうても、けっきょくかっこういい言葉だけんことじゃねえんかな？　……捕まってしもうたわしどうは鉄砲ん玉じゃったんか」

（『明神の小さな海岸にて』第三章／山の神、海の神「気鬱」）

本書「いびしい」に活写される、佐賀関の恐ろしくも羨ましい酒宴もまた、かかる苛酷な思想闘争を経てきた果ての深い絆に裏打ちされたものであることを、私は思う。そしてそうした「関係」は、おそらく本巻に登場する多くの人物相互のあいだにも成立しているはずである。

自分が刑事裁判の「主任弁護士」のはずなのに、温泉に入ってたちどころに「ヒャーッ、湯に入って飲むビールは、きくなあ」と公判対策会議どころではなく「様子が怪しく」なってくる弁護士（「誰がパンツを間違えたか」）などは、むしろ松下氏らにとっては得難い協力者だったのだろう。ここにはまだ、当今のタレント大学教員やタレント弁護士、タレント職業ジャーナリストやタレント議員や……に取って代わられてしまった、主客の転倒した構図ではない、民衆の側に主体性を留めた本来の「運動」の姿があると言えるのかもしれない。

この裁判には四人の弁護士がついたが、われわれは常に集団討議で裁判の方針を定めた。

（「誰がパンツを間違えたか」）

また松下氏らは、革新的な「運動」が秘密を持ち、組織が階層化してゆこうとすること――スターリニズムの生成を避けようとする点でも、極めて敏感であり慎重である。

警察権力にとって私たちほど攻めやすい弾圧対象もあるまいと思う。私たちの運動は、警察権力に対してあっけらかんとするほど無防備であった。（略）そんな私たちであれば、運動の内外でいっさいの隠しごとなど無く、たとえば私たちの機関誌『草の根通信』を読めば、私が痔に悩んでいることも、るみちゃんがどこに新婚旅行にでかけたかも、そして彼女の結婚に好べえと今井さんがどんな複雑な心境で酒を飲んだかも、野田太君が酒に眼のないことも、すべて読者に伝えられるのだ。

（『明神の小さな海岸にて』第三章／山の神、海の神「お地蔵さん」）

「政治」には無縁だったと繰り返し語られてきた人びとが、しかもこうして、練達の政治運動家が陥ってしまう最も悪しき弊をその最初から斥けようとしてきた姿勢の、なんと比類なく尊いことか。この、一見あまりにも迂遠とも無防備とも見える方法以外に、しかし真の「民主主義」「共和制」に到りつく道筋など、おそらくは存在しないのだ。ここに集う人びとの、言葉の最も良質の意味での優れた政治性に、私は打たれる。

「問題」に出会うこと。闘い続けること――。

現実の表層を一皮むけば、容易に直面することになる現在の社会の支配構造に関して、しかもその「一皮」を、知らずして……というより、実はそこに近づく危険性を微妙に、かつ鋭敏に感じ取って近づかない人びとは圧倒的に多い。この社会で、たった一つの「問題」に出会うためにすら、人は実は自ら意志的に研ぎ澄ました鋭敏な批判精神と、不正に対し自らの全存在をも（いったんは）引き換えにする勇気とを必要とする。まして、それを闘い抜くには、すべての者にとって、一人の資質ある作家が一篇の〝不朽の傑作〟を書く以上の渾身の努力が要請されるだろう。このとき松下竜一氏が企図しているのは、一人一人の人間の上に「生活者」「文学者」「運動者」が一体の存在として具現した――すなわち人間本来の全的な精神のあり方なのではないかということが推測される。

本巻でいまひとつ印象的なことは、「豆腐屋の廃業」とある意味で表裏一体となって重要な選択であったはずの「歌の別れ」が、ここではすでに一定の距離をもって松下氏自身に回顧されていることだ。「感激の媒酌人」や「喪われゆきし渚よ」に引かれた新作の何首かは、率直にいうなら明白に、短歌としては往時の秀作群の輝きを失っている。「実は、十年も遠ざかると、もう短歌的発想がさびついて、動かないというのが実情である」(「喪われゆきし渚よ」)とも、著者は告白する。だが、それはむしろ松下氏にとっての「短歌」という表現形式の役割が決定的に変化した結果なのであり、そしてそのことを誰よりもよく承知しているのも、やはり松下氏自身なのだ。

――ただし「アハハハハ敗けた敗けたと笑いつつその哀しみに耐えてあるかも」という一首は、まさにその散文精神に裏打ちされた〝怪作〟として、「短歌」の制度の閾《しきみ》を踏み越えた独特の輝きを放っているが。

では「短歌」の代わりに氏が獲得したものは、何なのか。それこそがまさしく「散文」であり、「散文」の様式と力であり、そしてその器を経て生成した多様な表現の一つが、本巻のような一種独特の「私小説」だった。

居丈高でしかも慇懃無礼な「中央の編集者」のなかでも、とりわけ「横柄」極まりない一人との電話でのやりとり(「龍にはあらず」)。思いがけない第三子の妊娠に「細君」は「おろしてもらってくる」と「あっさりとそういって」「産院に出かけ」るが、結局、他の友人にやってしまった子ども服を返してくれという交渉が始まる羽目になる(「喜劇か悲劇か」)し、「大丈夫です。ちょっとした収入がありましてねえ」という松下氏に仲間が「ほう、原稿料が入りましたか」と訊けば、それは「いや、杏子の児童手当てが入りましてね」という話だったりする（「子を喰いものに」）。

とっくになくなっている「おとうさん銀行」の〝預金〟をめぐって「なあカンちゃん。おとうさんの通帳からおろして、千円貸してくれんか？」と妻がいうやりとり（同前）にいたっては、肥大化した金融ゲームのあっけらかんとしたパロディのようだ。これらのエピソードは、しかし同時に「おから炒り、野菜サラダ、マカロニサラダ、きんぴらごぼう、干大根の煮つけ」といった生活の細部への眼差し（「おからの味つけ」）や、「あんた、怒っちょるの？　うちのいいかたが悪かったの？――じゃから、うちはテレビに出るんは好かんのよ」と呟く妻（「軒低き貧しげな家」）、そして何より、十年のあいだに「もう十二冊の本を出版している」著者に「まだ二冊目の本は出版なさっていませんか」と問い合わせてくる読者の存在（「線香がにおう」）によって、実は深く支えられている。


「父の年譜」に描かれた老父の肖像が、実は彼自筆のごく短い「年譜」に尽きてしまうほど簡単なものだったかどうか。今世紀初頭に生まれた日本人男性の生きた歴史を考えるとき、そこにはいまだ語られなければならないものは多く蔵されているのではないかという気もする。

だが、いずれにせよ本巻において――というより『草の根通信』というメディア総体を「方法の場」として、松下竜一氏は「複数者」の「私小説」ともいうべき新しい表現の可能性を切り開いたのだと言えよう。「私小説」が社会性をも帯びたもの、というのではなしに、むしろ社会と複数の個人との関係がそのまま「私小説」的土壌の上に展開されようとする、それは試みであるかもしれない。

本書で初めて出会った〝登場人物〟たちが、今後の何巻かを通じ、どのような姿を見せてくるか――。それを、私は愉しみにしている。

〔一九九八年九月脱稿〕

「労働」としての〝文学〟
――『ウドンゲの花』

「日々のなんでもない出来事、書きとめねばたちまち泡のように消えてしまう心の波紋、それでいてその積み重ねこそが生きることの懐かしさかもしれぬ、そんなひそやかな日録」を綴ることが、これらの胚となった小品の動機であったと――そう、「あとがき」にはある。

最初、商業紙に二週間、日記形式のコラムとして連載されたあとも、「そのまま」同様の「日録」を丸一年にわたって「一人のノートに続けた」という、本書の生成の経緯は、実は松下竜一氏にとっての「書く」という行為の根源的な在り方をそのまま示してもいるようだ。

何より、「書くこと」「書かれたもの」という、本来、非物質性の極みともいうべき事物に対してすら、現在の日本ではさまざまなシステムが容赦なく介入し腐蝕してくる。そうした商業主義と明確に一線を劃したところで、「六百字の小文の面白さ」が書き手に守り通され抜いた事実に、私は自律的・主体的な「表現」の行為の原形を見る思いがする。既成の職業的特権性から、最も――ないしは可能なかぎり――遠い地点に、あえていうなら「文学」の本源の姿を確認しつづけようとする松下氏の志向は、出発点としての『豆腐屋の四季』以来、一貫したものであるともいえそうだ。

しかも、著者がしばしば文章の理想を語る際、偏愛するらしい言葉を借りるなら、まさしく〝珠玉〟ともいうべき掌篇の数かずが鏤《ちりば》められた本書『ウドンゲの花』の構成は、一見つつましやかなたたずまいの底に、強靭な方法意識を忍ばせてもいる。〈みなづき〉の「クサカゲロウ」から翌年〈さつき〉の「柿の花」にいたるまで、いかにも枯淡な〝歳時記〟風を装ったかに映るその内容は、しかしまぎれもない一九八〇年代の日本社会における、最もアクチュアルな「問題」の博物誌的記録ともなっているではないか（それらをめぐる私自身の考えは、いずれ順を追って述べることにする）。

そしてこうした、まさしくしたたかな方法論が、しかも「書く」という作業をめぐる最も実直な意識に裏打ちされている点が、この文学者の強みなのだろう。各月きっちり二十二篇、一年十二箇月で二百六十四篇に達した持ち重りのする散文の総体には、たとえば農耕や漁撈――そして手作業の〝職人技〟をも思わせる、規則正しく勤勉な「労働」の成果という趣すらある。

「朝、夢の中で配達をしていた。たまらなく仕事がなつかしい。もう一度豆腐屋に戻れたら、どんなに嬉しいことか。だが、それはもう許されぬ。一世一代の不覚であったかもしれない。つらい、つらい」「豆腐屋にかえりたい。それのみを思い悩む。食欲まったく無し」（〈ふみづき〉「偶然」）

――一九七〇年七月八日、豆腐屋を廃業してしばらくのあいだメモ帳に並んでいたというこれらの言葉は、だがそのまま、豆腐作りに代わる「労働」としての「文筆」に対する、著者の真摯な姿勢をものがたってもいるようだ。

偶然とはいえ、得さんが魚屋を開店した日と、私が豆腐屋を廃業して著述業に踏み出した日が、同じ七月九日である。（略）得さんと一緒に同じ創業日を祝えるような安定に、いつか至れるだろうか。（同前）

現在の世界にどの程度、安定を語りうる生業《なりわい》の者が存在するのか、私はただちに詳らかにしない。だが少なくとも、他の「実業」に極めて近い位置で、松下竜一氏の「労働」としての「文学」は持続され続けてきたのだと言うことはできるだろう。

私の夢の世界では、ひょっとしたらまだ豆腐屋の生活が続いているのかもしれぬ。そんなことを思うと、その後十二年間の文筆生活が、じつはまったく虚妄の生活だったのではないかという不安に、ふっと襲われて心細くなる。　〈ながつき〉「悪夢」）

こうしたなか「虹の通信」「トルコキキョウ」の各篇に早くも「一九七八年三月二十六日、成田空港管制塔を占拠して逮捕された十三人」のうちの何名かの青年たちが登場してくることは、その後における松下氏の活動の向かおうとするところを示唆して、十分に象徴的である。当時、まだ大学に籍を置いていた私自身が、その一九七八年三月二十六日――どんな状況下で「管制塔占拠」のニュース映像を観ていたかを久しぶりに思い出させられた。またその直後に、「管制塔占拠」に日本の職業文学者の何人かが表明した空疎な〝共感〟や〝連帯〟の意思表示になんとも鼻白む思いがしたことや、ずっと後に、この「占拠」を側面から支援したという青年の一人と何回か、話す機会を持ったこと――さらに他の、桜の花びらをかたどった「東拘の検印マークが捺され」た手紙や葉書を私にくれた人びとのことなども……。

「また一つ証明された」「玲子ちゃんの賢さ」〈みなづき〉「推理」）とは、そもそもどのようなものだったのだろうか。それは海を守ろうとして不当逮捕され勾留されていた父に宛て、小学三年生がこう書き送ったような、人間としての総体的な「知性」のことだ。

「おとうさんのいるへやにはハトが来るそうですね。だからおとうさんの食事がもしパンだったら、少しのこしておいて、それを小さくしてハトにやればいいと思います。そうすればハトと友だちになれるかもしれません」（松下竜一『明神の小さな海岸にて』第三章「山の神、海の神」玲子ちゃん泣

く）

――そう、たとえば〈ふみづき〉の章で「すでに機動隊がこのビルの一階に待機しているという情報が、耳打ちされる」（「交渉の場で」）状況で著者の胸中に去来した思いの深さや、〝童話の中の魚屋さん〟梶原鮮魚店の店頭で「和嘉子さんの髪にうろこが一つ付いているのを」黙って払い落とした（「開店」）著者の気持ちを知るには、読者はぜひとも、この『明神の小さな海岸にて』（社会思想社・現代教養文庫版）と『豊前環境権裁判』（日本評論社）の二著を併読される必要がある。

梶原　うちは今度のことがあって、いつの間にかおとうさんは、うちの知らん先の方に行ってしもうちょったんやなあち気づいたんよ。あの頃の本当に素朴な出発をしたおとうさんと違ってしまった。……どうして最初の出発点みたいに、自分でできるだけの運動をしないんですか。あの海岸に並んで、沖に向かって反対を叫ぶだけでいいじゃないの。佐賀関の船が支援にきてくれたからちゅうて、捨石船に乗り移って行くことはなかったじゃないの。そこまではあんたたちの力にないことじゃないの。はっきりいうて、松下さんあんたのミエよ。おとうさんは、あんたのミエの犠牲になったんだち、うちは思う。

松下　……うん、……あんたからそういわれれば、……正直、俺はギクリとするもんがある。ミエじゃちいわれれば、確かにそうじゃったち思う。……そじゃけど、一方では、いや運動ちゅうもんには、ある場合にはむしろ、背のびもミエも必要じゃないかちゅうふうにも思うんだよ。……とにかく、今はっきりいえることは、あん時実力阻止行動をしたという事実に関しては、一片の後悔も俺は抱いちょらんちゅうことじゃら。これは拘置所の得さんも西尾さんも上田さんもおんなし思いだち、俺は断言できる。

（『明神の小さな海岸にて』第二章「殺されゆく海」問答）

一九七四年六月二十六日、梶原得三郎氏は、佐賀関から漁船「真勇丸」を駆って合流した西尾勇氏・上田耕三郎氏の支援を得て、目前で始まったばかりの豊前火力発電所建設のための埋め立て工事を実力阻止した。松下氏らの言う「豊前海海戦」である。

その梶原氏が、西尾氏・上田氏とともに、威力業務妨害の容疑で海上保安官に逮捕されたのは同年七月四日のことだ。前掲書『明神の小さな海岸にて』は、この「発電所建設に伴う海岸の埋立を阻止しようとして闘った、厳しくも苦しい夏の記録」（松下竜一『いのちきしてます』補註）である。

梶原　……もういやよ。とにかく、うちはいやです。……うちののぞみはただひとつ、あんたからみれば笑うやろうけど、おとうさんとれい子と一緒に平和に永生きしたいだけのことじゃから……。

松下　そうなんよ。俺ののぞみも、それだけだよ。しかし、その平和な生活を確保するためには、やっぱ今、俺たちは闘わなならんと覚悟しちょるだけじゃないか。そらあ得さんもおんなし思いじゃろ。

梶原　けどね、なぜ、うちたちだけが闘わなならんのかちゅうことよ。なして、うちたちだけが苦しまなならんので？　近所ん人たちを見てごらん。みんな自動車なんかこおてよ、日曜ごとにドライブに出かけよる。松下さん、あんたに自動車が買えますか。……平和な生活を守るためとか、家族を公害から守るためとか意気がってみても、現に今、その家庭をこわしちょるんが自分自身じゃないんね。この矛盾をどうするんですか。……そうまで一生懸命してみても、世間じゃ、ようやってくれますなんちゅう言葉はひとこともかけてはくれませんよ。

松下　……和嘉子さんなあ、今の家庭をこわしちょるちゅうけどなあ……本当に家庭がこわれちょるち、あんた思うちょるんかな？　じゃあね、日曜ごとに楽しそうに家族でドライブに出かける人たちの家庭がこわれちょらんと断言できるんかな？

（同前）

厳しい対話である。

実は私自身は「家庭」が「こわれる」ということを必ずしも絶対的に回避されねばならない事態とは考えない——むしろ最終的にはすべての「家庭」は「こわれる」べきであると考える部分が自らの根底にあることをすら自覚している。その意味でこれらの対話もまた人間の精神史においては過渡的なものであるという認識を一方で抱え持ってもしまうのだが、かといって現実に当時の情勢下で松下氏と梶原和嘉子氏とのあいだに展開された対話の切実さは秋毫《しゅうごう》も否定されるものではない。

梶原　……いうまいち思うちょったけど、親戚の一人に九電社員がいるんよ。その人が今度左遷されたんよ。それは、おとうさんのことがあってに違いないんよ。その人にはなんの罪もないのに、おとうさんが運動をするばっかりに、そんな人にまで大きな迷惑をかけたちゅうことじゃないね。

松下　いや、それは違う。たとえば、その左遷された人のことだけどね、よしんばそれが得さんとのかかわりにおいての左遷であったとしてもね、そのことの怨みなり憤りは、そういう卑劣な処置をした九電にこそ向けられるべきなんだよね。権力のねらいは、いつもそんな巧妙な術策で俺たち被害者同士をいがみ合わせ分断して無力にさせていくんだよ。権力のねらいを、俺たちゃ見失っちゃいかんと思う。ここで得さんがしゃべった場合、今しゃべったことが否応なく証拠にされて、ひどくつらい立場に立つことになるんよ。だから問題は、今の苦しさに耐えかねてそれから逃避したいばっかりに何もかもしゃべって、実は先になってもっと大きな苦しみをしょいこむことになるちゅうことなんよね。単に運動組織を守るちゅうこと以上に、得さん自身のためにも、完全黙秘を

貫かなならんちゅうことなんだよ。　　　　　　　　　　　　　　　　（同前）

梶原得三郎氏は、「海戦」から逮捕・勾留された当時、九州電力からも発注を受ける立場にある住友金属小倉工場の工員だった。氏が起訴とともにこの会社を依願退職し、やがて魚の行商を始めるに到る過程は、『明神の小さな海岸にて』『豊前環境権裁判』『いのちき　してます』等にも詳しい。こうした試煉を経てきた果てに醸成した思索の所産であることを思うとき、〈むつき〉に突如、出現する「獄中の人に野兎の糞を送る」という梶原和嘉子氏の奇想天外な夢想（「彼女の発想」）は、いっそうその輝きを増してくる。

松下氏に「反核運動は全国的に盛り上がりながら、それがなぜか反原発運動とは結びつかない。人口六十余万の都市で、百人という数を危ぶむお二人の孤立感は、私の孤立感でもある」（〈ふみつき〉「憲法せんべい」）と記された状況が、この八二年当時にあったことを思うと、その後、八〇年代の後葉に思いがけず膨脹肥大し、またたちまち衰退していった日本の〝反原発運動〟の帰趨は示唆的だ。これについては、後続の巻で、いずれもう少し精査してみたい。

それにしても「一枚ずつに憲法の条文」の焼き込まれた煎餅というのは珍妙である。想像しただけで、「お茶の間で」「噛みくだいて呑み込ん」だりするのは気色悪い条文も、『日本国憲法』には、とりわけ最初の方にいくつかあったような気がするが――きっとそうした文言は、瀬川氏も避けてくれているはずだと思いたい。

三「瀬死の海底」

「下駄をはきちがえた仲というのは、いいものである」（『豊前環境権裁判』第五章「海からの訴え」傍点、原文）

――〈はづき〉に入って、「下駄を間違えちょらんかなあ」と書き出される「懐かしい言葉」を読み始め、すぐに著者のこの一文を思い出した。今回、松下氏が下駄を間違えているのではないかと問いかけられた相手は豊前の「坪井さん」だが、一九七三年の環境権裁判の提訴の日の夜、松下氏が下駄を履き間違えた相手は、本書でも「懐かしい言葉」からほどなく、「精霊舟」でとりあえず「Yさん」というイニシァルで――そして巻末に近く、〈さつき〉の「潮もかなひぬ」では本名で登場してくる柳哲雄氏だ。

愛媛大学で瀬戸内海流の「恒流理論」を唱える柳氏は、『豊前環境権裁判』でも印象的な人物の一人である。

「柳さんといえば、私は海坊主という言葉が反射的に浮かんでしまう。／四年前（引用者註／一九七三年）のこの裁判の提訴の日、瀬戸内調査団の船が宇島港に入港して、夜の提訴報告集会に一同合流してくれたのだが、そのとき調査団船長としてあいさつに立ったのが、柳さんであった。（略）前回の調査の時、柳さんが『松下さん、あなた下駄をまちがえていませんか』とささやいた。そういわれれば、はきごこちがちょっと変だった」（同前／傍点は原文のまま）

そして、さきほどの述懐が続く。

「愛媛大学はいい場所にある。特に海洋工学の建物はよい位置をしめている。（略）のれんをくぐって、ほうたれというイワシの一種であろう細身の刺身で飲むうちに、いつしか神戸行きの船の最終便がでてしまった。／『かつての大学闘争の仲間の多くが、大学を捨て学問を捨ててしまったのに、ぼくは研究室に残り、学界に論文を発表したりしている。ほんとうにこれでいいのかという悩みはいつもある』／あとで讃岐田さん（引用者註／同様に原告側証人となった神戸大学の讃岐田訓氏）に会ったとき、柳の奴は片眼の視力がほとんどないんだ。闘争時に石が眼にあたったんだと知らされた」（同前／傍点も同様）

ここでの柳氏の誠実は疑うべくもないが、それとは別に――〝学者としても優秀〟だったライヴァルたちが人間的・政治的良心に基づいてアカデミズムを去った時期、その間隙を縫っていわば〝繰り上がり当選〟を果たした者が大学の教員職を占めているといった例は、あえていうなら、その後の日本の「学問」の状況を見るとき、枚挙にいとまがない。

四日（引用者註／一九四五年十月）に治安維持法廃止が決定され、東久適内閣が倒れて、幣原内閣ができたのだが、十月十日に日本の政治犯三千名が釈放されている。

三千名というのは、けっしてあだやおろそかな数ではない。三千名もつかまっていたのでは、外にろくな人はいなかっただろう、といっては、外にいた人に失礼になるかもしれないが、政治的に〝読み、書き、ソロバンのできる〟人は、そう多くはいなかったということになるのではないか。

この三千人が外にいたら、革命はできたのだ。支配権力の側からいえば、つかまえるということはいいかげんなことではないのだ。その三千人のなかに入っていたか、いなかったかは、決定的なのだ。宝くじだって三千人に一人くらいは当たるだろうから。だから、ぼくは、敗戦のときに獄中にいなかった人間は、あまり大きな口はきけないと断言してはばからない。またそういう人たちは、現に、その後の議論がおかしい。

（羽仁五郎『自伝的戦後史』第六章　幻となった日本民主革命「おまえはそこにいなかった」／講談社刊・傍点は引用者）

かつて一九七〇年代中葉、近代日本で真にその名に値する数少ない知識人の一人は、こんな洞察を示した。この文脈でいうなら、それに数十倍する人びとが既存の制度に取り込まれることを拒否してなんらかの逸脱をしていた「大学闘争」の時期に、なお恋恋としてアカデミズムにとどまり、〝暴風〟の過ぎ去るのを待った挙げ句、恬《てん》として教員採用の口を探そうとした者などには、〝学者〟としてすら「ろくなやつ」のいたはずはなく、今日の日本の五十代前半の大学人が、戦後日本の「精神史」でもそれ以前に比較したとき、学者としても言論人としても、そこはかとなく一段、確実に低い「鞍部」（本多秋五）の如き傾斜を示しているのは、決して偶然ではないだろう。

私のこうした見解に対し、四半世紀の時をあいだに挟んだ「治安維持法」による「政治犯」と、「大学紛争」で〝ドロップ・アウト〟した人びととでは意味が違う、などとうそぶいている輩は、物理的に隔たる複数の事象相互のあいだに連関する本質的な意味での共通の政治性という点に関しての判断力がないに等しい。一時代の「獄中」は、まぎれもなく、また別の一時代の「〝象牙の塔〟の外」でもあったのだ。だから私は、あの大学紛争の時代におめおめと大学を卒業したような人間は、「あまり大きな口はきけないと断言してはばからない」。

同様の事態は、結果的に商業ジャーナリズムでも起こっていて――なぜなら「企業体」としてのそれらは基本「大卒者」をしか募集対象としていないから――それが今日の新聞や書籍、あるいは放送の内容程度に確実に反映していることを、私は暗然たる思いで眺める。もっとも、これを「鞍部」と見るのは性急に過ぎるのでもあって、そうした「負い目」すら持たぬ――すなわち私と同世代の〝共通一次〟以降前後の後続の人びとが、たとえばアカデミズムでは、いまや平然と大学助教授から教授へと、活字メディアで言えばデスクや編集長へと〝昇進〟しはじめているとおり、事態は次の局面へとすみやかに移行しつつあるらしいのだが。

さきほどの『豊前環境権裁判』第五章「海からの訴え」三「瀕死の海底」からの引用は、つぎのように続く。

「彼らが大学闘争の頃、私は黙々と豆腐を造っていたのであり、そういう体験を共有して語り合うことのできないのが寂しい」

その松下氏が「心痛」に描出されたような地点に、八〇年代に到ってなお立ち続けようとする――

むしろ、そうした時代に到ってから、改めて立とうとすることの意味は、だからこそ小さくない。

「うつらうつら」は『豆腐屋の四季』の秀歌の数かずに歌われた「老父」の、その後の日常の素描だ。本書の他の作品ではむろん、いまだ松下氏らの精神的支柱として矍鑠《かくしゃく》たる姿を示す父であるが、この一篇は、たしかに「歌の訣れ」を自らに確認したはずの氏の、散文による〝老親詠〟であるとも読むことができる。むろん、一方で幼い少女の光源のような生命力が波打っている分、全体の構図には明らかに『豆腐屋の四季』には見られなかった、雪崩《なだ》れるような陽射しが降り注いではいるが——。この章でも、「自転車でノッタリノッタリと」夕餉のおかずを買いに出かけた松下氏は、家からの電話で呼び返されるまで、梶原鮮魚店に長居してしまう（「タチウオ」）。

〈はづき〉の掉尾を飾る「われに涙の」は、さりげない一篇のようだが、日本近代短歌史の大立者・斎藤茂吉を正面から相手取って、松下氏の〝元・歌人〟としてのひそかな矜持を示したものとして、私は興味深く読んだ。まず茂吉の「さ夜なかに」の一首を引き、そうした「茂吉の感情の起伏の巨《おお》いさに」「瞠目する」と記しながら——その一方で「このような涙のありえない」「四十五歳の自分」を「深く自問することがある」とも、松下氏は言う。この屈折した叙述に滲む、氏の「成熟」の自覚を、偽りの謙遜と読み誤ってはならない。ちなみに、本作品集・第一巻の『豆腐屋の四季』の解説「燦然たる黎明」にも記した通り、歌人としての松下竜一氏についての私の評価は、茂吉に対してよりはるかに高い。


「——はい、おかあさんにてがみ。／杏子が封筒を差し出す。ちゃんと折った紙が入っていて、人形の絵と符号のようなものが並んでいる。杏子はまだ字を書けないのだ。／なんと書いてあるのかなあ。／あのねえ、あした、おかあさんがむかえにきてねとかいてあるの」（「橋上にて」）

こんな生の原形の仄明かりを湛えた「場面」に出会えるという経験が松下氏の「私小説」を読むことの喜びであることは、私にも『潮風の町』以来、感得されるようになってきた。ほかでもない、「下獄する人」や「赤とんぼ」などに挾まれて、こうした断章が存在することこそは、この文学者の真骨頂であると言ってよいだろう。

「旗印」〈〈やよい〉〉に示された真っ当な政治性をはじめ、「四月二十九日」（同前）「招待状」「街頭にて」「いやな能力」（いずれも〈さつき〉〉等に示された著者の作家としての真率さは、「人間宣言」〈〈うづき〉〉における南部百姓・命助への共感へとつながってゆく。三閉伊《さんへい》一揆の指導者の一人・三浦命助（一八二〇年〜六四年）の名は、今日、ここに引かれた歴史学者・深谷克己氏らの研究の結果、百科事典にも載るようになった。本稿を綴りながら、インターネットで検索してみたら、釜石市にある命助の碑は〝観光名所〟ともなっているようだ。「勤王」「佐幕」という支配階級間の権力闘争にとどまらない、そうした歴史の地殻変動を促した民衆に光を当てようとする志向が生まれてきたことは、それ自体、歴史学の進歩と言えるかもしれない。深谷氏によれば、往時、人びとは彼の名を「めいすけ」というより、むしろ「めいしけ」と発音していたらしいという。

私事で恐縮だが、〈かんなづき〉の「赤とんぼ」に初めて登場する「Yさん」は、私もかねてよく知る女性である。私自身、彼女の著書の装幀をした上に、さらにその書評を書いたこともあった。畏敬する人物とも言ってよいのだが、むしろ「友人」と、あえて形容する方が、私の彼女への位置づけの全体を表わしている。〈やよい〉の「主人公」で松下氏が赴いた「みんなの家」はこの方の主宰する場だが、そこにも何日か、宿泊させていただき、忘れ難い時間を過ごしてもいる。〈さつき〉の「街頭にて」で憲法記念日のビラまきを提案した「車椅子に乗るS青年」には、初めて「みんなの家」をお訪ねした際、お会いしているようだ。

そういえば、これは人に関してばかりではない。たとえば「主人公」で表題の挙げられた二篇の映画『にんげんをかえせ』『世界の人へ』についても、私はエッセイを書いたり、上映会を催したことがあった。

これらは、一体どういうことだろう。どうやら今日の日本社会の内部で生起する、いささかなりとも本質的な問題との関わりにおいて、連帯ないしは交渉を成立させうる回路が急速に狭まっているという事実と、問題はおそらく無関係ではなさそうだ。ある意味で、決して好ましい事態ではない。だがまた、現状はここから始まるしかないのだという気もする。

たとえば〈しもつき〉の冒頭の一篇「大至急」に描かれたような状況は、その後に改善されているのか。そんなことはない。先日も私はあるメイリング・リストで、段ボール・ハウスに起居しているところを手配師に誘われ、東北のとある現場に送り込まれてみたら、仕事というのが原発の内部の拭き掃除（！）で、怖くなって早早に逃げ帰ってきた、しかし一緒に行った仲間はほどなく白血病で死亡し、自分も咽喉からの出血が止まらない、という初老の男性の証言を読んだばかりだ。

その一方、「カンの判断」（〈しもつき〉）のような対話は、現在でも日本の少なからぬ「家庭」で反復されている営みであるだろう。「私はN君とカンを呼んで話した」——松下氏のこの姿勢を尊いものだと、私は考える。そしてカン少年は十分後に戻ってきた。しかし一人だけだ。N君はやはり「航空ショー」へ行ったのだろう。

この稿を書いているいま、一九九八年十一月十六日——沖縄・名護に住む友人から電話が入った。夫妻で、名護市会議員の宮城康博氏らとともに海上ヘリポート建設阻止の闘いを続けている、私と同世代の友である。昨夜の県知事選での大田昌秀知事の敗北の影響か、声には明らかな憔悴の響きがあった。そう、〈しわす〉の「湯布院から」に綴られた「基地に遠い町に生きる者の日常生活の中にも、自衛隊を支え基地を支えているものがあるのではないか」との問いかけは、決して湯布院に限った問題ではない。

「償い」（〈きさらぎ〉）の福止英人氏が『潮風の町』連作でもとりわけ印象深い終章――凄絶な青春の秘蹟の物語「絵本」に登場する「F」のモデルにほかならないことは、すでに本著作集の読者には改めて伝えるまでもないだろう。こうした友と、共に生き、いまも共に在るにちがいない松下氏の幸福を思うと同時に、小説「絵本」の成立には、また著者の強靭な物語への意志がその基底に脈打っていることも強く感じる。

先に引いた「橋上にて」ばかりではなく、本巻全体を通じての主要登場人物の一人は、著者の第三子・杏子さんだ。〈ふみづき〉の「種明かし」は、〈むつき〉の「杏子が書く」の前奏曲となっていることがわかる。「初雪」の「作り話」の可憐さ。そして「杏子が書く」の美しさはどうだろう。

杏子よ、玄関はやめておきなさい。その代わり、父がここに記録しておいてあげよう。おまえが初めて自分の名を漢字で書いたのは、クレヨンでもサインペンでもなくて、くちなしの実の汁にひたした絵筆であったことを。

（「杏子が書く」）

こうした「場面」に出会うと、この世にこれ以上、重大な事件は、ほかに何もないような気がしてくる。世界が存在する理由は、すべてこの可憐な一事に帰結してゆくようにも感じられる。

だからこそ、私は思うのだ。もしも松下氏の「私小説」に、なお贅沢な不満を覚えることがあるとすれば、それはこれらの作品が紡がれつづけた――すなわち「文学」や「思想」が、ほかでもない「労働」そのものであろうとする、その〝プロテスタンティズム〟（M・ヴェーバー）めいた勤勉さに裏打ちされた「生活」を絶対的な価値とした、そんな生の、疑いようのない一種幸福な状態に対してであるのかもしれない、と。

本書を通読した私が一点、かすかな棘のように気に懸かっている主題がある。音楽の通奏低音のように作品を貫流しているそれが、最も明確に姿を現わしているのは〈かんなづき〉の章の一篇だ。「恐ろしい話であるが、奇形ハマチだけを詰めた魚箱が一日に三十箱も入荷して、それを平気で魚屋が仕入れて行くのだという」「参考までに得さんが仕入れて来た四尾の奇形魚を見せてもらったが、無惨な姿である」「そういう不気味なものが市場に出廻っている」「得さんは無惨な証拠写真を撮ってから、四尾の奇形魚を捨てた」（「奇形魚」）

これらの文言を綴る松下氏の真摯な意図は明確であり、それ自体、誤解の余地はない。また、ここに「この町に二人と」いない「厳しいモラルを持った魚屋」として描かれる当の梶原得三郎氏自身、「海戦裁判」の最終被告人陳述で次のような見解を述べてもいる。

今日、汎地球的規模で工業化による自然環境の破壊がすすみ、とりわけわが日本列島における破壊はすさまじく、世界中から巨大な人体実験室として注目を浴びている現状であります。ここに至ってなお、企業は全くの反省を示さず、間に合わせの法律は次々に作られるものの、全く骨抜きのザル法でしかなく、各段階の行政体は、みごとなまでに主権者を踏みにじって、企業利益のガードマンと化し、全体としてまさに破滅への近道をひた走っている姿があります。（略）われわれは一億総ザンゲの形で諦めてしまうことは出来ません。確かに、この呪うべき社会体制をある意味で支えることによってしか生きられないという意味で、自らも加害者であることの汚点を持ちながらも、しかし企業の悪意の前には圧倒的な意味においてやはり被害者であります。（略）われわれは現実には被告でありますけれども、しかしその志は、未だ経済発展が善であるとする現代文明の根底を、人間の名において告発する原告として本裁判に臨んでいることを明らかにしておきたいと思います。

（『明神の小さな海岸にて』第四章「夜の海岸で」警官隊導入／原文のまま）

見事な陳述だ。とりわけ「自らも加害者であることの汚点を持ちながら」しかも巨大な権力悪の前では「やはり被害者」であることを確認しつつ、果たすべき責任の形を問い直そうとする姿勢は、「公害」「環境汚染」の問題のみならず、「天皇制」や「戦争責任」など、他の多くの領域にも敷衍しうる思索であり、こうした叡智に裏づけられた思想が、日本という国に、たとえどんなに少数でも存在し、語られ続けることは、それ自体、疑いようのない「希望」であるという気がする。

ただ同時に、この見事な陳述のなかでただ一点――梶原氏が「一人の子の親として」「先天異常児の増加を防ぐには、遺伝の側面から対策をとるよりも、環境の悪化をくいとめることこそ緊急で、しかも実効のある方法である」（傍点、引用者）という「本年七月、仙台で開かれた第一四回先天異常学会総会」での「意見」を引用している部分に関してだけは、私は肯うことができない。というのは、これら「異常」「正常」という概念分けが、ほかでもない「人間」において用いられ、また「先天異常児の増加を防ぐ」という〝目的〟が肯定的なものとされてしまうことは、何より、すでに生まれている「先天異常児」に対する――さらに、今後もつねに起こりうる「先天異常」という〝現象〟への、ひそやかだが疑いようのない差別性を含むものであるからだ。

すなわち、これらの論理は一つの「優生思想」の可能性を包含している。そしてその遠い淵源が、この「奇形ハマチ」をめぐる松下氏の切実な報告のなかにも、実はたしかに埋め込まれているような思いが、私には拭いきれない。

集会や学習会の場で、正面きって「障害児はイヤ」という人は、まずいない。でも、本音はどうなんだろうと、執念深い私はシツコク考えてしまう。現に同じ学習会で「放射能は人体内で濃縮されるので、障害児が生まれる可能性は高い。そのことをもっとPRすべきだ」という意見も出ているのだ。

放射能汚染の例としてよく引用されるものに、スリーマイル島の原発事故の影響による巨大タンポポがある。本書（引用者註／このエッセイは甘煮珠恵子『まだ、まにあうのなら』の「書評」として書かれた）では「巨大タンポポ」（六頁）と記されていたが、別のある資料には「お化けタンポポ」と書かれており、私は胸が痛んだ。

以前、食品汚染のPRビラの見出しに「首の曲がった子になるの、ボクいやだ」と大きく書かれているのを見て、私は身震いするほどの不快感を感じた。これを書いた人は、首の曲がっている人の気持ちをどう考えているのだろうと。同様の不快感を「お化けタンポポ」という言い方にも感じたのだ。それは、私自身が生まれながらの脳性マヒで、首も曲がっており、「ビッコ」「かたわ」という言葉と共に「お化け」とも言われて生きてきた体験によるところが大きいだろう。

「お化け」であれ「巨大」であれ、タンポポの「奇形」を強調することによって放射能汚染の恐怖をあおり立てることに、私は言いようのない苛立ちとたまらなさを感じる。たとえば「種々の植物が突然変異を起こし、奇型がつづいています。このように放射能による影響は歴然としていますし、また、このように恐ろしいものなのです（略）」といったような表現だ。結局これらの表現は、「奇型」「障害」をマイナスのイメージに固定化させていくことに他ならないからだ。

（略）放射能で汚染された土地に、たとえ巨大化されようとも咲いていたタンポポは、そんなしたたかな仲間のひとりだと私は思いたい。中沢啓治のマンガ『はだしのゲン』に、「百年は植物も育たない」と言われた広島に麦が芽を出し、ゲンが感動する場面がある。私はその場面が好きだ。その麦の芽は、たまたま「奇型」ではなかったが、「奇型」であれ「正常」であれ、汚染された土地に、それでも育まれた生命であることに変わりはない。
汚染は、これ以上繰り返してほしくない、そう願いつつ、私は巨大タンポポを「恐怖」の象徴ではなく、「生命のしたたかさ」の象徴として、また「放射能汚染への抵抗」の象徴として見たい。そしてそれ以上に、野に咲くタンポポのひとつひとつとして、その生命をまっとうしていってほしいと願う。（以下略）
（堤愛子「ミュータントの危惧」／『クリティーク』第十二号・青弓社／後半の傍点のみ、引用者）

これは補足しておかなければならないのだが、私はいま引用した堤愛子氏のテキストを、私自身の知るかぎり、八〇年代後葉の日本で突如、膨脹した〝反原発〟運動の底流にある優生思想への批判として最も深いものの一つと考える。しかし、かくも優れた、読む者の魂を顫わせる思想に対しても、私はなお全面的に賛意を表するわけではない。

というのは、堤氏自身が明らかに最終的には、私が後述するような、その地平を遠望していないはずはないのに、右の引用の前後の部分では、「脳性マヒ」であると記された自らを含む、おそらくいわゆる「障害者」たちを「ミュータント（変種）」と規定する立場が採られており、またエッセイ全体も、表題に明らかなとおり、その立場に貫かれたものであるからだ（これは松下氏自身の発言とは必ずしも直截には関係ないが、〈しわす〉の「茫々と」に紹介されたダニエル・キイス『アルジャーノンに花束を』などにも、いかにもアメリカ合衆国的な功利主義と優生思想を、私は感じてしまう）。

私は、人は誰であろうと、ただ「人間」であるというそれ以外、いかなる「異種」としての規定も、なされてはならないと断言する。正立したものであれ倒立したものであれ、貴種流離譚は人間に対する偽りである。「ミュータント」ないし「宇宙人」といった体の〝差別化〟は、それが他者から下される場合であろうと、また自ら選び取ろうとする場合であったならいっそう――絶対的に誤りであると、堤氏の痛切なテキストに対しても、なお私は考えるものだ。人間に「ミュータント」はあり得ない。堤氏であれ、また私であれ、人は自分は「人間」であると、言い続けなければならないのだから。ちょうど、あの南部百姓――命助のように。そして、それは決して単に自らのためだけではなく。

また、これは梶原氏に限ったことではなく、一般に多くの「反公害」「環境保護」の誠実な活動家に見受けられる現象なのだが、それらの訴えが実にしばしば「人の子の親として」なされることがある点も、同様に問題であると、私は考える。こうした論理はまず第一に、「子の親」でない者の発言権を不当に軽んずるもの、貶《おとし》めるものとしての含意が受け容れがたい。と同時に「子の親」にとっては、自らの思想の主体性を他の外在的な根拠（「子」）によって成り立たせようとするもの、自らが最後まで責任を負いえない思想として成立させようとする意図の微妙に滲み出たものとして、私自身、前段の問題とともに、長年にわたり峻拒してきたところだった。

先回りして言うなら、本書〈むつき〉の「利発な少女」において松下氏が自らの無意識の「差別性」を苦い思いで自己確認しているのも、実はここまで私が述べてきたことと同根の問題なのだ。

そして、私が提示してきた考察は、おそらく松下氏や「憲法第九条を看板に掲げた魚屋」（〈さつき〉「看板」）たる梶原得三郎氏、さらに「死にもせずに」「請求をせず」（いずれも〈かんなづき〉）続いてきたメディア『草の根通信』に集う、少なからぬ人びとにも共有されうる可能性を持つものと、私自身は考えている。

〔一九九八年十一月脱稿〕

「やさしさ」と「憎しみ」
──『小さな手の哀しみ』

一方、あの垂れ幕を見た瞬間、涙がこぼれたと伝えて来たのは、三里塚をはじめ、各地で厳しい闘いをになっている者たちであった。

厚い壁に挑み痛めつけられている者には、「アハハハ……敗けた敗けた」が何の注釈もなしに、スッと心に沁み入ったようである。

ふざけているのでもない。悲愴になっているのでもない。このような理不尽な敗けは敗けとは認めないという、不屈な宣言であることが、真に闘っている者には直覚されたのである。

（本書「敗れたり敗れたれども」）

先に取り上げた『いのちき　してます』に続く〝「松下センセ」物〟──すなわち著者・松下竜一氏が発行しつづける月刊『草の根通信』に連載されている〝身辺エッセイ〟の集成である。「多くの読者の笑いと涙を誘って来た」「赤裸々なる『私記』」「けだし、運動の理念を訴えるためには、おのれ自身の生き方を裸になって見てもらうしかないとする誠実な信念」（本書「前口上」）のもと、営営と書き継がれてきた連作のうち、本書に収録されているのは、一九八一年一月から八四年四月にかけて成立した三十二篇とある。本文にも示されているように、この三年余の期間には「豊前環境権裁判」の福岡高等裁判所における控訴審の「門前払い」判決から最高裁への上告、その一方での「環境権訴訟を進める会」の解散などがあり、エンタープライズ、カールビンソンと相次ぐ原子力空母の佐世保入港への阻止行動があった時期で、また伊藤ルイ氏との出会いに端を発する評伝の執筆・刊行、その作品に対する大手出版社主催の文学賞授賞などの出来事に彩られてもいる。

すでに読者にも馴染み深い登場人物たちを扱う著者の手腕は、ますます快調のようだ。「カンキョウケン三兄妹よく睦み合い、親子の乖離もなければ夫婦の不和など微塵もなく、じいちゃんもまた大切にされて、範とするに足るうるわしさ」(「床がぬけたら」)という家族や、一家を取り巻く市井の人びととのこまやかな交流は、もちろん「私小説」の本領というべき「病」に関わるさまざまなエピソードをも織り交ぜて、「仲良しごっこ」「げに、いのちきは」「食前にふさわしくない話」「渚にて」「障害また障害」「下駄をいただく」「身を焼きており」「いじけ節」「つまずきの石」などに活写され、すでにこれらの素材と手法が、完全に――古めかしい言い方を用いるなら、著者にとって〝自家薬籠中〟のものとなっていることを思わせる。

表題作「小さな手の哀しみ」や「豆腐の造り方教えません」を読む者は、著者の青春期からの屈折が、ここでは幼い者や老いたる者との、揺曳する柔らかな光と影に満ちた時間に涵されたなかで、ほぼ完璧なまでに慰藉されているらしいことを感じるだろう。時折り、暗い青春の記憶が蘇ることがあるとしても、それはもはや個人史の決定的な谷間を隔てた風景としてであるかのようだ。

いまや、「豆腐造り」に代わって否応なく松下氏の「生業」となった文筆生活に関わる機微(「床がぬけたら」「げに、いのちきは」「増刷の内幕」「福翁ブームにあやかれ」「気鋭の文学者」「出版記念会挨拶」「裸ですべって」「身を焼きており」「ポスターの顔」など)をはじめ、「豊前環境権裁判」をともに闘ってきた篤実な同志たちとの交流(「床がぬけたら」「出版記念会挨拶」「どちらが悪いのか」「うしろからめくろう」「殺し屋の早業」「豆腐の造り方教えません」「ガムテープ切り十一年」)にしろ、著者の周辺の市民運動・文化活動の熱気（「にわか謡曲」「腰に刀をたばさめば」「義理と人情の」「障害また障害」「教会での偽善者」「まさか、まさか……」など）にしろ、本書を通じて流れているのは、総体的には明らかな長調の響きであることが確実に聴き取られ、「一見軽薄に過ぎる」（「前口上」）と慎重に卑下されてもいるこの作品が、松下氏にとってはもとより、またおそらく『草の根通信』を通じて出会う、その第一次の読者たちにとっても、一種幸福なテキストであったにちがいないことをものがたっている。

むろんそこにも、怒りもあれば闘いもある。だが書物でも、時として〝幸福な書物〟が〝幸福な書物〟にしか持ちえない特有の香気を帯びることがあるように、「闘い」にもまた、ひょっとしたら〝幸福な闘い〟がありうるのではないか……。そんな気にすらさせられるのが、本書でも貴重な、松下氏自身の考えるところの「市民運動」の根幹に関わる見解の披瀝された「敗れたり敗れたれども」「アカンベー作戦」「ゼッケン騒動」等の諸篇である。ここには、基調としての日本社会の現実のやりきれなさのなかで、しかも自らの営為を支えてゆくために身に着けられた、底抜けの晴天のような哄笑がこだましているのが、耳をそばだてれば聴き取られるようでもある。

「……もう数本の幟が出来上っている。いずれも敗訴判決を予測しての沈痛なる弔旗で、判決後にこれを押し立てて裁判所前に坐り込もうという魂胆なのだ。万が一にも勝訴の見込みはないと、もう見切りをつけてしまっている」『――というわけで、垂れ幕を用意せねばならなくなりました。大至急、この場で名文句を考えてください。勝訴の場合の文句は要りません。敗けた場合の文句だけでよろしい』というと、皆大笑いして、やがて一人一人が紙片に短い文句を書きつけてきた」（「敗れたり敗れたれども」）

司法権力と、ばかりではない。すでにマスメディアとの交渉の要諦をも学び尽くした松下氏のしたたかさは「微塵という字と枉ぐという字にはカナをふっておいてください。読めない人が多いかも知れないから」（同前）とまで、同志に頼み込む念の入れようである。

さらに「ゼッケン騒動」や「東拘に行った二人」などには「豊前環境権裁判」から、より広汎で普遍的な政治性への志向が確実に見いだされるようになっている。

「三月のエンタープライズ抗議行動のあとで、松下センセは『草の根通信』に『全国的に共通の草の根市民の旗』がほしいものだと書いた。／旗や腕章やヘルメットで統一された労働組合員、学生、セクトといった大集団の中で、ほんのわずかなノンヘル無所属市民は、居り場のないようにたよりない存在であった。どの隊列に並んでいけばいいのか分らないのだった。／もしここに、草の根市民が安心して寄って行ける旗印があったら、ということをそのときつくづく思ったものだ。そういう旗がひるがえっていることが知れ渡れば、一人でどうしていいか分らずに、それでもいたたまれずにいる市民を、もっと結集できるだろうにと思ったのである」（「ゼッケン騒動」）

右に素描された思索は、実は単なる旧来の〝市民運動〟にのみ留まらない――政治という領域に関わる、より根底的な次元からの構造の組み替えを要請する意識の萌芽を秘めているとも言えるだろう。

ところで、このかん松下竜一氏の著作を読み、また異なるさまざまな時期の作品を並行して検討してもくるなかで、いくつか、私としてもずっと気に懸かっている諸点がある。その一つについて、ここで触れておこう。

というのは、この持つ意味や重さは松下氏にとって一貫したものなのだろう、これまで「解説」として対象としてきた巻でもしばしば氏によって用いられている――「やさしさ」という概念である。すでにこれまでも何度か論及してきた松下氏の著書『明神の小さな海岸にて』（社会思想社・現代教養文庫版）に、たとえば次のようなくだりがある。

この頃、座り込み小屋にいて、しきりに思い続けることがある。

やさしさについて。

そのやさしさとは、たとえば亡くなった幼な子をあわれんでお地蔵さんを建てた人々のやさしさ、まだ子供のお地蔵さんだからおひとりはさびしかろと隣に千手観音地蔵を添えたやさしさ、そのお地蔵さんに毎日のようにお茶を供えに来る人のやさしさ、山の神さまに海水を汲みに来る人々のやさしさをいうのだが、そんなやさしさの溢れた小世界に、ある日巨大な支配勢力が侵入した時、そのやさしさゆえに人々の抵抗精神は萎え果て、ついには支配者の意のままに操られてその手先とまでなってゆくのだ。やさしさを理不尽に踏みしだく者への怒りとともに、やさしさゆえにもろく無残に散っていく者の哀しみを思う。

やさしさが、やさしさゆえに権力からつけこまれるのではなく、やさしさがそのやさしさのままに強靭な抵抗力となりえぬものか、せつないまでに私が考え続けている命題である。得さんが逮捕された日から、その動揺の底で嘆きをこめて想い続けているのは、そのことに尽きる。

（『明神の小さな海岸にて』第三章／山の神、海の神「お地蔵さん」）

たとえばこうした一節に特徴的なのは、一見したところ、ここでのいわば〝民衆〟像があまりにも無防備に——肯定的に描かれているかに思われることである。なるほど、松下氏は〝民衆〟の、その「やさしさ」の美徳を、必ずしも一面的に捉えてはいない。一方でそれら民衆の「やさしさ」を限りなく賞揚しながらも、そこに「ある日巨大な支配勢力が侵入した時」「人々の抵抗精神は萎え果て、ついには支配者の意のままに操られてその手先とまでなってゆく」素因としての「やさしさ」の問題点にも言及してはいる。

だが問題の全体像を明らかにするためには、まずそのまえに、果たしてほんとうに「やさしさが、やさしさゆえに権力からつけこまれ」るのかどうかについて、検証しなおす作業も必要であると、私は考える。人びとが「抵抗精神」を「萎え果て」させ、「ついには支配者の意のままに操られてその手先とまでなってゆく」のは、「もろく無残に散っていく」のは――要するに「権力からつけこまれる」のは――まぎれもない、あくまでその「やさしさ」による問題なのか。あるいは仮にそうだとして、だとしたらその「やさしさ」は、実のところ、ほんとうの「やさしさ」なのか？

いかにも、おそらく一九七〇年代以降、「やさしさ」という概念は少なくともこの日本におけるかぎり、最も人口に膾炙し、正面切ってそれを論難する者の甚だ少なかった価値の一つだった。狭義の「文学」ばかりではない。おそらくはるかにそれ以上に、〝大衆文化〟の領域においてはこれはいっそう安直に用いられ、そのつど確実に、用いる者たち自身すら思いも及ばなかった影響をこの国の精神風土に反復作用として及ぼしてきたのだ。それはつきつめて言うなら、現実を徹頭徹尾〝脱「政治」化〟する装置――問題をあくまで情緒的なものにすりかえる装置として。私はかつての一時期、「やさしさ」という言葉に出くわすと、深夜放送のディスクジョッキーがもったいぶった猫撫で声でリクエスト葉書を読んだり、女子生徒に人気の男性国語教師あたりが「太宰治のやさしさ」について講釈したりする場面を思い浮かべざるを得ないのだった。

「そんなやさしさの溢れた小世界に、ある日巨大な支配勢力が侵入した時」……果たして、そうだろうか？　「巨大な支配勢力が侵入し」てこようとしたとき、当の「やさしさの溢れた小世界」には、実はどこかその侵入を予期していた、あるいはむしろ侵入に安堵した――さらに言うなら、それを招じ入れたものが、ひそんでいるのではないか。

「豊前環境権裁判」の過程で、しばしば守られるべき「共同体」の「伝統」、「民俗」として「神事」

その他が示唆されてきたこともまた、これらの問題とおそらく無縁ではない。少なくとも、こうした「共同性」が根づいている、そのままの「共同体」が、果たして真に「権力」への抵抗の基盤となりうるのか。

実のところ、私にはむしろ、それら「やさしさの溢れた小世界」こそが「権力」――「支配勢力」を支えているようにさえ思えるのだ。にもかかわらず、ときとしてあたかも自らが「権力につけこまれ」たかのごとくに装ってすらいることも稀ではない――その「やさしさの溢れた小世界」の狡猾さこそが、私の気持ちを暗くもするのだ。

《そら、金と品物と引きかえ！》全身まっ異な男が、老栓《ラオシワン》の前に立っていた。剣の刃のような眼光に射すくめられて、老栓はからだが半分も縮みあがった。男は大きな片手をひろげてかれにつき出し、片手には真っ赤な饅頭《マントウ》をつまんでいた。その赤いものはまだぼたぼた滴っていた。

（魯迅『薬』／竹内好訳）

これは清朝末期の中国で、刑死者の血を啜れば病が平癒するという迷信におどらされ、「肺病」の息子のため、警世の革命家が処刑された際の鮮血に滴った饅頭を高価な金を払って買い求める貧しい夫婦の物語だ。ちなみに、初出は一九一九年五月、『新青年』の第六巻・第五号である。

《よくなること請け合いさ。並の品物とはちがうんだからな。なにしろ、おめえ、熱いうちにもって来て、熱いうちに食うんだからな》男はしきりにわめいた。

《ほんとですよ。康大叔《カンターシューー》にお世話していただいたお蔭で、まったく……》華大媽《ホアターマー》は、心から感激して、礼をのべた。

《請け合い、請け合い。なにしろ、熱いうちに食うんだからな。なにしろ、この人血饅頭ときたひには、どんな肺病だって、なおること請け合いさ》　（同前）

以前、偶然だがちょうど本巻収録の諸篇が書かれていた八一年の初冬に、この『薬』を原作とした中国映画を観た記憶がある。表題作のほか、魯迅の他の短篇も幾つか脚本に組み入れられたモノクロームの画面は、彼が凝視していたはずの風景の「暗さ」の一端をよく伝えていた。

日本風にいえば三十枚ほどの短篇小説「薬」そのものは、終局の部分に小説としての若干の甘さが流入しており、そこで残念な弛緩を見せているようにも感じる。だが、ともあれ、ある時期まで私にとっての小説に描かれた「民衆」像というのは、むしろこうしたものだった。つまりそれは、十九世紀末葉から二十世紀初頭のユーラシア大陸という、似通った時間と空間に存在していながらも、たとえばドストエフスキイやトルストイの「文学的扮飾」による質朴で善意の「民衆」像などではない。そうした「民衆」像を造形したところが、アジアで——ないしは非・西欧文化圏で「文学」や「思想」に関わろうとする者にとって避けて通ることのできない魯迅という作家の位置を示しているという気もする。

このような冷徹ともいえる、ざらざらする民衆像に比したとき、松下氏の説く「やさしさ」は、魯迅のそれとは隔たった——むしろドストエフスキイやトルストイに極めて近いものであるかのような印象も受ける。この隔絶は、どこからきているのだろう。そして松下氏と、たとえば魯迅とのあいだには、同じアジアに生きながら、実際、巨きな隔絶があるのか。

そもそも——果たして、ほんとうにそうなのか。松下氏は、ただ「やさしさ」のみを賞揚する、ナイーヴな精神の持ち主にすぎないのか。

船を持たぬ私たちは、茫然として沖をみつめている。もし一人一人の視線が矢を放つなら、この小さな海岸から幾百の怒りの矢が海上の測量船をひゅうひゅうと襲っていったろう。

だが、海上では妨げる者もないままに、次々と赤い旗竿が立てられてゆく。

（『明神の小さな海岸にて』第二章／殺されゆく海「海戦」）


これは一九七四年六月二十六日午前十時二十分、ついに九州電力による豊前市八屋明神ヶ浜の埋め立てが始まった事実を記述する、松下氏の言葉である。また、

あの強行着工の日、築上火力の高い屋上から私たちを監視していた奴ら（のちに分かったのだが、それは九電社員に混じって海上保安官であり私服刑事であった）に向かって、私は幾度仮想の銃口を擬したことか。それは、あの強行着工の修羅場での興奮裡での仮想にとどまらぬ、今なおその想いはますますの憎しみをばねとして湧いてやまぬのである。

（『明神の小さな海岸にて』第四章／夜の海岸で「権力の共謀」／傍点、原文）


何より、ここに用いられている「怒り」、それ以上に「憎しみ」という言葉の率直さ、直截性に、私は強く打たれる。それにしても「視線の矢」とは。「幾百の怒りの矢が海上の測量船をひゅうひゅうと襲って」いくとは。そして何より「海上保安官であり私服刑事であった」「奴ら」に向け「仮想の銃口を擬」すとは——。

こうしてみると松下氏の「やさしさ」とは、おそらく血を噴くような怒りや憎悪の裏打ちを受けて初めて成立する概念にほかならないことも、また明らかであるにちがいない。

いかにも、「やさしさがそのやさしさのままに強靭な抵抗力となりう」ることは、あるだろう。だ

が、情緒や感情もまた、まぎれもない「論理」なのだ。人はゆめゆめ、松下竜一氏を胡乱な〝やさしさ教〟の皮相で単純な布教者に棲小化してはなるまい。

温順な民衆にみえているのは、いかにも公正で憲法的な表情の、こわくない権力機構であり、それはむしろ良識社会の一員たる自分を守り奉仕してくれているものとして信じられる。だが、いったんそれに抵抗した者に対しては、権力の相貌はもはや一変して迫ることになる。今、私たちに襲いかかっている恣意的で冷酷非情なものこそ権力の裏側の素顔なのであり、その素顔は良識社会の枠内にいる限り巧妙に隠されているゆえ、権力がそんな一面を持っているということ、否それこそが権力の本性だということを、とうてい信じてもらえぬのだ。良識社会からいったんはみだし、そのことによって弾圧にさらされるまで、分かりえない仕組みなのだ。

(『明神の小さな海岸にて』第二章/殺されゆく海「面会待合室にて」/傍点、原文のまま)

ここでいみじくも「憲法的」と形容されている事柄は、「戦後的」ないし「戦後民主主義的」と言い換えてもよいだろう。松下氏による「憲法的」という用語が、単に「権力機構」の仮面を形容するだけにとどまらず、逆に形容される対象との関係において、日本で「憲法的」であるとはどういうことか、という批評の次元にまで、意図されているとしないとにかかわらず達していることに注意したい。

〝戦後民主主義〟の本質的限界は、一言で言うなら、本来、日本においてすら「民主主義」の最低の出発点にすぎなかった『日本国憲法』を、あたかも最高の思想的達成であるかのように読み違え、それを金科玉条として、『日本国憲法』の思想的限界を最高水準とした後退戦を「戦後日本」の民主勢力が行ない続けてきたことであると、私は考えている。

第一章に「象徴天皇制」を戴いたような「憲法」を最高法規として不可侵の位置に祀り上げた程度の〝民主主義〟が、守られるべき尺度であってはならない。憲法第九条になんら手を加えないまま、いまや自衛隊を地球上のどこへなりとも、米軍に付き従わせ「派兵」しうるシステムが完成しようとしている事実は、そんな〝戦後民主主義〟の本質的な欺瞞の醜悪な悲喜劇の一端にすぎないのだ。

これは私自身、いままでもさまざまな場所で言及してきたので、本書の「解説」ではこれ以上、詳述しない。ただ、この意味で私は、たとえば前巻『ウドンゲの花』でも触れられた「赤とんぼの会」の活動に対しても、敬意は持つものの全面的には賛同できない部分を残している。それもひとえに、『日本国憲法』のような中途半端な憲法を「守る」というがごとき後退した地点から、新たな自由や平等、平和の概念など築かれるはずはなかったからだ。

松下竜一氏の「民衆」や「生活」への表面的な楽観性は、ときとして、たとえば「やさしさ」といったはなはだ安易な概念に隠蔽されてしまいがちだ。だが、その「やさしさ」はつねにそれ自体の内部において、人間としての基底から噴き上げる「怒り」や「憎しみ」、ときには「屈辱」の黒ぐろとした血を養分としつづけている。その自覚があるからこそ初めて、氏は時としてあまりに無防備と見えるほどに易やすと「民衆」を語り、また自らをためらわずまぎれもない「民衆」の一員であると規定できるのだろう。

松下竜一氏と、登場した時期はやや前後するが、戦後日本においてある意味で類似した役割を果たしてきた文学者に、石牟礼道子氏がいる。ともに、制度的な「日本文学」のぎりぎりの〝内側〟にあって、しかし現今の制度圏にすっぽり収まった、すなわち「文壇」の流行〝純文学〟作家たちよりは、相対的に、はるかに重要な意味をもった書き手である点も似ているとはいえるだろう。

石牟礼氏は、現今の「日本文学」のなかで世界的水準で通用する極めて数少ない作家の一人である。しかし私は、その出発点の『苦海浄土』を地上的戦闘の最前線として、以後は一貫して天上的転戦を続けているかに見える——ともすれば擬似宗教的神秘主義と土俗的共同体への深部からの傾斜がその「文学」的純度と完成度とを支え、維持している——換言するなら、痛みや苦しみを「救済」のフィルターを通して化学変化させることによって成り立っている石牟礼氏のそれより、表現としての破綻や思想の不整合を引きずりながらも、この「憎悪」をあくまで手放さないでいつづけようとする松下氏の作業の方に、より可能性を覚えもする。なぜなら「憎悪」こそは最も人間的な感情の一つであるからだ。

そして私は、魯迅の民衆に対する、胸の引き裂かれるような焦慮に燃えたつ深い絶望と、松下氏の自らを「民衆」の一員として定義した擬似〝楽観性〟に潤された「やさしさ」の底をひそやかに貫流している「憎悪」とは、思いのほか似通った温度をもっているのではないかとも考えるのだ。この「やさしさ」と「憎悪」のあいだの振幅にこそ、松下氏の方法論の有効性はありうるにちがいない。

そうした微妙な往還の息遣いが、本書で最も見事に結実しているのは、「気鋭の文学者」の章であるかもしれない。ちょうどこの時代、一世を風靡した「文学者の反核アピール」なる珍妙な噴飯物のプロジェクトをめぐっての、ある意味で抱腹絶倒ともいえるここでの「松下センセ」の自己戯画化ぶりは、実はそっくり——「にわか謡曲」の章での砂田明氏や野呂祐吉氏の前身をめぐっての松下氏自身の「都の役者」なる概念の顰みに倣うなら——ほかでもない、「都の文学者」「江戸の文学者」たちへの、結果的に痛烈な批評となっているようだ。

唐津下罪人の　スラ曳く姿　江戸の絵かきも　描きゃきらん
（筑豊の炭坑唄の一つ／千田梅二『炭坑仕事唄板画巻』裏山書房・発行／海鳥社・発売）

「作家」中野某らが「呼びかけ人」になったという「文学者による反核アピール」は、なぜ、噴飯物なのか？　なぜ、笑止なのか？

なぜなら、「反核アピール」を「文学者」として行なうなどということは、そもそもありえない話であるからだ。また一方、付随的にいえば、現代日本に「文学」は（ほぼ）存在しないからだ。

　第一の点についていうなら、もしも望みうる相対的に意義を持った「反核アピール」なるものが成立しうるとしたら、それは「文学者」としてなどではなく、言うまでもなく「人間」ないしは「市民」として「参加」すべき性質の問題である。多かれ少なかれ、さまざまな意味あいにおいて既得の特権性の上にあぐらをかいた「文学者による反核アピール」などというがごときは、それ自体、概念の矛盾でしかない。

　第二の点については、日本のどこに、どのような形で「文学」が存在しているかは、「反核アピール」のずっと手前（ないしは彼方）で、別にきちんと検討される必要のある問題であるとだけは指摘しておこう（これらの問題を論じた拙稿『「日本文学」の世界戦のために』＝季刊『文藝』連載＝は、都合により、不本意ながら未完のままとなっている）。

　また人は「文学者」と非「文学者」とに分かたれるものでもない。こんな肩書きを臆面もなく用いることのできる者は、その一事をとってみただけでも、ある意味で最も本来の「文学」からすら遠い存在とも言えるだろう。この〝アピール〟に名を連ねるどさくさまぎれに、自らの〝文学者〟（？）としての位階をいささかなりとも引き上げたいとする陋劣な性根までが見え隠れして、あまりに無惨である。いずれにせよ、かの〝アピール〟に加わった手合の大半が、その一過性のブームが去ったあと、いまどのようなていたらくを示しているかは周知の事実であるが、そうした事象の総体に、真正面から、かくもぬけぬけと哄笑的な諷刺の刃を突きつけた松下氏の方法は、ここでも十分に奏功している。

「日本文学」という空疎な虚構のなかで、その制度の「向こう側」へと、新たな一歩を踏み出そうとする数少ない列に自らを加えようとする、表現者としての本来の意味での途方もない野心は――松下竜一氏にあっては終始、明晰に自覚されているといって過言ではない。


「いや……本の数からいえば、おじちゃんの方が沢山書いている。……しかし、沢山書いた方がえらいとは限らないんだ」

「あ、おじちゃんより売れてるんだ」

「いや……おじちゃんの方が、まだしも売れてるだろうな。しかし、売れてる方がえらいとは限らない」

「わかった。その先生、おじちゃんより有名な賞をもらったんやろ」

「いや、それが……この先生は、たしかまだ一度も賞はもらってないんだ。そこがえらい」

（「剣道具拝領の記」）


さきほど引いた筑豊の炭坑唄、通称『ゴットン節』を、私が初めて耳にしたのは、上野英信氏が、たしかTV番組用の記録映像のなかで歌っているのを、その没後に観る機会があった一度だけだった。インタヴュアーのまえに含羞の表情を浮かべた上野氏が、〽ハァ〜、ゴットン、ゴットン……と、おそらくは坑道を往き来するトロッコの軋みを模した囃し文句を低い呟きのように手繰り出していった情景なら、いまでも私は明瞭に思い出すことができる。

背筋正しく次々と披露される剣の構えを前にして、松下センセはいつしか異様に緊張していた。なぜ、師はこのようなことをしているのであろうか。なにかこの執拗さは、ただごととは思えぬ気がしてくるのである。師は、いま何かを伝えようとしているのではあるまいか。剣術の姿を通しての、何かを。
（同前）

私事で恐縮だが、かつて上野英信氏とは一度だけ、ほんの短い時間、対座していたことがある。にもかかわらず私は、それ以前たしかにその肖像写真にも接していたはずなのに、どうしてか上野氏とはまったく気づかず、眼前の温和な表情をたたえた人物に不思議な好感を覚え、対座しているあいだ何を話すでもなく、ただ、にこにこしていただけという失態ぶりであった。

するとと上野氏――と、あとで人から聞かされた人物――の方も黙ってにこにこと私を見返しておられ、結局、その何十分間かはそれで終わってしまったのである。まったく一言のやりとりもないいま、最初で最後の対面が終わったという事実に、私自身、振り返って自分の迂闊さをあきれ果てている。

師が自らの道具を弟子に譲ることは、古来より一つの儀式であった。弟子の側からいえば「拝領」であって、このうえなき名誉であり、「わが流派をしかと伝授したぞ」「はっ、確かに受け継ぎました」という黙契であった。
（同前）

私自身は、自らの「文学」――そう呼びうるものが、あるとして――に関して、ここで松下氏の書いている、氏にとっての上野英信氏のような、いわゆる「師」を、いっさい持たない。「流派」の、あろうはずもない。

だが、おそらく前記の珍妙な対面から程遠からぬ時期のことであったろう、ほかならぬその上野英信が、何篇かの掌篇小説を含む私の最初のエッセイ集について語られた評価を、後に上野晴子さんをはじめ何人かの方がたから伺ったことは、思い返すとあまりにも勿体なかったその「一期一会」の不思議に清すがしい記憶とともに、その後の自分自身にとっての得難い励ましの一つとなった。

初対面の迂闊さ以上に、二十代終わりの私の鬱陶しい客気は、上野英信に褒められる、ということの意味や重さをおそらく完全には理解しえていなかった。恥ずかしいことである。『日本陥没期』や『私の原爆症』など、現在の私が〝現代日本文学史〟で比較を絶する最高の水準を形成する作品群の一つと考える上野氏の文業との、真の意味での出会いは、さらに遅くなってからだ。

筑豊文庫やその周辺の人びとには、本巻の後にも、〝松下センセ〟が引き合わせてくれるはずである。私もまた、直方《のうがた》平野を吹き抜ける風のように、思い出すたび、つねに懐かしい方がたとの、この「解説」エッセイでの再会を、そのつど楽しみにしている。

〔一九九八年十二月脱稿〕

II　生命の秘儀

青春の第一次史料
――『あぶらあげと恋文』

この朝、雪の降ったことはいい。視界が清浄になる。

結局は生きていくこと。一日のささやかな喜びと、より多くの苦痛と、そして倦怠を心に抱いて。

（一九五八年二月十二日）


そう。「結局は生きていくこと」――。

日記をつけるにせよ、つけていなかったにせよ、かつて青春期に、これに似た言葉を自らの内部で反芻しなかった者がどれほどいるだろうか。

結局は生きていくこと――。あまりに自明ともいえる確認である。だが、むしろ自らの若さ、ありあまる時間、横溢する生命力に自家中毒したかのような生と死をめぐるさまざまな想念に衝き動かされ、それらを玩び、また玩ばれた末に（だからそこには、「喜び」や「苦痛」ばかりではなく、「倦怠」が――気を許せば自らの生命をも腐蝕しかねない「倦怠」までもが付きまとうことになる）、結局は「生きる」「生きてゆく」という、この一見ひどく平凡な結論を最終的に選び取り、そして砂を嚙むような〝実人生〟へと踏み出す……という手続きは、これはおそらく日本に限らない、少なくとも近代の青年たちの精神の在り方にとって、決して突飛なものではなかったはずだ。

その意味で、本書に収められた一九五八年二月中旬から一九六〇年一月初旬にいたる二年近くの日記は、まさしく「青春」の記録そのものであり、「青春」のこれ以上ないほどの現実の閉塞と内面の彷徨とが封じ込められた、人生の一時期の息苦しいばかりの第一次史料となっている。二十代初頭の自らの日記を公刊するにあたり、松下竜一氏がこの一九五八年二月十二日の項を劈頭に置いた意図は明瞭だ。

大きな真紅の朝日。利鎌《とがま》のような薄月と明けの明星がまだ空に残っている。海は陽を受けて金色に光り、眼を転じれば山の雪が美しい。ああ、これらを愛する限り、まだしばらくは生き得る。
（一九五八年二月十四日）

なんと清冽な心情表白。生と死とをめぐる内省の劇は、したがって時として「死」に対しても、自らの生を涵す抑鬱の反動として、溢れるばかりの驕慢さを噴出させる場合もないわけではない。

私は雲ひとつない青空にむかってフフッと笑ってやった。まさに牧歌だ。死は常にかかる形で扱われるべし。指呼すれば指先もにじむような青空だった。
（一九五八年二月十九日）

――なぜなら、概念として認識される死は、とりあえずはすべて「他人の死」でしかないのだから。このかんの事情は、現代の日本でその名を引くこと自体が引く者の凡庸さを示す以外のいかなる役割も果たさない何人かのヨーロッパの現象学者の名前など持ち出さなくとも、たとえばかつてマルセル・デュシャンがうそぶいた警句が示すとおりである――「さりながら死ぬのはいつも他人なり」

（瀧口修造訳）。

とりわけ青春期にあっては、たとえ自殺といえども、それが現実の行為へと収斂してゆくぎりぎりの手前までは、一般的にはなお観念の玩具であり、この世に起こりうる「死」は、あくまで徹底的に他者の死でしかない（はずであった）。

松下氏ばかりではない。窮迫の極に追い詰められた無二の友にあっても、他者と自己、そして生と死の想念は、青春の一定期間、なおあくまで観念の領域により多く留まり、浮游して、そこに可能なかぎり比重が置かれつづけていることが、とりもなおさず青春の矜恃そのものを支えつづけもする。そんな作用因子の――はずだった。

「もう、おれ、だめらしい」と私は呟いた。今日も咳は鎮まらなかったのだ。

「死ぬのかもしれぬな」

福止のその不意ないいかたは、私をびっくりさせた。そのまま二人の言葉はとぎれていた。

（一九五八年六月十七日）

だが、それと同時に本書を性格づけているのは、そうした凡百の（と、あえて記す）日本の近代文学者たちの青春と、資質としては近くありながら、しかも社会的・経済的・階級的に……さらにそれらすべてを超え、自らの魂がむしろ意志的に求めてきたある「孤立」への意志に、最終的には由来して――そうした甘美な特権性から遮断され続けてきた、松下竜一によって生きられた青春だったという事実だろう。これはすなわち、本来第一級の文学青年が、しかもファッションとしての〝文学〟や〝青春〟の安手の花飾りから疎外されつづけることをもって、そこに非在の「青春」の形と、その青春の「文学」のありうべき可能性を顕現させようとした、一種〝捨て身〟の苦闘の記録なのだから。

いらいらして豆腐缶を積んだら自転車がひとりでに横転して、二十四丁を粉々にしてしまう。なにかに呪われているように暗い暗い気持になる。（略）崩れた豆腐をしぼってガンモドキに造る。

（一九五八年四月九日）

休学前の一時期、二人は実力考査の成績順位で学年の一位を競い合う仲だったが、彼は東大へと進んだ。学年で一番長身の彼と、一番背の低い私が妙にうまが合って、競い合っているくせに私は苦手な数学をよく彼に教えてもらったものだ。

「しばらく見ないうちに、ふけたなあ」といわれて、私は苦笑するしかなかった。

（一九五八年三月二十五日）

希望が呪詛《じゅそ》となり、絶望がさらに暗く燃え立つ情熱へと化学変化を起こすような青春の孤独の弁証法が、ここには横溢している。

しかもその秘儀性は、すでにあまたの文学青年の青春の自己陶酔や感傷の記録とは、明らかな一線を劃す次元に達しているのだ。

終日、雨が続く。中共の一方的措置による対日貿易の完全停止により、中共大豆が入らなくなり、大豆の値が急騰している。（略）二十二日の衆議院総選挙には社会党に投票すると、父が憤慨している。私も今年から選挙権を得たはずだが、登録に行かなかったので投票できない。投票する気もないのだ。貧しい豆腐屋のことを考えてくれる政治家などいない。（一九五八年五月十九日）

そのとき初めて、松下竜一氏の「生きる」ことへの粘り強い匍匐前進のような確認は、単なる感傷や自己陶酔を超え、呼吸するような切迫する必然性の裏打ちをもっていたことが改めて確認される。

夜、父が「竜一よ、豆乳に味つけをして売り出したらどうかのう」という。（略）「いいなあ、豆乳だからトーグルトと名づけたらいい」と、私も乗気になる。

「一合五円くらいなら売れるじゃろう」

そういって、父が久々の笑顔を見せた」

（一九五八年三月三日）

梅雨以前にはあんなに降り続いた雨が、梅雨期に入って一滴も降らない。ついに水道に塩分が入り、豆腐を造れなくなる。

（一九五八年六月二十二日）

それにしても、何なのか。何が、青春期の松下をかくも苦しめていたのか。

要するに一個の〈石〉と化すことだ。人間界の現実の総てを無表情に諦念して受け容れること。（略）今日、私は満二十一歳の誕生日。誰からも祝われることなく。

（一九五八年二月十五日）

この一節を読んで、私は自分自身の二十一歳の誕生日のことをまざまざと思い出した。というのは、私の場合もその日は事情あって「誰からも祝われることなく」一人で過ごしたからなのだが、ただ言うまでもなく、当時、松下氏の直面していた状況とは、大分、その意味合いが異なってくる。松下氏の二十一歳は、むしろ自らの誕生日を「一人で」過ごすことができるのなら、それは明らかな幸福であったにちがいないような条件下で迎えられたのだから。

私は弟なんか要らぬ。妹がほしい。十六歳くらいの、やさしく静かで美しい妹さえいたら！

（一九五八年二月二十三日）

本書の記録の前半の張りつめた頂点は、一九五八年十一月十一日から十六日まで、一週間ちかくの「家出」の記録だろう。兄弟や父、「義母」をめぐる家庭内の緊張を、しかも青春期の内省的散文の容赦ない徹底性を自他ともに振り向けて剔抉した本書にあっては、その息苦しさは、すでに時間のフィルターを経て短歌とその詞書という方法論が清澄な完成度を示すに到った『豆腐屋の四季』の濃まやかで観照的な叙述の比ではない。この家出の期間、著者は死を思ったという。そしてその後、二箇月にわたって日記は空白のままに残されたという。さらに翌一九五九年二月半ばから始まる、弟たちの東京の就職先の主人の性行動の問題、「義母」の〝入籍〟問題……。たえまない紛糾の記録を通じて見るかぎり、この当時、すでに母を亡くした松下氏にとっては、骨肉とは自らを底なしの地獄に引き込む軛《くびき》にほかならなかったかのようだ。

だが――しかもなお、そこには繊細なオブリガートのような旋律が、たまさか、不意に紛れ込まぬでもない。

午後、英二より洋書が届く。「何かほしい本はないか」と問われて、「もし、みつかるなら」と頼んでいたジョージ・ギッシングの『ヘンリイ・ライクロフトの私記』の原書である。紀伊國屋書店で買ったそうで五百七十円だったそうな。清との共同出費で私へのプレゼントだという。

嬉しくなって、さっそく辞書を片手に二階で序言と「春」の一節を読む。おりしも夕暮れで、なんだか世界中が美しく見える。

（一九五八年四月十八日）

心に沁みる一節である。ちなみに『ヘンリイ・ライクロフトの私記』は、英文学者の小池滋氏によれば、端正なその文体が、往時、英語学徒の青年たちに愛読されたという（平凡社版「世界大百科事典」）。青春期の精神の滴《したた》るような香気が横溢する描写であるとともに、藝術や学問の普遍性に対するあこがれが人間の根底的な希望を蘇生させる作用をめぐって、私が『豆腐屋の四季』論「燦然たる黎明」の冒頭で引いた北代色《きただいいろ》さんの「手紙」と、遠く共振しあっているような深さが、ここにはある。

叙述はやや短調の翳りを帯びるが、一九五九年五月三十日の日記の末弟の伴ってきた仔山羊のエピソードもまた、青春期ならではの透明な憂愁に満ちている。短調ではあるが爽やかな鬱情の滲む、あえていうならイ短調のハミングが、吹き抜ける薫風にまぎれてゆくかのような一篇だ。

そして、友がいる。前述したような、まさに青春の矜恃そのものを互いに支え合おうとした、唯一無二の友が――。

復学しての一年間も、馴染みのないあとの級の者達とは交ることなく、校内文芸誌に小説らしきものを発表したりして、受験勉強に汲汲としている周囲を睥睨して過ぎたが、そのあげくは受験を見送らざるをえないことになる。（「母なき家」）

だが、しかもなおそこに「友」は存在したのだ。

そう、「友」の存在しない「青春」は、実はおそらくありえない。たとえ、それがどんなに孤独な青春であると繰り返し規定されたとしても。またむしろ、友がいることによってこそ、いよいよ青春の孤独が翳りを深めることもあるだろう。それが真実の友であるなら、いっそう。

「友」の存在によって、「青春」は自らが「青春」であることの自覚を得るのだ。「ただ一人の友」―

—いかにも、青春にはおそらく少数の——少なからぬ場合、「ただ一人の友」しか存在しえぬのだ。そして、その「友」との関係は、一種特別の緊張感を孕んだものとなるだろう。

彼はついに私の左人差指の繃帯のことを尋ねなかったし、私も説明しなかった。彼と私の緊張関係の中で、そんなことは形而下の些事に過ぎぬ。

（一九五八年二月二十日）

彼が私を訪ねて来るということは滅多になく、そのことをやはり忌々しく思う心が私にはあった。なぜなら、私は彼を必要としているのに、彼の方は必ずしも私を必要とはしていないということだったから。

それを思うとき、訪ねて行きたいと思う心を私は懸命に抑えることになる。福止の方から来るまでは決して行くものかと意地を張るのだったが、せいぜいそれも一週間が限度でやはり私の方が負けて出かけて行くことになる。

（「母なき家」）

青春の友情は、互いがぎりぎりの矜恃を手放さないことによって支えられている。おのおのが自らを支え得ているというのではない。相互の関係を支え続けることによって初めて自らをも支え抜こうとする、それは自意識で自意識に鑢《やすり》をかけ合うような企てなのだ。そうした青春期特有の友情の逼塞した緊迫感が、松下竜一氏と福止英人氏とのあいだにも濃密に立ちこめ、そしてその潔癖さが本書にはあますところなく造形されている。

暗い夜道を歩きながら、衝動的に福止に告げたことがある。

「おれの身体は、まったくだめなんだ。頭のてっぺんから足の先まで、どこもいいところはないいんだ」

もし福止が「どういう意味なんだ」とでも問い返せば、私はその日手淫によって自分の性器の力が弱いことを、またしても確認してしまったことまで一気に告白したに違いない。しかし彼は何も問い返さずに「そうか――」とうなずいただけで、私の告白は続かなかった。

福止と私が性の悩みについて語り合うことは、一度としてなかった。

（「性のおののき」）

この対話と、たとえば以下のようなやりとりを較べてみよう。

「俺はちょっと変ってるからね。俺の性慾はひととは違うんだよ。その点で俺の女は、特別な女でなきゃあ駄目なんだがね。」

「まあ、俺の恋愛も、もうしばらくだな。近いうちに別れることになるだろうな。」

（野間宏『暗い絵』）

一体、これは何なのだろう。果たして、これが「小説」の会話だろうか。この精神の緊張感の一かけらもない、弛緩しきった成人男子二人の歯切れの悪い猥談が。

（つけ加えておくと、もともと私は、ブリューゲルの絵画の甚だ平板な説明的鑑賞文と、ファシズム下の日本の特権的〝知識階級〟予備軍の風俗描写の冗漫な羅列を接合したにすぎない、この『暗い絵』なる小説には、深い否定的見解を持っている。こんな空疎な小説が〝文学史〟上、〝戦後の出発点〟のように喧伝され、流通し続け、神話化されてきたこと一つをとってみても、そこにはいわゆる「戦後文学」の抱え持っていた、ある種の限界の一つとしての党派性があまりにも無惨に露呈しているように思われてならない）

あるいは、

彼はいつかコクトオのポトマックをぶらさげて、私のところへ現われてきたことがある。

「読んだかいこの本?」

私は、うなずいた。葛巻がコクトオの熟読者だから、私も彼の蔵書をかりて、読むことがあったから。

「笑いだしてしまったのだ。君はヘドが吐けないたちじゃないか。君は何をたべても、あたらない。然し、君自身にも、毒はないね。君は蝮じゃないね」

彼の笑顔はせつなそうだった。私は彼の言葉が理解できなかった。しかし、彼が私に就て考えるように、私が私に就て考えることの必要を認めていなかったので、私は彼に対しては、ただ、黙殺、無言でいるだけだった。


（坂口安吾『暗い青春』）

また、あるいは、

私は彼が自殺に失敗し、生き返り、健康をとりもどして私の前へ現われたとき、思わず怒ったものだった。

「自殺だなんて、そんなチャチな優越が。おい、笑わせるな」

彼の淋しい顔は今も忘れられない。

「知っているよ。然し、ダメなんだ。俺は」


（同前）

なんと空疎で愚劣なやりとりかと思う。この青年も愚劣だが、そんなことを得得と書き続ける坂口安吾もまた愚劣だ（一体に、坂口は一連の自伝作品で、当時の自分の周辺の友人たちを、多かれ少なかれ自分より愚物に見えるような書き方を周到にしている）。

こうしたやりとりがなされ、それが書き留められるという行為全体が、だから歯が浮くように空ぞらしい。それを熱狂して読む読者（たとえば中学生だった私自身）もまた、同様に俗物だったのだろう。

だが、こうした青臭い気取りに染め上げられ、「生活」や「現実」を嘲弄した、ましてや「労働」など最初から関心の埒外にある、その甘えの上に成立するたぐいの特権的な青春の甘美な夢想は、本書『あぶらげと恋文』には最初から金輪際ない。

なるほど、たとえばこういうやりとりはある。

夜、福止を訪ねて、うちまで来ないかと誘うと、珍しくすなおについて来た。

二階の灯をつけずに、二人で話す。ランボーの詩が解り始めたという。（略）彼は絶え間なく成長していき、私は取り残される。橋の袂から、渡って行く彼をずっと見守ったが、彼は振り返らなかった。

（一九五八年八月十五日）

「ランボーが解り始めた」――ここでの福止氏の言い回しは、たしかに青春の一種微妙な客気に彩られている。十九世紀後半のフランスの一象徴派詩人が、たとえば〝天才〟であり、そしてその作品が〝難解〟だから、あえて同年代の友に昂然とこう言い放つ青年が軽率だというのではない。何か、ある対象をかくも神格化して、それを自らが「分かるようになってきた」と口にしてしまうことに〝意義〟を見出そうとする、その初ういしさ自体が、あえて言うなら私にはうとましいのだ。

……と書いてみて、だが思い出す。かくいう私自身、ランボオを読まなかったわけではない。そして右に引用した部分に接し、喚起されるところがあって、いま、書棚を探してみた。外国語で書かれた文献を引用するときは、たとえ最終的には既存の訳に頼るにせよ、一応、なるべく自分でも原典を確認しておきたいと思っているからだ。

私事で恐縮だが、『ヘンリイ・ライクロフトの手記』を原書で読む松下氏に倣えば、私もまたこの日記に登場する松下氏や福止氏らの年齢にほど近いころ、郷里から出てきたばかりの、やはり東京は新宿・紀伊國屋書店の六階（だったか）で、なけなしの金をはたき、ガリマール版のペーパー・バックスの『ランボオ全詩』を買った。だが――いまは見当たらない。都内で頻頻と居を移すうち、どこかでなくしたか、古本屋に売り払ってしまったかしたのだろう。そこで直接、粟津則雄氏の名訳から、その部分を引くことにする。

私が松下氏と福止氏、両者のやりとりで思い浮かべたランボオは、たとえばこんな詩句の書き手としての十代終わりのフランス青年のことである。こうだ。

――今日女たちがおれたちと気があうことはまずないのだが、そういう女たちの清潔と健康に寄生して、ただ一度の愛撫の機会も逃そうとせぬあの男たちをおれが軽蔑したのは正しかった。

（A・ランボオ『地獄の季節』から「不可能」／粟津則雄訳）

ここに、本書の松下氏の相貌が重なり合うといったら……氏はとうてい自らの孤独の場合はそんな勇ましい、意志的・積極的なものではなかった、それは好むと好まざるとにかかわらず現実から強いられた状況にすぎなかったのだと、あるいは手を振るかもしれない。だが、だとしたらランボオ自身の場合もまた、それは彼の生から強いられた結果だったのだ。私の解釈では、「（たとえば）ランボオが分かる」とは、そうした同一性を自らの生存に引き寄せて受容することにほかならない。

いずれにせよ、血を喀《は》きながらなお製材所で働かなければならず、「医者にかかれぬ」まま「線香療法」で肺結核を癒《いや》そうとしつつも、「いま、とても活字に飢えているんだ。なんでもいいから、本を見せてくれ」（一九五八年九月一日）と、友の書棚からベルナノスを借りてゆく青年やそれを貸す友と、中原中也や立原道造とは、やはり決定的に隔絶していよう。その一方で「芭蕉、良寛、一茶、大雅、芋銭のことなど語り合う」（一九五八年九月七日）松下氏と福止氏の姿には、後続の世代に較べたとき、より全人的な「教養」の基盤が共有されていたような羨望も覚える。

しかも注意しなければならないのは、この作品『あぶらげと恋文』は、日本の制度的な「文学」の腐りきった因襲表現でもなければ、またたとえば日本の〝唯一の〟〝公式〟〝革命政党〟の下部・幹部養成青年機関の祝典に立ちこめるような臭気芬芬たる〝健全な青少年〟路線に搦め捕られる記録でもまったくない——その知性において人類の学問・藝術の最高水準の歴史に連なりたいとする高邁な理想に衝き動かされながら、同時に肉体からは五月の若葉のように生なましい精液の匂いの立ち昇る青年の真摯な記録であるという点である（そしてしかもその肉体の現実は、魂が「女たちの清潔と健康に寄生して、ただ一度の愛撫の機会も逃そうとせぬあの男たちを」を「軽蔑」することと、決して両立しないものでもない）。

恋をしたいと切に思う。純粋で静かな恋。燃えるような恋ではなく、静かで寂しい恋。若さに傲った恋ではなく、青春に絶望した惨めな二人がそっと慰め合うような恋。

（一九五八年三月二十七日）

彼女と私の間には北門橋での数分たらずの出会いがあっただけに終り、その四ヵ月後に彼女が大きなボストンバッグを抱えて、足を引きずるように駅に行く姿を遠くから見かけた。彼女も都会の大学に進学していったのだろう。

（「映画と少女」）

細い雨がぽつぽつと落ちる早朝、花売りの彼女は花いっぱいの籠を積み、傘を差さずにやって来た。（略）私は寄っていって「花を下さい」といった。「御前花ですか」と尋ねて、彼女は小さな花束を取り出した。お金を持った私の指はブルブルと震えていた。「これを読んで下さい」私は小声でいって、小さく掌の内に折りたたんでいた手紙を差し出した。

彼女はまるで私のその言葉など聞きもしなかったように、小さく丸められた手紙をお金と一緒に財布に投げ込んでしまった。彼女の端正な顔には、なんの表情も浮かんではいなかった。

（一九五八年五月二十五日）

「巷にまだヌード雑誌などが氾濫していないその頃」「小説が充分に性的刺戟であった」（「性のおのき」）ころの松下氏の「性」の煩悶も、少女たちの冷然たる涼やかさも、もろともに美しい。截《き》りとられた、あまりにも鮮やかな各場面の描写には、私はむしろ、実はほかでもない、これらの文章を「日記」に書き留めるためにこそ、松下氏自身が半ば意識的に自らに演じさせていた、それは「失恋」の〝劇〟の数かずだったのではないかとすら疑ってしまうほどだ。またそうした要素が伴わなければ、かくも細密なディテイルが記録されうるだろうか？　自らの一連の痛いたしい失恋や鬱屈した性慾の、しかも過不足ない的確な描写に、早くも松下氏の作家的野心を、私は感じ取らざるを得ない。

二十代初頭の青年・松下竜一の矜恃は、自らが訳知り顔の同情や憐愍、慰謝で包まれることに対して、あくまで明晰な拒絶感を携えつづけている。そして『豆腐屋の四季』の、時代的には前半部を、しかも『豆腐屋の四季』に先行する時期と、はるか後年の双方向から散文の分析力において挾撃する本書の方法は、「手淫」をめぐる懊悩や「ストリップ・ショウ」「猥褻写真」等をめぐる心の動揺の明滅を経て、やがて、ついにある光源へと向かう――。

貢は船を作っている。なにかの工作かと思ったらお精霊舟で、一緒に流しに行こうという。茄子や菓子を入れ線香の束を立てて、貢と二人で小雨の中を龍王の海に行く。（一九五八年八月二十九日）

この夜、しきりに涼しい風が吹く。

私は今朝、母が豆腐を造っている夢を見て幸福で一杯だった。死んでしまったということは、なんという虚無なのか。　（一九五八年七月九日）

だが、亡母への追想の筆致は、そこにとどまるものではなかった。

真命《まいのち》の極みに堪へてししむらを敢てゆだねしわぎも子あはれ　（吉野秀雄『寒蟬集』「彼岸」）

この歌に出遇ったとき、瞬間的に私の脳裡に浮かんだのは母のことだった。なぜなら、あえて書くが昏倒する前夜の母が父と交合したことを私は知っていたからだ。十九歳の私は息をひそめるようにして、それを聴いていたのだ。（略）母が昏倒し、そのまま亡くなったとき、その前夜のことは私の一番切ない秘密となって胸の奥深くにしまいこまれることになった。
吉野秀雄の真命の歌を知ったとき、私はあの夜の母の交合も、覚悟の最期の別れであったのではないかという気がしてならないのだった。　（「名のない手紙」傍点、原文）

吉野秀雄の連作「玉簾花」は全百一首。一九四七年にようやく成った『寒蟬集』に収められている。松下氏に引用された作に続いて二首——。

これやこの一期《いちご》のいのち炎立《ほむらだ》ちせよと迫りし吾妹《わぎも》よ吾妹
ひしがれてあいろもわかず堕地獄《だぢごく》のやぶれかぶれに五体震はす
（「彼岸」）

その「性描写」は、むろん八〇年代以降の〝ライト・ヴァース〟風〝ポルノ現代短歌〟とは、明白に次元を異にしている。これで連作十六首は終わる。

『豆腐屋の四季』でゴムの前掛けをかけて夢枕に立った亡母の像は、いまここで生身の女性としての全体性を造形された、そしてそのことにより、人間としての総量を明らかにしたことになるのだ——そう、おそらく松下氏は考えているようだ。

女性が臨終で男性に交合を求めるという点では、ほかに石川淳の『普賢』にも同様の場面があった。だが、こちらの方は小説的虚構のあからさまな筆跡と、この作家特有の他を睥睨する高踏趣味がないまぜになった制度的・因襲的な「文学」の不快な特権性の臭みが漂っていて、いささかも感銘を覚えるという代物ではない。

余談だが、松下氏がしばしば言及する八木重吉の妻が、重吉の没後、妻と死別したこの吉野秀雄と再婚したことは、大方の読者の知るところだろう。吉野自身、このかんの事情を詠って、その自らあろうとした人間像を示してもいる。

重吉《ぢゆうきち》の妻なりしいまのわが妻よためらはずその墓に手を置け
われのなき後《のち》ならめども妻死なば骨《こつ》分けてここにも埋《うづ》めやりたし（「詩人八木重吉展墓」七首のうち）

なるほど、この稀有な青春の第一次史料といえども、たしかに瑕瑾がまったくないわけではない。たとえば、一九五八年九月二十一日から二十二日にかけての『アンネの日記』をめぐる思索は、思いがけないほど、松下氏の若さを示している。ここでのアウシュヴィッツ絶滅収容所をめぐる記述は、論理においても用語の点でも、今日からみると是正されるべき重大な問題点を含むし、もともとは若年の「日記」であったにせよ、それを後年、作家として名を成した著者が公刊する以上は、別の対応がなされるべき側面を持っていよう。

またそうでないまでも、いくつかの箇所での思考は不十分で、精確さを欠く。私の一連の「解説」の作業の文脈でいうと、とりわけ次のように書く松下氏は、その後、さらに『豆腐屋の四季』に示されたナイーヴ極まりない新聞投書等を経て、やがてその後の独自の市民主義的な政治思想を切り拓く過程の中間段階（初期段階）に、当時まだ、とどまっていたことを示してもいるようだ。

そうすると、啞然とするほどの矛盾に直面してしまう。人間が最悪の逆境で一番美しい姿を見せるということになれば、理想に達する手段としても戦争は必要ということになるのではないか。戦争こそが逆境の最たるものであり、そこでこそ人間は皆大きな試練にさらされるのだから。（略）矛盾だ。気の狂いそうになる矛盾だ。アンネのいたいたしいエクボのある写真を見つつ、私は茫然としている。

（一九五八年九月二十一日）

ドイツの学生は神に祈って死んだ。しかして彼等と戦ったフランスの学生もまた神に祈って死んだ。ああ、喜劇、喜劇。尊いことなのか、みじめなことなのか。考えれば考えるほど矛盾につるしあげられる。

（一九五八年十月二十一日）

戦争で数百万の人間が虫けらのように死んでいこうとも、神は眉も動かさずに見ている。すぐに地上には数百万の新しい虫けらが誕生するのだ。神にとっては痛くもかゆくもあるまい。

（一九五八年十月二十六日）

この地点から、さらに二十代後半の「朝日歌壇」への投稿や「声」欄への投書を経て、やがて豊前環境権裁判を通じての真に強靱な政治的弁証法へと松下氏が到り着くまでの過程については、いまでは私たちもある程度、俯瞰することができるようになっている。そしてむろん、それは決して短い道のりではない。

ただ、二十代初めの青年・松下竜一にも、すでにしてその後の思想的地平が遠望されていなかったわけでは、決してない。

だが、世界がどう動こうとも、この私の救い難く卑小な生活は変りようがないのだ。小さな食品店のおやじさんやおかみさんのその日の機嫌に一喜一憂させられている私だ。東野商店のおかみさんがここ二、三日私に冷たくしているのが辛くてたまらない。まったく私にむかってものをいわない。何を怒っているのか、原因もわからないのだからどうしようもない。（一九五九年九月二十日）

天皇五十七歳の誕生日。配達に行った東野商店のテレビで宮城参賀風景の実況中継を観る。天皇を祝うために群れて来るこのおびただしい群衆の心理が、私にはまるで分らない。私は実にみにくいエゴイストなのだろうか。

（一九五八年四月二十九日）

すでに引いた一九五八年九月二十一日の項や同・十月二十一日、二十六日などの、一見普遍的な

〝ヒューマニズム〟や平板な情緒主義に立脚した大所高所からの慨嘆が綴られている場合より、むしろこうした感想により深い思考の展開の萌芽が秘められているのは、松下氏の資質と作家としての運命の形の一端を示しているようだ。

「この時期の私のおおよその生活時間を説明しておきたい」（「あぶらげと台風」）以下は、そうした文学者・思想家としての松下竜一氏の胚の内部、いわば原形質の核とでもいうべき領域の息遣いが示された貴重な証言である。また、

あぶらげを揚げるには三つの大きな平底鍋を使うが、火の上にかかっているのは二つの鍋で、左側のくどにかかる第一鍋は油の温度をぬるくしてある。このぬるい油の中にあぶらげ用の豆腐生地《きじ》を十二枚沈めて、少しずつ温度を高めていくのだが、このときの油の熱し方がよほどゆっくりでないと失敗する。

（「映画と少女」ルビ、原文）

ここから語り起こされる詳細を極めた記述は、日常、私たちにとって惣菜の素材としても酒肴としても親しい食品が、いかに細心の技術と厳然たる科学法則との函数関係の上に生成されるかを示して、『豆腐屋の四季』の秀歌群とはまた異なった底光りを湛えている。そして本書には、労働のただなかで、しかも当事者が抑えがたい青春の息遣いに打ち慄《ふる》えている——こんな、みずみずしい場面も散見されるのだ。

夜、東野商店に来てカヴ号の到着を待つ。七時半、三輪に積まれて来る。さっそく、東野のおやじさんから乗り方を習い、小祝の狭い入り組んだ路地を乗り廻す。

すぐに要領得たので、そのまま乗って帰る。家の前に父と和征と貢が出て待っている。和征と二

人で交互に九時過ぎまで近所を走り廻る。(初めて自転車に乗れるようになって、急に新しい世界が展けたように感じた、あの少年の日の新鮮な感動がよみがえるようだった)

（一九五九年十一月十日）

採録されている日記の全体に点綴された映画評も、また同様である。これらのうち、ハリウッド作品等の評価に関しては、松下氏の感想が必ずしも当時の時代的・地理的限界を超え得ていないと思われるものがないわけではないにせよ、ヨーロッパ映画、またとりわけ邦画に関しては、その的確な批評が、しかもすでに「小説家」の――それも二十世紀の小説家の視点からのものとなっている事実にも、読者の注意を喚起しておきたい。

そして、この苛酷な青春の記録も、とりあえずは閉じられる時が近づいている。

こうして見舞いに来ている自分の中の優越感に気づくおぞましさ。なんと自分は酷薄な人間なのかと思う。朝の配達の橋上でときおり見かける白い犬を連れた、どこの誰とも知れぬ娘を恋い慕いながら、唯一の親友の死を間近にして冷静でいられる自分という人間が、怪物のように思えてくる。救われないのは自分の方かも知れない。

（一九五九年十二月二十一日）

本書の巻末、「ひとりだけの友」の死の前後をめぐる厳然たる描写には、多言は不要だろう。読者はここにいたって、あの『潮風の町』の一篇――奇蹟の友情の物語『絵本』が、いかに凄絶な虚構性の上に開花した夢想であったかを確認することとなる。

そして、ゴロゴロと咽喉に痰を鳴らしながら、何かしきりにうわごとをいい始める。

「うちゃん、猫をのけちょくれ。布団の上におって重てえ」

「おお、おお、のけちゃるぞ。こらっ、シッシッ」

Fの父は、居もせぬ猫を追う真似をしてみせる。また暫くして、Fがいう。

「とうちゃん。ももたろうの絵本を忘れんでなあ」

「おお、おお、忘れんど、忘れやせんからのう」

Fは今、幼い日に還ってしまっているのかもしれない。桃太郎の絵本のことなどいっているのだ。Fの父は、そんな妄言にも真剣に相槌を打って、Fの手を握ってやっている。皆、親戚の者達は涙をためて見守っている。


（松下竜一『潮風の町』「絵本」）


あるいは病篤くなってからの福止氏を見舞いつづける一日、実際にこうした「居もせぬ猫を追う」やりとりはあったのかもしれない。

だが、ここでFに「ももたろうの絵本」を語らせる際に「居もせぬ猫」を用いる巧みさ。この細部の完成度は、柳田國男『遠野物語』第二十二段で、通夜の席に棺に納められているはずの死者が裏口から姿を現わし、その着物の裾に触れた「炭取り」が回る場面の窒息するような恐ろしさに近づいているといって過言ではない。

「あなやと思ふ間も無く、二人の女の座れる炉の脇を通り行くとて、裾にて炭取にさはりしに、丸き炭取なればくる〳〵とまはりたり」——これを後に小説にリアリティを与える要諦の好個の見本として解説したのは三島由紀夫だった。しかしそんなことは、三島に得得と講釈されなくとも、実際に『遠野物語』そのものを読めば誰でも解る話だ。

かくも巧緻の限りを尽くして織りなされた物語に、その存在——生と青春の苦闘を書き留めることによって、文学者・松下竜一氏は「ひとりだけの友」福止英人氏に対し、これ以上ありえない弔花を捧げた。この短篇『絵本』とその成立の重層的な諸状況は、それ自体が戦後日本の一地方都市に生起した二人の青年の友情を比類ない神話とせしむるものであるかに思われる。またここには、松下氏の作家としての振幅の巨きさが示されてもいよう。読者は、「私小説家」であることがそれ自体、同時に「虚構」のしたたかな作り手でもあるという松下氏の方法について、おのずから思いを促されるにちがいない。

生きようとする意志と、それを阻む現実。だからこそいっそう尖鋭に——そして疑いようもなく鮮やかになってくる生への希求がある。これは、それにしても苦難に満ちた「生活」というものの裏打ちによって初めて起こりえた事態なのか。

そう問われるなら、私自身はあくまで、とりあえずそうした考え方には与《くみ》しないでいたいと思う。なぜならそれは結果的に、貧困や社会的疎外、抑圧というものを〝真摯な生〟の不可欠の根拠として捉える——ちょうど『豆腐屋の四季』を両手をひろげて迎えた当時の日本社会と同様の認識を、反対方向からにせよ、共有するものになってしまうからだ。

総体として『あぶらげと恋文』は、いくつかの難点・弱点をも含みながら、眩いばかりにかけがえのない「青春」の書である。日記文学としての完成度の高さにのみ留まらない、この——言葉の本質的な意味での特権的な「青春の文学」が、人間の自由への希求や社会正義の概念が総じて甚だ貧しい〝近代日本文学史〟において——しかも「戦後」日本のそれとして——誕生したことは、一つの奇蹟かもしれない。

その意味では、いまにして松下竜一氏の「孤独」は、ついに十全に報われ得たのだ。見事に、予期しうる最大の成果をも超えて。

〔一九九九年一月脱稿〕

「歴史の著作権」は誰にあるか

——『右眼にホロリ』

著者発行の〝ミニコミ〟『草の根通信』連載の、いわゆる〝「松下センセ」物〟の三冊目である。と同時に、おそらく本書は、この系列のなかでもそのテキストが書かれた時代状況が最も色濃く投影されている一冊でもあるだろう。

「なんて、ふてぶてしい顔なんだろ。世間を騒がせながら、得々として記者会見なんかして——」
「ろくな作品も書けんもんだから、裁判ばかりして売名しよる」
「一種の訴訟マニアなんだろうな」

などという声を一人で想像して、松下センセ新聞記事を前に身も細る思いでいる」

（「ひっそりと生きたいのに」）

相変わらずの笑いをもたらす巧みな自己戯画化が、著者ならではの醒めた自己分析に裏打ちされてこそ、初めて可能となるものであることは、言うまでもない。そして本書でも、松下竜一氏は「電力であれ鉄道であれ、それを利用するしかない独占的な企業に、一方的に泣き寝入りしてきた」者の側から「当然な権利を突きつけて問い直していく」（同前）という、産業社会の資本主義原理に対する、従来からの「権利」の思想をさらに展開することに成功している。しかもその手法は〝時代の追い風〟ともいうべき「時の利」を得て、ひときわ生彩を放ってもいるかのようだ。

ただ一つだけ、いわば全国の多くの「松下ファン」の注意を喚起しておきたい点がある。それはこの八〇年代後半の時期、それまで「運動家」として、一見、オートバイにたとえるならギアをトップに入れ、フリーウェイに最高速の巡航を果たしていたかに見える松下氏が、一方で日本社会の歴然たる〝変わり目〟の瞬間をめぐる鋭敏な知覚を研ぎ澄まし、時代の〝冷え始め〟の意識のなか、実は「文学者」（ないしは「思索者」）としては、ギアをぎりぎりの低さにまで落とし、閉塞しはじめた状況のスラロームをくぐり抜けようとしていたのではないかということだ。松下竜一氏の、いわゆる「文学者」であると同時に、現代日本の目に見えない〝プレス・コード〟を踏み越えるところで維持されてきたさまざまに苛烈な闘いの、その過程で培われた老獪な運動家としての方法意識を、心ある読者は見落としてはなるまい。

むろん、これは単なる仮説の域を出ない。それを承知で、この前提をさらに敷衍《ふえん》することを試みるなら、この作業はひとり「文学者」としての松下氏に要請された切実な選択であるにとどまらず、ほんとうはこの時期の日本社会全体の問題にほかならなかったのではないかとも、私は考えているのだ。

たしかに、八〇年代後半に澎湃《ほうはい》として沸き上がった、ある種の〝市民主義〟というものがある。いわゆる〝反原発運動〟は、現実の方向として目指された、その代表的なものとも言えるだろう（これらについての私の見解は、私自身、これまでもさまざまな場に書き留めてもきた）。

そしてこの時期、たとえば伊方原発阻止運動や東京大学入学式での講演等を通じ、ジャーナリスティックな意味では、明らかに空前の「知名度」「影響力」を獲得した松下竜一氏の存在は、氏自身が好むと好まざるとにかかわらず、瞬間風速としては当時の日本の〝市民運動〟の明らかに神話的偶像として仰ぎ見られるほどの勢いを持つ趣を呈していたことを、私はよく知っている。また実際、そこで松下氏が、自ら意図するしないとにかかわらず果たした役割は、結果として圧倒的なものであったことをも、私は否定しない。

その上で、私が考えてみたいのは、それら八〇年代後半のある種の〝市民主義〃が、たとえばかつて『豆腐屋の四季』で松下氏自身により、自らが真摯に傷つきつづけた問題として提示された「生活」と「変革」の切実な二律背反の一方の価値であったはずのもの——あの往時の「変革」と、どのような関係にあるか、ということなのだ。

デモへゆくなと書きて寂しも遅れいし学費弟へ送り得る日に（『豆腐屋の四季』「思い出」）

空母迫れどただ卒論に励めりと書き来し末弟の文いたく乱る（同「巨艦来たる」）

反戦デモ集《つど》えるかたえうつむきて日暮れの豆腐を積みて急ぎぬ（同「反戦デー」）

それは、右に引いたような葛藤、多数と少数、連帯と孤立の両面価値性《アムビヴァレンツ》の裏打ちを、後続の〝市民主義〃が持っていたかどうかの問題であるとも言える。

たとえば伊方原発阻止運動に際して、一人の「主婦」が「デモへゆくな」というような掣肘《せいちゅう》を受けるという局面が、どこにどの程度まで出現したか。六〇年代末の状況との比較ばかりではない。この八〇年代後半の〝市民主義〃は、七〇年代前半、「豊前火力建設阻止」闘争に松下氏らが立ち上がったときの志向とも、実は異なったものではなかったかとも、私は考えている。

むろんこれは結局、相対的な比較にすぎない。また、あらゆる「政治的行動」——変革の〝運動〃は、なるべく間口が広く〝気楽に〃入ってゆける祝祭的なものであった方が好もしいという意見が少なからずあることは、私にも容易に予想される（私自身は、必ずしもそのようには考えないが）。

紙数の関係もあり、いまここではこの問題にこれ以上詳しくは立ち入らない。だが、前掲の三首の歌の詠み手が、その後いかに「日本文学」の制度の枠を超えた「変革」の思想と行動に踏み込む表現者へと何重もの自己変革を遂げていったかを考えるとき――なるほど、いまだ松下竜一氏自身の内部に自己完結した形としては、すべての問題が徹底して追究されているとはいえないにせよ――〝変な子どもを産まないために〟の優生思想のもと、潮が満ちるように隆盛を極め、また潮が引くように衰滅していった「原発いらない」「いのちが大事」の〝市民運動〟の歴然たる功利主義は、量的にではなく明らかに質的に、かつての「生活」と「変革」の閲ぎあいの底から顕現した「豊前火力を」「止めきるち信じちょるかどうかじゃないいんだよ。止めたいち思うちょるんかどうかちゅう問いかたをせないかん」(『明神の小さな海岸にて』第二章／殺されゆく海「問答」から)という思想の弁証法的な輝きとは、もはや隔絶したものだったのではないかということである。

葉の上に宿った水滴の表面に「世界」が映っているように、どんなに小さな問題の一つにも、他のすべての問題群へと到る補助線が隠されているのだと、私は考える。かつて五〇年代から七〇年代にかけて――「公害」問題にせよ「障害者」問題にせよ「反戦」運動にせよ、それぞれ、ともすればなんらかの意味で〝個別課題〟闘争の閉鎖性に陥る危険を慎重に排除し、たえず自らの「運動」そのものが抱えこむ停滞や腐敗の危うさを検証し、現実の諸矛盾の、その根源に横たわり通底する構造的な問題に、さまざまな回路から最後は到達しなければならないとする認識が心ある人びとの共通の諒解事項となっていた時代の「全体性」への志向のごときものが、八〇年代後半の〝市民主義〟には稀薄だった。

むしろそれは、その時期までの先行する良質の「政治性」を、一見、その延長上でより口当たりの佳い（間口の広い）イヴェントの数かずに「改良」したかに振る舞いながら、その実、広告代理店（電通）的な商業主義の〝感性〟と方法論とを、それまでそれらが慎重に排除されていたはずの領域にも公然と持ち込み、内部から腐蝕する溶媒として機能したのではなかったか。

いまにして思えば、これは方法の選択の誤りだったのではなく――間違っても、そんな生易しい問題ではなく――実は最初からまったく似て非なる、根本的に本来あるべきそれの対極から侵入してきたものに「運動」がすげかえられたという事態だったのだと、私は位置づけている。そしてその果てに、「保守」と「革新」、「体制」と擬似「反体制」とが、広告コピーとキャッチ・フレーズ、歌舞音曲にTVの「視聴者参加ゲーム」めいた〝娯楽路線〟の模倣と反復の拡大再生産を繰り返しながら、無限に相互を――また人間総体を低め合いつづけてきたのが二十世紀末葉の日本の社会状況であると、私は考える。

新人の稲嶺氏は経済界の出身で、沖縄の危機とは今、経済問題であり、失業率の全国二倍、県民所得の全国最下位の実態は、大田県政によって作り出された「県政不況」のせいだと言ってのけました。初めて耳にする「県政不況」の造語は、日本中を満遍なく浸す「平成不況」とごっちゃになって、不況を作り出した張本人であるべき政府、財界への怒りもとり込んで大きくふくれあがった感がありました。

知事が変われば、経済も基地も動きだすかのような幻想は至るところでふりまかれました。広告会社最大手のデンツーの支え、「このままじゃいけない、変えなくちゃいけないよ」の男性デュオによるイメージソングの登場。医師会に配付された選挙運動マニュアル。

（新田千鶴子『やんばる通信』第一回「海上ヘリ基地に揺れる沖縄・名護より」季刊『批判精神』創刊号／一九九九年、オーロラ自由アトリエ発行／一部略）

その思いが必ずしも明確に論理化されたか否かは別にして、苟《いやしく》も『豆腐屋の四季』の著者が、「スリーマイル島」「チェルノブイリ」以後に沸き立った日本〝市民社会〟の自己防衛の功利主義と、自らの思想の核に蟠る深い疎外感との乖離に気づかなかったはずはない。本書に収録された諸篇が書きつがれていたのは、松下氏がそうした状況の隘路を智略の限りを尽くして生き抜こうとしていた時期だったはずであり、たとえば「新一万円札」の肖像をめぐつての、〝脱亜入欧〟のイデオローグに対しての至極まっとうそのものの批判すら、新聞記者への答えにおいてどれほど慎重になされているか(「わが里はいま大フィーバー」)を見るだけでも、氏の〝軽妙〟極まりないエッセイが、実は微妙な苦衷と細心の方法意識のもとに成立していることが理解されるはずである。

こうした状況下、一種微妙に困難な文業が担われつづけてゆくにあたって、本書でも氏の伴侶・松下洋子氏の人間像は、ますます光を放っている。

翌日、さっそく中津署の警備課から二人の刑事が訪れた。(略)どうやら警察としては、松下センセの保護にかこつけてこの際とばかりに脅し続けて、まず小心な細君の神経をまいらせ、ひいては松下センセの意気を阻喪させようという高度な心理作戦に動き始めた模様である。

心痛のあまり細君がホロリと涙をこぼしそうなものではないか。ところがどっこい、装幀者の思い入れを裏切って(あるいは警察の期待も裏切って)松下センセの細君はひそかな涙をこぼしたりはせぬのである。(略)夏休みに入って家族で海水浴旅行に出かける日、刑事からの電話が切れて細君のほほんといいましたねえ。

「うちは、なんぼ留守をしても安心やなあ。警察が見張ってくれてるんやから」(「右眼にホロリ」)

「そんな内職があるんですか。――どんな文章を書き写すんですか」

まさか夫の文章を書き写しているのだとは、この女性は想像がつかないらしい。

「いま、爆弾のこと書いてるんです。爆弾には黒色火薬と白色火薬があるというところです」

「バクダンですかあ」

あっけにとられて声を呑んだ気配が、部屋の中の松下センセにも察せられた。

「ええ、三菱重工という会社に仕掛ける爆弾です」

（「こんなにも気弱なカゲキハ」）


人間における「強さ」と「たおやかさ」との微妙な関係が、ここには明らかに示されているようだ。また「おとうさんが一番小さい」「真の連帯のために」などの諸篇には、一種、原初の「聖家族」（そう記しつつ、この言葉の価値についての判断は、実は私において微妙であるのだが）の濃密なエロスが立ちこめてもいる。

さらに本巻を特徴づけているのは、「貧乏」がこれまで以上に一種積極的な〝意匠〟となって提示されている点だ。


柱がゆがもうが、障子のガラスが抜け落ちようが、床板が陥没寸前であろうが、雨が漏ろうが、便所の戸が閉まらなくなろうが、畳が破れようが、ガラス戸が隙間だらけであろうが……しかし、それが人生の真の幸福にいささかも影を落としはしない。

（「姉の小言」）


しかし、そこまで感覚を麻痺させるには、松下センセも並々ならぬ心の葛藤を経てきてはいるのである。それはそうではないか。いくら松下センセとて、好んでボロ小屋と思われるような家に住みたいわけがないではないか。

（同前）

これらはむろん、〝登録商標〟としての欺瞞的な「清貧」とは明瞭に一線を劃した、〝売り物〟ではない本物の「貧乏」――それ自体は現在の社会で職業文筆業者として「真実」に近く生きようとするなら避けがたく強いられる、誇るべき経済状況にほかなるまい。しかも同時に松下氏は、実はたとえば「レンゲ畑」を持つ（「日々片々」）といった、余人には計りがたい、金銭に換算しようのない豪奢をも享楽する人なのであり、その鷹揚かつしたたかな〝二枚腰〟の価値観は、明神海岸という中津市民の財産を「貨幣価値」を超えたものとして定義しようとした往時の志向以来、健在である。

そして「十九枚の落葉」に見られる『潮風の町』以来の掌篇作品の手並みは、相変わらず鮮やかだ。この一篇はとりわけ短歌的な発想が首尾一貫しており、あたかも黄金の銀杏の落ち葉の敷き詰められたなかに、何首かの短歌のモザイクが巧みに鏤められているかのようである。

私は松下竜一氏の「私小説」系列の作品に関しては、「自己」というものの提示のしかたにおいて松下氏と太宰治の類縁性を指摘してきたが、その一方、対象の把握という点では、松下氏の方法が連想させるのは梶井基次郎である。そして念を押すまでもなく、太宰の場合には悪質な紛い物としてのそれしかなく、梶井にはほとんどまったく見出し難かった「社会性」が、松下氏にあっては作品の基軸を成す点が、両者と巨きく隔たったところとなるだろう。

それこそが本書や、この系列のエッセイが支持される力の根拠でもあるにちがいないし、また鋭敏かつ強《したた》かな松下氏自身は、読者の支持よりさらに遠い地点から、そうした「自己演出」を施す作業それ自体を自己批評するという手続きを愉しんでいる風でもある。

さて、「しらぬがほとけ」「沈みに沈んで」の二篇は、松下氏が自らの「文学上の唯一の師」と仰ぐ上野英信氏の逝去をめぐっての記録である。

そもそも上野英信（一九二三年～八七年）とは、どのような文学者だったか。

とおちゃんはやくかえってください。みずにつかり、くるしいでしょう。みのるやかあちゃんがないてばかりおります。わたしもなきます。

（小学校一年　おおが　ちかよ）

わたしの一ばん大すきだったしかみにいちゃん、はやくかえってきてください。水の中はつめたいでしょう。じいちゃん、ばあちゃんも、まいにちまいにち、しんぱいしてないております。わたしのおかあさんも、まいにち、にいちゃんのことをおもってないております。わたしがっこうでべんきょうしておるときも、にいちゃんのことをおもいだしてべんきょうがすこしもあたまにはいりません。しかみにいちゃんがいなくなってから、なんにもてにつきません。はやくげんきなすがたをみせてください。しんじゃいやです。いきていてください。とみこはいのっています。しかみにいちゃんはやくはやく。

（小学校二年　ひだか　とみこ）

わたしはときどきゆめをみます。ひこにいちゃんがかえってきて、びしょぬれでいた。そしておえんにすわって、みずみずといっていた。わたしはびっくりしました。そしてまたねた。そしたらまたゆめをみた。かえってごはんをたべていた。ねえちゃんのゆめは、ひこにいちゃんがかえってきて、ねえちゃんあそびにきたのねとゆうたから、ひこにいちゃんがみずにつかっとるからきたのよとゆうたら、おおきなこえでぼくはげんきなのにと、おおきなこえでわらったようです。

（小学校四年　井料きく子）

にいさんがこうないにさがって大水のためでられない日から、きょうで「六日めだ」。きのうのよるゆめを見た。二十九人の人がいちばんおくの方で両手をあわせて、早く水がひきますようにと、いっしょうけんめいにおがんでいるのがかすかに見えた。めをさましたらもう朝だ。にいさんの写真をながめて、にいさん、かあちゃんもとおちゃんもしんぱいしてくたびれとらすから、早くかえってきてくれよ、僕はまっています。にいさんが死んだとは思っていません。にいさんはこのたんこうに十年ぐらいはたらいているのですから、こうないの中はくわしくしっているから、しんだとは思っていない。早くかえってきてください。まっています。かならずかえってきてくださ い。

（小学校六年　福原末治）

出水事故以来もう一週間も過ぎているのに、まだ坑内の兄さん達が助けだされないのが、くやしくてなりません。が子供の私にはどうすることもできません。ただ救出作業員のおじさん達におねがいするほかないのでしょうか。学校へ行っても兄さん達のことばかり気がして、なんのため学校へ行っているのかわかりません。家では義理の姉さんが三畳の部屋で赤ちゃんをだいて涙ぐんでおります。私も悲しくてぽろぽろと涙がおちます。気でも狂ったようにどなるお母さんは、私以上に悲しいおもいをしているのがわかります。

ゆうべも夢でみました。おそろしいどろ水をあいてに兄さんたちがいっしんになってたたかっているのを。だから、だから、兄さん達はまだ生きている、ほんとうに生きている。早く助けてやらなければ兄さん達はしんでしまう。だから一時も早く助けてください。おじさん達におねがいします。

（中学校二年　板垣京子）

（上野英信『日本陥没期』「裂」一九五八年初出／『上野英信集』第三巻・径書房＝一九八五年刊＝から）

右に引いたのは、いずれも一九五八年五月、長崎県北松浦半島・江口炭鉱の出水事故で生き埋めになった家族の生還を空しく願った少年少女の作文だ。事故から三箇月が経とうとする真夏、惨事と、その後にいっそう苛烈さを増した人員整理・賃金切り下げに対する絶望的な闘争の困難に「萎えつきるような虚脱感」（『裂』から／以下同）に涵《ひた》された「塩分をふくんだ熱気と石炭の粉塵のまい狂う海辺の炭鉱街を、途方にくれてあてもなく」「さまよいつづけた」三五歳の上野英信は、「古ぼけた公民館の壁に貼られた『江口炭鉱水没犠牲者遺族会』の文字」に引き寄せられ、入った館内二階の「犠牲者をまつる合同祭場をかねた遺族会事務室の片隅で」「子供たちの綴方《つづりかた》」に出会う。

二十人をこえる子供たちのどの作品も、読みづらい鉛筆の走り書きであった。なかには原稿用紙を使っているものもあったが、どれも一様に、ひき裂かれたごとく字はとびちり、一行一行は狂暴にねじまげられていた。（略）読んでゆくうちにわたくしは、ふと一つの共通した現実に気づいた。それはほかでもない、ほとんど大部分の子供たちが夢を――まだ父や兄たちが生きている夢を訴えているということである。（略）いたいけな子供たちがこれらの綴方を書いた時には、炭鉱が水没して既に一週間をすぎている。二十九名の犠牲者たちがまだ生きていようなどとは、それこそ夢にも信じられない時である。それにもかかわらず子供たちは、夜ごとに父兄の生存を夢み、かたくその生存を信じて疑わない。その夢を、単に生きていてほしいと祈る遺族たちの、はかなくも一途《いちず》な願望の現われとして片づけることができるだろうか。（略）わたくしは決して非科学的な夢占いをしようとは思わない。（略）ただわたくしは、ここに書かれた子供たちの叫びの、必死の真実だけはどうしても疑えないのだ。（略）「だから、だから、兄さん達はまだ生きている、ほんとうに生きている。……」

検視した江口炭鉱病院の医師の説によれば、死因は窒息死か餓死であろう、恐らく水没後一週間から十日間は生きていたであろうという。（略）二十九名の犠牲者たちが即死ではないことは事実である。彼らは、水に追いつめられて狭い（しかし完全な）空間に逃げこみ、水によって密閉された空間で死んでいる。（同前）

上野は、神秘主義や安易な情緒主義に陥ってしまう危険を何重にも周到に避けつつ、続ける。

ただひとつだけ、次の想像だけは許してもらいたい。「気でも狂ったようにどなる」母親や、「毎日毎日泣いてばかりいる」（引用者註／割愛した「中学校二年　山下孝」氏の作品中の言葉）祖父母や兄嫁や兄弟たちのかたわらで作者たち自身も泣きながら、鉛筆をにぎりしめて父や兄の名をよびもとめているころ、彼らの父や兄もまた深い地底の古洞水の奥から、まさにほろびつきようとする肉体と精神の最後の力をふりしぼって、父母や妻子の名をよびもとめていたかもしれないということだけは――。（同前）

そして上野は、二十九の遺体とともに搬出された装備品に、彼ら死者がいまわの際に書き記した「遺書」を引く。


安武さん（三十四歳）はキャップランプの電池ケースに。

「イキガクルシイ　ゼンインジバク　フボコドモタノム　ゲンキデ　サヨーナラ」

林田さん（二十七歳）は鉄帽に。

「オカーサン　オトーサン　タク　シズエ　ツルエ（後不明）」

西脇さん（三十七歳）はキャップランプの電池ケースに。
「ヨシコ　チチタノム　サヨーナラ」
斎藤さん（三十一歳）もキャップランプの電池ケースに。
「タノム　サカエ　サヨーナラ」
岩橋さん（二十六歳）は鉄板製のホゲに。
「井料　西脇　ミヤコ　ヒトシ　フタリナカヨク　タノム」

彼らが文字を書きとめることのできるものといえば、かたい金属製の作業用具や装身具でしかなかった。或る者は爪でキャップランプの電池ケースに、或る者は石炭のかけらで鉄帽に、また或る者は薄い鉄板でつくられたホゲにツルバシの尖端をうちこんで穴をあけながら、最後の言葉を刻みこんだ。わずか数字の片仮名を彫ることさえも、彼らにとっては必死の努力を要したであろう。

（同前）

このあと、稀有の文学作品『裂』は、残された人びとの痛切な姿を、消え去りがたい印象とともに造形して終わる。

上野自身の叙述や考察が、優れたものであることは言を俟《ま》たない。だが、最終的に上野英信という文学者が存在しえたことの最大の力と意味は、ここに記されたような人びとの「言葉」を、自らの作品を通じ、遠く時空を隔てた「他者」――私たちのもとへと届けてくれたことではないだろうか。そしてそこから、世界と人間の現在の真実の形を私たちが認識する手立てを用意してくれたことでは。

これこそ、一人の卓越した作家が自らの「才能」にもとづき彫心鏤骨して一篇の「傑作」をものすという以上の……そんな作業など較べものにならない、真の「文人」としての栄誉だろう。私自身、すでに何度か読んできた作品でありながら、いま、これらの「言葉」を書き写しただけでも、また新たに胸に迫るものがある。

これらは、空疎な〝文学史〟的分類でいうなら、それがなければ私にとって日本の「戦後文学」が、あきらかにその輝きを減じて映るほどの作品なのだ。ひるがえって上野の伝記的事実、その広島での入市被爆体験や、戦後の筑豊への定住などをあげつらわなくとも、逆に先に引いたテキストの力だけで、彼の文学者としての真価は読む者に伝わってくるし、また松下竜一氏の敬意の向けられる根拠も明白であるとも言えるだろう。

上野英信と私自身との、あるかなきかのかぼそい関わりについては、すでに『小さな手の哀しみ』をめぐる「『やさしさ』と『憎しみ』」に記した。私事で恐縮だが、今回は、上野英信にゆかりの人びとについて、いくつか断片的な記憶を書き留めておきたい。

……そして、またある時。

「近頃では〈階層〉という口あたりのよい言葉が使われるようですが、ぼくはやっぱり厳然として〈階級〉というものが存在すると思います」

憤るでもなく哀しむでもなく、静かにたんたんと語る上野さんは、〈階級〉という言葉が今の日本では面映ゆさを伴ってしか使えないことを充分に承知していた。しかし、それでも敢えて〈階級〉の旗を掲げ続ける、その原動力はどこから生み出されていたのだろうか。

（岡友幸『上野英信の肖像』「あとがき」／一九八九年、海鳥社刊）

写真家の岡友幸さんは一九五一年、福岡県生まれ。一九八四年から八六年にかけ、上野英信・趙根《チオグン》在《ヂェ》共同監修による、筑豊炭坑の記録写真集成『写真万葉録・筑豊』全十巻（葦書房）の編輯製作に携わり、上野と親交を持つ。八七年からアジアの諸地域を経めぐってきた旅の成果は、零《こぼ》れるような光に溢れたフォト・エッセイ『ぼくのアジア地図』（海鳥社刊）としてまとめられている。

岡さんと出会ったのは、一九九〇年の陽春、私が友人を伴い、初めて筑豊文庫を訪ねたときのことだ。すでに英信氏が逝って二年半が過ぎ、伴侶の上野晴子さんや令息の上野朱《あかし》氏の暮らす筑豊文庫は、何かが「終わった後」の静寂があきらかにその底を濡らして流れながら、しかもまだ何事か、歴史の余熱のようなものが立ち去りがたく揺曳しているといった雰囲気の濃密に立ちこめた場所だった。そこで晴子さんに引き合わせていただいたのが岡友幸さんであり、またお二人からは、上野英信の謄写版印刷による初期作品に見事な木版の挿画を施した筑豊の画家・千田梅二さん・千田愛子さん御夫妻のお宅をお訪ねして、初期作品の貴重な版木や、その後に制作された数かずの佳品に接するという望外の喜びも与えられることとなる（鉛筆とコンテに木炭が併用され、パステルでの淡彩の施された、千田梅二さんの、黒光りするボタ山の素描の、なんという素晴らしさ！）。

宵、筑豊文庫に戻ってから、岡さんもまじえての晩餐となった。実際に炭坑の事務所で用いられていた製図台だったという見事な木製のテーブルの、そこここにある黒ずんだ染みは、朱氏によれば、往時の筑豊文庫の夜ごとの酒宴で酒や焼酎のこぼれた跡らしい。実はお訪ねした当時、私の体調は最悪だったのだが、その広大としか形容のしようのないテーブルに溢れるばかりの酒肴と、何より貴重な回想談でもてなしていただいた数時間は、類稀な稠密な温かさに満ちたものとなった。朱氏の伴侶がチェロをたしなまれているらしいことなどにも、同じ擦弦楽器を愛好する者として親しみを覚えたものだ。

夜半、いつのまにか晴子さんが手配してくださっていた飯塚の格式ある旅館へと、岡さんの車で送っていただく手筈が調《ととの》えられていた。翌日は再び岡さんの迎えで筑豊文庫を再訪、炭坑の文藝誌

『地下戦線』のバックナンバーや上野英信自作の水彩画と木版画、そして"筑豊の絵師"故・山本作兵衛翁の、画集でしか見たことのなかった淡彩の記録画の数かずを手にとって心行くまで眺める時間を得る。このかん、同行していた女児が慣れない旅で体調を崩したことに対する、晴子さんの濃やかなお心遣いも忘れ難い。

　実は初めてお訪ねする一年半ほど前、私自身もまた不本意ながら当の問題提起者として関わることを余儀なくされた、一種文化運動とでも呼ぶべきものにまつわる陋劣な政治性や商業主義をめぐっての、ある込み入った紛糾の渦中で、味方もいれば敵もいる緊迫した状況下、いち早く事態の全体の真実を把握された上野晴子さんから、私はたてつづけに思いがけない共感と励ましとに溢れたおたよりをいただいていた。水茎の跡も麗しい、とはまさにこういうことかという流麗なペン字で綴られた、そこに示された透徹した人間観察眼に瞠目し、欺瞞に対する恐るべき批評性に舌を巻く思いがしていた私は、言わばお会いする以前から一種得難い連帯感のごときものを、上野晴子さんにあらかじめ覚えていたともいえる（私事だが、おたよりのなかで、晩年の上野英信が私の著書を賞讃してくれていたとの文言は、その前に別に人づてに聞いてはいたものの、やはり嬉しく、このうえない栄誉としてそのお手紙も私はすべて保存している）。

　すでにその主亡き後に初めて訪れた者をも、あれほど心地よい緊張と清冽な親密感のなかに身を置く感覚に涵してくれた筑豊文庫が、往時、「文学」と「労働」の関わりに心を砕く九州一円の人びとにとってどれほどかけがえのない場であったかは想像に難くない。筑豊文庫にまつわる松下竜一氏の文言に接するたび、私は前後二回、お訪ねした際の自分の記憶を喚び起こし、松下氏とは異なって私の場合は最初から欠落している細部を、かすかな羨望を覚えながらさまざまに類推してみることとなる。

――ちなみに上野英信については、戦前の日本の第一級の知識人としての教育を受けてきた、しかも「男性」であるという事実に由来する、さまざまな限界を抱え持っていたことがすでに早くから指摘されている。晴子さんからいただくおたよりにもほとんどつねにそれは示唆されていたし、晴子さんの遺著『キジバトの記』（一九九八年／裏山書房）は、いわばその〝集大成〟的な資料として、しばしば言及されたりもする。

だが、そうした傾向は、そもそも上野英信自身の作品にも看て取ることが必ずしも困難ではないし――前出『裂』にすら、その弱点は抱え込まれている――またこうした側面自体は、むろんその価値判断を別にして、ある年代以上の日本の男性の場合、格別、珍しいことでもない。

むしろ私には、周囲の人びとが上野英信氏のそうした側面をも彼の個性の属性として、あえていえば積極的に許容していたかに見える部分のあったことの方が、一種〝神話的共同体〟のありようの要諦の問題としては、逆にはるかに興味深い。

> だが松下センセの周りの者たちは、なぜかいい顔をしないのだった。「草の根通信」を余りにも私物化しすぎているのではないだろうかと、遠慮がちにいう者がいるかと思うと、なんだかタイトル見ただけで気持わるくなるなどという者もいて、これはもうはっきりいってやっかみ以外のなにものでもない。（略）さらには、もし敢えてやるつもりなら、梶原夫妻の結婚二十五周年記念の特集も同じ頁数で組まなければ不公平ではないか、しかしそうすれば特集だけで十六頁にもなるではないかなどと、したり顔にいう者もいる。
>
> （「幻の大特集」傍点、原文）

松下氏の盟友、梶原得三郎氏のことは、これまでもごく簡略に触れてきているし、また松下氏の読者なら、むしろ私などよりはるかに詳しくその〝人となり〟について知っておられる方が少なくないだろう。ただ今回、本書を読んで感じたのは、梶原氏と松下氏との友情にも一つの「歴史」があり、それもまた本稿の冒頭でも記したような時代状況とのかねあいと決して無関係ではないということだった。

その微妙な呼吸が、節度ある叙述に仄かに示唆されているのが、佳篇「夜のレストランにて」だろう。「夕立に見舞われた」真夏の宵の「三好達治の詩がみごとな書になって飾られている」「夜になると客の少ない静かなレストラン」という舞台設定も情感に溢れ、みずみずしいが、ここで盟友夫妻を日ごろの「取材」への感謝をこめ、「竹弁当」や「生ビール」「白ワイン」に「チキンバスケットと枝豆」でもてなすエピソードには、さまざまな回路で心に沁みる要素がある。

松下氏の作家としての盛名の高まりに伴い、現象的にはおのずから付随してくるいくつかの変化をも抱え込みながら、しかもなお同じ闘いを担い続ける同志でもあり無二の友でもある同世代者との、本質においては渝《かわ》らぬ友情の歴史の一齣として、私はこの佳篇を読んだ。日本の「私小説」につねにつきまといがちだった、「生活」が「方法」に堕すという危険は、松下竜一氏の場合、氏自身の自浄力と、また氏とともにあろうとする人びとの明晰な判断とによってたえず切り抜けられ、そしてそのつど、より相互の連帯が深まるという幸福な関係であったのに違いない。

でもお父さんたちは、会社がほうりつをちゃんとまもってもこれまでにたくさんの人たちが公害で死んだり、公害病になったりしたことを知っています。だから今の日本のほうりつでは、どうしても公害から人間のいのちをまもることができないと思っています。

ほうりつをもっときびしいものにつくりかえようと思っても、会社というのはお金をたくさんもうけていますからほうりつをきめる人たち（国かいぎいん）にそのお金をやってきびしいほうりつをつくらせません。（松下竜一『明神の小さな海岸にて』第三章／山の神、海の神「玲子ちゃん泣く」）

「傍聴者五人が廷吏に退廷させられ、さらには上田耕三郎さん白身が裁判長指揮に喰ってかかり、彼までが手錠をかけて退廷させられるという異常法廷」での勾留理由開示裁判において、「この日のため、さっぱりと散髪して出廷した得さんは、裁判長が理由書を読みあげた時、ひとことといわせてほしいと求めて許可され」(『明神の小さな海岸にて』第二章/殺されゆく海「面会待合室にて」)、語る。

「裁判長、あなた自身は、このままではわが国が公害によって滅んでしまうということを真剣に考えたことが一度でもあるのですか。これは人間として問いたいのです。……あなたは今、私に罪があるから勾留を続けるといった。私に罪があるかないかは歴史が決めるのであって、あなたではない。今、私はあなたたちによって手錠をかけられている。接見も禁止され読み書きも禁じられ、洗濯さえ許されていない。まさにこれは合法的リンチ以外の何ものでもない。だが、私は今正しいことを貫いているのだという誇りと自負が突きあげているのです」(同前)

こう語ることのできる人びとこそが、真の意味で「歴史」を切り開いてゆくだろう。「歴史」は、誰が作るか。私の術語を用いるなら、「歴史の著作権」は誰にあるか。それは梶原得三郎氏にあるのであり、そして梶原和嘉子氏、梶原玲子氏にあるのだ。

人はだれでも自分のすんでいるちかくに公害を出す工場がたてられようとしている時は、自分たちで力を合わせてそれをとめなければなりません。お父さんはそう考えます。だまっていたり、口だけではんたいといっても何のやくにもたちません。
(同前・第三葦/山の神、海の神「玲子ちゃん泣く」から、梶原得三郎氏の梶原玲子氏宛て書翰)

　この明晰な現実認識と、自らが闘いの主体であろうとする深い決意に涵された手紙には、次のような愛情と尊敬と、そして何より互いを諒解しあった関係においてのみ初めて成り立つ、みずみずしい叡知に満ちた返信が届くことだろう（本書・第四章「『労働』としての〝文学〟」に引いた、梶原玲子氏が父・梶原得三郎氏に宛てた手紙、参照）。
「歴史の著作権」は、この人たちにある。そしてむろん、こうして紡《つむ》がれた「歴史」は、やがて人びとに共有され、その「著作権」はすべての人間の普遍的な精神財へと溶解してゆく。

〔一九九九年二月脱稿〕

「青春」の秘儀、精神の「性愛」
――『母よ、生きるべし』

翌朝、私は笑いながら母に話しかけた。

「昔のことを思うと、運命って実に皮肉だと思わない？（略）いまごろになってこんな皮肉な形で二人きりになってるんだから……神様というのも、ひどい意地悪をするものだね」

「ホントニネ」といって、母も微笑した。

（第四章「再入院」）


実のところ、本章を書くことには、あるためらいがあった。

直截の理由は、本書がこれまで対象としてきた松下氏の作品のなかでも、ある全体性へと通ずる回路を設定することが明らかに困難な――むしろ最初からそうした意図を拋擲《ほうてき》することによってのみ初めて可能となるような、あまりにも個人的・私的な事柄に即して綴られているという特質がある。他者の批評が介在することでテキスト全体の価値が弁証法的に止揚されるということのおそらく困難な、極度に私的な事柄に即して――。

だが、それをさらに突き詰めると、何よりの危惧――本書をめぐってなんらか発言することは、それ自体、たとえその作業がどんなに慎重に行なわれるにせよ――そして、その対象は松下氏自身ではないかもしれないにせよ――氏に関わる幾たりかの人びとを避けがたく傷つけてしまうのではないかという予感を、私が持たざるを得ないところにも行き着く。

むろん、私が苦慮しているような作業の成立する領域の、そのはるか外縁には、しかもなお〝誰をも傷つけない〟書き方もあるにちがいない。だが、それら通り一遍の「解説」を草することは、少なくとも、私のこの作業に求められているところではないだろう。また松下竜一氏の作品群という、その「場」を一つの〝メディア〟として、当然、松下氏の作品の評価や再検討を含みつつ、制度としての「近代日本文学」が何を欠落させたまま、今日まできたかを明らかにする、より広汎な民衆の言語表現をも含み込んだ総体的なものとしたいという私自身の意図からすれば、全体のなかで本篇だけが通り一遍のものとなってしまうことを避けたい気持ちも、率直なところ私のなかには、ある。

そして何より重要な点は、私にこうした躊躇や逡巡をもたらす、それらすべての原因は、本書それ自体のなかにあらかじめ内包されているという事実だ。この作品は、一見、近親者の闘病とその看護、臨終の看取りの記録という体裁をとりながら、そもそもの成立の経緯それ自体に——そして出来上がった作品の一字一句にいたるまで、灼《や》けつくように粘着する一種情慾のごとき苛烈な意志によって、自らと他者とをともに傷つけながら、ある「確認」をそれらの人びとに強いることが目指された「記録」にほかならない。

本書の言葉の人に対する傷つけ方は、少なからぬ部分で取り返しがつかない。しかもそれは、著者の不注意によって——何らか、配慮のなさから心ならずもそうなったのではなく、逆に著者自身のいわば細緻極まりない作家的計算、老獪な文章家の徹底した技巧に裏打ちされた苛烈な意志によって、ほぼ終始、冷静かつ意識的に、自らをも他者をも、まさしく取り返しがつかないしかたで傷つけようと意図して書かれ、そしてほぼそのとおりに所期の意図が奏功している異常な作品なのだ。

ひるがえって言うなら、自他の青春の痛みを剔抉し、それをあえておのおのの肌の上に永遠に癒しがたい傷として刻印しようとするような物語――人を傷つけようとして書かれている物語を、だから人を傷つけずに論評することなど、もとより不可能である。

「ねえ、あなたも短歌を作ってみたら。――きのうの晩、夜中に雨が降り出したでしょ。起きて洗濯物を取り込みながら、ああ、もうこんな時刻にあなたは起きて働いてるんやなあって思って、船場の方の空をしばらく見てたんよ。ねえ、そんなさびしい情景って、歌になりそうでしょ」

（第二章「再生」）

「こんなもの作ってみたんだけど、歌になってるかしらね」はにかみながら母が私に初めての歌を見せてくれたのは、一週くらい前のことだった。刈り終えし稲田に朝日輝けりシラサギ舞うがベッドより見ゆという一首が、手慣れた美しいペン字で便箋に書かれていた。「いいじゃないの。歌の形になってるよ。この調子で作りためてごらん」（第一章「イヤリング」）

これは、徹頭徹尾、異様な書物である。

「わたしの生きている間は、決して書かないでね」（本書「後記」／以下同）と、されたはずの「封印」が「思いもかけない母の早過ぎる死によって」「結果的に」「解かれ」たことから初めて可能となり、成立しえた作品。「書き終えて、万感の思いがある」と、著者自身によって言明されることとなった作品――。

第一章における「母」の肺癌発病・診断をめぐっての、練達の筆に成る緊迫感に満ちた見事な導入部のあと、本書・第二章はさらに思いがけない事実を告げる。そこで「再現」されることとなった、妻の母との著者「二十五歳の夏」の「運命的な出遇い」を明かすことについては、妻自身も「また、そうすることに賛成してくれた。そこまでさかのぼらない限り、私のこの看病記は成立しないからである」との註釈がなされる。

そのとき、私は〈三原の奥さん〉に病む友のことを話したのだったろう。彼女が「これは、わたしからのお見舞い」といって、生菓子を余分に一個添えてくれたという記憶が、私にははっきりと残っている。（略）しかし、そのときからかぞえても、私の日記に〈三原の奥さん〉が登場するまでに、なお二年余の歳月が過ぎることになる。一つの運命が収斂されていこうとして、なおためらっている時間であったろうか。

（第二章「二十五歳の初夏」）

松下氏があえて自らに許した、すこぶる甘美極まりない筆致が、まず読む者を驚かせる。そしてラディゲか堀辰雄の小説を思わせるようなこの叙述によって、「封印」を解かれた回想は解《ほぐ》れはじめ、一気にその核心へと致り着くだろう。

私の三原の奥さんに対する感情は、もはやまぎれもなく恋情である。（略）彼女はいつも私に、彼女の不幸な結婚について訴える。二十五歳の私が、三十六歳の彼女よりも年上のような顔をして慰めようとしている。

（第二章「二十五歳の日記（一）」一九六二年六月二十日の項）

私の心のすべてを占めているのは、あなただ。もう、どんな娘にも恋をしたいとは思わない。ただ、ただ、あなたに甘えていたい。

（同前／七月十五日の項）

何にせよ、人が「物語」に描かれるということは、ある種、特権性をともなう出来事ではある。ただしこの作品『母よ、生きるべし』の場合、そのいわば特権性は、「主人公」が癌を病み、最終的にその病に斃《たお》れるという、通常一般にならそれだけでもむろん「物語」として読者に意味を持つ、この一点においてのみ成り立っているわけではない。

むしろ彼女の「病」や「死」とはまったく位相を異にした次元において、それら「病」や「死」すら、本来のそれを照らし出し浮かび上がらせるべき補助照明にすぎないような形で存在する、より根源的な主題が、そこには著者によって象嵌《ぞうがん》され、地熱のごときものを放射しつづけていることに、読者は容易に気づくだろう。言うまでもなくそれは「愛」や「性」に関わる問題であり、そして本書においてその「主人公」三原ツル子氏に賦与された〝ヒロイン〟としての特権性は、比類ない。


「あなたには、その誇りがあるはずだろ? あなたが自分からくずおれて、そんなイメージを裏切ったらだめじゃないか。おれだって、あなたには首をまっすぐに延ばした白鳥でいてほしいんだけどな」

「そうね。いまの私を支えてくれるのは、あなただけですものね。あなただけのためにも、白鳥の役を演じなきゃね」

あなたのその言葉は、わたしを歓喜させた。

(同前/七月十九日の項)

……あなたは最高に嬉しい言葉を私に語りかけた
「もし、わたしがもう一度若くなれるんだったら、あなたに結婚を申し込むんですけどね」
むろん冗談めかした口調だったが、かりそめの冗談でこんなことがいえるだろうか。(略)「いくらあなたが勧めてくれても、おれは三十歳までは結婚できないんよ。それまでは、あなたがおれの恋人なんだ。だからね、あなたにはいつまでも若々しく美しくあってほしいんだよ」

「そうね、あなたのためにね」

「そう、おれのためにね。おれが結婚したら、あなたはお婆さんになってもかまわないよ」

「まあ、薄情なことというのね。そんな人だとは思わなかったわ」

店の奥の縁に並んで、私たちはそんな他愛ないことをひそひそと語り合っている。少し離れたところにある店先のテレビには、近所の人たちが集まっているし、ときには畑から帰って来た孝さんも一緒になって観ている。（同前／九月三日の項）

孝さんは下らぬ男だ。今日も昼間、ささいなことであなたに哀しい思いをさせた。（略）「いいさ、洋子ちゃんも百合ちゃんも連れて出ておいでよ。おれと一緒に豆腐をつくろうよ」

「そんなこと、世間が許してくれませんよ。それこそ町中の評判になって、あなただって外を出歩けなくなりますよ」（同前／九月五日の項）

……「私は二十五歳、洋子は十四歳、洋子の母は三十六歳だった」――その「二十五歳の初夏」の「出遇い」は、なぜ著者にとってかくも「運命的な」ものと位置づけられたのか。

しかし、私はもう心に決めたのだ。あなたと洋子ちゃんの間に、絶対に他の男を介在させてなるものかと。洋子ちゃんと結婚するのは私だ。（同前／六月二十七日の項）

ある日、川の真中に浮かぶボートの上で、私はあなたに告げるだろう。

私が洋子ちゃんと結婚することで、同時に二つの愛を成就させることができるのです、と。洋子ちゃんへの愛と、あなたへの愛と。

（同前／六月二十八日の項）

昨夜は九時前から床に入っていたが、蒸し暑さのせいか、心のたかぶりのゆえか、どうしても眠ることができずに、午前二時に起き出るまでずっとあなたや洋子ちゃんのことを思い続けていた。甘美な時間で、眠れないことが少しも苦痛ではなかった　（同前／八月六日の項／傍点、引用者）

そして一九六二年九月六日から八日にかけての日記がくる。

この決定的な「申し出」に対し、「三原の奥さん」は当然のことながら難色を示す。だが、なんとも不思議なのは、それを松下氏が「そうしているうちに、しだいに私には呑み込めてきた。／いま、あなたがあれこれ逃げ口上を並べ立てているのは、必ずしも私を拒んでいるのではなく、母親に特有の保護本能であり、それゆえの漠然とした不安であるに過ぎないのだ。（略）そう割り切ると、私の心はにわかに明るくなった」（同前／九月八日の項）というふうに自己諒解している点だ。

「三原の奥さん」がその話題を「避け」たがり、「あらゆる口実で逃げようとする」、その理由は、読者の誰にとっても明白ではないか。松下氏はここで、たとえば「ホームズ物」におけるワトソン君のごとき、読者の理解水準よりわざと意図的にやや思考の速度を落として設定された狂言回しの役を、自らにことさら演じさせようとしているのだろうか（私はこの「二十五歳の日記」が、先行する『あぶらげと恋文』のそれと同様、将来における「発表」の可能性をまったく予感せずに書かれたとは、実は思わない。作家とは、そうしたものだ）。

そして現にその直後にも、例えば次のような場面がある。

風が強く肌寒い日。私の風邪はつのり、苦しい咳に悩まされる。

あなたがとても心配してくれる。

「なんとか、その咳をとめてあげたいわね。薬もだめなら、どうしたらいいのかしら」

「たった一つ、方法があるんだけど」

「まあ、どんな……」

「あなたに抱かれて、あなたの胸に顔を埋めて、あなたに背をさすってもらったら……」

「まあ……そんなことで、なおるもんですか」

「きっと、なおると思うんだけどなあ」

「わたしだって、そうしてあげたいのは山々なんだけど、人眼があるもんだから……」


（同前／九月二十五日の項）

今夜のあなたを、小娘のように抱き締めたかった。いつもは感じられるあなたの芯の強さが、今夜のあなたにはなぜか感じられず、私に向かってあなたのすべてが溶け出してくるようだった。

ああ、ついにあなたは私を愛し始めたのですね。

（同前／十月九日の項）

「三原の奥さん」が希求しているのは、ただひとつ、現在の「お豆腐屋さん」の青年との濃やかな交情が続くことであり、その青年からの娘との結婚の構想は、いわば青天の霹靂《へきれき》だったに違いないような気もするのだが。この三日間の「三原の奥さん」の内面の葛藤を思うとき、私には一種茫然とするものがある。

今朝、洋子ちゃんが「母ちゃんとお豆腐屋さんと、そんなに話があるんやったら、上にあがってもらって晩御飯を食べながら話したらいいのに」といったそうで、そんなことを聞くと私はたまらない気持ちになる。

（同前／十月十二日の項）

そして、この不思議な二重の関係性の一方に、まったく他の一方から突出した形で、ひとつの頂点がくる。

「もう、わたしも噂なんか恐れないわ。それよりも、あなたのことがつらいのよ。あなたが咳に苦しみながら夜中から起きて働いてるんだと思うと、このまま洋子ちゃんを待っていてほしいなんて、とてもいえないのよ。あまりにも、あなたがかわいそうやもの」「ちっともかわいそうじゃないよ。こうして、あなたというすばらしい恋人がいるんだもの。四年や五年くらい平気で待てるよ」

「そういわれるのが、わたしにはつらいのよ。だって……わたしはどこまでいっても、あなたの〝心の妻〟でしかないんよ。あなたに抱かれることって、できないんよ」

そう告げたとき、あなたはまるで小娘のように顔を紅らめるのだった。（略）「もうこれ以上わたしも自分の心を隠せないわ。わたしは、いつまでもあなたの〝心の妻〟でいたいの」

（同前／十月二十八日の項）

ここに肉体の行為はなく、ただ言葉がやりとりされているにすぎない。しかし、しかもそこに「娘を待つ」「待たれる」という理解を絶した要素が介入してくることでいっそう屈折した感情が絡み合い、「プラトニック・ラヴ」というのではない——人が会話するだけで、それがとりもなおさず濃密な性愛の行為であるという、忌憚なく言うなら、ある種「精神のポルノグラフィ」ともいうべき、かつて類を見ない言語表現が展開されている。

「朝日歌壇の読者って何万人もいるんだろうけど、その何万人のなかのたった一人のあなたに、この入選歌は捧げてるんだからね」

晴ればれと、彼女にそう告げたものだ。

「もったいないような気持ちよ」と、彼女ははにかんだ。

（第二葦「再生」）

著者は、その妻を愛することを通じ、母を愛している、という。だが同時に、それは明らかに眼前の妻を完全に母の代替物としていることでもなく、妻は妻として愛しているのだとも示唆されている。このかんの論理的——あえて倫理的とは言わない——決着は、どのようにつけられているのか？　それについては、松下氏の筆は次第に一種冷静に計算された〝不可知論〟の領域に踏み入ってゆく。

洋子の母を慕いつつ、洋子の成長を待つということに、私はなんの矛盾も抱かなかった。私の中ではそれは最初から一体のことであり、切り離して考えることなどできなかった。母は唯一最高の私の理解者であり、その母と共に将来の妻を見守る日々は稀有な輝きに満ちていた。

（第二章「再生」）

これを、たとえばある種の〝精神の共犯関係〟などと言ってみるのは、あまりにも通俗に過ぎよう。一点、注意しておかねばならないのは、本書・第二章に再録された「二十五歳の日記」を精読するかぎり、実はここに示されているのは、単に「母」の代わりに「娘」を、というヴェクトルではなく、一九六二年五月二十八日の項にも明らかなとおり、最初に「三原の奥さん」の言葉に灯をともされた「洋子ちゃん」への思いがあり、そこから翻って「三原の奥さん」が（暫定的な？）「愛」の対象として急速に浮上してくる、という側面も垣間見られることだ。

自分があまりに醜く、あまりにも貧弱ゆえ、私は成長した娘たちを対象として考えることが、もはやできなくなっている。(だって、相手にされないんだから)

だから、十四歳の洋子ちゃんを想ったりする。しかし、洋子ちゃんもみるみる成長して、私はやはり相変わらずこんなふうに取り残されて、寂しい瞳で諦めねばならなくなるのだろう。

(第二章「二十五歳の初夏」一九六二年六月八日の項)

だとするなら、「三原の奥さん」と「洋子ちゃん」とは、いわば一種の集合的な概念として松下氏の〝恋〟の対象であったのであり、その限りにおいては右の記述も必ずしも荒唐無稽ではないということにもなる。

ともあれ「青年」も——そして百歩譲って「母」も——そこに矛盾を抱かなかったのだとして……しかし、それでは「娘」はどのような自己諒解を持っていたのか。

夕方、一日の豆腐の配達がすべて終り、最後にあなたの店にやって来て、あなたの傍に座って夕日の落ちるまで一緒にいるひとときが、私には至福の時間となっている。

洋子ちゃんはその頃、台所で炊事をしていることが多い。

ああ、この人の成長まで、気の遠くなるような時間を私は待ち続けなければならない。

(同前/八月三日の項)

それにしても、一人の女性がその「娘」に代替されるなどということが、そもそもありうるものなのだろうか。

……母が私との結婚を勧めたのは洋子が（引用者註／高校）二年生の夏休みであった。（略）そのとき、洋子は驚かなかったという。

「いつかはそういわれるやろうなち、うすうす思ってたもの。（略）あんたとかあちゃんが好き合ってるのは、早くから知ってたわ。（略）うちは、かあちゃんに返事しなかったんよ。いやだといったらかあちゃんが哀しむやろうなち思うと、はっきりいやとはいいきらんやった」

結局、洋子は返事をせずに黙っていたことで、母の勧めを受け容れたことになる。洋子はそういう娘だった。（第二章「再生」）

私は人間の意志や欲望については、一般的な規範をかなり逸脱した場合に対しても、眉一つ動かさずその実在を確認することができるつもりである。ただこの件については、なんとしても「類推」が叶わない。この「代償行為」に関してだけは、一種、脳が痙攣を起こすような奇妙な感覚に囚われる。「返事をせずに黙っていたことで」「受け容れたことになる」「そういう娘」――？

だが、果たして松下氏の場合は、前掲の引用部分で氏が述べているような明快な問題だったのかどうか。

……母は私に詫びながら泣きだした。

「あの子がそんなふうになることは、最初からわかってたのよ。（略）あの子の性格や能力では、どうにもならないことなのよ。（略）――あなたがどうしてもあの子とではやっていけないというんだったら、帰してちょうだい。わたしたちはあなたから見捨てられた、つまらない親子として生きていくしかないんだわ」

すすり泣く母を前にして、私は茫然としていた。自らの卑劣さを告発された思いだった。

（第二章「再生」）


そういう意味では、本書によって『豆腐屋の四季』はようやく完結したといえるのかもしれない。

（「後記」）


——たしかに私自身、今回、本作を読んで、それに先立ち、『豆腐屋の四季』を通読した際に釈然としなかった最大の〝謎〟の部分が、とりあえず形式的には氷解したとも言える。そして、それはその後にいっそうの釈然としない思いを残すのだが、これについては同時に著者自身によって、周到な「封印」が施されてしまっていもする。


……「おれたちのしあわせは、みんなかあちゃんからもらったようなもんだからな。——たとえいっときでもかあちゃんをうらんだおまえは、バチが当たるかもしれんなあ」（略）洋子は「結婚した最初のころは、かあちゃんを少しうらんでた」と白状したことがあるのだ。

「——だって、うちはそんなに早く結婚したくないんに、かあちゃんの身替りにされて結婚させられるんやなあち思うと、かあちゃんがうらめしかったんよ。でも、それはほんの最初のうちだけのことだったんよ」と最後の部分を洋子は強調したのだったが。

（第二章「再生」）


むろん「時代」や「社会」の制約といった諸要素はあるだろう。だがそうした単純な問題にとどまらない——明らかに「文学者」としての松下竜一氏自身の内部のより深い部分で、こうした感情と意志の操作を要請する必然性があったのだろうと、私は漠然と推測している。

言うまでもないことだが、人は現実の「作品」を書いたとき、初めて「文学者」となるのではない。さらに言うなら、前述したとおり、この「二十五歳の日記」は、松下氏の他の青春期の「日記」がそうであるのと同様——ないしはそれ以上の密度において——明らかな「作品」としての特徴を色濃く漂わせている。

だが、これは果たして単なる〝懐旧譚〟であるのかどうか——。私がそう疑う理由の一つは、この特殊な〝恋愛〟に終始、つきまとう、もう一つ、「愛」と裏腹のある、どす黒い感情の根強さなのだ。


私も洋子も、六十三歳の母のことはかあちゃんと呼びながら、母より一つ年下の父のことはじいちゃんと呼んでいる。それが洋子の父に対する私の距離の取り方ともいえた。（第一章「宣告」）


「じいちゃんも来たがってるみたいよ」

うまいタイミングで洋子が切りだしたとたんに、母はブルルッという表情を見せた。

「来なくていいから、店をしっかり守るようにいっといて」

母の反応は予想していたとおりだった。あとで私は洋子に冗談をいった。

「かあちゃんは、こんな人が自分の夫だと病院の人たちに知られたくないんだから、いっそのこと、じいちゃんは親戚の伯父さんにでもなりすまして来たらどうかな」

「かあちゃんからにらまれて、追いかえされてしまうわ」といって、洋子は笑った。

（第一章「イヤリング」）


本書において終始「生活力もなければ教養もない陰気で小心な男で、周囲からもすっかり軽んじられている」存在であると繰り返し、繰り返し語られる「彼」は——それにしてもなぜ、これほどまでに貶《おとし》められねばならなかったか。そして実はこの問題こそが、前述した〝代償行為〟以上に、私には本書の特異な性格を形造っているかに思われる。

とうとう病院への見舞いを一度も許されなかった孝さんが、「いろいろお世話になりました」とくぐもる声で私にいい、グラスにワインをついでくれた。

（第一章「煉炭火鉢」）

「このまま老いていくんだったら、いったい私の生涯なんて、なんの意味があったんでしょう。将来に対する希望なんか、なんにもないんですよ。毎日毎日、あんなつまらない人を相手にいがみあっていくんだと思うと……」

涙声で訴える、かわいそうなあなた。その肩を思いきり抱きしめてあげたい衝動に私は耐えている。

（第二章「二十五歳の日記（一）」一九六二年六月二十七日の項）

学校に行って、洋子ちゃんの成績が落ちていること、このままでは高校に合格できないと注意されたといって、あなたはひどく気落ちしている。

「あの子はかわいそうなのよ。成績の悪いのも、あの子の罪じゃないんよ。私があんな人と結婚したばかりに、父親の頭の悪いとこや、気の小さいところばかり受けついでしまったんよ。それに私が一日中店にいて、あの子の勉強を見てやることもできないし……もう、どうしていいか分からないわ」

（同前／七月十九日の項）

枚挙にいとまのない、こうした記述に接するとき私は、もし本書になんらかの「封印」があったのだとしたら、それは「義母」ではなく、むしろ別の登場人物――「彼」の存命中にこそ書かれ得ないもの、書かれるはずのないものだったのではなかったかという印象さえ受ける。その点では、二十五歳の夏の著者と「義母」との交渉そのものより、むしろそのずっと後に本書が公刊され、そしておそらく少なからぬ関係者の目にも触れているであろうことの方が、私にはやはり「異様な出来事」と思われなくもない。「書くこと」による、この陰惨なまでの打擲《ちょうちゃく》の烈しさ――。

戸外での日雇い仕事に行く洋子の父は、冬の間は仕事のない日が多く家に居ることになるが、ぼんやりとしている姿を身近に見るのが母にはひどく気にさわるらしく、母はさながら小学生に対するように孝さんに自分の住所と名前を書く練習を課していた。いわれるままに、彼は母の書いてみせたお手本を前にして、ボールペンで稚拙な字の練習を繰り返すのだ。

母の退院にあたって、私たちは孝さんに母の詳しい病状を告げ、余命が数ヵ月なのだということも告げていた。（第三章「黄の花の海」）

疑いなく、本書でも最も決定的に、取り返しがつかない形で傷つけられているのは「彼」である。「彼」は、それにしてもなぜ、これほどまでに傷つけられなければならなかったか。著者自身が、明らかにその「返り血」を浴びるほどに。

〈三人で話しているとき、主人が「もう、おまえはポンコツになったんじゃ」という。その言葉通りには違いないが、いっぺんに涙が出てきて、とめどない。主人も冗談半分の言葉だったので、洋子ちゃんと二人でびっくりしている。

私の気持ちなんか、分からないであろう。（略）私の泣いたことでは何もいわなかったが、九時

半頃帰りがけに、竜一さんが「あせってはいけないよ。必ずなおると自分で信じなきゃね」と一言だけいって帰って行く〉

（第三章「母の日記」一九八九年六月二十日の項）

これは母の日記の引用であるが、その引用にあたって著者・松下氏の判断が作用していることは言うまでもない。そして母自身の言葉による傍証であることによって「彼」の受傷は、当然のことながら、いよいよ重層的に深まってゆく。

「わしが食べさせようとすると、手で払いのけるもんじゃき」

孝さんが情けなさそうに、私にささやくのだ。脳を病んでいる分だけ母の平常の理性がにぶっていて、逆に本能部分がむき出しとなり、まるで聞き分けのない子供のように夫への憎しみをぶつけてしまうのだ。人を好きだとか嫌いだとかいうことは、随分理不尽なものを含んでいるのだなと思う。

（第四章「けいれん」）

母は「アウ、アウ」と言葉にならない大きな声をあげて、左手を私の方に突き出すように差しのべているのだが、その顔には無邪気な子供のような歓喜の表情がいっぱい生動しているのだった。病室には孝さんがいたが、彼にしてみれば人の好き嫌いの理不尽さを見せつけられる光景であるだろうに、彼もまた微笑を浮かべて「朝からずーっと待っちょるごたったよ」というのだ。

（第四章「借金」）

――ここまで執拗な、あえて言えば読むに堪えない剝き出しの憎悪と優越意識の叙述を、松下竜一氏に要請したものが何であるかを、私は考えてみざるを得ない。なるほど、表面的にいうならここには明らかに「勝者」の倨傲がある。だが、なぜこの「勝者」は、しかもなお「敗者」を、かくも傷つけ、いたぶりつづけなければならないのか？

それは「勝者」が、たしかにその内実においては疑いもなく終始「勝者」でありつづけながら、しかもその「勝利」をいわば〝公に認知〟されるという機会をついに持たずにきたからではないかと、私は推測する。この欠落感もまた、取り返しがつかない。その自らの青春の恢復《かいふく》されずにきた傷の痛みが著者の根底にはあり、本書のこのモチーフにおいて反復される〝執念の記述〟は「経験の取り返しのつかなさ」を「書くことの取り返しのつかなさ」であたかも相殺しようとするかのような役割を帯びてすらいる。

その意志がかくも異様なほど率直に表明されていることが、本書の特異な印象をいっそう強めていることは疑いえない。ここで松下氏がまだ存命の夫のまえで仮借なくすべてを吐露していることは、自らの「作家的特権性」をもって、最終的にはほかでもない自らを傷つけている行為であるとも言えよう。しかもそのことをまで十分、承知しながら、それでもなおこの作品が現存の形で成立していることは、問題が氏にとってもいかにのっぴきならない性格のものであったかを示しているようだ。自他をともに傷つけて初めて成り立つ日本の「私小説」の系列のなかでも、本作はそこに描かれた「家族」関係が、公刊時にもおそらくそのまま維持されていたらしいという点において際立っているように思われる。

急いでつけ加えておくと、これはむろん「彼」個人に向けられた、卑小な「復讐」などではあるまい。むしろ自らに強いられた青春の理不尽な孤独総体を相手どっての「復讐」であることに、本書に漲《みなぎ》る、読む者の指先をも眼をも魂をも焦がすような、地熱のごとき鬱屈した憎悪の温度は起因している。

松下氏においては、愛も憎悪も……そして、もしかしたら「青春」の、その「秘儀」それ自体が、なお依然として進行中なのである。少なくとも、そう——読み手は理解するしかない。
そのせいなのかどうか、本書において著者は、自らの〝性行動〟についてもこれまでなかったほど率直であり、それもまたこの作品の持つ意味を示しているような気がする。

末永医院から帰る途中、私は洋子を小倉のラブホテルに誘った。洋子の怯えているいのちを、たとえいっときでも燃え立たせてやりたかった。（略）ベッドの枕元の電話を掛けながら含み笑いしている洋子の腋の下を、私はふざけてくすぐっていた。

（第三章「ペパーミントの花」）

そして、これまで述べてきたすべての問題を集約するような「場面」が、その先には待っている。

脇で仕事を続けている私は、やがて異様な声にびっくりして顔を上げた。洋子が声を押し殺すようにして泣いているのだ。
「おい、どうしたんだ。何かあったのか」（略）
「かあちゃんのあの姿が眼の前にちらついて、眠ろうとしても眠れんのよ」（略）
「忘れるんだ。そんなことは悪夢と思って忘れるんだ」
叱責するような声をかけてから、私は洋子を背後から抱きすくめるとそのまま布団に押し倒していった。（略）
「だめよ。誰か来たらどうするの？」（略）「いいさ、いまごろ誰が来るものか。いっしょに何もかも忘れよう」
こみあげる激情のままにおおいかぶさっていくと、洋子も私の背中にまわす手に力を込めた。

（第四章「けいれん」）

一九八九年十一月六日の夜の病床での妻の見聞の叙述に続き、ここで翌朝の妻との交合があえて描写されているのを、癌の脳転移により〝痴呆〟状態となった義母をめぐる衝撃を夫婦が互いに支え合おうとする――ただそれだけの営みだと考える者には、ついに本書に盛り込まれた重層的な〝恋愛〟の恐ろしさは分からない。

この場面の意味を理解するには、「性」とその周辺の身体性の領域に及ぶ生なましい想像力がひときわ不可欠なのであり、一例を挙げるなら、会話ではない、地の文でまで、他のより一般的な呼称が用いられず、「うんこ」という語が繰り返される点にも、著者が提示しようとするデモーニッシュな〝愛〟――死によって奪われる生の実りを蕩尽させようとするかのような「精神の性愛」の酸鼻を極める影は濃密に暗示されている。

もはやこれ以上、詳述することは憚るが、ここにいたって、「母」と自分との愛の歴史もまた、ついに不可侵の高みにおいて完成したとの認識に松下氏が貫かれたそれとして、私はこの場面を読んだ。たとえば『あぶらげと恋文』に綴られた、十代のころシェンキェーヴィッチの『クォ・ヴァディス』を読み、キリスト教徒の少女が全裸で牛の角に括りつけられ惨殺のためコロセウムに引き立てられる場面に欲情したという松下氏の性意識を、あまたの愛読者や「ファン」は、単にジャーナリズムを通じ形成されてきた氏にまつわる〝生活者〟〝民衆〟の〝素朴〟な〝やさしさ〟のイメージにのみ押し込め、単純化すべきではあるまい。

年中無休のようにして四十年も勤勉に働き続けた母が、多分それゆえに病を得たというのに、母には入院費を払う貯えすらないのだ。金満日本とか一億総中流化とかいって浮かれているのは、いったいどこの国のことなのかと思う。

（第一章「煉炭火鉢」）

最初に私は本書は極めて個人的・私的な性格を持った「物語」であると記した。だが、一巻すべてがあくまで松下氏の長い「青春」の記録として内側に向かって閉ざされ、社会へと開いてゆく回路がまったく遮断されてしまっているわけでは、むろん、ない。その一例として挙げられるのは、言うまでもなく三原ツル子氏の病——「癌」をめぐる、今日の日本社会の諸状況である。松下氏はたとえば、癌患者とその家族の置かれた経済の問題についても、率直に筆を進める。

いつ売れるともない田の代金を心頼みに、当面は私が出費を重ねていくしかないのだが、その不安が私の心の片隅でつい〝時期〟をはからせてしまうことになる。人の世の現実の哀しさといわざるをえない。（略）ただ、私は誓っていう。だからといって、母の〝終り〟が一日も早ければいいなどとは微塵ものぞんではいないのだと。（略）すべての言葉を喪いながら、それでも「キレイヤナ」というやさしい一語を口にすることのできる母のいのちを、どうして護ってあげずにいられるというのか。

（第五章「出費」）

ただ、そうしたなか、本書でなんといっても巨きなものとして立ち現われるのは「告知」の問題である。

「——わかりました。本人にはこの事実は伏せたいと思いますから、先生もその点の御協力をお願いします。本人は病気に対してはとても臆病な性格だものですから、ガンを告知しただけで、打ちのめされてしまうと思うんです」

私は告知しないという方針をその場で決めて、医師に告げた。母の性格を考えればそれ以外の選択はありえないことで、洋子も百合江もこのことで異をとなえるはずはなかった。（第一章「宣告」）

この判断は、本書でもその後、終始、松下氏をはじめ家族の苦悩を増幅する作用を果たすことになる。

こうして私は母をやすやすとだましているのだという意識が、胸のどこかにひっかかっている。これからも、嘘の上に嘘を重ねていかねばならないのだろう。（第一章「イヤリング」）

余命を数ヵ月と限られて、その数ヵ月をどう過ごすのかは、本人にも家族にも緊急切実なテーマであるはずなのだ。だが、ここでも告知していないことが大きな障壁となって、私たちは立往生してしまう。（第三章「黄の花の海」）


またこの「告知」の問題をどう見るかは、結果として医師の特権性、制度的な「医療」の特権性を相対化してゆくかどうかの態度決定にもつながってゆくことだろう。

名古屋で「伝書鳩の舎《いえ》」を主宰し、出版・写真展・映画上映・シンポジウムなど、さまざまな活動を展開する安藤鉄雄さんから、つい最近、聞いた話がある。一般に「癌告知」に関しては、その是非が重大な問題であると位置づけられているのに、たとえばある患者に「臓器移植の必要性がある」とする医師の側からの「告知」は、なぜかくも易やすと行なわれてしまっているか――。これらをめぐって、臓器移植に反対する医師の立場から異議が提示され始めているという事実があるのだという。

一九六三年生まれの安藤鉄雄さんは、エイズ・「同性愛」・〝障害〟・「脳死」臓器移植……等等の問題をめぐって、日本でそれらがそもそも「問題」として認識され始めるようになる、そのはるか以前から、極めて透徹した洞察に裏づけられた尖鋭な発言を続けてきた思索者である。氏の思想は現在までの主著『エイズを語ることの救い』（一九九三年／伝書鳩の舎）に集約されているが、最近、送られてきた氏自身のメディア『懐炉弾』にも、昨今の〝先端医療〟の状況に関連して首肯できる発言が少なからずあった。

たとえば社会福祉法人全国社会福祉協議会・全国ボランティア活動振興センターが発行する「ボランティア情報－先生向け普及版」（「平成八年十一月一日発行」）で、臓器移植がどう位置づけられているか。

「自分の体の一部・全部を提供することも、一つのボランティア活動です」――これに対し、安藤鉄雄さんは言う。

ボランティアなどという響きのよい言葉を持ってきて、他人の臓器に向かって「提供せよ」と迫る神経は、一体どこから来るのであろうか。こうしたものが大量に無節操にも学校現場教師らへの普及版として作られている事実は、どう言えばいいだろう。教師が教壇の上でボランティア論を説いて、生徒に臓器提供を促していくというようなシーンを思うと、国家を挙げて血眼で進めている「脳死」や臓器移植推進者の魂胆は、なるほどなるほど、こうしたところにまで展開されているのだなと、まずは、現状の認識を迫られはする。

（安藤鉄雄『懐炉弾』第四号／総批判「脳死」臓器移植との戦い／「伝書鳩の舎」一九九九年三月発行から）

――こうした思索が、単に医療の領域にとどまらない、より広汎な人間の「自由」の問題そのものとして語られつづけていることに、安藤鉄雄氏の思想の真骨頂があると、私は考えている。

ともあれ、一人の女性の生の厳粛な「劇」は、四十年余の労働の人生の重みと、あえて言えば秘めやかな〝精神の性愛〟の感情の襞とをともなって、終局を迎えようとしている。

数字も文字も、そして数の概念も理解しえなくなっているはずの母が、どうして一万円札と五千円札と千円札を識別したのか、なんとも不思議な謎であったが、それは私たちにとって思いがけなく愉しい謎であり驚きであった。
（第六章「オオイヌノフグリ」）

この重層的な時間のさまざまな位相にわたる、無数の陰翳を帯びた愛憎の畳み込まれた簡潔な描写で、本書はその幕を下ろす。

霊柩車で家に帰って行く母は、毛布にくるまれて孝さんに抱かれていた。
（第六章「対立」）

本書の終わりは、本文のみならずその章タイトルをも含めて、なるほど、あまりにもあっけないという印象を受ける。だがその、簡潔というよりむしろ簡略ともいうべき筆の運びを松下竜一氏に要請したものが、逆についに死者となった人への計量しようのない痛切な思いに由来しているであろうこと――この極めて私的な記録の、誰より著者自身にとっての重さの封じ込められたものであろうことは、読者にも容易に忖度しうる点だ。

〔一九九九年三月脱稿〕

荘厳の書

――『ありふれた老い』

本書は、「私小説」という形式の、現在の日本における一つの到達点の形を、おそらく示している。――そう考えながらこの作品を読み進めてきて、読み了えたいま、いよいよその思いは私に強まっている。またつけ加えるなら本書は、この松下竜一氏の著作集のいわゆる〝私小説的系列〟の諸作のなかで、『豆腐屋の四季』以来の感銘を受けた一冊でもあった。

さすがに父も観念したふうで、この夜から階下の座敷で寝ることになったが、その第一夜にまた小便を漏らしてしまった。トイレまでは無理とみて、座敷戸のすぐ外にバケツを置いたのだが、そこまでの数歩が間に合わなかったのだ。

（第一章「じいちゃんの小便バケツ」）

新聞という、初出の発表媒体の性格も意識されているのだろう。冒頭の「小便バケツ」の転倒から一気に始まる緊張感に満ちた導入部は、間髪を入れぬ展開でたちまち一人の人間の生涯の終幕の模様を描き出してゆく。

一九〇六年生まれ、満八十五歳にして初めて「老人問題」の当事者となった父・松下健吾氏は、それまでむしろ頑強で、その寡黙な人格の重量感が松下竜一氏をはじめ家族の精神的な支柱とも基盤ともなっていたことは、すでに『豆腐屋の四季』以来の先行する作品群にも見るとおりである。『母よ、生きるべし』でも、松下氏の妻・松下洋子氏の母――そして松下氏自身にとっては単なる「義母」以上の存在であった三原ツル子氏が六十三歳で癌を病んだことに「まだ若いのにのう」と短く応じた老父・健吾氏の、三原ツル子氏の終焉にいたるまでの期間、健吾氏自身にとっては八十三歳から八十四歳にかけての時期の肖像が、同書「ペパーミントの花」「セーラー服」「オオイヌノフグリ」等の各節に、断片的にではあるが印象深く点綴、活写されていたことは、多くの読者の記憶に新しいところだろう。

だが時は、この父にも確実な肉体の衰えをもたらしていたことが、本書・第一章では畳み込むように語られてゆく。

……父の脚力の衰えは、あれよあれよという速さで進行していった。昼間は伝い歩きながらなんとかトイレへと行けたのが、たちまちそれもおぼつかなくなり、途中の台所で便を落としたりするようになった。

こちらが気がつかないと、途中で大便に汚れたまま、また炬燵に戻っていることもあって、夕食の頃に大騒動することもある。（第一章「下半身裸で炬燵に」）

この午後、珍しく父の方から「出そうだ」というので、二人の息子が抱えてポータブルトイレに座らせてすませたのだが「もういい」というのでベッドに戻し、おむつを当てようとしたところに、二度目の排便をしてしまった。

あれよあれよという間のことで、大騒ぎして下着から替えねばならなかったが、それが終ったところで、なんと三度目の排便に私たちは悲鳴をあげてしまった。「あかちゃんみたい」と洋子がささやく。

（第二章「元旦がじいちゃんの〝大ぐそ記念日〟に」）

それにしても、松下氏の筆は苛烈である。開巻劈頭《へきとう》から立て続けに提示される、排泄――より直截《ちょくせつ》に言うなら糞尿をめぐっての記述・描写の生なましさには、この作品を成すにあたっての著者・松下竜一氏の並なみならぬ〝覚悟〟が横溢しているようだ。それは言葉としては、以下のような基本的な人間観に裏打ちされていることも、またいち早く説明されている。

とうとう父は排便に備えて、最初から下半身を裸のままで炬燵にもぐるようになった。（略）「こんな姿を悲惨とみるか、あたりまえの姿だと見るかで、大きくちがってくると思うんだ。これからおそらく長い間じいちゃんを介護していくことになるんだから、悲惨とか深刻という言葉は禁句にしようや。じいちゃんがウンコまみれ、シッコまみれになったって、こんなこととあたりまえの人間の姿だと思って、気楽に対処していこうや。そうでもしないと続かないぞ」

これは洋子に聞かせるだけでなく、むしろ自戒の言葉なのだった。

「大丈夫よ、かあちゃんのときにきたえられてるもん」と洋子は笑った。

（第一章「下半身裸で炬燵に」）

したがって、これらの出来事を描く松下氏は、安易な道学者的・通俗人生論的な操作による内実の歪曲や変質を許さない。汚穢《おわい》はあくまで汚穢であり、だからこそ現実の生身の人間の存在の属性なのだ。氏が執拗なまでに「悪臭」について書き続けていることは、決して単純な曝露趣味などではなく、おそらくその対極に位置する志向の現われである。

……「尿取りパッド」という簡単なナプキンでペニスを包む方法を教えられて、尿量の少ないときにはそのパッドを取り替えるだけですむのだ。ただ、大量の大便や軟便で着物やシーツまでも汚していたりするときは私の手に余って、つい洋子を大声で呼んでしまう。

おむつを替えるときには、寒くても窓をあけ放ち芳香剤も置いているのだが、悪臭にはなかなか慣れない。（第二章「二時間もせずにタバコの催促」）

父はこの日、五度も六度も下痢便をつづけて、まるで一日が下痢便に染められてしまったように、私も洋子もその悪臭につきまとわれている気分だった。（第五章「やがて自分も介護される身」）

しかもこの老父の姿は、決して絶対の受動的な弱者としてのみ描かれているわけでもない。「真夜中の二時でも」半ば悪戯のように「チャイム」を鳴らし、娘よりも「嫁」の介護を望んで、病が篤くなってからも、なお「ねえ、おじいさんはわたしを隣りのおじいさんに取られると思ったんじゃないやろうか」（第八章「突然の父の怒り声」）と推測されるような烈しい嫉妬を示す老人――。松下氏は、一個の人間の終焉に際しての一連の荘厳な劇を造形するにあたり、読者の内部であらかじめその当人が現実と乖離《かいり》した空疎な「聖性」を帯びてしまうことを一貫して決然と排除しようとする。

そしてしかも、そうした人間の「老い」の姿を見つめながら、すでに松下氏の眼と手と精神は、いち早くより広大な現実との切片に触れようとしてもいるようだ。たとえば次の一節を見てみよう。

覗《のぞ》きに来た印刷店の弟が、「自分の親がこんな姿で寝ているんかと思うと、やりきれんなあ。みじめすぎるよ。なんとかならんのか」と父の姿を見て嘆く。（略）いま、うだるような暑さの底で臥している父は、真裸の身体におむつだけを当てているのだ。そのおむつも、ぶざまに大きくふくらんでいる。（略）私は十余年来、原子力発電に反対の立場をとっているので、電力需要を助長するクーラーを拒否してきているのだ。そのことを私は講演などで訴えたりもしているので、いわば私のクーラー拒否は公的立場ともなっているという事情がある。

「おとうさんは、自分の主義のためにはおじいちゃんを苦しめても平気なの？」と杏子からなじられながらも、容易にクーラー設置へと踏み切れなかったが、結局、姉や弟の強い要請で電気店に来てもらったのは七月半ばのことだった。

「これはまず、電気のアンペアをあげねばなりませんが……」（略）「それが……アンペアをこれ以上あげるわけにはいかないんです」（略）私は講演の中で、とにかく家庭電力のアンペアをいまよりも落とすようにと訴えてきている。一人一人がそう努める以外に原子力発電を拒否することなどできないからなのだ。その提唱者の私が、いくら病む父のためとはいえ、わが家のアンペアを一気にあげるなんて許されることではない。

（第五章「病院からの連絡を待つ」）


実のところ、電力の需要がそのまま原子力発電を助長する形になっているかどうかは、必ずしもたやすく判断できる問題ではない。八〇年代末葉から行なわれている原子力発電所の出力調整試験などにも見られる通り、ある意味で既存の電力生産システムは、それ自体、すでに供給過剰となってしまっているという側面がある。

また、いささかの電力を自らが止むなく使用せざるを得ないという一事をとって、それがあたかも既存の電力会社との「共存」を容認することになるとする考えは、一見、潔癖なようでありながら、結局は社会的弱者に既存のシステムを（心ならずも）再容認させる、いわば新しい融和主義の水路に導く危険を伴っているのではないかという気も、しないでもない（そもそも、水光熱や交通など、生活になくてはならぬ諸要素に関わる産業が一部の企業に寡占され、消費者・大衆の側はそれらの企業支配に一方的に服従を強いられているという構造は、ほかならぬ松下竜一氏自身がかねて批判しつづけてきたものでもあったはずだ）。

何より、私自身は、こうしたぎりぎりの二者択一を、心ある個人が消費者・大衆として、電力企業のごときから一方的に迫られているという現実の構造自体が、実はあまりにも理不尽なものだという憤りも禁じがたい（この問題については、いずれ詳述したいと考えている）。

ただ、当時から、その厳密な真偽はともあれ、こうした電力の需要の増大が原子力発電所の新規建設を必要とする、という方向にバイアスのかかった一大宣伝が、企業・産業社会の側から繰り返し行なわれ続けてきたのは、まぎれもない事実である。そうした構造のなかで、松下氏が老父の介護に臨んでもなお、当初からの自らの立場を貫き通した姿勢は読む者を打つ。この、現今の社会では明らかに〝愚直〟とも〝エゴ〟とも詰《なじ》られることが容易に予想される、その非妥協的な一線を、しかもあくまで手放さない人びとの節度、強い倫理観によって、いまや朽ち果てようとしている戦後日本社会は、なおかろうじてその形骸を留めているとも言えるのだ。そしてこれは「私小説」が社会そのものとつながるという、松下氏ならではの方法が、しかも読む者に「文学」的感銘をともなって伝わってくる好個の例の一つだろう。

これを一種の〝精神主義〟と見、それがたとえば十五年戦争中の日本の〝天皇のために死ぬ〟という「少国民」と同質の思い込みだ、とするのが、〝「戦後」民主主義〟の成れの果て的な、当今の〝プラグマティック〟な〝思想〟の〝流儀〟である。しかし、私はそうは考えない。なぜなら、同じ「理念」であっても、帝国主義日本のそれと、原子力発電に反対する松下氏のそれとは、まさしく対極に位置するものであるからだ。問題は思想の、その内容にほかならない。

〝それがどんな思想であれ、徹底したものは忌避する。自己をそれにもとづいて律しようとするものは拒否する。中庸・穏健な漸進をこそ希求する〟という志向は、実は甚だ危うい功利主義の処世訓である。人間の「自由」とは、それが突出する場合、決まって最も切実で厳格なものとしてしかあり得ないのであり、しかもそうしたとき、前述した〝穏健な有和主義〟はまたほぼ必ず、追い詰められた者を圧殺する既存の社会システムの維持存続に加担する重石として作用する。

洋子には伝えぬまま、私は姉の提案を断った。そういうお金をもらえば、洋子にとって父の介護はいよいよ義務となってのしかかってくるだろうし、姉や弟たちにしてもお金を出すことで父の介護をしているような気になりかねない。　（第二章『死んだ方が……』、父のつぶやき」）

松下健吾氏の介護の過程で、ついに妻の洋子氏が倒れる。松下竜一氏の筆はここでは淡淡としているが、これは厳密にいうなら、実母の三原ツル子氏の看取りに際しては（少なくともこうした形では）描かれなかった——おそらくは発生しなかった——事態である。

「家庭で寝たきりの病人を抱えた主婦には、よくあることなんですわ。まあ、お宅の場合はあなたがいっしょだからよっぽどいいですけど、主婦一人に介護を押しつけてる家庭が多いですからなあ。それも自分の親じゃないケースがほとんどなんだから、ストレスでおかしくならない方が不思議ですわ。（略）」と医師もいうのだ。　（第五章「一家が共倒れにならないために」）

女性——とりわけ妻が、夫の親に対しても「介護」の全面的な責任を負うことになりがちだという現実の一端は、ここにも示されている。だが本書でも明らかなとおり、日本の夫の平均像に較べたとき、松下竜一氏が相対的には、彼らよりは遥かに妻との共同性を保持し続ける夫であることもまた明らかだろう。『母よ、生きるべし』に描かれた義母の看護の凄絶な記録とは、ここでの人間関係の構造は決定的に異なっている。異なってはいるものの、それでも松下洋子氏の場合が、日本の主婦の一般的な「舅」に対する介護のケースとは異なった部分を含んでいたことは確認されねばならない。

だがその一方で、日本の男性としては稀なそうした「妻との共同性」を獲得しえた松下竜一氏には、また別種の問題もつきまとってもくる。「サラリーマンであれば定年が近い年齢となっている」著者が「大手の企業の中堅社員である弟たち」が「あっけにとられるような数字」の「年収」に甘んじ、あまつさえ、再三、さまざまな著書で言及される多発性肺嚢胞症をはじめとする幾つもの宿痾に苦しんでいる事実は、氏の読者ならすでに周知の事柄であるだろう。

「『あんたねえ、天下国家のことも大事なことはわかるけど、家の屋根はいったいどうするつもりなのよ』（第一章「壊れたままの屋根」）――近親者からこう説諭される松下氏は、しかしそれ以上に自らの健康や生命そのものの不安にも耐えながら、老父の看護をしなければならない。

毎日、一時間半の点滴注射につながれながら、私は寂しいことを思っている。私の病気はなおることはなく、年齢とともに呼吸困難が進んでいくことは目に見えているので、いずれは病臥《びょうが》の身になることは避けられないと覚悟している。父を介護しつつ、やがては自分が介護される日のことをつい思ってしまうのだ。

（第五章「やがて自分も介護される身」）

――そんな、本書における絶唱ともいうべき一節が、第七章の「妻と今を惜しむ」であるだろう。全篇に一箇所の緩みも瑕瑾《かきん》もなく、生の一回性に裏打ちされた関係の悲しみと悦びとが見事に造形されて、全巻の白眉であるのみならず、松下氏の私小説的テキストのなかでも最も完成された音楽が、ここには響き渡っている。部分的な引用が不可能なこの一篇が、しかも本書『ありふれた老い』という老父の看取りの記録のなかに象嵌されていることを思うとき、そこから受ける感銘はいっそう重層的な陰翳を湛えたものとなってくるようだ。

夫婦が夕刻の一時をともに過ごす場面の美しさ。深さ。外部の出来事の展開の系譜ではない、著者の内面の「劇」として本書を追ってゆくとき、この緩徐楽章《アダーヂオ》のような一篇は、明らかに静かな頂点を、それも極めて高い次元において成立させ得ている。

「姉がね、このまま友達からいわれたんだって。船場の弟さんと奥さんが、夕方自転車で仲良く散歩してるのをよく見ますよって」（第七章「『あんたもいっしょに入院したら？』」）と書き留める松下氏。「介護の帰りと点滴注射の帰りが連れ立っている」（同前）散歩は、しかしたしかに人間として本質的な意味で「幸福」なものにちがいないことが、松下氏の作品からはよく伝わってくる。

変ないいかたをすれば、私と洋子の散歩は、たとえいかに窮迫するとも今更じたばたせぬという覚悟の上でのことなのだ。これが私たちの生きる流儀だというつもりで、山国川の川辺で毎夕一時間余りの二人の時間をすごしているのだ。（第一章「夫婦で散歩」）

この、いわば人間関係の「原器」ともいうべきものを根底に内包しているからこそなのだろう。他者一般へと新たに働きかけようとする力もまた、そこには生まれてくるのは――。

午後四時を過ぎると、二人で自転車をつらねて病院に通うのが日課となっている。（略）完全看護の病院なので、家族が行けねば看護婦が面倒をみてくれるのだが、一日に一度は顔を見せるということを私は思い決めている。なにも二人で行く必要もないのだが、私は父の介護に行くというよりは、洋子と二人の夕刻の散歩というつもりでいる。二人の散歩のコースの中に病院を組み込んでいるのだと思えば、なんとなく愉《たの》しい。（略）ときには、右隣りのベッドのおじいさんに私が汁を飲ませたりすることもある。日頃はおばあさんが介護に来ているのだが、来れない日もあって、そんなときは私が手伝ってあげるのだ。

（第七章「夕食介護のため病院通い」）

だが、しかも同時に、人は現実の生をさまざまに煩瑣な手続きとともに生き抜いてもいかねばならない。

「〈脳血栓による両下肢機能全廃〉で」「〈公式に一級の身体障害者と認定された」父とともに、松下氏は自分も障害者認定を受けようとする。「私の多発性肺嚢胞症は治療法がないと宣告されているので、年齢とともに呼吸機能が衰えていくことは避けようもない。加えて、肺機能の衰えからくる高血圧症状のために、降圧剤の服用ももはや終生欠かせぬことになってしまった。（略）身体障害者手帳をもらってみても、なにかの保証を当てにできるのかどうかもわからないのだが、取らぬよりは取っておいた方がいいだろうという、ワラにもすがる心境である。（略）肺活量の方は、本来あるべき数値のほぼ半分なので、いわば片肺飛行ということになる。ただ、動脈から取った血液の酸素溶存量が思ったより良くて、正常値の八〇パーセントに達しているという。（略）（後日、この申請は却下された。酸素溶存量がひっかかったのだ）」（第五章「私も身障者手帳を申請」）

「山国川の川辺」での「毎夕一時間余り」の至福の時間の一方には、肺活量が標準値の半分でありながら、動脈血の酸素溶存量が「正常値の八〇パーセント」ある、それが故に、松下竜一氏には障害認定が受けられないという現実が立ちはだかってもいる。そしてこの一事に象徴されるような現代日本の「福祉」の貧困極まりない実情については、本書は老父の介護という貴重な実体験にもとづくさまざまな情報や智慧を、読者に提供してくれもする。

「じつは市の社会課に相談に行けば、在宅で入浴サービスを受けられる制度があったのだが、私たちはそんなことも知らずに途方に暮れていたのだ。世間知らずな二人である」（第一葦「わが身の非力を妻に嘆く」）

「入浴サービスのこともそうだが、いろんな補助制度があってもそれを知っていなければ利用できないというのが現実である。本来なら地域の民生委員が心を配って積極的にそういう世話をすることになっているのだろうが、そこまではゆきとどいていないというのが実態なのだ。（私や洋子がついていてさえこんな有様なのだから、一人暮らしの老人には大変なことだと思う）」（第五章「身障者手帳を当てにしたが……」）

この問題についてはいずれ別の場所で詳述するつもりだが、本書においてはなお、制度としての「福祉」一般の不備にとどまらず、松下氏の介護の経験は医療そのものに対する示唆に富む感慨にも逢着していることに注意したい。

……あたかも病院に入っていることで病気が進行しているのではないかとさえ思えてくる。偶然なのだとは思うが、父もまた再入院して病状がにわかに進行することになった。（略）いくら適切な医療を施されても、家から切り離されることで父は生きるための〝根〟のようなものを枯れさせたのかも知れない。（第九章「いたたまれなくなる老人病棟」）

しかし、介護は決して松下夫妻二人だけの孤独な戦いではない。

「『こんにちは。便利屋でーす』といって、得さんが来てくれたのは、父が退院して迎えた最初の日曜日である」（第四章「真夜中の二時でもチャイム」）

すでに松下竜一氏の読者にとっては馴染み深い梶原得三郎氏は、ここでも生彩ある姿を見せる。しかも梶原氏とて、松下氏が老父の介護に追われるさまを、決していわば「他人事」として見ているわけではないのだ。

「得さんもまた田舎に義母をたった一人で残しているので、遠からず〝老人問題〟に直面することは避けられなくて、私のいまの〝試行錯誤〟がいずれ自分の参考になるだろうと思って見ているのだという」（同前）

人生の現実に直面し、それをともに支えあってゆこうとすることで、いっそう友情の歴史は深まるのか。同世代どころではない、まさに同い年のこうした親友を持つ松下氏に、私は羨望すら覚える。さらに松下夫妻には、こんな友もいる。似た境遇の父を持つ、高校時代の友人K氏とその妻だ。

帰って行く二人を見送りに出た夜の路上で、二組の迷える夫婦は声低くエールを交わすのだ。

「おたがい、親からは逃げられんのだから、まあできるだけのことはやろうよ」

（第二章「親からは逃げられない」）

これら豊かな人間関係に支えられ、次第に松下氏に新しい「看護」「介護」の形が遠望され始める過程は印象的である。

「看護というものを、自分たちの時間を奪われるのみの『負の行為』としてとらえたのでは、決して長続きするものではない。看護する側にとっても何かを得るような『プラスの行為』へと転化できないかというのが、私の願いであった」（第一章「わが身の非力を妻に嘆く」）

「この子の中に育っていくやさしさを思うと、やはり介護という行為が一方的な『負の行為』ではないことを確認させられるのだ」（第二章「元旦がじいちゃんの〝大ぐそ記念日〟に」）

そして事実、こうした人間の共同性は、介護される当事者——八十六年の生涯が自筆年譜で「出生」を含めわずか十項目、そのうち六項目が六人の子どもの誕生だったという、自己を語ることの少ない老父の心をも開いてゆく。時間の地層に埋もれた記憶の鉱脈の輝きを蘇らせ、生涯の清冽な場面をその終局で再び立ち上がらせようとする。

父はまったくおのれのことを語らない。(略)眼の検査を終えた医師に「おじいちゃんの右眼が失明したのは、ずいぶん若い頃からでしょうね」と問われた父が、こっくりとうなずくのを見て姉は啞然《あぜん》としてしまった。(略)もちろん私は知らなかったし、身近な誰一人父が隻眼《せきがん》であるとは知らなかった。

(第二章「父の沈黙」)

こんな老父が、周囲の人びとに時として思いがけない表情を見せる。

「おじいさんの子供のころの一番思い出のお菓子なんやろうね」

帰りながら、洋子の声が少しはしゃいでいる。父が珍しく自分から言葉を口にしたこともうれしいし、コンペイトウという小粒でかわいいものを求められたことも愉しいのだ。

(第七章「夕食介護のため病院通い」)

そして可憐な駄菓子をめぐる記憶は、人から人へと受け継がれてゆく。

歌のあとで父が、「藍にコンペイトウをやってくれ」というので、姉が「ほら、おじいちゃんがごほうびにコンペイトウをくれたよ」といって、引出しの袋から十粒ほどのコンペイトウを取り出して藍に与えた。(略)「おかあさん、おじいちゃんからもらったこのおかし、おほしさまみたいやね」

(第七章「おじいちゃんがうたった!」)

また、あるいは、

乳母車を押して公園へ行く父と、いっしょに歩いて行く杏子といった光景だが、その乳母車にちょこんと乗っているのは子犬だった。（略）これは成犬にならないうちに病死したが、子犬を乗せて押す父とその乳母車に寄りそって歩く幼い孫娘の姿は、いまでも語り草になっているほどに町の人たちに記憶されたようである。

（第一章「杏子とじいちゃんの憶い出」）

そんな記憶の輝きは、どのように再臨したか。

「それでなあ、公園地まで来たら、じいちゃんが池のそばの藤棚の下に連れて行けちいうんよ。藤棚の木陰でタバコをすいたいちいうんよ」

私にだったら決して持ち出すことのない要求を、孫の健一には口に出したのだ。その藤棚の木陰は、十年以上も前に父がよく杏子を乳母車に乗せて来ていた場所なのだ。

（第七章「長男・健一の帰郷」）

その導入部でいったんは、老父のいわば酸鼻極まりない「老い」の描写から始まったはずの本書が、かくもその主人公の内面を照らし出していることに、私は強い印象を覚える。さらに一方で松下氏の筆は、自らの記憶の回路から「父」の像をいよいよ立体的に造形しようとする。

「父が無口で人づきあいも少ないのは、もともとの性格もあるのだろうが、豆腐屋という孤独な家族労働で壮年期を過ごしたせいもあるのだろう。戦後の苦しい時期、父と母は豆腐屋をいとなんで私たち六人の子供たちを育ててくれたのだ。その母が過労のあまり四十六歳という若さで急逝したことが、父には最大の不幸となった」「一九七〇年夏、松下豆腐店は看板をおろしたのだが、この日から父はすっかり隠遁生活へと入っていった。まだ六十四歳なのだったが」「父はいつもひっそりと居間の炬燵で静まっていた。これほど刺戟のない日を送りながら、寂しさを嘆くでもなく、ぼけるでもなく、淡々と老いていく父に、私はかなわないなあという思いを抱くことがあった」（第一章「母が逝き、家ごもりの父」）

その一方、

「『和征《かずゆき》が帰って来る夢を見た』といいだしたときには、父の心の奥を覗《のぞ》いた気がした。四男の和征はもう十年以上も家に帰ってはいない。日頃は口に出さない父だが、やはり気にかけているのだ」（第二章「無口のじいちゃんがしゃべった！」ルビ、原文）

「一度、看護婦さんが聞いたという。／『松下さん、いつも何を考えてるんですか』／別に返事は期待していなかったのだが、父のくぐもった声が『コドモ』と答えるのを、確かに彼女は聞いたという。そのことを告げられたとき、私は不意を突かれたようなショックに見舞われていた」（第七章「沈黙の父の脳裏には」）

この本質的には幸福な家族の記録のなかで「一人だけ帰らなかった弟」を描く松下氏の筆致は、ただちにあの「青春の書」――『豆腐屋の四季』へと直結する。「おまえは帰れる有様ではないので、父が亡くなっても知らせないことにする。いまは自分のことだけを考えよ」（第九章「音信不通の弟からの手紙」）と松下氏が記すとき、読者もまた本書が『豆腐屋の四季』や『あぶらげと恋文』に描かれた凄惨な家庭内の葛藤の歴史の延長に位置している書物であることに改めて気づかされるだろう。「東海地方のある町の総合病院の名前が印刷された封書」（第九章「弟への援助をことわる」）から始まるこの時期のやりとりは、同時に前述の松下竜一氏自身の「障害者手帳」交付問題と同様、日本の福祉政策の惨憺たる実情を示す証言でもある。

「『弟さんには兄弟が多く、とりわけ長男である竜一さんが〝社会的地位のあるお兄さん〟なので、援助を期待できる』」と生活保護の認定を拒否する先方の行政に対し、松下氏が中津市役所から取ってきた一九九一年、九二年の所得証明を急送して再度、申請を要請するやりとりには、暗然とせざるを得ない。しかも最終的に生活保護の認定は見送られたという。

臨床医としての日常診療のなかで、貧乏—病気—貧乏という循環にぶつかり、本当に病気・病人を治すためには、医学・医療の進歩・普及と同時に、病人の衣食住についての最低生活が保障されていることが絶対に必要であることに気づいていたが、それに確信を与えてくれたのは朝日訴訟である。（川上武『医学と社会』V「朝日訴訟と医学者の立場」一九六八年・勁草書房刊）

一九四二年以来、肺結核患者として国立岡山療養所で医療扶助と生活扶助を受けていた朝日茂氏は、一九五六年、実兄から僅かな仕送りを受けるようになったことをきっかけに生活扶助を廃止され、仕送りの残額は医療扶助に充当するようにとの保護変更決定が行なわれた。これに対し、朝日氏は岡山県知事と厚生大臣に不服申し立てをして却下されたあと、一九五七年、厚生大臣を相手取って却下の取り消しを求める行政訴訟を起こす。名高い「朝日訴訟」である。

「生活保護」を〝施し〟としてではなく社会的弱者の正当な権利として捉え直す——その確認を国家に迫った朝日氏の思想と行動に、私は深い敬意を覚える。だが朝日茂氏の渾身の闘いから、以後、四十年ちかくを閲《けみ》して、そのかんには〝高度経済成長〟だの〝バブル経済〟だのと浅薄皮相極まりない〝繁栄〟を謳歌してきたはずの戦後日本社会が、松下氏らに突きつけたこの根源的な冷酷さはどうだろう。読者が受ける重い衝撃もまた、本書が紛れもなく〝高度経済成長〟の虚妄を時代の底から問い直した『豆腐屋の四季』の系譜の上に立つ作品であることを、副次的な「ストーリー」からも照射している作品たる証左である。

『豆腐屋の四季』はまた、本書で回顧される「義母とその連れ子」と兄弟との確執について、痛いたしい秀歌と詞書とが語って余すところがない。「義母なりし人去りて三日誰がせし生母の遺影又壁にあり」（『豆腐屋の四季』「義母のこと」）

だが、本書『ありふれた老い』におけるこれらの回想には、一種微妙な〝転調〟が施された痕跡も窺われる。本書で「その後の義母と父」とに描かれた逢瀬は、一つの情熱の歴史のエピローグか。

「エーッ、そんなことがあったのか」

皆びっくりして声をあげていた。父が満を連れてK市までその人に会いに行ったことなど、誰ももう忘れていたのだ。これだから皆が寄って憶い出を出し合うことは愉しい。（第三章「父の見合い」）

こう松下氏が書くとき、そこで物語られているのは、すでに氏も兄弟たちも青少年期の苦しみを乗り越えてきたという事実だ。大手電機メーカーの技術職としてカナダに赴任しているという末弟・満氏が、かつて『あぶらげと恋文』の日記の「一九五八年八月二十九日」の項で、亡母のために「お精霊舟」を作り、川に流そうと松下氏を誘ったいたいけな少年であったことを思うとき、そこに横たわる歳月の流れには、一読者としても茫漠たる思いがある。

その表題もまさしく「夢に見るは〝豆腐屋の四季〟か」とされている第四章の一節は、前述した「妻と今を惜しむ」とともに、私が本書で最も厳粛な感動を覚える場面の一つである。

これも真夜中のチャイムに呼び起こされたときのことだが、行ってみると眼をあけていて「起き忘れたぞ。あぶらげを揚げんとならん」という。

「いいよ。あぶらげはもうおれが揚げたから」

私が父の夢うつつの言葉に合わせて返事をすると、やがてまた眼をつむった。（略）起き忘れるというおびえは心の深くにしみついてしまったのか、豆腐屋をやめて二十年以上がたつというのに、いまだに私もまた「起き忘れた」夢をみてハッとすることがある。

再び夢の中へと戻っていったらしい父の傍《かたわら》に立って、私は父と共に働いた日々を思っていた」

（第四章「夢に見るは〝豆腐屋の四季〟か」）

『豆腐屋の四季』でいうなら、「出来ざりし豆腐捨てんと父眠る未明ひそかに河口まで来つ」と詠う著者の夢枕に、ある夜、「ゴムの前垂れを掛けて豆腐を造っている母」が現われる場面の崇高な感銘に通ずるものが、ここにはある。

そもそも近代日本の「私小説」とは、どのようなものであったか。そしてそこで、とりわけ「父」は、いかに描かれてきたか。

たとえば葛西善蔵（一八八七〜一九二八年）や嘉村礒多（一八九七〜一九三三年）、ないしは牧野信一（一八九六〜一九三六年）といった、いずれも父を〝売り物〟とした名うての「私小説」作家（牧野には、そもそも『父を売る子』なる作品まである）を見たとき、彼らのテキストに共通しているのは、「息子」の「父」に対する奇妙な優越性であり、そしてその大半は、それら「息子」が小説の主人公（話者）であり、「父」がその「敵」であるという関係から成り立っている。しかもそうした作品世界では、「息子」は「父」に養われてきた、という、当然あるべき負い目が奇妙なことに完全に欠落しており、むしろそこでは「息子」を養ってきたこと自体が「父」の〝罪科〟でもあるかのように価値の顚倒すら、しばしば見受けられる。――これらは、何によって可能とされているのか。

それは第一に「息子」に対する「父」がしばしば経済的・地位的に強者である（逆にいえば「文学」にうつつを抜かす「息子」は、どちらかというと自ら意志的に社会的弱者としての道を選び取ったものということになる）という〝社会的特権性〟をともなって存在しているからである。そして第二に、「息子」が「作家」であり、当該の作品の話者でもあるという、これはさらに理不尽に一方的な〝文学的特権性〟とともにあるからだ。

しかも「敵としての父」が執拗に描かれながら、必ずしもその「父」に権力をもたらしている封建的家族制度そのものが問われているかといえば、それは不十分で、むしろほとんどそうした批判はその萌芽すら見出されない場合が大半である。だが、この点についてはなんの不思議もない。なぜならこれらの小説では、たいていの場合「反抗する息子」たる作者自身が、その封建的家族制度の恩恵を十分に享受し、その特権性の上に自らの「文学」的・「作家」的特権性をも同時に成立させているからなのだ。

いや、ことは必ずしも日本の「私小説」に留まらない。キェルケゴールやドストエフスキイ、カフカのような場合にあってすら、事情は基本的に同じなのだ。たとえば『カラマーゾフ家の兄弟』のある部分、またカフカ『判決』全篇の基本的性格は、実はその限りにおいて葛西善蔵や牧野信一、嘉村礒多と五十歩百歩のものだったとも言えるのである。

そうした狭隘な「文学」的甘え、自己陶酔、自家中毒のいずれとも、自ら意識的・意志的に完全に隔絶しきったところに、松下竜一氏の一連の文業がある。そしてまさしく本書『ありふれた老い』のもたらす感銘もまた、そこに存するのだ。

本書では、『母よ、生きるべし』におけるような「告知」や「癌治療」をめぐる苛酷な選択に、もはや松下氏夫妻が向き合わされることはなかった。

「父のために中津市から貸与されていたギャッジベッドを返すことにして、家に取りに来てもらった。父が再び家に帰って来てこのベッドを利用することは、もはやないだろうと判断したのだ。このベッドを待っているだろう人に早く譲らねばならない」（第九葦「病状が急変、個室へ移される」）

現実は、冷厳に次の局面を開こうとしている。預金の扱いや葬儀の段取りをめぐる相談は、すでに充実した「生」を生き抜いた者に対する、遺される者の儀式であると、松下氏は認識しているようである。

「もはや父の死が眼に見えて迫っているというのに、私には格別な哀《かな》しみはない」「『じいちゃんはな、ひょっとしておれたちのために病気になってくれたんじゃないかと、このごろふっと思うんだ』」（第十章「『病気になってくれた』」）

そうして、このあたりから本書には、いよいよ一種明澄な旋律が響きわたり始める。

「もう時間の問題です」と医師が告げたあと、子どもたちが「おじいちゃん、おじいちゃん、くるしいねぇ、がんばってね」と呼びかけ続ける場面は、悲痛だが、しかも人間本来の臨終の厳粛、永訣の悲しみの重さに満ち、胸に迫る。

一九九三年七月十三日、松下健吾氏は逝去する。本来、悲痛な結末であるはずにもかかわらず、しかし「通夜」の〝一族再会〟の場面には確かな救済感が溢れる。「船場町の老人会の弔旗」や「カメラ焼き」の思い出を語る、「末弟の満が四十七歳で、あとは皆もう五十代である」息子たちの人生の豊かさが、この一種〝命の祝祭〟のような気分の淵源《えんげん》となっているのだろう。

葬儀の松下竜一氏による「喪主挨拶」の言葉も美しい。

私は生まれてから現在に至る五十余年間、一度も父から離れたことはなく、一つ屋根の下で暮らしたのですが、この父にはかなわないなという思いを抱き続けました。（略）父は昔の小学校しか出ていなくて、学問とか教養には縁のない人でしたが、息子の口からいうのも妙ですが、なまじっか学問を身につけた私なんかより、人間の生き方としてみるときに、はるかに立派であったと思います。

（第十章「父を送る言葉」）

ここでおのずから想起されるのは、『豆腐屋の四季』の「老父」を詠《うた》った秀歌の何首かである。「貧しきを苦しと洩らさぬ老い父が月面写真に黙々と見入る」「病むも食べ歯の無き老いも食ぶる豆腐いとしみ造れと老父は教えき」——。

一族が〝どんぐりころころ〟の合唱で送る松下健吾氏の生涯は、やはり幸福なものだったのだと、読者は納得することができるだろう。亡父の一周忌近くにひっそりと墓参に帰ってきた弟のエピソードで締め括られる「あとがき」に到るまで、終始、作品としての緊張感に貫かれた一冊である。この生の一回性の重みに満ちた荘厳な物語のページを閉ざすとき、『ありふれた老い』という、さりげない表題の持つ深い意味も、また読む者に感得されることだろう。

私小説であると同時に、ある種の「全体小説」ともなり得る可能性の萌芽を秘めた、さまざまに錯綜する記憶のフーガは結ばれた。『母よ、生きるべし』においてその予兆が色濃く刻まれていた『豆腐屋の四季』の終章は、いま、ここに完結したのだ。

〔一九九九年四月脱稿〕

「私小説」から／「私小説」を超えて
――『底ぬけビンボー暮らし』

著者・松下竜一氏自身の「前口上」に見るとおり、一九七三年の創刊以来、休むことなく発行されつづけているという〝月刊ミニコミ誌〟『草の根通信』に連載されてきた「ずいひつ」――いわゆる〝「松下センセ」物〟のまとめられた、本書は四冊目となる。

一九九〇年七月から一九九五年六月にかけての連載が集成されたという今作では、その表題にも見られるとおり、松下氏自身のある種の「貧窮」が、従来よりいっそう意識的に提示され、作品世界を構成する重要な要素となっている感がある。ただし、これはあくまで本書の属性の一つに過ぎず、「貧窮」や「病苦」ばかりではない、その他もろもろの一切合財を含め包み込んで、いよいよ氏の「私小説」的方法が全面展開される場面の数かずに、ここで読者は立ち会うこととなるだろう。

と同時に、その方法の極まった「私小説」は、そこからさらに次の段階……おそらくは、日本近代の「私小説」がそのごく初期を除いてまったく関心を示さずにきた、より広大な別の領分に向かって開かれてもいる。これまで、氏の一連の「私小説」系列作品の論評を通じ、私が何度か素描してきた、〝『草の根通信』というメディア総体を「方法の場」とすることによって切り開かれてきた「複数性」の「私小説」＝「私小説」が社会性をも帯びたものというより社会と複数の個人との関係がそのまま「私小説」的土壌の上に展開される実験〟という側面である（第三章の『いのちきしてます』論

――『生活者』が『運動者』となるとき」参照)。

これはそれ自体、疑いなく稀有の試みであり、その帰趨はこの貧しい制度的な「日本文学」の今後にすら、未聞《みもん》の地平を開く可能性を、なお少なからず残している。それゆえ本稿では、『ありふれた老い』「解説」に引き続き、そこで書ききれなかったことも含めて、この「私小説」という方法の特性と従来あった限界にも触れつつ、松下竜一氏の企ての意味を確認してみたい。

最初に本書の表題、および文中に何度か現われる「ビンボー」という概念について言及しておく。というのは、私自身は松下氏のこの用語に関してだけは、必ずしも首肯しがたいものがあるからだ。ここで「ビンボー」という、一見、一種軽妙洒脱な〝貧困のオルタナティヴ〟が仮設されてしまうことは、実は結果的により「貧乏」な人びとを社会の前面から隠蔽し、いっそうの苦境へと追いやってゆく作用を果たすのではないかという疑念を、私は棄て去ることができない。それがいわば、氏の〝商標〟であると承知はしていても。

かつて〝バブル経済〟のさなかの八〇年代、この日本の大都会で起こった事件を想起しよう。北海道での出来事だ。複数の子どもたちを抱えながら、貧困から餓死(!)した若い主婦が、生前、ぎりぎりの窮状に自らの住む市の福祉窓口に生活保護の相談に赴いたとき、担当職員はなんと応じたか。その男は「あなたの年齢と容姿なら、売春すればいくらでも金が入るのに」と言った。以後、彼女はいっさいの福祉施策を受ける望みを断念し、衰弱死するにいたる。

それから数年後、スカンジナビア半島西岸、それをどうやら峡湾《フィヨルド》と謂《い》うらしいノルウェーの海岸線を北上する長距離列車でのことだ。乗り合わせた青年兵士に、私がこの話をする展開にいたったときの、相手の茫然たる表情は忘れることができない。兵役義務期間中の彼は二十歳そこそこだったが、すでに結婚して娘もいるとのことで、夏季休暇でオスロの営舎から妻子のもとへ帰省する途次にあった。何かをきっかけに、当時はまだその〝神話〟が流布していた〝日本の豊かさ〟に談が及び、くだんの福祉担当職員の言葉を伝えた瞬間、ヒューッと口笛を吹き鳴らした青年の灰青色の瞳に漲った驚愕と嫌悪とに、こうした際、肌が灼けつくような感覚とともに襲ってくる、あの自分が日本人であることの屈辱を、またしても私は感じたのだった。

ひところ〝ブーム〟となった（いまでも、まだそうなのかもしれないが）「清貧の思想」（？）とやらいうプロパガンダが甚だいかがわしいものであったように、自らに「ビンボー」という概念を用いる松下氏の屈折した自己批評が、中曽根康弘政権の〝行革〟キャンペーンを「目刺しと梅干」の胡乱《うろん》な精神主義パフォーマンスで推進した経団連会長・土光敏夫に心服する現代日本大衆にどう「誤解」されるか——それを、私は危倶する。ただし、後述するように、松下氏がこの言葉を用いて提起しようとしている、現存の社会の「富」の概念に向けられた異議については、当然、かなりの部分で私も意見を同じくするものであるが。

それにしても、松下氏はなぜ、自らの経済的窮状（と見えるもの）を、かくも執拗に語り続けるのか。

「どれくらい大変なのかというと、昨年末に受取った『母よ、生きるべし』の印税八〇万円を一応今年の収入として、それ以外に当てにできる大きな収入はまったくないということだ」（「六　今年はまた一段とハラハラ……」）

普通一般に、いかなる職業であれ、その仕事のなかで自らの経済的「窮状」そのものを不特定の他者に訴える、という行為はあまり行なわれない（し、また行なわれようもない）。何より、聞かされようとする側が、それを拒絶するだろう。だが、実にしばしばそれが行なわれるばかりか、しかも翻って、そうした行為それ自体が直接間接に当事者にいくばくかの利益をもたらすという不思議な職業が、少なくとも近代日本社会には一つ、たしかに存在した。「私小説」作家である。その意味では松下竜一氏は、この「私小説」作家の極めて正統的な定型を――ときとしてむしろその定型自体をパロディとするかと思われるほど、過剰な度合いまで徹底的に拡大して――踏襲・反復する。
「というのも、今年中に出版できそうな本が一冊もないのだから当然のなりゆきというしかない。これまでに何も書けてないし、これから書けたとしても今年の出版ということにはなるまい。／何度も内情を明かしてきたように、松下センセの主収入は本の印税以外にないのだから、九一年年頭にあたって今年の基本収入が八〇万円しかないと改めて確認したときの心細さを察していただきたい」（同前）

と同時に、当然、そこにはある種の「特権性」が伴ってくることも避け難い。ある意味では他者にとって直接まったくかかわりのない、こうした「内情」「個人的な事情」を知らしめ、またその結果として利益を得る（たとえば著書が増刷される）ということは、明らかに一種特権的な事態である。

一般的に、人がたとえば松下竜一氏の愛読者であるということは、氏の著作に対して一定の評価を持ち、それを読むことが自らの知的・精神的・全人的欲求や要請となんらかの形で密接にかかわるという関係が成立していることを意味するだろう。だが、少なくとも氏の「私小説」的部門の作品の読者の少なからぬ人びとは、すでにたとえば氏の綴る経済的「窮状」（とされているもの）に繰り返し接することで、テキストの抽象的な言語や論理の作用とはやや異なった、より〝日常〟的な次元での「親しみ」を覚え、氏に対しての「理解」を深めたと錯覚する――。まさにこれは「私小説」の方法そのものだが、それが単に読者やマスメディアとの弛緩した「狎《な》れ合い」であるとしてかたづけることのできない、より重要な事情が、少なくとも松下竜一という文学者の場合には終始、ある部分で伴っているように、私は考えている。

この点について説明するまえに、本書でいよいよ顕著になってくる、その「私小説」的特徴について瞥見《べっけん》しておこう。

そもそも「開業記念日」のある作家というのがいるものだろうか（「一　満二十周年記念の日に」）。こうした「労働」や「生活」との確固たる関連の延長上に自らの「文学」を打ち樹《た》てようとする松下氏の意識は、『豆腐屋の四季』以来一貫している。そしていまや、「私小説」的伝統に則った「自己演出」を、おそらくかつていかなる「私小説」作家も為しえかったほど醒めた「自己批評」の裏打ちをもって何重にも重層化して行なおうとする氏の方法は、自らの「開業記念日」について語る筆遣いを、もはや三人称小説の一登場人物でもあるかのように描き出す距離をすら獲得しているかのようなのだ。

「二五万円」と提示された講演料を、自分から「じゃあ、こうして下さい。旅費こみで一五万円、これ以上は絶対にいただけません」と値切ってしまうエピソード（「六　今年はまた一段とハラハラ……」）や、水道料金が安すぎるとわざわざメーターの修理をさせて高い料金を払う仕儀に到るエピソード（同前）の超俗ぶりには、すでに一種の〝神神しさ〟さえ覚える読者も少なくないのではないだろうか。

経済企画庁による「消費者動向調査」の〈この三カ月間に購入した物〉にチェックすべき項目が見いだせず、あまつさえ「この国の平均的国民の最低所得の線にも達していない」と再確認する話（「三　大きな買物」）は、それ自体じゅうぶん、面白い人には、きっと面白いのだろう。だが、それ以上に私は、その「調査協力のお礼」として県から配付された「箱入り洗剤」や「味の素詰め合わせセット」といった物品への抗議を「角封筒の裏面」に書いて調査票を返却するという部分に、いっそう強い印象を受けた（それこそが松下竜一氏を近代以降の凡百の「私小説」作家――のみならず制度的な〝文壇〟作家――と截然と分かつものにほかならない。これについては、後述する）。

むろんのこと、著者と周囲のさまざまな人びと――読者や運動の「同志」、友、家族との交流は、本巻でも相変わらず活潑である。

「一　満二十周年記念の日に」と「二　泣いていました」に語られる『絵本』の朗読会をめぐる報告は、この不朽の名作の根強い生命力を語って印象深い。作家にとって、こうしたいわば〝コンパクトなスタンダード〟としての短篇作品を一作、持っているということの意味を感ずる。十八から十九にかけての「秀川さん（仮名）」のエピソードはいかにも松下氏ならではのものだし、「二十　カモメのパン代」に登場する「T君とその彼女」の挿話も情趣深い。

「十一　おさなともだち」は先行する何冊かと同様、松下氏のいわば秘められた〝太宰治〟性が濃密に立ちこめる一篇だ。「追記」で「好べえ」が指摘する会話の再現力の話は、たとえば囲碁や将棋で一定以上の棋力を具《そな》えた者にとって、過去に自らが経験した任意の対局をいつでも、その初手から終局まで、必要があれば完全に再現できるのと、やや似ているかもしれない。それは会話も将棋の指し手と同様、支離滅裂な記号の羅列ではなく、ひとつの有機的な関連のなかで継起しているから、ということになるだろうか。そのことを指摘した「好べえ」氏の観察眼にも、また鋭敏なものがある。

むろん、無二の盟友――梶原得三郎氏・梶原和嘉子氏夫妻との友情、そして生涯の伴侶・松下洋子氏へのこまやかな妻恋にも、紙数は惜しみなく割かれている。

「洋子さんはちっともびっくりしてないとこを見ると、よくこんなとこに来るみたいやな。白状しなさい」

和嘉子さんに問われて、細君はフフフッと笑った。（略）

「……あんたもね、二十九年目の愛を語り、かつそれを実践的に確認しなければならんのだから、早々と眠らせるわけにはいかんのよ。――ねっ、和嘉子さん、そうやろっ？」
今度は和嘉子さんがフフフッと笑った。
（「五　〝障害〟をのりこえる愛」）

ちなみに私自身は「ホテル」一般は旅行に不可欠だし時としてそれ以上の快適さをもたらしてくれることもある施設だと考えるが、いわゆる「ラブホテル」なるものに関しては、必ずしもその判断は同じではない。その点、右の一節には私の理解はおそらく完全には行き届いていないにちがいない。だが「二十六　夜の川辺の小宴」の解放感は文句なしに素晴らしく、かつての『右眼にホロリ』所収の「夕立に見舞われた」真夏の「三好達治の詩がみごとな書になって飾られている」「夜になると客の少い静かなレストラン」での晩餐の模様が活写された好篇「夜のレストランにて」をもさらに凌駕する内容となっているかもしれない。

「山国橋の下」へ「握りの並み」の出前を取るという、仄かにアナーキーな昂揚感も面白い。そこに松下洋子氏のおでんと梶原氏が準備したよく冷えたビールが用意され、あたりは夏の宵の川風が吹き渡っているのだから……なんという贅沢だろう。読んでいる私までが、冷蔵庫から何本かのビールを摑み出し、冷やしたグラスと一緒に表に出たくなってきたほどだ。

だが友情の歴史は刻刻、時間の石礎《いしうす》が廻るにつれ、微妙な陰翳を示してゆく。本書では、「十四　カモメのおじさん」の（注）の一文が目に留まった。「梶原夫妻は小さなさかな屋をたたみ、一九九二年夏から中津市内の女子短大の学生寮の管理人として住み込んだ」――この簡潔な出来事の記述に込められた人びとのさまざまな思いは、むろんそれを安易に想像したり忖度《そんたく》したりすること自体、厳に慎まれるべきものであるだろう。

前述した〝売れない作家〟としての松下氏の「自己演出」は、本書でも例によって「年収二百万以下」の話や「本を生き残らせるために著者買い上げ」をする話（「三　大きな買物」）（「四　本が生き残りました！」）、〃常宿〃としているカプセルホテルで「ポルノビデオ」に興ずる話（「二十一　カプセルの中で」）等等に顕著である。しかし――一般読者は驚くかもしれないが、松下竜一氏はむしろ現在の日本の作家、とりわけ通俗大衆作家（制度的な「純文学」の書き手の類も、実はたいていの場合、その一変種にすぎない）ではない、すなわち本来の「作家」としては、稀に見る厚遇を受け続けてきた存在であることを見誤ってはならない。現に、氏の年代についてみても、今どき全三十巻の著作集を持ちうる「作家」が、ほかに何人いるだろうか。そしてその著作集は、すでにさまざまに話題や反響を拡大再生産しながら順調に刊行されている――。

本書に記された時点での現金収入がいくらであるかなどという事柄とは、率直にいうなら完全に次元を異にした問題として、実はこの「厚遇」の否定し難い事実はあるのだ。そしてむろんそれは、氏の文学者としての力量の投影でもあるし、さらにいうなら、より苛酷な次元でのしたたかな作家的計算とすら決して無関係ではない。あえて氏が「松下センセ」として、綯《な》い交ぜになった「自己戯画化」と「自己神話化」の鬩ぎ合う高度なゲームを繰り返す一見〃「私小説」風〃の方法のなかに封じ込められた、現在の日本社会において「文学」が容認され流通する場所と形態についての鋭敏な感覚――ある種の意識的な妥協や計算され抜いた不徹底性といったものを、こう記すとき私は念頭に置いている。

それにしても「作家」とは何だろう。それも職業「私小説」作家とは？（そして、実は、近代日本文学史における「作家」は、実はその大半がこの変種に過ぎない）

いかにも、そこにはある種のマニエリスム（マンネリズム）がある。なぜなら実際の「生活」そのものがそうであるように、その〃表現〃としての「私小説」もまた書き継がれるたび、時間の腐蝕のなかで必然的に〃陳腐〃なものへと変質していかざるを得ない側面を抱え持っているから。

人は、毎日が「祝祭」であるような生を生きることなど困難だ。そこで「生活」の表現はおのずから、なんらかの「自己演出」を生む。近代小説という形式が、好むと好まざるとにかかわらず出版の商業主義から生まれてきた、その大枠の制約以上に、ある種の「作家」はその作品より前面に自らの肖像写真とさまざまなエピソードとを押し出し、自己演出をするのが当然のことのようにすらなった。そして、それは松下竜一氏とて例外ではないばかりか、むしろある意味で、その自己戯画化と自己神話化とはきわだって顕著ですらあるかもしれない。

にもかかわらず――だが、氏とその「私小説」の場合は、必ずしもそれだけに終わってはいない。なぜか。それは、松下氏にとってのそうした方法が、氏個人の「私的利害」を超越した、より広汎な闘いの方法と結びついているという特徴があるからである。

「十三　文部省の怠慢である」には、著者が父・松下健吾氏に続き、宿痾の多発性肺嚢胞症に関して「身体障害者手帳」を申請しようとした経緯が記されている。先行する『ありふれた老い』にもこのエピソードは登場し、その「解説」でも触れたが、結果的に「動脈血の酸素溶存量」が「正常値の八〇パーセント」ある（！）ために障害認定が受けられないという事実には、この国の福祉政策の本性が露呈している。そこに、いままた「介護保険法」なる名称で、いっそうの制度の劣悪化が推し進められようとしているようだ。

どこを取ってみても何一つ長所のない、こんな福祉制度の〝改悪〟が意図するところは何か？　新しい「戦費」の醸出だという指摘がある。

……かつて郵便貯金は侵略戦争の軍事費を支えました。一九四五年の軍事国債発行残高四五五億円の大部分は郵便貯金、簡易保険、厚生年金保険によって支えられました。

また、戦前の生命保険の保険料の多くが戦時国債のみならず、軍需産業ならびに大陸進出企業の株式引き受けに使われていました。（略）戦時中に軍事資金調達に使われた金融システムは戦後そのスタイルをほとんど変えずに戦時復興と高度経済成長を支えました。

郵便貯金は現在、財政投融資の資金として公共事業や原子力産業、ＯＤＡ（政府開発援助）、日本輸出入銀行の円借款など、さまざまな開発援助に湯水のごとく使われています。

ＯＤＡは「援助」とはいうものの、贈与は一部でその大半が「金貸し援助」という「国際高利貸し」にほかなりません。発展途上国に貸し付けられた日本の資金は累積債務問題を引き起こし、先進国を通貨不安に陥れています。累積債務問題は多くの債務国に悪名高いＩＭＦの構造調整プログラムを強制し、伝統的な農業基盤、産業基盤の破壊から飢餓を誘発させています。（略）

「抑圧」が極限にまで社会システム化して隠避されている現代日本と、内戦や軍事独裁政権の下で「抑圧」が直接的に露出している第三世界の一部の国々とは表面的にはずいぶん違うように思えます。しかし、世界経済システムが与える抑圧の本質は変わりません。

（丸田潔『アンチ・マネー講座』「グローバル経済に隠されたものを見抜く」／季刊『批判精神』創刊号＝一九九九年三月・オーロラ自由アトリエ発行）


こうした現在の日本国にあって、「過激派という恐ろしげなレッテルまでつけられている」「危険人物として警視庁のブラックリストに登録されている」松下竜一氏が、作家として闘い続けるために選び取った方法が、前述したような絶え間ない「自己戯画化」と「自己神話化」との複雑な相乗作用のうちに、自らの文筆家としての存在価値を、狭義の――商業的な領域においてすらも――高めること、こうした方法で、いわば〝商品価値〟を「担保」しておくことが望ましいという危機意識の発露だった。そう、私は推測する。

巻末の「三十二　こんな内情ではねえ……」で松下氏は、またしても巧緻を極めた個性的な手法で日本文藝家協会に対する独自の批評を示すが、現実にこうした職能団体に在籍しているかいないかと、より広義の「日本文学」という制度に身を置いているかいないかとは、まったく別の問題である。むしろ後者における松下氏の存在のしかたは、少なからぬ読者を含む他者からの要請でおのずから成り立っている部分があり、それこそは氏自身にとってもある意味で「本懐」というべきだろう。

そしてしかも、そうした文学者であり続ける松下竜一氏が、明らかに制度的な「日本文学」の一角になお身を置きながら、しかもその一方、たとえば家計調査の返信用封筒にも、中性洗剤や化学調味料といった「問題がある」商品を謝礼景品とすることへの抗議を記す――それこそが、氏の真骨頂なのだ。人によっては鼻持ちならない特権的な自己戯画化・自己神話化と見る向きがあるかもしれない松下氏の「私小説」作家的方法は、そうした本来の主題を追求し続けるための作家的「保険」にすぎないとも言えるのである。

これは以前にも別の場で述べてきたことだが、今日では「何を書くか」ではなく、「いかに書くか」のみが「文学」の最大の関心事となりつつあるかのようだ。現代の世界や現実の日本社会のなかにどのような「問題」「主題」を見いだすか（発見する力を持つか）、そしてそれを表現するに際しての必然的な要請として初めて、新しい方法、前代未聞の、前人未到の「前衛」的方法が招請され生成される、というのではなく――ごく当たり前の因襲的な事柄の数かずを、どのように〝斬新〟な、他者の耳目を惹く方法で再構成するかが「小説」の最優先の課題となる……。

「何を」書くかではなくて「いかに」書くか。たとえば、そうした探究の最もめざましい達成の例として、私はコロンビアのガブリエル・ガルシア＝マルケスを思い浮かべる。

結論からいうと、私はマルケスの作品群を、全体として二十世紀後半における「小説」という表現形式の「映画」に対する「敗北」の表白ではないかと考えている。ちょうど今世紀の初頭、ピエト・モンドリアンが究極の「絵画」と考えた一連の「平面」表現が、実はほかでもない「建築」に対する「絵画」の敗北を体現していたにすぎないように（美術史家と称するギルド関係者がどう評価しようと、私はそう考える）。

マルケスは、「映画」という、今世紀ならではの最も即物的で猥雑なジャンルに「小説」における「理念」の可能性を全面的に明け渡してしまったのではないか。ならば、その作品の「中身」とは？「自分が殺される日、サンティアゴ・ナサールは、司教が船で着くのを待つために、朝、五時半に起きた」に始まり「サンティアゴ・ナサールは、それが彼女であることが分かった。「おれは殺されたんだよ、ウェネ、』彼はそう答えた。（以下略）」に終わる、マルケス『予告された殺人の記録』（一九八一年）は、技巧的な次元では現代最高の水準に達した小説かもしれない（訳は野谷文昭氏。一九八三年、新潮社版による）。時間処理の鮮やかさにおいて、話法の巧みさにおいて、私が知るかぎり、この精微を極めた織り物のごとき中篇は、小説という表現形式の現在までに到達しえた、おそらく最高の「技術」を体現している作品だ（それにしても、それはなんと「映画」に似ていることか！）。しかし、その「内実」はどうだろう。

この緊迫した物語の内部に継起する虐殺事件が起こったきっかけは、実に偏狭で固陋な価値観にもとづいている。そこに貫流する人間観や世界観に関して――その旧弊ぶりにおいては、今日までの世界小説の最先端そのもののマルケスは、しかもその実、たとえばアジア・モンスーン地帯の家父長的封建制の因習に則った私小説作家たちと本質的に選ぶところがない。にもかかわらず、これをしも「万古不易」の〝人間の普遍性〟と見るのかどうか？

一篇の小説、一冊の本が新しく書かれるには、どんな場合であれ、必ず、これまで語られなかった人間観、世界観、新しい論理、新しい倫理が不可欠ではないか。そこにこそ真の「新しさ」はあるのではないか。――そう、私は考えるのだが。

「うちはね、健一と歓にちゃんといいわたしてるんだ。一円の金も出してやれないんだから、結婚式は考えるなよ、できれば勝手に同棲してくれよ、もし式をするんなら友達同士の会費制にしてくれよって。ケンもカンもそのことはわきまえてるから、うちは結婚式はないんだ」

「いくらあんたがそんなこといっても、結婚というのは相手があることですからね。娘さんの親が晴れ姿を見たいといいだしたら、どうするの」

「そんな娘とは結婚するなといいわたしてるよ」

（「二十四　一〇万円のスピーチ」）

たとえば私が読みながら哄笑し、また快哉を叫んだこの部分を含む本章は、この本でも最も『豆腐屋の四季』や『あぶらげと恋文』などの系列の自伝的色彩の強い一篇となっている。そして右に引いた対話には、少なくともガブリエル・ガルシア＝マルケスの『予告された殺人の記録』より、相対的には新しい人間と世界の形が予感されている。

マルケスとの比較の問題で言えば、私のこの評価は『予告された殺人の記録』の場合にとどまらない。総じて既存の現実世界をとりわけその因襲的な要素を色濃く含む細部にわたり、徹底した〝魔術的リアリズム〟で描いてゆくという、一種本質的に「再現藝術」である――また「再現藝術」でしかないマルケスの、私が読んだ他の何篇かの作品も含めての見解であると考えられて構わない。

「いかに」書くかではなくて「何を」書くか。それをないがしろにして、人間が言葉を綴る意味など、ない。

松下氏は、氏を文藝家協会に推薦した理事の一人（しかも、どうやらまさに、名にし負う〝清貧の思想〟とやらの宗匠らしい）に、かつて面と向かって「いやあ、笑ったなあ。——ホントにあんなにビンボーなの？」と問いかけられたことがあったという（「三十二　こんな内情ではねえ……」）。

本書では終始「ペンで稼ぐ」という行為をめぐっての、一見したところ〝劣等意識〟めいたものが繰り返し語られているかに見える。しかしその実、松下氏には、氏の経済状況を傲慢に嘲弄する〝文学者〟がなにほどのものか、との明晰な自負が強靭に脈打っていることも見逃してはなるまい。


最後に打明ければ、もう一つの特別収入がある。しかもその収入が額としては一番大きいのだが、それを稼いだのは細君である。なんとも哀しい話であるが、細君はわが身を切りさくことで金を稼ぐことになったのだ。

（同前／傍点、原文）


この妻が受けた手術の保険金受給のエピソードは、たしかに哀切ではある。読者は、著者からある「露出」をされつつ、しかもそれに対し、粛然と口を噤むことを強いられているかのような居心地の悪い思いにも涵《ひた》される。

しかしそう記しつつ、しかも松下竜一氏の作家的矜持——「覚悟」は、まったく別の次元に存立し続けているようだ。


「おとうさんの立場もわかってくれよ。このまえの九電株主総会でも、おとうさんが原発廃止を訴えるのをテレビニュースで見ただろ？　おとうさんの発言には社会的責任がともなってるんだ。原発反対を公言し節電を訴えてる当の本人が、クーラーのためにこっそりと家庭のアンペアを上げるわけにはいかんだろ？」

（「二十五　変節などするものか」）

現に私たち読者は、すでに『ありふれた老い』において、老父の死の床でも松下氏がいかにこの「節」を通そうとしたか、そしてついに通し抜いたか――さらに言うなら、老父がそれを暗黙のうちに諾《うべな》っていたに違いないかにいたるまでの経緯を、痛いほど知っている。

電力供給と「節電」の関係については、その「解説」でも簡略に私見を述べているし、また私は松下氏が自らその「教祖」を標榜する〝暗闇の思想〟についても、いくつか思うところがないではない。これらについては、いずれ然るべき巻の「解説」においてさらに詳述するつもりであるが、しかしそれらすべてを措《お》いても、こうした言行の一致、思想と行為に対しての「責任」の意識が尊いものであることは、改めて確認するまでもない。

自分で自分の本を一生懸命に売らなければならない〈哀れな作家〉かも知れないけれど、見方を変えていえば、これほど読者と直接に結びついた作家も稀ではないかと思うのだ。読者との結びつきの緊密さでいえば、珍しいほどに〈倖せな作家〉なのかも知れない。（「四　本が生き残りました！」）

ふだん松下竜一氏らの動静を、生活の細部まで執拗に追跡し臆面もなく報道してみせる商業ジャーナリズムも、松下氏らの権力との対決に際しては、自らに発した箝口令に異様に忠実である。そうした荒蓼たる現実のただなかで、しかも書き継がれてきた「私小説」が、旧来のその矩《のり》を踏み越えたものとなることは改めて確認するまでもない。

さて、ここまで松下竜一氏の主要作品中、「私小説」系列の十冊を検討してきた。長大な道のりの、いまだ三分の一に達したばかりであるが、この後には、より直截に現代社会の問題が丸ごと手摑みで提示される気魄に満ちた作品が犇《ひし》めいていることは、私も承知している。

すでに先行する何冊かをめぐっても触れてきたとおり、それらのなかには、いくつかの点において私が松下氏と見解を異にするモチーフや主題が含まれているとも予感するが、ただ、さまざまな意味で現在の「日本文学」にあっては稀有の作家の文業を、一種緊張感をともなって現在と未来の未知の読者と共有しうる経験を、さらに深化させていきたい。そう、私自身は願っているところである。

〔一九九九年五月脱稿〕

Ⅲ　資本主義の彼岸へ

〈女たち〉から個個人の「連帯」を——『風成の女たち』

ものごとの始まりには、必ずきっかけがある。その夜の秀世のすばやい反対発言は、風成の女たちの意志を一瞬にまとめて、以後を貫かせることになった。

（第一章「発端」）

『風成の女たち』は、一九六〇年代の末葉から七〇年代の初頭にかけて、九州東部、大分県の一漁村の主婦たちが、巨大製鉄産業を後ろ盾としたセメント工場・生石灰工場の市ぐるみの誘致に反対し、企業やその手先となった市長らと闘って、埋め立てられようとする海を、文字通り決死の覚悟で守り通した抵抗の記録である。

「序詞」にいう「かざなしのおなごしたち」という言葉の響きの美しさ。湾奥で風のない良港だったところから、そもそもの語源はほかならぬ「風無《かざなし》」であったというその地は「湾を抱いた村々というより、湾に抱かれた形の村々」（第一章「発端」）と、つつましく形容される。そんな一村落の公民館に、一九六九年十月二十日夜、女性たちが、おのがじし「座布団を抱いて」集まったところから始まった物語の、その後に続く烈しさは、しかしここではまだ読者には予感されない。

バレンギョ（カジキマグロ）の突き棒漁で銛《もり》を打ち、「沖を〈しょうばいする〉」人びとの躍動感（同「突きん棒」）、出漁の祝いに海水で炊いた飯を食べ酔いつぶれて、ほんとうの船出は翌日になってしまうという漁撈の、けれども厳粛な経済的側面と、「沖ぼけ」で休漁期のあいだはめぼしい働きができない遠洋の漁師たち。「夜の出漁前の酒と、帰って来ての夜明けの酒」を愉しみにする近海の漁師たち（第一章「慰めの湾」）。これら男たちと、「男にたよらぬ責任感が、永い突きん棒漁の歴史と共にすでに土性骨となっ」た「女たちの村」での「婦人会」「婦人消防隊」「突きん棒婦人部」（第一章「女たちの村」）などを描く松下氏の筆は、豊かな風土とそこに営まれる生活の手触りを丸ごと匂やかに謳い上げる。山腹の御霊神社で唱えるのが、なぜか「般若心経」であり、しかもそれは直接、経典によるのではなく先祖からの口伝えなので意味不明な方言に変化し「かなりでたらめ」になっているというのも愉快だ（第一章「御霊さん」）。

こうした豊麗な風土と水産資源を基盤にする共同体の像の文学的造形の、時間的には直前に先行する例として、この当時の日本の文藝ジャーナリズムは石牟礼道子『苦海浄土』という、めざましい達成を確認していたはずである。しかし松下竜一氏の手になる風成のたたずまいもまた、水俣・不知火海とはその成り立ちの歴史的経緯や被《こうむ》ることになる惨害の内実を異にしつつ、しかしいずれも個別固有のかけがえのない生活圏の記録として、いま読んでも鮮やかである。

セメント会社が市と一体となって、海を埋め立て工場を進出させようと画策したのは、まさしくこのような地だった。

前述の六九年十月二十日夜、公民館に来ていた津久見市立青江小学校の家庭科教諭・田口秀世が、聞かされた思いがけない事態に驚愕、自宅に取って返して『津久見市の特殊な環境が児童に及ぼす影響』なる報告書を携えてきたところから、風成の戦いは始まる。

この呼びかけに、続いて呼応するのは「村で唯一の司法書士」亀井末友、小学校教師の亀井一成、一成の妻で「高校を卒業して大分市のトキハデパートに勤めていた〈町の女〉」で「人前で話すことに慣れていた」亀井良子といった人びとだ。

亀井家と田口家は縁戚にあたる。正晃の母が亀井家の出である。
この両家が、風成の反対運動の〈もとおこし〉の拠点となるのは、偶然ではない。亀井末友、一成・良子夫妻、田口秀世は、この小さな漁村のいわば数少ない知識人であった。（略）なにしろ、男の子は中学卒業を待ちかねるように突きん棒船に乗せられてしまうこの風成で、高校を出るほどの学歴を持つ者も少ない。女はなおさらである。

（第一章「ひそかな集い」）

この部分は、紛れもない「世界」の小さな透視図のなかに「知識人」の本来、果たすべき役割が的確に位置づけた印象深い叙述となっている。そして彼らの問題提起は、たちまち少なからぬ反響を喚び起こすこととなった。

大阪セメントが進出すれば、風成よりむしろ直接背後地になる大泊は、最初から全区賛成にまとまっていた。
「あっこは、ボスんいうまんまの土地じゃもんなあ」
と、風成の女たちはややあなどりをこめていう。隣り合う部落ながら、漁法の違いが風成と大泊の生活様式も気風も完全に染め分けている。
大泊には一隻の突きん棒船もない。

（第一章「大泊」）

突きん棒船主の力さえ、大泊の網元のそれにはとうてい比ぶべくもないほど相対化し得ている風成の漁民たちのあいだには、問題の本質を見据えた覚醒がいち早く確実に拡がってゆく。女性たちの集いから生まれた叫びは、男性のあいだにも、長い闘いを支える核となる抵抗精神の拠点を築き始めていた。

……さあ、やっと今度こそはハソも成ったぞと委員たちが大喜びする中で平川直（59）だけは怒った。

「お前どう（お前たち）は、一体なんの喜びよんのか！　ハソと埋立は別問題ど。おなごしんじょうが埋立絶対反対いいよんのんが、わからんのか」

（第一章「チョコ縛り」）

「チョコ縛り」（料亭政治）という凄まじい言葉は、しかしもちろん今回のセメント工場誘致の際に降って湧いたように生まれたものではあるまい。続けて、著者は「キリシタン大名・大友宗麟が築いた城下町」たる大分県臼杵市の、良質の水をもとに発展してきた地元財界、とりわけ醤油メーカー「フンドーキン」と「富士甚」、そして造船の「臼杵鉄工」による、いわゆる〝御三家政治〟の構図を読者に指し示す。

いわば重層的な既得権の構造が形成されていた地に、外部からより強大な資本が侵入してくるという側面が併存していたことが、この臼杵湾埋め立て・セメント工場誘致反対の戦いに、風成の漁民たちに代表される「民衆」運動としてだけではない、既成地元財界の潤沢な資金力に支えられた「市民」運動の側面を加え、それが事態の進行に微妙な影響を及ぼしてくる過程は、本書中盤以降に示されている。そしてそこまで読み進めると、この「チョコ縛り」は、実は決して風成に限ったことではない、日本の政治風土そのものに根深く浸透した弊習にほかならないことが分るだろう。

……大きな部屋を持っていそうな個人宅をあれこれあたってみたが、皆尻ごみして貸してくれない。このようにひそかな反対集会に自宅を開放する自信がないのだ。

やっと浜村五月(52)が家を貸してくれた。戦争未亡人で、失対労務に出ていたが今は病んで家にこもっている。そんな役に立つのならと、彼女は快諾してくれた。(のちにそのことで、五月は民生委員に圧力をかけられる)

(第一章「ひそかな集い」)

本書を通じて、私が最も印象深く読んだエピソードの一つである。この短い挿話に触れただけで、私は人の生の時間がその背後に無限に拡がっているのを感ずる。こうしたいわば真の「民衆」の像が、おそらくこの作品の背後には本来、もっと無数に横たわっていたのだろう。

良子は、誰を信用して呼びかけていいかわからないので、先ず自分が本当に信頼出来る三人に今夜の集《つど》いを告げ、告げられた三人は、それぞれに信頼できる身近な三人に告げるという方法で、末広がりに伝達することを考えついた。

(同前)

これもまた、感慨深い一節である。このくだりから私がおのずと連想するのは、次のようなテキストだ。

そのころの農家の妻たちの身につけていたものは、「あなただけにいうのだから誰にもいわないで」「いうもんですか」と約束したことを、すぐに右から左へつつ抜けにする。(略)これこそが一人一人を蝸牛のように堅い殻をかぶって沈黙させ、軍国主義の一枚岩の中へ埋没させられた姿だったのですから、例えそれが古い慣行を利用する集会でも、彼女らの持っている基本的人権に目ざめさせようとする集会に出ることが、先づ必要だったのです。

家から出て、家の外に仲間を持つ一歩は、互いが互いの秘密を守る懐になること。(略)この一歩を実践しなければ、古い殻は破れないし、村落の基底を民主的人間関係に変えることもできないのでした。

（山代巴『連帯の探求／民話を生む人びと』「自律的連帯の探求」から「共同体と離れ難い歩み」部分／一九七三年、未来社刊）

山代巴（一九一二年〜二〇〇四年）は、近代日本の最も巨大で豊かな文学者・思想家の一人である。近年にいたって、個別の時点での現実状況に関する判断や対処については、私から見たとき若干の疑問を感じる部分がないわけではないとはいえ、その生きられてきた作家的経験と、そこに形成される思考や見識、それらをあえて総称するなら人間的「知性」と呼ぶのが最もふさわしいかもしれないその総量と未来に向けての可能性において、かくも巨大な達成や蓄積を、私は他にさほど見いだすことができない。

その作家としてのスケール、思想的巨大さにおいて、山代巴に比肩する対象として即座に思い浮かぶのは、埴谷雄高である。完全な同世代者というばかりではない。戦前の日本共産党の非合法活動との切実な関わり、また山代巴においてあまりにも名高いほど知られてはいないが、埴谷の場合にも農村文化運動への理解と支援があったことなど、共通点や類似点は数多く存在する。

ただ、ここでの両者の「対比」においては、少なくとも山代の側が、自らの出発点でもある「女性」性に最後まで誠実に依拠しつつ、同時並行的に止揚された「全人性」への自己展開をも見事に遂げたのに対し、大観念家かつ大思弁家としてあろうとする埴谷雄高の方が、逆に歴然たる因襲的な「男性」性を、ついに捨象しきれていないかに思われる部分があるのも興味深い。

にもかかわらず山代の作品や思想は、現在のところ、かつて戦後の一時期に示した影響力を、少なくとも現実の状況の表層的な風景においては奪われているように見える。ただ、これは山代の側の責任というより、明らかに日本社会の現実状況の問題として検討されなければならない性質の事柄でもあるのだ。

その出発点にあって、「政治」や「文学」の党派性が、山代の作業のより広大な場における共有の可能性を阻んだことは、返す返すも残念に思われる。これは、たとえば小林多喜二や宮本百合子のそれのように、狭義の政治党派や文学運動の党派性が、一人の優れた作家の読者を著しく限定してしまうといった次元に留まる現象ではない。より困難なことに、山代巴の場合は、かえってそれらからのある種、意志的な脱却が、今度は別のより日常的・擬似市民社会的な党派性との、一層困難で内在的な闘いを招請することになったのではないかと、私は推測している。

それが何十年後のことになるか、この国にも、とりあえずはまだそれだけ残された時間があるとして、これら幾重もの、一皮剝けば度し難い陋劣さに満ちた党派性による矮小化や「褒め殺し」をくぐり抜け、山代巴の作品と思想が真に出会うべき、いまだ出会っていない——もしかしたら現在まだ生まれてすらいない未到の世代の読者との関係の生成するときこそは、私がしばしば言う「日本文学」が真に「文学」と呼ばれるに恥じない次元にようやく踏み入る段階——私の術語を用いるなら「日本文学」が「世界戦」を闘う資格を身につける段階の、一つの指標でもあるだろう。

良子が信頼出来る一人として久保田松子（33）の所に来てみると、彼女はのんびりと編物をしていた。（略）良子の激しい怒りにびっくりした松子も、じっと説得を聞いていくうちに涙ぐんだ。松子は編物を置き、次に告げる三人を探しに立上がった。

夜、女たちはひっそりと浜村宅に集まって来た。集まったのは八十余名。中には七十歳を超えるおみやおばさんやおはやおばさんまで混じっている。

司会役は良子が買って出た。デパート店員として町で客応対していた経験が、こんなところに生かされた。

（第一章「ひそかな集い」）

だがこの過程で、果たして風成の「婦人会」は、分裂すべくして分裂する。「退職女教師」の婦人会会長は「わたしは一部の人の煽動で動くつもりはありませんから」と態度を曖昧にしたかと思うと、「なんぼ馬鹿でも、あなたに教えられるほど、わたしは馬鹿じゃありません」と唐突に怒りだしたあげく、「部落がせんことを、なんで婦人会だけがでしゃばってせねばならんのですか」と人びとの動きを押さえ込み、ついには反対署名を集めに行く女性たちに「午前八時から緊急婦人会総会を開きます」と有線放送で足止めをかける……。

ちなみに前述の山代巴氏によって、氏自身が敗戦直後の一時期、広島県下の農村文化運動を展開する過程で薫陶を受けたことが繰り返し語られている哲学者・中井正一（一九〇〇～五二年）は、日本人の心性を分析して、「あきらめ根性」「みてくれ根性」「ぬけがけ根性」という三つの概念を定義した。たとえばこの「婦人会会長」に集約される一連の展開など、こうした三概念の複雑に絡まりあった化学作用の典型を示すものという印象を受ける。

ともあれ、こうして始まった「埋め立て反対」の第一回署名運動の展開されてゆく過程は、これらさまざまな叡智が結集されたものと言えよう。以後、作品は一瀉千里の勢いで、「かざなしのおなごしたち」の清冽な戦いの息遣いを活写してゆく。

これは〈宝もんじゃけん〉皆で抱えて行こうえということになり、主にPTA役員関係の女たちが代表となって、市役所に乗りこんだ。

（第一章「第一回署名運動」）

この朝、中央公民館までバスで来た風成の女たちは、そんな組合員一人一人に〈漁協組合員に訴える〉というビラを手渡した。

風成んかかあんじょうが妙なことを始めたぞと、他部落の男たちはびっくりした。

「かあちゃんたちゃあ、いつからこげんアカんなったんな」

と、ひやかす者もあった。

（同「町へ」傍点、原文）

食堂で昼食のうどんの出来るのを待つ間にも、隣りのテーブルの客をつかまえて署名を頼んだ。この日、三三〇〇名の署名が集まった。

（同「町へ」）

女たちはいよいよなりふり構わず、頭巾をかぶって歩き回る。腹がへれば、カマボコをかじりながら歩く。

（同「市議会へ」）

こうした場面に、私は以前、『小さな手の哀しみ』『右眼にホロリ』に関連して紹介した筑豊の画家・千田梅二氏の妻、千田愛子氏からうかがった炭坑ストの話を思い出した。ストで仕事のできない夫に代わって、妻たちは赤ん坊を背に町町を行商して歩いたという。

それにしてもこの風成の戦いは、その黎明期から、困難なかでのなんという人間的尊厳と気魄に満ちていたことだろうか。そこには、一人ひとりの内部の最も崇高な人間的感情が横溢している。

帰郷した中村澄江方に二十九日、脱退者十九人が押しかけ、「風成同志婦人会」を結成したので婦人会資金の一部はこちらにも権利があると、分割を要求して来た。反対派の女たちは中に入らず澄江を幾重にもとり巻いて見守ったが、澄江はついに分割要求に応じなかった。

（第三章「返上陳情書」）

風成の女たちは、大阪セメント誘致反対を叫び始めてから今まで、ついに一度も補償金のことを口にしていない。それをいえば、やはり内部から崩壊していくのだ。補償金何億が積まれようと、かかわりなくいちずに反対していこうとするのだ。　（同「釜石から」）

上村弓子（26）と田口君代（57）は、二人で組んで臼杵市街を戸別に回っていたが、ある立派な家の庭でまだ若い主婦から「公害がいやなら、あんたたちが部落から逃げ出せばいいじゃないか」と激しくいわれ、余りのくやしさに泣いてしまった。子供をおんで（おぶって）泣きながら歩く弓子の姿をテレビカメラは放送する。　（同「署名開始」）

ひどく寒い日、平川トミ子らは、震えながらさといも掘りをしている老婆を囲んでリコール説明を続けていた。畑には他に誰もいなかった。聞いているのかいないのか、黙々とさといもを掘り続けていた老婆がやっと顔をあげると、周囲をうかがって、「もしこれがばれたらおおじい（こわい）けん、ばらさんじおくれなあ」といいながら、かたかなの署名をして、泥に汚れた指で拇印を押してくれた。女たちは涙ぐんで、そこを急ぎ離れた。　（同「署名開始」）

頼みの市長選に敗れ、足立市長の再選は、工場誘致を世論に支えられたという形で正当化してしまった。

市民会議の後藤事務局長も、その世論は認めざるをえないと表明した。

だが風成は認めない。　（同「県も相手に」）

「だが風成は認めない」――本書を読み進めてゆくうち、次第に、この作品の持つ密やかだが先駆的な意味が明らかとなってくる。著者の松下竜一氏にとっても、また黎明期にあった日本の「公害予防闘争」、「地域」から「環境」をめぐって闘われようとした、それぞれの営みにとっても。

私にとっては、取材して書いた第一作であったし、同時にこの作品を書いたがゆえに自らもまた、周防灘総合開発反対・豊前火力発電所建設反対運動の渦中の一人となっていったという意味で、作者のその後をも決める運命的な出遇いであったといえるだろう。(「文庫版のためのあとがき」)

青春の、その躍動感を色濃く残した松下氏の若わかしく初うぃしい筆致は、やがてくる「豊前環境権裁判」での思想的深化と全面展開を予感させつつ、松下氏自身の――そして「かざなしのおなごたち」一人一人の思いを迸《ほとばし》らせ、人が「世界」に出会ってゆく――「参加」してゆくときの魂の顫《ふる》えるような緊張感に溢れる。

闘いのなかでの最初の巨きな挫折は、一九六九年十二月十六日にやってきた。「漁協総代、管理協議会委員、役員合同会議」で、風成漁民たちの「漁業権」が、さながら詐欺そのもののごとく、いったんは抛棄《ほうき》したことにされてしまうのだ。

田口正晃は、余りのくやしさに帰り来るなり布団をかぶって泣いていた。駆けこんで来た亀井良子が、「なんで負けて帰ったんな! 大の男が五人も行きながら」と、泣いている正晃を布団の上からバタバタと叩いて責めた。責めながら、良子も泣いていた。(第一章「海は売られた」)

だが、人びとはただちに「再起」を図る。希望があるから、というより――絶望を拒み続けるために。

十二月十六日の総代会決議は水協法違反ではないかと、最初にいいだしたのは竹下由登（45）である。（すぐあとで、彼が誘致賛成派に一転したことを思うと、なんとも皮肉である）

みんなで亀井末友方に寄り、六法全書を調べてみると、どうも竹下のいう通りらしい。（略）沈みきっていた風成が、六法全書のこの幾行《ママ》にすがりついて息を吹き返す。（第一章「再起」）

ほどなく「賛成派」に一転してしまう一人が、この時点では全体の危急を救う発見をする――。たしかにこの出来事は、何より「運動」本来の複雑な動力学の手触りそのものを伝えるようだ。そしてくだんの『水産業共同組合法』の条文は、こののち風成の人びとの闘いの巨きな拠りどころとなってゆく。「法」が市民の権利を守る――むしろ人が「法」を通じて、自らの自由と権利を闘い取ってゆく過程を明確に造形した、この部分の主題の諸変奏は読みごたえがある。

良子は足音のせぬようズックに履き換えていた。一戸一戸軒下にビラを差しこむと、風に飛ばぬように石を乗せて行った。歳末夜警の詰所の前は回り道して避けた。緊張と寒さで彼女もガタガタ震えていた。ビラ一枚一枚を抜き取るため手袋をぬいでいる指が、こごえてしんしんと疼《うず》く。（略）一夜明けた大晦日《おおみそか》、臼杵全市にビラの反響は大きく湧いた。（同前）

第二章の「酒化け事件」や「決戦畑」の梅林の手入れのフォークロアは、まさしく山代巴や杉浦民平の諸作品を読むようだ。だがそうした地縁共同体においても、すでに風成の女性たちは旧来、存在していなかった新たな次元での「連帯」の回路を形成し始めていた。

「あんた、ニクソン大統領の演説はもう読んだんな？」

「まだなら早よう読まし」（略）これまで新聞を取る家の少なかった風成で、にわかに新聞購読者がふえ始めた。各地の公害の現実を知るには、新聞やテレビの報道にたよるしかないのだ。（略）

「皆さん。本日〇〇時の〇〇テレビの番組を是非観てください。公害問題の番組です」

と、風成の有線放送はこの頃毎日のように部落中に告げる。誰かがたまたまテレビのスイッチを入れたら公害に関する番組なので、すぐ公民館に駆けつけて「今すぐ〇〇放送のスイッチを入れてください」と緊急放送で告げることも、しばしばだった。

風成が孤立して戦っているこの時期、外部からの指導者は一人も来なかった。（略）風成の学習教師は、まさにテレビ、新聞というマスメディアだけであった。（第二章「洒化け事件」）


そして「なんか事が起こったときは、すぐSOSを打てよ」（同「早春」）と言い置いて、冬季突きん棒漁に男たちが出ていったあと、「風成区民並漁業組合員一同（但し同志会十数名を除く）」の名前で提出される足立義雄・臼杵市長宛ての「質問書」の見事さはどうだろう。これは、すでに私も何度か言及してきた松下竜一氏自身の二冊の名著『明神の小さな海岸にて』『豊前環境権裁判』の、豊前火力発電所建設反対をめぐる理論闘争の深みを民衆自身の主体的な創意においていち早く先取りするものとすら言える。

いささか奇異であるかもしれないが、私が連想したのは、E・ヘミングウェイの『誰がために鐘は鳴る』が、かつてソ連でゲリラ部隊の「教科書」に採用されたという逸話だった。本書は「地域運動」「住民運動」のマニュアルとしてだけ読まれても、格好の教育的効果を果たす作品と言えるだろう。「文学」が「社会」に直接的に関わる姿を示して、いわば〝即効性〟ともいうべきめざましい示唆や具体的な指針をもたらしてくれるというのは、あるいは松下竜一氏の作品の特質の一つであるかもしれない。

十一日に予定された漁業組合総会は、風成地区に対してのみ、意図的にその告示がなされなかったとしか思えない。風成の住民たちは、バスの窓から他部落の掲示板を見てそれに気づいたという。

こうした謀略のなか、総会への出席、漁業権放棄反対を呼びかけるため、風成の人びとはついに宣伝カーを出した。中村澄江氏、田口八千代氏、そしてかつてはバスガイドだったという中光郁代氏らが訴えた「放送草稿」の胸に迫る文章は、この時期の風成の闘いの歴史的資料として、前出の「質問書」や、そして釜石に寄港中の第八日昇丸から投函された亀井伸成氏の手紙（第三章「釜石から」）などとともに、一読忘れ難いものとなっている。メモ、日記、手紙の抜萃……等等、松下氏の取材力の見事さを感じる部分でもある。

委任状を示して風成の女たちが入場しようとしたら、印紙が貼られていないから無効といって阻止された。びっくりして女たちは印紙を買いに走った。（他部落には、最初から印紙を貼った委任状が配られていたことをこの時知った）

（第二章「またも敗れて」）

これら、豊前環境権裁判の「司法」の形式主義、事大主義的な強権の発動ぶりを髣髴《ほうふつ》とさせるエピソードにも象徴される漁協臨時総会は、またしても道理を無視した強行採決で、風成の人びとの声を圧殺しようとする。

だが、とりわけ印象深い高齢の女性たちの行動も記録されているこの前後の時期、ようやく商業ジャーナリズムもまた風成の闘いの事実を知るにいたっていた。そして『水産業共同組合法』に抵触するのではないかとの疑義から始まった「漁業権」抛棄をめぐる人びとの抵抗は、さらに『漁業法』

の援用をも得て、「漁業権」そのものの深さと重さとを問い直す段階へと発展してゆく。「横断幕、ビラ一枚なしに続いてきた闘い」は、おそらく新たな位相へと踏み込むことになったのだ。

注目に値するのは、「漁業権」をめぐる吉田孝美・岡村正淳、両弁護士の考究が、我妻栄の「生活の場である漁場の放棄の如きは、本来全員の賛成がなければ出来ないほど厳しいものではないか」(同「漁業権とは」)との小論を経て「歴史的慣行的に形成されて来た入会権的性質のもの(一九七〇年六月二十三日準備書面)」(同前)という認識に到達していた点である。「入会権《いりあい》」については紙数の関係でここでは詳述しないが、こうした確認は、擬似「民主制」の粗暴な多数決原理の欺瞞が、「生」や「生活」そのものの重みによってありありと照射される局面を創出してゆく上で不可欠のものと言えるだろう。小繋《こつなぎ》事件(一九一七—六六年)をめぐる戒能通孝《かいのうみちたか》の考察によって根源性・普遍性が指し示された「入会権」は、風成においていっそう、その概念が拡張されたことになる。

続く「混成部隊」以下の項は、前述した臼杵市の政財界全体の力関係をも反映させながら、いっそう複雑な「地域闘争」の相貌を伝え始める。


臼杵市を支配する食品業界は、自分たちが擁立して来た市長のすることだからと、最初セメント工場誘致の件は任せきりであった。風成という一部落の反対をむしろ奇異な思いで受けとめていたが、その余りに執拗な抵抗ぶりに改めて自分たちも検討し直してみて、ようやくセメント粉じんが食品事業に重大なイメージダウンをもたらすことに気付いたのだった。

(第二章「大展開」)


セメント工場建設反対派は一九七〇年四月二十七日、ついに県下唯一の地元紙「大分合同新聞」に〈臼杵市を愛する会〉として全面広告を掲載する。「ベ平連の反戦広告にヒントを得」たというこの全面広告に続き、チャーターしたセスナ機で空から「第一回市民大会」を宣伝する。

「粉塵公害反対市民会議」の結成。そしてタブロイド判六ページに及ぶ〝豊富な資金力をバックにした三色刷りのスマートな新聞〟『臼杵市民報』の編集・発行。全篇を通じ指摘される〝御三家政治〟の諸問題。地元財界の年若い俊秀によって、どちらかといえば「上から」プロデュースされる「市民運動」の性格。これらについての松下氏の筆致は精緻を極める。とりわけ家業の印刷会社・玉新堂を駆使しての玉田信行氏による『市民報』製作の舞台裏の息遣いなど、点景人物が生彩を放って非常に興味深い。

一九七〇年五月十三日、臼杵市議会において「埋め立て同意」決議がなされる。この議会の傍聴内容を記録した田口正晃氏のメモ（本文では「四月十三日」と日付あり）、それに続く警察の不当捜査への抗議と反対運動を担う者たちの苛酷な現実を刻み込んだ、同氏の六月四日付のメモも、また真の「民衆」の「文学」の好個の一例である。

だが、決議はなされた。「埋め立て」の危機は、焦眉の急として迫っている。そして――闘いのなかの闘いとでも形容すべき、凄愴な場面が訪れる。

亀井良子、東村政子（42）は、雨合羽のまま早朝の市役所に乗りこんで行ったが、市長はまだ来ていなくて、井俣企画室長らがのんびりとストーブに手をかざしていた。
「あんたたちゃ、風成ん女たちが白装束で海に出ているのんを知らんのんな！」
雨の雫《しずく》をポトポトこぼしながら、良子はくやしさの余り、噛みつくように井俣たちに叫んだ。
（第四章「イカダ来る」）

「二隻のボーリング用やぐらを備えた巨大なイカダ」（同前）が臼杵湾に現われた一九七〇年二月十二日午前五時前から始まる一連の叙述は、単に本書の白眉であるばかりではない。ここから「女たち乗りこむ」「二日目」「荒縄を巻く」「男たち帰る」「激突」「マストに縛られて」「測量完了」と続く七節二十数ページは、戦後の「記録文学」のなかでも最も崇高な場面の一つだろう。このとき作家は個人を超え、民衆の記録者そのものとなって〝日本中が戦争したあんころでんが、こげん悲愴なこたあなかった」と年寄りたちが思う〟――まさしく「死闘」のいっさいを言葉で刻みつけようとする。

いかにも、そうであったろう。「日本中が戦争したあんころ」といえども、これだけ「悲愴な」ことはなかったろう。なぜなら、たとえどんなに異様な、凄惨で非人間的な状況であれ、それが何らかの集団的な熱狂である場合には、人は決して「悲愴」でありうる必要はないのだから。とりわけ、この日本という国では。

それに対し、「問題」も、またそれに抵抗する「闘い」も何もない――かに見える――〝昭和元禄〟のまっただなかで、眼醒めた、意識的な少数者として抵抗せざるを得なかった風成の人びとは、まさしく不可避的に「悲愴」だったのだ。第一章で長閑《のどか》なフォークロアの味わいをともなって語られていた「般若心経」が、ここでは一転してその死闘を支える叫びとなっている、その事実にも、読者は粛然とせざるを得ないだろう。

同年二月二十五日、いまだ、その極寒の海上での闘いの傷の癒えない人びとに、三里塚闘争の代執行の映像が伝えられる。その時期――

戦いの中で、ついに最初の死者が出た。

強制排除の折り頭部を強打して、ずっと臥し続けた娘木下美枝子の看病に、寝食を忘れて添い続けた首藤ミツは、ようやく美枝子が床を離れる頃、入れ替るように床に臥した。

「あっ、賛成派の船が来たぞ、ほら気をつけよ！　あっ、また来たぞ！」

そんなうわごとをしきりにいった。
首藤ミツは、短く病んで死んだ。
（第四章「国会に」）

この早朝、国道沿いの日豊線を通過した汽車の一機関士は、冷たい土砂降りの雨の中でピケを張っている風成の女たちにいいしれぬ感動をおぼえ、後日わざわざ激励に駆けつける。
（第五章「銛を構えて」）

事態の展開は、もはや残された唯一の活路と思われる裁判へと向けて加速してゆく。第五章「判決前夜」から第六章「判決」「勝利の宴」にかけてのエピソードと人びとのたたずまいは、いまだ「司法」というものが一定程度まで真っ当でありえた時代の最後の様相を示すものであるかもしれない。

本文にも示されているとおり、結果的に大分地裁で風成の人びとは勝訴し、さらに二審・福岡高裁でも勝訴判決を手にする。被告側は上告を断念し、大阪セメントの進出はなくなった。

ここまでが本書の闘いのあらましであり、それ自体はまことにもって敬意を覚えずにはいられない、稀有の戦いについての克明な記録であることは疑いを容れない。

このことをあらかじめ確認した上で、次にノンフィクション作品『風成の女たち』を読み進めながら、私にいくつか、未解決の気懸かりな問題として残されてきた諸点について、言及しておく。

最初に私が違和感を覚えたのは、本書のところどころに散見される、ほかならぬ「かざなしのおなごしたち」を描こうとする言葉の、あえていえば対象を矮小化し貶《おとし》めかねない一種不思議なとげとげしさとでも呼ぶべき特徴についてだった。

次に、その例の一端を引く。

「風成の女たちは、さながら人みしりせぬ子供らのように明けっぴろげななつかしさを溢れさせて、他人にすり寄って行く」（第一章「町へ」）「家庭生活は、もうめちゃめちゃになっていく」（同「市議会へ」）「新聞はテレビ・ラジオの番組表しか読まず、テレビは連続ドラマか歌番組しか観なかった風成の女たちが、ニュース紙面ニュース画面に異常な関心を集中し始める」（第二章「酒化け事件」）「風成の女たちは、そんなふてぶてしい知恵をつけ始めている」（同「早春」）「泣きながらしかし、次の対策を検討し始める。不屈というよりは、それはもう依怙地《いこじ》であった。百姓よりもっと馬鹿だといわれる漁師のクソ意地に火がついていた」（同「またも敗れて」）「とかく感情的にヒステリックになり勝ちな住民運動」（同「意見広告」）「もはや依怙地になった風成の漁民たちは」（第三章「返上陳情書」）「衝動的なほどに次から次へと行動を続ける彼女たちに」（同「釜石から」）「だが風成の女たちはそこまで相手の大きさを深読みしていない。それがむしろ彼女たちの強さであった」（同「海を捨てた漁民」）「激情家の正晃はくやしまぎれに口汚くののしった」（同「坐りこみ」）「女の〝やわらかさ〟を意識的に武器として食いこんでいく」（同「署名開始」）

また「なぜ賛成に立つか、なぜ反対に立つかという冷静な論争を抜きにして、両派は最初から感情をむきだしにして憎み合った」（第二章「分裂」）に関して、私の見解を述べるには、さらに立ち入った説明が必要かもしれない。

そもそも「感情」とは何か。最も人間的な「論理」である。人が真に感情的にならなければいけないとき、「感情」が否定されるのはおかしい。怒り、悲しむ力ほど、真の分別、真の理性に裏打ちされたものはない。このとき、感情とは真の理性の謂《い》いにほかなるまい。そう、私は考えている。

日本によって〝従軍慰安婦〟たることを強いられた朝鮮のお婆《ハルモニ》さんたちの憤怒の叫びは、そのまま歴史の暴虐と欺瞞とを糾弾する明晰な「論理」であり、完璧な「思想」なのだ。むしろ、真に怒るべきとき、総身を上げて憤怒に顫えねばならぬときに、曖昧な薄笑いを浮かべ傍観している、TVぼけした現代日本大衆の度し難い愚鈍さこそが、はるかに浅ましく見すぼらしいではないか。怒り悲しむことは、人間としての根本的な「天秤《てんびん》」の問題なのだ。

そう考える私にとって、本書でしばしば松下氏が「感情」「感情的」という言葉を用いて行なう記述には、いささか悪しき意味での〝客観主義〟、傍観者的中立を感じないでもない。作家は新聞記者や放送局のディレクターである必要はないし、またあってはならないとも、私は思うのだ。

だが、これらにも増していっそう気にかかる問題がある。ただし、これは、必ずしも松下氏の責任ではない。

亀井良子が田口秀世にささやいた。

「田口先生。もとおこし（発端を起こした）をしたうちら、もし負けたら、もうこの風成には住まれんじゃろうなあ」

「そうなあ良子さん。そん時はどっかに出て行こうや。そしてみんなに詫びようえ」

秀世はささやき返した。

――この夜、風成は眠れぬ。また雨となる。　（第五章「判決前夜」）

これは、実は重大な事態だったのではないか。「もとおこし」をした人びとが、最後まで、かくも悲痛な「覚悟」をもって闘い続けなければならなかったとしたら、それは闘いそのものの困難さにだけ起因するのではなく、むしろそれ以上に「共同体」というものの残酷さにも由来する問題にほかならないような気が、私にはする。仮にそうだとすれば、「もとおこし」をすることはたえず、自らが「共同体」から排除されるかどうかと表裏一体の危険な賭けであり、最初に声を上げることは命懸けの無謀な試みであり、運良く勝利すればよいものの、もしも敗北すれば「先覚者」はつねに石もて「共同体」を追われる存在なのだということになる。

そして事実、亀井良子氏、田口秀世氏のあいだに「判決前夜」、こうしたやりとりがほんとうにあったのだとしたら、私は暗然とするのだ。限りなく、暗然とする。

たとえば「風成」という共同体を神格化してしまわないことは、またひるがえって現在の日本のブルジョワ法下の司法制度という擬似的な「民主主義」のシステムを無批判に肯定してしまわないためにも、ぜひとも必要なことである。亀井良子と田口秀世という二人の女性にこれだけの「覚悟」を強いたもの、その結果としての「大団円」が、これら「共同体」をめぐる諸問題の終着点であるとは、とうてい私には首肯しがたいからだ。

その文脈の延長上で、第六章「踊ってお礼を」の「頓智のいい」女性の一人が作ったという『風成勝利のくどき唄』の問題点は検証されなおす必要があると、私は考えている。ここでの「氏神様」や「お先祖様」を崇拝する〝庶民性〟が、実はとりもなおさず、「もとおこし」をした人びとを、もしも闘いが敗北したら、その地に「住まれん」覚悟を持ち「どっかに出て行」って「みんなに詫び」なければならないと追い詰める——そうした「共同体」の力と表裏一体のものであるのではないか、と。

「昔ながらのきれいな村へ（略）／セメント会社が来たいというて（略）／大きなノロシがあげられました／そこで村人おどろきかえり／氏神様やお先祖様へ／命かぎりの願かけました／そこで神様おつげがあって／心配するなよ村人衆よ／かわいい氏子の事ではないか／必ずわらわが守ってみせる／元気づいたる村人たちは／あっちゃこっちゃと駆けずりまわり／どうぞ皆さんきれいな海を／長く守って行こうじゃないか……」という『風成勝利のくどき唄』は、けれどもあまりにも「もとおこし」をした人びとの闘いの重みをないがしろにしてしまってはいないか。その勇気と孤独とを、まるで最初から何もなかったかのように。その一方で同時に、この祝歌は「もとおこし」をした人びとをつねに追い詰めていた「共同体」の論理に、あまりにも依拠しすぎてもいるのではないか。「大きなノロシ」は誰によってあげられたのか。それはたとえば自然発生的に上がったのか（あげたのは、「村人」の一部ではなかったのか）。「神様」の「おつげ」とは何か。「かわいい氏子の事」なので「神様」が「守って」勝利したのか。勝訴判決が出なければ、『風成敗北のくどき唄』が、これとは別の形で作られ得たのか。これらの点について、私には一種うとましい澱《おり》の如き思いが残る。

関連して私は、第一章で「赤猫」にまつわる「氏神さまの哀しいいわれ」をめぐって、「代々首曲りりんじょうが生まるっごとなったんと」（第一章「御霊さん」）との言い伝えについても立ち止まらざるを得ない。この地にほんとうに「代々」「首曲り」として生まれる一族が、かりに実在したとしたなら――あるいは、しなくとも――これはなんという残酷な言い伝えだろう（この地ばかりではない、この世のすべての「首曲り」の人びとにとって）。

この言い伝えの惨たらしさ、差別性は、私には到底、永遠に受け容れ難いものなのだ。したがって私は「だから、風成の女たちの日々は、健やかで正しい。／御霊さんに見守られて」（第一章「御霊さん」）と描出される「風土」に、決して自らを寄り添わせることができない。

さらに言うなら、あるいは私には「実現したもの」一般に対しての、一種抜き難い〝留保〟の思いがあるのかもしれない。事柄が、とりわけ政治的な次元に濃密に関わるとき、すべての、いまだ「勝利」には到り着いていない多くの闘い――ついに「勝利」にまで到らなかったすべての闘いの重みの方に、つねに意志的に引きずられようとするような。

本書の「序詞」に、これは「女たちの物語」であるという。そこで、「三里塚」とともに引かれる

「忍草《しぼくさ》母の会」とは何か。

もともと山梨県の陸上自衛隊北富士演習場での訓練に反対する母親たちの集いであった同会は、九七年七月三日、在沖米海兵隊が繰り返していた沖縄県道一〇四号越え実弾砲撃訓練の最初の本土移転がこの地で強行されることに抗議し、座り込みを行なった。同日付の新聞記事を引く。

五〇年来、演習場の返還闘争を行う女性たちがつくる北富士忍草母の会は昨年十二月、在沖海兵隊の米国撤収を求める請願書を政府に提出している。天野美恵事務局長は「移転は演習場の固定化につながる。絶対反対だ」と強調した。母の会は三日朝から演習場前に抗議の座り込みを行う予定。これまで沖縄で実施されていた米海兵隊による一五五ミリ榴弾砲の実弾砲撃演習が本土五箇所に移転されることになったが、そのトップを切って、山梨県の北富士演習場で三日から砲撃演習が始まった。北富士演習場では、米第三海兵師団第十二海兵連隊の百三十人が、三日〜十二日まで砲撃演習を行なう。

（『琉球新報』一九九七年七月三日付／ただし引用に際して、数字等、一部の表記を漢字に変更した）

本書に刻印された風成の闘いの重みのまえに、もちろん私も深い敬意を覚える。と同時に、この忍草の人びとの現在も続く闘いを思うとき、実はすべての闘いは、無限に持続されること、継続されつづけることこそが勝利であるような、そんな性格を本源的に抱え込まざるを得ないものではないかとも、私自身は考えるのだ。

それにしても、これらはほんとうに「女たちの物語」なのか。彼女たちは、ただ「女たち」と呼ばれる存在でしかないのか。

本書・第六章「曙光」の女性観は、私が松下竜一氏の文業において最も異議を提示し続けてきたものの一つである。ここでの、たとえば「女神あめのうずめのみこと」の位置づけに関しては、おそらくその後に松下氏の見解は部分的に変わっているのではないかと、私は推測する。『古事記』に対して、また天皇制について、氏の文業を総体的に俯瞰すれば（だが、あるいは、私のこの推測は、いまだ、なお外れているかもしれない）――。

それはいったん措《お》くとしても、以下のような文言が、本書にとどまらず、以後の松下氏の言論を貫流する基本的な主調音の一つとなっていることを思うとき、私自身はとりあえずの異議を提示しておかなければならない。

これからの世を展《ひら》いていくのは女でなければならぬ。なんの邪念にも濁されぬ深い愛情だけを真《ま》っ芯《しん》に抱いて女が進むとき、必ず新しい世が展けて来る。（第六章「曙光」）

これは本書の叙述の上では、田口秀世氏の感慨という形式をとっている。しかし、それが明らかに著者自身の主張であることは疑いない。

それにしても――そうだろうか。問題は、女性たちの「なんの邪念にも濁されぬ深い愛情だけ」が決するのだろうか。ところで、女性たちの「なんの邪念にも濁されぬ深い愛情」とは？

たとえば「同志会」の女性たちの歩みはどうだろう。本書の主人公たちが極寒の海上の「イカダでの四日三晩の戦いの間、風成賛成派が大泊に詰めて、女たちは大泊の炊きだしを続けたこと」（第六章「踊ってお礼を」）は、それでは「なんの邪念にも濁されぬ深い愛情だけを真っ芯に抱いて」のものではなかったのか。「なんの邪念にも濁されぬ深い愛情」とは、実は極めて危ういものではないかとも、私は考えるのだが。

自分たち女は（略）補償金にもたぶらかされぬ、地位をほしいとも思わぬ、ただ母として子供らにこの美しい村と海を残し続けたいだけなのだ。――女たちはそう思っている。その一点だけを踏まえてなりふり構わぬ行動に走る。

（第一章「市議会へ」）

そう、松下氏は書く。だが女性が自らを「ただ母として」定義し、「その一点だけを踏まえてなりふり構わぬ行動に走」ろうとしたとき――かつて、そこにはどんな事態が発生してきたか？

国防婦人会は、数年の経験から、自らの立場を母の立場に集約していった。初期には会歌がわりに歌われた「銃後の花」は勇士を送る歌であったが、一九四〇年制定の統一会歌は、

正しく純《きよ》く健《すこ》やかに
我が子を育て国のため
献《ささ》ぐる母の誠実《まこと》こそ
世にも尊き使命《つとめ》なれ

と母のつとめを強調する方向に転回していった。「母性愛を基調とする慰恤《いじゅつ》の誠」が会の奉仕精神になっていった。軍隊接待の行く先ざき、兵士たちは国防婦人会員を「お母ちゃんのようだ」といって喜んだ。

（藤井忠俊『国防婦人会――日の丸とカッポウ着』岩波新書、一九八五年刊）

本書「文庫版のためのあとがき」で、松下氏は「イギリスのグリーナムコモン（米軍の核ミサイ

ル・サイロがある基地）前にピースキャンプを張る女性達の反核運動」に言及する。実は、ことイギリスに限っても「女性による反核・反戦運動」は八〇年代に終始したものではなく、むしろより透徹した形で現在も営まれ続けているのだが、このグリーナムコモンの戦いを日本に先駆的に紹介したアリス・クック、グウィン・カーク共著『グリーナムの女たち』（近藤和子訳／一九八五年、八月書館刊）の問題認識には、松下氏のそれと一見、似ているようで、しかし明確に異なる点がある。

同書の第六章は「なぜ女なの？（Why women ?）」と題され、女性による――さらにいうなら、女性のみによる――政治運動の意味を自己規定しているが、そこではイヴァン・イリイチなどに通ずる性差の分業制と社会的分化の問題が予感されているものの、「女性」性の位置づけは、いま少し慎重に試みられているという印象を受けた。少なくともそこには〝女性ならではの〟「愛情」といった、私見では極めて危うい概念を前面に押し出す志向は、ない。

そもそも、「社会」における――そして「政治」を通じて現われる〝男女の違い〟とは何か？

> 世界に対する「女性特有の観点とは一体いかなるものなのか――という（エドウィン・）アードナーの問題設定の仕方自体に、すでにこの世界は女性に、女性だけに再び閉ざされようとしていることが予感される。彼が女性のなかに認める唯一の思考対象、それは彼女たち自身なのである。（略）事実、女性自身と男性とを同時に包括するような全体的な社会観は、女性には拒まれている。したがって、男性は女性の精神のなかに、彼らが自らに付与する著しく人間的な位置を保ちつづけるのだろう。（略）男性のなかの「自然的側面」の否定は、女性のなかの「文化的側面」の否定と対称的になっている。そして、この女性における「文化的側面」の否定は、私たちが見てきたとおり、巧妙に女性自身にもそう考えさせるようになっているのである。
> （ニコル・クロード・マチウ著／越智慶子訳／山崎カヲル監訳『男は文化で、女は自然か？』「男性

は文化で、女性は自然か?」／晶文社刊、一九八七年／傍点・引用者)

「女たち」とは、何か。「女たち」とは、どこか、男性の側から見た「性的客体」として矮小化された女性の集合概念であるという印象を、私は現在まで払拭することができずにいる。

一方、女性自身が自らの側をそう自己規定するときの、一種狭義の〝フェミニズム〟の、自己の再差別化に依拠した浅薄な陶酔のごときものは、いよいよ私には鬱陶しい。男たちの母性主義的女性差別――〝女性は生命により近い〟と祭壇に祭り上げることによって完結する崇拝的差別を、やすやすと被差別者の側までが再是認し、さらに補強してしまうかのような。

「風成」の女性たちは、決して「女たち」と括られる集合概念ではなく、やはり人間として自立し、しかも連帯した個個人だったのではないか。本書を読み了えたいま、私はあくまで、そう考えている。そしてまさしくそれは、結果としてやはり、この作品に描かれた闘いの抱え持つ疑いのない力を証明する事実であるのかもしれない。

〔一九九九年六月脱稿〕

資本主義の彼岸へ
――『暗闇の思想を』

一九七二年五月一日。広島大学工学部都市計画教室・石丸紀興氏からの手紙をきっかけに、すべては始まる。そこで石丸氏は「瀬戸内海汚染総合調査団」の一員と、自らを著者に紹介していた。――ちなみに、本書ではこの冒頭の記述からして、年号表記が西暦に変わっていることに注意したい。ともあれ、松下竜一氏にあってはこれまで静かに進行していた自らの歴史的・社会的な「覚醒」が、おそらく加速度的に開花しつつあったのだろうことは、明瞭に推測できる。

私は、長い間豆腐屋であった。大分・福岡の県境を流れる山国川の河口の小さなデルタの町が、私の豆腐をあきなうおとくいであった。周防灘にそそぐこの河口こそ、私の青春の小世界だった。
（第一章「貝掘りに行こうよ」）

しかし同じ節に「のち、著述業に転じた私は、大分新産都市の公害状況や臼杵市風成の漁民闘争を記録化する過程で、すでに『私的心情』を越えて、幾多の事実を踏まえながら『反開発視点』を定めてきていた」（第一章「貝掘りに行こうよ」）とあることも、また見落とせない。

おそらくは長い、孤独な労働の時間に覆われた青春の底でのみ可能なしかたで研ぎ澄まされうる稀有の「意識家」としての自己分析力を磨き抜いてきた松下氏は、自らの作家的生涯の重要な分岐点の一つを通過するにあたっても、じゅうぶん、その意味を内省的に把握していたはずである。

私ははるかなる広島大学を訪れた。

豆腐屋の日々、どんなに進学の夢うずいたかを思い出しつつ、私は初めて大学構内に入ったのだった。

（第一章「貝掘りに行こうよ」）

著者にとって万感の思いがあったろうこの日の記述は、また『豆腐屋の四季』以来の読者にとっても、その意味あいを変えつつ、しかし一定の重さを持ってくるにちがいない。かつて忘れ難い詠草の数かずに、その疎外された青春の屈折と抑圧された「階級」（あえて、「階級」と記す）の屈辱を痛いたしいまでに鮮やかに定着した青年歌人は、いま、ついに自らの主体的な探求の果て、現代日本の思想闘争の最前衛としての地点にまで進み出たのだ。

すでにあった豊饒な作家的経験の蓄積の上に、ここからの松下氏の歩みは速い。「なんの組織にも属さぬ」（第一章「貝掘りに行こうよ」）立場でありながら、わずか半月のあいだにシンポジウムを準備し、五十七人の「呼びかけ人」を得たという瞠目すべき卓抜な構想力には、その後の「豊前環境権闘争」の展開を早くも予感させるものがある。

――ただしつけ加えておくと、私は「運動」におけるこの「呼びかけ人」方式というものを、必ずしも好まない。その点「世論の指導者となれそうな人たちを選」（同前）んだという前記の松下氏の判断はただちに首肯しかねるが、しかし本書を読み進めると、ほどなくそうした手合があっけなく馬脚を現わす様、そしてそれに松下氏たち自身が苦汁を嘗《な》める様までが仔細に描写されてもいる。してみれば結局、これもまた一つの真摯な闘いの歴史の〝裏面〟だったということになるのだろう。

そんな打撃の最初のものが、早速、五月二十七日、「集会があと一週間後に迫った午後」（同前）に訪れる。

「この集会に最も熱心であった宇佐市側の準備委員である共産党県委員」の「重大問題が発生したので緊急会議を開きたい。皆を集めておいて下さい」という電話――。その〃議題〃は「わが党の組織を通じて調査」した結果、松下氏にそもそも周防灘開発の問題点を指摘し、対応を呼びかけてきた石丸紀興氏らが「民主運動の破壊分子」と「判明」したというものである。

「しかし、広島で会った石丸さんは、とてもそげなんおそろしい人に見えんじゃったが」と訝《いぶか》る松下氏に、共産党県委員は「みんなの前で広島の党委員会」に確認すると称して電話してみせる。「フムフム……なるほど」と「電話の声を」「聞かせるために」「一言一言大声で反復する」、この共産党県委員の魂を凍らされるような姿は、本書が松下氏のそれまでの著作から、さらに一歩を踏み込んだ――いわば「政治」の力学が剝き出しになった地点での烈しい闘いに入ってゆく序奏として鮮やかだ。「党派」「組織」のやりきれない硬直性・非人間性の描写は一種即物的な生なましささえ帯び、それが自ら〃革新〃を標榜する場合の、いっそうのやりきれない欺瞞を余すところなく伝えるだろう。

自らの組織の利害に合致しないものすべてを、いともたやすく「反民主的」と断罪して憚《はばか》らない、ただひたすら自らを存続させるためだけに存在する――謂《い》うところの自己目的化した〃革新〃組織の見るも悍《おぞ》ましい硬直性は、むろんこの時点に始まったことではない。またさらに残念なことに、ここで具体的に描出されている日本共産党の、ほかでもないそうした体質を批判したところからその歩みを始めたはずの、たとえば「新左翼」と通称される、さらに〃尖鋭な〃一連の革新運動体が、それではそうした弊《へい》を免れえているかといえば、決してそんなことはないのもまた事実である。苛酷な現実の諸条件と思想的基準の軛《くびき》の狭間で、自らがそれを否定するところから出発したつもりの〃前衛〃が、いつのまにか、批判していたはずの当のものと同質の硬直性や排他性に、心ならずも染まり上がってしまうのは、実にしばしば見受けられる光景だ。

これに関連しては、本書をいま少し読み進んだ部分に、自分自身がいまだ会ったこともなければ、その著作をまったく読んだこともない宇井純氏を、「党の判断として」「受け入れられない」のだと主張する、Nなる人物も登場する。

これは異様な論理である。「党の判断」がそう言っているから、自らもまた「受け入れられないのだ」という――それですら、ない。ただ「党の判断として」「受け入れられない」のだということが、そのまま語り手の言葉の幅のすべてであるとき、それはすでに「一人称」の語りではなく、「三人称」の語りでもなく、そこに起こっているのはすでに人間が主体的に何かを語ろうとするに際しての「自己」そのものが消失しているという事態だ。誰でもない「声」が、その「声」自体ともなんらの関係もなく、ただそこで宇井純氏を「党の判断として」「受け入れられない」という「事実」を反復して語り続けるだけのことになるのであり、これはもはや対応不可能の状況と言わねばならない。

だがともかく、「灯もつけぬ部屋にひとり残って」「うちひしがれていた」松下竜一氏が、なお「それにしても、私にはどうしても石丸氏がそんなこわい人とは思えないのだ。Tさんの石丸氏裁断は一党の組織調査による間接情報によってなされたのだが、私自身は石丸氏と面接しているのだ。そして、私の目はくもっていないと信じている」(同前)と内省を重ねた、そのことによって、かろうじて周防灘開発反対闘争は、そもそもの端緒において頓挫する危機を免れる運びとなった。

かつて松川裁判が始まった頃、広津和郎が松川事件の被告たちの眼を見て「それは犯罪者の眼ではない。彼らの眼は一様に澄んでいた」と語り、この被告の眼に対する直感から広津は、この〈世紀の大事件〉に深入りしていった。広津の語った言葉は当時のジャーナリズムでたちまち話題となりさっそく文壇時評家・十返肇によって反撃を受ける。十返は作家・広津和郎が文士的直感から、大きな社会的事件、法律的な大問題に口ばしをさしはさむ危険性を批判して、「眠が澄んでいるだけでは被告の無罪を立証することにはならない」と述べた。文学者の論理をもって、政治や社会の非情な論理の世界に乗りこんで行くことの〝あまさ〟を嗤ったのである。十返の発言は、確かに真実の一面を衝いていた。しかし、その後の推移はどうだったか。広津の「文士的思考」を嗤った十返と、これに同調した一連の文学者たちは、広津の〝あまさ〟を批判しただけにとどまったのに対し、当の広津は十年間の歳月をかけて松川事件の究明に没頭した。その成果は彼のライフ・ワークともいうべき『松川事件』（中央公論社）に集大成される。そこには、すでに文士・広津和郎の面影はない。真実の究明者としての一人の人間の姿が浮かび上がってくる。田中最高裁長官が〝雑音〟として耳を塞ごうとしたにもかかわらず、多くの法学者や法律専門家たちすらが、舌をまいたように、緻密な法の論理が彼の文章の中には展開されていた。そして、松川事件はついに被告と弁護団側の勝利に終り、広津の〈正義感〉に発した労苦もまたむくいられた。広津の〈直感〉を、〝文士的〟と嗤った批判者の方が、十年後には文士的思いつきの発言として斥けられる結果となったのは皮肉であった。そして松川判決に対して、「私はべつに調べてみたわけではないが、やはりどうもあの人たちがやったのではないかという気がする」と言ったのは平林たい子である。

（丸山邦男評論集『豚か狼か』「文士的思考を排す――現代ジャーナリズムの精神状況」／一九六六年一〇月発表／一九七〇年、三笠書房刊に収録）

丸山邦男（一九二〇―九四年）は「戦後」日本で私が最も評価する言論人の一人である。その最晩年、謦咳《けいがい》に何度か接する幸運も持った。私が丸山について思うとき、おのずから考えるのは「言論人の勇気、および栄誉とは何か」という問題にほかならない。そしてこの「言論」という概念は、実は狭義の「思想」や「文学」、あるいは「学問」のいっさいがやすやすと含み込まれるほど巨大なものであるとも、私が考えていることを付記しておく。

余談だが、松川事件に際しては、最近、必要があって目を通した資料で、詩人・鮎川信夫もまた「裁判の判定」の〝正しさ〟に疑いを抱いていなかったことを示唆する三好豊一郎の証言に接した（三好豊一郎『鮎川信夫詩集』「鮎川信夫粗描」現代詩文庫、一九六八年刊）。その理由が日本の検察・司法制度を「信頼」している、というものだったことを知ると、改めて暗然たる思いを禁じえない。もとより私は鮎川を「戦後詩」の一つの〝達成〟と見る評価には最初から賛同してはいないが。

そもそも、一人の人間を一党の組織情報で、まるで極悪人の如く裁断し排除されることが許されていいのだろうか——。この研究集会は中止してはいけない。いつしか、いきどおりさえ湧きつつ、私の決意は固まっていた。

（第一章「貝掘りに行こうよ」）

こう松下竜一氏が記すとき、その思考は「政治」という索漠たる営為のただなかにおける「人間」の重みに、すでに到達している。「けっきょく、最後まで残って私と共に集会準備に奔走したのは二人の同志だけであった」（同前）。出発点の研究集会の予想を上回る成功にもかかわらず、当初構想された「市民組織」の結成は、結果的に「共産党をも含むべきだという判断のもとに」いったん見送られる（第一章「『中津の自然を守る会』発足」）。松下氏らにとっては、さぞかし苦渋に満ちた選択であったにちがいない。

この三人から、だが、ともかく闘いは始まる。研究集会の人の集まりに不安を覚え「おい、頼むから顔を出してくれ」と「知れる限りの友人に」「悲鳴のような電話」をかけつづけた松下氏らの努力は、名実ともに成功した研究集会の内容によって酬《むく》われることとなった。

ここに始まる探求と行動は、小冊子『海を殺すな――周防灘総合開発反対のための私的勉強ノート』一五〇〇部としてまとめられる。これは周防灘の地勢的状況とそこに進められようとする〝開発〟計画の横暴を語ってあますところがない。とくにその第二章で呼びかけられる〝「貝掘り」の思想〟は、後の明神海岸埋め立て反対の「豊前環境権闘争」へと続く、松下氏の自然観の中核を成すものの一つと言えよう。

これに対し「周防灘開発」に賛同・推進しようとする側からも、いち早く反撃が始まった。とりわけ最初のそれが、企業や行政以上に「商業都市としての殷賑」〝地域振興〟を願う一般大衆からのものだったという事実は、なんとも示唆的である。

第一章「始まり」の「匿名氏よ」のくだりで紹介される、著者のもとに届いた賛成論と、それに対する著者の回答とは、早くも「周防灘開発」をめぐる論議が現代社会の最も根底の産業構造の直截の投影であることをおのずから明らかにするやりとりとなった。とりわけ注目されるのは、松下氏の回答がすでにして現代産業社会の構造的な非人間性を明確に透視している点だ。

いかに技術が進歩しても、原理的に公害を一〇〇パーセント処理出来ないことは、良心的科学者の告白するところである。まして忘れてならぬことは、企業とは利潤追求が至上目的である以上、いかにすぐれた公害処理技術が開発されても、それが企業利潤を巨きく圧迫するほどの出費を要するとなれば、決して採用せぬということなのだ。（略）あえていえば、あなたのように素朴で善意に満ちて疑いを知らぬ市民が、実は公害企業導入の尖兵となってしまうのだ。（同前）

以下、列挙される、〝企業誘致のバラ色の幻想〟をことごとく否定してゆく松下氏の実証的な論理の見事さは、やがて本書中盤で全面展開される、九州電力技術陣を向こうに回しての、数式計算を駆使した凄絶な糾弾を早くも予感させるものと言えるだろう。まさしく「〈文士的思考〉の枠から飛び出し」た「真実の究明者としての一人の人間の姿が浮かび上がってくる」松下竜一氏の闘いは「多くの学者や専門家たちすらが、舌をまいた」「緻密な論理が展開されていた」ものにほかならない。またこの一文は同時に、狭義の「作家」としての松下竜一氏自身にとっても、自らの意識的な変貌を告げる「自画像」の役割を果たしている。

匿名氏が意味している「やさしさ」とは、何に対しても発言せず、庶民の分を守って、ただ黙々と耐えて働いている状態のことらしい。豆腐屋の頃の私は、まさにそうであった。匿名氏の眼には、その頃の私がいじらしくもやさしく見え、今やっと社会に対して声をあげ行動に立ち上がった私が、にわかにやさしさを喪った心荒い人間として見え始めているらしい。（同前）

そしてこうした問題は、紆余曲折を経てようやく発足した「中津の自然を守る会」においても、決して消失することはなかった。「魯迅研究家」で「市民の人望厚い」「中津市在住の唯一の大学教授」が会長、その懇請によって就任した「中津市連合婦人会会長」が副会長という、〝運動〟のとりわけ初期には〝つきもの〟かもしれぬ、いかにも事大主義的・権威主義的な人事には、最初から後の波乱を予想させる妥協が含まれていたとも言える。

しかしともあれ一九七二年初夏のこの時期、中津ばかりでなく北東九州の一円に、豊前火力発電所建設反対の運動が拡がってゆくさまは壮観だ。ほどなく松下氏は、さらに近畿から、やがては北海道にいたる、現代文明の新たな方向への転換の思索と運動の相互作用を通じての自己確認が深化する旅にも踏み出すこととなる。

以後、環境権闘争の同志となる二十代の高校教諭三人と、関西電力多奈川火力発電所建設反対運動の人びとを訪った三日間の自動車旅行を、たとえば著者は、こう回想する――。

思えば、豆腐屋としての私の青春に、旅など許されるはずもなかった。今、初めての遠い旅が、たとえ公害視察とはいえ、よき友人たちに囲まれて、ふと遅ればせの青春の旅とも思えて、私は浮き浮きしたほどである。

（第一章「『中津の自然を守る会』発足」）

こうした眩しいばかりの「青春」の息吹は、また闘いの手段や形態にもみずみずしく通っているようだ。

「私たちは九電のようにお金がありませんから、とてもあんなきれいなビラは作れません。私たちが街頭カンパなどで作りあげたこのビラと、九電の美しいビラを読みくらべてみて下さい。あなたは、どちらのビラを信じますか？」と呼びかけた新聞半ページ大の私たちのビラは、大きな反響を呼んだ。

（第一章「中津市議会に請願」）

だが、豊前火力発電所建設問題の付託された中津市議会総務委員会をめぐっては、その「公開」を要求する松下氏らの正当極まりない要求のビラをめぐって、「中津の自然を守る会」の内部に、早くも最初の亀裂が顕在化する。正当な批判を「個人攻撃」として排除するのは、立場のいかんを問わず、批判されると都合の悪い側のまさしく常套手段だ。しかも、そのビラに端を発した問題は、最初から矛盾を抱え込んでいた「会」の人事そのものによって、いよいよ増幅されることとなるだろう。

委員会傍聴に「野次」や「拍手」なしで、という条件をつけられたばかりか、くだんの「大学教授」の会長は、その上、先行するビラを「中津の自然を守る会」自らが否定する声明を出すことをのんだ挙げ句、ビラによる一般市民への情報告知、アピールという方法さえ、自ら拋棄することを承認してくる（かかる人物が、よりにもよって「魯迅研究家」とは！）。中津市の現況をめぐって「先進都市の若き商工業者より、アフリカのコンゴの如き、煙突の一本もない町などと、その後進性をからかわれる如き、閉鎖的境遇」（同前）などという低劣な暴言の連ねられた市議会での議員の一般質問に、松下氏が文字通り、最小限の批判を加えた――その結果がこれなのだ。

こうした現実の運動体の浅さや脆弱さに、松下氏にも読者にも仄かな閉塞感が醸成されるなか、本書の最初の昂揚感に満ちた峰は、早くも第二章でやってくる。

九電の積極的な無公害PRを論破するには、具体的な数字をあげねばならない。豊前平野一帯に広がった反対運動の中で、奇妙なことに誰一人その計算をしようとする者がいなかった。化学、数学、技術に身震いするほど弱い私は、最初からそんな計算は放棄して誰彼に答えを聞きまわったが、皆首をかしげるだけなのだ。どうにも仕方なくて、私は自分の頭で考え始めた。（第二章「亜硫酸ガス出ます」）

怒りのままに立ち向かってみると、なんのことはない、単純な計算式で豊前火力一〇〇万キロワット工場が放出する亜硫酸ガス量がつかめたのである。それは思いがけないほど大きな数字であった。（同前）

以下、それを「しろうとの私は、自分の計算の正しさを確かめるすべを知らなかった」（同前）ため「正しければ」掲載されるはずだと考えて新聞に投稿したその計算式に対し、「九電公害関係技術者」が一箇所の瑕疵《かし》も指摘できず、ただ論点をすりかえるだけの対応に終始するやりとりは痛快ですらあるだろう。

この日から、私には奇妙なほどの自信が居座ることになった。自分如きにはとても分からぬはずだと投げていた計算を解いたことで、いや自分如きでも積極的に考えれば必ず分かるのだと思い直したのだ。（略）大切なことは、自分はしろうとだからとても分かるはずはないとして「思考放棄」をしてはならぬということだと気付く。その姿勢がなければ易々とだまされてしまうのではないか。（同前）

続いて十月十七日、ついに初めての直接交渉を九州電力側と持った際には、松下氏らは「温排水」をめぐる九電技術陣の欺瞞を明らかにする。

こうした専門家の技術性の相対化にもとづく瞠目すべき自負は、やがて『豊前環境権裁判』（一九八〇年／日本評論社）で、今度は科学に加え、法理・法学をも視野に収めた広大な射程の方法論となってその全貌を現わしてくるだろう。その核が、すでにして確実かつ急速に、松下竜一という「作家」の内部に形成されてくるさまが、本書では窺われる。

だがそれ以上に印象深いのは、政治の力学・闘いの哲学の本質に関わる教訓のいくつかが、着実に松下氏らに習得されてきていることだ。

九電を「敵」呼ばわりしない紳士的な運動への疑問は、豊前側の運動に加わることで、いよいよ私の内部につのるのだった。（略）

豊前の運動がこのように激しい形をとるのは、ひとつには婦人会などが最初から賛成に立ちまわっているので、そのような組織への顧慮が必要ないのであった。

さらにもうひとつの背景は、「千人実行委」の中心に立つ豊前・築上高教組の先生たちが、名だたる福岡県の反動教育行政と対決し、日常の組合活動を激しく展開する中で、真の闘いとはどうあらねばならぬかを体得しているということであった。（略）

教職員住宅の屋上から掛けていた「豊前火力反対」のたれ幕の除去も、県教委から管理高校長に職務命令が出されて、とうとう校長自身が屋上に上って取りはずしたのである。（同前）

この十月から十一月にかけての「秋深む日々」、豊前市の活動家たちとともに九州電力や行政と渡り合う著者の姿は、若わかしい躍動感に溢れている。たとえ「何かの古雑誌から小さな活字を一字一字切り抜いて便箋に貼り綴った」（同前）脅迫状に、松下氏の心を冷やすような事態が点綴《てんてい》されていることがあったにしても。

こうした時期、九州電力の低硫黄燃料への切り替え発表をめぐり、全国紙がそろって企業側のＰＲ紙と見紛うばかりの記事で埋め尽くされるなか、唯一、地元紙『大分合同新聞』だけが「社説」で疑念を表明する。それをきっかけに、前出の「排出亜硫酸ガス量」計算をさらに上回る精緻な数式で排煙濃度の数値から使用燃料の硫黄含有量を割り出した著者らは、熟した果実が枝を離れるように、ついに「中津の自然を守る会」に青年部学習会を設置した。一九七二年十一月十二日夜、走る日豊本線の列車内で成立したという、その成立の経緯も熱気に溢れている。

同時にここで、無二の友・梶原得三郎氏と著者との記念すべき交流も始まった。「どうしてこれまでどこかで出遇わなかったのか、そのことの方が不思議」（同「硫黄分一パーセントに？」）だと松下氏は述懐するが、真の友情にはしばしばそうした不思議な行き違いもあったりするようだ。

梶原氏に対する著者の「労働組合さえ丸がかえにされた巨大企業の単純作業労働者としての没個性

の青春を経て来た彼にとって、今やっと自らの意志で取り組み挑んでいくに足る対象を見付け出したという感じなのだ」（同前）という分析、そして前後して参加してくる青年男女の姿に、七〇年代初頭の青春の姿が生動している。付言しておくと、彼ら彼女らはその多くが、後に『明神の小さな海岸にて』（一九七五年／朝日新聞社）や『豊前環境権裁判』にも登場する、豊前環境権闘争をも担う人びとである。乾涸《ひから》びたように古色蒼然とした「中津の自然を守る会」が、この青年部学習会の創立によって、にわかに生き生きとした青春群像の物語へと変わってゆくさまは、読む者の眼にも清すがしい。

中津のような保守風土の中で運動を育てていくには、何よりも微温的であらねばならぬという基本方針で持たれてきた対県交渉も対市交渉も、第一回九電交渉も、相手方になんの痛打さえ与えずに、かえって軽くあしらわれてきたのだ。もはや怒りを殺すのではなく、怒りを叩きつけることで、われわれの気迫を示す時なのだという点で青年部学習会は一致したのである。（略）

この夜、九電側の制限を無視して、青年部学習会全員が繰り込んだので、「守る会」側は三十人にもなった。

これまで「中津の自然を守る会」は、各組織の幹部連が中心なので、無名の若者たちが表面に出るような機会はなかった。この夜が初めての登場であった。（同前）

一九八〇年代末葉から九〇年代初頭の韓国学生運動には〝「国家保安法」を守らない運動〟なるものがあった。周知のように、歴代軍事独裁政権が金科玉条とした「国家保安法」は「北」側、朝鮮民主主義人民共和国を「反国家団体」の一つと規定し（なんと巨大な「反国家団体」！）南北の分断状態を固定化、民族の相互対立・国民の分裂状況を促進する悪法である。これに対し、あえて「守らない運動」を提起し、悪法への本質的な異議申し立てをする――そうした人びとの論理に通ずる弁証法的な思考の胚《はい》が、この時期の「中津の自然を守る会」青年部学習会には培われていたようだ。

九電との三度目の交渉の意義を皆で討議する。いったい九電と話し合うとは、どういうことなのか。建てさせないという者と、ぜひ建てますという者の間に、本当は話し合いなどありようはないのだ。テーブルに対面するなら、徹底的に激しく反対の気迫を示して、相手の翻意を促すしかない。(略)だが、私たち若者十人足らずがいくら激しく九電に迫りののしるとも、そのことによって大事業を翻意することなどありえない。(同前)

いかにも、ここでの青年たちの論議は全面的に正しい。俗に、しばしば〝議論が噛み合わない〟といった言い方がなされる。一体これは何だろう。「噛み合う」はずなど、あるものか。「噛み合わない」からこそ、ほかならぬ「議論」なのであり、「噛み合」った話し合いとは、つまるところ単なる談合――狎《な》れ合いにすぎない。

十二月一日付け各紙は「九電幹部が謝罪」の記事を載せて、両調査役の放言問題は一応落着した。会長からは「松下君。私に無断であんな勝手をされては困りますねえ」と電話で叱られてしまった。(同前)

……無断で? だが、あらかじめそれを告げていたら、当然、この会長や副会長はそれを制止していたに決まっていよう。私は、むしろここでの松下竜一氏らの採った方法論こそが、ほかでもない魯迅の弁証法に通じるものだと考える。つくづく、どこまでも不思議な「魯迅研究家」である。その意味で、このくだりには私は、日本という国における〝輸入文化〟がともすれば陥る変性ぶりを改めて確認させられる思いがした。

「まさか今頃になっち、こげなん勉強をさせらるっとはなあ」（同前）と著者と梶原得三郎氏とが笑い合う、闘いのなかの遅ればせの青春の輝きが眩しい。またその「学習」は、ただちに明日の闘いへと繋がってゆく……。

九州電力技術陣が直面するのは、自分たちが信じきって露ほども疑わない「科学」の論理――擬似予定調和的な数理的世界観の根幹を揺るがすような、民衆の批評精神による厳しい問いかけだった。

「いや、国が認めちょろうが認めちょるまいが、ぼくらにはそんな計算式なんか信じられないんだよ。煙の流れが数字で解けるはずがないでしょうが」

「どうもそういわれると困りますなあ。……あのねえ、科学とはそういうものなんです。多様な複雑な現象の中から法則をみつけて数式化出来る、それが科学の力なんですよ」

「冗談いうなっ！　なにが科学だ。これまでその科学にどれだけ各地の住民がだまされてきたか！　やれ、ボサンケの式だのサットンの式だの、もっともらしい式を持ち出して、これなら安全ですといっておきながら、建ってみると公害は出るじゃないか。四日市をみよ！」

「あっ、四日市なんか持ち出されても困ります。あれは全く特殊な例でして……」

（同前）

ここまで読み進めて私は哄笑してしまったのだが、「四日市」を持ち出されても困る、あれは特殊な例だ、とはまた、なんと――。

それなら「スリーマイル島」や「チェルノブイリ」を持ち出されても困る、あれは特殊な例なんだから、という通産省官僚や核燃料サイクル開発機構（旧「動燃」＝動力炉・核燃料開発事業団）幹部、実は国際的な軍需産業であり、また歴然たる国策企業でもありながら、それらにスポンサードされたTVのアニメーションやトレンディ・ドラマにうつつを抜かしている一般大衆には、あくまで単なる〝家電メーカー〟としか見えていないかもしれない大企業の技術者たちの、原子力発電施設をめぐる自己弁護と、この〝論理〟は、いかに酷似していることだろう！　そして現実には、その〝特殊な例ではない〟はずの彼らの施設が、次つぎと深刻な事故を起こし続けているではないか。

さらに松下氏らが「サットン式の中の拡散係数cz／cy」の根拠の確認から三菱重工での風洞実験の前提条件を問い質し、九州電力技術陣も記憶していない実験風速のデータを提示して彼らの主張の虚妄を衝《つ》いてゆくくだり、また「豊前地域に発生する逆転層」の観測日数について糾問し、その事前の気象調査の杜撰《ずさん》さを闡明してゆくくだりは、一種手に汗握る面白さ、知的昂奮に満ち、快哉を叫ぶ読者も少なくないことだろう。ここでも日本のトップクラスの〝理工系〟エリートたちは、ただ「困りましたなあ。あなたがたしろうとはそういいますけどねえ、それが科学というものなんですよ」「それが科学なんですよ。……科学とはそういうものなんです」（同前）と、ひたすら惨めな同語反復を繰り出すしかない。なんと度し難いまでの、知性の欠如――。

そして、いずれも人びとの魂からほとばしるような「俺たちを人間モルモットにするんか！　まだありもせん排脱装置を五十一年までには完成させますなんちゅうて、出来んじゃった時は俺たちは人間モルモットじゃないか」「お前たちは侵入者じゃないか。俺たちが豊前に呼んだんではないんど。俺たちはここに住みつく人間ど」「あんたの信念だけでは、俺たちは救われないんだよ」（同前）という言葉の重さ――。

これに対し九州電力技術陣は、肝腎の風洞実験も三菱重工に任せきりで自分たちは立ち会わず「私は技術者として、無害だと信じます」と呻き「ボイラー会社が出来るといってます」と責任を転嫁する。

しかし、それではほんとうに何か事故が――取り返しのつかない事態が起こったとき、「責任」を取ることなど、できるのだろうか？　誰に？　どのようにして？　そもそも「責任」とは？「おかしいんだよ。あんたたちの答えは、みなどこかで責任が抜けてるんだ」（第二章「なにが、科学か！」）という松下氏らの追及は、まさしく足尾鉱毒被害から水俣をはじめとする公害被害、炭坑そのほか災害事故の数かず、森永砒素《ひそ》ミルク事件やカネミ油症事件、そして「薬害」エイズ問題にいたるまで、日本の公害・薬害・労災……等等のすべてに通底する、根本的な「無責任」構造をまざまざと見せつける。

「あれが本当に九電の技術プロジェクトチームなんかなあ」と言い交わしながら寒い夜道を帰ってきた松下竜一氏らの心は、そのとき――いわば日本の近代社会が形成してきた疑似的な〝知〟の階級構造をその根底から顚倒《てんとう》させ得たという自負に昂揚していたにちがいない。

またこのとき、青年部学習会が窒素酸化物ＮＯｘの問題についてもいちはやく着目している点にも、注意したい。ここでの一五〇〇キログラムの窒素酸化物の絶対量を算出するにあたって、松下氏がしばらく前の新聞記事から自動車の排出窒素酸化物を目安に計算方式を提案し、その量の厖大さを突き止めるにいたる経緯などは、本来あるべき「民衆の科学」の芽生えそのものをすら感じさせる。

それにしても公害企業の思考形態、その企業体質というのは、どうしてこうも共通したものなのか。

第二章「『科学』への挑戦」の「漁民の苦悩」に示される豊前海漁業組合連合会と九州電力とのあいだに交わされた協定書の内容はどうだろう。協定書第八条に盛られた一項によれば、最初に補償金および〝漁業振興費〟の三億円を受け取って以後は、同連合会に加盟する十八の漁協は「いっさいの補償問題は解決したものとし」「いっさいの異議苦情を申し立てないものとする」という文言があったという。ここから私がおのずから想起するのは、次のような歴史の一齣《こま》だ。

そのようなきびしい情勢の中で、患者家庭互助会はついに寺本熊本県知事らを中心とする水俣病紛争調停委員会の斡旋案を呑まされる。暮れも押しつまった十二月三十日（引用者註／一九五九年）、この案を呑まなければわれわれ調停委員会は手を引くと言われ、患者たちは、生活の苦しさと、孤立した闘いのなかで、ついに涙を飲んで、その「見舞金契約」に調印するのであった。死者三〇万円、生存者に年金として成人一〇万円、未成年者三万円、葬祭料二万円がおもな内容であった。この契約書の中には、破廉恥な文章が書きこまれてあった。今後水俣病の原因がチッソにあるということがわかっても、補償金の再要求は一切行なわない。もしチッソと関係がないということがわかれば、直ちに補償を打ち切る、という項目である。

（原田正純『水俣病』Ⅲ「水銀をつきとめる」2チッソの対応／一九七二年、岩波新書）

法学においては「公序良俗に反する契約は、契約として認められない」という考え方があったはずだ。九州電力が豊前海漁業組合連合会に受け容れさせた「協定書」には、さすがに右の水俣病〝紛争調停〟案ほど非道な文言はなかったという見方もありうるかもしれない。ただ、前掲の項目の後段「もし漁業上第三者およびこの水域に権利を有する他の漁業者から異議苦情の申し立てがあっても、一八組合はいっさい自己の責任においてこれを解決し、九電に迷惑を及ぼさないものとする」というくだりは、それとは別の意味であまりにも一方的なものと言えるのではないか。

なぜ、これほど屈辱的な協定を一八組合長会はのんでしまったのか。豊前海漁民の多くが、豊前海に絶望し、もし高値がつくなら海を手放したいとさえ考えているからなのだ。

（第二章「漁民の苦悩」）

続く、船舶エンジン・メーカーが出漁漁船の出力制限基準を突如、引き上げたり、「全自動海苔乾燥機」が販売されたり、さらに不要な出費と知りつつ、海苔生産者自身が漁業権放棄時の補償金吊り上げを見越してそれら機器を導入したりするという記述に出会うとき、私は農業のみならず漁業も、この現代日本の末期的な資本主義構造のなかで直面している事態は、完全に同根・同質のものであるという印象を受ける。

酪農や果樹農家が補助金を必要とするのは、設備に経費がかかって自力では調達が無理な場合である。酪農に必要な補助金を出す出さないの査定の基準は、いかに補助金に値する酪農経営をやっているかではなく、コメの減反に協力してきたかどうかである。同様に施設に費用のかかる果樹栽培しかり、梨やいちごのための必要を充たす補助金は、コメの減反に一〇〇パーセント協力していなければ出されない。なぜ、すべてにコメが基準にならねばならないのだろう。（略）

農業とは、的確な判断、高い技術、健康、自主性と自立性が要求される総合的な職業であるが、右のような構造の下では、まず自主性・自立性を失ってしまう。その上、お金にすべての価値をおく高度経済成長の社会は、必然的に農業軽視の風潮を生んだ。

有機農業を営む大学出の友人の一人が、田んぼに入って手取り除草をしていた。たまたま観光に訪れた母子が通りかかった。田の中にいる私の友人を指して、小学生の息子に母親が言った。「ちゃんと勉強しないと、あんな仕事をすることになるのよ」。

（橋本明子「筑波颪《おろし》の里から」第二回「『野菜便り』とおコメ裁判（二）」／季刊『批判精神』

第二号＝一九九九年六月、オーロラ自由アトリエ刊)

第一次産業をかくまで貶めた国家が立ち行くはずはないと、私は考える。だが長期的な歴史の間隙を縫って、とりあえず直接当事者を苦しめ痛めつけている合間に、企業は漁業権抛棄の実現を――海の収奪をしおおせてしまった。豊前海は奪われることになるのか？

いや。そうではない。海は、実は決して「漁民」だけのものではない、という論理こそが、松下氏らの、ほかならぬ「環境権」の考えの根底を支えていたのだ。『明神の小さな海岸にて』は、その論理を縦横に展開するが、本書でもすでに冒頭の「貝掘り」のくだりにおいて、非・専業漁業者――一般市民といえども、海の「所有権」の帰趨に決して無関係ではないのだとする確認が、そもそもの闘いの出発点にあった。


本書・第三章「冬から春へ」にいたって、ついに「中津の自然を守る会」は分裂する。開巻劈頭からここまでを読み進んできた読者がある意味ではもどかしさを感じていてもおかしくないほど、それは明らかに起こるべくして起こった対立であり、分裂だった。会長・副会長の、主として青年部学習会を切り離そうとする露骨な意図から生じたこの対立は、組織一般の欺瞞的な保守化と粛清の力学をあまりにも見事に指し示していて、印象深い。

あらゆる政党、あらゆる市民運動、あらゆる文化活動は、こうした〝尖鋭分子〟〝過激派グループ〟を処断することで、自らが保守的な一般社会に受け容れられやすくなったと錯覚する。だがそれは、実は往往にして自らの側の最も良質な内部批判勢力であると同時に強力な戦闘員でもあった人びとをむざむざ切り棄てる愚挙にほかならず、結果として残った固陋《ころう》な〝守旧派〟は、すでになんのために存在しているか、その本質的な目的性を喪失した烏合の衆か、そうでなければより反動的な体制からいともかんたんに葬り去られる脆弱な擬似〝革新〟党派と化してしまっているのだ。

そうした擬似的な〝民主主義〟の欺瞞を照射しているのが、同章「暗い冬」のある夜の「公民館学習会」のやりとりであるだろう。いまだ地域学習会の予定があまた残っているにもかかわらず――そして開催されれば必ず、松下氏は相手方の講師の理論的まやかしを論破してきたにもかかわらず――福岡県と豊前市とは、九州電力とのあいだに「豊前火力建設に伴う環境保全協定」を調印してしまう。

「残念ながら、けさ協定は結ばれてしまいました」と満腔の怒りに耐えて報告する松下氏に、「一人の農業のおじいさんが立ち上がっ」て応じる。「協定が結ばれたちゅうけんど、そらあどおもおかしいのう。わしんとこには、なあも相談にこんじゃったが」

会場のあちこちから「失笑」が湧いたというこの発言は、しかしその後に松下氏が強い調子で肯定するように、根本的に正鵠を射ている。

だが考えてみれば、むしろこのおじいさんの考え方こそまっとうなのであり、それを失笑する常識人こそ現代の「衰弱した形式民主主義」にすっかりならされてしまっているのだ。（略）

確かに市議会はほとんど全員一致で賛成した。だが豊前市民は、豊前火力問題を想定して市議を選任したわけではないのだ。彼らに火電賛否の票を預けたわけではない。彼らが火電問題を討議するに十分な知識を有しているとも、市民は信じていない。

（第三章「暗い冬」）

著者の告発は、さらに「豊前市議の大半」が「開発に利益関係の深い土建業者で占められている」事実を衝くが、右の引用部分に関しても、とりわけ高度に専門性が分化し、情報の全体像が一極に集中した現代社会における擬似〝議会制民主主義〟の限界は明らかであるだろう。

ひょっとして核燃料サイクルの概念図式《シェーマ》も理解できなければ、ウランやプルトニウムの原子量さえ知らぬ……また〝脳死〟者と心停止した死者との状態の差異に冥《くら》い……穀物メジャーの投機行動やポストハーヴェスト（収穫後、農産物に散布される保存用薬剤）の化学組成、遺伝子組み替え食品の問題点について決して明るいとはいえない――そんな〝選良〟たちの愚劣な動議提出ごっこと、真っ当な討議も経ない、ろくろく確認もされない多数決にもとづく決裁によって、原子力発電所は建設され続け、「脳死・臓器移植法」は成立し、減反政策は推進され続けているのだ。「公害学習などしたこともない人びと」によってすら「いったん成立した『民主的手続き』は有効なのである」という著者の切歯扼腕は、実は現在の日本社会のさまざまな問題と同根の悪弊に由来している。

続く「環境権訴訟をすすめる会」で、ついに松下氏は「豊前環境権訴訟」を支える萌芽となる思索を提示する。本書の第二の高峰ともいうべき部分である。

海がある。その海への評価は、そこで生産される漁獲高でしか計算されない。だから、それに相応する対価を払った者が占有して、埋め立て自由ということになる。海というものの評価の中で、実は生産高計算は最も矮小な評価でしかなく、万人が来て海を楽しむ価値は計算を超えて巨大なのであり、その楽しみは万人に許されるはずであり、それこそが環境権なのである。

大気のことを考えると、この〝生産高計算〟での評価は、もっと露骨になる。大気は、直接には物を生産しない。ゆえに評価ゼロである。だからこそ対価さえ払わずに企業は平気で占有を続けているのである。大気汚染とは、大気の占有そのものではないか。私たちは、もうここらで生産高計算に変わる真の評価基準を確立すべきであろう。

（第三章「環境権訴訟をすすめる会」）

とりわけ後段の「大気」に関する考察は明快で、すべての事象を「経済効率」や「価格」で秩序づけようとする現在の資本主義社会の功利性の根本的な誤りを、おそらく幼い子どもたちにも理解できる形で立証した、みごとな論理であるといえよう。ルソーの「自然法」が現代に敷衍《ふえん》されるとすればば、それはこのような形においてであるのかもしれない。

逆に一方、松下氏がここで批判している、こうした「効率」「対価」「生産性」至上主義の価値観が、自然・環境ではない、人間そのものに適用されるとき、この世の中には何が起こるか。

「〝普通の人間〟は二億円ほどの生涯賃金を得るが、障害者はその半分の一億円ほどにとどまってしまう。したがってこうした生産性の低い人びとは、なるべく生まれない方が望ましい」――八〇年代の後半、ある自治体の首長がこういった主旨の発言したことがあった。新聞でこの報道に接したとき、その恐るべき発言を知らしめるべき記事としては、それが、むしろあまりに小さいものに過ぎなかったことに私は衝撃を受けた記憶がある。

これらの〝論理〟に対して、どのような思想を対置することが、人間には可能か？　未来に向けてのその乗り超えの萌芽の思考と私が考えるものの一つを、次に引く。

例えば、水俣の胎児性患者の何人かが浮浪雲工房《はぐれぐもこうぼう》という紙すき、和紙づくりの場所をもったことを考えてみます。胎児性患者は、脳性マヒの人たちと同じように、手足を自由に使うことができません。特に力仕事は大変です。ところが、コウゾをたたいてたたいて繊維をとり出す仕事は、力のいる重労働です。ですから、全工程を自分たちだけでやるというようにはなかなかいきませんが、そうしたいという気概はもっということで、紙をつくっています。

普通の人なら、例えば一時間に一〇枚できるところを、彼女たちは一〇時間に一枚しかできないかもしれません。体がきかなくなるとか、頭痛が激しいなど、仕事が続けられなくなる要因はいっぱいあります。（略）

もし、枚／時間で測るとすれば、普通の人が、例えば一〇枚／時間であるところを、彼女たちは〇・一枚／時間ということになります。そして一日、同じ時間働くとすれば、彼女たちは一〇〇分の一の報酬しかもらえません。（略）つまり、一枚の紙はどのようなつくられ方をしようが、同じ質の和紙なら価値は同じだという考え方です。

彼女たちの自然さを尊ぶとは、こういうことです。普通の人は一枚つくるのに〇・一時間しかからない。ところが彼女たちは一〇時間かかる、だから彼女たちのつくる紙は、普通の人の紙に比べて一〇〇倍の価値があると認めることです。紙の価値を、時間／枚で測るのです。それならサボってのろのろつくればいい、そのほうが自分のつくる紙の価値は高くなる、と考えるようでは、「自然さ」という概念は吹っとんでしまいます。「自然さ」ということのなかには、人々はある大きな権威にかけてウソをつかない、または、ある大きな権威のもとにあってウソをつく気がおこらない、ウソをつく必要がない、ということが含まれているのです。

（最首悟『明日もまた今日のごとく』「教育とか福祉について考える」一九八八年、どうぶつ社刊）

……実はもともと、「障害」および「障害者（とりわけ障害児）」という概念をめぐっては、最首悟氏と私とのあいだには、おそらく微妙な――しかし決定的な隔たりがある（この問題については、必ずしも最首氏の言説との関係に限ったことではなく、以前から私自身しばしば書いてきているので、ここでは詳述しない）。また、これは引用に際しての省略部分に提示された概念に関係することでもあるが、「企業犯罪」としての「水俣病」の位置づけについてすら、氏と私とのあいだには、ある重大な差異が横たわっているかもしれない（たとえば氏のいう「自然さ」が、仮に「現実」という言葉に置き換えられていたなら、私にはいま少し承認しやすいものとなるのだが）。さらに、右の引用で最も重要な概念である「大きな権威」についての私の考えは、これは明らかに決定的に異なる。私もまた人が「ウソをつかない」「ウソをつく気がおこらない」という世界を遠望する者であるが、それは私の術語では、あくまで「大きな権威」ではなく、たぶん「人間相互の盟約」に拠ってのみ成立可能な状態なのだ（これは、シモーヌ・ヴェイユによるフランス大革命のキリスト教的――カトリック神学的批判に関わる、最首氏と私との評価の隔たりにも、おそらく通じるものがあると思う）。

ただ、現在の資本主義社会の世界像を確実に超える――すなわち「思想」の未来に属するいくつかの思考の回路の一端が、この最首氏の考察には提示されているという意味では、私はこれらは極めて重要な示唆に富んでいると考える。

一方、それでは松下氏は、何を提言しようとするか？

電力が絶対不足になるのだという。九州管内だけでも、このままいけば毎年出力五十万キロワットの工場をひとつずつ造っていかねばならぬという。だがここで、このままいけばというのは、田中内閣の列島改造政策遂行を意味している。（略）しかも悲劇的なことに、発電所の公害は現在の技術対策と経済効率の枠内で解消し難い。そこで電力会社や良識派と称する人びとは、「だが電力は絶対必要なのだから」という大前提で公害を免罪しようとする。（略）本当はこういわねばならぬのに――誰かの健康を害してしか成り立たぬような文化生活であるのならば、その文化生活をこそ問い直さねばならぬと。

（第四章「暗闇の思想」）

あるいは本書の表題『暗闇の思想を』には、少なからぬ誤解を受け手のあいだに先入観として醸成する側面があったかもしれない。〝発電所建設に反対〟〝「暗闇の思想」を〟という、読者に容易に思い描かれやすい図式は、そのすぐ次のくだりで著者自身が否定している次のような皮相な反論を招来することも、往時、決して稀ではなかったろう。

じゃあチョンマゲ時代に帰れというのかと反論が出る。必ず出る短絡的反論である。現代を生きる以上、私とて電力全面否定という極論をいいはしない。今ある電力で成り立つような文化生活をこそ考えようというのである。日本列島改造などという貪欲な電力需要をやめて、しばらく鎮静の時を持とうというのである。（同前）

続く「電気事業連合会」（全国九電力連合組織）の広告に漲《みなぎ》る情報操作・輿論《よろん》操作の意図の欺瞞を、松下氏が逐一論破してゆくくだりは圧巻である。

いうまでもなく電力需要急増の主因は、鉄鋼、非鉄金属、セメントなどの大手産業である。九電の四月の電力需要は、前年同月比の伸び率戦後最高の急増であるが、その主因は新日鉄大分製鉄所のフル操業と、三井アルミナ（北九州）への売電にあったのだ。

このような肥大産業を野放しに成長させる限り、電力需要の急増はとめどない。「電気事業連合会」などの電力危機キャンペーンは、そのような点にはいっさい触れずに、巧みに家庭需要の急増のみを宣伝して、停電の不安をかき立て、私たち反対運動グループの孤立化を意図しているのである。（同前）

ここに到って、松下氏の「暗闇の思想」が、決して脱政治化された、狭義の〝環境保護〟運動の呼びかけなどではないことが明らかになる。それは明瞭に、不当に蓄積された「富」の再配分、無数の不均衡をなくす社会システムの再構築を視野に入れた、現在ある資本主義の彼岸を望む省察であることが、その実現可能性への濃密な予感をすら伴って理解されてくるのだ。

それらは、では既存のどのような思想と隣接したものとして構築されているのか。

マルクス主義が問い直され、批判を受け、刷新されねばならないことに疑いの余地はない。だがそれは、マルクス主義のブルジョワ批評家たちが行なってきたのとは、まったく正反対の意味においてでなければならないだろう。なぜなら、マルクス主義にとって産業資本主義の生産様式や近代ブルジョワ社会の基本構造との断絶は、決して徹底したものとは言えなかったからである。（略）ほんの一、二のフレーズを除けば、『資本論』のなかには、「生産力の発展」が自然環境を破壊することで人間の生存を危うくすると解しうる個所は、なきに等しい。

（ミカエル・レヴィ「〝現存社会主義〟の危機に関する十二のテーゼ」第十テーゼ／《Monthly Review》ニューヨーク、一九九一年五月号／拙訳）

「人は、生まれるまえに死ぬことなどできない。共産主義は死んでいない。なぜなら、それはまだ生まれていないのだから。このことはまた、社会主義についても同様である」――という一種パセティックな書き出しがいっとき人口に膾炙《かいしゃ》したこの論文「〝現存社会主義〟の危機に関する十二のテーゼ Twelve Theses On The Crisis of “Really Existing Socialism”」は、掲載誌の発行月を見ても分かるとおり〝社会主義の敗北〟〝資本主義の勝利〟〝東西冷戦の終焉〟が喧伝されるまっただなかの時期、それに真っ向から反論し、本来の「社会主義」「共産主義」と筆者が考えるものを擁護する目的をもって書かれた。筆者ミカエル・レヴィ Michael Lövy 氏は、当時パリ科学研究ナショナルセンター社会学研究主任だったという。

「まだ生まれていない」と言われつづけるかぎり、そのかぎりにおいて無期限に一種の支払猶予が担保され、免罪符は万能の効力を失わず、つねに次に来たるべき〝真正の社会主義〟によって旧弊な

「社会主義」全般の無謬は証明されうるであろうという——それはそれで一つの予定調和的な不可知論の陥穽に絡め取られてしまいかねない危険を、こうした主張は明らかに残してはいる。

しかし、その主張する「マルクス主義」解釈や「社会主義」「共産主義」の擁護に賛同するかどうかは別として、ともあれいま少し、レヴィ氏が提示する現在の世界状況の素描を眺めてみよう。

さらに、ブルジョワ文明との断絶を徹底するためには、マルクス主義はエコロジーやフェミニスト運動、解放の神学や平和主義によって提起された実践的、かつ理論的な挑戦を統合することができなければならない。これは新たな文明のヴィジョンを要請するが、それは、同根の生産力の国家管理された発展に基礎を置く産業資本主義システムの単なる発展版であってはならず、使用価値と民主的な計画に基礎を置く新たな生活の方式とならなければならない。再生可能なエネルギーとエコロジー的な配慮、人種や性の平等、兄弟愛・姉妹愛、そして国際連帯——。

（同前／第十一テーゼ）

これらがただちに松下竜一氏の「暗闇の思想」と合同のものだとは、私も言わない。しかしここから「豊前環境権裁判」へといたる松下氏やその盟友たちの闘いが〝現存「資本主義」〟への根底からの問い返しを含むことも、また疑いの余地はない。

私がそんな発言をする時、多くの人が世慣れたしたり顔で薄笑いする。「まあまあ、世の中はそんな理想論ではいきませんよ。そもそも作家が政治や経済や科学技術に口出しすることが無理なんじゃありませんか。そんなことより、あなたは立派な小説を書いてごらんなさい」ろくな小説も書けぬ地方作家の私は、そんな皮肉に痛くしょげはするけれど、さりとて口出しをやめるわけにはいかないのだ。

（第三章「環境権訴訟をすすめる会」）

一体、「政治や経済や科学技術に口出しすること」もなしに書かれうる「立派な小説」とは何なのか。なるほど、千篇一律の通俗メロドラマか、垂れ流しの身辺雑記報告、浅はかな床屋政談的社会批評まがいか、そうでなければ赤潮のごとく周期発生する性懲りもないモダニズムのたどたどしい片言、そのなれの果ての舌足らずな劇画的〝新感覚派〟……それらに埋め尽くされ腐り果てた制度的「日本文壇」に、たしかに濫造された〝立派な小説〟は溢れていると――そうも言えなくはない。

だが、このように松下竜一氏を揶揄する世故にたけた〝助言者〟たちは、（「地方作家」という概念はともかくとして）松下氏の真の作家的野心の巨きさになど、もとより思い及ぶはずもなかったのだろう。疎ましい話である。

では――資本主義の彼岸には、何があるか？

それはおそらく〝現存「社会主義」〟でもなければ、その形式的な延長上の〝来たるべき「真正」社会主義〟でもない。かといって原始共同体的農本社会でもなく（そこに、いまさら戻ることは人間には不可能だし、また何より戻るべきでもない）――まったく新しい産業構造に立脚した、未聞《みもん》の、「人間」という概念そのものの根本的な問い返しを要請する共同性の関係にちがいない。

そしてこの巨きな主題は、今も、さらに未来に向けてはいっそう、私たち自身の探求すべき対象として残されている。

〔一九九九年七月脱稿〕

人が人であり続けるための闘い
――『五分の虫、一寸の魂』

論攷《ろんこう》の劈頭でのっけからこんな文言を書きつけるのは身も蓋もない話であることは、私とてよく承知しているつもりだ。しかし、この『五分の虫、一寸の魂』は一種奇怪な〝失敗作〟である。それは、この作品が小説として――それも、どうやら「ユーモア小説」として書かれているらしいにもかかわらず、面白くないからだ。本書「文庫版のためのあとがき」に表明されている作者の「戯文調」「戯作」への志向は、残念ながら空回りしている。

もともと私はユーモア小説や滑稽小説、ナンセンス小咄《こばなし》、ファルスの類が決して嫌いではない人間である。だが本作『五分の虫、一寸の魂』において、作者によりユーモアやギャグとして造形・提示されているらしいものは、先行する他の巻の巧まざる――しかしときとして抱腹絶倒の笑いを惹《ひ》き起こすそれらに較べ、擽《くすぐ》りのあざとさが突出し、必ずしも所期の効果を十全に発揮していない。むしろ作者が読者を「笑わせよう」と力を込めている部分ほど、私にとっては妙に鼻白むものを覚える作用を結果的に果たしていることが少なくない。

一つだけ、例を挙げる。本書・第一章での「受忍限度論」をめぐる記述で、松下氏が「ひそかに好きな女性週刊誌的比喩」（この言葉の適否については、いまは触れない）として用いるアレゴリーはどうか。明らかに本書を「ユーモア小説」たらしめんとする、その一環として取り扱われているらしい思考のここでの展開は、まず第一に論理として精確でない。かねて指摘しているように、「自然」を「女性」性との関連で語ろうとする姿勢は、松下竜一氏の根深い瑕疵《かし》の一つである。しかも本書のこの「週刊誌的比喩」の場合は、著者のそうした世界観の問題以前に、いわば、これまで試みてこられたのと反対の側から、その短絡性を示してしまっている。

「泣く泣くA子嬢は訴えて裁判となる」（第一章「チョーとケンとは大違い」）――こんなふうに書いてしまう者は「性暴力」というものについてなんら理解していないことを同時に自ら告白してしまっているに等しい。その惨たらしさ、重層的な非人間性について――。つけ加えるなら、これは〝今日の目から見れば不適切な表現〟といったものとも、根本的に次元を異にしよう。また、それが「自然」「環境」の比喩として語られてしまうとき、事態はいっそう歪み、深刻となる。〝ユーモア〟であるとして扱われているらしいこれらは、むしろ人の心性の克服されるべき卑しさと密接な位置にある。

そのほか、本書に鏤《ちりば》められた少なからぬ〝諧謔〟は、前述の場合ほど顕著ではないにしても、総体としてある貴重な〝記録〟たる可能性をも秘めた本書の中で、実は最も早く腐蝕してゆく部分であるにちがいない。また主として「法廷」の場で展開されるある種の「ユーモア」は、本書の作品としてのリアリティを――ちょうど楽譜に指示された音符を再現した音が、単に物理的な音の羅列ではない「音楽」となるためには、その内部を貫流する強靭な「歌心」が不可欠であるのと同じように、単なる散文が「小説」となるためにも要請される基本的な要件を決定的に損なってもいる。「事実」の「虚構化」という作業にまつわるこうした傾向は、結果的に一篇の「小説」という容れ物が支えうる次元を逸脱して、しばしば書かれようとした事実そのものの現実感や重みの方を過剰に稀釈してしまっているのではないか。

ではそうだとして、しかも本書に書かれている内容の〝真実らしさ〟、作品世界は何によって支えられているのか。それは「作品」の内部からではなしに「外部」から支えられている。端的にいうなら『五分の虫一寸の魂』のリアリティは『明神の小さな海岸にて』や『豊前環境権裁判』――ないしは『草の根通信』連載の一連の〝私小説〟的エッセイ群によって、あらかじめ担保されているのだ。したがって、それらを読んでいる者といない者とのあいだでは、本書の「受け容れやすさ」に明らかな隔たりがあるだろう。

その意味では、実はこの作品は松下氏のこれまで見てきたあらゆる「私小説」より、言葉の本来の意味でいっそう「私小説」的であり、なおかつユーモア小説として失敗しているばかりか、「私小説」としても破綻している。本書の読者の大半には、文中に登場する、たとえば「梶山得二郎」が梶原得三郎氏であり、「鍋井勘介」が釜井健介氏であり、「常東俊介」が恒遠俊輔氏であり、「井頭隆文」が伊藤龍文氏であり、「町崎義治」が市崎由春氏であることが一目瞭然であり、そしてこれら各氏や、多かれ少なかれここに描かれた事柄を直接現実的に知る人びとは、その対象との距離の度合いに応じて、それぞれ微妙な気恥ずかしさや照れ臭さを覚えるに違いない。しかも、唯一、本名(?)で登場する作者自身の描かれ方は、一見自己戯画化されているようで、しかし一連の〝松下センセ〟物の系列に較べても、必ずしも成功しているとは言い難い中途半端な状態にとどまっている。

――にもかかわらず、それらすべての弱点の上で、本書にもまた、たしかに重要な事実と思考とは提示されてもいる。先回りしていっておけば、これは松下竜一氏自身が、単なる「作家」ではなく、ほかでもない「ノンフィクション作家」と自己規定していることと、実は深く関わってくる問題かもしれない。

私が重要だと考えるのは、たとえば次のような部分である。

ぼくは、この告訴状を一読した時あっけにとられ、それから噴きだしてしまった。権力を相手に闘うはずの革新地区労が、いかに自分たちが民主的革新組織であるかを、懸命にケイサツに訴え、その理解を乞うているのである。しかのみならず、折りしもの日教組弾圧に際して、文部大臣が国会で答弁して全国的な憤激を呼んだ「一罰百戒の精神」なる支配者的用語を、革新的地区労が発しているに至っては、その無定見も漫才めくのである。

（第三章「隊長、告訴さる」／傍点、すべて原文のまま）

これに先行する、「中津警察署警備課長」とのやりとりは、どう考えても「小説」としての最低限のリアリティすら根本的に欠如した、一種空疎なテキストに終始している。その空ぞらしさは、常識的にいうなら作品としての明らかな失点にほかなるまい。だが、にもかかわらず、しかも右に引いた松下氏の見解には、一本、しゃんとした筋が通っている。というのは、ここでの松下氏は、自らを「告訴」するがごとき労働組合の思想的衰弱・党派的頽廃に対し、本気で憤っているからだ。その本気の憤りが、作り物の「戯作調」の枠を超えて読む者に伝わってくるのである。あまり似合わない「虚構」の衣の綻《ほころ》びの下から、つい、松下氏自身の「ノンフィクション作家」としての強靭な文体の鎧《よろい》が露わになっているのだ。

これは本書で何箇所か、作者が当初、自らに課したはずの方法の禁を破ってまで、ほんとうに語りたいことを語って見せる場面であり、調子外れのファルセットの掠れ声が中身の詰まった地声に図らずも戻った瞬間である。そのせいかどうか、それに続く「書類送検」をめぐるやりとりは、したがって本書の「笑い」のなかでも最も成功したものの一つとなるだろう。

また、たとえば「誰彼をつかまえては、『ケンちゃんな、タダで幼稚園に行きよるんよ。エライやろ？』と得意げにしゃべる」（第四章「哀愁の〈花のトリオ〉」）息子の描写なども、本来の松下氏の声帯に最も合った音域での「歌」であるにちがいない。本書でも屈指の、心に沁みる部分である。おそらく松下竜一氏は、当今の軽挑浮薄な、湯垢のごとき「戯作調」「戯文」に淫し徹するには、あまりにも正直すぎる人なのではないか。

以下、「本論」に入る。

> 権利のための闘争は権利者の自分自身に対する義務である。
> （R・V・イェーリング『権利のための闘争』第一章「法の起源」一八七二年／小林孝輔・広沢民生訳／日本評論社刊／傍点は訳文のまま）

> 世界中のいっさいの法は闘いとられたものであり、すべての重要な法規は、まずこれを否定する者の手から奪い取られねばならなかった。
> （同前／第三章「権利者の自分自身に対する義務としての権利のための闘争」）

以前、『いのちき　してます』についての「『生活者』が『運動者』となるとき」でも、私は松下氏らの「豊前環境権裁判」を、ブルジョワ法的制約のなかで可能なかぎり「法」と「市民」との関係を闡明《せんめい》しようとする試みと定義した。本書『五分の虫、一寸の魂』における「濫訴」の概念もまた当然、こうした文脈において理解されなければなるまい。「法」を前提とする限りにおいて、「濫訴」は当然の「権利」の行使であり、また行使されつづけることにおいてのみ、かろうじて「権利」は保障されつづける。「スト権スト」とは決して噴飯物の矛盾などではなく、実は「権利」の極めて原型的なありようを指し示す概念なのだ。

そのとき、「法」に対する「市民」の位置は、たとえばジャン＝ジャック・ルソー風の「自然法」

や「天賦人権説」の一種受動的・客体的な庇護対象である次元を超え、むしろ極めて能動的・主体的な責任性を帯びたものとなる。ここで『明神の小さな海岸にて』に松下氏自身が引用している、ある思想家の言葉を思い起こすことも無意味ではない。

　……原理的に〝法が人間の自由をまもる〟ことは不可能で、〝人間の自由だけが法をまもれる〟からです。
　　　　（『明神の小さな海岸にて』第一章「住民の論理」／傍点、原文）

故・前田俊彦氏が自ら発行する『瓢鰻亭《ひょうまんてい》通信』一九七四年一月五日号で示した、これが「〝客〟の自治」の思想である。一見、奇矯な逆説めいて響くこの言葉の、しかし間然するところのない鋭敏な思考は、人間にとっての「法」の既成概念を組み替えるものであるばかりでなく、その当然の結果として、一つの新たな社会像を遠望する可能性をも秘めたものだと言えよう。

「権利」は、主張されるところに初めて成立する。「法」は、人間の「自由意志」の裏打ちを受けて初めて機能し始める。それにしても、それらはなんと一人一人の生身の人間の、個別の、一回性の生存をかけた闘いによってのみ、かろうじて存続・維持されてきたものであったことか。

　豊前火力発電所建設反対闘争をつづける松下氏らのもとに、ちょうどそれと同時並行する形で、北海道で伊達火力発電所建設反対闘争を闘っている人びとから、電報が届く。

　「一四ヒ　ホクデンハ　キドウタイヲツカツテ　キヨウコウチヤツコウシタ　ワレワレハ　ケラレ
　タタカレ　サンザンノメニアツタガ　ニクシミハモエ　ハンタイハノイキハ　ギヤクニケンコウタ
　ルモノガアリ　コンゴアラユルシユダンヲツカツテ　ダテカリヨクフンサイマデ　チリヨクトタイ
　リヨクノカギリヲツクス　トモニテヲタズサエテ　ガンバロウ　ダテカンキヨウケンソシヨウノカ

イ――」

（『暗闇の思想を』第五章「孤立の底で」）

新潟県黒井の火力発電所建設反対運動の指導者は、こう語る。

まだ口舌に麻痺後遺症の感じられる熊倉会長が、もどかしそうに激しく語った言葉のひとつひとつが、気弱な私を刺し抜いていた。
「最後は身をはがれても、何をまとう物もなくなっても、われはやるぞと、そういう団結をするにはまず、中心に立つ者はですね、己をむなしうするということです。自分のふところ勘定をしている者では絶対に出来ないんだよ、これは！」

（同前・第四章「旅、ひとりの」）

さらに松下氏は、むの・たけじ氏の言葉から触発され、次のように記す。

発電所建設反対運動に結集する我らは、被支配者としての思考に徹することでしか、その論理を築きえないだろう。とにかく自分の棲むこの地域を守りたいのだ。「国の発展」なんか知ったことか。それに必要な貪欲な電力需要なんか知ったものか、（略）
私たちのそのような「開き直り」論理で、いうところの「電力危機」が到来するなら、むしろ到来せしめればいいのだ。その時はっきりしてくるに違いないことは、私たち民衆にとって電力危機即日常社会の破局ではないだろうということである。（略）
……まさにこのように考えてきて、「電力危機」こそ支配者的思考なのだと気付く。なぜなら、電力不足到来がさして私たちの危機ではないのだとわかれば、危機の正体は、今しきりに危機をいい立てている者たちにとっての危機だとわかってくる。

　そのように、支配者にとっての危機を、あたかも被支配者である私たち民衆の危機の如く受けとめて、支配者的思考に迎合していく短絡は、どうして生まれるのかを考えていけば、それはどうやら「教育」に根があるらしいと見えてくる。ひょっとしたら学校教育の大きな部分は、被支配者に支配者的思考を吹きこんでいく努力についやされているのではないかとさえ思えてくる。

（同前・第四章「舌で味わってほしい」）

　では、支配者的思考を峻拒するとは、どういうことか？
　このとき、問題は不意に、これまでの思考過程が築き上げてきた論理のいっさいを、根底から覆すかに思われる局面に逢着する。

「私は断じて権力構造には同化したくないのです。支配者たちの生活様式に対して憎しみを抱きます。……本当にですね、人権と生命を守るには私たちはまず法と秩序を否定しなくてはならないのです。なぜならば、この資本主義社会における権力構造を支えているのが法と秩序である以上、それを否定しきらないと、けっきょく権力構造に同化していかざるをえないからです」
　明神海岸の地べたに数枚のムシロを敷き、私たちはカネミ油症患者紙野柳蔵さんの話に聴きいっている。
「……けっきょく、裁判に訴えて被害補償額を決めてもらうことは、自分の命に値をつけてもらうことでしょう、自分の命を売ることでしょう。さらには親の命を、子の命を私物化して売ることでさえあるでしょう。こんなことが人間の尊厳として許せますか。そう考えた時、私はですね、裁判をおりざるをえなかったのです。……私はもはや金は要求しない。金は支配者の持つ物であり、私たちは乏しくてもいいのです。

「では、金を要求しないで何を要求するのか。私は何も要求しません。無要求の運動です。……しいていえば、非人間化されたものを取り返したいと思います。私たちを疎外してきたものを問いつめてみたいのです」

私は三度ほど北九州市の紙野さんの座り込み小屋を訪れたことがある。世間並みな生活を断ち切ってしまった路傍の小屋生活の中から考え抜かれた紙野さんの一語一語は、「お前は私生活を捨てうるか、お前は物質的生活を捨てうるか」と、逃げ場のないまでに問い糾してくるようで、私をたじろがせる。

(『明神の小さな海岸にて』第四章「権力の共謀」一部略)

このカネミ油症患者の極限的な思想が、おのずと私に思い起こさせるのは、いま一人の企業犯罪の被害者——ある水俣病患者の存在である。

若年の患者で、しかも患者運動総体を牽引《けんいん》する力量を備えた、水俣病認定申請患者協議会会長の緒方正人が、一九八五年末に会長を止め、申請までも取り下げた背景には、チッソが、「責任をとる、とらない」の現場から遠く逃亡《とうぼう》してしまい、患者と地方・国家行政との間の攻防《こうぼう》を他人事のように見ている事態に対する憤《いきどお》りが直接にあることはいうまでもないだろう。しかし間接には、チッソのみならず、水俣に有形無形にかかわる者たちが、この巨大な重層的被害の責任をとることは何《なん》人《ぴと》にもできないと直覚《ちょっかく》しながら、しかも、「責任をとれない」ことの重大性について考えを深めないことに対するいらだちがあると思わないわけにはいかないのである。

(最首悟『明日もまた今日のごとく』「緒方正人の思想と行動」一九八八年、どうぶつ社刊/ルビは原文のまま)

これは、一体どうしたことなのか。「権利」の主張に始まったはずの営為が、ある種の論理的・倫理的臨界点を超えた瞬間、不意にその「権利」の全的な拋棄へと収斂してしまうかのような現われを示すという、この矛盾は――。

実は紙野柳蔵氏は、引用した前掲のテキストの省略部分において『聖書』に基づくキリスト教的世界観に自らが立脚していることを示唆している。また緒方正人氏の九〇年代に入って以降の「水俣」の位置づけ、統一体としての「自然」の一部としての「人間」観に関しては、私は必ずしも全面的に賛意を表するわけでもない。それらいずれもが、既存の宗教、ないしは自らの内部の「宗教」的領域に企業犯罪の問題の最終的救済・解決を「委任」しようとする兆候は、かねて私の危惧するところのものだ。

「救済」も「解決」も、いっさいはあくまでこの地上での政治的・歴史的構図における問題にほかならず、その全体が明らかにされ、たとえ現実には決定的に不可能であるにせよ、その「責任」の追及が試みられ続けてゆくのもまた、この地上においてでなければならないのではないか。「法」という概念を真に厳密に取り扱おうとするとき、そこにはいかなる意味でも「宗教」を――〝超法規的〟概念の存在を紛れ込ませてはならないのではないか。すなわち、「世界」には、「人間」以上の存在はあり得ないという認識に達したとき――すべての「責任」は人間の主体性において担われなければならないという盟約が成立したとき、初めて「〝法が人間の自由をまもる〟ことは不可能で、〝人間の自由だけが法をまもれる〟」（前出／前田俊彦）という思想的地平が到来するのではないか。

　自分の権利を主張する者は、自分の権利という狭い枠内で、法そのものを防衛することになる。
（前出『権利のための闘争』第四章「社会に対する義務としての権利の主張」同前／傍点は訳文のまま）

県警が大分地裁に提出した覚せい剤取締法違反事件の鑑定書が、当番弁護士の派遣要請を無視したことなどを理由に、「違法収集証拠」と却下された問題で、市民団体「当番弁護士の無料救急活動を支援する市民の会・大分」（二宮孝富代表）のメンバーは一日、抗議のため県警本部を訪れた。

同会は被疑者の人権への配慮などを求め（一）抗議文の（略）手渡し（二）抗議場面の報道陣への公開を要求したが、県警側は（一）事前連絡がなく、抗議内容を検討してからでないと受け取れない（二）警察官にも肖像権があり、報道陣に公開できない——と拒否した。このため同会は「話し合いができない」として約一時間後に引き上げた。梶原得三郎事務局長は「抗議文の郵送などを含めた別の抗議方法を考えたい」と話している。

（西日本新聞一九九七年九月二日付・大分版／「当番弁護士市民の会」の抗議文、「事前連絡ない」と県警受け取らず）

梶原得三郎氏が地域で、人権擁護を主眼とした活動に携わり、その事務局長を務めていることも、おそらくこうした経験に由来するものだろう。

ここで私はひとつのことに気付くのだが、埋立てに抗する論理がもうけの比較を峻拒することと同じ意味において、風景の評価にも位階をつけてはならぬということである。（略）私の意識の中で、まず火の山阿蘇と明神海岸とが等価値にならなければならぬのである。そういい切ることにたじろぎがあれば、必ず埋立てる者の論理に組み伏せられていくだろう。

（『明神の小さな海岸にて』第一章「すぐれた景観とは？」／傍点は原文のまま）

それにしても、松下竜一氏にとっての「運動」とは、そもそもどのような営為として位置づけられているのか。一連の営みの起源にあたって、とりたてていわゆる「政治運動」ではない始まり方をしているにちがいないはずのそれは、けれどもある段階から決して狭義の功利主義的な「市民運動」の枠に自足することもしていないようだ。というのは、とりわけ日本の場合の「〝市民〟運動」は、欧米のそれ以上に、「政治」的な営みが頓挫した後（頓挫させられた後）の、本来のそれとは似て非なる代替物――「獲得闘争」としての側面があまりにも強いようにも感じるからだ。これは、いまだ「市民革命」を経ていない国に、果たして「市民運動」が成立しうるか、という問題でもあるだろう。

「……どうも、運動するということは、こんな効率の悪い、あるいは全然意義のないような、そんな行動に徹底的に耐えて積み重ねることとしかないんじゃないかという気がしてならないんです。ゼロ＋ゼロ＋ゼロがある日突然五になり六になって生きてくるんだという気がするのです。……どうも理屈では説明つけられないんです。無駄みたいな行動を黙々とやりとげるうちに、それが分かってくるんです」

（『暗闇の思想を』第五章「知恵と行動を尽して」）

こうした地を這うが如き模索は、ときとして、そこに参加する人びとに鮮烈な「場面」を経験させる。

遠い海浜の町まで歩いて行く途中、外灯の明かりでこのビラを読んだ水産大の学生たちが足を止めた。この日、彼らは下関から十人も駆けつけていた。

「松下さん、ぼくらこのビラは配れません。このビラは漁民蔑視です」

（同前・第六章「裁判長教えて下さい」）

これは、真の思想と闘いに要求される「倫理」の厳しさを再確認させる、『暗闇の思想を』のなかでも忘れ得ぬエピソードである。

「豊前火力阻止・反公害青年集会」が終わった夜半、松下氏や梶原氏は支援に駆けつけた学生たちと、とある漁協へ「ビラ入れ」に赴く。〈反対ひと声、一〇倍に上がった！〉という見出しのそのビラは、「けっきょく、一番先にあっさりと賛成して安い補償金を呑んでしまった皆さんが、一番馬鹿をみたのではないでしょうか。／さあ皆さんも反対の声をあげてガンバリましょう！　まだ遅くはありません！」（同前）という内容のものだった。豊前火力発電所建設に際しては、いち早く漁業権抛棄の賛成調印を済ませながら、隣接する漁協が反対決議を維持するうち、彼らへの補償金がつり上がってゆく状況を〝逆利用〟して、いま一度、くだんの漁協にも「動揺」をもたらそうという、いわば攪乱《かくらん》戦術的な挙に出ようと図った結果である。

そう突きつけられると痛かった。そのやましさゆえに、このビラには私たちの会の名を入れてないのだ。

「うん。そういわれると一言もねえけどなあ。……しかし、やはり時にはきたねえ手も使わにゃならんのじゃないか。椎田で稲童で、これまで入れてきたまっとうなビラがけっきょく九電の札束攻撃の前に、なんの役にも立たんじゃったのは事実だし……」

衰えをみせぬ雨足に打たれつつ、私たちは夜の路上で突っ立ったまま円陣を組んで討論を始めた。（同前）

この「討論」で松下氏らは、さらに別の学生から「政治」の弁証法そのものを体現したかのような根源的な批判を振り向けられる。

「ぼくにひとことといわせて下さい」

京都大学から駆けつけている佐々木君がいいだした。

「要するに、こういうことになるんじゃないですか。かりに、このビラで宇島漁協に動揺が起きた時、それをこちらの運動に巻き込む力量がわれわれの側にあるかないかということだと思うんです。もしその自信があれば、ぼくはこのビラを入れてもいいと思う。その力量がないなら入れるべきじゃない。なぜなら、九電はたちまち補償金を何倍かにつりあげて抑え込んでしまうでしょうし、そうなればもう完全に終わりですから」

その指摘はこたえた。たとえ宇島漁協に動揺が起きても、それを私たちの運動に巻き込む自信はないのだ。あれほど頻繁に入りこんだ椎田でも、ついに同志となる一人の漁民すら見つけえなかったのだ。　(同前)

結局、この討議は「わしたちはそこまで考えんじゃったなあ。ただもうあせって、なんとか少しでも漁協の決着を引き延ばしたかっただけで……せっかくこれまでまっすぐな運動をしてきて、今になって会の名も入れられんビラを出そうとしたんは間違いじゃったなあ。よっしゃ、やめて引きあげよう」という梶原得三郎氏の「潔癖な」言葉で打ち切られ、松下氏らは「雨の中を引き返してい」く。

ここでのやりとりは、私がこれまでも引いた『明神の小さな海岸にて』第二章の「問答」におそらく匹敵する、清冽な緊張感をたたえている。しかも今回、この人間の尊厳を賭けた「討論」での松下氏の位置は、『明神の小さな海岸にて』で氏自身が魂の自由や真の政治的行動の意味を高らかに開陳したときとうって変わって、その妥協的・弥縫《びほう》的な〝戦術〟の抱え込んだ深い陥穽を徹底して批判される立場であり、その心情はこの上なく苦く索漠たるものだったはずだ。

私は、くだんのやりとりでの佐々木氏の主張の根拠は、現に松下氏が引いている以上のものだったのではなかったかと推測している。それは「漁民蔑視」を「漁民蔑視」でなくす回路の成否を検討し尽くしながら、この場合、ついにそれが不可能であったことの冷厳な認識に由来しているのだ。

だが、自らに向けられた若い同志らの真摯な批判を克明に記録する松下竜一氏の誠実さも、それ自体、疑いようがない。そして私もまた読者として、この「場面」に立ち会えたことに深い感銘を受ける。こうした「討論」が成立したという、その事実そのものに――。なぜなら、それは実は決して闘いの一過程ではなく、実はそのこと自体が闘いの根拠であり、本源であり、「目的」にすらほかならないからだ。人が人であり続けることの意味であるからだ。そして、こうした厳しくも清冽な内部の思想闘争に鍛え抜かれた、あくまで支配者的思考を峻拒する志向は、稀有の書『明神の小さな海岸にて』に記録された闘いへと――ここから、深化・発展してゆくこととなる。

豊前火力発電所建設が認可され、九州電力による強行着工を目前に控えたその時期、松下氏は内省する。

今、私の胸に鋭く響く言葉がある。「裁判を進めつつ、現実には伊達火力はもはや建設され始めていますね。そのことに動揺はありませんか」という私の懸念にきっぱりと答えた伊達の医師斎藤稔さんの言葉である。

「ぼくらは、建つ前も反対だったし、建ち始めても反対だし、煙を吐き始めても反対するのです」

(『暗闇の思想を』「後記」)

そう、「反対」に終わりはない。これは人が人であり続けるための闘いなのだから――。

〔一九九九年八月脱稿〕

〝いわれなき「差別」〟とは何か？
――『檜の山のうたびと』

本書『檜《ひ》の山のうたびと』の「解説」を綴るにあたっては、いま私の心に深く影を落としているいくつかの問題から先に確認しておきたい。いずれも、とりあえず直接には本書を貫く重要なモチーフである「病」――ハンセン氏病に関わる事柄である。

「恵楓短歌」が敗戦後いち早く復刊したことでも察せられるように、「檜の影」の歌人たちには、敗戦は少しも致命的な打撃ではなかった。なぜなら、もともと彼らは心からの翼賛思想を抱いてはいなかったゆえに、師斎藤茂吉の如く頽《くずお》れるような大きな挫折感はなかったのだ。（三「詔勅」）

松下竜一氏のこの指摘は、続いて引かれる伊藤保の「義足解きて肉《しし》のかた寄りし足を揉みけさはねむごろに油塗りをり」の歌などとともに、興味深い論点を含んでいる。（ただし私自身は、斎藤茂吉にも、真の意味で「頽れるような挫折感」など、なかったような気がする。それは同じく「戦争協力文学者」たる高村光太郎や三好達治においても同様であったろう。彼らは単に自らに加えられる指弾を恐れただけであり、もともと真に「頽れる」べき自己すら持たぬ「日本的」な人びとに、そもそも「頽れるような挫折感」など到来するはずもなかったのではないか）

いかにも、むしろ敗戦は、より直截に本書の主人公たちには明らかな一つの〝光明〟だったに違いない。同時期にナチス＝ドイツ第三帝国が「障碍者」や「病者」に対して採っていた「T4（テー・フィーア）作戦」のような政策ほど顕著ではなかったにせよ、たとえば〝救癩の聖父〟光田健輔（一八七六～一九六四年）が長島愛生園の収容者たちに垂れていた「訓示」は、その国家主義、その優生思想において、同根のものであったのだから。

療養所の患者たちが、とりわけ平和の問題に敏感なのは、それなりの切実な理由がある。もし再び戦争という非常事態になれば、〈非生産民〉として一番先に切り捨てられるのが彼らであることを、あの暗い大戦でいやというほど知り抜いているからである。（九「空墓」）

なぜなら、冷酷にいえば、彼らが国策に協力する究極の道は唯一つ、ライ患者はすべて早く死に滅ぶこと以外になかったからである。生きてお国のための道を模索するよりは、死んで国の費《つい》えを軽減すること以外にないはずであった。（三「菊池恵楓園」／傍点は原文のまま）

したがってこれら、著者の指摘は全面的に正しい。

だが同時に、松下氏はまた戦中の菊池恵楓園「檜の影」歌壇を主宰した伊藤保の苦衷を、こう忖度《そんたく》もしなければならなかった。

その一点を避けて文章のつじつまを合わせるため、伊藤はいかに苦慮したことであろうか。

しかも伊藤は、「檜の影」歌壇の代表として、公的にそのような文章を要求される立場にあったのである。そのような文章をかかげることによってしか、「檜の影」の発刊は園側から許されなかったはずである。
（同前）

そして敗戦がやってきた。その敗戦とともに、今度は天皇がやってくる。

菊池国道で突然車を止めて患者たちに言葉をかけた天皇の個人的優しさで免罪されるには、天皇絶対制の果たした罪業は余りに大きいはずである。
（三「詔勅」）

一九四九年の時点での伊藤詠「癩を病む吾等仰ぎて泣きをれば陛下の御言葉震ひたまひぬ」を批判した後、著者はこう記す。その「免罪」の不可能性が最終的に論じられる、その譲歩の条件として措定されているという文脈からすれば、ここで松下氏はとりあえず「天皇の個人的優しさ」そのものは認めているのだろうか。

だが私はむしろ、そうした概念を実体のあるものとして認めてしまうこと自体が、あまりにも素朴すぎる日本的な寛容さではないかと強く疑うのだ。右の「個人的優しさ」はあくまで敗戦直後の天皇裕仁の「全国行幸」という見えすいたセレモニーの一環であると同時に、まさしくその突出した典型であり、当時、にもかかわらず多くの日本大衆が、むしろ進んでいそいそとそれを支持したのと同じ過ちを、ここで松下氏までが――少なくとも形の上では――踏襲しているとの思いを禁じえないのである。

本書で松下氏が綿密な菊池恵楓園取材の上に詳述しているとおり、また、東京都下・東村山市の多磨全生園に隣接して建つ「高松宮記念ハンセン病資料館」のあまたの展示が指し示しているとおり……貞明皇后は「優し」く、天皇裕仁もまた「個人的」は「優し」い――。ほんとうに、そうか？

天皇制の把握の困難さは、権力が権力として現象しないことにかかっている。権力がむき出しの形であれば、それに立ち向うことはできるが、やんわり空気のように充満しているものに抵抗はできない。権力として意識化されぬことが天皇制権力の特色である。

（竹内好「権力と藝術」一九五八年）

小林多喜二『蟹工船』と、それを原作として戦後に製作された映画『蟹工船』（監督／山村聡）、これらに対し野間宏『真空地帯』の三者を対比させながら論じた竹内の考察の、そのさらに核心を続けて引く。

たしかに国家は暴力の組織だが、その暴力を通してさえ、天皇制権力にはもっと底の深い、労働者を銃剣で突き刺すだけではあらわしきれぬ残忍なものがあるように思う。（略）天皇制には、暴力と同時に「仁慈」の反面がある。頭をなぐるだけでなく、なぐった頭を別の手でなでる。この仁慈の虚偽性にメスを入れるのでなければ、天皇制の本質はつかめない。

（同前）

どうしたわけか。締め括りに出てくる〝名文句〟――「『トルソに全ギリシアがある』ように、一木一草に天皇制がある」が人口に膾炙してきたのに較べれば、それよりはるかに内容的には重要なこの前段は、ほとんど論及されることがない。その事実は、これら「仁慈」の縮小再生産されたイミテーションが、今日〝反「天皇制」〟を標榜する運動や思想のなかにすら抜き難く存在しているという憤ろしい現象の、実は結果でも、また原因でもあると、私は考えている。

「あの日、数限りなく散った若桜、その花吹雪のあまりにも純真な崇高な姿に涙を惜しまなかった私達、今その花々を土足をもってふみにじる人のいかに多いことか。平和な新しい日本の春にふふむ桜は、あのまことをもってこそ花開くのではあるまいか。心憎い風はともあれ、散った花々は私達の心の奥に生きている」（四「重態」）――一九四六年春、『恵楓短歌』に寄せられたという森本芙美子氏の、この一種美文調の感慨もまた、日本という国の擬似「近代」の形を如実に示している。

一体、誰が「純真」であり「崇高」であったのか？

ハンセン氏病と天皇制との関係においては、本書に見るかぎり、ただ全生園の大竹章氏による批判――「わが国が絶対的天皇制国家でなかったら、帝国主義的植民地戦争に国運を賭けるような資本主義国でなかったらどうか、それでも人民は貧しく、ハンセン氏病患者はあわれむべき存在であっただろうか」（三「詔勅」）こそが真っ当な批判であるとしか、言いようがない。

日本のハンセン病問題が終わりを迎えている今、一市民としてどう生きねばならないか、語っていかねばならない時期に、われわれはきています。かつての侵略戦争におきまして東南アジア諸国の文化や産業を破壊し、それらの国々を荒廃させてきました。その荒廃と貧困の中で、これらの地域にはハンセン病患者が多数発生しました。こうした患者の救済にあたらなければならない義務が、日本には残されているのです。

国本衛《くにもとまもる》さんは、本名・李衛《イウィ》。一九二六年、日本で生まれ、ハンセン氏病発病のため、四一年、多磨全生園に入園する。五〇年、同人詩誌『灯泥《ひどろ》』を創刊。五三年、全国療養所詩人連盟発行『石器』を編輯した。一九七四年から十年間、全生園入院患者自治会長を務め、このかん在日韓国・朝鮮人患者の年金問題の打開などに尽力する。現在、在日韓国・朝鮮人ハンセン病患者同盟委員長、全生園互助会会長。

右に引いたのは、ある講演で国本さんが語られた言葉の大意を、私がメモしたものである。日本の歴史的責任に関するこの底深い提言が、しかもその暴虐の直接被害者であった立場の方からなされていることの意味を、当の日本人たりつづけざるを得ない者の一員として、私は深く受け止める。国本さんからいただいた名刺には、本名の「李衛」が大きく刷り込まれ、日本名は「(国本衛)」と小さく添えられていた。

しかし、自らの責任を欺瞞的に隠蔽するのは――ひとり天皇制ばかりではない。

人間の尊厳は、神の前にはどんな人間でも同じ価値を持っている、という事実を根拠としています。病気による偏見・差別は、それに背くものであり、神に対する罪であります。(略)

私たちは、本総会の名で、認許された聖書に使用されている「らい病」の名称を「重い皮膚病」に読みかえると共に、日本聖書協会の聖書に用いられている「らい病」の用語の使用の廃止を同協会に求めるものであります。(日本聖公会第四十九〈定期〉総会決議・一九九六年五月二十三日付)

その後、新旧共訳の新たな『聖書』では、実際にこの「重い皮膚病」が訳語として用いられているという。なんという欺瞞か。

第一に「重い皮膚病」とは、あまりにも呆れ果てた言い種だ。そもそもハンセン氏病はその好発部位が皮膚と末梢神経であるというだけで、疾患としてはむしろ全身的なものであり、それだけを見てもこの言い方は誤っている。

また近年の聖書学では『聖書』に頻出する「癩」は、実は〝真正のハンセン氏病〟ではない、別の病なのだとする「学説」まで登場しているらしい。にわかに首肯しかねる話だし、これまでの歴史的経過を見れば、こんな弥縫策で少なくとも現在にいたるまでのキリスト教のハンセン氏病差別の問題が雲散霧消するとはとうてい考えられないが――百歩を譲って、とりあえずそれはそうなのだと、いったん仮定しよう。

しかもなお私が許し難いのは、そもそも事は「ハンセン氏病」にとどまらない、「盲《めしい》」であれ「足萎え」であれ――なんらかの「病」や「障碍」という人間の境遇を、宗教による「救済」の対象、および「回心」の契機として利用しようとすることの底知れぬ浅ましさ、惨《むご》たらしさなのだ。

イエス途往くとき、生れながらの盲人《めしい》を見たまいたれば、弟子たち問いて言う、「ラビ、この人の盲目にて生れしは、誰の罪によるぞ、己のか、親のか。」イエス答えたもう、「この人の罪にも親の罪にもあらず、ただ彼の上に神の業《わざ》の顕《あらわ》れんためなり。」

（「ヨハネ伝福音書」九・一―三、六―七／日本聖書協会版文語訳）

さてヨハネの弟子たち、すべてこれらのことを告げたれば、ヨハネ両三人の弟子を呼び、主に遣わして言わしむ、「来たるべき者は汝なるか、あるいはほかに待つべきか。」答えて言いたもう、「往きて汝らが見聞きせしところをヨハネに告げよ。盲人《めしい》は見、跛者《あしなえ》は歩み、癩病人は潔められ、聾者《みみしい》は聞き、死人は甦《よみがえ》らせられ、貧しき者は福音を聞かせらる。おおよそ我に躓《つまず》かぬ者は幸福《さいわい》なり。

（「ルカ伝福音書」七・一八―二三／同前）

このとき、たとえば「癩」を「ハンセン氏病」と言い換え、さらにそれを「重い皮膚病」と誤魔化してみたところで、なんらかの「病者」に対する差別とその痛苦の悪用として、事柄の本質にはなんの変わりもない。『聖書』が問題なのは、それが現在の「ハンセン氏病」に該当する疾患であろうとなかろうと、ある「病」を、また他の障碍や経済的疎外を、科学的・社会的・政治的努力による克服の対象としてではなしに、ただ宗教のみが〝救済〟し得る「不幸」と規定し、その偏見のなかに閉じこめてしまっているからだ。それにしても――それにしても「癩病人は潔められ」とは！

もはや『聖書』は克服され、宗教そのものが廃滅さるべき時がきている。

なおキリスト教のハンセン氏病観に関しては、本書の三「祈り」で松下氏自身も、主として『旧約聖書』「レビ記」第十三章・第十四章の記述に触れながら、その「異様」さを確認している。ただこの問題をめぐっては、本巻の「解説」として、私自身、さらに書き留めておかねばならない諸点がある。

同病の歌人・津田治子に関連して「国費消耗の民であるという永年の卑屈さからついに脱することが出来ず、この国民権利要求の闘争に背を向けた津田の如き立場に立つ患者も多かったようである。彼女の場合、闘争傍観の根には、敬虔な宗教心があったのではないかと察しられる。だとすれば、宗教も哀しい――」（六「神よりも政治」）と松下氏は書く。だが、そうした把握のしかた、「宗教も哀しい」といった文言で、果たしてこれは済まされる問題なのかどうか。そもそも「敬虔な宗教心」とは何だろう。

「無花果を食ふ天刑の名をうけて」「我を遂に癩の踊りの輪に投ず」――ほか、さらに引用すら憚る何句かが収録されているのが平畑静塔『月下の俘虜』（一九五四年）である。ここで静塔が自らを「癩の踊りの輪に投」じたと賞揚している対象もまた〝信仰の力〟にほかならない。なんという差別性か。この俳人にあって、ハンセン氏病の苦しみは、ただ〝この世で最も忌むべきもの〟に自らを「投」じさせるキリスト教信仰を讃仰する道具立てに用いられているに過ぎない。

母の死因は、歌から察するに淋病であったようである。（略）
父はライに死し、しかも保と勝代にその業病を伝染し、母もまた淋病という忌わしい病で急逝している。何かしら暗い宿命でおおわれたような一家であったと思わずにはいられない。
（一「父母」）

「死因」が淋病という松下氏の〝推察〟、また「ライに死し」という文言が精確・適切であるかについては、ここでは措く。ただ少なくとも、本書の全般にわたって用いられている、この「業病」という言葉にも、したがって実は私は抵抗を覚えずにはいられない。

「業病」とは何か。手もとの何冊かの辞書には、いずれも「悪業の報いとしてかかると信じられた難病」といった意味の説明がなされている。だとすれば「業病」という言葉にはハンセン氏病に対する、いま一つの、あまりにも不当な蔑称――平畑静塔が自分の句の悪趣味な小道具に平然と用いた「天刑病」という言葉をも想起させるものがあるのではないか。

また松下氏が、ここで「暗い宿命」という言葉を用いてしまっていることを、私はかえすがえすも残念に思う。ハンセン氏病はたしかに治療困難な疾病だった時代が長く続き、肉体的にも社会的にも否定しようのない抑圧や疎外をもたらした。だが、それは「宿命」ではない。それは「宿命」でなど、ないのだ。それは断じて「宿命」などではない。

「癩病であることの腐臭」「読むだけでゾッとさせられるような事実」「膿汁がジクジクと垂れるような、この、事実」（五「短歌至上」）といった表現にも、私は同様の印象を抱かされた。

私は君等の中から子規や啄木に匹敵する歌人が出ない筈はないと信じている。何故ならば君達は肉体的に絶望であって精神的にのみ生きねばならぬ背水の陣を既に持っているからだ。

（一「歌のはじめ」／傍点は原文のまま）

この療養所の医官・内田守人の言葉も、また私は肯《うべな》わない。この論理を敷衍《ふえん》した先には、次のような次元が待ちかまえているだろう。

「尾田さん、あなたは、あの人達を人間だと思ひますか。」佐柄木は静かに、だがひどく重大なものを含めた声で言つた。尾田は佐柄木の意が解しかねて、黙つて考へた。
「ね尾田さん。あの人達は、もう人間ぢやあないんですよ。」（略）
「人間ではありませんよ。生命です。生命そのもの、いのちそのものなんです。僕の言ふこと、解つてくれますか、尾田さん。あの人達の『人間』はもう死んで亡びてしまつたんです。ただ、生命だけが、ぴくぴくと生きてゐるのです。なんといふ根強さでせう。誰でも癩になつた刹那に、その人の人間は亡びるのです。死ぬのです。社会的人間として亡びるだけではありません。そんな浅はかな亡び方では決してないのです。廃兵ではなく、廃人なんです。けれど、尾田さん、僕等は不死鳥です。新しい思想、新しい眼を持つ時、全然癩者の生活を獲得する時、再び人間として生き返るのです。復活、さう復活です。ぴくぴくと生きてゐる生命が肉体を獲得するのです。新しい人間生活はそれから始まるのです。」

（北條民雄『いのちの初夜』／傍点は原文）

ハンセン氏病「文学」といえば北條民雄という、これはその彼の全著作のなかでも最も高名なくだりである。しかし、私はこれにも首肯しがたいものを覚える。

そもそも人間が「人間」としては滅びながら、ただ「いのち」として生き永らえる、などということがありうるだろうか。当今、また新しい形で流行しはじめている、この「いのち」とは、実はとても危険な言葉である。なぜなら、それは実にしばしば「人間」を――またその最も重要な属性である「自由」や「人権」を――相対化し、抑圧するために用いられるものであるからだ。

「いのち」という言葉の不潔な溶解性に、「人間」という概念は先行する。「人間」が尊いのだとすれば、それは「いのち」であるからではない。人間であるからなのだ。

つけ加えておくと、私は北條民雄に対し、主として二つの点から批判を持っている。第一は、前述したようにハンセン氏病およびハンセン氏病患者を意図的に「人間」という概念の外に置くことで、自らの作品の「文学」的特権性を担保している点。第二に、それと不可分の結果として、明らかに日本「近代」社会にあってなお相対的に疑いない社会的弱者・被抑圧者だったハンセン氏病患者を、自らが自分自身に「仮設」した「文壇」的――作家的特権性において〝消費〟した点である。

だが、前出の内田守人の言を「これはまたいかにも医官らしい冷酷なまでに率直な言葉といわねばならない。戦前、まさにライは不治の業病であった」と書くとき、松下氏はその内田の言葉の「率直」さを――〝時代的制約〟は前提としながらも――ある程度〝評価〟しているかにも見える。

だとすれば、その「業病」が「不治」でなくなったとしたとき――事態には、一体、どんな局面が開かれることになるのだろうか。

旧作『檜の山のうたびと』（筑摩書房）はいろんな意味で愛着の深い作品であり、いささかの自負も抱く作品である。だが、私の全著作の中で、これほど読まれずに終わった本もない。

あるとき、私の熱心な読者と名乗る中年婦人が訪れて来て、話をしているうちに、彼女が『檜の山のうたびと』だけを読んでいないらしいことに気づいた。この本のことを知らないのだろうと思って、書棚から抜き取って勧めたとき、彼女の示した反応は思いがけなかった。本からあからさまに顔をそむけたのである。

私のびっくりした表情に気づいて、彼女は困ったような顔をしてこう釈明した。

わたし、いくら先生の書かれた本でも、これだけは触れるのもいやなんです。なんだか、きたないみたいで……。

その言葉に、誇張でなく私は茫然《ぼうぜん》とした。　（松下竜一『ウドンゲの花』ながつき「きたない」）

こうした人びとの「偏見」に答える形で、右に引用した部分に続き、松下氏は次のような見解を述べる。

昔、治癒《ちゆ》の希《のぞ》みのない頃はライと呼ばれたこの病気も、特効薬プロミンの出現後は社会復帰も可能になり、社会での認識もすっかり改まっているはずであった。　（同前）

これはまた、本書でも繰り返し確認されている事実であり、その限りにおいて異議を唱えるつもりは、私にもまったくない。何より、私が何人か直接、存じ上げている元ハンセン氏病患者・回復者も皆、そうした方がたである。

今、もはやこの病気は治癒するのであり、療養者は社会復帰出来るのである。永かった業病の歴史と偏見のしみついた癩という呼称は捨てられて、今この病気は菌の発見者にちなんでハンセン氏病と呼ばれる。そして二十年後には、この病気は国内でほぼ絶えるだろうと医学は予言している。

（一「はじめに」）

ただこうした見解に接するたび、同時に私には一種暗然たる、さらに言えば絶対に譲り難い強い批判の感情が湧き起こりもするのだ。

徹子の部屋「元ハンセン病患者は訴える」（十一月二十七日、朝日）に、森元美代治、美恵子ご夫妻が出演されたことは非常によかった。ハンセン病は遺伝しない、一緒に生活していてもうつらないなど、怖い病気ではないことがよく分かった。まだ多くの患者の方がいらっしゃるようですが、温かい目でみなければと思う。

これは一九九六年、ある全国紙のＴＶ欄の視聴者による番組批評欄に掲載された投稿である。

ここで語られている森元美代治氏は、一九三八年生まれ。中学生の頃、ハンセン氏病の診断を受け、国立奄美和光園に入園した後、長島愛生国に新設された岡山県立邑久高校新良田教室に第一期生として入学、さらに大学進学のため多磨全生園に移り、大学卒業後、いったん就職するという経歴を持つ。だが過労のためハンセン氏病が再発、再入園した多磨全生国で、現在は入所者自治会長を務めるかたわら、ネパールやインドのハンセン氏病者との国際連帯を築くための活動にも携わっている方である（氏については、私はほかの場所でも紹介しているので、本稿では詳述しない）。

さて——前出の『ウドンゲの花』に登場する、松下氏の「熱心な読者と名乗る中年婦人」と比較したとき、右の投稿者は、明らかにハンセン氏病に対する「偏見」「差別」の度合いが少ない……ということに、それではなるのか？

だがその論理には、裏返せば「一緒に生活していて」「うつる」なら、「怖い病気」なら――自分は「温かい目でみ」ることをたちまち抛棄するし、それはまた理の当然なのだという含意《コノテーション》が自明の前提として存在してもいるのだ。だとするなら、両者を隔てるのは単に「知識」の多寡にすぎない。松下氏自身、本書の他の部分で「ライという病気に対する完全な無知から発する盲目的恐怖」（六「黒髪小事件」）といった表現も用いている。

いかにも「無知」から生まれる「差別」もまた少なからず存在すること、この世のすべての不正に対して「無関心」は罪であることから考えるなら、「知識」もまたそれなりに重要ではあるだろう。だが、いくら「知識」が増しても、それだけでは決して乗り超えがたい障壁、むしろ「知識」が増せば増すほど、いっそうその形態が露わになる、一種「差別」の功利主義とも呼ぶべき概念もまた実在するのだという事実を、私はこの新聞投稿には見出さざるを得ない。

それなのに、まだこういう婦人がいたとは。そして同時に、私は愕然《がくぜん》として悟らされてもいた。この本がまったく売れずに終わった真の原因を。

自作ながら、この本を美しいと思っている。

（前出『ウドンゲの花』ながつき）

こう、松下氏はくだんの件を結ぶ。

私もまた、本書のある部分を美しいと思う（これについては、後述する）。だが、その「美しさ」が、もしも「感染の恐怖のない」「安全な」科学的知識に担保されたものだとしたら、私はむしろそこに横たわる暗黙の、冷然たる「差別」の懸隔を改めて確認させられる思いがして、心が冷えるものを覚えるのだ。

（ところで松下氏は「この本がまったく売れずに終わった真の原因」について、くだんの女性が訪問し、眼前でこうした〝反応〟を示されるまで――そうした可能性については、ほんとうに露ほども思い至らなかったのだろうか？　だとすればそれは、それ自体「差別」の度し難い根深さについて、軽率に過ぎる無頓着ぶりという気がしないでもない）

ハンセン病故に患者に加えられた謂なき不条理のわだちを再び踏まないためにも、わたしたちは故なき偏見・差別を打ち破るため、これからも更なる果敢な社会福祉増進に貢献するためにも、ハンセン病を正しく理解する啓発運動を積極的に推進し、真の人間解放を目指し続けなければなりません。まさに、預言者的使命を新しく担うことになるのです。

（前出・日本聖公会第四十九〈定期〉総会決議／傍点・引用者）

――書き写していてもやりきれない、思考停止と自己弁護・自己肯定だけの、欺瞞に充ち満ちた、空ぞらしく独善的な文言である。

「差別」「偏見」という概念に対し、実にしばしば用いられる枕詞がある。〝いわれなき〟――。では、そもそも〝いわれなき「差別」〟とは何か？

（再び書かずもがなのことであるが、ライは遺伝ではない。主に幼時感染である。産まれて直ぐに親と隔離し育てれば、感染せずに成長するのである。しかしそのためには施設も余分に作らねばならなかったし、また親を知らぬ孤児をふやすことでもあったし、産むことは許されぬことであった）

（三「子のわれになし」）

当該の事実を報告する、ここでの松下氏のスタンスが、あまりに〝客観主義〟的な、さらに言うならこうした事実を強いた「事情」への〝理解〟をすら漂わせる響きを帯びていることも、私には少なからず気に懸かる。だが、それはいまは触れない。ともあれ、こうした「親と隔離」され「感染せずに成長」した子どもたちに対する差別が生なましく描出されているのが、本書の後段――六の「黒髪小事件」である。

ちなみにこの項と、七の「藤本松夫事件」とは、ともにノンフィクション作家としての松下竜一氏の資質がよく現われたものといえよう。いずれの事件についても、かねて私自身、別の形で読み知ってはいたが、本書での叙述はそれらとはまた異なり、淡淡と記されるその事実に松下氏の義憤が滲み出た印象深いものとなっている。いつもながらの卓越した取材力、資料操作力は、言を俟《ま》たない。

「きたないきたない癩病の子が黒髪校に入りましたから、しばらく学校を休みましょう」(六「黒髪小事件」)――本書を読む者は、ここでの黒髪小学校反対派PTAの言動に憤りを抑え得ないにちがいない。少なくとも、私はそうだった。人にはおそらく、憤怒のあまり迸《ほとばし》る涙というものも、あるのだ。だが、「この事件は、まさにライという病気が社会に突きつけた〈踏み絵〉であった。科学を信じて、積年の偏見を捨て切ることが出来るかどうかの、一人一人に対する厳しい試練であった」(同前)という著者の評価は、果たしてどうか。

まず「踏み絵」という用語の妥当性の問題がある。〝踏み絵を踏ませる〟という慣用句の一般的な通念からすれば、むしろそれはこの場合、逆なのではないか。「社会」が「ライという病気」にかかった人びとに強いたものはあっても、「ライという病気」が「社会」に強いたものなど、ない。その意味では、ここでの「踏み絵」という用語には違和感が残る。

しかしそれ以上に「科学を信じて、積年の偏見を捨て切る」という表現が、私には重いわだかまりとして横たわるのだ。「うつらない」「安全な病気」「今日では治る」とかくも再三強調され、それならば「差別」をやめよう、というのは——実は人間として、あまりに打算的ではないか。功利主義的ではないか？

では、うつる危険があるなら、治療の見通しが立たないなら……やはり差別や選別、隔離はやむを得ないという含意を、前述のそれと同様にこれらの論理は含んでしまっている。「×××はいわれない差別です。いわれない差別を撤廃しましょう」という論理が、決して「差別」そのものの全否定ではないように。

「それなら竜田寮児童二十五名を市内各校全部に登校させたらどうか」と黒髪小学校PTAが提案したとたんに「これらの同情派（引用者註・この用語にも疑問は残る）は粛として声を呑んだ」という。そこで著者はその一事だけでも「この〈踏絵〉の厳しさがうかがえ」ると説く。だが私はここで本来、松下氏が表明すべき見解は、その「踏み絵」（？）の「厳しさ」を首肯しなおすことであってはならない

と考えるものだ。

黒髪小PTA反対派の中には、多くの母親がいた。優しい母たちである。（六「黒髪小事件」）

松下氏は、どうして、何を根拠に、彼女らをあえて「優しい母たちである」とここに記すのか。その必要があるのか。そうすることが可能なのか。私には納得できない。

自分の子を愛し自分の子を守ろうとする母性愛が、（しかし広く冷静な視野を持たぬままに）罪もない他人の子（竜田寮）らを差別し激しい排斥行為にかり立てたのだ。（同前）

いかにも、それはそうであったろう。これについては、だから『風成の女たち』において、たとえば示されている松下氏の「女性原理」評価に対する私の異議に、むしろここでの松下氏は少し近づいていると思う。だがそれにしても私は、ついにこれら「黒髪小ＰＴＡ反対派」の母親たちを「優しい母たちである」とは、口が裂けても言う気にはなれない。それは「優しさ」という言葉を頽廃させる行為ではないか（ただ私自身は、最初から「優しさ」なる言葉は現代日本語で最も嫌悪する、胡散臭いと考える単語の一つでもあるのだが）。

これに対し、七の「藤本松夫事件」は、死刑廃止運動史においても有名な、この冤罪＝ハンセン氏病差別の非道を的確かつ簡潔に語ってあますところがない。

ライと貧しさは常に表裏である。伊藤の生いたちも、なんと貧しかったことか。

（七「藤本松夫事件」）

「今度こそは、牛を大切にしてしっかり働かねばならない」と思う藤本松夫の話と、「おとっさん、卵酒したら」と、拾ってきた家鴨の卵を父親にすすめる伊藤保のエピソードとは、いずれも永く忘れ難い痛切さに満ち、こうした「事実」と出会わせてくれた松下氏の作業には、私は感謝を覚える。

辞書と『手紙宝典』だけを頼りに上申書、再審請求書を書きつづけた藤本松夫は、しかし再審議求中であるにもかかわらず、一九六二年九月十四日、突然、死刑を執行される。

きみの刑死の午後一時を知らず眠れるをひと日一日に責めて生きゆく

伊藤のこの一首は、「死刑」という国家によるこの上ない残虐な人権圧殺の問題を真摯に受け止める者みなに、深い共感を喚び起こすものであるだろう。私もまた――一九九三年三月二十七日、元内務官僚の法務大臣・後藤田正晴が「再開」して以降というもの、すべての法務大臣就任者に在任中、一度は必ず執行命令書に署名させることを法務省刑事局が暗黙のうちに定着させているらしい――その「執行」が、おおむね当日正午前から昼下がりにかけて報じられるたび、この歌に連なる思いを味わわされてきた。

そのほか「戦後」の伊藤保には「弱よわしく自己を蔑《な》みする声らのなか永き平和とも脆《もろ》き平和とも思ふ」（四「民主化の波」）、「萱のなか若木の檜に雪の降りここに建つ癩刑務所反対の署名に並ぶ」（六「変貌」）のような、それまでの作風との関連でいえば、思わず視線をとどめさせる歌も生まれている。ただ、ここに盛られた思考が伊藤保自身のなかに「論理」として培われてきたものだとは、本書の描写を通して見ても、必ずしも私には思われない。これはむしろ「歌」という形式の力であり、それもまた「短歌的叙情」のある弱さの一面かもしれないという気はしないでもない。

その意味では、松下氏の指摘するとおり、「点ペンの鉄に冷えつつ我は書く徒然の歌碑建立反対論」「兄二人を殺されし盲のこの吾に天皇を罵らず居れといふのか」と詠うことのできた田村史朗の方が、明らかに伊藤が一面でたしかに遠望しながら、そこにはついに踏み出しえなかったヴェクトルに自らを寄り添わせた歌人であったのだろう。

「日本より貧乏をなくす願ひこめ吾が点字打つ今日も八時間」（田村史朗）――点字は、視覚障害ないし視聴覚二重障害を持つ友人・知人に手紙を出す際、私も打つことがある。点字タイプライターを用いず、点字器で一字一字を厚紙に（裏側から）打刻してゆく作業は、相当な力を要し、慣れないうちは一時間、継続することも困難なものだ。田村の歌には、思想とはそもそも感情の問題にほかならず、批判とは本質的には憤怒や悲傷の論理化であるという人格的一貫性が息づいているように、私は感じる。そして、それはそれで疑いもなく「短歌」の一局面ではあるにちがいない。

それにしても――短歌とは何だろう。

金のなき我を残して君等皆とある雑誌の社友となれり　石川孝　（一「歌のはじめ」から）

森光丸の死んだ時、その貧しい枕辺に着いたばかりの「アララギ」が封も切られずに遺品となったことを、歌友畑野むめは深い哀しみで詠いとどめている。まこと、「檜の影」の歌人たちにとって「アララギ」は、社会とのほとんど唯一の窓口であった。（同前）

こうした事情は、日本のハンセン氏病患者で初めて自らの単独の歌集『一握の藁』を持ち得た島田尺草とて例外ではなかった。

その尺草の死も悲惨であった。目はすでに見えず、喉頭もふさがり、しかしなんとしても第二歌集「櫟の花」の刊行までは生きたいと願い、ついに歌集を手にして死んでいったのである。

（二「光る眼ん玉」）

読み進めるに従い、読者は本書が、いわば日本近代をハンセン氏病という苦難とともに生きねばならなかった数多の歌人たちの「銘銘伝」ともなっていることに気づくだろう。

昭和十六年、「檜の影」の最後の先輩吉田友明が没して、伊藤は今や「檜の影」の代表であった。

〈生き残り乏しき吾等きみを囲みきみを撫づるが如く歌集撫づ〉〈応《いら》へ言ふ声の嗄《か》れてきみ在れば歌集持ち居るわが手顫える〉は、吉田友明の臨終での伊藤の作である。死の際に「吉田友明歌集」が刊行されたのは、せめてもの慰めであった。

（三「菊池恵楓園」）

崩れたる口を洩るる風の如き声僅かなる金にて歌集編みくれよと言ふ

（五「短歌至上」から）

村上多一郎の臨終を、歌友山口義郎はこう記している——。

わけても兄が終生の念願であった、個人歌集編纂のこと。兄が畢生の力を傾注した目的である。美味しいものも碌に食べず派手に着るでもなく端の見る目もつつましやかに、月々自己の働いて頂く労働奨励金や家からの送金の中から僅かずつ貯えたのが六千円余りにもなっていた。それで何とかして歌集を発行したい念願である。（略）

「村上さん心配することはない。今すぐということは出来ないが、金見、伊藤君も居ることだし皆と相談しそのうち事務所の了解を得て歌集はきっと発行してあげますから安心して下さい。あなたの遺志によるお金は一応お預り致し、何等かのたしに有意義に使用させて頂きます」と見守る友人の中にて固く約束するのであった。「今はもう何も思い残すことはない、是で安心して死んで行ける」と如何にも安心立命を得た友の顔、今はもう生きて居ると云うは名ばかりのくぼんだ二つの目から一すじ涙がすうっと流れた。

（同前）

これに続けて松下氏は書く。

私は、初めてこの文章に遇ったとき、読んでいて涙が突きあげた。なんという壮烈な死であろうか。まさに短歌に命を賭けた死であると思った。思えば石川孝に始まり、島田尺草、水原隆、森光丸、野添美登志、吉田友明、そして村上多一郎、更にその他の「檜の影」歌人のすべてが歌こそを〈此の世に生きた唯一の痕跡〉として死んでいったのであった。その文字通り命の限りを尽くした執念が「檜の影」を支えてきたのだ。伊藤保は唐突に一人存在するのではない。これら尊い先進の命を受け継いで存在しているのだ。そのことに改めて思いは至る。（同前）

いや。一人の歌人、伊藤保を生成せしめたのは、しかもそれら「檜の影歌人」の存在ばかりではなかった。

昭和八年、十九歳の青年伊藤が九州療養所に入って来て、絶望の模索の中で出遇ったのが、この松倉米吉であったことの意味は、考えてみれば計《はか》り知れないほど大きい。（略）伊藤が読んだ米吉歌集が、先輩石川孝の毛筆による写本だったということも、「檜の影」の伝統の並々ならぬぬくみを感じさせて、私には嬉しい。伊藤保は、石川孝に始まる「檜の影」の伝統をすべて踏まえて、初めて大成することが出来たのだと、改めて強調せずにはいられない。（八「老いに入る」）

ここに松倉米吉（一八九五〜一九一九年）の名が登場したことに、私はかすかな衝撃を受けた。米吉は、私も愛読する歌人の一人である。

指落して泣いて行きし友のうしろかげ機械の音もただならぬかな
老いの身を飴売としてぼんのくぼにお多福の面をまづはくくりぬ
築山《つきやま》のしげみの裏に身をひそめぼろぼろのパン食べにけるかも

寂しくて夜毎《よごと》わが名を呼びにける母も今宵は焼けて居りなむ
灯をともすマッチたづねていやせかるる口に血しほは満ちてせかるる
菓子入にと求めて置きし瀬戸の壺になかばばかりまで吾が血たまれる
かなしもよともに死なめと言ひてよる妹にかそかに白粉にほふ

そう綴って、ふと私はアイヌの歌人・偉星北斗《いぼしほくと》（一九〇二～二九年）のことを思い出した。たしかに北斗は、その資質や志向こそ違え、啄木以後の歌人として米吉とともに語られるべき存在である。

暦なくとも鮭くる時を秋としたコタンの昔したはしきかな
俺はただアイヌであると自覚して正しき道を踏めば良いのだ
仕方なくあきらめるといふこゝろ哀れアイヌをなくしたこゝろ

十年近く前のこと、小林多喜二のデスマスクと対面するため足を運んだ初夏の小樽市立文学館の一隅で、私は初めて「彼」と出会った。帝国主義日本によって生活の基盤を奪われた極貧のアイヌ部落に育ち、北海道全土を薬の行商をして歩いたこの歌人も、また二十代半ば過ぎでその短い生涯を閉じている。

（偉星北斗は、私の幻の〝ほんとうの一級品のみによって成立する真の近現代日本語圏文学史〟のなかで重要な位置を占める表現者の一人である。彼については、いずれまとまった論考を書きたい）

こうした存在に出会い、また思い起こすとき――私は改めて日本「近代」とは、このような人びとによってその人間的基底が形成された時代だったのだという事実に襟を正させられる思いがするのだ。そして「文学」という概念が、もしもこの国にも成立するとしたなら、それはかろうじて、こうした表現としてしか、あり得ないのではないかとも。

そういえば、本書が成立したきっかけは、著者・松下竜一氏に歌友・花野秀子氏から贈られた『定本・伊藤保歌集』であったという。

「花野秀子」は、懐かしい名前である。かつて飯塚市の病院で炊事婦をしていたという、この朝日新聞西部版歌壇の投稿者の一人について、本集の読者なら『豆腐屋の四季』の「継ぎあてし身のたけほどの前かけを洗う夜半に吾れ不意に泣く」を記憶していることだろう。

病院の女中といわれ肩張りて食器洗いてすでに十年
休日に戻る我が家の冷えかなし安らぐ部屋に母は病み継ぐ
我が足にようやく慣れし長靴に春待つ調理場の水の沁み入る
息切りて鯨鋸曳く仕込室血と肉に濡るる吾が手よ足よ
おずおずと休暇を願う事務室に吾が前かけのしずく落としぬ
晒すごと水のかかりし足ほてる調理場の空に星のまたとぶ
職捨てて母のかたえに眠るなり明日を思わぬ今日のみのわれ

……いかにも、花野氏もまた、啄木に発し松倉米吉らが続いた、「歌」に精魂を傾け、この極東の非人間的な国家の近代史に自らの生存の証を求めた歌人の一人だったのか。

——伊藤保の人間像については、本書で松下氏の筆が、その酷薄かつ優越感に満ちた、韜晦《とうかい》趣味の、だから当然自意識過剰の、嫉妬深く、エゴイスティックで、つねに戦戦兢兢としていた、要するに「鼻持ちならぬ」、とうてい〝友人にはしたくない〟としか言いようのない人間像を、多くの鮮烈なエピソードとともに活写している。この仮借ない筆が、本書を単なる礼讃一辺倒の評伝に終わらない、立体感のある奥行き深いものとする一助となっていることは疑いない。

　この朝妹に晴れ着を着せくるる叔母も寂しく居たまふらし
　貧しくて常ありへつつたまたまに晴着をきると喜ぶ妹は
　腹異いゆゑにうとみし弟をわれ病みつきてたのまむとする
　十二の歳母を喪ひ手のかからぬ短かき髪にせし妹わすれず

「あの人にとっては、なによりも歌が宗教じゃったたい。歌一首のなかでおさまりがいいのなら、キリスト教でも仏教でももって来たたい」（三「祈り」／傍点は原文のまま）とまで「身近な歌友」が「極言」したという伊藤保。

「よだれ垂るる顎を拭ひぬぐひ妻に叱られて歌作る伊藤保の世界」なる怪作は、いわば彼のそうした側面を集約した見事な自解ともなっているようだ。また「この頃の伊藤は本気でライ治癒を願っていたとは考えられない気がするのだ」（五「短歌至上」）という松下氏の「ひとつの極言」は、なかなかに傾聴に値するかもしれない。「海人が社会に妻子を残し、絶えず思いは社会に向かっていたのと異なり、伊藤は療養所内の生活そのものを唯一の現実とし、そこを自らの平常社会として生き抜くことを考えていたのである」（二一「光る眼ん玉」／傍点は原文のまま）との指摘も鋭い。

「林檎箱にて組める机に歌作りいたくも飯《いひ》がうまき日のあり」――にもかかわらず、いま引いた何首か、「よく眉毛をひっぱる」癖があったという異母弟・公雄や、結婚式の夜、伊藤自ら人形を贈ったという妹・勝代を詠った歌の痛切さは、伊藤の生涯の苦難と短歌という形式の力とを、ともによく示しえている。

歌人としての出発点を飾った何首かに蘇る、その韜晦してもしきれない痛切さは、以後、療養所の生活においても、ハンセン氏病に由来しながらハンセン氏病にとどまらない、しかしまた、同時にたえずハンセン氏病へと還元されてゆく側面をも持った――まさしく「うつせみのこの世にありて不思議なる光を放つ歌のかずかず」(斎藤茂吉)を現出せしめるにいたった。

うす桃いろのとろとろのわが副睾丸染色され標本壜の中に逆さになれる
吾子を堕ろしし妻のかなしき胎盤を埋めむときて極まりて嘗《な》む
響《とよも》して地震《なゐ》すぐるとき標本壜に嬰児ら揺るるなかの亡き吾子

本書でも、下河辺譲『癩院脱出』を引いて詳細に説明されているワゼクトミー(断種手術)をめぐっては、その残忍さ、術後にも長く残る身体的――性的不調について、さらにはそれに由来するさまざまな影響についても、私は以前、ある回復者の方から伺ったことがある。

また『豆腐屋の四季』に「豚小舎をぬくむる火らし雪の夜の小祝島にほのあかり見ゆ」の秀詠を刻んだ歌人・松下竜一が「アララギでつちかってきた写生力」(四「重態」)と評価する伊藤の手腕は、

暁に雲はれゆきて月の照り明るくしづまる火口丘みゆ
秋霞曳きて朧なる阿蘇山よりゆりくる地震《なゐ》に妻をかへりみる

のような、実に大きな構図で景物を切り取ってみせる何首かに明らかだ。
それにしても――それにしても、短歌とは何か。日本語圏にあって、貧しく、病み、疎外され、虐げられた人びとにとって。

「生きて世に会へぬと決めし末の娘の病みて来しかば名乗りやすさよ」（井手春水）と父に詠われて入所してきた井手とき子を妻とした後、しかし伊藤の感情生活にさらに巨きな影を落とし続けた療友の歌人・津田治子との交渉は、ある意味で本書の重要な撚《よ》り糸として、詳細を極めて描かれている。

やがては伊藤自身が「いまは遂に男が恐いと言ふ妻をなほし虐げかく生きてゆく」と詠まざるを得なくなった、そうした歪んだ恋情の錯綜した果てに、一冊の歌集の表徴はくるだろう。

雪に濡れし汝が額髪をはらひをり降りしづまりて白き檜の山

一首のたたずまいにかすかに漂う通俗臭は、しかし普遍的な訴求力との関連でやむを得ざるものでもあるのかもしれない。伊藤保自身が「癩文学」「ハンセン氏病歌人」の軛《くびき》やレッテルを自ら打ち棄てている、これら一連の恋歌は、ともすれば「病」という一事において彼自身の営為を矮小化しようとする圧力を、まさに「歌」そのものの力によって峻拒した自立の宣言であるとも受け止めることができる。

その、ある意味では皮肉な成果のように「妻ありてあやまたざりし悲しみを紫苑咲く道に立ちて思ひいづ」（八「檜の森」から）に続く、極限の夫婦愛の絶唱の数かず——

崩れゆく身を寄せあひて生きゆくに繃帯位洗へと妻は罵る
血の溜るふぐりに掌をすけ堪へをれば妻は大蒜《にんにく》焼きて食はせぬ
死んでしまふとわれの義足をけりてゆきし妻はかへらず月照らしきぬ

震へつつ煮えて浮きあがる豆腐と菜妻とすくひ食ふ寮舎の板縁
蕗の葉に白飯つつみ食せといふ妻よいくとせも汝と生くるべし
つひの日のいのちを奮ひ愛《かな》しみに息づきあひぬ鶉《うづら》鳴くあさ
震ひつつ泣きつつ妻は血のつまるわが咽喉に手を入れ吐かせくれをり
いまはの日も声とどく汝と思ふのに硝子戸閉ざし妻はいでゆけり
癒えゆかば妻に帰らむ痺れはてし身の愛しみのかそかになりて

……等等は、男女の悽愴な愛憎を語り尽くしたものとなっている。

落着いてわれはも住まむ癩村に歌よみ果てにし三十余名あり
夕雲のなかに入りゆく三つの峯英彦《えひこ》はしたし父母の国

前段で指摘したいくつかの気懸かりにもかかわらず、しかもなおこの著が一切を超えて胸に迫るのは、伊藤保や彼に連なる〝日本近代〟を生きた人びとの苦難の重量と、そして同時に「短歌」という、自らの表現の原点に寄せる松下竜一氏の思いの深さのためであるだろう。

本書を閉ざすとき、私は、ある長い生涯を確かにたどりきったという持ち重りのする感慨を覚える。

〔一九九九年十月脱稿〕

「ほんとうの怒り」の美しさについて
――『呰に拠る』

一般に、批評するという行為の根底には、疑いなく〝賞讃〟ないしは〝感嘆〟への欲求がある。自ら真に首肯し賞揚しうる、表現という行為の優れた所産――すなわち「傑作」に出会い、そしてそれを受け止めた上で、他者にもその価値を、今度は自分自身の言葉で伝え、共有したいとの衝動――。

それこそが〝批評の喜び〟であるとするなら、本書『呰に拠る』は、まぎれもなくそうした〝批評する者の欲望〟を十全に満たしてくれる力を湛えた作品である。「ノンフィクション小説」として、ほとんど間然するところのない、一代の雄篇であると言うことができよう。

「勝関《あ》の章」を唯一の例外として、他の五章いずれもが各章冒頭の第一節が妻ヨシの視点からの語りに充てられた構成である。だが作者・松下竜一氏のこの視点は、実は顕在的にそうした話法を採らない他の各節にも通奏低音のように行き渡っていて、それが室原知幸という、この骨絡みの男権主義者にして、しかも気弱な心遣いを内にたっぷりと秘めた人格を陰翳に富んだ立体感とともに描出するにあたってのおのずからなる効果的な手法となっている。まこと、「鯖んぬたあえで酒のうだりして」(蜂起の章「一　涸れた湖底」)その積年の憂さを晴らしていた渓間《たにま》の女性たちの鬱然たる思いは、透徹した人間観察眼をいやでも生成せずにはおかないものでもあったようだ。

そうした、いわば地を這うような視線から素描された人間像であるからこそ、大正デモクラシーの直接行動の渦中にあっても「行動家には遠」く「どういうわけかいつも懐に小六法をつっこみ民法までそらんじて異常に佶屈《きっくつ》な理屈に固執している」（蜂起の章「三　大正デモクラシー」）室原知幸が、「なんだ、重箱の隅をほじくるような奴だ」と言われる自らの「異常なまでの理屈癖《へき》」をこそ最大の利刃として「国家の強権行為を正当化する土地収用法（一九五一年施行）に対して徹底的に法的疑問を突きつけて迫った最初の国民」（築城の章「四　国会に立つ」／傍点は原文のまま）となってゆく過程もまた、本書を読み進める者の眼に稠密な存在感を伴って立ち現われてくることとなる。

軍歌『歩兵の本領』の替え歌をしつらえた、鳴り物入りの賑やかなデモにも足の遅い者を先に立てる配慮を施し、「決戦」を控えた年初の新年会を「二人のギター弾きを雇って来ての、のど自慢」に仕立てるような機知に富む磊落ぶりを示しながら、ある夜半には荒畑寒村『谷中村滅亡史』が刻みつけた〝公共の利益〟なる曖昧な価値のまえに土地収用が断行される非道義の歴史に悲憤慷慨し、またある深夜には「おれには誰も教えちくるるもんがおらん」と孤独な呟きを漏らす――。そんな、国家権力への抵抗運動の首魁の姿は、その度し難い人間的限界をも含んで鮮やかだ。

「ついに運動ビラも機関紙も出すことのないこの風変わりな反対運動の中にあって」「唯一の教宣ビラの役を担っていくことになる」（蜂起の章「四　総蹶起」）狂歌に心を砕くさま、そして快作とも怪作とも安易に評価を下しがたいその野放図な作品群もまた、何より室原自身の個性を強靭に惨ませて、本書の全篇に生彩を放っている。「立木一樹一樹を大事に」（蜂起の章「二　運命の豪雨」）する質実なこまやかさを持ちつつも、「大学卒業後五年間を無為に過ご」すあいだに「父に大枚の金を送らせてヨットを需《もと》め茅ヶ崎の海岸を乗りまわしたりした」（蜂起の章「三　大正デモクラシー」）放埒な青春時の姿は、蜂ノ巣城に天体望遠鏡まで持ち込んだというハイカラ趣味となって、むしろ苛烈な反国家闘争に独特の鷹揚な「余裕」をも齎《もたら》したのだろう。

室原知幸をはじめとして〝味方〟側でヨシ、トミ、裕子、節子、博子、室原知彦、室原亥十二、室原是賢、諸田幸男、川良トシ、穴井ツユ、穴井貞義、穴井蔀、穴井隆雄、穴井武雄、穴井ハスヨ、穴井美智子、森武徳、森純利、吉野牧夫、吉野あや子……とりわけ大文字の「歴史」にあってはともすれば後景に埋没してゆきがちな女性たちが、いずれも一読忘れ難い生彩をもって活写されているのは、松下竜一氏ならではの力量であるにちがいない。

「ほんなこつ、わたしゃみじめでございました」と述懐するヨシ（築城の章「一　柚子を捥ぐ」）の言葉は、「かあちゃんよい、かあちゃんよい」と呻きつつ、ヨシの手を握って息を引き取る室原知幸終焉の描写にいたるまで、本書の隅ずみにどこまでも谺《こだま》している。

いま一方——〝敵役《かたき》〟の顔触れは、それではどうか。「松原・下筌ダム調査事務所」所長・野島虎治、後任の副島建、副所長・岩井鉄太郎、福岡法務局訴訟部長・広木重喜、福岡県知事・杉本勝次、大分県知事・木下郁、熊本県知事・寺本広作、日本国歴代建設大臣、「松原・下筌ダム調査事務所」の女子職員たち、久留米市長・井上義人、北里達之助ら「和解派」の人びと……。

「事業認定無効確認請求事件」訴訟、および「執行停止申し立て」の一審（であると同時に、事実上の最終審となってしまった）の裁判長・石田哲一、ぎりぎりの局面で奇怪な背信行為に走る弁護士にいたるまで、厖大な人間像がすべておのおの複雑な心理の襞を畳み込みつつ、現実のそれに近く生動し、点景人物さえもその一人一人が、立体的な存在感をたっぷりと湛えて確かに佇んでいる。

なかには少数の例外もあるものの、松下氏自身が明神海岸での闘いで「途中幾度も新聞社や放送局から明日の阻止戦術を問うてきて、それでなくても沈鬱な会議に無遠慮に踏みこんでくる傍観的第三者に、私たちは苛立ち、返事もせずに電話を切るのだった。マスコミが海上着工時のように派手な阻止行動を期待し私たちを挑発している底意に、ニュースだねに喰いつく者たちの無責任さが丸見えで、そんな事に乗るかという怒りがあった」（『明神の小さな海岸にて』第三章「山の神、海の神」気鬱／傍点は原文のまま）と書かざるを得なかった、その時にも剝き出しのこの国の新聞記者やTV局報道部員たちの、一見〃公正中立〃を装った——すなわち度し難く没主体的な、そして終始、企業体としてのジャーナリズム機構に臆面もなく特権的に帰属しつつ、あくまで浅ましい商業主義に傾斜した無責任さは、あの時もその時も、そして今も、なんら変わってはいないようだ。

これら、夥しい人物が登場しつつ、そのいずれもが躍動しているさまに接するとき、感ずるのは、本書に漲っているのがまぎれもない「小説」の力であるという一事である。『風成の女たち』ではあれほど気になった「事実」と「小説的想像」との一種の干渉作用ともいうべき混乱も、本書でははるかに少なく、『風成』で、ともすれば瑕瑾となっていた登場人物の内面を直接話法で内在的に書き起こす松下氏の手法は、ここでは逆に、そのつど各人の立場・心理に微分的な考察を加える手立てとして十全に機能している。

むろん、書かれている「事件」の歴史性からすれば、現象的には本書の白眉ともいうべき「勝関の章」一の「津江川の攻防」——一九六〇年六月二十日午後の闘いの記録に、たとえば『風成の女たち』の第四葦、「二隻のボーリング用やぐらを備えた巨大なイカダ」が臼杵湾に現われた一九七〇年二月十二日午前五時前から始まる七節二十数ページの叙述を重ね合わせて読んでみることも、また読者の自由であるだろう。事実、これらはいずれも戦後日本の〃経済成長〃のなかで置き去りにされ遺棄されてゆこうとする人びとの気高い抵抗の記録として置き換えようのない価値をいまも輝かせている。そして山峡の谷底深く谺する人びとの声ばかりではない——砂川闘争、三井三池、安保闘争、エンタープライズ入港阻止闘争等の歴史的事象に「参加」し、闘ってきた者皆の存在が、あたかも多声的な交響曲の各声部となったかのごとくに作品に厚みを与え、高度経済成長期の社会像にのみとどまらず、日本の「戦後」史、さらには〃日本近代〃そのものの実態と限界とを、そっくり「現実」の襞液の滴る重さと生なましさもろとも炙り出す力業となり得ているのは、厖大な資料が博捜され、取材が重ねられていたにちがいない準備を前提としながら、しかもそれらに振り回されることなく、あくまで一篇の「作品」世界を見事に再構成しきった小説的凝集力の裏打ちを受けて、初めて可能な事態なのだ。

データの隅ずみにいたるまでが作品の不可欠の細部として肉化しており、そこにたえまなく血液が送られて体温を宿している。再読、三読に値する豊饒な小説世界が、しかも「事実」に凭《もた》れかかるのではなく、「事実」から養分をたえまなく吸収し、小説作品として、書かれて以後も現在にいたるまで「戦後史」のなかで成長し続けている点、形容は落ちるが、まさしく蜂の巣山の杉のように根を張り、葉叢《はむら》を茂らせ続けている、その意味で本書は、一種「文学」の水準点のような達成であるという気がする。とりわけ「ノンフィクション小説」という、ともすれば矛盾撞着しがちなアクロバティックなジャンルにあって、しかも間然するところのない完成度に、久びさに「筆力」という言葉を思い返した。

「私の孤独は濃かった。／その時である、私の視線が縋るようにあの老人へと向かったのは」……それにしても、なぜ松下竜一氏は室原知幸翁を――「蜂ノ巣城」を書こうとしたのか。

私がこの老人のことを思い始めたのは、いつの頃からであったろう。確かなことは、私自身が力を尽して来たわが町（大分県中津市）の火力発電所建設反対闘争が孤立していくにつれて、私の思いは急速にこの老人へと傾いて来たということであった。その思いが極まったのは、前年一九七四年の夏であった。（略）

灼けつくような海岸で、眼前の凶暴なクレーン船の群れに憎しみの視線を箭《や》のように刺しつつ、私はこの小柄な老人の勁さをしきりに思い続けていた。晩年にはおおかた歯も抜け落ちて、歩く足のふとよろめくこともあったという。そんなはかない肉体の内に意志力だけは烈々と膨満して、ただ一人で国家と拮抗《きっこう》してついに屈することなかった老人。はかない肉体を超えて聳え立つ一個の強靭な意志力を、私はほとんど奇蹟を仰ぐように思い続けていた。（蜂起の章「一　涸れた湖底」）

だとすれば、分かる。「両ダムが治水に名を借りて実は九州電力の発電用ダムの機能の方が大きいのではないかという疑問」（築城の章「四　国会に立つ」）を提示する室原知幸と、「豊前環境権裁判」を闘い抜いた松下竜一氏と――二人のいずれにとっても、巨大資本にして国家企業、九州電力株式会社と、その背後に位置する日本政府は、まさしく終生の宿敵であったということだろう。

公共事業の名を騙《かた》って私腹を肥やし、ついには人間を含む全生物、自然環境と絶対に相容れることのない――設えられた科学技術の浅薄な予定調和的世界観に搦《から》め捕られた「原子力発電」にまで触手を伸ばしてゆく電力企業の没道義性・非人間性が、この国の擬似〝近代〟以降「富国強兵」「殖産興業」政策のもとでつねに国家と癒着し、権力と不可分の関係に立つものであったことは、たとえば一九九九年十一月十二日の「天皇即位十年奉祝式典」における、経団連名誉会長・平岩外四（東京電力会長を経て相談役）による「天皇陛下、御即位十年、誠におめでとうございます。十年間、陛下は国民統合の象徴として国民と苦楽をともにされ、私どもを見守りいただき感謝に耐えません。近年の厳しい経済状況を心配されていると聞き、経済界に身を置くものとして申し訳なく思います。ここに集い健全な経済の再建と活力ある国づくりに邁進することを誓います」といった祝詞を引くまでもないだろう。ダム建設を迫る筑後川下流の人びとが室原知幸に送りつけてきた葉書に「国賊」の文字が躍っていた（築城の章「三　冬の砦」）というエピソードは、まことにもって象徴的である。

「誰しもがお世話になっている電力という公共性に抵抗するだけの強靱な反開発思想」（「あとがきに

かえて」／傍点、原文のまま）を自らのうちに形成することが「豊前火力発電所建設反対闘争」を闘い抜くにあたっての松下竜一氏の主題であったとすれば、『明神の小さな海岸にて』『豊前環境権裁判』『暗闇の思想を』と続いてきた一連の作品が、この『砦に拠る』へと結実してゆくことは、むしろほかに紛れようのない思想的・小説的必然であったのだ。

「よし、皆がこれほどに反対であるなら己れが先頭に立とうと決意」した「抜きん出た学才によってこの里の指導者を自負する」（蜂起の章「三　大正デモクラシー」）室原知幸に対し、「建設省は地球のお医者さんです」「日本は戦争に負けたんですよ。それを思えばこれくらいの犠牲を忍ぶことがなんですか！」（同前）とうそぶき言い放つ、国権を笠に着た「九地建」職員の浅ましさは、やがて衆人環視の中、室原知幸との法律論争に言い負かされながら、しかも警察力を動員して平然と強権を行使し続ける倨傲《きょごう》へと加速してゆく。

だが反対闘争の開始前、ひそかに各地のダム視察の旅をし、また「足尾の義人田中正造」に私淑する室原知幸の精神にも、深く口を開いた陥穽がなかったわけではない。

「君たちは反対反対と気安くいうが、本当に覚悟はあるのか」と「厳しく問い返」し、「おれがいったん反対に立てば、絶対に途中でやめん。それについて来るだけの覚悟が君達にあるのか」と迫る彼に「ありますばい」と応じた地元民たちを、しかもなお「百姓ん力はあてにはしちょらんたい」と底深い不信をもって、弟・知彦に語る室原知幸の姿には、明治維新のどさくさに一挙に大地主となった、しかもその心性にはどっぷりと封建遺制の臭気が染みついている者ならではの限界が露呈してもいる。室原のようには「金も力もない」立場の民衆が「生きるために変革のみちにすすみつつ、また同時に生きているため変革のみちにすすむことが不可能」（黒田喜夫「詩は飢えた子供に何ができるか」）たる事実に直面し、「人が実在の生を生きている理由によって」「変革のみちからしりぞく」（同前）ことは、早晩、避けえない展開であるだろう。「永い団結の終焉にしては惨め過ぎる罵り合い」（争訟の章「五　崩壊」）を経て、以後「勿論、もう村ん者《もん》な誰一人加わりません」（落城の章「一茶摘みの頃」）となったとき、蜂ノ巣城の「落城」はすでに時間の問題だった。ここでの敗者は、室原から離反した民衆であるというより、むしろ土地所有制に基づく閉鎖的な共同体に君臨した自らの封建領主的な支配体質をついに自身の力で克服することのできなかった、室原知幸その人であるかのように、私には思われる。

離反した地域民衆に代わり、「城」に詰めかけた「革新労働組織」の専従「オルグ」たち――当時、全国的にみても〝最強精鋭部隊〟であったにちがいない三池炭鉱労組や新日窒水俣労組による「特別中隊」によって防衛されていたはずの最前列が、わずか二十分ほどで、いともやすやすと解体・排除されてしまった事実には、深い示唆が内包されているようだ。その四年前の「津江川夏の陣」との隔絶を思うと、人は闘いの渦中にあって、なお自らがあくまでその「当事者」であるときにしか、ついに真の闘いの意味は見いだし得ないということか。結局のところ、最後まで室原の身近に寄り添い続けたのが、血族・郷党を核とする「室原知幸を守る地元応援団」だったという挿話は、さまざまな意味で示唆的だ。

それやこれの事情を思うとき、室原知幸が力尽きた、その地点からさらに新たな歩みが始まっていることを言い添えておく必要を、だからこそ私は強く感じる。

今度はおらが地所と家がかかるので、おらは一生けんめいがんばります。公団や政府の犬らがきたら、おらは墓所とともにブルドンザーの下になってでも、くそ袋と稔さんが遺していった刀で闘うだ。

この前、北富士の人たちは、たった二十人でたいまつとガソリンぶっかけて闘っただから、ここで三里塚反対同盟ががんばらねえってことはない。ここでがんばらにゃ、飛行機とんじゃってしまうだから。

おら、七つのとき子守り出されて何やるったってひとりでやるにはむが夢中だった。おもしろいこと、ほがらかに暮したってのなかったね。だから闘争が一番たのしかっただ。

もう、おらの身はおらの身のようであってもおらの身でねえだからおら反対同盟さ、身あずけてあるだから。

六年間も同盟や支援の人たちと反対闘争やってきただから、だれが何といっても、こぎつけるまでがんばるだ。

（大木よね・宣言文「せんとうせんげん」／すべて原文のまま）


一九七一年九月十六日の三里塚・芝山農民への第二次強制収用を前にしての、名高い大木よね氏の「闘争宣言文」である。結局、大木氏宅は二十日に「代執行」が行なわれ、この五日間の強制収用で多数の負傷者が発生した。翌十月の一日には、空港建設反対同盟青年行動隊員の三ノ宮文男氏が抗議自殺している。

私は本年、一九九九年九月初旬、在沖米軍普天間基地の移設計画に関連して、正式発表のないまま曖昧な情報をリークすることの繰り返しによってなんとも隠微に候補地とされつつある名護市を訪ね、当該の辺野古地域を含む周辺――沖縄北部「山原《やんばる》」の、いずれもヘリポート建設反対闘争を担う友人たちと旧交を温めた数日を過ごした。その折り、かねて交流のあった年長の女性が、この大木よね氏と、三里塚で最後まで共にあった一人だったという逸話が改めて思い起こされる座の展開となった。

大木よね氏は前記の「闘争宣言」の翌翌年、七三年十二月十七日に六十七歳で逝去している。「七つのとき子守り出されて」以後、ほぼ六十年ちかく「おもしろいこと、ほがらかに暮したってのなかったね」と述懐し「だから闘争が一番たのしかっただ」と言いきった——言いきり得た一人の女性の、その「闘争」は、室原知幸のそれと同質のものなのか。あるいはそうでないとしたら、どこがどう異なっているのか。

「蜂ノ巣城」では「補償という言葉」は「禁句となってい」たという（勝開の章「五　大臣と会わず」）。

それにつけても、怒りの無償性ということを、私は考える。どんな事柄をめぐってであれ、それがほんとうの怒りであるならば、その怒りはいかなる金品によっても贖《あがな》われることなく、ただ怒りの原因そのものを廃滅することによってしか終熄しないにちがいないのだから。

本書で松下竜一氏が指摘している、室原の「真の目的」を探って「裏を裏をと読んでゆこうとする知識人」の「推理」の「怜悧さの空転」を露呈した安部公房の功利主義的な価値観（築城の章「三冬の砦」）は、だからこそ最初から「代償」を求めない——いかなる打算をも伴わない室原知幸を〝分析〟するにあたっては完全に破綻した。「蜂ノ巣城」は、そもそも〝条件闘争〟でなどなかったのだ。

ただ、その一方で室原は、彼のようには「金も力もない」立場の民衆と、真に連帯して闘う人間的力量と社会意識を具えた運動家でもなかった。それが、前近代的土地所有制に依拠した、すなわち封建領主にすぎなかった彼の限界でもあったのだろう。

室原知幸のそれが「ほんとうの怒り」でなかったとは、私は言わない。彼は彼なりに渾身の力をふりしぼって怒り、闘ったのだろう。だが、国家権力との個人の闘いが、多かれ少なかれ旧制度の「特権者」としての側面をも抱え持っていた田中正造（田中正造すら！）や室原知幸によって担われていた時代から、その後、大木よね氏や、また大分県玖珠郡日出生台《ひじゅうだい》で、故郷が陸上自衛隊およびアメリカ海兵隊の実弾砲撃演習の地とされることに抵抗し続ける酪農家・衛藤《えとう》洋次さんへと引き継がれている事実を見るとき、それだけはたしかに「歴史の進歩」なのかもしれないと、私自身ふだんは滅多に肯うことのない〝より良き未来〟を願望する志向にも一定の場を与えたく思うのだ。

日米の二重圧力の困難を極めた状況下、なお闘いを諦めない衛藤洋次さんの語る「希望」は美しい。そしてその「希望」の美しさは、いかなる特権性にも依拠せず、またいかなる代償をも求めない――ほんとうの「怒り」の美しさの裏打ちによってのみ、初めて可能となるものなのではないか。

そんな気持ちが、いま、私にはしている。

〔一九九九年十一月脱稿〕

Ⅳ　闘いこそが民の「遺産」

日本の擬似〝近代〟の形
——『疾風の人』

読み了《お》えて、さまざまに思うところの多い一冊だった。一見、丹念に渉猟された史料を適宜、按配し、きめ細かな歴史小説の織物が端正に織り上げられたか、とのみにも思われるたたずまいの本書の、しかし仄かに発赤《ほっせき》した叙述の表層の一皮下に漲る劇《はげ》しい炎症のような疼《うず》きは、これまで読者とともに見てきた松下竜一氏の著作のなかでも明らかな異彩を放って、刊行後二十年を閲《けみ》した現在も、なお顫動を続けているかのようだ。

増田宋太郎に言及した著作は、これまでも、また本書が上梓された後も、必ずしも珍しくはないらしい。にもかかわらず、松下氏の筆になる本書『疾風の人——ある草莽伝』を類書とを截然と分かっているものは、作品の作者にとっての本質的な意味、すなわち〝書くことの必然性〟としか言いようのない、その置き換えの効かない「一対一」対応の関係が、百年余の時を超えて、書かれる対象と書く主体とのあいだに紛う方なく成立しているという事実だ。

書かれる対象とは何か。それはいうまでもなく、一義的には増田宋太郎である。だが読者はその背後に容易に、本書の全体にはるかに濃密な影を落とす巨人・福沢諭吉の存在を感じ取ることだろう。福沢に対する複雑な陰翳が折り畳まれた松下竜一氏の思いは、これまでにも、すでに繰り返し述べられているところだ。

増田宋太郎を書くことを通じ、福沢諭吉の巨大さを逆に素描しようとする松下氏のとりあえずのこの方法は、それだけでもすこぶる興味深いものであるし、本書はそうした作品としてみても十二分に奏功していると言えよう。しかも、実はこれら一連の構図は、決して単純ではない。名声赫赫《かっかく》たる〝近代日本〟第一の〝偉人〟と、剽悍《ひょうかん》狂躁自滅の国士との関係は、一方を疑いない〝歴史の勝者〟と見、また他方を（そう言ってしまうなら）まさしく弁護の余地ない〝歴史の敗者〟にすぎない、と規定するだけでは済まされない――〝日本近代〟の重層的な暗さ、ゆきどころのなさまでをも、実は構造的な必然として抱え込んでいたのであり（このことについては後述する）、それら全体の素描を最終的に提示しえている点が、本書を、たとえば時代の加速度的な衰弱に伴っていよいよ〝ベストセラー〟の上位を占め続け、この国の大衆文化の低さを示すことになる通俗歴史小説家たちの通俗小説技法の杜撰さとも、それらを「原作」とした、たとえば〝NHK大河ドラマ〟的な擬似教養趣味時代劇ともまったく次元を異にした、あえていうなら〝近代〟以降の「日本文学史」にあっては数少ないまっとうな歴史小説（本稿で引用する他の著者の諸作も、概ね私はそう評価しているが）たらしめている要因なのではないかという気がする。

むろん、それは作家自身の――言い換えるなら、読者にとっては模糊たる――主観的な思い込みの烈しさによってばかり可能となる地平ではない。何より「技術」の問題としての小説という方法において、事はまず始まるのだから。今日に到るまで、もっぱら運動家・思想家としての面が繰り返し共感・礼讃・顕彰されるばかりで、いまだ指摘する人が必ずしも多いとはいえない「作家」松下竜一の、そのしたたかな小説技法の裏打ちなくしては、これはとうてい不可能な作品であったろう。

すでに『砦に拠る』で自家薬籠中のものとされていた手法は、本作ではいっそう大胆な想像力の翼を拡げ、宋太郎の妻・シカを話者とした巧緻なモノローグと三人称の歴史的・分析的叙述との撚《よ》り糸は、ほぼ間然するところのない完成度を示している。『砦に拠る』における室原知幸の妻・室原ヨシと同様、男たちの大文字の「歴史」の影で忍従を強いられる女性を〝語り部〟としたとき、松下氏の話法がほとんど自らの「ジェンダー」を踏み越えるまでに内在的な深みにその測鉛を降ろしてゆく現象には、ここでとくに読者の注意を喚起しておきたい。


(これからの世はどう動いて行くのであろう)

「おい、久米《くめ》」

思わず、奥に向かって呼んでいた。

幼名久米丸で呼ばれる長子宋太郎は、この時まだ六歳である。(「歯軋の章 二」/ルビ原文)

「歴史小説」のぎりぎりの閾《しきみ》を踏み越え、ほとんど「時代小説」の通俗に迫るかに思われるこうした部分も、本書の強靱な方法意識のなかでは、必ずしも気にはならない。何より会話が自然であり、シカが福沢から預かった『学問ノスヽメ』を読み始め、それを宋太郎に見とがめられる場面(「断髪の章 五」)も、シカの手から『文明論之概略』を奪った宋太郎が、いつしかそれに読み耽る場面(「前夜の章 三」)も、ために人物が生動し、精彩に富むものとなっているのだ。唯一、「前夜の章 一」の増田宋太郎とシカの会話のあたり、メロドラマ風の場面に、一瞬、小説的緊張が流れかかる憾《うら》みが残るだけである。

それにしても、作者はどのような時代を描こうとしたのか。――本書が扱う小説的時間は、ちょうど次のような座標から始まっている。

重石丸がわけても心を尽して講義したのは、気吹屋翁平田篤胤の主著『霊能真柱《たまのみはしら》』である。同書との出遇いを重石丸は次のように述べている。

〈余が家にては重名翁以来あまたの国書を所蔵して吾が中津のみならず近国にも稀なる斗《ばか》りなれば、師は無くともよりより開き見ては其大要を知りき。されど猶飽らず、左まで面白しともおもはざりしが最後に霊能真柱を得て、以来引続き気吹屋翁の著書を読て俄に雄心勃々として起り、世には神ありて人無きものの如く覚たり〉と。

（「歯軋の章　二」）

平田鉄胤《かねたね》（本書では鉄胤／一七九九―一八八〇）は、自らの門人すべてを平田篤胤の〝死後入門〟の門人としたという。そもそも平田篤胤自身が「国学」に打ち込むようになったのも二十代半ば過ぎ、夢枕に立った本居宣長に〝死後の門弟〟と認められてのことだったというから、このあたり、なるほど「国学」の〝超論理性〟および権威主義の面目躍如というところか。

ところで、その増田宋太郎は、忌憚なく言うなら――私見では、なんと魅力に乏しい人物であることか。小説の主人公として、なんと〝共感〟しかねる存在でしかないことか。

「積年の情熱を賭け続けて来た皇学教育が政府の方針によってほとんど決定的に挫折させられた時、宋太郎がこれまで慎重であり続けた直接政治行動に一気に転身したのも、身内に溢れる情熱のしからしむるところであったろうが、それにしてもその最初の行動目標が討薩計画であったとは。（略）『略伝』は、宋太郎の言を右のごとく伝えている。旧道生館の同志一統を集めての場であった。言畢《おわ》りて涙下《くだ》る、と宋太郎の念いの烈しさが伝えられている」（「断髪の章　六」／ルビ原文）

かと思うと、

「『わたしは間違っていた、わたしは間違っていた』／宋太郎は悲痛な自省の語を発している。／『今日、国権を海外に拡張しようとすれば、薩摩の軍事力を借るしかないことに、わたしはやっと気づいた。われらの討薩計画は間違いであった。この計画はなかったことにしていただきたい』」(同前)

また、あるいは、

「どうやら宋太郎らは佐賀軍への呼応をはからんとして、これを頼むに足らずと見抜くや、実際官についてこれを速やかに鎮定しようとしたのだと考えられる」(「断髪の章　八」)

要するに、なんでもよかったということなのか。権勢欲と短慮に染め上げられた鬱陶しい情緒主義、それを扮飾する見え透いた不潔な〃涙〃は、今も昔も粗暴な国士風の精神につきまとう登録商標でもあるかのようだ。

本書を通読しても、松下氏がとりあえずの主人公として仮設した人物には、ただ暴れたいだけの〃血気に逸った〃(?)行動主義者、浅薄な暴力主義者の像以上のものはどうしても見いだせない。しかも根本にあるのは、つねにより強大な暴力に自らを寄り添わせようとする没理念的な功利主義でしかないようだ。そのあまりの〃視野〃の狭さから、当人にあっては終始「海外」という観念的な符牒にとどまっていたとおぼしいにせよ――右に引いた寸言からだけでも、その〃国権拡張〃の行き着く先が「黒龍会」や関東軍的なアジア観であることは火を見るよりも明らかだろう。

こうした増田のいかんともしがたい矮小さが――とりわけ妻シカの鬱屈した憤懣と〃誉め殺し〃が綯い交ぜになった語りという卓抜な方法の採られた松下氏の筆によって細緻に書き込まれれば書き込まれるほど、逆に読む者にいよいよその底知れぬ容量を感じさせてくるのは、あまりにも〃偉大な〃再従兄《またいとこ》――福沢諭吉の姿である。

「増田宋太郎ら中津尊攘派による暗殺未遂事件のさなかに、福沢諭吉が故郷の者達の蒙を啓くべく『中津留別《りゅうべつ》之書』を草していたということに思いを致せば、さながら歴史の放つ光芒を見るかのように劇的である。もし、十一月二十八日か二十九日の夜、本当に宋太郎が福沢暗殺の刀を振り降ろしていたと仮定すれば、斃れた福沢の机上には未だ草されたばかりの『中津留別之書』が拡げられていたはずである。（略）その文の終り近くに見える（略）叱責の文字が、血走った宋太郎の眼にどのようにとらえられたであろうかと想像せざるをえないのである」（「燕雀の章　六」／ルビ原文）

続けて引かれる『中津留別之書』の文言は、切切としたなかに、しかも福沢本来の不思議な楽天性が貫かれていて、その限りにおいては、たしかに読む者の胸を打つ。

〈学問とは唯紙に記したる字を読むことにて、あまりむづかしき事にあらず。学流得失の論は先づ字を知りて後の沙汰なれば、予め空論に時日を費すは益なき事なり。人間の智恵を以て日本、支那、英仏等、僅か二、三ヶ国の語を学ぶに何程の骨折ある哉〉（同前）

この「燕雀の章　六」は、本書の中でも中津人・松下竜一氏の真骨頂が発揮された、ただならぬ緊迫感に満ちたくだりとなっていると言えよう。福沢のそうした達成は、しかも決して単なる僥倖によるものではない。

藩には緒方洪庵の下で砲術修業をすると届けて許しを得ている。蔵書も何も売り尽し、がらんとした家に老いた母とようやく三歳になったばかりの亡兄の子を置いて出郷するのであるから、諭吉の心境はさすがに悲愴であった。見送る者も、母と姉しかいなかった。（「歯軋の章　四」）

福沢諭吉がなぜこれほどまでにして「西洋」に接近しなければならないと考えるにいたったか。それは「燕雀」増田宋太郎には、おそらく理解を絶した事柄であったろう。

もちろん松下竜一氏も、この点を見落としてはいない。

「初期自由民権運動の現れかたは、皮肉なまでに逆説的現象を呈して見える」（「前夜の章　二」）に始まる松下氏の総括は要を得ており、なかんずく福沢諭吉の「政府に対する極度な用心深さ」についての分析は興味深い。

「当代切っての啓蒙家福沢諭吉が民権運動にこのように消極的であり、逆に、いまだ尊王・国権思想を脱し切れぬ宋太郎ら道生館一統が自由民権運動に走り始めているという光景は皮肉である。事の本質が視え過ぎるがゆえに福沢は躊躇し、事の本質を解しえぬままに宋太郎らは猪突したのだといえようか」（同前）

「きわめておおざっぱな軌跡で描けば、敬神（尊王）攘夷思想という右側から次第に民権運動を介して左側へと屈折して来た宋太郎と、西洋啓蒙思想という左側から、そのゆき過ぎに気づいて右側へと屈折して来た福沢が、ちょうど出会った接点が明治九年の宋太郎の慶応入塾であったというふうにはいえまいか。やがて間もなく宋太郎の生は断ち切られて、この接点以後の軌跡を描くすべもないが、福沢がこののちいよいよ右側へと屈折して行ったことは歴史的事実である。（略）／このように権道を選択した福沢の行き着くはてが明治十八年の『脱亜論』であったことはすでに周知である。すなわち、日本は未開のアジア諸国から脱して西洋の文明に移ったのであるから、朝鮮、支那に対しても、〈隣国なるが故にとて特別の会釈に及ばず、正に西洋人が之に接するの風に従て処分す可きのみ〉という露骨な侵略思想に至るのであり、さればこそ日清戦争での勝利に福沢は感涙にむせぶのであった」（「前夜の章　四」）

事ここにいたって、ようやく文明開化の「偉人」と草莽《そうもう》の志士との像は、日本の〝近代〟の枠組みのなか、同一の磁場へと向かって収斂し始めるかに見える。

「どうせ列強が侵略するだろうから、穢《けが》わしい蛮夷のほしいままにするよりは、皇国日本の翼下に置く方がいいのだとする思い上りが、このような侵略思想を生むのである。宋太郎らの奉ずる皇国思想の危険性がここにある」（「断髪の章　六」）

私は「このような侵略思想を生む」原因が、必ずしもここに述べられたような思考ばかりだとは考えない。また、それだけが「皇国思想の危険性」であるとも思わない。ただ、ここで松下氏の忖度する増田らの自己正当化の論理が、福沢諭吉後期の「脱亜入欧思想」と軌を一にしていることは誰の目にも明白だ。

「だが、無理もなかった。土佐の立志社自体にしてからが、民権運動を標榜しつつその『寸志兵編制願』を見れば、宋太郎の『集会趣意』が示す国権的士族体質は濃厚なのである。あるいはまた、後に西南役戦場にあって〈泣いて読むルソーの民約論〉とうたった民権家、肥後の宮崎八郎にいたっては、すでにこの時義勇兵を率いて台湾に在るのであった」（「断髪の章　八」）

増田宋太郎ならぬ、福沢諭吉ほどの「近代人」にしてからが、かくもたやすく「国権の伸張」に身を寄り添わせ、日清戦争を寿《ことほ》ぐという事態を、その歴史の果てに生きる現在の日本人として、どう解釈すべきか――。この問題に関して、一連の事情を闡明《せんめい》するためには、福沢の精神に深く私淑し、そこからいま一度、十五年戦争によっていったんは瓦解しきった日本の〝近代的精神〟の再構築を図った思想家について見るのが手っ取り早い。

『文明論之概略』は福沢の主著とはいえるが、明治三十四年に没するまで著作と教育活動に生涯をかけた福沢を、いかに重要とはいえ明治八年の著書でもって「代表」させるわけにはいかない。（略）もし福沢の思想の歴史的展開を論ずるならば、事を私の専門とする政治思想の領域にかぎっても、いわゆる国権論や皇室論、さらにアジア認識の問題にわたって、福沢が果してこの『概略』の地点から「転向」したかどうか、つまり彼の思想の生涯にわたる連続性と非連続性の問題、を避けて通ることはできない。（略）ただ、どんなに福沢にきびしい評価を下す人も、この明治八年の著が福沢の最高傑作の一つであり、福沢の精神的気力と思索力がもっとも充実した時期の産物であることは認めている。私個人について語るのを許して戴ければ、これほど戦前から何回とかぞえきれないほど繰り返し愛読し、近代日本の政治と社会を考察するうえでの精神的な糧となったような、日本人による著作はほかになかった。（略）くり返しいうように本書は「福沢研究」一般ではない。あくまで『文明論之概略』を通してみた福沢という思想家の姿を、福沢惚れを自認する私のまずしい解説によって、いくらかでも読者に伝えることが私のさし当っての狙いである。

（丸山真男『「文明論之概略」を読む』「まえがき」／傍点は原文のまま）

「ただ、どんなに福沢にきびしい評価を下す人も」……。一体、一人の思想家について、その後はともかくある時期までを評価する、といった分割が可能なものだろうか。

たとえば「『文明論之概略』が福沢の最高傑作の一つであり、福沢の精神的気力と思索力がもっとも充実した時期の産物であることを認め」るとするなら、では、にもかかわらずそうした精神がなぜ『脱亜論』や日清戦争賛美へと向かっていったか――そこへと必然的に帰結する萌芽をそもそもの『文明論之概略』それ自体のなかに見いだす内在的な批判・検討の作業こそが、本来は要請されているのだといえるだろう。

だが、福沢自身と別に、私がいま確認しておきたいのは、むしろ福沢諭吉に私淑する日本的な近代精神の人格の主体性の問題なのだ。

本書の第三章はもっとも狭義の政治思想史に近いものとして前二章と若干トーンがちがっており、その成立にも別の「由来」がある。（略）ところが、私のいつもの悪い癖で、本来序論として簡単に触れる筈であった近代的ナショナリズムの前史としての徳川時代の部分が意外に長くなり、本論に入らぬうちに私に突然召集令状が舞い込んだため、ともかくも維新直前までを纏めたままで

> 中絶してしまった。（略）なお本書の第三章は前述のように私の応召直前の労作であり、とくにその後半部は、召集令状を受けてからなお一週間の余裕があったので、出発のその日の朝までかかってやっと纏め上げ、新宿駅で見送りに来てくれた同僚の辻清明君に手渡したという曰く付のものであるだけに、その出来・不出来はともかくとして一しお思い出が深い。机に向って最後の仕上げを急いでいる窓の向うには国旗をもって続々集って来る隣組や町会の人々に亡母と妻が赤飯の握りを作ってもてなしている光景は今でも髣髴として浮んでくる。
>
> （丸山真男『日本政治思想史研究』「あとがき」一九五二年／傍点は原文のまま）

この「あとがき」でも、戦中の研究が「発表後八年ないし十二年を経過し、しかもその間には太平洋戦争の敗北による日本帝国主義の解体という巨大な歴史的断層が介在している今日になって、こうした旧稿を纏めて公にすること」をめぐる、「色々の意味で内心の強い抵抗」が語られている。確認しておくと、私は本書『日本政治思想史研究』の意義を否定しないし、ごく皮相な意味でいってすら、これは甚だ「面白い本」であるとも考えている。また著者がその内容に関して、「そうした点では私は今日それほど後めたい思いなしに、こうした領域での戦時中の研究を公に出来ることに秘かな満足感をさえ覚えている」と、その価値を自負している点についても、異論はない。基本的には、当時の日本の思想史研究の水準をはるかに凌駕する論文だったのだろう。

だが、逆にだからこそ私は、この書物に戦後七年を経て「机に向って最後の仕上げを急いでいる窓の向うには国旗をもって続々集って来る隣組や町会の人々に亡母と妻が赤飯の握りを作ってもてなしている光景は今でも髣髴として浮んでくる」といった回想を付すことのできるメンタリティが奇怪なのだ。

はっきり断っておくが、「戦争中を知らないから、そんなことが言えるのだ」といった、愚にもつかない世代的な特権性（ほんとうのところ、それは、まさに正反対の負い目でしかないはずなのだが）に依拠した自己正当化をもって、私がいま書きつけた疑問に答えたつもりになることだけは、読者の誰にも、やめていただきたい。そんな声が出てくることは、私もこの戦後日本に四十四年、否応なしに生きてこざるを得なかった者として百も承知している。問題は、いわゆる「応召」という、そうした行動をとってしまった――このことの責任も、私は棚上げにするつもりはまったくないが、とりあえずは措く――当事者が、しかもなんら悪びれることなく、端的に言うなら優れた「日本政治思想史」の「研究」に、こうした身の毛のよだつような悍《おぞ》ましいエピソードを自らの刻苦勉励の成果の記憶を彩るそれとして平然と書きつけ得るということの問題点なのだ。ここには明らかに一種〝苦労話〟〝手柄話〟の懐旧譚の情緒が立ち籠めていないか？　また、それが全体として一書を構成して、戦後日本の思想書の金字塔として永く読み継がれてきたという事実の、著者にとってもあまたの読者にとっても、いずれも由由しいものとしか思えない人格的破綻の問題でもある。

いま一つ、例を引く。

戦後、私が復員してふたたび研究室に通い出したある日、書庫から室に戻ろうとすると、ドアの前に軍服をきた大柄の外人がニコニコしながら立つていて、私が近づくと「しばらくでした」と日本語で言つて手をさしのべた。それがノーマンだつた。私は正直にいつて一瞬懐かしいというよりも、おもはゆい気持を抑えることができなかつた。しかしノーマンの態度や話し方はいささかのこだわりもまたわざとらしい心遣いも感じられず、その笑顔はまるでこの五年の間、お互の置かれた運命やそれぞれの属する祖国の関係になにごともなかつたかのように自然な親しみがあふれていたので、こんどはおもはゆさを感じたこと自体がはずかしくなつた。

（丸山真男『戦中と戦後の間』「E・ハーバート・ノーマンを悼む／無名のものへの愛着」）

これは、どういうことなのだろう。ここでは一体、何が語られているのか。「こんどはおもはゆさを感じたこと自体がはずかしくなった」――。

問題は、ハーバート・ノーマンが自分にどのように接してくれたか、ではないだろう。自分が――丸山真男自身が、十五年戦争を生きた日本人の一人として、ノーマンにどのように対したか（対するか）こそが、問われなければならなかったのではないか。

荻生徂徠・福沢諭吉の衣鉢を継ぐ、と自他共に認めた、その破格の超近代人・丸山真男すらなお、思想の節度というものが自らの「人格」においてこのように機会主義的・便宜主義的なものでしかないのを観るとき、私は日本の〝近代精神〟の保身性、その功利主義の〝底知れぬ〟浅さに、なんとも暗然たる思いがするのである。

ノーマンの自殺を一つの「事件」としてその原因や背景を穿さくすることは、いまの私にはそれ自体何かたまらない抽象化のように感じられるし、こんどのアメリカ上院国内治安委員会の報告や、いわんや都留証言を一直線に彼の死に結びつける気にもなれない。が、それにしてもアメリカのマッカーシーないしその亜流の数年にわたる執拗な、しかも遠巻きの攻撃がノーマンの名誉をはなはだしく傷つけ、彼の心身をさいなんだことは否定できない。はだ合いからいっても、思想かららいっても、彼に共産主義者のレッテルをはることがどんなにバカバカしいかは以上の拙いポートレートからでも察しがつこう。しかし問題は共産主義者とは客観的に何を意味しているかというようなことではない。（略）人間性の美しさをあのように愛し、知性による説得の可能性にあのように信頼をかけていたノーマンが、その長からぬ生涯の最後を、狂信と偏見と不寛容にとりまかれながらその命を絶ったとするならば、残された我々は何をすればよいのか。

（同前「E・ハーバート・ノーマンを悼む／不寛容にとり巻かれた寛容」）

ノーマン Edgerton Herbert Norman（一九〇九年〜五七年）の伝記的な紹介は、紙数の関係で省く。私は安藤昌益に関する卓抜な研究を含む、ノーマン自身の著作をごく僅か、瞥見《べっけん》したのみだが、ある意味では右に引用した部分だけで、この人物に関する本質的な説明としては十分とすら言えるだろう。つまり、その意味では丸山のこのエッセイはみごとな追悼文となっている。それが、どのような立場の誰によって書かれたものであるかを別にしさえすれば。

ノーマン自身が「立派な人」であったことは、おそらく確かなのだろう。そしてそれ以上に明白なのは、日本の「知識人」は丸山のように「戦中と戦後の間」を生き延びようとするかぎり、決して自殺する必要などないだろうということだ。また「残された」者として、しかも決して現実には「何もしない」だろうということでもある。

丸山真男におけるこうした奇怪な欺瞞は、他方で文学者にあっても——たとえば詩や小説における日本の「近代」の一極致（私の考えでは、日本の〝擬似「近代」の極致〟）とされる、次のような思考に、根深い部分でやりきれないほど通底する共通性・類似性を示している。

私は既に日本の勝利を信じていなかった。私は祖国をこんな絶望的な戦に引ずりこんだ軍部を憎んでいたが、私がこれまで彼等を阻止すべく何事も賭さなかった以上、今更彼等によって与えられた運命に抗議する権利はないと思われた。一介の無力な市民と、一国の暴力を行使する組織とを対等に置くこうした考え方に私は滑稽を感じたが、今無意味な死に駆り出されて行く自己の愚劣を嗤わないためにも、そう考える必要があったのである。

しかし夜、関門海峡に投錨した輸送船の甲板から、下の方を動いて行く玩具の様な連絡船の赤や青の灯を見て、奴隷の様に死に向って積み出されて行く自分の惨めさが肚にこたえた。
出征する日まで私は「祖国と運命を共にするまで」という観念に安住し、時局便乗の虚言者も空しく談ずる敗戦主義者も一紮げに嗤っていたが、いざ輸送船に乗ってしまうと、単なる「死」がどっかりと私の前に腰を下して動かないのに閉口した。
（大岡昇平『俘虜記』「捉まるまで」）

「私がこれまで彼等を阻止すべく何事も賭さなかった以上、今更彼等によって与えられた運命に抗議する権利はない」――だが、これはそれだけで許される事柄なのだろうか？　大岡はここで自らの死を語ることで、自らの歴史的責任を局限し矮小化しているのだと、私には思われる。問題は「死んで済むことではない」のだ。なぜ自省と批判は、この地点にまでしか進まないのか。問題の、より本質に到達しないのか。

むろん、この一点において大岡昇平のすべてが「断罪」しうるとは私も考えないし、そのつもりもない。ただ、戦後文学の朝野ともに（？）最も公認された「近代」性に、結局、終始妥協的な相対主義・自己免罪がつきまとっていたことは否定し難いし、そもそもの最初からこうした精神的空洞を抱え込んでいたものの限界はあらかじめ容易に決まっていた――すなわち日本の擬似近代そのものの範囲での紐付きの〝自由〟であり〝近代性〟でしかなかったという意味あいにおいて、たとえば大岡昇平の近代性と丸山真男の近代性――すなわち「文学」と「思想」の〝擬似「近代」性〟の最高得点取得秀才の形は、一種異様なほど酷似してくるのである。

私は敵を憎んではいなかったが、しかしスタンダールの一人物がいう様に「自分の生命が相手の手にある以上、その相手を殺す権利がある」と思っていた。従って戦場では望まずとも私を殺し得る無辜の人に対し、用捨なく私の暴力を用いるつもりであった。
（同前）

ここでスタンダールが引かれることに、私は異様さを感じる。この高名な作家（と、後になった人物）は、一方で大日本帝国の一兵卒として軍服を着ながら、他方、深刻にスタンダールを咀嚼しているのだ。人間として、なぜ、そんなことが可能なのか。この人格にとって、ではスタンダールやフランス文学とは何なのか。この矛盾が異様でないと感ずるなら、もはや人は読み、書き、考える行為をやめた方がいいと、私は思う。

河上（徹太郎）　三好君なんかは、例へば最近「捷報いたる」といふやうな非常に端的な、素朴で力勁い詩を一方で書いて居つて、それから又一方でジャムの翻訳なんかに全的に打込んでゐられると思ふ。さういふことに君自身は矛盾を感じて居ないかね。

三好（達治）　僕は自分のものを書く時には、たゞ、いつでも、直接人と話をして居るのとだいたい同じ気持で書いて居る。だから君のいふやうな矛盾なんかは書く時には覚えない。

（座談会「近代の超克」一九四二年七月）

これが日本の近代人の姿なのか。どうやら、自ら「知的協力者会議」と銘打った彼ら（前出の林某もここに含まれている）と、たとえば大岡昇平や丸山真男との距離は、私見では、実は巷間思われているほどには、隔たっていない。

明治四年末、九州の片田舎中津城下にあって増田宋太郎らの皇学校と福沢諭吉指導による市学校がほとんど同時に設立されたということは劇的である。（略）皇学校と市学校、さらに従来の藩校である進修館はたがいに歩いて数分とは離れていなかった。三の丁という一本の通りで、三者の生徒は日々に往き交った。皇学校の生徒達は、進修館生徒を問題とせず、隆盛の市学校生徒と張り合うのであった、彼等が市学校生徒の洋風かぶれを罵れば、市学校生徒は皇学校生徒の時代遅れの固陋ぶりを憫笑して返した。

〈学問とは、ただむづかしき字を知り、解し難き古文を読み、和歌を楽しみ、詩を作るなど、世上に実のなき文学をいふにあらず。……されば今、かかる実なき学問はまづ次にし、もつぱら勤むべきは、人間普通日用に近き実学なり。（略）〉（中略）

小さな城下町で、顔を突き合わせるようにして当時の日本の三極の精神が文字通り鬩《せめ》ぎあっていたという意味では、明治四年から五年夏にかけての中津は、最も象徴的な光景を現出していたといえよう。

（「断髪の章　四」／ルビ原文）

本書に描かれた物語においてはすこぶる評判の悪い漢学であり、また福沢諭吉が生涯、思想敵とした儒教であるが、私は福沢や丸山、また大岡らのこうした二重性——状況はすべて認識しながら（と、自己諒解しながら）、現実に対しては無限に日本的妥協を続け、また時到ってその必要がなくなれば、平然とそれら一切の自らの〝精神の劇〟をあたかも他人事のように観照する態度に関しては、むしろほかならぬその儒教のなかにも、それを戒める姿勢があったような気もしないでもない。

その大岡昇平との比較でもあるが、本書『疾風の人』は掉尾《とうび》を飾る「死戦の章」にいたって、それまでの四章の、いわば時代と社会とを立体的に再構成する方法から、一気に切実な直線性を帯びた緊迫した物語へと変貌する。

「明治十年三月三十一日深更、二小区一等戸長磯村真五郎は、金谷の自宅前に住む船頭の家がなにやら騒がしいのでのぞいてみた。船頭というのは、福岡県との境をなす山国川の渡守である」（「死戦の

章　四」）から始まる、増田宋太郎ら中津隊こと「新政党」の西南戦争参戦の描写は、文体からも構成からも、『レイテ戦記』から『堺港攘夷始末』に到る大岡昇平の諸作を凌駕し、鷗外晩年の史伝に比肩する完成度を示していると、私は見る。

その後、熊本鎮台に替った征討第一旅団と対峙して薩軍の三ヶ所村戦線は大きく動かなかったが、二十五日三田井が敗れるにおよんで、中津隊は東行して、六月一日には五ヶ瀬川右岸の大楠という部落に拠って滞陣することとなった。ここでの二十日間にわたる滞陣ではほとんど戦闘はなく、これまで転戦を重ねて来た中津隊にとっては最初で最後の閑日が与えられたことになる。

雨のふる日と日の暮れがたは生れ故郷が思はれる

増田らが折りにふれては低声で歌い和していたという一節を、昭和十年当時大楠の古老達の夢のような記憶から聴き出した香原健一氏が、『西南役中津隊、先陣ほぎ奮戦史』（昭和十七年刊）に書きとめている。ほぎとは歩騎のことで、敵陣の中央を突破する先駆突撃隊を意味している。中津隊は少数ながらその勇猛さゆえにそう呼称されて、山峡の人々に記憶されたのである。

（「死戦の章　六」）

この余韻嫋《じょう》嫋《じょう》たる一節を、たとえば次のようなそれと比較してみるとき、私の前言はあながち恣意的な思い込みではないことが理解されるだろう。

一七五〇、第一四野砲連隊の一個大隊が砲撃を始めたが、四二発で弾薬が尽きた。砲車の車輪が泥で滑ったから弾着は不正確だった。一八五〇から一九〇五まで別の砲兵大隊が砲撃を加えたが、陣地はまだ死ななかった。夜が更けるまで、日本兵の軍歌が中から聞えていた。（略）

歩兵が進んでみると、堡塁が厚さ六〇センチのコンクリートの壁を持ち、ヤシ材とトタン板で固められていたことがわかった。堡塁の両側に、やはりヤシで固めた二つの機関銃座があった。ヤシ材とセメントの破片が、ばらばらになった戦死者の死体といっしょくたに積み上げられていた。やがてブルドーザーが来て、すべてを片づけた。（略）

このよく戦った六角形の堡塁は日本側の記録には現われていない。

（大岡昇平『レイテ戦記』「十一　カリガラまで」）

もちろん、戦争の規模と質とが西南戦争と太平洋戦争とでは比較を絶したものとなっている。だが、その事実と不即不離の関係において、実は『レイテ戦記』という記録を貫く書き手の眼差しが、「堡塁」で迫り来る惨憺たる死を前に「軍歌」を歌っていた兵卒らの内面とも断絶した、本質的に酷薄かつ強権的なものであるのではないとの疑念も、私は抱いてきた。

周知のとおり、同書には「死んだ兵士たちに」との献辞がある。だが私には、この記録を貫ぬく視線は、師団長や提督より、さらに高みに立った特権的なそれであるように思われてならない。

この文書（引用者註／米軍二一連隊長。W・J・ヴァーペック大佐の第六軍情報部への報告書）は、戦訓として書かれたものであるから、いくぶん警告的誇張があると思われるが、リモン峠のわが第一師団の兵士がいかに戦ったについて、最も生の記述の一つである。全体として筆者のその相手に対する尊敬と高い評価が表われている。戦後大佐が東京へ来て第一師団長片岡中将に会い、五十七聯隊の善戦を賞讃したのがお世辞でなかったのは、戦闘直後の十一月十五日、敵が現地において書いたこの文書が十二分に証明している。リモン峠でよく戦って死んだ兵士に対し、これ以上よき供え物はないと思われる。

（同前「十四　軍旗」）

――「よき供え物」とは？　こうした揚言を平然と綴る小説家が、にもかかわらず「戦後文壇」を代表する一人であり、しかも天皇制とはあたかも一線を劃《かく》した〝平和主義者〟であるかの如くにすら喧伝されてきた事実に、私は「日本文学」および「戦後日本」の根底的な人格的破綻を感ずる。それにしても、本章に入ってからの松下竜一氏の緊迫した筆致の冴え冴えと凛冽な美しさはどうか。

立石で小休止した隊は、夕暮れと共に立石を発ち鹿鳴越の嶮を越えた。檄文に感動した沿道の農民が、われもわれもと松明を掲げて山道を案内したので、火のつらなりが山野をおおって、これを望見した巡査隊の戦意を喪わしめた。世直しの檄文を掲げて進む新政党別軍への沿道農民の期待は高かったのである。

（「死戦の章　四」）

いや、「死戦の章」に関して言うなら、これは内容的に、あるいは鷗外をも上回っているかもしれない。というのは鷗外にはついに、たとえば次のようなテキストは書かれ得なかったからだ。

最初に立上がったのは、宇佐郡敷田村の農民であったという。その勢いはたちまちに宇佐郡を席捲して、下毛《しもげ》・国東《くにざき》両郡にまで波及し、用務所を襲い学校を壊し豪商に押入った。ともすれば西南役が不平士族による反革命でしかなかったかのごとくみなされがちななかで、増田の率いる一隊が自由民権を掲げて、その一隊のなかに平民や百姓一揆の指導者までも含み込み、実際に一揆を呼びかけていったという特異さは心に残る事実である。だが、その農民達が一揆を起こしたにもかかわらず、それを見捨てて突き進んだところに、宋太郎らの士族意識の限界を見ざるをえない。彼等は薩軍に合することのみを急いでいたのである。
（「死戦の章　四」／ルビ原文）

とはいえ、本書『疾風の人』に比較したい誘惑に駆られる作品が、日本文学史上、まったくないわけではない。それも同じ西南戦争を扱い、作品が書かれたのもおそらくはともに九州の地で、初版の出版社も同じ、刊行もほとんど踵《きびす》を接している（刊行時期は『疾風の人』の方がやや早い）という複数の偶然が介在した一篇があって、しかもこちらにも増田宋太郎は登場している。

ほう、筋湯に泊ったその話は聞いちゃおらだったですが、飯田《はんだ》高原の方から筋湯の方へ通る道筋ちゅうのは、そりゃさぞかし難儀なことでしたろう。駕籠に乗る方も担ぐ方も。侍がいくさにゆくとに、百姓どもに駕籠つくらせて担がせてゆくちゃ、よっぽどくたびれとったとでしょうな。隊長らしい人が一人馬に乗っとったちですか。
はあやっぱりその人が、増田宋太郎さんちゅうひとじゃなかったろうかと思うですがな。こっちの村でも、二重の峠までこの人たちを案内した者たちが居って、その隊長を馬に乗せて二重の峠までゆくと、薩摩の方のりっぱな人たちが出て来て、恭しゅう刀抜いて、答礼して迎えたけん、あんときの隊長は、よっぽどえらか人だったばいち思うたと、後々云うちょりましたです。
（石牟礼道子『西南役伝説』第六章「いくさ道（下）」／ルビ原文）

右に記したような共通点、類似性ばかりではなく、端的に言うならどちらも甚だ面白い小説であるという点において――あるいはさらに、いずれも制度的な「文壇文学」とは一定程度離れた位置で、しかも、ともに〝現代日本文学〟の最高水準を形成するごく少数の文学者の所産であるという点において――『疾風の人』と『西南役伝説』の性格には共通するものがある。だが似通っているのはそこまでで、その方法や内容においては、また相互の資質の決定的な違いが露になっているという点でも、両者は甚だ興味深い対照を成している作品なのだ。

大分県庁を襲ったあと中津隊（中津藩出身の増田宋太郎のひきいた反乱軍）は、別府の高崎山に勢揃いして西郷軍に合流するため、庄内の伯楽某の案内で間道をえらび、九重飯田高原まで来て、連日の強行軍と嶮しい山道にすっかり疲れていました。ところはいまでも鄙なる風情の中にある、筋湯という湯の湧く部落です。たぶんそこで、ひと晩くらいは湯にも漬《ママ》かったと思われます。

（石牟礼道子『西南役伝説』同前）

阿蘇火山地帯に属するこのあたり、山々の間に隠れるようにある盆地はどこも湯の里だが、ひたすらに過ぎてゆく彼等は鄙《ひな》の湯壺に緊張した身をほぐすこともなかった。先が急がれたし、官軍の追跡にも怯えていた。湯布院の岳本でうっかり酒に酔うて眠ってしまった戸倉仙太郎ら四人が本隊に置き去りにされてしまっていることからも、彼等の蒼惶とした歩調がうかがえるようだ。

岳本から南へ転じて湯平をめざした彼等の道は、いよいよ山の深みを分け入った。山桜が咲き、鶯の声が耳を慰めたが、一人一人の疲労は濃かった。

（「死戦の章　四」／ルビ原文）

また「掠奪物を独占私有していると疑われて農民達に裏切られ、惨殺されて果てる」「中津隊最初の戦死者となった」（「死戦の章　四」）松本大五郎の死の状況に関しても、本書と『西南役伝説』の叙述（「かけつけた政府側の防衛隊に大五郎が殺されたために、一揆の側は鎮圧されてしまいます」）とのあいだには、若干のニュアンスの違いがある。

いずれが事実であるか、容易に判断する根拠を私は持たないし、何より松下作品と石牟礼作品とでは、そもそもその成立している場所もめざす方向もまったく異なったものがあるのではないかという気もする。ただ私は両書を、最後は半ば並行して読み進める時間のなか、およそ十一年前、田原坂を中心に西南の役の史跡を歩いた夏のことや、また『砦に拠る』をめぐる論攷《ろんこう》を書くために思い立った現地調査で、九州脊梁山脈を縦走した折りの風景――風土が、濃密に立ち現われてくる思いがした。

さらに両者の小説としての性格の差異が――そしておのおのの著者の作家的資質やその志向の根本的な隔たりがいっそう鮮やかに示されるのは、ほかでもない増田宋太郎の死を扱った部分である。『西南役伝説』は、本書『疾風の人』でも「田舎新聞」への転載として孫引きされている『郵便報知新聞』の犬養毅の記事を引き、こう続ける。

犬養が、いや、もし生きて増田宋太郎がふたたび九重山系を辿って帰郷したならば、阿蘇連山に向きあいながら二重の峠あたりから涌蓋《わいた》山、久住山をめぐって息を呑むほどに凄絶妖麗に、九州の脊梁を成している大高原の秋を、どのように見たことでしょう。敵方をして神色自若たりと云わしめて首打たれた青年は、その最後の姿においてこの大乱の風土を背景としつつ、色の深い詩藻をそこに創り出しています。思想を日々の行ないとして生きた者たちの時代が、かの海浜でも、渚に満ち引きする波と共に消えてゆきました。この山筋の人々が、何かは知らねど馬上姿の増田を立派な人と見、水俣の百姓たちが、西郷生存を信じていたのは、なんのゆえであろうとわたしは考え始めるのです。「まあよしましょう」と云った増田の最後の言葉はそれが伝聞であるにしても事を起そうとして焉った者の、苦みを含んだ言葉にも聞えます。それは何であったのか、南小国や筋湯の人たちの話を増田に聞かせ、その感想を聞きたい誘惑にかられます。

（石牟礼道子『西南役伝説』第六章「いくさ道（下）」／ルビ原文）

このように石牟礼作品が、後には首相として「五・一五事件」で海軍将校の兇弾に斃れることとなる青年記者の送稿にそのまま信を置き、それを採用するところから、たちまち主情的な小説的空想を羽搏《はばた》かせてゆくのに対し——松下氏はこの記事そのものに次のような釘を刺すのを忘れない。

記述が詳細で、真相かとも思われるが、これにも疑問は残る。増田宋太郎に関する判決記録がない点である。判決なしの私裁ということは、まず考えられない。

（「死戦の章　八」）

そして先行する中津隊士・矢田宏の証言や『西南征討志』『丁丑乱概』、それらを綜合した『西南記伝』による、九月四日の鹿児島市米倉の市街戦での増田宋太郎の戦死を推測する地点に逢着する過程は、松下氏ならではの、歴史の地表を匍匐《ほふく》してゆくかのような粘り強い持続性に満ち、強い読後感を残す。この作品が昨今巷に溢れ返る想像力の脱臼した通俗小説でもなければ、制度を笠にきた強権的で空疎な純文学でもない——細部の密度、資料を扱う厳格さ、節度ある想像力の煌めき、いずれをとってもほぼ完璧な歴史小説であると私が評価するゆえんである。

松下氏が史料を渉猟検討して、その限りにおいて「歌う」ことを自らに抑制してゆく（ただ実は、シカの独自の部分で、それとはさらに異なった次元で松下氏は「歌ってしまって」いる部分もあるのだが——）一方、石牟礼氏は〝事実〟のほんの一片から「現実」そのものをそっくり自らの「物語」に改編してゆくという、両者の決定的な差異は、おのおのの作品の結晶化するヴェクトルが巨きく隔たっていることを感じさせる。二人の文学者の〝研究者〟をもって任じる類《たぐい》の人びとは、この両者のテキストを比較検討してみるとよろしかろう。ともあれ、これは現在の日本の小説表現を、ある軸で計測してみた場合の、その「差し渡し」が分かる眺めではある。

　このような次第で、本書の主題と方法とを一言で括ろうとすれば、それは「時流に乗る」「歴史に取り残される」ということの意味を、「時流」に乗った者と乗らなかった者との対比で、しかもあえて「乗らなかった者」「取り残された者」の視点から描く、ということになるだろう。そして選ばれた時代の設定は、さらにこの作品におのずから「近代日本」というものの成り立ちと現在とについて――すなわち日本の擬似〝近代〟の形について考えることを促す作用を持っている。

　いかにも、福沢諭吉と増田宋太郎という郷里の二人から日本「近代」の意味を照射しようとする松下竜一氏の方法は、見事に奏功した。そしてそれは、作家としての老獪な力量の所産である以上に、むしろ、たとえば『あぶらげと恋文』等で繰り返し語られてきた、地元の進学校で学年一の成績を修めながら、東京へと進学してゆく級友に取り残され、困難な家庭環境のもと、家業の豆腐屋を切り盛りしなければならなかった松下氏の青春期の鬱屈の暗い地熱の思いがけぬ輻射なのではないかという気が、私にはしないでもない。

　しかし注意しなければならないのは、とりあえずの「主人公」に対するそうした初発の感情移入を、作者は決して最後まで持ち越してもいないという点だ。

　本書に見られる増田宋太郎の像は、少なくとも私にはとうてい共感しがたい。だが、それこそがもっぱら、完遂された「近代」に対するアンチテーゼの有力な形でしかなかったのだとすれば、むしろその事実にこそ、いっそう私たちは屈辱を感じなければならないだろう。それはちょうど、私たちのまえに指し示されている「近代」がたとえば福沢諭吉に表徴されているとするなら、それもまた無惨な屈辱にほかならないことと表裏一体を成している。この、終始、功利主義的な競争の勝者でありつづけた――勝者にすぎなかった〝先覚者〟に。

ほんとうにそうなのか。この日本の「近代」の始まりには、その二つしか道はなかったのか？
「時流に乗らない」ことには、おそらく二つの生き方がある。その一つはむろん、好むと好まざるとにかかわらず「時代に取り残される」ことだ。そしていま一つは——来たるべき時代の、さらにその彼方まで、自らの力で一気に到り着き、「未来」を現在に引き寄せてしまうことだ。

彼等が抹殺されねばならなかった真の理由が、幾つか考えられる。第一に、維新政権が最も恐れたのは、赤報隊に見られる如く革命のゆきすぎであった。御許山勢が勝手に米倉を開いて人々に与えたことや、あるいは年貢百分の一を告げたことなどがそれであったし、なによりも士分にあらざる真の草莽達の抱く志そのものが、新政権から危険視されたと考えられる。（「歯軋の章　八」）

たとえば本書の開巻ほどなくのこの短い記述に、私は一つの可能性の萌芽を見る。この芽が、その後百数十年の歴史のなかでどのような消長をたどったか。
すでに私たちはその「解答篇」を与えられているかに見える立場に置かれているが——しかし歴史は、いまだ、終熄しているわけではない。

〔一九九九年十一月脱稿〕

人を「直接行動」から隔てるもの
――『ルイズ――父に貰いし名は』

本稿において私が対象とするのは、あくまで作者・松下竜一氏によって造形された「伊藤留意子」であり、またさかのぼって大杉栄、伊藤野枝である。一般に「ノンフィクション小説」とは、それがたとえどんなに周到に書かれたにせよ、書かれた側には多かれ少なかれ何らかの不満がついに消えずに燻《くすぶ》り残るにちがいない表現形式であるだろうし、それは松下竜一氏の周到かつ篤実な取材方法をもってしても最終的には脱却しえない問題であるのかもしれない（むしろ、そうした書き手の主体性が核となることなしに、作品として「ノンフィクション小説」など成立しえない、という見方も、たぶんありうる）。

晩年の伊藤ルイ氏が、本書の過半に提示されたのとは別の活動に自らを展開していった経緯については、私もまったく仄聞《そくぶん》しないわけではない。とりわけ本書の終わり近くにその名の登場する孫振斗《ソンヂンドゥ》氏（一九二七～二〇一四年）は、韓国人被爆者として辛苦に満ちた闘いを貫き、現行「被爆者援護法」の理念的根拠を形造った人物であり、多く書くべきことがあるが、紙数の関係で本稿では割愛する。ただこの論攷の意図とするところは、あくまで松下氏の作品としての本書『ルイズ』の分析と検討を通じて、そのノンフィクション小説としての意味や歴史的・政治的作用を明らかにすることであり、したがってその批評の対象とする主人公も、現実の伊藤ルイ氏というより、あくまで松下竜一という作家の造形した人間像であることを、ここでとくにお断りしておく。

青い帽子をかぶり洋服姿で帰ってきた幼な子たちを迎えて、戸惑ったのはウメであった。東京のハイカラな生活の中で育てられた子らを、どう扱えばいいのか。「この子らには、いったい何を食べさせたらいいんだろうね」と、途方に暮れたようにウメが洩らしたとき、「わたしたち、もうパパもママもいないんだから、なんでもたべるよ」と魔子がいったので、思わずウメは涙をこぼした。

（第一章「埋葬」）

「パパもママも、暑いから水を掛けてあげるね」

そういって、笑子も留意子も台座に登って水を注ぐのだった。

（第二章「講堂」）

最初に本書が提示するのは、こうした痛切なエピソードとともにその人生の歩みを始めなければならなかった子どもたちの姿である。私はまず一読者として、これらの叙述の前に長く足を停めた。では彼女らの存在に対し、当時の日本社会はどのような態度をとったか。彼らへのじゅうぶんな共感や支援が示され、その一方、こうした境遇を強いた悪には、それに見合った告発や糾弾がなされたか。

世間では、事件隠蔽《いんぺい》のために六歳の少年までも巻き添えにして殺したことで、甘粕大尉を非難する声が高かったが、午後になって弁護人は、「あなたは本当は子供を殺さなかったのではないか」と、再三にわたって甘粕を問い詰めた。（略）それまで昂然としていた甘粕は突然嗚咽《おえつ》して、宗一殺しを否認した。（略）

甘粕への世論の同情は、かえって大きくなっていった。建国の大本をゆるがす獅子身中の虫である無政府主義者の巨魁を、天に代わって制裁し国の危急を救ったとする甘粕の主張は、少なからぬ共鳴を呼び、それはまず在郷軍人会を中心とする減刑歎願署名運動となって、全国的に展開された。ついには、遺族からも恩讐を超えて甘粕免罪歎願書を出すべきだとの圧力となって、代準介や与吉に執拗に迫った。準介も与吉もこれを拒んだ。

（第一章「埋葬」／ルビ原文）

かくのごとき悪夢のような鳥肌立つ展開を生ぜしめる精神風土が、しかしまぎれもない日本の現実の底に蟠踞《ばんきょ》していることに気づいているかいないかで、この国に生まれた者の〝生きやすさ〟は決定的に隔たってくる。本書の主人公たちが育ってきた時代の凄まじい暴圧は、やがて第一章「日の丸の旗」の講堂での〝講演〟の衝撃的な体験を強い、そしてそうした全体が一九四五年八月十五日をとりあえず一つの極点として収斂することになる「戦争への道」を突き進んでいった。

しかし、それも実は決して戦前・戦中だけに限られたものではない。「戦後」もさらに十五年以上を経て、なおルイ氏は「公民館運営委員」になることすら、「自治会会長、小中学校校長、地域婦人会会長、PTA会長などから成る審議委員会」が「親の思想が悪いので」との理由で拒否されるのだ（第六章「若者たちと」）。

そうした社会の底にあって、たとえば次のような人物に出会うことを知ることは、ひとり伊藤ルイ氏にとってのみならず、読者にとっても重い意味を持つ。本書のなかでも私が最も強い感銘を受けた挿話の一つである。

ある日、留意子がきてみると、一人の老婆が父母の墓の前に屈んで手を合わせていた。（略）それは留意子もよく知っている老婆で、大きな風呂敷包みの荷を背に担いで、ときどき台所の方からくる小間物売りだった。（略）

留意子の不審な表情に気づいたのだろう、老婆が溜め息のように呟いた。

「あなたのおとうさんおかあさんが生きとんしゃったら、わたしらのくらしも、もうちょっと楽になっとりましたろうばってんね……」

（第二章「講堂」）

本書・第一章「浜のとんび」や「浜千鳥」、第二章「魔子」や「老牧師の祈り」に顕著な、松下竜一氏ならではのきめ細かな筆致によって立ち現われる伊藤ルイ氏の心理の綾《あや》や幼少時の記憶の襞《ひだ》もまた、感慨深い。これらに讃歎し、また深く思いを致す読者は少なくないことだろう。こうした主人公の資質は、たとえば第五章「ひまわり」の、子どもたちが毛糸の匂いを嗅ぎ分けるエピソードにいたるまで、伏流水の如く確かに流れ続けている。

そんな穏やかな夜、留意子は笑子を誘ってボートを漕ぎ出した。沖に出るとゆたゆたと波に遊ばせながら、ポータブル蓄音機をかけて音楽を聴くのだった。ボートの底に仰臥《ぎょうが》し音楽に聴き入っていると、遮るもののない宙に浮いて、満天の星座まで身も魂も浮遊して行くような気がする。

翌日にはきっと近所の者たちからいわれた。

「留意ちゃんたら、昨日の晩も沖で蓄音機まわしよったっちゃろ。音楽が聴こえてきたっちゃもん」

（第二章「老牧師の祈り」／ルビ原文）

いかにも、本書に向かい合うとき、読者は、それが国家権力によって虐殺された犠牲者とその遺族の——しかも直接の犠牲者たち自身の死後も長く誹謗や中傷、有形無形の圧力を受けてきた人びとの記録であることを、他の何よりも絶対的な前提としなければならない。このことはどんなに強調してもしすぎることはないし、私もまたそのように読んできた。

その上で、以下の論考は進められてゆくものである。

だから留意子には、エスペラントを学ぶことで父大杉につながっていくような、ひそかな歓びがあった。だが、そんな歓びも「暗号のようなものを勉強している」という思いもかけない噂で砕かれてしまった。エスペラントの独習をやめるしかなかった。

（第三章「兄」）

本書を読み進めながら、私が幾度となく訝《いぶか》ったのは——たとえばここで、なぜ「留意子」は「独習をやめるしかな」いと自己諒解してしまうかだった。なるほど、エスペラントは十五年戦争中、当然、天皇制ナショナリズムの迫害を受けた。また逆に当時のエスペランティストのなかには、だからその時流に積極的に迎合しナチズムの讃美にまで至った藤澤親雄ら「エスペラント報国同盟」のような動きもあった。エスペラント訳の『愛国百人一首』などという代物が作られたりしたというのも、このころの話である。（大島義夫・宮本正男『反体制エスペラント運動史』一九七四年／三省堂）

だがいずれにせよ、ここでの「独習をやめるしかなかった」という自己諒解は、あまりにも淡泊かつ従順なものでありすぎるような気が、私にはしてならないのだ。「学んでいることを級友たちに隠すつもりはな」かったことがそうした事態を招いたのだったとしたら、以後は「隠し」て学べばよいではないか。このとき「何事か、隠し立てしてまで何かをしたくない」という心情は、実は狭隘《きょうあい》な潔癖さである以上に、より巨きなものへの——そう意識するとしないとにかかわらず——迎合となってしまう。

この傾向が最も顕著に示されているのは、主人公の恋愛・結婚をめぐっての一連の叙述だろう。第三章「兄」の終わりの「慶應義塾経済学部三年の石堂真二」との交情は、この時代、潜在的には決して少なくない件数で成立しながら、しかし社会習俗や国家システムのせいで成就しなかった「恋愛」

の典型的な一例であったかもしれない。だからこそ多くの人びとは、あの〝伊藤野枝の娘〟の思いがけないひ弱さ、保守性、脆弱さに安堵するだろう。それゆえに彼女が、これではとうてい偉大な母に及ばないと、その愛の蹉跌に打ちひしがれることには、もう一度、今度はさらに残酷な喜悦の感情を浮かべるだろう。

石堂との邂逅の場面は印象的で、その後に写真とともに届けられた手紙も――いずれも彼の側のごく特別な条件に恵まれたものにはすぎないにしろ――ともあれ美しい。こうした輝きをすら、むざむざ拒否して、それでは一体、人間にはどんな生が残されているというのか。その答えは、松下氏の冷厳な筆によってただちに示される。

もとより私は婚姻制度というものを、この世で最も忌むべきそれと考えている（だから私はいまだかつて一度も〝結婚式〟なるものに立ち会ったことはなく、今後もそのつもりである）。そして本書の第四章「結婚」に始まる、王丸和吉との馴れ初めから婚姻にいたる何ページかは、それがとりもなおさず主人公のある種の秘められた〝特権性〟がこれ以上ないまでにそっくり踏み躙られてゆく過程にほかならないだけに、文章に描かれた近代日本の「結婚」のなかでも類稀な惨たらしさ、やりきれなさに満ちた、一種凄惨なテキストと化すことになった。侵略戦争の中国戦線で〝決死隊長〟として〝奮戦〟し〝凱旋〟した〝鬼軍曹〟に、十代半ばにして自ら嫁そうとする留意子を描く松下氏の筆は、この成り行きの救い難さ、日本という国家の憤ろしいまでに兇悪な本質を行間に漲らせて余すところがない。

彼女は意識しないことであったが、この結婚は傷痍軍人との婚姻奨励、早婚の奨励という国策に、期せずして合致している。戦傷者の増えるに従って、傷痍《しょうい》軍人の婚姻と就職は社会問題になってきていたし、一方で女子の早婚も政府によって呼びかけられていた。ここ十年間の女性の平均結婚年齢は二十一歳であるが、これを十八歳に下げたいというのが呼びかけのねらいであった。

（第四章「結婚」／ルビ原文）

また小説として読んでも、執拗にルイ氏をつけ回す王丸の描写から「満洲」での結婚生活にいたる部分は、松下氏の一種鬱勃たる冷酷な筆力を改めて感じさせる。特高の尾行や策謀、甘粕の消息、中国人の三助、性奴隷の少女たち……。

ただ、この婚姻の成立にあたっての主人公の姉の対応を「二人の結婚に反対したのは、王丸家の方だけではなかった。真子もまた、反対だった。しかし、真子の反対は感情的なものだった」（第四章「結婚」）とかたづけてしまうことは、果たして適切であるかどうか。

よしんばそれが「感情的なもの」であったにせよ、同時に「感情」とは、何より人間的な「論理」にほかならない。本書のいたるところに瞥見される、その言動にほとんど唯一、伊藤野枝を髣髴《ほうふつ》とさせる面影を残した魔子の反対が、たかだか王丸某が自らをさしおいて下宿先のマツに取り入り……などといった次元の事柄に由来するものでしかなかったとは、私にはどうしても思えないのだ。自ら「いやしくも大杉栄・伊藤野枝の娘」である〝矜持〟を保ち続けた魔子なればこそ、優柔不断な妹が、天皇制国家日本の侵略戦争で手を中国人の血に染めた〝鬼軍曹〟のごとき男の妻となろうとしていることには反対せずにはいられなかったと考えるのが当然ではないだろうか。

「夢のある結婚など有されるはずもない自分には、かえって釣り合いのとれた相手かもしれぬと思えた」（前出）という主人公の、一見、諦念に満ちた自己諒解は、しかし「戦争」ないし「日本近代」に対する、その時代を生きた者ひとりひとりが負うべき歴史的責任を、他のいっさいに先立っていち早く不問に付す手続きともなってしまっている。本来、王丸和吉との「結婚」は「かえって釣り合いのとれた相手」というような次元の理由からなされては、絶対にならないことではなかったか。

「いくら米軍でも、妊婦をどうこうしないでしょうもん」

留意子がそういうと、和吉は大声を出した。

「おまえは戦争というものを知らんから、そんな呑気なことをいう」

その余りに激しい語気に呆気にとられていると、「戦争というものは、人間を鬼にしてしまうもんだ」といって、和吉はふっと顔を伏せた。（略）

初めて聴くその告白は、留意子に衝撃を与えた。（略）冷静に考えれば、戦功を立てている夫が人を殺しているのは当然のはずなのに、この告白を聴くまでそのことを想像もしなかった自身を、留意子はたじろぐような思いでひそかに吟味せねばならなかった。

（第四章「敗戦」）

ほんとうだろうか？　そんなことが、ほんとうにありうるものだろうか？「戦功を立てている夫」が人を殺している可能性を「想像もしな」いまま、結婚し、共同生活を続けてくるなどということが。

しかも、少なくとも本書における限り、この重大なやりとりはこの地点で終わったまま、その後、再確認されることはないのだ。そして「夫婦」としての生活は続いているのだ。そのことを、私はひたすら恐ろしいと思う。

こんな生活が続く以上、結局離婚しかないのではないかと思いながら、しかしそう決めようとするとルイには逡巡が湧く。なによりも、少しも和吉を憎んでいない自分に気づくのだった。もし、ギャンブルに狂うという不可解な病気さえ治癒されるのなら、ルイは和吉に何の不満もない。大杉の娘という厄介者である自分を大きな懐に抱き止めてくれた和吉は、優しい夫であった。

（第六章「博多人形」）

何度も繰り返すとおり、私が本稿で取り扱う「伊藤ルイ」は、実在の伊藤ルイ氏ではなく、あくまで松下竜一氏により『ルイズ』という作品に描かれた登場人物のことである。それを確認した上でいうのだが、この段階にまでくると、私には十五年戦争というものを経験した近代日本人に一般的に見られる、一種常識を超越した不思議な存在形態に出会う思いがする。「大杉の娘という厄介者である自分を大きな懐に抱き止めてくれた和吉」――魔子氏だったら、こうした概念規定になんと言うだろう？　だがその「優しい夫」は侵略戦争で〝武勲〟を立て、「スパイを始末した」男だった。私の認識では、そうした人物に対しては「憎む」以前に、人間として相いれがたい恐怖と嫌悪とを感ずるのが当然であるだろうに。

「バクチさえしなきゃ、あんないい人はいないのにね」と笑子がいったとき、
「ほんとにそうなのよ。あんないい人にはもう二度と巡り合わないと思うわ」と答えて、それからルイは吹き出してしまった。

（第七章「小さな仏壇」）

そして本書の叙述に関するかぎり、この「離婚」は、ついに王丸の戦中・戦前の人間としての責任にさかのぼってまでは検討され直した気配が見受けられない。

作品の成立が、松下竜一氏の伊藤ルイ氏に対する「聞き書き」を縦糸としているというところから来る微妙な側面はあるのかもしれない。そうではあったにせよ、全体にこの『ルイズ――父に貰いし名は』においては、大杉栄・伊藤野枝の一女・魔子氏が、他の子どもたちに比してあまりにも貶《おとし》めて描かれすぎているという印象が、私には拭い難い。しかも、その気配は章が進むにつれて強まってお

り、終盤近く、魔子氏が年下の人形職人と「出奔」してから以降の叙述などでは、作者もまた伊藤ルイ氏ら、他の姉妹とともに魔子氏を非難し処罰する露悪的・曝露的な描写の気配を感ずる。とりわけ「戦後」になってからの部分で魔子氏への批判が展開される論拠が（作者・松下竜一氏自身のそれを含めて）、あまりにも因襲的な――すなわち大杉栄・伊藤野枝がそれと闘い、それに圧殺されたはずの日本国家の体制的な倫理観・価値観に甚だ無造作に則り依拠していることには、心寒いものを覚えずにはいられない。

　伊藤ルイ氏がしばしば「大杉・伊藤の娘」を意識するとき、実は論理的にも倫理的にも、それに最も近い生き方を切り開こうとしたのが魔子氏であったのではないかという判断は、本書の（ある意味では偏倚《へんい》した）記述を追っていてすらも、じゅうぶん明瞭に形成されてくる。その意味では、ルイ氏やエマ氏らの魔子氏に対する反撥や非難は――また著者・松下氏の視点も――論理的に一見、混乱し、破綻しているという印象を受ける（だが私は、実は松下氏自身、そうした矛盾にも自覚的であり、むしろ周到にそうしていたのだとも推測しているが）。

　忌憚なくいうなら、魔子氏は――明らかに伊藤ルイ氏の〝弱さ〟の側に共感する姿勢を貫くことで成立しているかに見える松下竜一氏のその叙述を通じてさえ――本書に登場する「遺児」たちのなかで、私が最も強い共感を覚え、また魅力を感ずる人物だ。

　エロ人形――。なるほど、生きてゆく上では、そうしたこともたしかに起こりうるだろう。本書でも屈指の強烈な鮮やかさに満ちた、小説ならではの展開の可能性を予感させる場面である（言うまでもなく、この次元での小説性は「事実」に対し精確・誠実であろうとする記録作家の姿勢と、なんら矛盾しない）。にもかかわらず、ここで松下氏が妹のルイ氏らと同じ視点に立って、このモチーフを、偉大な母に〝似た〟強烈な姉――魔子氏への、鬱屈したやっかみとしか見えない非難がましい位置づけでしか扱わないでしまったことを、私はかえすがえすも残念に思う。

むろん私には、過去にも今後にも、こうした種類の作業に手を染めるつもりは微塵もないが、もし万が一、私が大杉栄・伊藤野枝の「遺児」たちを書くとしたら、まちがいなく魔子氏の、烈しく自分の真実を貫こうとした痛ましい生涯をその主軸に据える。私見では〝エロ人形〟を作る年下の夫の浮気に悩まされながら哄笑する魔子氏の姿は、天皇制国家日本の侵略戦争で手を中国人の血に染めた〝鬼軍曹〟との結婚生活に、その賭博狂い以外にはなんの不満もなく「あんないい人にはもう二度と巡り合わないと思う」と溜め息をつく主人公のそれより、はるかにはるかに「清潔」なものに映るのだが。

魔子氏に示されるような自己解放（たとえ、それが十全には貫徹しえないものであったとしても）に対しては、ルイ氏ら、それを否定する側もまた、自らの〝封印された青春〟や〝圧殺された生の欲求〟を梃子として立ち向かうだけに、その闘いはおのずから悽愴な憎悪を伴ったものともなるようだ。

魔子と藤本との関係が決定的となったとき、ルイ氏は、一九二二年秋に大杉が魔子との日常を綴った手紙を『大杉栄全集』に確かめ「姉さん、パパのこの手紙を全部読み返してよ——と、留意子はいまの真子に本を突きつけたい気がした」（第五章「レッドパージ」）と、本書では書かれる。

私は、この行為にまったく共感できない。こうした幼女期から現在の苦境に到るまで、まさしく魔子氏は自らを貫こうとして生きてきたのではなかったか。たとえ、それが結果的には、一般大衆の尺度からみて必ずしも「幸福」と羨まれる境遇を手に入れるものではなかったかもしれないにせよ。そして本書に描かれたルイ氏が、いかなる権限に依拠して魔子氏に「パパのこの手紙を全部読み返してよ」と迫りうるのか、その根拠もまた、私にはまったく、何重にも納得できないのだ。

逆に、王丸和吉との結婚に際して魔子氏がルイ氏に『大杉栄全集』ないしは『伊藤野枝全集』を突きつけていたら？　このこととの論理性、思想的整合性なら、私から見ても明白である。……いや、だとしたら当時のルイ氏は、まさしくそうした偉大な両親の重圧から逃れるために凱旋した〝鬼軍曹〟との結婚を急ぐのだと応じたかもしれない。そうであるなら、戦後にいたって主人公が『大杉栄全集』を根拠に（前述したとおり、この部分の主人公の論理構造はまったく不明だが）魔子氏の恋愛を詰《なじ》るというのは、いずれにしてもますます卑怯である。

「腹がふくれて野ー枝／月が満つれば野ー枝／いやでもサイサイ／いやが応でも赤児ができる」「野枝の腹からノーエ／赤児がうまれたノーエ／野枝のサイサイ／腹から赤児がうまれた」（第一章「浜のとんび」）と「野枝の郷里の糸島郡一帯」で「流行のノーエ節に託して」歌われたという囃《はや》し唄の卑猥や、あるいは「〈今までの洋服や猿股《さるまた》を脱ぎ捨て真紅の友禅《ゆうぜん》の腰巻や筒袖の日本キモノに着替へ物珍らしげに赤い腰巻を捻《ひね》くり廻し『美しい美しい』と喜び髪をお下げに結つてくれと……〉」（第一章「埋葬」／ルビ原文）という記事とともに「着物姿の魔子の写真」を掲げる「記者連の興味のありよう」の、どこまでも底知れぬ低劣。

だが、実はそれらの心性は、戦後においてなお魔子氏をこのように非難する声の主たちとも——意外に——近い。というより、むしろそれらは表裏一体のものなのではないか。

かくも鮮烈な姉・魔子に対する妹たちの鬱屈と、その妹たちの側に最後まで寄り添おうとするかに自らを位置づける作者・松下竜一氏の姿勢とには、どうやら『豆腐屋の四季』以来、私が繰り返し指摘してきた「生活の思想」（黒田喜夫）の反動性が、実は一見さりげないが、最も抜き難く、濃密に籠もっているような気もする。

信念に殉じた一女子大生の死が、デモにさえ加われぬ自分を責めているようであった。

（第六章「若者たちと」）

この表白は、まさに『豆腐屋の四季』における松下竜一氏の自画像そのものであるといえるだろう。その鬱屈がまた、くだんの〝歌物語〟の印象深い秀歌の数かずを生みだしてもいるのだが。

樺《かんば》美智子についても、書かねばならないことは多くある。だが、ここでは同じ一九六〇年、日本に先立つ四月十九日、韓国に展開し、李《イ》承晩《スンマン》独裁政権を崩壊に追い込んだ「四《サ》・一九《イルグ》革命《ヒョンミョン》」に関連する資料を引こう。戒厳令下、警官隊・武装憲兵・軍との対決で学生・青年労働者一八六名が死亡、行方不明者多数が出た「血の火曜日」に関わる文献である。

> 時間がないので、お母さんにお会いできずにでかけます。最後まで不正選挙糾弾のデモに加わってたたかいます。いま私の友だちはみな、そして大韓民国のすべての学生たちは、わが国の民主主義のために血を流しています。
> お母さん、デモにでかける私を叱らないでください。私たちでなかったら、だれがデモをするでしょうか？（略）
> デモの途中で死んでも悔いはありません。お母さん、私を愛するお気持からずいぶんかなしくお思いでしょうが、すべての同胞の将来と民族の解放のためにと喜んでください。私の心はすでに街にとんでいっています。
> あまりにもあわただしいので、手が思うように動きません。どうかお体を大事にしてください。重ねて申しあげますが、私の生命はすでにささげようと決心しました。時間がないのでこれで筆をおきます。
> （陳英淑《チンヨンスク》「遺書」／季刊『三千里』第二十二号・同誌編集部訳／一九八〇年五月、三千里社発行）

この「遺書」の書き手は、当時ソウルの漢城《ハンソン》女子中学校の二年生だった。本人が胸苦しく予感した通り、彼女はこの数時間後に警察に射殺される。あまりにも短く、しかも決然としていたヨンスギ（本名「英淑」の愛称）の生涯は、その後、さまざまな形で紹介され、児童小説にも描かれている。

仁玉、私の愛する娘よ！
私がこの文を新聞に投稿して世間にひろく読ませようと思うのは、私だけが娘をもつ父親ではなく、またおまえのように、おまえの学校〔梨花《イファ》女子大〕へ娘を行かせている七千の父母・兄弟・姉妹たちがすべて私の心情と同じであることを思い、この恥ずかしさを、この苦痛を、ともに分かちあい、ともに泣きたいためだ。ことさら、おまえの学校の名をここに明らかにしなくとも、ソウル市内にある「大学」という名をもつ学校のなかで、あの四・一九デモの時、参加せずにぬけてしまった大学といえば、たった一つしかなかったのだから（私はそう思っている）、世間の人はだれもがみな気づいているはずだ。（略）
そして私がおまえに望むのは〈卑屈な幸福〉より〈堂々たる不幸〉を愛することのできる女性になってほしいという切実な気持であった。（略）
おまえはほんとうに、あの若い旗手たちの中に、おまえの命を捧げて愛する恋人の一人もいなかったというのか？　なげかわしいことだ。くやしいことだ。（略）銃弾に斃れた息子や娘をもった父母たちの悲痛より、髪の毛一本、着物の裾一つちぎれなかったおまえを娘にもったこの父親の苦しみが、もっと深く大きいのだ！
仁玉！　さっさとバッジを投げ捨て、校門を出て病院にかけつけるがいい。罪人のような恥じらいと謙虚な態度で、いまだ病床で呻いているあの若い英雄たちのまえに、おまえの血を惜しむことなくそそぐがいい。若者たちがおまえのような女の血でも受けてくれるなら……。（以下略）
（一人の父「その日　おまえは、どこで何をしていたのだ」『朝鮮日報』一九六〇年五月二日

付に掲載された全羅南道光州《チオルラナムド クワンヂュ》市の医師の投稿／同前）

「仁玉」の読みは「イノク」。二篇の文章の、とりわけ後者には、その烈しさへの感嘆と同時に、さまざまな細部にも、また全体を支える構造にも、私は異論はある。しかし日本と、たとえば韓国との、この彼我の意識の隔絶を確認することは、絶対に無意味ではないだろう。

つけ加えておくと——たったいま私が「四・一九革命」に関連する資料として引いた二点の文章の、とりわけ後者には異論もある、と記した、その最大の異論は、たとえば本書『ルイズ』の次のような部分に私が持つ拒絶感と、おそらくは同根のものである。

この骨身を砕くような疼痛こそが、血のつながりというものであろうかと思うと、両親の存在がいまほど身近に感じられることはなかった。やはり自分はパパとママの子だったという、安堵にも似た思いも湧いていた。

（「エピローグ」）

こうした叙述に〝感動〟する読者が、確実に——それも少なからず存在するのだろう。そしてそのことが、松下氏自身がしばしば言及する、〝氏の作品としては珍しい〟本書の商業的成功（私は、そういう意味では松下氏の他の作品も十分に「成功」していると思うが）の重要な理由の一つとなっていることも、容易に想像できる。

だが私自身は、この種の〝感動〟を——「血のつながり」というがごとき概念によって担保されたそれを、絶対に認めない（この問題については、後続の稿でやや詳しく述べる）。そして、他にもさまざまな要因があるにせよ、本書に対して私の覚える危惧や不満の少なからぬ部分は、私がもともと〝「血縁」の物語〟を拒否しているという前提以上に、本来そうした枠組みで絶対に語られてはならない事柄——そうした枠組みのなかで、しかも精確に語ることは明らかに不可能な事柄が、にもかかわらずそのように語られ……そのことが結果的には（他の要素とも相まって）「ノンフィクション小説」としてのさまざまな〝成功〟をも齎しているという、本書をめぐる事態の何重かの構造性と関係していることも記しておきたい。だから結果的には、この作品は一九八〇年代の日本にあって、どのような形においてなら大杉栄や伊藤野枝を語り、それを書物として広く流通させることができるか——その考え得る、ほとんど唯一の解答を示す結果にもなっている。

「さすがに、父が命名してくれたルイズという名に戻すだけの勇気はなくて、それに一番近い名として選んだのがルイである」（第五章「ひまわり」）——なぜその〝勇気〟がないのか——しかもこの「戦後」の自己恢復の文脈のなかで、それがなお「さすがに」と（松下氏によって、過剰なまでの先回りをして忖度され）言われるほどのことなのか。これも、私には直ちに諒解し難いことだ。

「——それに、父母のことは少しも憶えていないんですから」
「いいえ、聴かせてほしいのは、あなた自身のことなんです。ご両親が殺されたところから始まる、あなた自身の物語です」
（「プロローグ」）

なぜ作者が「あなた自身のこと」を聴き、書きたいと思ったか。その理由は、本書を読み了えてなお、私には分からない。
だが、その一方で分かる部分もある。それは本書が、日本人にとっての「慰藉《いしゃ》」と「自己免罪」の形を示す、ある精神の作業の典型を提示した作品だということだ。それは簡略に走り書きしておくと、「転向」を「糾弾」されるのに先手を打って「転向したことの釈明」を綴る作業であるとも言える。

……「うちのルイズはね、あまり勇敢には生きてきませんでしたのよ……」と、小声にだして答えてみた。それはほんのたわむれのつもりであったのに、不意に哀しみはこみあげて、ルイは身体をいっそう小さく竦《すく》めてしまった。

「そうか、やっぱり偉い名をつけ過ぎたか」

ヒヒヒヒと笑う父の声を、ルイは聴いたような気がした。いたずらに成功したときの父が、ヒヒヒヒと笑ったとは、誰かの文章で印象深く記憶していることであった。

（第一章「葉鶏頭」／ルビ原文）

人は必ずしも「勇敢に生き」る必要はない。それができない場合もいくらでもあると、私は考える。

だが、それ以上に本来してはならないこと——何より、したくはないことはあるだろう。私見では、たとえば本来してはならないこととは、基本的には日本軍隊に身を投じた上で——少なくとも、そこで「スパイの始末」を本文中のような形ではしないことであり、したくないこととは、そうした人物の歴史的責任を曖昧にしたまま、少なくとも「賭博さえしなければほんとうにいい人だった」などとだけは、口が裂けても言わないことだ。

かりに、このやりとりに立ち会ったとしたなら、一人の「娘」の「父」としてではない、思想家として——一個の人間として、いやしくも大杉栄が、この問題を〝「そうか、やっぱり偉い名をつけ過ぎたか」〟といって〝ヒヒヒヒと笑〟って済ますとだけは、私にはとうてい考えられないのだが。むろん、伊藤野枝も同様である（私は、野枝の批判の方がさらに透徹したものとなるような気がする）。

これは大杉が「〈一九二三年六月十五日、ルイズが此の世に出てから一週間目に〉」（前出）記したという「が、うちのルイズはどうなるか。それは誰れにも分らない」との一般論とは、もはや次元の決定的に違う問題なのだ。

にもかかわらず、本書において描かれた「伊藤ルイ」氏の人間像は、それを〝「不肖の娘」の鬱屈〟という、あまりにも安易で情緒的な〝血族の物語〟に溶解してしまうことで、大方の――〝あの戦争をくぐり抜け、ずいぶん苦労もしてきた、自分の思う通りには生きたくても決して生きられない時代を知っている〟……そんな最大公約数的な「日本人」の支持を得、しかもそれが、別《わ》けても「国賊」「非国民」の娘として二重の辛酸を嘗《な》めてきた者としての立場から語られることによって、いっそうその自己正当化の〝物語〟を完成させてしまう形となっている。

〝ご両親が殺されたところから始まる、あなた自身の物語〟？――にもかかわらず、しかも読者は、当然のごとくこの作品を、徹頭徹尾、「大杉栄・伊藤野枝の娘」の物語として読むだろう。大杉栄・伊藤野枝の娘すらそうであったという「事実」は、欺瞞的な日本人が自らを慰謝し免罪し、自己肯定を続ける上で、なんと好都合であることか。そして、しかも本書の過半の部分においては、描かれた「伊藤ルイ」氏の人間像が、そうした「国賊」「非国民」の娘である自らさえも、この日本社会に受容されることを、むしろ身を屈して望み、望みきれずに煩悶する……という役割を負わされる結果、ある種の――本書の購読者のかなりの部分を占めることが予想される大衆は、二重に安心し、自らを改めておもむろに優位に立たせることさえできてしまうのだ。それが、なお「あまり勇敢には生きてきませんでしたのよ」とのみ語って済まされるようなことだとは、私には考えられない。

そしてさらに言うなら、松下竜一氏のような文学者がこの主題をこのように扱い、書く――そのことが確実に好都合であるような領域が、現代日本社会のなかに確実に存在するだろう。その事情は、本書の、松下氏の著作としても突出した文壇的・商業的〝成功〟の理由と不可分のものとしてある。

ホワイトハウスから約二キロ離れたスミソニアン航空宇宙博物館。広島に原爆を投下した爆撃機「エノラ・ゲイ」の展示が続いていた。開幕直後の七月二日、平和団体の一主婦キャシー・ボイラン（五二）は、仲間二人と機体目がけて人の血を投げ付け、逮捕された。「（エノラ・ゲイから始まった）狂った核開発計画が、今も世界を脅かしている。アメリカ人にこの現実を直視してもらいたかった」

血液は仲間の一人から採った。「血こそエノラ・ゲイにふさわしい。エノラ・ゲイによって何万、何十万という人の血が流されたのだから」。

釈放された今も「決して暴力に訴えたのではない」と語るボイランの目に、強い信念が読み取れる。

（『西日本新聞』一九九五年八月一日付「海を渡った原爆展／九五夏ナガサキ―ワシントン―ソウル」第六回／「敬称略」と註記あり）

――このグループと「出会った」のも、一昨年の夏、ヒロシマ・ナガサキ出身の四人の被爆者とともにアメリカ合衆国東海岸の諸都市を「遊説」する旅（『潮風の町』論「間奏曲、ただ一度だけの黄金」参照）のさなかの出来事だった。

彼女らのような人間としての存在形態を、別の人びとには阻むもの――人を「直接行動」から隔てるものとは、それでは何か？　その答えこそが、実は本書『ルイズ――父に貰いし名は』の、秘められた――しかし実は真の主題にほかなるまい。

本書で松下竜一氏が採ろうとし、また実際に試みている手法は、それとはまったく反対のもの――一言で言うなら、王丸和吉と〝結婚生活〟を営み、最後の離婚も、彼の賭博癖・浪費癖による生活破綻によってもたらされた（――と描かれる）、一人の女性の生涯を機軸に、〝大杉栄、伊藤野枝の物語〟の〝神話性〟を、何重にも屈折した形で、しかしやはり「相対化」しようとする企てであったといえるだろう。そしてそれが、おそらく松下竜一氏が、ほかでもない伊藤ルイ氏を描こうとした作家的動機なのだろうと、私は推測する。いかにも、その試みは〝成功〟した。たぶん著者が周到にはりめぐらした作家的構想をも凌駕する形で。

したがって、その〝文壇的評価〟〝商業的反響〟により、この作品は、松下竜一氏の数多い著書のなかでも、とりわけ長く読み継がれてゆく一冊となるのだろう。だからこそ――現に変革すべき世界をまえに逡巡し、躊躇し、結局は大いなる諦念へと収斂してゆく心性が、とりわけ日本の精神風土にあっては最も存在しやすいものであるとき……繰り返すが、「いよいよとなると」決まって「心がひるんでしま」う――「ママなら決してこんな選択には甘んじはしなかったという思いが突き上げて、後悔の念が湧」く――そんな種類の日本女性の「自己諒解」と「自己慰謝」の物語として、他の多くの日本人に一種屈折した優越感に満ちた安堵と満足を与え、その頬に鷹揚な微笑を惨ませるような形でこの作品が機能してしまうことを、私は終始、強く懸念している。

〔一九九九年十二月脱稿〕

覚醒を促しつづける「声」
――『久さん伝』

ある年の初めのことだった。私たちは四人だった。未明に群馬・長野県境の雪深い山峡地帯を出発した私たちの車は、薄曇りの昼下がり、東京の環状六号線・山手通りを、急ぎ、南下していた。

昭和天皇が死んだら、
赤い花を持って、
管野すがさんのお墓へ集まろう！
朝八時までなら、昼の十二時。
八時以降だったら、翌日の昼の十二時に
墓前へ！
（誰からともなく呼びかけられた、不思議で素敵な行動提起です）

前年の秋、昭和天皇「下血」報道が始まったころ、その呼びかけは、まさしく「どこからともなく」私たちのもとへと伝わってきた。〝その日には赤い花を携えて集まりましょう〟――主として女性たちが女性たちに向けて発したという、その誘いを、私たち四人のなかに居合わせた女性は、自ら発行している個人誌でも紹介していた。

東京都渋谷区代々木三丁目二七番地五号、正春寺の裏の墓地――管野家墓域。夜を徹して山を下り、関越自動車道をひた走ってきた私たちは、午後にいたって、ようやくその場所を訪《おとな》うことができた。一九八九年一月八日――。

息を呑む、光景だった。自然石の巨きな墓碑が、その石をも呑み込んでしまうほどの真紅の花の巨大な海に埋もれている。墓地の一点、そこだけ、焔が立ち、燃え盛っているようだった。グラジオラス、ガーベラ、ヒヤシンス、カーネーション、コスモス、マーガレット、水仙、霞草……。

赤ばかりではない。黄色や白の花も混じってはいた。だが、その大半は赤――それも眼に沁《し》みるような真紅で、それらの花束が、おそらく流紋岩と思われる暗灰緑色の墓碑を取り巻いているのだった。

くろがねの窓にさしいる日の影の移るを守りけふも暮しぬ

墓碑の裏に回ると、こんな一首が流麗な行書で刻まれている。たしか遺稿集『死出の道艸《みちくさ》』に入っていた――一九一〇年十二月、管野すがが幸徳秋水の友人・小泉三申宛ての書翰に記した獄中詠である。

約束は、果たされた。約束は、果たされたのだ。その事実に強い感銘を覚えながら、私たちも途中の店で用意してきた花束を手向け、改めて花の海に分け入るように屈み込む。

いかにも、これからも当面、天皇制は続くだろう。すでに前述の周到さをもって、新「元号」をはじめとするシステムの転轍機は当然のごとく作動し続けていた。

だがそれに対し、この国の擬似〝近代〟の〝促成〟過程で「大逆」の罪名とともに惨殺された一女性の墓に、おのおの思いをもって集った女性たちがこんなにもいた——という、そのことに、私はいっそう強い印象を受けていたのだった。

「私はいつの時代にか、私の志のある所が明にされる時代が来るだらうと信じてゐますから、何の心残りもありません」（大逆事件大審院における管野すがの最終陳述）

この国の近代が、実はいかに多くの心ある人びとの無償の行為によって「覚醒」を促されてきたか。その喚《よ》び起こしの「声」は、いまもたしかに響きつづけている——。

じつは、明治大学図書館を訪れる数日前、私は四谷《よつや》で古河三樹松氏と会って取材をさせていただいている。氏は大逆事件に連座して幸徳秋水らとともに処刑された古河力作の実弟にあたる方で、すでに八十歳を越えておられる。生前の久太郎を知る数少ない現存者であるが、その記憶は驚くほど明晰で、久太郎の拳銃に関しても、「あれは下谷のコーちゃんが村木に売ったものです」と言下に明言されたのである。

（第Ⅰ章「狙撃未遂」／ルビ原文）

ちなみに、大逆事件は、実はいまだ決して終了してはいない。大日本帝国憲法下ですら、さまざまな問題を含む国家的犯罪としてのこの一大フレイム・アップについては、戦後も被告中、唯一の生存者・坂本清馬氏をはじめ遺族・関係者らによって「大逆事件の真実をあきらかにする会」が結成され、再審請求が行なわれてきた。結果として一九六七年七月、最高裁大法廷は十四名の裁判官の連署によって最終的にこの請求を棄却するが、それが一方で明治政府との国家としての主体的一貫性を平然と否定しながら、しかも現存の日本の司法権力として負うべき責任をもまたまったく顧みようともしない点に、むしろ私は明治憲法下のそれと「戦後」のそれとを明瞭に貫く、司法権力としての本質的な同一性を見る思いがする。

本稿で用いた資料の一部を教示された点など、私自身、かねてからこの「大逆事件の真実をあきらかにする会」の活動に負っているところが少なくない。私の仕事場に所蔵されている月刊『労働運動』の復刻版も、関係者の御厚意で入手したものだ。

一枚の写真がある。

「一九二五年（大正十四年）五月二十一日、東京地方裁判所でうつす／左から新谷与三郎、古田大次郎、倉地啓司、和田久太郎／二列目左が山崎今朝弥弁護士、右が布施辰治弁護士」とキャプションのあるこの横長の写真は、本書・第Ⅵ章で詳述される、和田久太郎の福田陸軍大将謀殺未遂事件の初公判のときのものだ。

復刻の発行年月日「一九七一年九月一六日」の日付の脇にわざわざ「大杉夫妻らが虐殺された日」の一行が添えられた奥付を持つ古田大次郎遺著『死刑囚の思ひ出――増補決定版』（黒色戦線社）の口絵である。これは本書でもしばしば引用、言及されている、彼らに関する第一次資料の一つだ。同じページの上段には「古田大次郎の写真、死刑執行の日の晩うつす」とキャプションのある痛いたしい死に顔がある。が、私にはそれとは別の意味で、対向ページにレイアウトされた古田の「絶筆」と「著者小照」のうち――本書にも引用されている――「同志諸君」以下の「絶筆」日付時刻の部分、まさしく絞首五分前にしたためられたことを示す十月十五日午前八時二十五分の頭の年号が「大正十四年」と天皇暦を用いて記されているのが無惨なものに思われもする。

再び初公判廷の写真に目を戻すと、

「村木の坐る席の分だけ空けておきたいな」と久太郎がいったとき、古田も倉地も新谷も心からうなずいた。

（第Ⅵ章「法廷に立つ」）

……なるほど、彼らの腰かけた長椅子には、たしかに和田久太郎の左側に、ちょうどあと一名、人が席を占める余地が残されているようだ。巻末の「参考文献」一覧から推測すれば、おそらく私の愛蔵するのと同じこの冊子に松下竜一氏も何度か、手を伸ばしながら——さらにはここに焼き付けられた和田久太郎の写真にも目を注ぎながら——本書は書き継がれたのだろうと、私は推測してみる。

それにしても公判廷でのこの和田久太郎の風貌、表情の、なんと際立って個性的なことだろう。困ったような茶化したような、はにかんだようなうんざりしたようなこの笑顔を見れば、それだけで私は、松下氏がなぜこの「ズボ久《きゅう》と呼ばれた一種瓢逸《ひょういつ》の人物の、短かった生涯」(第Ⅰ章「狙撃未遂」)を追ってみたくなったのか、その理由が諒解される気がしないでもない。

「余人の行為ならとても信じ難いほどの」(同前)失敗をしでかしてしまう「『命がけで打《ぶ》っ放すピストルの弾が空っぽだということを知らなかったほどの呆《あき》れ者』と幾度も自嘲したというテロリスト」。緊張で勃起した陰茎でテーブルを持ち上げてしまうほどに「性欲の強い」——「労働組合の勢力は資本主義国家に於ける一敵国だが、淋梅連合軍はまた、確かに久太国内に於ける一敵国だ。と云って、資本主義国家の運命の如《ごと》く、必然にこの一敵国に亡ぼされるんじゃたまらないからね」(和田久太郎『労働運動』第四号「名医の注射」／本書・第Ⅴ章「復讐への導火線」)と書く「労働運動家」。

花札が「何よりの御馳走」で「同志の誰彼に戦を挑んで、愉快そうに遊んでいた」(第Ⅲ章「アナキストへの道」)という、何より労働者——ないしは放浪者そのものであった男……。

それで私が思い起こすのは内山愚童《ぐどう》(一八七四〜一九一一年)である。一九一一年一月二十四日朝に始まった大逆事件死刑執行の五番目の刑死者。箱根・林泉寺の住職でもあった曹洞宗禅僧。虐殺時三十六歳。私見では、日本で最も立派な職業宗教者であるような気もする。

寒い〳〵、今日は雪が降る。こんな寒い日に、火の気のない監房の中で手紙を書くのも、あまり面黒《ママ》くない事ではあるが、扨《さて》死刑の恩命に接して見ると、懶けても居られないので、入監以来多大の厚意を受けし夫人為子さんと、先日僕のバイブルを差入れてくれた君に対して、最後のなにかを書かねばならぬ。願はくば目をつぶる前に、一度遇つて大に笑話をしたいのだが、それも出来まい。君は一昨年十一月、僕が十二年の宣告を受けた時に断腸の思ひがすると言つたそうだが、今度はどんな思ひがする。二年間沈黙を守りし君は出てから（以下数字抹消）。

先日君の送つてくれたバイブルの中に、「義朝は抜身ひつさげ討死せり」と云ふ句があつたが、吾等二十四人も近々抜身だけはひつさげて討死する事になつた。オット幽月だけは列（例）外だ。

こんな馬鹿言つて居る中に、用紙が半分なくなつた。併し安心してくれ。君の送つてくれたバイブルは死ぬまで讀んで居るから。実は何か彫刻して記念を送りたいのだが、今は駄目だ。（以下、略）

（森長英三郎『内山愚童』一月二十日、堺利彦とその妻・堺為子宛ての書翰／一九八四年、論創社＝句読点や註は森長氏による）

念のためにつけ加えておくと、文中の「バイブル」とは、森長英三郎氏によれば「袖珍本の『柳樽』」のことであったという。二十四人と書いているのは、大審院と山県有朋とが仕組んだ卑劣なシナリオ通り、判決の下った十八日の翌十九日、「特赦」により十二名が無期懲役に減刑されたことを、愚童が知らなかったせいであると思われる。幽月が管野すがの号であることは言うまでもない。

何はともあれ、死刑執行を目前に控えた者が獄外に書き送った書信で、これほどふざけた文章は珍しいのではないか。あまり趣味の佳い諧謔ではないが、明治天皇制政府に対し、自らの人間としての全尊厳をかけてその非人間性を嘲弄しきろうという気魄のこもった戯《ざ》れ文とはいえるだろう。

同一の絞首台で十一名連続の執行という、陰惨極まりない空前の大量処刑はこの四日後のことである。彼と、一人女性としてその翌朝に執行が回された管野すがとは、大逆事件十二名の刑死者中、きわだって泰然自若として絞首台に上ったと記録されている（むろん、死刑を執行される際、泰然自若としているかどうかは、その人物の評価にとっても死刑制度にとっても、本質的な問題ではないが）。

まさに「怪僧」という言葉がふさわしいこの魅力的な人物の風貌にもまた、前出の森長英三郎『内山愚童』で触れることができる。とはいえ「愚童の単身写真」（近藤真柄氏蔵）というキャプションのついた、この肖像のとてつもない変てこさかげんはどうだろう。見せられた方の気が変になりそうな妙ちきりんな写真に、しかも本人は大まじめで写っているのだからいよいよおかしい。

一体、かくも飄逸な人格は、またその内部に何を秘め、日日、醸成しつつあったか。愚童は何を考え、何を実現しようとしていたのか。

人間の一番大事な、なくてはならぬ食物を作る小作人諸君。諸君はマアー、親先祖のむかしから、此人間の一番大事な食物を作るとに一生懸命働いておりながら。くる年もくるとしも、足らぬたらぬで終るとは、何たる不幸の事なるか。（略）

上等の米は地主にとられ、ジブンは粟めしや、ムギめしを食して、そうして地主よりも商人よりも多く働いておる。それデすら、くる年モタラぬといふのが、小作人諸君。諸君が一生涯の運命デある。

これはマア、どうしたワケであらうか。一口に歌つて見れば、

なぜにおまいは、貧乏する。ワケをしらずば、きかしやうか。

天子金もち、大地主。人の血をすう、ダニがおる。（略）

しかし、天子や金持は、諸君にコノ迷信をすてられては。自分たちが遊んでゼイタクをすることが出来なくなるからムカシヨリ天子デモ。この迷信をば、無くてはならぬ、アリガタキものにして、諸君を、あざむいてキタノデある。それだから、諸君の為には、今の天子デモ大臣デモ。昔の徳川モ、大ミヤウも。おや先祖の昔から、恨ミカサナル、だい敵デアルト、いふことを忘れテハナラヌ。（略）

今の政府を亡ぼして、天子のなき自由国に、すると云ふことがナゼ、むほんにんの、することでなく、正義をおもんずる勇士の、することであるかと云うた。（略）

マヅ小作人諸君としてわ、十人でも、廿人でも連合して。地主に小作米をださぬこと、政府に税金と兵士を、ださぬことを実行したまへ。諸君が之を実行すれば、正義は友を、ますものであるから、一村より一ぐんに及ぼし。一ぐんより一県にと、遂に日本全国より全世界に及ぼして。こゝニ安楽自由なる無政府共産の理想国が出来るのである。

（内山愚董『入獄紀念／無政府共産』「小作人ハナゼ苦シイカ」／すべて原文のまま）

右の引用にも顕著な漢字・平仮名・片仮名が入り乱れた表記の不統一は、森長氏によれば、秘密出版で活字が不足したためらしい。愚童は林泉寺で人目を避けて原稿を書き（二時間ほどで二十数ページの全文を書き上げたという）、自ら本堂・須弥壇の袋棚の中に持ち込んだという旧式の印刷機で、この秘密出版のパンフレット一千部を印刷したのだった。

末尾には「赤旗事件」で有罪となった同志十二名の名を連記し、「この入獄者の不在中の心ばかりの伝道である」と書かれていて、「東京市牛込区市ヶや東京監獄在監人何々」あての手紙や葉書を呼びかけている。大逆事件の予審判事・河島台蔵は「上下数千年ヲ通ジテ小冊子ニモセヨ、斯クノ如キ大悪ノ著書ヲナシ、秘密出版シテ配布ヲナシタルハ、恐ク愚童一人デアロウ」（第七回参考人訊書）

と記したという（前掲書）。明治絶対天皇制国家中枢からの、破格の〝讃辞〟といえよう。

——ここで、話は愚童を離れる。

本書・第Ⅱ章「放浪の時代」でも触れられているように、「赤旗事件」のきっかけとなったのは山口孤剣（義三）の出獄だった。この投獄は、そもそも孤剣が日刊『平民新聞』第五十九号（一九〇七年三月二十七日付）に書いた論説「父母を蹴れ」がきっかけであるが、これはその題名のどぎつさから連想されるほど、実は〝革新的〟な思考が展開されている文章ではない。ロシア革命のエピソードに〝革命家心得〟の一般論を接合したにすぎないもので、私はむしろ、家族制度・親子関係の克服という意味では、本書でも短く触れられている「虎ノ門大逆事件」の実行者、難波大助（一八九九—一九二四年）の、父・難波作之進（当時、衆議院議員）へ宛てた「遺書」の方に、はるかに長大な射程を持った思想を見る。日本でも一九二〇年代、二十代半ばの青年がこれだけの「近代思想」を体現し得ていたことに、私は強い感銘を覚えるものだ。

（「注意」激昂せず始めから終わりまで読まれたし）

親というものの存在に呪いあれ。私は不幸者《ママ》で沢山だ。親というどえらい権威者に対して、私の憎悪を叩きつけておくことは極悪非道者としての私の義務と存ず。

聞けばあなたは食事も碌に取れず、精神に異常を呈するほどやつれておる由——これを聞いてさえ私は冷然として涙一滴落とさない。

これは何故であるか？

私はまだ涙の種切れはしていないつもりである。正兄のために数滴の涙を流し、健亮のために枕をぬらしたほどの私である。あながち涙を所有してないというわけではない。

専横と貪欲――それは私の終生を通じての最も憎むべき敵です。専横から私の反逆が生まれ、――貪欲――（倹約の強要）から社会主義が生じた。因襲が私に絶対的服従を強いていた間は、あなたは頗る安全であった。醜い服従の「美徳」が私の知識の一撃の下に蹂躙された時――今までの羊は代って人間となり、徹底反逆者となった。（略）

私のこの度なしたることとあなたと何の関係があるのです。――あなたはこの事件について何ら直接の責任はないのです。あなたはただ世間の頑迷輩を嘲笑して堂々と生活されればそれでよいのです（俺の息子は強盗でも人殺しでもなく社会的正義の先駆者である）。――この自信があって欲しいものです。（略）

人間は祖先のために生きるんではなく、自己および子孫のために生くればそれでよいのです。祖先崇拝から子孫崇拝へ――来たるべき新時代の人間はかかる道程に進まねばなりませぬ。

私の言は、あなたには狂人の言と思われるでしょう。それだけあなたの時代と我々の時代とはかけ離れておるのです。（略）

神以上に尊いものがこの世にある。それが人間である。私ばかりが人間ではない。――一年汗水たらして労苦して得るところは何にもない。あなたに哀訴嘆願して無慈悲にはねつけられたあの小作人たちも人間です。

総ては人間である。――人間以上尊いものはこの地上には一人もおらない。この観念がなき限り、不幸はあなたの一生をつき纏うでありましょう。あの小作人たちは表面でこそ、あなたを尊敬もし恐れてもいるように見せかけています。その偽りであることは――私と同様なのです。（略）

時代は滔々として進みます。そうして一切の不正と搾取と専横が、やがてあなたがたが軽蔑しておる人間共により審判されるでありましょう。今日の敗者、明日の勝者である。（略）

私は死を決して恐れず、従容として絞首台に昇ります。その点は十分御安心下さい（但し国家権力の判決に恐れ入ってではなく、燃ゆる憎悪を抱いて死に就くことを御承知下さい)。悔悟は罪人のすることとです。私は罪人ではなく、社会的正義の先駆者です(その点は誤解のないように)。(けがれた骨)は引き取られるようなことはないでしょうが、万が一そういうことをせられるなら、それは絶対に御断りして置きます。私は私の愛する東京の土となることが希望なのです。

(『難波大助大逆事件——虎ノ門で現天皇を狙撃』一九七二年六月七日、黒色戦線社発行)

ちなみに、右の発行月日には、さきほどの『死刑囚の思ひ出』の場合と同様「管野スガの生れた日」と小さく註記が刷り込まれている。

一九四四年、ナチズム、ファシズムとの戦いのなかでロンドンに亡命していたシモーヌ・ヴェイユの『ロンドン論集』が、右とまったく、徹頭徹尾反対の「原理」に貫かれたものであることを思うとき、私は難波大助の深い新しさに改めて聳動する思いがする。

難波大助の主張それ自体は、狭義の政治思想としては、なお、必ずしも成熟したものではない(年齢からすれば、それでも十二分に驚くべき卓越を示していると言えるが)。だが、彼がともかくとろうとし、そして事実、一身を犠牲にしてとった行動は、日本人としてまさに天地を驚倒、震撼、顚倒させるものであったばかりではなく、その後の「昭和史」の展開を見るなら、あるいは他の何にも増して意味のある「政治行動」ですらあったかもしれない。

近代日本の多くの革命家、運動家たちにとっての躓《つまず》きの石となった「家族」の問題に関しても、この二十五歳の青年は、相手＝父親が、他の一般的なそれに比して明らかな特権性(衆議院議員)を持つ存在であるため、なるほど、その分だけ「敵対することが容易であった」かもしれないにはせよ、極めて真摯に対峙している。

そしてこれに関連して私が想起するのは、そうした特権性とすら無縁であったもう一人の「テロリスト」の、血を吐くような「家族」観の切実さである。

……勿論僕だって親の愛情を感じなかった筈はない。然しその愛情をさえ滅茶苦茶にぶっ潰した、あるものがあるのだ。そのあるものに対する感情はどうするのだ。如何《いか》にも僕の両親は今老衰と飢《うえ》に襲われているだろう、いや或《あるい》は既に餓死したかも知れず、ぶらんこ往生をとげたかも知れない……それがどうしたというんだ！　だからお前も故郷へ帰って共々餓死しろというのか？

君は親が子に対する愛情にも、肉身とかいう如き同情らしい涙にも、今の世の必然が作った、あの恐ろしい、冷めたい、残忍性がどれほど含まれているかを知っているか……知っているか……僕はしみじみ知っているんだ。だから同じ餓死をするにしても、兄弟（放浪者）の群で餓死する方が却《かえ》って心地好いと思っているのだ。（第Ⅲ章「アナキストへの道」）

本書・第Ⅲ章「アナキストへの道」に引かれた久太郎の「三三三生君に呈す」は、勁《つよ》い論理性に裏打ちされた切切とした文章の気魄が胸を打つ。したり顔で〝革命よりも親孝行〟を説く「三三三生」こと、売文社の同僚・栗原光三の〝余計なお世話〟には、どうやら「売り出し中」の新参の和田久太郎に対する嫉視、牽制の気分が濃厚に漂っているようだ。だが、これに対する和田の激越な論駁は、日本の近代思想史に忘れ難い一文を残した。

難波大助（山口県）と和田久太郎という、地方出身の二青年が、ともに東京を〝墳墓の地〟として望んでいることも印象的である（私には、彼らのこの気持ちはよく理解できる）。

松下氏が「はからずも優れたルポルタージュ」となったと評価する、「足尾銅山」からの「泣きごとの手紙」（第Ⅱ章「放浪の時代」）を経て、たちまち和田久太郎は真の労働者階級出身の運動家へと成熟してゆく。

代表者がいつまで経っても帰ってこないままに、演壇に立つ者もなくなった。坑夫たちに悲壮感が濃くなっている。午後も四時を過ぎている。

久太郎は衝動的に壇上に駆け上がると、しゃべり始めた。いま協議されている仲裁案が、坑夫たちの血の惨《にじ》むような叫びである飯場制度の撤廃をあいまいにしている点を、烈《はげ》しく弾劾《だんがい》した。その飯場制度に痛めつけられ辱かしめられた久太郎であるだけに、それは迫力ある熱弁であった。

三十分ばかりしゃべって降壇すると、臨監の警部が名前を聞きにきたので、でたらめな名を告げた。

（第Ⅲ章「アナキストへの道」／ルビ原文）

第Ⅳ章「大杉栄と共に」で活写される「演説会もらい」も、こんな人物が「演説会をもらう」その現場に、ぜひとも立ち会ってみたい気分にさせられる話だ。

『労働者に、難かしい理窟はダメだ』という。そうだ。『難かしい理窟』はダメだ。しかし『ハッキリした革命思想』は摑まなければ、それこそダメである。命懸けの運動じゃないか。命懸けでハッキリとした思想を摑め！　思想は大切である。思想に臆病であってはならないから、尚更ら思想を摑むことに臆病、怠惰、卑怯であってはならない。

（第Ⅲ章「アナキストへの道」和田栄太郎宛て書翰）

これを書き写しながら、私には否応なしにその存在が喚起される、もう一通の「獄中書翰」がある。

……でもこうしてせっせと書くのは、一つの訓練だと私は考えている。思想を軽視し、肉体労働者が肉体だけでしか表現しなくなったら、我々の負けだと思う。

我々は言葉も奪われ、うまく話すことも書くことも出来ない。だから肉体労働者であり、土方なんだと思うが、その土方が〈思想〉なんていうと人は目をむく。土方は土方らしくしてなきゃいけないというのが世間の通念です。（略）我々はもっと言葉を大切にする作風をつけていく必要がある。例えば、私なんか意味不明な生硬な言葉を使うことがよくあると思うが、そういう時は指摘し、批判して欲しい。作文は非常に大切です。正しく自分の考えを相手に解らせる。そのための方法を、仲間として批判し合う作風を作れたらと思っている。

（山岡強一『山谷《やま》――やられたらやりかえせ』「獄中書簡」一九八一年四月九日付／一九九六年、現代企画室刊）


山谷を足場に「全国日雇労働組合協議会」を結成、日雇い労働者の人権を守り抜こうとした運動家にして思想家・山岡強一については、いずれ後続の巻で詳しく触れるつもりでいる。とりあえず今ここでは、前掲書の奥付に「一九四〇年、北海道雨竜郡沼田町の炭鉱労働者の家庭に生まれ育つ」と書き起こされた「著者紹介」が「一九八六年一月一三日、東京・新宿の路上で、国粋会金町一家金竜組組員が放ったピストルの凶弾に倒れる。享年四五歳」と結ばれていることのみ、確認しておきたい。

それにしても和田久太郎は、そうしたみごとなエッセイ、演説と並んで、個性溢れる魅力に輝く詩歌の作り手でもあった。


紙幣！　株券！　公債！

こんな不穏宣伝ビラはよろしく没収しろ。

久太　（第Ⅳ章「大杉栄と共に」）

そして幸い、私たちは本書をたどりながら、その強烈な生涯の折りおりのエピソードに合わせ、歌人・松下竜一撰の久太郎詠を味読するという、豪奢な経験をすることもできるのだ。

終りまで黙って居りし彼の男に、妻子ありしをしみじみ憶《おも》う　（第Ⅱ章「放浪の時代」）

これなら、かなりの程度まで「啄木」だ。だが、私がいっそう感銘を受けるのは、彼の恋歌によってである。それはどんな〝相聞《そうもん》〟であったか。

「帝都木賃宿の空気の中に、悲痛なる感激の融合を覚える」和田久太郎の「人夫、立ン坊を主とする野獣的の猛悪な生活」「大道芸人、大道商人、吉原者、公園者を中心とする、無残なる落魄と陰惨なる痴情」「はした博奕《ばくち》打と、泥構《ママ》の悪臭と、病毒糜爛《びらん》の女とが渦巻く淫売窟や、抜け裏女郎《じょろ》屋の廻し部屋の中などの無道徳的な悽愴《せいそう》な空気」（第Ⅲ章「アナキストへの道」／ルビ原文）のなかから生成された恋愛詩が、むろんありきたりのものであるはずはない。

横山源之助（一八七〇〜一九一五年）の『日本の下層社会』や松原岩五郎（一八六六―一九三五年）の『最暗黒の東京』がなお、いまだその「外部」から〝ルポルタージュ〟していたものを、いっそう形成期資本主義の矛盾が露呈してきた後に、しかもその「内部」で生きた和田久太郎の「おい兄弟、憎悪を忘れるな、お前の悪臭を忘れるな、と俺は叫ばざるを得ないのだ」（第Ⅲ章「アナキストへの道」）という見事なまでに鋭敏な意識は、著者・松下氏に〝最初で最後の恋〟と定義される関係をしも、自らの生の重さに相応しいものとして選び取っていた。
無茶苦茶な「熱湯療法」で〝淋梅連合軍〟を〝叩く〟ため赴いた那須湯本温泉で、和田久太郎が知り合った「やはり性病治療にきていた浅草十二階下の女、堀口直江」（第Ⅴ章「復讐への導火線」）との交情が、本書の一つの高峰を形作っていることは疑いない。

「あたいだって本を読むよ」と投げ出しぬ霞お千代が出刃をかざす絵
病院に行きは行きしが苦が薬皆な捨てたりと言いて噤《つぐ》みぬ
（同前）

そして、この運命的な関係は、どのように終焉したか。

悪毒にくずおおれたる体よりなお巻き舌を強く放ちき
村芝居掛《かか》ると言いし若者に爛《ただ》れし顔を「どうだ行こうか」
（同前）

日本近代の諸矛盾を凝集したような地点で、社会に対する憤怒と憎悪を通じ成立した恋の終わりを飾る秀歌であると思う。一方、本書ではそれ以上に詳しく触れられないが、村木源次郎は同志の母を「愛人」とし、その家に病臥していた。
こうした痛切な烈しさに満ちた恋愛が存在したことを思うとき、それにしても私に奇異に感ぜられるのは、彼らとともにあり、指導的な影響力を与えたとされる大杉栄の存在である。大杉栄とは、ほんとうに「革命」的な人間だったのだろうか？　言い換えるなら——どのような意味で、どの程度まで「革命」的な人間だったのか。

僕はいわゆる新しい女に対して、半ば同感すると同時に、また半ば反感する。いわゆる新しい女とは、征服階級の男の玩弄品たり奢侈品たる地位から、一躍し征服階級の一員たらんとする女である。

彼女らの自覚とは、要するにここまでの自覚にすぎない。真に人としての自覚ではなく、征服階級の人としての自覚にすぎない。彼女らの自覚は、自己と周囲との関係をわずかに征服階級の世界に限った自覚である。彼女らはいまだ自己の周囲に男女の被征服階級が存在することを知らない。

真に新しい女は、いわゆる婦人問題などをあまり口にしない。いわゆる婦人運動などにはあまり係わらない。ルイズ・ミッシェルも、エンマ・ゴールドマンも、ヴェラ・フィグネルも、ついにフェミニズムにはあずからない。彼女らは真に人たるべく、何よりもさきに高等教育や高等職業やまた参政権を要求しない。（略）

（大杉栄「新しい女」）

ここには、いくつか重要な見解が述べられている。私が同意できる部分もある。だが、また明らかな誤謬や、根本的な陥穽と思われる見解も含まれている。まさしく玉石混淆という言葉の見本のようなテキストだが、基本的にいわゆる「フェミニズム」の皮相、狭隘については、大杉の指摘はいまなお必ずしも古びてはいない。

しかしながら、たとえば「参政権」についてすら、かくも無造作にそれを「新しい女」の属性から剥奪してしまうところに、実は大杉の考える「新しい女」なる概念が、いかに自らの男権的価値体系に好都合に組み立てられた「玩弄品」「奢侈品」でしかなかったかもまた露呈しているようだ。そしてそれは、彼の現実行動においても明らかとなる。

一九一六（大正五）年十月九日未明、大杉栄は相州葉山の「日蔭の茶屋」で、愛人神近市子から頸部《けいぶ》を刺されて重傷を負った。（略）大杉の妹あき子は、この事件のため婚約が破れ自殺している。

（第Ⅱ章「放浪の時代」）

「ね、なにか話ししない？」

一、二時間してからだろう。彼女は僕のほうに向き直って、泣きそうにして話しかけた。彼女にはこの黙っているということがなによりもつらいのだ。寂しくてたまらないのだ。どなり合っててでも、何か話していたいのだ。そして今は、もうたまらなくなって、なにもかもいっさい忘れたようになって、数日前の彼女と僕とに帰って話したかったのだ。

「してもいい。が、愚痴はごめんだ」

「愚痴なんか言いやしないわ、だけど……」

「そのだけどが僕はいやなんだ」

（大杉栄『自叙伝』「お化けを見た話」）

さながら出来の悪い演歌のようなやりとりを、しかも自らこれ見よがしに書き綴る大杉の手つきが、私には忌まわしい。前掲の「新しい女」における、現下の日本的な〃フェミニズム〃の限界をも超えているかに思われる言挙げと、このうらぶれた自己正当化とのあいだの懸隔――。

「ね、ね」

それからまた一、二時間してのことだろう。彼女は僕を呼び起こすように呼んだ。（略）

「野枝さんが綺麗な着物を着ていたわね」

「そうか、そういう意味か。金のことなら、君にかりた分はあした全部お返しします」

僕は彼女に金のことを言いだされてすっかり憤慨してしまった。

（同前）

それから大杉は、かなりの紙数を費やして、最近、得た三百円の金は神近からのものではないこと、「遠縁の頭山満翁のところへ金策に行った」伊藤野枝が、結局、紹介された「時の内務大臣後藤新平君から貰ってきた」ものであることを説明する。大杉が自ら不問に付している、こうした経路の人脈で「金を作る」ことについての評価は、ここではいったん措く（ただし厳密に言うなら、近代日本アナキズムの正当性に関わる問題でもあるが）。いずれにしても大杉は、神近の人格に対しての罵倒のみ、異様なほど、ひたすら執拗である。

その金は、しばらく金をちっとも持っていっていない保子のところへ五十円行き、なおもうぼろぼろになった寝衣一枚でいる伊藤に三十円ばかりでお召の着物と羽織との古い質を受けださせて、まだ二百円は残っていた。それにもう五十円足せば、市外に発行所を置くとすれば、月刊雑誌の保証金には間に合うのだ。

「が、もう雑誌なぞはどうでもいい。あしたはその金を伊藤に持ってきてもらって、こいつに投げつけてやるんだ」

僕は一人でそう決心した。

また、彼女が伊藤の着物のことを言いだしたのから思いだすと、ふだん人の着物なぞにちっとも注意しない彼女が、そういえば伊藤の風体をじろじろと見ていた。彼女はもうだいぶ垢じみたメリンスの袷（それとも単衣だったか）に木綿の羽織を着ていた。

「そうそう、彼女はいつか僕にいくらかの金をつくるために、その着物を質に入れていたのだっけ。せめてはあれだけでも出しておいてやるのだった」

と僕も気づいた。が、今になってそんな気がついたところでしかたがない。

「とにかくあしたは、あいつに金を投げつけてやるんだ」

（同前）


そして第六節に入る。


少しうとうとしていると、誰かが僕の布団にさわるような気がした。

「なにをするんだ？」

僕はからだを半分僕の布団の中に入れようとしている彼女を見てどなった。

「（十二字欠）」

彼女は、その晩はじめて口をききだした時と同じように、泣きそうにして言った。

「いけません、僕はもうあなたとは他人です」

（同前）


この男は一体、どういう人間なのだろう。人と人とが「他人」であるという、もとより自明の定義が、こうした場面でことさら用いられるとき――私は日本近代の「自由恋愛」というものの底の浅さにうすら寒い侘しさを覚えるのだ。

これに続けて、微に入り細を穿って「日蔭茶屋事件」の〝凶行〟の場面が描かれる。浅ましく、読むに耐えない。その自ら経験した事実を〝ブルジョワ・ジャーナリズム〟に得得と披瀝し、そんな場所で自己弁護もすれば自己顕示欲も満たし、あまつさえ原稿料まで得るという大杉栄の浅ましさが、私にはうとましい。

そうした挙げ句、この〝新しい（しかしその正体は、とめどなく古い）男〟の言い分は何であったか。本書に松下竜一氏の引く、一九一八年一月創刊の『文明批評』の〝宣言〟を見てみよう。

〈あの事件で最も喜んだのは敵だった。そして正直な奴等や不正直な奴等は、或は無意識的に或は意識的に、少なくとも其の結果に於て敵に利用された。肉体的に殺されなかった僕を、こんどは精神的に殺して了《しま》おうとした。愚鈍な奴等だ。卑怯な奴等だ。しかしよく聞け、憎まれ児は世にはびこる。どこまでもはびこって見せる。死んでもはびこって見せる〉

（第Ⅲ章「アナキストへの道」／ルビ原文）

この幼稚さ。この男は、こうした〝啖呵を切って〟何かと闘っているつもりなのか。もしも自分が闘っているつもりなら、そもそもいかなる意味でも「敵に利用され」るようなことなど、してはなるまい。それでもしてしまったというなら、最低限かくの如く開き直るべきではない。

こんなことを、私信ならいざ知らず（私は私信でも言うべきではないと思うが）、自らが新規に創刊した雑誌で「昂然と宣言」し、そうした言動が〝ヒーロー〟のそれとして通用してしまう――それが日本〝近代〟とそこにおける〝叛逆者〟の限界だったのだろう。こう慨嘆しながら、この男はその後『改造』などという〝プチブルジョワ雑誌〟に〝情痴小説〟紛いの〝顚末記〟を得得として連載することになる。

大杉栄とその〝四角関係〟に取材したとされる吉田喜重監督『エロス＋虐殺』（一九六九年）は映像の時代的流行の追い方への執拗な欲望と、それと表裏一体となったあまりにも甚だしい「言葉」の貧しさとが徹底的に乖離した怪作で、これではモデルとされた神近市子が怒ったのも当然だという気のする惨憺たる代物である。だが、ひとり大杉栄個人に関して言えば、この問題についての意識は、実はあの貧しい映画表現と大差なかったのではないかという気さえしなくもない。

……然し「セキリオフ」を読んで深い感激を覚へた僕は、「サニン」は却つて反感を禁じ得なかつた。（略）僕は政治機関を罵り、古来の悪習陋俗を唾棄したサニンが、社会的には、積極的には、何等その破壊改造に対《むか》つて努力して居ないのに反感を抱くのである。サニンのやうな強烈な偽人性を有して居る人間が、その憎悪嫌忌せる社会制度や政治機関に対つて、破壊改造の挙に出でないとは信ぜられない事である。

（荒畑寒村「『労働者セキリオフ』を読んで」／『時事新報』一九一五年二月二日～五日・初出／「初期社會主義研究」第五号／一九九一年・弘隆社＝なお、関連して堀切利高氏による論考「『労働者セキリオフ』を巡って」も併載）

「サニン」については松下竜一氏の『ルイズ』でも、伊藤野枝が〝事件〟直後、大杉栄を念頭において商業ジャーナリズムに〝理想の男〟と公言したことが引かれている。私には、寒村のこのエッセイは、身近な具眼の士による冷静な大杉批判だったように思われてならない。

その夜（引用者註＝一九二二年十二月十日の日本社会主義同盟の結成大会）、YMCAでの講演会場は、三千の警官隊によって固められたが、それでも聴衆は続々と詰めかけ、二〇〇〇は入るといわれる会場が立錐《りっすい》の余地もなくなり、外には入れずに待機する者が一万にも達して、周辺の電車が二時間にわたって止まる騒ぎとなった。

（第Ⅳ章「大杉栄と共に」／ルビ原文）

いかにも「大正デモクラシー」の〝熱波〟を感じさせるこうした事実も、本書・第Ⅲ章「アナキストへの道」に引かれた獄中の大杉への書翰にも明らかな伊藤野枝の文章の新しさも、すべてはある救い難い底の浅さとともに継起したのだろう。私は、たとえば難波大助や内山愚童が今日に到るまで、大杉のごとき〝大衆的人気〟を獲得していないことを深く惜しむ。だがまた、こうした浅ましさの要素や不徹底さこそが大杉栄のほかならぬ〝人気〟の一因であったことも疑わない。

この事情は、現在もおそらく根本的には変わっていまい。そして、この傾向はおそらく、ひとり政治や社会運動に限ったものでもない。

しかし、もう終局は近づいている。関東大震災は起こった。

第Ⅰ章「狙撃未遂」で言及される「亀戸事件」については、直接の関係者の証言を引いておこう。南葛労働組合の幹部たちの虐殺、いわゆる「亀戸事件」を間近で目撃した丹野セツ（一九〇二―八七年）の談話である。

三日は、こわれた川崎さんの家の整理を手伝いに行き、その晩は事務所へ帰って泊ることになりました。自警団を組織して出してくれというので、男の人たちを二組に分け、十二時交代ということで、川合、北島、加藤高寿さんたちが先に出ました。（略）

十二時になったので次の番の人たちを起こそうとしたとき、いきなりどやどやと憲兵が三人二階へ上ってきました。寝ているところをおこされたのでびっくりしました。一人ずつ名前をきかれたので、私はそのとき「坂上きよ」という名前を使っていたので「坂上きよ」といいますと、「どうしてここへ来ているんだ?」というので、「避難先で一緒になったけれど、ゆくところがないから、ここへおいてもらっているんです」といってすみました。

そのあとへ私服の特高が来ました。私は私服には顔を知られているので、さあ大変と、二階の出窓へ急いで出て障子をしめ、小さくなって隠れたので、助かったんです。男の人たちは全部つれていかれました。（略）

そうですよ。最初から殺すつもりで来たんですね。それで憲兵が先に来たんですね。その晩のうちに処理されたらしいですね。布施さん方などから追究《ママ》されて、最後になって、「革命歌をうたって、騒いでどうにも手がつけられなかったから殺した」というわけですが、朝鮮人もつれて来られて一ぱいだったのですね。（略）
朝鮮人はどれだけ殺されたかわからないですよ。みんな数珠つなぎになってひっぱられてゆくのです。
（山代巴・牧瀬菊枝編『丹野セツ――革命運動に生きる』一九六九年、勁草書房／原文のまま）

ちなみに、当時の警視庁官房主事は正力松太郎である（虎ノ門大逆事件で、一応、更迭されるが）。こうした人物の名前を冠された「賞」が、〃プロスポーツ界〃――そのシステム自体、正力が創設した――の最高の栄誉と今もされている国に生きているのは、それだけでも人として十分に屈辱的なことだ。
やがて大杉栄、伊藤野枝らの遺骨は「この骨は俺がもらって行く」と怒鳴って、右翼がピストルを乱射しながら強奪してゆくだろう。
十日余り後、村木源次郎がその遺骨を引き取りに警視庁へ出向くと、そこは難波大助の「虎ノ門大逆」で大混乱しており、山本権兵衛内閣は総辞職する……。

遺児たちをそんな僻村《へきそん》で埋もれさせたくない、自分たちの手で育てたいという思いは、村木や久太郎には切実であった。家庭を持たぬ彼らには、大杉の遺児たちこそ家族みたいなものであった。
（第V章「復讐への導火線」／ルビは原文のまま）

大杉や伊藤野枝といえども、いまだ「血縁共同体」の軛《くびき》を超えておらず、とりわけ大杉はむしろそのなかで自足していた節が窺われるところからすれば、私には村木源次郎や和田久太郎の篤実な思いに、いよいよ価値を感ずる。だが、この切実な願いもかなわなかった。二人は、あまりにも短慮な他のテロリストたちとの牽制関係のなか、「報復」に駆り立てられなければならないだろう。

和田久太郎の福田大将謀殺の失敗は、いかがわしげな銃器の性能によるところが、やはり少なくなかったのか。

「最新式のブローニング十二連発」（第Ⅰ章「狙撃未遂」）が入手できていさえすれば……？

これは、ロープシン（一八七九～一九二五年）の亜鉛色の底光りのするようなテロリスト小説『蒼ざめた馬』で、エス・エル（社会革命党）戦闘団の首魁が、二丁拳銃に構えて乱射しながら、追っ手のツァーリの警官隊を振り切るのに用いる、当時、まだ開発されたばかりのあのベルギー製の中型拳銃である。ロープシンのそれが、この銃器の最も〝華やかな見せ場〟なら、三島由紀夫の『喜びの琴』という類い稀な不愉快極まりない戯曲で、精神の性愛共同体的な気分の濃密に立ちこめる警察官たちのやりとりに〝二・二六事件の叛乱軍から斎藤実を護衛しようとして殉職した警察官の遺品〟として警察大学校の博物館の硝子ケースのなかに展示されていると語られるそれは、たぶん最も暗鬱な例だろうか。

一九二四年九月十六日を福田大将謀殺の日と決めながら、九月三日から九月八日にいたるまで、連日のように「テロ」を計画しては失敗を重ねる村木源次郎と古田大次郎の焦慮――。「アジトには爆弾も拳銃もあると知って、踏み込む刑事たちは酒盛りをして酔いの勢いで繰り出していた」（第Ⅰ章「狙撃未遂」）という話も、またそれなりには凄まじいが。

村木源次郎と和田久太郎との永訣の場面（第Ⅵ章「法廷に立つ」）は、基本的には第一次資料に負うところが多いにせよ、本書で私が最も強い感銘を受けた部分である。

その瞳はや甲斐もなし我が血潮通えと握る手もつれなかり
永遠のこれが別れと冬の夜の獄庭の闇に眼燃え居り

（第Ⅵ章「法廷に立つ」）

いかに卓越した文学者であったにせよ、あくまでココアを飲みながら「テロリストのこころ」に憧れる者と、現実に「テロリスト」の道を選ぶ者との、ついに超えがたい懸隔が、ここには横たわっているようだ（それはまた、自ら決した死を四箇月後に控えた芥川が、『獄窓から』の書評を東京日日新聞に寄せる、という関係においても同様であったろう）。

そして私にはむしろ、和田の〝最後の戦闘〟となった公判廷での闘い――甘粕事件・朝鮮人虐殺・亀戸事件等の真相を究明しようとする渾身の努力こそが、結局、最終的には当時（それどころか、いまもなお）果たされることのない課題ではあったにせよ、「空砲のテロ」などよりはるかに意義深いそれであったと思われる。

遺灰で花卉《かき》を育て、友人知己に配ってほしいという和田久太郎の遺言を、以前、知ったとき、私は今世紀初めの米国のフォークソング歌手、ジョー・ヒル（一八七九～一九一五年）のエピソードを思い出した。『茶色の小瓶』で知られる、このスウェーデン移民の労働運動家にして、また〝シンガー・ソング・ライター〟の濫觴《らんしよう》ともいうべき青年は、大恐慌による大反動のさなか、殺人の冤罪で銃殺される。彼の遺言は、自分の遺灰を飛行機で空から撒いてくれというものだった――。

ともあれ松下竜一氏が、この国の近代を、それも「文学」「藝術」ではなく政治行動に生きた人びとに焦点を当てたノンフィクション作品を書き続けていることの意味は小さくない。個個の作業に関する評価は、そのつど述べたいが、本書『久さん伝』は、それらのなかで最も成功し、松下氏の作家的資質が生動している一冊ではないかと、私は受け取めている。

そして、こうした記録を読むたび、いかに多くの政治的死者をこの国の擬似「近代」が要求してきたか——その事実に暗然たる思いがする。だがそれと同時に、いっさいの悲惨を超えて、本書にはなお「おい兄弟、憎悪を忘れるな」という、心ある者たちへの覚醒を促しつづける久太郎の瓢逸《ひょういつ》な声が響いてもいる。

村木源次郎らが身をひそめていた最後のアジト——平塚村上蛇窪五三二番地は、私の仕事場と極めて近い場所のようだ。丹野セツが「亀戸事件」の直後に避難していたのも、このあたりだったらしい。

ならば、いかにも村木源次郎に似合っているような気もする地名の付されていたらしい界隈を、近く、逍遥してみたい。いま私は、そう考えているところだ。

〔二〇〇〇年一月脱稿〕

闘いこそが民の「遺産」
──『憶ひ続けむ』

しばらく前の夏、私にとってそこに赴くのが五度目か六度目になる靖國神社では、往年の「花嫁人形」の展示が行なわれていた。「出征」したまま生還することのなかった青年たちに娶《めあわ》せるべく、遺族が用意した〝仮想妻〟としての人形である。たいていは和装であったが、なかには洋装のものもあった。

……一九四五年まで続いた絶対主義的天皇制というのは天皇制の歴史においてはいわば異例の形だと、私は理解しています。むしろ、天皇制の本質は象徴天皇制のほうにある。そして、危機にのぞんだときに天皇が前面にでてくるというのが日本の天皇制の歴史でありまして、そういう意味においては、現在の天皇が死んだ段階、つまりポスト昭和の段階で象徴天皇制というのはより洗練された形でわれわれの前に登場してくるであろうということが問題なのです。

（山川暁夫「内在化したファシズムの姿態」／『現代の眼』一九八〇年九月号）

ともあれ──これら、「暴力と同時に『仁慈』」（竹内好）をもって、およそこの地上に存在するすべてを呑み込み尽くそうとする国家主義天皇制に対して、それでは〝「戦後」民主主義〟は、果たしていかなる抵抗を示し得てきたか。

明治憲法下の神権天皇制は、政治権力の窮極的根拠を天照大神の神勅神話に求め、国体という疑似宗教を国民に強制するものであった。（略）それが思想、言論の自由を抑圧して、学問の発展を妨げ、大学がその社会的責任を果すことを制約した事実は、数々の受難事件が教える通りである。さらに、わが国が近隣諸国に対する侵略を進め、ついには戦禍を世界にひろげて、自らの破滅を招く上にそれが大きな役割を果たしたのは、忘れ去るにはあまりにも近い過去のことである。

このような歴史をかえりみるとき、現行憲法の規定する象徴天皇制の運用に当って、何よりも神権天皇制との区別を明らかにし、かりにもその復活と解されることのないよう慎重を期するのは、当然と思われる。それにもかかわらず、今次天皇の代替りに当って、旧皇室典範のすでに廃止された下位法令に規定する諸行事を、現行の皇室典範に根拠のないまま、伝統、慣行の名の下に既成事実化しようとする試みが、一貫して進められつつあることは、まことに憂慮にたえないところである。

この成り行きの中で、去る一月十九日公表された予定表「大礼関係諸儀式等」を見ると、そこには国民主権を明確にうたった日本国憲法上疑義の余地ある行事形式が、十分な反省と検討とを経ることなく、自明のことのようにかかげられている。ことに大嘗祭は、皇室典範に何の規定もないばかりか、すでに四十四年前「年頭ノ詔書」において「架空ノ観念」とされた「天皇ヲ以テ現御神ト」する行事であると認識されて来ているにもかかわらず、即位の礼とともに大礼と称する一連の行事の中に、堂々と組み込まれている。それはまさに政教分離の原則からいちじるしく逸脱し、象徴天皇制を神権天皇制に逆行させる途を開くおそれを、強くよびおこすものといわなければならない。かつて神権天皇制下のわが国が多大の損害を与えた近隣諸国に、そのような疑惑を招くことも、また避けられないところであろう。（略）

一九九〇年四月十二日

関西学院大学学長　柘植一雄
国際基督教大学学長　渡辺保男
フェリス女学院大学学長　弓削　達
明治学院大学学長　福田歓一

（「『大嘗祭』に反対するキリスト教四大学学長声明」／森井眞・弓削達対談『精神と自由』巻末資料／一九九二年、オーロラ自由アトリエ刊／なお本文中の註は省略した）

これは、「戦後」初の天皇の死亡、〝代替わり〟の当時——いかにも、現実にはあまりにも微弱だったとはいえ——ともかくそれでも相対的には最も巨きな社会的影響力を示しえた意思表示の一つである。ただ、際会したこの意思表示に限らず、現在にいたるまで、近代日本の天皇制・国家主義への穏やかな（あまりにも穏やかな？）異議申し立ての多くが、とりわけ時代状況が「反動化」の色彩を強めるにつれ、宗教者——たとえばキリスト者や一部仏教者を中心に担われてきた形にならざるを得ない事実を、かねて私は極めて不十分なものとしても考えている。さらに、事柄が「靖園神社」「国家神道」の問題に到ったときには、これに対して真っ向から闘いを挑むのが、結果的に前述の宗教者となるという形の構図ができやすくなっている印象を受ける。

ひとつの（擬似）宗教的イデオロギーに反対するには、避け難く、もう一つの鞏固な宗教イデオロギーに依拠しなければならぬのか。国家神道が人の「死」をも再度、政治的に利用し、歴史を改竄し、「たしかに在ったこと」を「絶対になかったこと」と——黒を白と言いくるめ、うとましいナショナリズムに不断に新鮮血を輸血しつづけようとする営為に対抗しうる営みは、なんらか別の宗教に依拠するよりほかにはなかったのか？　五十年一日のごとく相も変わらぬ、中途半端で安易な問題のすり替えの〝犬死に〟談義に、侵略戦争に〝巻き込まれた〟「加担者」の紛れもない「加害責任」を情緒的に溶解、免罪しつつ……。

いや。この疑問に、あくまで一個人、一市民としての人権と思想的自由の立場からの現実の粘り強い抵抗を通じ、見事な回答を示してくれた人びとが、少数ながらこの「戦後」日本にも決して存在しなかったわけではない。本書『憶ひ続けむ』は、そうした闘いがその端緒に就くまでの、ある個人の魂の歴史の記録である。

佳子、ちょっと来てごらん。――夕顔の花がひらきましたよ。
そういって庭からわたしを呼ぶんですけどね、佳子、ちょっと来てごらん……といいさして、ふっと言葉がとぎれるんです。それで、あ、またおばあちゃん涙ぐんでるなって、すぐわかるんです。
（本書・第一章「一　夕顔」）

すでに松下竜一氏にとってまさしく自家薬籠中のものとなった、年配の女性の一人語りから、この物語もまた書き起こされる。すでに「円熟」の域に達していると評するに足る鮮やかな書き出しで「ひら」いているのは、言うまでもなく、単に「夕顔の花」のみではない。ここで音もなくその内部をあらわにしようとしているのは、まさしく「記憶」そのものなのだ。

どうやら彼女は、自らの歌の才に絶望したり懐疑したりすることはなかったようである。ただ、彼女のそのような性格は、歌作の上で必ずしも美質とはいえない。しばしば自らの才質への煩悶の中で作品の飛躍していくのが、文学というものの厄介さである。
（第一章「三　芦の葉」）

三十八歳から歌人としての歩みを始めた本書の主人公・小谷和子も、また彼女が所属した「芦の葉歌会」の女性歌人たちも、本書でのその肖像は、ひとまずは彼女ら自身の作歌を通じて描出されてゆく。まさしく『豆腐屋の四季』の著者ならではの方法といえよう。ただ和子に対しても、また「芦の葉歌会」の他の万葉ぶりの詠み手に対しても、いずれもその作品に向けられる松下氏の評価は、ことさらな〝社交辞令〟を含まない。

この種の歌に作者名を付ける意味はほとんどあるまい。あたかも同一作者のように、同じ発想の歌とならざるをえないのだから。歌の一つの危険な特性だと思うが、この種のたてまえをたやすく型に整えてしまうところがある。その気になれば、いくらでも作れるものなのだ。

（第三章「四　宣戦」）

これはもちろん太平洋戦争開戦の「大詔」発布に際しての「芦の葉歌会」の、いわば〝時局詠〟だという事情をも前提とした見解である。さらに一方では斎藤茂吉を頂点とする既成歌壇の〝スター歌人〟たちの迎合に関しても「短歌」という形式・方法に内在する本質的な脆弱さを認識した松下竜一氏の鋭い批評であること、また言を俟《ま》たない。

ただ、ひるがえってそうした「短歌」に内在する弱さがとりわけ無防備な形で露呈しているのが「芦の葉歌会」の場合であるとの指摘も、また本書前半では随所に見いだすことができる。

「七年前から春秋二回の遠足会にも欠席致しました事のないのは、ただに自分の好む道だからというよりも、主人に理解があり、尚一家揃って健康に恵まれているからだと感謝いたして居ります」

わたしの記憶の中の母といえば、いつも居間に坐って本を読むかノートをひろげている姿だけなんです。
（第一章「三　芦の葉」）
（第一章「四　鬼ごっこ」）

お裁縫の時間のつらかったことも忘れられません。よそのおかあさんたちは、少しでも娘が縫いやすいようにと、やわらかい銘仙の布地なんかを持たせるのに、母ときたら啓介にいさんが日頃着ている久留米餅を縫い直しに持たせて平気なんです。
（同前）

三番目の布地のエピソードはとりわけ鮮やかで、記憶の砕片を引き出す著者の「取材力」をも感じさせる部分である。
ともあれ、この時期までの小谷和子が当時の日本の女性として、いかなる場所にいたかは、必ずしもその時代を生きた経験を持たない後続世代の読者にも、ある種の〝生活感〟のリアリティを伴って伝わってくるようだ。

打ち揃ひ兵に召されむ子を持ちて大いなる年をわが迎へたり
（第二章「二　皇紀二千六百年」）

そして和子がこう詠んだ、その少し後――太平洋戦争の、まさに「開戦前夜」の日本社会の息遣いは、どのようなものだったか。

〝生めよ殖せ〟の子宝時代

子供なくては肩身がせまい
誰を呼ぶやら〝有閑マダム〟と
きけばはら／＼気がもめる（略）

アジア国々伸びゆく為の
あらし続くもやがては晴れる
女人眼覚めて日本の空へ
架けよ美し　虹の橋
（伊藤松雄「限覚むる女人」／『週刊朝日』時局読物号、一九四一年十一月十五日発行／字体は新字に改め、ルビは省略した）

目次には「彩色版」と謳《うた》われているその企画は、「国民皆労の歌」という総題のもと、当時の日本社会のさまざまな職業・階層の人びとに、いずれも「勤勉報国」を奨励したプロパガンダ歌謡の歌詞のごとき七五調の詩（すべて伊藤松雄作）一篇に一点ずつ、日本画家（こちらは複数）の図解風の素描の付されたもので、一ページごとに「日曜召集」（サラリーマン）、「針の進軍」（女学生）、「山に、海に、工場に」（大学生）、「帰去来」（小売商人）、「母への手紙」（女給）……とあるうちの、これは「眼覚むる女人」（有閑家庭婦人）を歌ったものらしい。
まさしく〝もはや日米開戦避け難し〟との気分のもと、「国民総動員体制」の強化・完成をめざすキャンペーンの旗手となったのであろうこの週刊誌は、目次を眺めると、ほかにも櫻井忠溫と小川眞吉の対談「機械戦と肉弾戦」だの、木村荘十の〝特別長篇現代小説〟「ベンガル土民兵」だの、林房雄・貴司山治・尾崎士郎の鼎談「維新勤皇の志士を語る」だの、さらに「佐藤信淵と東亜共存圏の建設」「各国の戦勝記念物」「新兵器発生秘話」といった〝読み物〟が目白押しで、暴力と死の臭気に充ち満ちた凄まじいものとなっている（この雑誌が店頭に並んでいたころ、すでに大日本帝国海軍機動部隊は北太平洋を真珠湾めざして進んでいたはずだ）。

だが、何より恐ろしいのは、たとえばその誌名ロゴが、違いといえばそれが右から始まるか左からか程度で、現在とほぼまったく同じ書体であることにも象徴されるような同一性を、往時も今もきわめて大衆的なこの週刊誌が保持している事実にほかならない。したがって私たちはまた、今日あるこれらメディアが、遠からず容易に新しい「時局読物号」として、新聞や電車の中吊りに広告が出、コンビニエンスストアや駅のキオスクにその実物が並ぶ日の来る可能性をも念頭に置いておく必要があるということだ。

こうした例は、右に引いた大週刊誌のみではなく、むしろ無数にあるだろう。多くの平和運動家は、新たに「国旗」として認定された旗の、「戦前」「戦中」のそれとの同一性を指摘するが、実はそうした欺瞞を可能としているのは、当該の社会そのもの――その構成員や構成要素そのものの同一性にこそほかならない。

……戦前戦中にドイツに存在していたすべての新聞が、一〇〇％、完全に廃刊となり、編集者たちはナチスに対する協力者として追放され、責任者は戦争協力者として裁かれ、刑に服しました。新聞が侵略戦争をあおり、多くの犠牲者たちの死につながる行動をとったわけですから、その対価は当然のことでした。（略）

二〇年ほど昔、朝日新聞は創刊一〇〇年でしたか？　を祝う盛大なパーティーを、北海道から九州まで、社長が出席して開催していました。今年で一二〇年くらいになるのでしょうか。

毎日新聞は大阪毎日新聞と東京日々新聞が、昭和一八年に合併してできた新聞です。歴史も朝日と並ぶでしょう。読売もかなり古い歴史を持っています。日経は、昔、中外商業新聞。東京は昔の都新聞。そして地方の大新聞も、それぞれ一〇〇年、またはそれ以上の歴史を持っています。

つまり、東京大阪の大新聞、各地方を代表する大新聞は、いずれもあの侵略戦争や残忍な植民地支配を目撃しながら、それを堂々と記事にし、それを売ってきた新聞ばかりなのです。天皇を賛美し、軍の行動に拍手を送り、アジアの民衆を見下し、その一方で、作られた戦争美談を得々と掲載し、特別攻撃隊を『戦史に燦《さん》たり』などと美化して、青少年に「後に続け」とハッパをかけてきたのは、実に新聞でした。甲種飛行予科練習生、ヨカレンなどの募集についても、新聞の果たした役割は、極めて大きいものがありました。その新聞が、フランスやドイツの例とは全く異なり、何と一紙も廃刊されていないのです。（略）

全面的に廃刊となったドイツの新聞、大多数が廃刊に追い込まれたフランスの新聞と比較した場合、日本の新聞は、存在そのものが醜悪に見えるのです。

（岡本愛彦《よしひこ》講演集『いまジャーナリズムを問う』一九九九年、生活と平和を守る吹田革新懇話会刊）

小谷和子は胸に困惑と暗い予兆を湛えながらも「大いなる年」に踏み入ろうとしていた。

青年たちは、どうであったろうか。

六月十一日

……現下の日本に生きる青年をして、この世界史の創造の機会に参画出来る事は光栄の至りであると思う。（略）戦の性格が反動であるか否かは知らぬ。ただ義務や責任は課せられるものであり、それを果すことのみが我々の目標なのである。全力を尽したいと思う。反動であろうとなかろうと、人として最も美しく崇高な努力の中に死にたいと思う。

十二月八日

大東亜戦争第三過年を迎えいよいよ明日入団という今日、僕の最後の娑婆《しゃば》の日記をつける訳である。（略）

悠久の歴史の流れに身を委ねて、僕は僕の真髄を発揮しよう。（略）すべては大いなるものの力によって解決されるのである。

（佐々木八郎＝東京帝国大学経済学部学生。一九四五年四月十四日、昭和特攻隊貞として沖縄海上にて戦死。二十三歳／『きけわだつみのこえ』から／出典のまま）

これが十五年戦争当時の日本の、まぎれもなく最高水準の教育を受けた若い知識人の精神の実像にほかならない。つねに慰めと諦めと腫れぼったい空元気とを混え、その上で他者を殺戮しつづけることとなった――。「戦の性格が反動であるか否かは知らぬ」――この判断停止の開きなおりには、私は、一九四〇年に日本の植民地支配地域での講演で「果たして日本は正義の戦をしてゐるかといふ様な考へを抱く者は歴史について何事も知らぬ人であります」（「文学と自分」）と言い放った小林秀雄の尊大な道学者風の詭弁に通ずる響きを聞く。

その意味では、むしろ本書に松下竜一氏が引いている博の「考えれば考える程解らなくなってくる」と述懐した一九四〇年十月十五日の日記の方が、青年らしい率直さで「不可解な時代」への不満と疑念を表明している貴重な文言と言えるかもしれない。当時の経済システムが、まさしく国家社会主義にほかならなかったことの実感的な表出も含め、私にはこのくだりは興味深く思われる。

ともあれ――「この時期中国大陸には八十五万の日本軍がいた」（第三章「三　南昌」）。

そして――帝国主義日本もその配下の兵士たちも、やがて決定的な破滅を迎えるだろう。

箕面の家に一人残された周子は、「もし、兄ちゃんたちが還って来なかったら、わたしが養子を貰って小谷の家を継がねばならなくなるの?」と不吉な心配を口にして、佳子達にたしなめられた。

（第五章「四　結婚」）

だが、その日はやってきた。現実の到来は、立て続けに本書の登場人物たちを打ちのめす。

啓介戦死の報の衝撃によって、和子はもはや博の死をも一瞬に覚悟したことがわかる。和子はこの悲報を誰にも伝えずに、二日間ただ一人でひきこもって耐えた。母親が幼な子を抱き締めて誰にも渡すまいとするように、一人だけで悲しみ抜きたかったのであろうか。和子には何よりも、息子の死も知らずに気楽に生きて来たこの一年半の自分が許せなかったようである。

（第五章「六　戦死公報」）

博の戦死公報が届いた日、「『ほんとに立派な子供たちだったのに。あの子たちの立派さは、世間の人たちにはわかりはしない。誰にも負けないいい子たちだったのに――』と、身体を震わせて泣きくど」いた和子が、その夕飯に「椎茸めしを炊いて、二児の写真の前に供え、二人の名を刻んだ箸を並べた」（同前）という場面は、本書でも私が長く視線を留めた部分の一つである。当夜、和子がどのような思いをもって米を磨ぎ、椎茸を刻んだかを思うことは、その悲嘆を推測する上で、読者に委ねられた責務でもあるだろう。

岩角にギヤマンの瓶を打つけて砕きてみたき衝動を覚ゆ
宮川の清き流れよ濯《すす》ぎ物すすぐと来ては吾が泣く処

忘れむと努めしことの愚かさよ憶《おも》ひ続けむ生きの限りを　　（第六章「一　絶唱」）

つねに母の作歌の厳しい批評家であった娘、古川佳子氏によっても、これだけは「絶唱」ではないかとの見解が控えめに述べられ、そしてその言葉を一節の表題として用いることで松下竜一氏もまたその思いを肯《うべな》ったとおぼしい連作から、最後の三首を、私も引く。掉尾を飾る歌は、やがて松下氏に本書の表題として採られたことで不滅となるだろう。

……怒りの歌ですね。（略）何に対してぶっつけてるのかといえば、国ということになりますわね。でもわたしは、国という抽象的な相手じゃなくって、これはもっと具体的な相手、天皇だという気がしてならないんです。（略）母はよくいってましたもの。日本人はみんな忘れっぽくて馬鹿だって。一番の戦争犯罪者を許してるんだからって。（略）兄たちも天皇の名で戦場に駆り出されて死んだのですから、母ははっきりと天皇を戦争犯罪者として認識してましたね。（同前）

だがこの母の精神史が、必ずしも明快な道筋を辿るわけではない。それはちょうど、その時代を生きた日本人の大半が「被害者でもあり加害者でもあった」（その構造的な関係は、必ずしも単純ではないが――）その矛盾を、そっくり投影したかのように、一種奇怪な矛盾や軋轢《あつれき》を長く抱え込んだものでもあった。

たとえば母が勅題で歌を作ってることなんかショックでした。（略）わたしは、母が天皇を一番の戦争犯罪者だといった言葉をはっきりと記憶していますから、その母が宮内行事の勅題の歌を作ってるなんて、思ってもみなかったんです。（略）

母もそんな古い部分を引きずっていたんですね。考えてみれば当然かもしれませんね。戦時中からはっきりした反戦思想を持っていたのでもなんでもなく、戦争に敗け息子を二人喪って初めていろんなことが視え始めた母でしたでしょうから、そんなに何もかも革命的に改まったはずはないんですね。いろんな古い矛盾を引きずっていたに違いないんです。（略）

妹が大学に行ってるとき、上京した母は靖国神社にも参ってるんですよ。（略）わたしには、これもショックでした。日記を読んでて、まあ、おばあちゃんたらと声を出して呆れたもんですわ。戦時中に若者たちを戦場に駆り立て英霊になれと勧めた一番大きな役割をになったのが靖国神社でしょ。いわば兄たちを死なせた神社に、どんな気持で母は参ったりなんかしたんでしょうね。

（第六章「四　勅題」）

ともあれ――「誰からも、何にもわずらわされずに、戦死した兄ちゃんたちのことを懐い続けたいのだから」（第一章「二　夕顔」）と言い置き、老境にいたって夫婦だけでの淡路島への移住が断行されるくだりは、本書の白眉であるだろう。

……母は夜の川原に降りて行って、「けいすけぇー、ひろしぃー」と、戦死した兄たちの名を呼ぶんですね。おじいちゃん以外には誰も聞く者はいませんから、思いっきり呼ぶんです。「けいすけぇー、ひろしぃー」って。もう十八年も前に戦死した兄たちを呼び続けたんです。

（同前）

「先の戦争で息子を戦死させた無数の母達がいる。しかし、そのおびただしい哀しみも、やがて永い時の流れの中で一人一人の胸の裡にうっすりと沈澱していった。だが、どうやら小谷和子（略）は、いくら時を経てもその哀しみを沈澱させえなかったらしい」（第一章「二　縁」）「これだけ執拗に息子の死を哀しみ抜いた彼女を記録することで、一人一人の胸の裡に沈澱していった無数の母達の哀しみを、あるいは復原できるのではないかと考えたのだ」（同前）と、松下竜一氏は考える。

――なお、ここでの「先の戦争」という表現は、毎年八月十五日に繰り出される天皇の「戦没者慰霊」の言葉にあまりにも濃密に通ずるものがあって、私の用いるところではない。この言葉は、その包含する〝自然災害〟的な表現の擬似客観性のニュアンスが受け容れ難いばかりではない。たとえば巨きなものだけでも朝鮮戦争、ヴェトナム戦争、本書の書かれた後では湾岸戦争等、「戦後」日本が、しかしさまざまに加担してきた戦争をなかったことにしてしまう含意がその用語にはあるという気も、私にはするためである。

淡路島での生活は、本書でも少なからず印象深い記述となって投影している。

この老親たちが松川事件や八海事件等について鋭敏な関心を持っているさまは、あるいは後年の古川佳子氏自身の「箕面忠魂碑違憲訴訟」を遠く予告する響きを伴った地鳴りであるかのようだ。また第六章の「六　接吻」に引かれた小谷謙蔵の日記の一九六七年十月二十六日・二十七日の内容は、この夫婦が老境に到って――そして息子の死を追悼するという理由から――二人暮らしをすることで、思いがけず初めて「家」制度の束縛から解放され、本来の男女の恋愛関係に逢着した証左であるような気がして、なんとも微笑ましい（私はこれらが、松下氏の言うような「驚くべき記述」とは、まったく考えない）。

だが、すでに時間は多く残されてはいなかった。二人は娘のもとへ帰還し、そして小谷和子はほどなくその生を閉じる。

この夫婦の死別の状況、妻の死を看取った小谷謙蔵が通常の「戒名」を貰わず、その位牌に「釈尼小谷和子霊」と、生涯最後の筆と推測される簡潔極まりない「法名」を書きつける場面は、本書でも感動的な部分の一つだろう。

「〈得たる物は只愛妻を得たるの外には何物もなく……国家の犠牲とは云え最愛の二男児を戦地に失うた事は終生の恨事として寸時も忘れ得ぬ大惨事で有た〉」（第六章「七　死の前夜」）と謙蔵が書き残したという文言が、ともあれこの年代の日本の一人の男性の生涯の要約であった事実が、私たちの前には残されることとなる。

「忘れむと努めしことの愚かさ」を踏み越え、「生きの限り」を「憶ひ続け」ようとした、その生は終わった。小谷和子が「生きの限り」をかけて「憶ひ続け」た――その事柄を、では、私たちはどう受け止めるべきか。

そのような日々を逐一、佳子は母に書き続けている。手紙を受け取るたびに、和子の胸中には喜びと悲しみが複雑に交錯した。喜びは佳子と二郎にかかわっていて、その喜びがあればあるほどに、啓介や博を待っていたかもしれぬ青春再出発をも想わずにはいられなくて、それがあらたな悲しみを誘い、いつまでも尾を引くのだった。　（第六章「二　暗い歌」）

「わたしほどしあわせものは、いたかなって。戦死した二人のにいちゃんのことさえなければ、こんなしあわせな人生はなかったって」（第一章「一　夕顔」）――そう、自ら振り返ることのできる生涯を送った小谷和子にとって、問題はなお「日本」「日本人」に限定されたものであったかもしれない。だとしても――やはりこれは、なんとも奇怪な事実である。なぜ母は息子たちが「出征」し、赴いた地が、あたかも無人の野であるかのように思いなしていたか。大日本帝国によって「敵」と規定され、息子たちが銃を強制貸与されてそれを行使することを命令されていた、その相手の人びとにも、また自分自身と同様の「母」が存在していたに違いないことを、ほんとうに一度も小谷和子は思ってみたことがなかったのか。

むろんのこと、「母」はいた。〝未来の母〟も。しかも——日本より、さらに痛ましい形で。

それに母は、しょっちゅう座浴をした。少し気分が悪いと、薬用よもぎを煮て溲瓶に入れ、それが冷めるまでまたいで座って、汗をたらたら流すのだ。僕が中学に入ってからは台所へ場所を移したが、それをやりだすと長い間そこから出てこなかった。そんなとき、僕は部屋の中まで臭ってくるこってりしたよもぎの臭いをかいで、また日銭の貸し倒れだなとか、付けを踏み倒されたなとか、一人想像するのだった。

（尹静慕《ユンヂョンモ》『母・従軍慰安婦——かあさんは「朝鮮ピー」と呼ばれた』鹿嶋節子訳／一九九二年、神戸学生・青年センター出版部刊）

「わたしの一生の不幸、わたしがこんなふうにしか生きられなかった、その不幸の元凶は、倭奴《ウェノム》の戦争にあったんだよ」

母の表情があまりにも決然としていたので、僕は、知らず知らずのうちに首をうなだれた。

「この辱めは、わたし一人が受けたものじゃない。その当時、娘だった、この地の数十万の女がみんな受けた災難だった。だからムンハや、おまえは、わたしの話を聞いて悲しんではいけないよ。冷静に、理性的に、そんなこともあったんだということだけを心の隅に刻みつけておいたらそれでいいんだよ。約束してくれるかい？」

（同前／ルビは引用者）

小谷和子の悲しみにおいて、なお決定的に欠落していた要素が何であったか——。

それに、果たして古川佳子はやがて気づくことになる。

いい勉強をさせてもらいましたわ。こんなことにかかわらねば、家庭の主婦が知ることなく終ったような、いろんなことが見えてきましたもの。この裁判をやって一番よかったなって思うのは、それまで兄たちを喪ったという被害者意識だけで戦争をとらえていたのが間違いだと気づいたことですね。あの戦争がアジアへの侵略であり、息子を送り出した母も、軍国少女だったわたしも、みんな結果的にはそれへの加担者であり加害者側に居たという事実ですね。わたしの母はそこまで気づかずに亡くなったと思うんです。それがとても残念でしてね……。

（第七章「四　女たち」）

そうかもしれない。それが、しかも「勉強」という言葉ではあまりに足りない、絶対に取り返しのつかない事実ではあったにせよ。

列の先頭に立った軍人はもうベルトを外して、先に入っている者に、早く済ませろとどなったりしていた。最初の日、わたしは気絶してしまった。気を失っているわたしの身体の上にも休む間もなく軍人が交替していった。やがて、三日目に出血し始めた。会陰が破れて内臓を刺激したのか、血はとめどなくあふれ出て、全身は黄色く膨れあがった。衛生兵がやって来て、担架に乗せて行ったんだよ。助かったと思ったけれど三日目には、また慰安所に戻された。出血が止まっただけで、身体は回復してもいないのに、業主は、またわたしの部屋に軍人を送り込んだ。

（前出『母・従軍慰安婦』）

現代韓国の作家によるこの小説もまた、完璧無謬の作であるとは、厳密には私は考えていない。作者が女性であるにもかかわらず、ここにはいまだなお男権社会的価値観の根深さを感じさせる要素が、必ずしも絶無ではないからだ。

しかしいずれにせよ「戦後日本」で日本人自身による、これら罪過の真の自己剔抉《てっけつ》がなされたことなど、ほとんど無きに等しかったことは、明白な事実である。

一人の朝鮮人が、客を取っている最中に死んでしまったことがあった。列を作っていた軍人たちが朝鮮ピーはみんな死んだ振りをするからと、冷たくなって死んでいく身体の上に乗り続けて、夕方ごろ、軍人たちがみんなすることをして帰った後になってはじめて、彼女が死んだということがわかった。死んでいる姿は本当に残酷だった。口の回りには薄黄色い汁が流れ出ていて、それを取り巻いて、熱帯の小さな小蝿が、真っ黒にたかっていた。そして、下腹からは、こぶしほどのゴム袋のようなものがはみ出していた。それは、激しい摩擦によって、子宮がひっくり返って出たものだった。その死体を片付けながら、日本人の抱主が言った。「大日本帝国のために名誉の最期を遂げた」と。（同前）

ここから、おそらくほんとうの「歴史」の捉え直しは始まる。私がなお、本書『憶ひ続けむ』の登場人物たちに一掬《いっきく》の涙をも零さないのは、別の人びとのための涙をとっておきたいからだ。

なお、本書でその日記が縷縷《るる》引用され、細部に到るまでが再構成されている博の「青春」の性愛に対する姿勢が、実は先に引いた尹靜慕作品が指し示す性の支配・被支配の関係と微妙な表裏一体をなす可能性のあるものであることも、ここで併せて指摘しておきたい。

ともあれ問題は生きている者たちに残された。そして彼らは少しずつ、その重さと巨きさに気づき始めるだろう。

玲子が興奮気味に問いかけるのを、佳子は困惑して聴いていた。

「あなたは二人のお兄さんが戦死してるんでしょ？」

「ええ……それはそうですけど……。反対運動するといっても、いま、わたしはおじいちゃんが弱ってるから、ほとんど動けませんもの」

「いいのよ、動いてもらわなくても。あなたが忠魂碑移転に反対かどうかだけ聞かせてほしいの」

「それはもちろん反対ですわ。あんなもの見るのもいやだもの」

「それだけ聞けば安心だわ」

（第七章「二　提訴」）

私が素晴らしいと受け止めるのは、ここでの佳子の徹底した拒否の「感覚」である。批判すべきもの、拒絶すべきものを、自らの根底から嫌悪し、憎悪すること。

かつて韓国から日本に抗議と賠償の交渉に訪れようとした〝従軍慰安婦〟――「性奴隷」たることを強いられた女性たちは、赤い「鶴」のマークのついた日本航空機に搭乗することさえもが苦痛であったという。いまでも心ある在日女性は、日本旅館に備え付けの浴衣に決して袖を通すことをしないという。

『君が代』の面白くもない〝パロディ〟を作ったり、「日の丸」を〝批評的に〟あしらった映像を玩んだりすることのできる者には、どこかしら、自らが〝批判〟しているつもりの対象と、平然と共存し得てしまう妥協が根深く巣喰っているのではないかと、かねて私は深く疑っている。洒落のめし、嗤い飛ばしたつもりの〝替え歌〟など作る以前に、そのメロディそのものに嫌悪を感ずるということ。白地に赤丸の布きれを、自らの全存在を懸けて憎みきること。

そうした徹底した拒絶にのみ、対象に搦め捕られない真の批判精神は存すると、私は考えている。「あんなもの見るのもいや」という、唯一、正当な拒絶と批判──。

ちなみにこのときのことは「彼女が、市費による忠魂碑移設再建を知って、まっ先に戦没者遺族である私の意見を求めた判断の確かさと、かしこさを思わずにはいられない。判断を誤らない行動力が、その後の長い闘いの底力になっている」（古川佳子「町の靖国神社──箕面忠魂碑違憲訴訟」／『伝統と現代』第七十九号、総特集「靖国」一九八四年春、伝統と現代社刊）と回想されている。

そういえば私自身、自分が通わされていた公立保育園の敷地内に「太平観音」と呼ばれる胡乱な観音像が建ち──そして「忠魂碑」が聳えていた記憶がある。比較的早く漢字が読めた私は、その「忠魂碑」の三文字の湛える、そこはかとない禍まがしさを強く嫌忌していたことも思い出す。

市民たちが最初に面会した際の「忠魂碑は戦後百八十度意味が転換して、いまは平和の碑になっていますから」（第七章「二　提訴」）という市長代理の教育長の返答は、靖国神社側の見解と、あまりにもみごとに符合するようだ。『東京都忠魂碑等建立調査集』では、たとえば本稿冒頭にも引いた世田谷区下馬・世田谷観音寺境内の「神州不滅特別攻撃隊之碑」の写真や解説の上に、同じ境内にある吉田茂揮毫の「世界平和の礎」なども、ちゃんと併録されているのだから。

ここから始まる住民監査請求、そして「のちに箕面忠魂碑違憲訴訟と呼ばれることになる民事訴訟」（同前）にいたる原告側の批判、論理は、本書に引かれた神坂玲子の控訴審違憲陳述書を一瞥しても明らかなとおり、すべて、ただ一点の曇りも揺るぎもなく、正当である。「戦後」日本でこのような真摯な闘いが行なわれたことを、私たちは〝官製〟のそれではない──私たち自身の歴史に永く刻印すべきだろう。

併せて、私が深い感銘を受けたのは、神坂哲・神坂玲子夫妻の出会ったのが朝日訴訟の舞台となった岡山療養所の結核療養中の、それも当の「朝日訴訟」の支援を通じての出来事だったという象徴的な事実だ。ここには、日本の近現代では稀な、闘いのなかでの真の個個人の連帯があり、そしてそれが市民意識という無形の財貨として継承されてきた歴史があるという気がする（「朝日訴訟」に関しては、『ありふれ老い』論「荘厳の書」を参照）。

一九八二年三月二十四日、箕面忠魂碑違憲訴訟の第一審は大阪地裁で原告側の勝訴に終わる。このころ事務局を兼ねた神坂氏宅には、激励とともに数かずの嫌がらせ、脅迫も浴びせられていた。前出「町の靖国神社——箕面忠魂碑違憲訴訟」によれば、脅迫の文言は「朝鮮へ行け、ソ連へ行け、お前ら日本人か、女のくせに出しゃばるな」という典型的なもので、「カミソリの封入」や「放火の予告」も行なわれたという。

（そういえば私にも、似た経験がある。一九八五年八月十五日、靖國神社正門周辺で、仲間たちと共同使用した宣伝カーから、中曾根康弘内閣の戦後初の「公式参拝」を批判する〝演説〟を行なっていたら、七十歳ぐらいの男が凄まじい形相で駆け寄ってきて、私がハンドマイクを握っていた車窓にしがみつき、「おまえら、ソ連に行け！　ソ連に行けぇ！」と、そっくり同じ罵倒を喚き散らしたものだった。どうやら、この種の手合いの「世界観」は、皆、似通ってくると思しい）

そしていま、この裁判はどのように帰結したか——。

報道によれば昨一九九九年十月二十一日、最高裁第一小法廷（小野幹雄裁判長）は、箕面市が戦没者慰霊祭を主催した「箕面市戦没者遺族会」に補助金を交付、市職員を会の事務に従事させたことに対し、神坂玲子氏ら住民四人が当時の市長を相手取って「政教分離を規定した憲法に違反する」として市が支出した公金約四十五万円を返還するよう求めた訴訟の上告審に対し、「遺族会は宗教上の組織に該当せず、公金支出は合憲」などとの理由から訴えを退けた一、二審判決を支持、神坂氏らの上告を棄却した。口頭弁論を開くこともせぬままの一方的な決定である。提訴から二十二年を経た「箕面市遺族会補助金訴訟」は、これにより神坂氏らの敗訴が確定した。

ちなみにこの訴訟は、もともと一九七七年七月に「忠魂碑違憲訴訟」に追加提訴されたものだった。これに先立って「箕面忠魂碑・慰霊祭訴訟」に関しては最高裁が九三年二月、やはり市遺族会の宗教団体性を否定、「合憲」判決が確定している。

そもそも一審でいったんは原告側が全面勝訴した「忠魂碑違憲訴訟」についてまで、最高裁のこの判決はどうしたことか。もとより近年、二審、最高裁と進んでゆくほど、判決が反動化するのが、もはやすっかり定着した傾向ではあるとはいえ、それにしても当時の中曾根内閣が一審判決を国家権力を挙げて捩《ね》じ伏せようとした、その暴圧の烈しさが推測される司法の後退ぶりである。

さらに「箕面忠魂碑違憲訴訟」(と総称する)は、その過程で新たな展開をも生じさせた。

最高裁判所は、一九九四年(平成六年)四月六日、裁判官志望の第四六期司法修習終了者一〇五名のうち、一名を不採用とした。当連合会は会長談話をもって、最高裁判所が今回の不採用の理由について本人の求めがあればこれを具体的に明らかにすることを要望し、本人もまた不採用の理由の開示を求めてきた。しかし今日に至るも最高裁判所はこれに応えようとはしていない。(略)

当連合会が、今回不採用とされた裁判官志望者につき調査したところによれば、同志望者は、積極的かつ真面目に修習に取り組み、社会に生起する具体的な諸問題に旺盛な関心を寄せ、少年事件研究会等修習生としての自主的な活動に積極的に参加してきたほか、クラスの修習生からの信望も厚かったことがうかがわれ、直接指導を担当した弁護教官からも、その人格、識見、能力ともに法曹三者としての適性を十分有するものとの評価を得ていることが認められる。

しかるに、最高裁判所がこの裁判官志望者を不採用としたのは、指導担当の裁判教官の発言等に照らし、同人がこのような自主的活動に積極的に参加してきたことや、修習前期においては西暦使用による判決起案をして元号使用についての疑問を提示し、検察実務修習においては検察取調修習の適法性に疑問を提起してこれを辞退したこと、さらには、同人が従前からいわゆる箕面忠魂碑違憲訴訟の原告補助参加人の立場にあることなどをとらえて、その拒否の理由としたことが強く疑われるところである。（略）

当連合会は最高裁判所に対し、司法がこの国民の期待に応えるために、あらためてこの裁判官志望者を裁判官として採用されるよう強く求めるものである。

（日本弁護士連合会会長・土屋公献「声明」一九九四年五月二日）

任官を拒否された司法修習終了者は、神坂直樹氏——神坂哲・神坂玲子夫妻の子息である（もとより私は親子・血縁・家族といった概念に重きを置くものではないし、それらの大半は批判・否定されねばならないとも考えている。だが、この三氏の関係性については、後述するような意味あいからも、特にその点に触れておく）。

神坂直樹氏は、これを思想・信条に基づく差別であるとして、九四年七月、最高裁を相手どって任官拒否の取り消しを求める行政訴訟を東京地裁に起こす。だが、ただ一回の口頭弁論も開かれることなく、この訴えは却下された。

かくも明白な、そして悪質な憲法違反を、しかも「司法」の最高権力者たちが公然と行なっている——。司法官が根本的に「法治」意識を欠いているという、法も論理も存在しない前近代的な国に生きなければならない不幸を、私自身、痛切に感じざるを得ない。神坂直樹氏は引き続いて九五年、国に損害賠償を求める提訴を大阪地裁に起こし、現在係争中である。

こうした過程で想起されるのは、周平・啓二の二人の息子の主体的な思考・行動に不安は持ちながらも、教員たちから「おかあさんの説得でやめさせてください」といわれたのに対して「それはできません」と言下に拒否した古川佳子氏の対応である。六〇年安保当時、樺美智子の訃報に接しながら「でも結局、わたしは何も行動しなかったんです。母もわたしも何もできなかったんです。何も行動しなきゃ、いくら心で思っても思ってない人と同じなんですね。そのことがずっとわたしの中で心の負い目になってたんです」（第七章「四　息子たち」）と深く自問自答した、その真摯な問いは、たしかに後続の世代に確実に受け継がれ、より透徹した新たな展開を示している。

だとすれば……と、私は思うのだ。だとすれば、これら「闘い」の意味をより深め、自らの主体に引き寄せて展開してゆこうとする意志こそが、この度し難い国の現実の泥沼にあって、真に民の資産として継承されてゆくべきものなのではないか、と――。

そして、この荒寥たる「戦後」日本の精神風土にあって、神坂哲氏や神坂玲子氏の抵抗が、より困難の度を増す状況のなか、神坂直樹氏へ確かに継承されているという事実に、私は感動する。

あくまで持続される闘い。それこそが、とりもなおさず民の至高の遺産にほかならない。

最後に、小説としての本作の特質について触れておく。

おそらく少なからぬ読者は、この物語を基本的に小谷和子による二人の息子への、哀悼しようとしてもしきれぬ慟哭が綴られた記録として読むだろう。むろん、それは本書の基本的な性格であり、ここを離れてはすべてが成り立たない。

だが同時に、この作品は戦死者として自ら語ることも生きる場をも喪った二人の息子・啓介と博に仮託し、母を愛そうとしても、もはや愛し得ぬ——また母に愛されようにも、もはや愛され得ぬ彼らに成り代わり、ほかならぬ松下竜一氏自身が、母・小谷和子の愛をその記録者として擬似的に生き直そうとする、恐るべき小説的企てという側面をも含んでいるのだ。本書のすべてのページに漲《みなぎ》り立ちこめる——『豆腐屋の四季』『母よ、生きるべし』をはじめ、松下氏の〝この領域〟の著作に共通する——極度の息苦しさは、書き手と書かれる対象との、ただならぬ想像力の共振性に起因するものにほかならない。

まこと、男児による仮設された執拗な「母恋い」の物語であるという点といい、したがってそこに由来する母性主義的な価値観が結果として全篇に瀰漫《びまん》している点といい、また夫婦の老年の愛や性のひそやかな息遣いが立ちこめている点といい、しかもそのすべてを「短歌」が縦糸となって辿ってゆく趣向といい……本書もまた、徹頭徹尾〝松下竜一の小説〟の特質を余すところなく示している。

その事実に、読み了えて私自身、改めて深く得心されるものがある。

息子が原子力発電所で「被曝死」をしてはや、七年の歳月が過ぎ去りました。（略）亡くなって半年くらいは自分でもおかしくなってきたのがわかりました。息子は確かにいないのにそれを認められないのです、どこかに息子がいるのではないかと捜してみたり、部屋をのぞいてみたり。突然大声で泣いてみたり。何をする気力もありません。気がふれる一歩手前の状態でした。（略）

運転免許を取ろうと思ったのは運転未熟を理由に海に飛び込もうと思ったからでした。それは息子のそばに行く手段でした。

痛くない死に方。醜くない死に方。家族へ迷惑のかからない死に方を毎日考えていました。

しかし私が死ぬと主人だけになる。（略）息子の死と妻の後追い自殺が重なったらどれほどあの人に深い悲しみを与えるだろう。そして息子が、もし宇宙のどこかで存在していたとしたら、深い悲しみを受けるだろうと考えました。もっともっと元気に生きて自分の命を最後まで生きて天命をまっとうしよう。そうしたら遅ればせながらも息子に会えるに違いないと思いました。

しかし、そうは思ったものの毎日が辛い。

やはり息子が勤めていた浜岡原発近くの海に飛び込もう。いや、もう少し走って雄大な太平洋の夕日を浴びながら御前崎の海に飛び込もう。

「伸之、母さんも今おまえの元に行くからね」

免許を取った翌日、そう心に叫びながら車を海に向けて走らせました。

しかし、あんなに苦しく辛い闘病生活を頑張った息子。

生きよう生きようと懸命にたえた一年間を思うと、闘い抜いて逝った息子に申し訳がないかな、と死ぬことにためらいを感じました。

（嶋橋美智子『息子はなぜ白血病で死んだのか』一九九九年／技術と人間刊）

すべては、決して過去に完結した〝物語〟などではない。現在も「問題」は随所に、さまざまな形でその深淵へと続く口を開いているのだ。

そして、いまや……かつての小谷和子と直接的に同質の悲嘆を、むろん単に日本国内のみならず、今度はアジア圏に留まるものでもなく——全地球的な規模で惹き起こそうとする支配者たちのプログラムが確実に進行しつつある。

〔二〇〇〇年二月脱稿〕

V　天皇の影の下に

「美しい文章」は、きょうもまた、なお――
――『記憶の闇』

人が、冤罪《えんざい》に陥れられるとは、どのようなことだろうか。

人が人に加える最悪の侮辱であるに違いないそれを、たとえば当事者に、自らが世界から遮断されたに等しい思いを強いるものではないかと、私はかりそめに想像してみる。

二度の無罪判決をより深めていただいた今日の判決を心からうれしく受けとめました。

この素晴らしい判決が、長年にわたり無償の奉仕で弁護して下さった弁護団のお力の上にあることを、読み上げられる判決文を聞きながら感じておりました。

私の無実を信じ、正義のためにご支援下さった支援者の方々に心からお礼を申し上げたいと思います。

（一九九九年九月二十九日、大阪高等裁判所司法記者室における弁護人記者会見で読み上げられた山田悦子氏のメッセージ／『甲山裁判支援通信』第三四三号＝一九九九年十月号、甲山事件救援会発行から）

ある機縁から、すでに十数年にわたり、毎月、送ってきていただくようになっていたこの『甲山裁判支援通信』の、昨一九九九年の通年のそれである浅黄色の表紙に「山田さん無罪確定!!」の文字が刻まれた第三四三号を手にしたとき――私にさえも、深い感慨があった。右の判決の後、判決理由の徹底した論理的整合性と輿論《よろん》の厳しい批判のまえに、さしもの検察（大阪高等検察庁）も同十月八日、ついに上告を断念せざるを得なくなる。

事件発生からほぼ二十六年、裁判期間だけでも二十一年半にわたる、そのかん――同一の事件に三度「無罪」の判決が宣告され、そのたびごとに警察と検察の横暴、そして人権を無視したマスメディアによる、構造的な冤罪の実態が明らかになってきたこの事件に、より近い位置で関わってこられた方がたの思いは、どれほどであったか。

何よりその当事者である山田氏は、この「メッセージ」を、国賠訴訟「偽証」罪で被告となった元・甲山学園園長と同僚の保母二人の「判決まで、今しばらく、よろこびを温めておきたいと思います」と結んでいる。そして、この願いもまた、その本来あるべき形で、ほどなく実現する運びとなった。

同年十月二十二日、および二十九日、いずれも大阪高等裁判所で、元・園長と同僚とに、それぞれ「無罪」の判決が告げられる。同十一月四日、大阪高等検察庁が上訴権を抛棄したことによって、最終的に両氏の無罪も確定した。「甲山裁判」は、これですべての雪冤《せつえん》が実現、終結したことになる。

私がほどなく元・園長からいただいた端麗な印刷文の挨拶状は、「真実」というものに生き、不正義と闘い抜いた人の真摯な意志の力を感じるものだった。基本的に私自身がしたことといえば、救援会から呼びかけをいただくたび「声明」に名を連ね、また時折り、自らのささやかな原稿のなかで甲山事件をはじめとする冤罪事件についての考えを示してきたという程度のことにすぎない。当然、この挨拶状は、他の賛同人・支援者にも同様のものが送られているはずで、確定判決直後のいろいろ慌ただしいなか、御本人にとってはその労力だけでも大変だったのではないかと推測する。『支援通信』における「挨拶」でも、元・園長が示しているのは「偽証とは人間の良心に関わる重大な問題」にほかならないとの認識である。自らの良心に従い、事実を事実であると申し述べることに対して、強大無比の権力が加えてくる圧力。しかもその真実の証言が、ひとりの人間の名誉と人権を守る意味を持っているとするなら——。

「真実」を語ろうとする者が恫喝や弾圧を受け、虚偽が真実にすりかえられる——あったこと（アリバイ）がなかったこととされ、なかったこと（〝犯行〟）があったことにすり替えられる——。山田悦子氏に対する、警察・検察権力によるその卑劣な恫喝の過程は、本書『記憶の闇』に詳しい。また、そうしたなかで良心と事実にもとづき、自らの人間としての真実を語り続ける立場を貫いた元・園長と同僚とに加えられた弾圧が残した爪痕も、はなはだ深刻である。

夥しい事例を根拠として、私自身は日本を、現在の世界にあって相対的に「社会正義」の著しく衰弱した、人心の地に堕《お》ちた国だとの思いを強くしている。だがそうした精神風土にあって、この暗然たる事件に際会し、自らの良心を枉《ま》げなかった人びとも存在した。

兵庫県西宮市の精神薄弱児施設「甲山（かぶとやま）学園」で十年前に起こった二人の園児をめぐる〝殺人事件〟を扱った松下竜一「記憶の闇」（文芸二月号）を一気に読み終えた。松下は、殺人犯として逮捕され、現在も公判中の保母からの聞き書き、供述調書、法廷記録、学園長や同僚職員らの話を、丹念に集めて事件を再構成、結論として「保母無罪」を主張する。松下による詳細な報告は、厳しい検察批判となっており、これはそのまま無実を十年にわたって訴える保母の悲痛な叫びでもある。「どのような判決になろうと、私は彼女の側に立つ」と、松下は最後に書き記す。保母への支援宣言なのだが、作家としての立場を超え、人間として、保母の無実を信じる姿勢が貫かれている。良くも悪くも客観報道を求められているマスコミの中では、松下のように書くことはない。個人的なものならまだしも、大量に印刷され、読まれることを前提とし、しかも「中立」を期待されている新聞では、このような記事は、まずお目にかかれない。紙面が限られている、という物理的理由もあるのだが、「被告の側に立つ」記事は、書いてもまず日の目はみない。それだけに、松下の「記憶の闇」は、読みごたえがある。新聞でこの事件を読んでいる読者は信じられない事実や、検察、警察当局の不当な捜査、事件処理について驚かされるに違いない。新聞記事のいい加減さについても、改めて思い知らされるかもしれない。新聞記事には、捜査権はなく、記事は警察発表に頼らざるを得ず、警察のミスは、そのまま記事の誤り――という構図になってしまう。

（稲葉康生「マスコミとノンフィクション――記者エレジー」／月刊『そんざい』一九八五年三月号、NOVA出版発行／原文のまま）

私事だが、本書『記憶の闇』は松下竜一氏の著作のなかでも、私自身、発表から比較的時期をおかずに読んだ一篇だった。

右に引いた批評は、書誌的なデータから推測すると、そのまさに『記憶の闇』掲載の『文藝』一九八五年二月号の発行直後に書かれたと考えられる。この作品の美質が懇切に説明された的確な批評だと思うが、多くの人びとの目に触れた可能性が必ずしも高いとは考えられない文章であるだけに、その中心部分をさらにもう少し引いておこう。

事件は一九七四年三月に起こった。甲山学園の園児（当時十二歳の女の子）が行方不明になり、職員や西宮警察署員らの懸命の捜索にもかかわらず発見されず、二日後には、さらに男子園児（同十二歳）が姿を消すという最悪の事態が発生、事件は異様な様相をみせてゆく。

二人の園児は、浄化槽の中で死んでいた。同署では、連続殺人事件と断定、捜査本部を設置した。情況からみて、内部犯行説が有力視され、四月初めになって、同学園の当時二十二歳の沢崎保母が殺人容疑で逮捕される。しかし、有力証拠はなく、同保母が「私はやっていない」と自白をひるがえし、不起訴処分が決定。保母は、支援グループと共に国家賠償請求の民事裁判を起こす。ところが、検察側は一九七八年二月、保母を再び逮捕。合わせて、同学園長ら二人も偽証罪で逮捕したのだ。

「民事不介入の立場を取る警察が、国賠訴訟での証人を逮捕したことも、殆ど先例をみない異例事といえた」と松下は書く。強引な検察当局のやり方に、松下は憤る。この年の六月から裁判が始まり、今春結審、夏には判決というのが支援者グループ、松下の見方だ。

松下は、七四年から八四年までの沢崎保母の苦悩の十年を描き出す。事件発生当時、二十二歳の若さだった保母も、今では結婚し家庭を持っている。人生でおそらく、最もみずみずしい、充実した時を、沢崎保母は警察署の取調室や法廷で過ごさざるを得なかった。晴れて無実が証明されても、失われた時は、二度とかえってこない。（同前）

とりわけ新聞記者である筆者が、そうした企業としての商業ジャーナリズムに帰属し、その制約を受けざるを得ない職業的な立場の目から見たとき、この作品の持つ意味はいっそう精確に示され得てくる。

それにしても、新聞はまたしても、軽薄さをつかれている。保母逮捕の翌日、各紙は一斉に大きく報道する。以下「記憶の闇」から引用する。

「沢崎悦子は、最初の事件以来三週間、ふだんと変わらぬ〝真面目で快活な保母〟と、園児を失った〝悲嘆保母〟の両面をみせ、父兄・同僚と捜査員の目をそらす〝名演技〟を続けていた」と書き、さらに「複雑な家庭環境の中に育った」として、プライバシーが書かれ、「最近複雑な男女関係に悩んでいた」とまでキメつけられる。もちろん警察発表に基づいて書かれるわけだが、後になって生じる新聞批判は、限られた時間で、記事を作らねばならない事情と、さらに――これが一番怖いのだが――警察当局による情報操作にその背景がある。（原文、ここで一行空き）

その後、神戸地検尼崎支部は、沢崎保母の不起訴処分を決定。この処分について、今度は新聞は、初動捜査のミスを書く。すべて結果論ではある。しかし、数多くのえん罪事件の真実が明らかにされるたびに、新聞も自己批判をしてきたはずだ。同じ過ちが、何度も何度もくり返されても、正されないところに、構造的な問題がある。甲山事件の公判は、もちろん、どんな進展をみせるか、わからない。新聞も、再び同じ過ちはできない。（同前）

稲葉氏は、さらに松下竜一氏の『風成の女たち』『砦に拠る』『ルイズ――父に貰いし名は』などへの自らの傾倒を語った後、こう続ける。

「記憶の闇」でも、後半になって、「これだったのか」と思わせるところがあった。沢崎保母が「ルイズ」を読み、主人公の大杉栄の遺児である伊藤ルイと文通をしていたことだった。冒頭で、沢崎保母が「何でも尋ねてください」「判決で有罪になったら、あなた（松下＝筆者注）の作家生命が絶たれるんじゃないかと、そのことの方が心配で……」と語っていた意味が、氷解した。

作品を貫く、筆者と書かれる側の信頼の秘密はこんなところにもあった、というのが偽らざる感想だ。だとすれば、松下という人間を得て、初めて沢崎保母の心が開き、記憶の闇を埋めるという、壮大な作業が可能になった、といわざるを得ない。作家は世に多いが、こういう仕事ができる人は、少ない。新聞をはじめ、マスコミに働く記者にしてもそうだ。作品の底流にある信頼が、どうしようもなくうらやましい。この人でなければ、書けない「甲山事件」報告に、深い感銘を覚える。（同前）

言い添えておくと「限られた時間で、記事を作らねばならない事情」とは、むろん新聞の側だけに起因するものではないだろう。これは商業ジャーナリズムと、そうした媒体を購入＝消費する大衆の側との相補関係や相乗作用の結果であり、最終的には、受け手の側がマスメディアに何を求めているかが問われることにもなる。

少年犯罪を含め「容疑者」の実名報道や顔写真公開をめぐり、商業ジャーナリズムは決まって「知る権利」「国民の公的利益」と称する概念を持ち出し、また購買者＝消費者――大衆（という名の、ファシズムの基底物としての人間の集合的形態）の側は、それを迎える。だがそもそも、「知る権利」「国民の公的利益」などというものが、一体いつ自らに賦与されたと、それでは彼らは認識しているのか？　自らが闘い取ったものでもない、そんな〝権利〟が、いつどのような形で、しかも自らに具《そな》わっていると、彼らは信じ込むことができるのか。

もしも「知る権利」なるものがあるとすれば、その向けられるべき対象は市民個人ではなく、またその「権利」は、なんらかの恩典のように天から降ってくるものでもない。あたかもそれらが〝最初から〟〝ほんとうに望ましい形で〟〝存在していた〟かのような論点に立ちつつ、その実、自らのおぞましい好奇心や浅ましい優越感を満たすため、強者による弱者への一方的な人権蹂躙を追認する風潮や、それに乗って司法までが超論理的な口実のもと、憲法や少年法を無視・黙殺する現今の社会の趨勢に、私は暗澹たる危惧を覚える。

それにしても――稲葉康生氏をして「この人でなければ、書けない」と感嘆せしめた、この作品

『記憶の闇』は、では、そもそもどのような経緯で世に出たものであったか。

「いちおう、これから書こうと思っているものはあるんですが……甲山事件という冤罪事件をテーマにしたノンフィクションですから、『文藝』に載せられるようなものではありません」「結構です。その作品をぜひ『文藝』に下さい」

言下にそんな即答が返されて、これはまあなんという人だろうと松下センセはほとんど仰天する思いだった。

なにしろ甲山事件は刑事裁判の第一審判決を目前にした時期であり、そんななまなましいノンフィクションが純文学雑誌に登場できるはずもない。甲山事件について何も知らない編集者が、とりあえず返事をしたのだと思うしかなかった。（略）

だが長田氏はさすがだった。甲山事件についての資料にすでに眼を通していて、「ぜひ、『文藝』に連載させて下さい」と、ためらいもなくいうのだ。氏もまた山田悦子さんを目の前にして、彼女の無実を強く印象づけられたようだった。（略）

連載第一回分を渡した段階で、長田氏の決断は更に劇的に飛躍することになった。

「これは凄い作品です。これを分載にしたら、迫力が喪われます。脱稿まで待って一挙掲載でいきましょう」といいだしたのだ。

四百枚を超える長篇ノンフィクションを純文学雑誌が一挙に掲載するなどということは前代未聞の蛮勇であって、文壇の一事件とすらいえるだろう。（略）

あとで松下センセにも察しがついたことだが、これは長田氏があえて現文壇に仕掛けた〝挑発〟であったようだ。テーマの不在を技巧でごまかしたような文学作品で埋められている純文学雑誌に、いわばなまなましいテーマの持つ迫力をぶっつけることで文壇に波風を立てようと計ったのだと思う。そういう荒療治が現文壇には必要だとみたのだ。
（松下竜一「困惑、また困惑……」／『草の根通信』第三〇一号、一九九七年十二月五日／傍点原文）

ともに「文学」という——虚妄とも、またその手垢にまみれた果てに実は新たに別の内実が伴っている可能性を否定しえないとも、むろん言えなくはない——そんな言葉と概念を挟んでの、作家と編輯者の初めての出会いにおけるこの間合いの取り方は、印象的である。そしてしかも、それはこの共同作業が警察・検察・司法権力や、さらに〝第四権力〟化したマスメディアと正面から対決しようとする企てでもあった。

では、この「挑発」「荒療治」に対し「文壇」「文藝ジャーナリズム」は、どんな反応を示したか。前記の松下氏自身による回想では「果たして文芸時評はいっせいに『記憶の闇』を俎上に載せて、これは文学ではない、人間が描けていないなどと、いきなり文壇に陳入《ママ》してきたノンフィクションに対する過敏な拒否反応を示したものだ」とある。だが、これは例によっての松下氏らしい韜晦趣味の手法の現われと解すべきもので、むろんそんな対応ばかりだったはずはない。

そもそも、小説ジャンルの発生には、現実直視にもとづく社会的プロテストが核心に坐り、かならずしも芸術的な意図が優先していなかったことは、近代ヨーロッパの文学史をちょっとのぞいてみれば、明らかな事実である。それが、日本の近代文学においては、すでに高度な芸術性を達成した、十九世紀のヨーロッパ小説が、あたかも、小説、いや文学そのもののあるべき本然の姿であるかのごとく錯覚され、いきなり、小説、即、芸術という固定観念が植えつけられてしまったところに、今日のわれわれの小説不振の特殊事情が生まれたといっていい。自然主義文学から「私小説」、さらに「内向の文学」と、ひたすら芸術化への道をたどることによって、日本の小説は、ますます貧血化し、いまや、小説ジャンルの初心がゆたかにそなえていた、現実把握の包括力を見失ってしまったのである。

（篠田一士「文芸時評」一九八五年二月上／『毎日新聞』一九八五年一月二十八日付）

「芸術」という概念の取り扱われ方に終始つきまとう曖昧さは気に懸かるものの、ともあれここで示唆されている問題は、単に「小説」そのものに限ったことではなく、むしろ日本「近代」というものの形成のされ方自体と決して無縁ではない。透谷・啄木に伍して、木下尚江や荒畑寒村らが真に大文字の「文学」を広義の散文表現のなかに打ち樹《た》てようと苦闘していた一九〇〇年前後の日本の精神史の状況については、私自身、いずれ稿を改めて確認しておかなければならないと考えている。

篠田は、長谷川敬『沖を見る犬』（「すばる」一九八五年二月号）を取り上げた後に続ける。

　つぎに、松下竜一氏の『記憶の闇』（文藝）。副題に「甲山事件（一九七四→一九八四）」とあるように、これも、いまから十一年まえに、六甲山系の東端の麓にある、精神薄弱児施設で起こった、ふたりの園児をめぐる殺人事件の全貌をえがいたノンフィクションだ。

　全貌といっても、実のところ、検察側から犯人とされた、当時の保母をめぐる刑事事件が結審にいたっていないから、今後どのように進展するか、予断を許さず、その点は、後続の記述を待つしかない。それでも、このノンフィクション作品を読んだだけでも、新聞、その他の報道では、とても知ることができなかった事件の経緯のディテール、とりわけ、一般人には、密室同然の施設の内裏、それに、警察、検察の内部の様子、動きがあらわにされていて、われわれはおどろくことばかりである。もし、これを小説仕立てで書いたとしたら、小説の芸術性に慣らされ、毒された、われわれ、小説亡者の目は、かえって、本当かしらといった疑惑の思いをいだきかねないが、ここに用いられているのが、小説言語でなく、まぎれもないノンフィクション言語だと確信できればこそ、現実世界の新しい領域発見に、われわれは心おきなく、胸をひらくことができる。

しかし、それは、決して楽しい思いではなく、陰鬱このうえない経験であることも否めない。たとえば、非公開法廷とはいえ、検察側が証言能力もさだかでない精薄児たちを証人にだし、検察官、裁判長、弁護士の三者入り乱れの遣《や》り取りの場面などは、これが小説の一場面ならば、絶妙な茶番劇として、笑いころげるところだろうが、どんな読者も、笑い声ひとつ立てることはできまい。国家権力のもつ冷酷さ、陰惨さに、背筋の凍る思いで、言葉を一字一字たどるばかりである。

（同前）


念のため私見を差し挟んでおくと、前述した「小説の芸術性」への異議は別にしても、この篠田の見解の——とりわけ後段には、私は甚だ疑問を持っている。実はこれは本書『記憶の闇』にのみとどまらず、「甲山事件」そのものの最も本質的な部分と私が考える問題とも関わってくる事柄であるので、いずれ詳述するつもりであるが、たとえば「園児尋問」の場面は、果たしてほんとうに「これが小説の一場面ならば、絶妙な茶番劇として、笑いころげるところ」だったか？　いったん「ノンフィクション言語」という概念を恣意的に提示しながら（つまり、併せて「小説言語」＝「フィクション言語」という概念にも読み手の注意を喚起させながら）——「フィクション」「ノンフィクション」を問わず「小説」一般が厳密に自己検証しなければならないはずのより本質的な差別性から、篠田自身があまりにも早く目を離しすぎてしまった弛緩が、この「絶妙な茶番劇として、笑いころげる」と自ら屈託なく〝告白〟した部分には露呈していると、私には思われてならない。

私は、たとえこれが「フィクション言語」で書かれた——すなわち、純然たるフィクシァスな「小説」であったと仮定しても、決して、この「園児尋問」の場面を「絶妙な茶番劇として、笑いころげ」たりは、しない。絶対にしない。なぜ、この「尋問」が「絶妙な茶番劇」であり「笑いころげる」ような代物としてしか、篠田の眼には映らなかったのか？　せっかく「小説亡者」たる「われわれ」を自ら省みたつもりでいながら、ここでの篠田は、結局のところ〝文学〟の治外法権性をより根底から再承認しなおしている〝文壇評論家〟にすぎないのだ。

〝文学〟の、この治外法権性――度し難い差別性に対しての篠田の能天気ぶりは、したがってまた逆に「ノンフィクション言語」の強度に対する、あまりにも素朴な楽観主義を招き寄せてしまってもいる。人は文藝批評家であろうとなかろうと、あるテキストをめぐって「どんな読者も、笑い声ひとつ立てることはできまい」などと、あっさり書いてしまってはいけない。むしろ真の「ノンフィクション言語」は、この世の表層の表層で栄耀栄華を極める、より陰惨で残忍な現実、陋劣《ろうれつ》な人間たちの存在と、最初から最後まで闘っていかなければならないのだから。

批評家が「どんな読者も……」などとあっさり言ってしまうとき、それはほかでもない「文学」の何百億回目かの終焉なのだと、私は思う。そんな断定が成立可能なはずはないのだし、ここにおいてなお「笑い声」どころか、より悪しき言動をも繰り出し弄ぶことにさえなんの躊躇も覚えぬ人びとの存在にこそ、作家や編輯者、また描かれた冤罪の被告たちばかりにとどまらない――この作品と「甲山事件」とに真に連なろうとする者すべての憤怒と痛苦の淵源は存在するはずなのだから。

> ふたつのノンフィクション、いずれも、文学気など、これっぽっちもないが、それが、かえってすがすがしく、小説創造の新生への機縁を夢見させてくれるのが、これまた、小説読者には、不思議でもあり、ありがたいところである。（同前）

日本「文壇」の枠内で、それでも相対的には広汎な目配りをしていたとの評価を聞くことの多い

（おそらく、だからこそ本作を「文藝時評」で取り上げもした）――そしてこの時評にあっては、せっかく「新聞、その他の報道では、とても知ることができなかった」現実を描いた『記憶の闇』の意義を理解しようとしていたつもりの批評家・篠田一士にあってすら、中枢の思考がこの程度の浅はかな位相に停滞していたことにも、私は〝現代日本文学〟の限界を見る思いがしないではない。
篠田がそう言うならば――ここで私は、右の「ノンフィクション言語」「フィクション言語」という概念に関連して、もう一点、補足しておきたい事柄がある。

私の決意は意外に早く試煉の機会を得た。

谷の向うの高みで一つの声がした。それに答えて別の声が比島人らしいアクセントで「イエス、云々」といった。声は澄んだ林の空気を震わせて響いた。この我々が長らく遠く対峙していた暴力との最初の接触には奇怪な新鮮さがあった。私はむっくり身をもたげた。

声はそれきりしなかった。ただ叢を分けて歩く音だけが、ガサガサと鳴った。私はうながされるように前を見た。そこには果して一人の米兵が現われていた。

私は果して射つ気がしなかった。

それは二十歳位の丈の高い若い米兵で、深い鉄兜の下で頰が赤かった。彼は銃を斜めに前方に支え、全身で立って、大股にゆっくりと、登山者の足取りで近づいて来た。

私はその不要心に呆れてしまった。彼はその前方に一人の日本兵の潜む可能性につき、些かの懸念も持たないように見えた。谷の向うの兵士が何か叫んだ。こっちの兵士が短く答えた。「そっちはどうだい」「異状なし」とでも話し合ったのであろう。兵士はなおもゆっくりと近づいて来た。

私は異様な息苦しさを覚えた。私も兵士である。私は敏捷ではなかったけれど、射撃は学生の時実弾射撃で良い成績を取って以来、妙に自信を持っていた。いかに力を消耗しているとはいえ、私はこの私が先に発見し、全身を露出した相手を逸することはない。私の右手は自然に動いて銃の安全装置を外していた　（大岡昇平『俘虜記』「捉まるまで」／新潮文庫版から、ルビは省略）

たとえば、この「戦後文学」でも屈指の高名な「場面」の緊張感は、それがあくまで作者――この小説の書き手・大岡昇平の「実体験」であるとされていることに担保されている。かりに、これが歴然たる虚構であったとしたら、この作品の核心の本質的な意味は、その大半が失われてしまうだろう。

同じ作家の、ほぼ同一の経験に取材しながら、最初から「虚構」として再構成された『野火』が、全篇に凝らされた小説的仕掛けの並み並みならぬ努力にもかかわらず、しかもついに『俘虜記』に遠く及ばないことは、こうした事情に関わっている（『野火』の主人公は、いともたやすく無辜のフィリピン人を射殺しもする。「ドストエフスキイ」にまつわる〝文学趣味〟を披瀝しながら）。

だから『俘虜記』の成功は「小説」そのものの力であるというより、「これは作者・大岡が〝応召〟して〝従軍〟したフィリピン戦線で実際に遭遇した、直面した、まぎれもない体験＝事実である」という知識（ないしは先入観、ないしは神話）に担保された部分に、その小説としての力を全面的に負っているのだ。この場合、大岡が厳密にこのとおりの経験をしたのかどうかは、むろん別問題である。言語の質としては――また作品の性格としては――まぎれもなく、篠田流にいうなら「小説言語」でありながら、つまるところ、その成功は作品をめぐる〝ノンフィクション性〟によって支えられているのということなのだから。

（実は私は、『俘虜記』という作品を書いた、その最初の段階で、大岡昇平は作家となると同時に、以後、いっさいの「小説」を書くことが厳密な意味で不可能になってしまったとも考えている。そして、右に引いた部分から後――突然出現した米兵を撃つか撃たないかという逡巡における「私」――

入らない）

大岡の思考に、極めて重大な欺瞞を感じもする。ただ、この問題について、ここではこれ以上は立ち

ところで私はなぜ、大岡の二作品について紙数を費やさなければならなかったか。それは大岡のこうした、「フィクション言語」でありながら、実はその成功が作品をめぐるノンフィクション性によって担保されている、という構造のまさに対極に位置するのが――ほかでもない本書『記憶の闇』であるからだ。

ここでの松下竜一氏は、「事実」をあくまで「ノンフィクション言語」で書くという企てを行なっている。しかも、それは単なる「事実」ではない。まぎれもない事実でありながら、権力や無責任な（犯罪的な）ジャーナリズムによって、それが事実であったということをいったんは徹底的に否定されようとした――その「事実」を「言葉」で復元するという、これは営みなのだ。

すなわち松下氏が『記憶の闇』で行なおうとしていたのは、すれっからしの「小説亡者」に「小説創造の新生への機縁を夢見」させる、などという愚にもつかない安易なことなどではない。冤罪事件の実相を明らかにし、現在の日本の社会正義と人権のありようを糾問するという、書くことが「現実」そのものに参入しようとする「行為」にこそほかならなかったのである。

始まりには、人間があった。

かつて『暗闇の思想を』で、「周防灘開発反対闘争」に踏み込もうとする際の松下竜一氏が、そのきっかけとなった石丸紀興氏との連帯を、地元の政治組織に所属するある人物にいったんは阻害されそうになりながら「灯もつけぬ部屋にひとり残って」「うちひしがれてい」るうちに、なお「それにしても、私にはどうしても石丸氏がそんなこわい人とは思えないのだ。Tさんの石丸氏裁断は一党の

組織調査による間接情報によってなされたのだが、私自身は石丸氏と面接しているのだ。そして、私の目はくもっていないと信じている」と内省を重ねることにより、守り抜く場面がある。小文「資本主義の彼岸へ」で、私はその松下氏の判断を、丸山邦男『豚か狼か』（一九七〇年・三笠書房刊）に展開された、松川事件における広津和郎の姿勢への評価に準《なぞら》えたが――今回、ここで松下氏が下した判断は、まさしくその広津のそれと根源的に同質の、冤罪事件への文学者としての主体的「参加」にほかならなかった。

世間では、「本人が自白したのだから、クロであることはまちがいない。自分がやっていなければ白状するはずはないし、また現場の有様などくわしく述べられるはずはない」という人がある。たしかに一理あるようにみえるが、それは警察の尋問、取り調べというものを実地に体験していないためにおこる錯覚なのである。（略）

警察での自白がデッチあげだと証明するためには、拷問や強制の事実が、明白な証拠によって立証されねばならない。ところが、取り調べは、外部の人が立ち入れない密室でおこなわれる。つまり警察官以外は、なかで何がおこなわれたか知ることはできない。まして取り調べに当たった刑事が、「あれは拷問でデッチあげました」とか、「誘導尋問でつくりあげたものです」とか法廷で証言するはずはない。かならず犯人の「任意の自白」であることを主張するにきまっている。
（青地晨『冤罪の恐怖――無実の叫び』「免田事件」／一九七五年、現代教養文庫＝社会思想社刊）

青地《あおち》晨《しん》（一九〇九―八四年）は、右の著作で六つの事例（免田事件・丸正事件・竜門事件・島田事件・帝銀事件・徳島事件）を取り上げ、そのいずれにも緻密な検証・考察を加えて、それらがまぎれもない冤罪事件にほかならないことを明らかにしてゆく。広く知られているとおり、「冤罪」という主題に対する青地の終生の取り組みは、彼自身、不当に逮捕され辛酸を味わった横浜事件の体験に発していた。

横浜事件は「司法の諸悪を凝集した事件」だといわれているが、私にとっては拷問でウソの自白をあえてしたという恥ずべき記憶とむすびついている。拷問の恐怖と苦痛に耐えかねて、私はウソの自白をしてしまった。これは人間として恥ずかしいことだ。ことにやりきれないのは、拷問に屈服した自分への不信感が今もぬぐいきれないことである。人間としての弱さや脆さはもちろんのこと、官憲に迎合した自分の卑しさがやりきれないのである。

しかしあえて弁明すれば、人間という生きものは、拷問に耐えぬけるほど肉体的にも精神的にも強靭な存在ではないのではないか。(略)そして正直にいうと、ふたたび同じような拷問をうけたとき、こんどは耐えぬけるという確信を私はもっていない。

(同前「体験的裁判論――主として自白について――」)

「横浜事件」は一九四四年、事実無根の〃日本共産党再建計画〃が神奈川県警察部特高課によって捏造《ねつぞう》されたことをきっかけに、二つの出版社が解散させられ、六十数名が検挙、二十三名の編輯者が逮捕された一大言論弾圧事件である。逮捕者には酸鼻極まりない拷問が加えられ、二名が獄死、二名が出獄直後に死亡した。

この事件に対し(ても)、日本政府は現在にいたるまで、その責任の所在を明確にしていない。特高関係者も、ついに処罰されてはいない。こうした現状に、被害当事者・支援者らによる告発と真相究明の努力が粘り強く続けられてきている。

最初の「やりました」という一言が、取調べの山である。あとは際限ない自己崩壊がつづき、完全に係官のロボットとなってしまう。刑事の誘導のままに、やってもいない犯行について口走り、事件が殺人の場合は死者の霊に合掌したり、ザンゲの和歌をみずからつくったりする。もはや常識では考えられぬ精神状態で、一種の異常心理というほかはない。（同前）

いったん疑念を作り上げられたら――誤認逮捕されたら、その人格は社会的に抹殺される、というような暗黙の相互監視システムを、この国は現在にいたるまで、なお維持しつづけている。

それにしても、検察権力とは何なのか。いかなる暴虐を行なっても、取り返しのつかない誤りを犯しても、しかもなおそれが「職能」の範囲であると規定されるかぎり決して処罰されることがない、残忍な威嚇力と特権的な免責性とを賦与された、このような権力が、世の中に――現に私たちの生きる場に存置されつづけていることは、言葉の最も本質的な意味での「公序良俗」を侵害する、不当な事態ではないのか。これは「国語辞典」にはありそうでない言葉のようなのだが、かねて私はそれ自体が「悪」という意味で「存在悪」なる語を幾つかの事物に適用したくなることがあった。

本日、甲山「偽証罪」裁判は、検察の上訴権放棄により、無罪が確定しました。（略）

しかし、検察は、上訴権の放棄に当たり、三名の被告に何ら謝罪することなく、また、えん罪と長期裁判をもたらした自らの責任について、全く反省していません。これまでも幾多のえん罪事件が起こりましたが、何ら反省がないまま、同じ様なえん罪が繰り返されてきたのです。反省し、責任をとって初めて司法への信頼が生まれます。（後略）

（一九九九年十一月四日付・甲山事件救援会「声明」／『甲山裁判支援通信』第三四四号＝一九九九年十一月号、甲山事件救援会発行から）

直接的には法制度上の——さらに本質的にはより根深い、近代史全体からくる深刻な理由によって、日本の検察行政には容易に人権を蹂躙しがちな問題性が山積している。こうした権力機構は、いったんは根本から解体されるべきであると私は考えているが（むろん、おそらくそれが実現するのは、より強大で固陋な日本国家全体のシステムをも再検討の対象としうるような状況が到来した場合以外にはないに違いないが）、それにしても甲山事件において露呈した「検察」の非道さ、検事たちの横暴は凄まじい。そしてその高圧的な居直りは、事件終結の最後の段階まで、平然と貫かれる。本来、検察の権力・権能は、より全体的な「法」の論理に則り、主権者・民衆から一時的に委託された業務上のそれにすぎまい。「司法」判断によって自らの非が（この上ない非が！）明らかにされたとき、それを認め、謝罪するのは当然のことである。

にもかかわらず、この最低限の義務すら平然と怠り、なおも理は自らの側にあるかのように開き直ることは、もはや、その拠って立つはずの根拠をすら否認する「法治主義」の破壊でしかない。

（本書・第三章　6）

山田悦子の再逮捕ということも異例な強引さであったが、民事不介入の立場をとる警察が、国賠訴訟という民事訴訟の法廷での証人を偽証罪で逮捕したことも、殆ど先例を見ない異例事といえた。（略）

いずれにしろ、二人が偽証罪で逮捕されたことで弁護団の間では、弁護士の逮捕すらありうるのではないかと緊張した。検察側の強引さからすれば、共謀を適用される恐れは充分にあった。国賠訴訟での証言準備のための会議メモが多数押収されていて、当然ながらそれらの会議には弁護士も出席し発言しているのだ。

一般に犯罪者は自他ともに「悪」を為していると承知して為すだろう。これに対し、制度に保護され、委任された特権を行使しつつ、職業として「正義」を為している風を装って人権を蹂躙する者どもは、それら狭義の犯罪者より遥かに遥かに悪質であり、犯罪的である。

〈お前さえ自白したら、加木、和間も苦しまなくてすむのだ。和間はしゃべっていて昔のことの矛盾をつかれると答えられないじゃないか。このまま有罪になって10年か10何年かしらんが、何才になると思っている。その頃希美ちゃんは高校生や。帰ってきても、このおばさん誰やと思うのとちがうか。早く終って山田豊さんとの家庭をつくっていかなあかんとちがうか。いっちゃ悪いけど、あんたのケイ歴と頭では、今の様な支援してもらって英雄きどりのピエロは続けて行けんよ。……そんな今みたいに黙りこくったらす汚い心は、もうバケの皮がはがれているんじゃ。本当のこと言って一日も早く隆、綾子にあやまる気にならんか。ワシラ、いくらギャアギャア言われても痛くもかゆくもない。どうせ転勤して神戸にいないんやから。……お前は今や、八方ふさがりのじゃじゃもれのはりぼての上におるんや。貧困な福祉をアピールするため殺人をおかしたんだろう〉
（三月五日獄中メモ）（同前）

これは「再逮捕」後、すでに検察権力の暴圧と闘い抜く明瞭な意志と冷静な方法論とを携えていた山田悦子氏が、取り調べ検事・逢坂定夫の粗野な恫喝を、その思考や感覚の細部の襞《ひだ》をまで活写するように記録した貴重なメモである。こうした努力がなかったら、私たちは密室のなかで何が展開されているかを窺い知ることはできなかったろう。

　初めて読んだ際にも感銘を覚えた部分の一つである本書・第一章第四節の、「不当逮捕」を阻止しようと職員や保護者までが加わっての必死の抵抗の場面の後、第一章第五節以降、読者は日本の「代用監獄」の恐ろしさ、そこでの権力を嵩《かさ》に着た人びとの卑しさ、おぞましさを見せつけられることになる。苛酷な取り調べによって生じた湿疹の診療に赴いたはずの警察医でも「あなたは過去に妊娠中絶をしたことがありますか」といった尋問が行なわれる一事にも示されるとおり、警察権力による人権の蹂躙ぶりが構造的なものと化したさまは凄まじい。「供述調書」の作成のされ方の詐術のメカニズムを広く一般に知らしめたのは、本書の巨きな成果の一つと言えるだろう。そして国家権力は、さらに〝輿論〟の表層的な部分をも巻き込み、堕落させる。

加えて悲劇的なことに、保護者会もまた牛島らの救済活動と対立し始めていた。殺害された二人の園児の遺家族は、その哀しみと怒りをぶつける具体的な対象として沢崎悦子を犯人と信じたし、保護者会全体としても警察情報になびき始めていた。更に微妙なことに、園児犯行説がささやかれていて（そのために一部の職員が、マンホールの鉄の蓋の代りに古タイヤを園児一人一人に持たせてみるという実験をした）、もし犯人が職員でなければ園児かも知れないという対立関係に保護者会は立たされていた。（第二章　3）

直接に人身の毀損をともなう犯罪、とりわけ殺人の場合に、しばしば論及される一つが「被害者（遺族）の感情」である。加えて昨今の日本では、死刑制度の存続やその威嚇力のいっそうの強化、少年法の〝改悪〟との関連で、警察・法務官僚ばかりではなく、それに同調する商業ジャーナリズムのキャンペーンも烈しさを増しているようだ。

だが、この問題に関しては、たとえば欧米のそれと明確に異なった日本の論議の進められ方についての疑問だけではなく、そもそも「被害者（遺族）の感情」一般を、このような形で論議の一方の根拠とする前提それ自体に、私は最初から根本的な異議を持っている。

　四月になって間もない日、悦子は財津園長からの電話を受けた。隆と綾子の母親が揃って学園に来ていて、悦子を呼び出してほしいといっているのだという。（略）悦子は会議室で二人の母親と対面した。

「これから、私たちと一緒に西宮署に行きましょ。そこで自首しなさい。私たちがついて行ってあげます」

　いきなりそういって手を引かんばかりにする二人の母親から、悦子は思わずあとずさりした。

「信じてください。本当に私はやってないんです」

「あなたが犯人でないのなら、いったい誰が犯人なのよ。警察だってあなたが犯人だといってるのよ。証拠がないから仕方なく釈放したけど、あなたはまっくろだっていってるのよ。——二人も殺しておきながら、よくも裁判なんかやれるもんだわ」

（第三章　3）

　捏造された事実から使嗾《しそう》された憎悪というものの救い難さを感じさせられる、あまりにも心寒い場面である。

　これはむろん、甲山事件にばかり特異な現象ではない。起訴や、場合によっては逮捕すらされない以前から、刑事訴訟法における「推定無罪」の原則を踏み躙った〝報道〟が、マスメディアの一方的な臆測に基づいて犯人とされる人物をめぐり、公然と行なわれるなか、被害者「遺族」が、犯人扱いされるその人物に対し「死刑を望む」と表明する——。そしてそれをまた商業ジャーナリズムが大大的かつ煽情的に拡大再生産してゆく……。すでに私たちがあまりにも見慣れさせられてきた光景である。唆《そそ》されて形成され、権力や商業主義に利用される憎悪とは、まず誰より、ほかでもないその憎悪を抱かされる「被害者（遺族）」自身にとって、あまりにも屈辱ではないか。

私が「被害者（遺族）の感情」一般を一方の論拠とするのに異議を持っているというのは、こういうことだ。たとえそれが冤罪ではない「有実」の犯罪であってすら、実は「犯罪被害者」の「救済」の問題と、「加害者」の「処罰」の問題とのあいだには、いかなる論理的連関もない（あえて「ある」と主張する者がいるとすれば、それが語っているのはいわゆる「報復感情」のみである）。それが「人権」である以上、「被害者」の人権と「加害者」の人権との〝重み〟を比較することは、それ自体、意味を成さない。そしてまた同時に「人権」とは、個個人のそれとして固定され、占有されるべきものではなく、人間一般に普遍的に認められなければならない概念であると、私は考えている。

その人権というものの個別の固有性と人間一般にとっての普遍性とを考えた場合、そもそも「被害者」の人権と「加害者」の人権とは、本来同一平面上で論ずるべき問題ですらない。にもかかわらず、あろうことか両者を「対決」させるところから、あたかも問題の〝解決〟が生まれるかに振る舞う低劣な商業ジャーナリズムと、それに追従してしまう情緒的な表層の〝輿論〟の行方を、私は深く危惧する。

それらキャンペーンに便乗した大衆は、死刑制度に反対する者に決まって詰め寄る。「だったら訊くが、お前は自分の家族が殺されても相手に死刑を望まないなどと言えるのか」と――。なんと低劣な糾問。

私がこの世のすべての「死刑」に反対するのは、たとえば凶悪な犯人、極悪非道な独裁者、ファシスト……彼ら個個人のためなどではない。より普遍的な「人権」という価値を擁護し、貶めないためなのであり――さらに言うなら、私自身の「人権」と魂の名誉のためだ。

さて、前述したとおり、これらは冤罪事件に付帯する基本的な構造である。だがすべての事象が、現実にはおのおの固有の、個別のありようをもってこの地上に存在していることもまた言を俟たない。そして、その個別固有のありようを〝特別視〟し、その現象的な現われを肥大・拡大させて、本来、共通する普遍性を隠蔽しようとすることは、「差別」の常套手段である。

「それなら訊きますが、悦ちゃんは子供が嘘をつくと思いますか。悦ちゃんは子供達に、嘘をついてもよろしいという教育をしてきたのですか」

山崎の反問に、悦子は言葉をつまらせた。子供は嘘をつきませんと答えれば、目撃証言を肯定することになる。さりとて、子供は嘘をつきますともあからさまにいえることではなかった。答えようにも答えられないジレンマに悦子は思わず身をよじるようにして、机の端を摑んでいた。

（第二章　2）

卑劣で陰湿、さらに没論理的な糾問だ。取調官の西宮署警視による「悦ちゃん」なる狎《な》れなれしい呼びかけ自体、脳に蕁麻疹《じんましん》が出るような侮辱だが、「教育をしてきた」？　――そもそも子ども一般が、教師の「教育」の通りの人間になるのか？　それらの欺瞞を剔抉《てっけつ》せず「悦子は思わず身をよじるようにして、机の端を摑んでいた」と情緒的な〝場面〟を紡ぐ松下氏の筆致にも、私は賛同しない。園児の目撃証言をめぐるこの「ジレンマ」は、後に第四章で、検察側による山田氏らの再逮捕後、より差別の根源を露呈した尋問のなかでいっそう重層的に立ち現われ、冤罪「甲山事件」の本質に関わる次元を指し示すこととなる。

この決定に弁護団は異議を申立てたが、却下される。とみえに限らず、結局こののち証人として出廷する元園児全員が宣誓能力なしとして宣誓を免除されることになるのである。

（第四章　2）

「宣誓能力なしとして宣誓を免除され」た者の「証言」を、しかも引き出し、手を加え、マスメディアを通じて流布させ、結果的に大衆感情をミスリードするという、この愕然とさせられる手口は、だがスキャンダラスな〝物語〟を求めているだけの商業ジャーナリズムにだったら、もろ手を上げて歓迎されることになるだろう。そして「障害」と「証言能力」の二律背反をめぐってしつらえられた陋劣な図式を克服する作業は、より高次の、冤罪と差別とをともに克服してゆくような論理によってのみ、初めて可能となるだろう（これについては、後述する）。

本書・第四章第二節から第三節にかけてのこの一連の園児証言の場面は、その後の弁護側の反対尋問をも含めて、大部分が尋問調書の再録という形を採っている。だがそれを読み込む作者の意志と、挿入される見解との重層的な構図によって「甲山事件」をめぐる差別の本質を凝縮して指し示す中心部分となっていると言えよう。

引き続く第四章第五節におけるダッフルコートに付着した繊維の問題に対する弁護団の推理と対応、それを記録する松下氏の筆力も鮮やかである。兵庫県警の勝忠明警部補の「捜査復命書」が「抄本」となっていることに着目し、検察に不利な鑑定結果を出した研究所やメーカーが存在することを想定して以後の弁護団の水際だった行動、そして「色素」分析の分光曲線図の解析とそれにもとづく反駁は、まさしく「ノンフィクション」が凡百の「フィクション」＝「小説」を凌駕する作品となり得る場合を示している。

ただ一連の作業の、とりわけ前段の部分は、松下竜一氏にとっても必ずしも容易ではないものであったことが推測される。というのは、かくも見事な本書にあって、なお若干の瑕瑾《かきん》と私が考えるものの一部もまた、これらの領域——個別の事象の、おのおの当然、個別固有のありようを〝特別視〟

し、その現象的な現われを肥大・拡大させて、本来、他の共通する普遍性を、たとえ無自覚のうちにもせよ相対化しようとしてしまいかねない部分に見いだされるからだ。端的に言うなら、それはこの事件が「精神薄弱児施設」とされる場で起こったものであるという点をめぐって、それに向かい合おうとする者の基本的な姿勢から思考・表現の細部にまでいたる意識の現われのことである。

かつて初めて本書に接した際、少なからぬ抵抗を感じたそれらの問題について、今回、再読し、やはり確認しておきたいと考える部分があった。以下、その必要最小限を、簡略に記す。

> 捜査本部が一番先に疑ったのは用務員であった。事件の陰惨さが精神病者の犯行を思わせたので、アルコール中毒で精神病院に入院していたという前歴から三人が疑われ易かったし、プレハブの用務員宿舎が浄化槽の一番近くにあるのに悲鳴を聞いていないというのも、不自然に思われた。だが警察は早い段階で三人の用務員に対する疑いを捨てている。それがどのような理由によってなのか、外部に出ている資料に見る限り判然としない。捜査復命書（略）を詳細に読むと、三人とも犯行推定時刻にはそれぞれの居室で眠っていたかテレビを観ていたかで、いずれにしても一人きりで居たことになり厳密な意味でのアリバイは成立していないからである。（第一章　3）

たとえばこの「捜査本部」の方針の変遷は、松下氏自身の地の文で叙述されることがふさわしい内容であったかどうか。少なくともここでの「事件の陰惨さが精神病者の犯行を思わせたので、アルコール中毒で精神病院に入院していたという前歴から三人が疑われ易かった」という部分については、それを記すなら、併せて、最低限、こうした推測・論理に対しての松下氏自身の批評的な見解が示されておく必要があった。結果として、ここでは著者の筆は「アルコール中毒で精神病院に入院していたという前歴」を持つ人びとに対する「捜査本部」の予断に、あっさり同化してしまっている。

さらに用務員三名の「アリバイ」に関して言及する必然性はどうか。「冤罪」は、それを被《こおむ》った被害者自身の無実を証せば足りる。この作品の主旨からしても、また本来「冤罪」の問題の糾明に際しても、別に〝真犯人〟を挙げることが、問題解決の必要条件ではないはずだからだ。まして、それが警察によって「外部に出ている資料に見る限り判然としない」というのであってみれば、なおのこと。また、たとえば、

このような施設では、とかく内情を外部の者には知られまいとして閉鎖的になる傾向が強く、そんな中で女性職員の数の多さが複雑な男女関係を生み易かった。（第一章　4）

「このような施設」という言葉の意味が、私には分からない。まったく、分からない。「このような施設」とは一体、何だろう。その因襲的な語感に満ちた概念把握には明らかに問題があるような気がするし、また「複雑な男女関係」（というものが、この世に実際にあるとして）が、「女性職員の数の多さ」とどのような因果関係にあるのかも、私にはやはり判然としない。仮に職員の男女比が等しければ、ないしは男性職員の数の方が多ければ――「複雑な男女関係」（と、ここで松下氏により規定されているもの）は発生しにくいということになるのか？

そして、冤罪「甲山事件」の本質に関わる差別の問題が姿を顕《あら》わす。

……元園児達のたどたどしい証言を声に出してなぞるのは、多数の傍聴者の前で裁判官にとってはちょっと照れくさい役目であったかも知れない。（第四章　3）

園児たちの「証言」を「たどたどしい」とする判断は、著者の主観の裁量範囲であるという見方も

成り立つだろう（ただし、私はそれには与《くみ》しない）。

だが、それにしてもなぜ著者は、それを「声に出してなぞる」ことが、ほかならぬ「裁判官にとって」「ちょっと照れくさい役目であったかも知れない」などと、わざわざその内心を〝忖度〟してやる必要があるのか。こう書かれなければならない必然性が、この作品のどこにあったか？　むしろ松下竜一氏が書こうとしてきた「甲山事件」は、こうした〝特別視〟を峻拒するところからこそ、本来、出発しなければならないはずのものだったのではなかったのか。あるいは、

……大人達（検察官、弁護人、裁判官）が一人の幼児をとりかこんで責め立てている光景といっても、いいすぎではあるまい。（第四章　4）

言うまでもなく、このときの証言者たちは決して「幼児」ではない。よしんば「精神薄弱者」という概念を認めうるとして、しかし彼らもまた事件当時から成長しているのだ（そのことは、本書の他の部分でも繰り返し描写されている）。にもかかわらず、かかる〝隠喩〟が用いられてしまったことの意味を、私は考えざるを得ない。散見されるこうした文言がなければ、この作品は私にとってより好ましい、躊躇なく賞賛することのできる秀作となったにちがいないのだが……。

むろん私の見解を、あまりに瑣末な点に拘泥する指摘、と受け止める見方がありうることは容易に想像される。だが私自身はこれらを、決して単なる「言葉尻」だけの問題ではない——むしろ、この「甲山事件」の最も根源に潜む「差別」に関わる問題として、捉えている。

（その一方、本書の中盤から後半において、山田悦子氏の思想的発展として自問自答され、自己展開されている「声」の部分においては〝そもそも「精神薄弱児収容施設」とは何か〟という、明らかに問題の根源に向かう問いの萌芽が形成されようとしていることも、併せて確認しておきたい）

いまひとつ、これは前述の事柄からは直接には離れるが、発表当時、私はこの作品の次のような箇所に少なからぬ抵抗を感じていた。

この事件にいやおうなしにかかわった一人一人は、十年の歳月を経てもなおそこから身をかわすことが出来ずにそれぞれに暗い心の裡を覗き込んでいる。十年目になおも新たなパンフレットを出して、悦子に回答を要求せずにはおれぬ秦夫妻もまた、その影を濃く曳きずって生きているのだ。その夜、私はホテルのベッドにありながらついに一睡もできずにこの事件の奥深い暗がりを覗き続けていた。

（第三章　5）

人の「記憶」について考え込まざるをえない。私が眼を通す供述調書も尋問調書も、総てが「記憶」の確認であり再現である。「事実」は一つであるのに、一人一人の記憶が喰い違い、誰の記憶が正確であるのか、もはや判別できないほどに錯綜してしまっているのが本件である。園児証言のことのみをいっているのではない。本件関係者全員がそうなのだ。人の「記憶」の曖昧さ不確かさに嘆息させられる。そういう不確かなものに拠って真相を極めようとしているのが法廷であり、ときにむなしい茶番劇に見えたりもする。「分りません」「忘れました」「そうかも知れません」といった言葉の向こうに拡がる記憶の闇の不気味さに圧倒される。

（第四章　4）

後段は、一読して明らかなとおり、本書の題名の由来する部分でもある。だが、こうした一種〝情緒的な客観主義〟ともいうべきものが陥る判断停止の不可知論に、私は疑問を覚えるのだ。松下氏がホテルのベッドでほんとうに一睡もできなかったかどうかは、問題の本質とは実は関係ない。

たしかに「代用監獄」で受けた苦しみのなかで山田悦子氏自身も自らの「記憶」をいったんは動揺させられたかに見える。だが、そこに「記憶の闇」という、いわばある種の〝文学語〟が持ち込まれ、問題が情緒的に溶解してしまうと、それは冤罪の被害当事者のかけがえのない記憶を腐蝕しようとする警察・検察の不当性をも相対化し容認することにも手を貸す――没主体的で無責任な、いわば、ある種の〝不可知論〟に道を開いてしまいかねないことを、私は深く危惧するのだ。

事実は、そして真実は、やはりたった一つなのであり、「関係者」とされる人びとの個別の「記憶」の「曖昧さ」をつきあわせてみることは、たとえそれが物語的・演劇的な〝効果〟は生成しうるかもしれない性質のものだとしても、冤罪の被害者、山田悦子氏ら三氏の受けた人権蹂躙の苦難の意味をいささかでも曖昧にしてしまう作用を帯びさせてはならないと、私は考える。

判決公判の迫るころ、山田（沢崎）被告は一〇有余年の苦汁を絞り出すように、「すべての人たちが救われる判決を」とくりかえした。

（浜田寿美男『証言台の子どもたち――「甲山事件」園児供述の構造』「エピローグ」／一九八六年、日本評論社）

この「判決公判」とは、一九八五年十月十七日の神戸地裁・角谷三千夫裁判長によるそれを指す。「すべての人たちが救われる判決」とは、あまりにも重く深い言葉だ。さらに言うなら、美しい言葉だ。この言葉を引いた浜田寿美男氏自身は、ではそれをどう解釈したのだろうか。

五人の子どもたちの供述が、どのようにして形成されてきたのか、その過程にどのようにして虚偽が入り込み、肥大していったのかを、私たちは克明に見てきた。この分析は、五人の子どもたちが「精神薄弱」と呼ばれる子どもたちであったこととは、直接関わらない。むしろ、私たちの手元に残された供述そのものの分析から、その虚偽性を明らかにしてきた。そして、いまや、園児供述の虚偽性は、すでに疑問の余地なく証明しえたはずである。

ところが、検察側は、この同じ園児供述を真実であると主張する。その主張のなかで、彼らは、とくにこの「元園児」たちが「精神薄弱児」であるという特殊性を配慮しようとする。いや、検察官にかぎらず、一般にも、「園児供述」と言うと、「精神薄弱児」の供述であるがゆえに、特殊に専門科学的な分析が必要であるかのように思われている。実際、この甲山事件において、裁判所が私に特別弁護人という位置を認めたのも、私が「発達心理学者」という看板を背負っていたからであるし、また、この私が特別弁護人をつとめることになったと言えば、多くのひとびとは「元園児」たちの供述能力を心理学的に検討するのであろうと思ってしまう。しかも、検察側ではなく弁護側についている以上、検察側の立てた「元園児」証人の供述能力を否定するのであろうとまで、勝手に思い込まれていたりもする。しかし、私はそのような能力的な視点から、この子どもたちの供述を分析、評価することはできないと、早くから思ってきた。

（同前・第Ⅲ部「1　誤った『精神薄弱』観」／傍点原文）

「差別」というものの根深さを、しかも自分自身に制度から擬せられた〝特権性〟を自ら否定しながら指摘しようとする浜田氏の姿勢を、私は尊いものと考える。そして氏がその止揚の彼方に、「差別」と「偏見」、「冤罪」と「報道被害」の問題を明確に引き据えている点に、私は深く感嘆する。

この世の中には、能力的な視点が蔓延している。しかし、単に人の能力や特性を心理学的にとらえただけで、その人の生活世界を全体的に見てとることなど、およそできるはずがないというのが、発達心理学を専攻し、それなりにそのなかでものを考えてきた私自身の自戒であった。実のところ、この世に蔓延する能力主義的思考に深く侵され、そのお先棒をかついで一番はしゃいでいるのが、「発達心理学者」という輩なのだが、私自身は、こういう輩には早くから見切りをつけてきたつもりであった。（略）

実を言うと、いわゆる第二次捜査の過程で、検察官は園児供述のなかでもとくに重要な佐伯とみえ、正岡利博について、数名の心理学者、精神科医に対して鑑定を委嘱し、この二人について合わせて三通の鑑定書が作成されていた。私たちがこの鑑定書の開示をうけたのは、元園児についての非公開法廷がはじまって半年あまり経った、八〇（昭五五）年八月のことであった。

私は、これを読んだときの怒りを、いまだに忘れることができない。（略）

アカデミックな心理学の枠組みにとらわれた鑑定人たちは、「元園児」たちの能力、特性を論じるのみで、具体的な〝供述の場〟のなかで、この子どもたちが捜査官とどのようにやりとりし、どのような供述を残したのか、を見ようとしない。つまり、子どもたちの供述を、ありのままに読み解く姿勢をもたず、もっぱら「元園児」が「精神薄弱児」であるという特殊性に引きずられて、「能力に限界があるけれども」とか、「能力に限界があるからこそ」とか、能力の視点から抜け出せないまま、奇妙なレトリックを弄するのである。「科学的鑑定」の美名のもとに、こうした馬鹿げた鑑定が許されてよいはずがない。（同前）

だとするなら――浜田氏は、これら「園児証言」の問題をどう捉えるか。

「無罪も無罪、まっ白な無罪」。判決後集会で弁護士は、かけつけた救援会のひとびとを前に、こう報告した。

私たちの主張の主なものは、すべてうけいれられた。なかでも園児供述について、「これが精神薄弱児の供述だから信用できないというのではなく、精神薄弱児であるか否かにかかわらず、その供述の内容および形成過程そのものにおいて、それが虚偽であることは明らかである」との主張が、ほぼそのまま認められたことが、私にはとりわけ嬉しかった。「精神薄弱」というラベルのもつ偏見によってではなく、まさに虚偽が虚偽として処断されたのである。このことが、子どもたちの今後の生にとってひとつの「救い」とはなったはずだ。しかしもちろん、「すべての人の救いとなる」には判決だけでこと足りるというわけにはいかない。（同前「エピローグ」）

浜田氏は、死亡した二園児の「遺族の方がたの思いは、私たちがにわかには立ち入れないところにある」が「それでも無実の人間を犯人と思い込んで憎むよりは、一歩『救い』に近づいたはずである」ことを確認した上で、さらに続ける。

それにしても、救いようのないのは検察官たちである。証拠不十分だったのではなく、証拠が虚偽だったのだ。なぜ彼らは虚心にこのことをふりかえることができないのだろうか。（略）そして、完全無罪の判決を前にして、彼らはまたしても引き返すべき機会を放棄したのである。（略）判決当日、「無罪」に湧くひとびとがテレビ・新聞で大きく報道される傍らで、なおも「山田（沢崎）が真犯人であると信じている」と強弁する別所江太郎（第二次捜査・逮捕・起訴を指揮した元検事正）の姿を見るとき、理をわきまえず、ひたすら自分たちの思い込みのままに突っ走ろうとするこの姿勢こそが、五人の子どもたちの虚偽供述を生んだ元凶であることを、あらためて思い知らされる。（同前）

そして、人がこの地点に立ち得たとき初めて遠望される、人間相互と社会の関係の根底を掘り返した後の新しい地平の、なんと豊饒なことか。

……虚偽は虚偽として処断されねばならない。証言台に立った五人の子どもたち（いや、もはや子どもたちではない立派な大人なのだが）に対して、君たちに責任はない、とは言うまい。そう言ってしまえば、「保護」の名のもとに彼らを対等な責任の場から疎外してしまった私たち自身の責任をも、免除させてしまうように思うからである。
君たちの供述は虚偽であったと弾劾することこそが、いま、おのおのの場でそれぞれの生活を刻んでいる彼らにとっても、やはりひとつの救いになると思うのである。
（同前・第Ⅲ部「5　虚偽は虚偽として処断されねばならない」）

見てきたとおり『証言台の子どもたち』は、本書『記憶の闇』とは次元を異にした、稀有の労作であり、紛れもない名著である。なお浜田寿美男氏自身、先行する『記憶の闇』に関しては、次のように位置づけていることも、ここで併せて紹介しておこう。

本事件の流れを、被告の側の視点から全体的にイメージしていただくために、松下竜一氏の『記憶の闇』（河出書房新社）を併せ読んでいただければと思う。そのためというのでもないのだが、本書で被害者（略）そして山田（本文中では沢崎）被告以外のひとびとを仮名にするにあたって、氏の了解のもとに、この著での仮名をそのまま流用させていただいた。
（同前「エピローグ」／引用者による省略部分以外は原文のまま）

別べつの著者の、形式の上ではまったく異なった書物が、こうして登場人物の「仮名」を共有するというのも、珍しい例ではないだろうか。さまざまな意味でこの二冊は、冤罪「甲山事件」の構造と展開を把握する上で、いわば両輪として機能する、貴重な相関関係を持った著作であると、私は位置づけている。

一九九八年一月十一日、日曜日、夕刻——。パリ市の西端、コンコルド広場にたどり着いたとき、いっせいに街灯が点《とも》った。セーヌ川の向こう岸、パルテノン風の円柱の列が三色旗を模して赤・青・白の光源でライトアップされた外務省の建物の前に、大変な人だかりがしている。そちらに向かううち、風のかげんで大型スピーカーからの荘重な声が聞こえてきた。

外壁に垂らされた巨大な垂れ幕は、ちょうど百年前、一八九八年一月十三日付の新聞《オーロール（オーロラ）》の紙面を拡大したものだ。一面全体に印刷されているのは、エミール・ゾラ（一八四〇〜一九〇二年）の声明「ジァキューズ」（J'accuse…! ＝余は弾劾す）——共和国大統領への手紙」——スピーカーの声は、その全文の朗読である。それは、このところ毎夜、続いている「ドレフュス事件百周年記念」のイベントの一つだった。

一八九四年、砲兵大尉アルフレッド・ドレフュス（一八五九〜一九三五年）は、ドイツに対する軍事機密漏洩罪で位階剝奪と流刑を宣告される。だがこれは冤罪であり、ドレフュスがユダヤ人だったことを利用した国家的規模の反ユダヤ主義キャンペーンだった。そしてドレフュスの救援運動がいったん頓挫したかに見えた一八九八年一月、ゾラが発表したこの評論はフランス全土を聳動《しょうどう》させる大反響を喚び起こし、事件の真相を解明する足がかりとなる。

「ジァキューズ」の発表により、イギリスへの亡命を余儀なくされたゾラは、ドレフュスの無罪判明の動きに伴い、翌年には帰国するが、ほどなく自宅でガス中毒死を遂げる。死因をめぐっては、謀殺説も囁かれた。

直接、この「ジァキューズ」を指したものではなく、実はそれに先行する、《フィガロ》紙一八九七年十二月五日号に、やはりドレフュス事件をめぐっての、同紙へは最後の寄稿となったエッセイ「調書」についての言葉だが、ゾラは妻アレクサンドリーヌへの手紙で「自分の人生でいちばん美しい文章を書こうとしている」と記した（稲葉三千男『ドレフュス事件とエミール・ゾラ――一八九七年』創風社刊による）。あの『ルーゴン・マッカール叢書』全二十巻を残した「文豪」が、しかもその最晩年に〝生涯で最も美しい文章〟と自ら位置づけたのが、いかなる小説でもない、一人の無実の人間の雪冤のためのアピールであったというのは、私たちが記憶しておいてよいことだ。

弁護団も救援会も、必ず無罪だとはいってくれるが、それでも悦子の胸の奥の奥には押しのけることができない重さで鉛のように不安がわだかまっている。所詮、判決を受けるのは自分一人なのだという孤独な思いは、夫にすら本当には通じないだろう。神が裁くのではない、人間が裁くのである以上、どんな誤判が起きないとも限らないのだ。あれほど誰もが誤判を指摘し続けている狭山事件の石川一雄被告が、なぜいまだにとらわれの身なのかを考えるだけでも、悦子は不安に震えそうになる。

（第四章　5）

最後に――。

私事だが、私自身、山田悦子氏には一度だけ、お会いしたことがある。私の友人であり、また山田氏の友人・支援者でもある、大分県宇佐市在住の女性のお宅でのことだ（彼女は松下竜一氏とも、日常的に平和活動を共にしていた)。

お知り合いが用意してくださった手作りの重箱詰めの料理をいただきながら、東京の出版社・オーロラ自由アトリエの遠藤さんも交えて過ごした一夜――またその翌日の昼までの時間は、時期からすれば九〇年代初頭、大阪高裁が不当極まりない一審への差し戻し判決を下してほどなくのものだった。

そうしたなかでも、山田氏の、ある明るさと勁さ、そして同時に終始、自らの内部に目を注ぎ続けるような静けさは、深く印象に残っている。

甲山裁判は当然の完全勝訴となったが、しかもなお、そもそも「冤罪」が発生し、被告が不当な汚辱をいっときでも受けたこと自体、いかにしても取り繕いようのない、許されざる事態であるという認識を、私たちは絶対に手放してはならないだろう。

この裁判が、日本という、度し難く「人権」の意識が根づきにくい風土に、それでもその指し示す意味の重さを刻みつけるものとなったことは疑いない。そして山田氏らや著者の松下竜一氏と編輯者・出版社、支援者、さらに言葉の最も広い意味での「読者」の「参加」により、本書もまた旧来の「日本文学」の制度的な限界を溢れ出る書物の一つとなった。しかもそれは本書の持つ意味の、おそらく最も小さなものの一つに過ぎない。

カラス事件のヴォルテール、ドレフュス事件のエミール・ゾラ、松川事件の広津和郎、狭山事件の野間宏……等等、「文学者」が冤罪事件の真相究明に乗り出し、無実の被告の雪冤に寄与した例は少なくない。それら「文学」という制度的な枠組みを超えて、現実そのものに参与しようとした営みの歴史の新しいページに、この『記憶の闇』は記されることとなるだろう。本書は、拙文中に引いた他のさまざまな営為と同様、それら「人権」のための闘いの軌跡を刻みつけている。

前述したような、本書における若干の瑕疵と考えられるものは、先行する同様の作業にももちろん見いだしうる。また、それらは総体的に、人間の精神史の展開過程のなかで、一個人によってではなく、より広汎な社会的合意のもとに克服されるべきものという性格をも併せ持つにちがいない。

だが、どのような判決になろうと、私は彼女の側に立つ。（第四章　6）

そもそもこうした作品を企図した以上、当然の覚悟とはいえ――ともかく、こう書き記したとき作家は、単に「文学者」であることを超え、時代の運命を生きることをも引き受けたのだ。

そして、きょうも新しい「感受性」は自らにもたらされた「運命」を生き、闘っているだろう。このうえなく「美しい文章」が、現在もなお、また新たな人びとの手によってたゆまず書かれ、書き継がれていることを、私はよく承知している。

〔二〇〇〇年三月脱稿〕

「転向」と「玉砕」——沖縄の友への手紙
——『私兵特攻』

Lさん——。

おたより、ありがとうございました。まだキーボードの操作にあまり習熟していないと断られていたあなたの電子メイルを読み、そして、多くのことを考えました。

あらかじめ、率直に記しておきましょう。実は私自身、時として自らが「絶望」という概念に、あまりにも親しみすぎているのではないかと自問することがないわけではありません。それも、およそ真っ当な人間として、この世に〝健全に〟生きてゆくことそのものをすら断念させかねないほどに。そしてまた、すでに身について久しいその習慣が、明らかにすべてに先立って、自分自身と多くの他者との関係を成立させることを、最初から不可能に……ないしは著しく困難にしているのではないか、とも。

しかし、すぐに私は思い直します。むしろ私にとっては、いまなお自分が生き続けているというそのこと自体がまぎれもない「希望」なのであり、あえていうなら私が人間のどのような状態を、いかなる意味でも紛い物のそれではない、すなわち真の「希望」と考えうるかについての、他に置き換えようのない意思表示なのだと。

おそらく私には「正しい絶望ほど明るいものはない」という考えが、抜き難く鞏固《きょうこ》なものとして在るのにちがいありません。したがって私たちの生きる現在の世界の状況の度し難さに対する、相互の冷静な認識の共有は、おのずからとても意義ある行為だということになります。

本来「重いもの」を、それにふさわしい「重さ」をもって取り扱い、現実が「暗い」ときには、その「暗さ」を正面から直視すること。それだけが、私にとっては唯一、人間としての「希望」であるということなのでしょう。

……こんなことを考えたのは、Lさん、もう御説明するまでもありません。先日、友人と語らってあなたをお誘いした、あの「場所」に関して、きょう、あなたからいただいた電子メイルに綴られていた、そのあなたの印象に、私が強く打たれているからです。

あなたが、慌ただしく過密なスケジュールのなか、あの馨《かぐわ》しい島嶼《とうしょ》の、あくまでその内部に限定されたヘリポートの移設と、世界の「頂上」を自認する大国同士の利権分割に関する会議の、あまりにも露骨な開催、そしてこれらの状況を前にしての名護市長リコール〝凍結〟問題という、紛れもなく現在――二〇〇〇年陽春というこの現在の、他に置き換えのきかない今、あなた自身にとっては十数年ぶりという東京の地を訪れ、「日本」と「沖縄」の人心の〝温度〟と〝痛覚〟の懸隔を相互に改めて確認しなおすことこそが、おそらくはとりあえず望みうる最上の成果であるような苛酷な役割を担った「報告者」としていくつかの集会場を廻られた、その後のことです。そうした日程の最後、あなたが沖縄に帰還される日の昼過ぎから宵の羽田離陸までの数時間をどう過ごされたいか、私がお尋ねしたとき、「東京らしさ」「東京でなければ接しえないもの」に触れたいという御意向をうかがって、直ちに私の脳裡に浮かんだのが……あの「場所」でした。

あなたが私たちのその計画に同意してくださったとき、当然、私のなかには、その「場所」に対して自分自身とはまた異なった「視点」からの御感想をうかがえるという、ある種の〝期待〟があったことをもお伝えしておかなければなりません。そして、私のその思いは、あなたのおたよりに接し、私自身の予期をはるかに超えた、ひとつの深い衝撃に到りつくこととなりました。

あの午後、日中は幸い、春らしい温かな陽気となりましたね。東京では必ずしも天候が安定しているわけでもない時季でもあり、あなたの旅程の最後と、私たちにとっても久しぶりの都心への〝遠出〟がそうした条件に恵まれたことを私は喜んだものです。

途中、乗換駅で思いがけず出会ったある女性のことは、Lさん、あなたも覚えておいででしょう。その数日前、彼女と仲間たちが開いた地元の集会でのあなたの御報告に真摯に耳を傾けていた彼女は、あの日、これから「憲法調査会」に関わる問題で国会へ赴く途中とのことでした。

つけ加えるなら、私はむろんこうした営みの意義を認めますし、敬意も表します。それらは、「改憲」を恐れるあまり、憲法第一章「天皇」条項に手をつけようとせぬまま、第九条の「解釈改憲」に無限に譲歩してきた過誤が、今にいたり結果としてついに本物の制度的な「改憲」のプログラムをすら呼び込もうとしてしまっている事態をめぐって、いわば職業的に〝「戦後」民主主義〟を標榜してきた人びとが自らの責任を明確にしえない事実に私が心からの憤りを覚えることとは、必ずしも同じ次元の問題ではありません。

いかにも、あまりにも雑駁で狭隘な排外主義・国家主義が大手を振ってのさばり、広島の「フラワー・フェスティヴァル」パレードに自衛隊が参加し(被爆者とすべての平和思想に対する、なんという侮辱)、商業メディアが仕掛ける擬似「憲法改正投票」では「改正賛成」派が過半数を占める、という〝結果〟が繰り返し、喧伝される……という、これが二十世紀末に日本が到り着いた地点です。

たとえば新聞――。ある種の商業ジャーナリズムが組む「憲法特集」なる企画に陳列された職業言論人たちの言説のお粗末さを見ていると、私はこうしたものが自ら〝進歩的〟〝革新的〟な媒体の旗手をもって任じていること自体、この上ない欺瞞だと考えるのです。「革新」でもなんでもない紛い物をあたかも「本物」のように取り扱うことで、その背後に存在する真の「革新」を隠蔽しようとするのは、制度的なメディアの常套手段です。しかもそれら商業紙は、同時にたとえばその「広告」部門に、本来、自ら以て任じている立場とは、とうてい相容れるはずのない〝言論〟表現をでかでかと宣伝している……。言うまでもなく、広告の取り扱いとは、実はそれら商業ジャーナリズムの「思想表明」そのものでもあります。

こうしたさなか、ヤマトにもなお、「現実」とは即自的に全肯定すべきものではなく、状況のとめどない悪化に対して抵抗しつづけようとする人が存在する事実を、あなたに直接、確認していただけたことは、もはやその規模の〝大小〟を問うべきではない、一つの意味のある出来事だったと私は考えています。それでもなお、今回、東京で持たれたいくつかの集いに「参加」した人びとの多くに真に問われていたのは……Lさん、あなたがさまざまな状況から、なお明確にはされにくい諸もろの現実に、いかにほんとうの意味での「政治的」想像力を働かせ得るか否かだったのだということを――私は、あれら疑いなく〝善意〟の人びとに向かっても、なお繰り返し言い続けなければいけないのですが……。

御茶ノ水駅を出て駿河台を下り、神田神保町へと到る道は、二十代の初め以来、私にとっては東京のなかで最も歩き慣れた、あえて言えば親しみ深い道順の一つでもあります。旧知の店主のいる古書店や新刊書店に立ち寄った後、ふだんならそこで右折して水道橋駅方面へと向かう神保町の交差点を過ぎ、時折りはそこから右折することもある専修大学前の交差点をもさらに直進してゆくと――はるか前方、春霞ともスモッグともつかぬ靄《もや》の彼方に……すでにあの日の私たちの目的の地の入口を指し示す巨大な建造物が姿を現わしていました。

左手には「日本武道館」や新築された「昭和館」なども聳《そび》えていて、そのさらに奥に建つのは「九段会館」です。この建物が二・二六事件の際「叛乱軍」に占拠された「軍人会館」そのものであることも、あのとき御説明しましたね。当日は廻る余裕がありませんでしたが、千鳥ヶ淵の戦没者慰霊碑なども近く、附近一帯はまさしく日本のナショナリズムの「メッカ」です。

そして午後三時十五分、いわばその「磁場」の中心ともいうべき地点に、私たちは到着しました。

靖國神社――。


すでに半キロも手前から確認され、近づくにしたがっていよいよその〝威容〟を明らかにした「大鳥居」を、しかし誰ともなく私たち三人のいずれもがくぐることを忌避し、その脇の道から敷地に足を踏み入れたことを、私は明瞭に記憶しています。

月曜の午後でもあり、人出はさほどではなかったのですが、相変わらず白鳩が群れ、社務所では巫女たちがさまざまな「グッズ」の販売をしていましたね。これが真夏、それも八月十五日となると、一帯は地方から来た「戦友会」「遺族会」や右翼団体の街宣車、〝警備〟の警察車輌その他で殷賑を極めることになるのです。

Lさん。すでに本殿の前に立ったあたりから、あなたが少なからぬ衝撃を受けておられたことは承知していましたが、きょうの私たちの目的の地、右手の「遊就館」をめざすころから、その思いがいっそう強まってきたことは、傍らを歩く私にも静電気のように伝わってきていました。

靖國神社宝物遺品展示館「遊就館」……。この地を〝定点観測〟するのは、一九八五年の秋以来、私にとってこれで五回目か六回目のこととなります（靖國神社そのものへはそれ以前にも一度、同年八月十五日の中曾根康弘内閣による初の「公式参拝」の折り、その歴史的事実を現認するため、来たことがあるのですが)。

その間、この施設が意味するもの、そこに体現された「国家意思」ともいうべきものに閲し、自著の一冊で詳細な分析を試みたこともありました(私は一連の問題を扱った章のタイトルを「生と死とにわたるファシズム」、この場所が登場する節の小見出しを「ついに、『子宮としての国家』へ……」と付けています)。

前庭に、早くも誇らしげに展示されているのは、十五年戦争に用いられた兵器の現物です。Lさん。あなたはおそらくあの日、目を通されず、おそらくは手に取ることも避けられたのだったかもしれないパンフレットが一部、いま私の手もとにはあります。明らかに、小学生にもわかるようにとの〝配慮〟からなのでしょう、すべての漢字に振り仮名が施されたその案内から、あなたへの私の手紙の都合上、この「遊就館」に関する既述を引いてみることをお許しください。

遊就館は靖國神社の神さまのことを永く世に伝えるために明治十五年に開館されました。大正十二年の関東大震災で大破しましたが、昭和六年に今の建物が新しくできました。大東亜戦争が終わってしばらく閉館されていましたが、昭和六十一年に改修されて昔の姿に復元、国難に立ち向かわれた神さまの御心(お気持)をしのび、日本人が戦った歴史を正しく理解していただくために再び開館しました。

入口から順路に従って進むと、天皇陛下からの御幣物(神さまにささげるお品)、神霊をお乗せする御羽車などが拝観(見学)できます。(略)

次は明治維新や西南戦役の時に使われた鉄砲や軍服、天皇陛下の錦旗(略)、日清戦争や日露戦争をあらわす代表的な絵画や、遺品(亡くなった方が残された品物)などが飾られています。(略)

さらに進むと第一次世界大戦、満洲事変、支那事変のコーナーです。神さまの軍服や突撃していく勇士のレリーフ、手柄をたてた軍人を表彰する感状や戦場で書いた日記などがあります。（略）

展示室⑥〜⑩は、大東亜戦争のコーナーです。真珠湾奇襲の勇士たちのお写真とその遺品、海と空の特別攻撃隊の勇士たちのお姿や遺書、従軍看護婦のお写真や遺品など、神さまをしのぶ資料がたくさん展示されています。

中央のホールには、大東亜戦争の時に使われた飛行機や戦車、魚雷などが昔の姿で展示されています。また、軍艦の模型や古い時代の大砲などがあります。（略）

また、境内（神社のお庭）には機関車や大砲なども置かれています。

（「遊就館で靖國神社の神さまをしのびましょう」／靖國神社社務所発行のパンフレット「やすくに大百科／私たちの靖國神社」から／原文は総ルビ）

それにしても、ここでの「遺品」とは、決して生半可なものではありません。それは、一九三二年の「天長節」に上海新公園での式典参列中、義士・尹奉吉《ユンボンギル》の投じた爆弾で負傷（後に死亡）した陸軍大将・白川義則の着用していた血染めのYシャツであったり、一九四五年八月十五日未明、〝終戦〟の詔勅にさきがけて割腹した陸軍大臣・阿南惟幾の血染めの軍服であったりします。また……Lさんもご覧になったから記憶されていることでしょう、「中央のホール」の広大なスペースに「昔の姿」で展示されている「大東亜戦争の時に使われた飛行機や戦車、魚雷など」とは、「艦上爆撃機『彗星』、ロケット特攻機『桜花』・パノラマ、人間魚雷『回天』、九七式中型戦車、古砲など」（同前）のことであり……そして高射砲や山砲とともに境内に設置された「機関車」とは、あの〝枕木一本に〝捕虜一名〟が命を落として敷設されたという泰緬《たいめん》鉄道を走っていた、まさしくその実物なのです（実際には、現地で徴用された労働者の死亡は捕虜を上回ったようです）。

ともあれ初めてのあなたとともに、私たちもまた「順路」どおり、左側のいくつかの展示室を見始めはしたものの……Lさん、すでに第一展示室で足を停めたまま動かないあなたに、閉館時間までに廻らなければならないその先の展示室の数かずを思って、私はいささか焦慮に駆られさえしたほどでした。

館内は閑散としていたのですが、白人の家族連れと、そのほか、日本人では年配者より若い男女の姿が目に留まりました。

施設の左半分を見了えると、ノモンハン事件（一九三九年）までの日本の侵略史が徹底的に美化・正当化された常設展示を辿ったことになります。右半分の後半が太平洋戦争なのですが、ここで私たちは二階への階段を上り、企画展示室に入ってみることにしましたね。

前回、九七年夏に私が訪れた折りのそれは「戦没兵士のための花嫁人形展」だったのですが、今回は「英霊の言乃葉」展でした。展示された内容は靖國神社が発行している資料集「英霊の言乃葉」（これまでに六集まであり）所収のものを並べ、それらに関連資料が付されています。

父は選ばれて攻撃隊長となり、隊員十一名、年歯僅か二十才に足らぬ若桜と共に決戦の先駆となる。死せずとも戦に勝つ術あらんと考ふるは常人の浅はかなる思慮にして、必ず死すと定まりて、それにて全軍敵に総体当りを行ひ、尚且つ、現戦局の勝敗は神のみぞ知り給ふ。真に国難といふべきなり。父は死にても死するにあらず、悠久の大義に生るなり。

（陸軍少佐　渋谷健一　命「出撃に際して倫子、生れる愛子へ」／特別攻撃隊振武隊隊長、昭和二十年六月十一日、沖縄方面海域にて戦死。山形県松峯町字片町出身、三十一歳／靖國神社社頭掲示集第一輯『英霊の言乃葉（一）』一九九五年、靖國神社社務所発行）

「英霊の言乃葉」展のポスターは、海軍士官の夏服を着た父親が赤ん坊を抱いている写真でした。Lさんもたぶんご覧になったかと思いますが、この赤ん坊は女児で、後、六〇年代後半、成人してから、母や、父の「戦友」たちとともに靖國に来て、父の霊前に日本舞踊を奉納したという説明とともに、その写真パネルも展示されています。「学徒出陣」して海軍航空隊の特攻要員となった「学鷲」海軍少佐・西田高光については、出撃直前の山岡荘八との対話を、さらに漫画化して描いた小林よしのりの『戦争論』が、拡大パネルとなって飾られていました。いろいろな意味で、前回とは微妙な空気の違いを感じつつ、さらに決定的な衝撃を受けたのは、この二階展示室の「感想ノート」です。

この種のノートは一階にも常置されており、当然のことながら展示物や、さらには十五年戦争のイデオロギーに対する賛美・礼讃の声が多く、稀にアジアからの来館者や、なかには日本人の若い世代によっても批判的な声が書き込まれていることはあった、という性格のものでした。しかし今回は、二十代を中心とした、これまでになく夥しい人びとが「戦没者」への「感謝」や「感銘」を綴っていて、その少なからぬ部分が、これを知ったきっかけや自らの感想を説明するのに前出『戦争論』の書名を挙げています。内容のいかんを問わず、一つの出版物が数十万、数百万部単位で売れてしまうということは、ここまで現実を腐蝕する作用を持つのかという事実に、私は改めて非常な衝撃を受けました。

これを靖國「遊就館」館内のみの事態と思っていては、おそらく私たちは現実を決定的に見誤ることになってしまうでしょう。これは、すでに日本の各地で起こっていることなのです。むしろ「外部」がどんどん「靖國」化している、その反映とこそ考えるべき現象ではないでしょうか。

そのころ、日本、戦争をしていました。武器をもった兵士や多くの日本人が、海をこえ、外国にかってにあがりこんだのです。

朝鮮へ、中国へ、フィリピンへ、シンガポールへ……。

さらに南の島じまへ。

日本は、これらの国ぐにを自分のものにしたかったのです。そして、そこでくらしている人たちにてっぽうでいうことを聞かせようとしました。

たくさんの人たちを傷つけ、殺しました。

また、一日中、休みもあたえず、食べものもあたえず、さまざまなつらい目に合わせました。

むりやり日本につれてきて、はたらかせたりもしました。つかまえた敵の兵士もおなじようにあつかいました。

こうしたなかで、命をおとした人も少なくありません。

日本は、この戦いをひろげ、アメリカとも戦争をはじめました。

やがて、日本の空には、アメリカ軍のひこうきがとびはじめました。

（絵本を通して平和を考える会SHANTI＝フェリス女学院大学学生有志＝著『さだ子と千羽づる』オリジナル日本語版／一九九四年、オーロラ自由アトリエ刊。原文のルビは省略）


これは私自身、多大なエネルギーを傾注して制作に協力した、当時、大学生だったグループによる絵本です。しかしその際にも、メンバーの彼女たちは、周囲から……恋人や友人たち同世代からも、家族からさえ「反戦」「平和」の問題に関与しようとする、その一点を原因としてして、ある種、決定的な孤立を味わっていました。その状況が、このわずか数年のうちにいっそう悪化していることは疑いを容れません。

再び階下に降り、私は正面玄関脇の売店で「買い物」をしました。私がその全巻「個人解説」を引き受けているノンフィクション作家・松下竜一氏の著作集の一冊が、どういうわけか、なんというめぐりあわせか……敗戦後に自らの部隊を率いて「特攻」出撃した航空艦隊司令長官の評伝『私兵特攻――宇垣纏長官と最後の隊員たち』（初版・新潮社）である関係から、その資料として、くだんの『英霊の言乃葉』のうち二冊を購入したのです。いずれも桃色の表紙の冊子が入れられた白いビニール袋には〝菊に桜〟の紋章と「靖國神社」の楷書体の文字が印刷されていました。

過去半歳に亙る麾下各部隊の奮戦に拘らず　驕敵を撃砕し　神州護持の大任を果すこと能はざりしは本職不敏の致すところなり。本職は皇国無窮と天航空部隊特攻精神の昂揚を確信し　部隊々員が桜花と散りし沖縄に進攻　皇国武人の本領を発揮し　驕敵米艦に突入撃沈す。指揮下各部隊は本職の意を体し　来るべき凡ゆる苦難を克服し　精強なる国軍を再建し　皇国を万世無窮ならしめよ。

天皇陛下万歳
昭和二十年八月十五日一九・二四
機上より

（海軍中将　宇垣纏　命「特攻機上より　訣別の無電」／昭和二十年八月十五日、航空艦隊司令長官として自ら最後の特攻隊を率い沖縄海上に進攻玉砕。岡山県潟瀬村出身、五十五歳）

（同前『英霊の言乃葉（一）』）

そのかん、Lさんは同行の友人と一階後半の展示室を御覧になっていたわけですが、後でその友人と私とのあいだでは、沖縄方面軍最高司令官・陸軍大将の牛島満と「ひめゆり部隊」とが同じ硝子ケース内に、同じ「神さま」として飾られている展示を、あなたがどのように受け止められたかについて、若干のやりとりがあったことをお伝えしておきます。

矢弾丸尽き　天地染めて　散るとても　魂かへり　魂かへりつつ　皇国護らむ
（陸軍大将　牛島満　命「大東亜戦争戦没御祭神遺詠」）（同前）

正面玄関で私があなたがたと合流した閉館間際には、昼間の上天気が嘘のように雷鳴が轟き、垂れ込めた黒雲から雨が降り出して、ただでさえ暗澹たる気分がいっそう重く、暗く閉ざされました。最後に館外、境内の大灯籠に嵌め込まれたレリーフを確認して、あの日の「靖國行」は終わったわけですが……この二十世紀最後の年にいたって、なお「爆弾三勇士」や「南京陥落」を堂堂と顕彰する記念碑が首都の真ん真ん中に誇らしげに存在している日本という国の救い難さには、もはや不気味なものがあります。しかもこの風潮は今後、加速度的に強まってゆくことが明らかなのです。

そして、何より……あれら「英霊の言乃葉」に涙が止まらないという感想を競い合うように記す青年男女ら――。

かつていずれの場合にも、死と暴力、国家主義がその中枢の姿を指し示しているという一事に、いつも暗然たる思いを抱き、自らの体温が何度か下がったような感覚とともに出てくる靖國神社「遊就館」でしたが――今回ほど切迫した危機感、絶望感に涵されたのは、私自身、初めてのことでした。

もはや、いつでも日本政府・財界は、アジア侵略戦争を再開することができるでしょう。そして、TV漬けになり、エステと携帯電話に自我を消失した十代・二十代の人びとには、たとえ武力行使が始まっても、何が起こったのか、その最低限の事実関係すら把握できないうちに、最新鋭の「科学技術」力を総動員したハイテク侵略戦争は展開されていることでしょう。

この国は、もう駄目です。

駄目と言っているわけにはいかない、と予定調和的な希望論者が何度、力説しようとも、もう駄目なのです。

さらに、偽りの〝希望〟は、いっそう有害です。

――そう書き送った、いまにして思えばいささか不用意に過ぎたかもしれない私の電子メイルに……しかし、Lさん、あなたは私の絶望をも、ある意味で凌駕する深い痛覚をもって答えられましたね。私がそう言うのは、あなたの返信の電子メイルのなかにあった次の部分です。

《……山口さんが、貴重な時間を捻出して、靖國神社に続く今の東京の「散歩」を設定し、道案内していただいて見たことはまだ言葉に整理できない重たい衝撃でした。大きな街というものにもなじまない私の眼中に飛び込んできた靖國の大鳥居は、無機質で威圧的で、時間が逆行するような感じだったとでも言えるでしょうか。見たくはないもの、オドロオドロシイ空間を前にした恐さに情けなくも涙がとめられなくなってしまいました。新ガイドラインが衆院を通過した一九九九年四月末の無力感が甦るようでした。戦争をしたがる日本という国の縮刷版がここにあるといった感じです》

この御感想のなかで私が最も強い感銘を受けたのは、あなたが「涙がとめられなくなってしまった」と書かれていることでした。私も、そして同行の友人も、あの時、あなたが涙を流されていたことには気づきませんでしたが――いまなお、あの場で「涙を流す」力が人間には残っているのだという「事実」に、私は深く打たれたのです。

Lさん。あなたや……あなたの伴侶であると同時に、私にとってもまた二十年来の畏友であるZさんと、私は完全に同世代であり、こと「沖縄」に限らず他の問題においても、私たちはいわば思想的盟友としてこのかんのさまざまな問題に臨んできたと、はなはだ僭越ながら私は位置づけています。そして、あなたとZさんとの子どもたち……。私にとっても、沖縄をお訪ねするたびごとに、新たに生まれて御家族に加わり、また成長している、いずれも腕白かつ繊細な……そして何より、幼くしてすでに人間に対する包容力に溢れた少女や少年たち。

私はZさんとは、初めてお会いして以来、すでに二十年……そしてLさん、あなたとも十三年に及ぶおつきあいをいただいてきました。そもそも私の細ぼそとした「琉球弧」との関わりも、あなたがた御二人やその御家族、そして周辺の魅力的な御友人たちに負うところが多いのです。

とりわけあなたとZさんとに関しては「沖縄には彼らがいる」ということが、私の世界のたしかな輪郭の一角を形成していると言っても過言ではありません。そうした私にとっても、私と同年同月生まれのあなたが、靖國神社「遊就館」で「見たくはないもの、オドロオドロシイ空間を前にした恐さに情けなくも涙がとめられなくなってしまいました」と書かれた言葉の重みは、完全に受け止めきれているかどうか、なお確信はありません。

Zさんや Lさんはすでに御存知のことですが、お二人宛てのそれらをはじめ、私は二十年ないしは二十五年以上前から、沖縄宛ての郵便物を出す際、宛て先の「沖縄」の下に「県」を書きませんでした。どうしても、なんとしても「沖縄」に「県」の文字をつけることが、私にはできないのです。これは、言うまでもなく彼地が「本土復帰」によってあまりにも好ましからざる形で、悪しき日本に「再併合」された経緯を認めがたいこと、それ以上に、沖縄＝琉球弧を独自の主体的で自立した文化圏・世界と見倣しているためです。したがって……覚えておいででしょうか、たとえば名護に住んでおられたころのお二人宛ての私の郵便物の宛先は、「沖縄　名護市×××……」となっていたはずです。

このことについては、私自身、それが他に置き換えようのない唯一の表記法であると考えてはきたものの、一方で、気に懸かる点が、まったくなかったわけではありません。とくにヤマトの側の人間が、「沖縄」にのみ「県」の表記をつけないことを、容易に「沖縄差別」とする論理もありうるでしょう（ヤマト、ウチナーともに）。

それは、たとえば九一年早春、私が初めてお訪ねした「やんばる」の古い農家を転用されたお宅で、夜半、お二人が私の、いわば〝歴史教育〟のために『沖縄を返せ』を合唱してくださり、「復帰運動」について回想されたときに私が深い衝撃と感銘を受けた場面にも、ある意味で通底する事柄でもあります。

しかし、このときの私たちのやりとり自体、一九五〇年代半ばにまったく隔たった地で生まれた私とZさん・Lさんの三人が、実はすでにかつての沖縄の「祖国復帰」の意味を、明確に歴史的認識として共有しえていたことを再確認する時間でもありました。さらに言うなら、この『沖縄を返せ』自体、近年、それが歌われる現場では、当然のことながら、リフレインの部分を、かつての「沖縄を返せ　沖縄を返せ」から「沖縄を返せ　沖縄に返せ」に変更するヴァージョンが一般的になっていますね。

覚えておいででしょうか、Lさん。一九九六年四月一日、私は沖縄本島にいました。

前日いっぱいで土地の使用期限の切れる読谷村の在沖米軍・楚辺《そべ》通信所……その一種異様な威圧性をともなった外観から「象のオリ」と通称される、あの軍事施設の正面ゲートで、本来の「地主」知花昌一氏が祖先の供養のための立ち入りを求めたという、あの日のことです。待ち受けていた機動隊二千名ほどに囲まれたその要求現場に立ち会った後、降りつづける雨の中、バスを乗り継ぎ、南下して、私は那覇に辿り着きました。夕方から那覇市民会館大ホールで行なわれる「軍用地の強請使用糾弾・即時土地の明け渡しを求める県民大会」に参加するためです。

大会終了後、会場から沖縄県庁まで、まだ止まぬ雨の中を千人ほどでデモ行進した、そのなかで歌われていたのが、やはりこの「改訂版」の『沖縄を返せ』でした。私の仕事場にいまも貼ってある、その翌日の沖縄の地元紙の朝刊一面トップの大きな写真には、このときのデモの先頭近くにまぎれこんでいる私が写っています。

これは、当夜、終始、お世話になった「一坪反戦地主会北部ブロック」のQさんが、わざわざ飛行機で東京からやってきた私に、同ブロックの列の「特等席」（？）を用意してくださったことによるものでした。ふだん、デモの前の方に出たがる政治家や組合幹部、有名文化人など、私は嫌悪していますし、以前も今後も、いかなる場合でもそうした位置に立ちたいとは思わないのですが、このときはQさんや皆さんの御厚意が身に沁みました。

それにしても、Lさん——。日本人として生まれ、生きねばならないことは、なんと屈辱に満ちた「不運」であることでしょう。

神風特攻は敵も賞める行動である。米軍のパイロットの七割は、自分も同じ立場にあったら志願するといっているそうである。当時銃後にあった若者たちはみな特攻散華の肚を決めていたという。しかし決意していることと、それを実行することの間には、また一線が存在するのである。（略）
不時着半数という数字が最後の特攻を指揮した五航艦司令長官宇垣纏中将の『戦藻録』に記録されている。命中率が七パーセントに落ち、特攻打切りを提案する技術将校もいた。（略）
しかしこれらの障害にも拘らず、出撃数フィリピンで四〇〇以上、沖縄一、九〇〇以上の中で、命中フィリピンで一一一、沖縄で一三三、ほかにほぼ同数の至近突入があったことは、われわれの誇りでなければならない。

想像を絶する精神的苦痛と動揺を乗り越えて目標に達した人間が、われわれの中にいたのである。これは当時の指導者の愚劣と腐敗とはなんの関係もないことである。今日では全く消滅してしまった強い意志が、あの荒廃の中から生れる余裕があったことが、われわれの希望でなければならない。

（大岡昇平『レイテ戦記』「十　神風」）

――なんという文言でしょう。あまりの欺瞞に、頭がくらくらし、読まされるのが何重もの意味で苦痛以外の何物でもありません。「これらの障害にも拘らず」？　ここでの「われわれ」とは？　よりにもよって特攻隊が、その「誇りでなければならない」とは……。「希望」であるとは！

私は「希望」の語が、かくも欺瞞に満ちた不潔な手つきで玩ばれた例をかつて知らないのですが、ここから――こうした価値判断の一点から、制度として認知された「戦後文学」が始まっていることに、私は言語による……しかも日本語による表現に携わっている者の一人として、限りない憤りと屈辱を覚えます。

特攻隊の英霊に曰す。善く戦ひたり、深謝す。最后の勝利を信じつゝ肉弾として散華せり。然れどもその信念は遂に達成し得ざるに到れり。吾れ死を以て旧部下の英霊とその遺族に謝さんとす。

次に一般青壮年に告ぐ。

吾が死にして、軽挙は利敵行為なるを思ひ、聖旨に添ひ奉り、自重忍苦する誡めとならば幸なり、隠忍するとも日本人たるの矜持を失ふ勿れ。

諸子は國の宝なり。平時に処し猶克く特攻精神を堅持し、日本民族の福祉と世界人類の和平の為最善を尽されよ。

（海軍中将　大西滝治郎　命「遺言」／海軍軍令部次長、昭和二十年八月十六日、官邸にて自決。海軍兵学校第四十期、兵庫県氷上郡芦田村出身。五十五歳）

（靖國神社社頭掲示集第二輯『英霊の言乃葉（二）』一九九六年、靖国神社社務所発行）

〝特攻隊の発案者〟大西滝治郎のこの「遺言」と、大岡の戦後四半世紀を経ての「特攻」礼讃とは、一体どこが違うのでしょう。見方によっては、大西の遺書の方が「まだまし」とすら言えるくらいです。

Lさん。あなたが年長者からの伝来の言葉としてしばしば言われてきた「カンポーヌクェーヌクサー（艦砲射撃の喰い残し＝生き残り）」の地が、いままたアメリカ合衆国の世界戦略、覇権主義と日本の新しい帝国主義の暴力に蹂躙されようとしています。そしてその光景は、天皇裕仁が戦中は日本に、戦後はアメリカに対して「捨て石」と規定し、事実そう「沖縄」を取り扱った所業と、なんと寸分の狂いもない同一軌道上に展開していることでしょう。

かつてそこへと「特攻」に及び、「散華」「玉砕」したウルトラ国家主義者たちの「狂信」。彼らの目に、しかも当の「沖縄」が――その地に生き、凄惨な死を強いられた民の姿など、まったく映っていなかったことは、地上戦において「アメリカ軍」よりはるかに恐怖された帝国軍隊兵士たちの暴虐の記録が、あまた証言しているとおりです。

（これらはいずれも……Lさん、もちろんあなたがたに向かって私などが申し上げるまでもない事柄なのですが）

「日本文壇」で数少ない、私が畏敬する批評家は、かつてこう語りました。

転向したのはなんでもかんでも悪いというのはオカしいが、また、転向したのは転向能力の存在をものがたるものであって、転向しなかったのは小児的だというのもオカしい、と私は思う。転向前と転向後、どちらが正しいか、という観点が必要ではないかと思う。（略）なにが「正しい」かを探求する努力が、こうした研究の核として働いているのでないと、縦から横から転向の諸条件を分析してみても、もの足りないのではないかと思います。別の言葉で言えば、研究者自身も、日本歴史の流れのなかに住んでいるのだという意識をいつも確かめ直して、自分はどう生きるか、を問いただしているのでないと、傍観者的な立場にすべり落ちやすいのではないか、と思います。

（本多秋五／思想の科学研究会編『共同研究転向』下巻・第四篇討論Ⅰ「日本思想史と転向／共同討議」平凡社）

Lさん。こうしたとき、私の内部に蘇ってくる、ある深い、チェロの旋律のような「声」があります。

私たちはいつも死を計算に入れていた。私たちは知っていた――ゲシュタポの手中に落ちたら、最後だ、ということを。（略）

私の劇も終わろうとしている。劇の結末を私はもはや書くことができない。私にはそれがどういうものになるかわからないのである。これはもはや劇ではない。生活なのである。

そして生活には、観客はいない。

（ユリウス・フチーク『絞首台からのレポート』栗栖継訳／岩波文庫）

一九四二年四月、ナチス・ドイツ占領下のプラハで、共産党の活動家として逮捕された作家、ユリウス・フチーク（一九〇三年―四三年）は、激しい拷問の末、プラハからドイツのパウツェン、さらにベルリンの拘置所に移送されて、一九四三年九月八日、この地で処刑されました。自らその題名を付した遺稿『絞首台からのレポート』は、逮捕直後から書き起こされ、ドイツに向かう前夜に脱稿、幾人もの人びとの決死的な努力の末、細長い紙片に鉛筆書きの原稿が獄外に持ち出され、チェコスロヴァキア解放まで守り通された作品です。妻グスタ・フチコーヴァー（グスチナ）もまたフチークに続いて逮捕され、いくつかの収容所を転転としますが、生き延び、解放後の一九四五年九月、プラハで夫の遺稿を出版することができました。

つけ加えると、プラハの独房のフチークに密かに前述の筆記用具を与え、『絞首台からのレポート』の原稿を出来上がった分ずつ外部に持ち出していた看守アドルフ・コリーンスキー自身もまた、一九四一年の一時期、囚人たちを援助しているという嫌疑で、また一九四四年にもヒトラー暗殺未遂事件に際しての言動が原因で収容所に拘禁されていたことがあるようです。この二回目の収監の際は脱走に成功、戦後もフチークらに関連するインタヴューに答えてもいます（前出引用書の栗栖氏の解説によれば）。

彼等は私たちから命を奪うことはできる。そうだろう、グスチナ。だが私たちの名誉、私たちの愛まで奪うことはできない。おお、人びとよ、あなたたちは私たちがどんな生活をするか、想像できますか、――こういう苦しみがすべて終わったあとで、もし私たちがふたたび会うようなことがあったら？　自由と創造的で美しい解放後の生活でふたたび会うことがあったら？　私たちが待ち望み、懸命に努力し、いま死んでいくそのことがなしとげられたあかつきに？　ああ、そのときには死者の私たちまで、あなたたちの大きな幸福のかけらのどこかで生きていることだろう。なぜなら私たちは、そのかけらのなかに私たちの命をこめたのだから。そう思うと私たちはうれしい。たとえ別れが悲しくても。（同前）

Lさん。フチークの書き残した、このくだりを読むとき、いつも……そして、これを書き写している今もまた、私は涙を押しとどめることができません。しかも、私は自分のその涙を、あの『英霊の言乃葉』に涙が止まらないという青年男女のそれとはまったく異なったもの、まさしく対極に位置するものと断言する根拠を持っています。人が自らの「命をこめ」たものが、天皇制国家であるか――それとも普遍的な人間性の未来であるか。

そして驚くべきことに、ここでフチークにより語られているのは「希望」なのです。絞首台の上での。私はそうした「希望」を、かつてあるエッセイにおいて「ガス室のなかの希望」と定義したことがあります。そして、いま私が言えるのは、私自身が掛け値なしに「希望」と認めうるそれは、すべて……どこか、普遍的にこの「ガス室のなかの希望」に通ずるものであるだろうということです。

これらの志が神風特攻隊のそれと「同じもの」であるなどとする主張を、私は断じて認めるわけにはいきません。フチークらの死には、私は、困難な時代における真の人間的な「生」の苛烈な一例を見いだすのです。

Lさん。この二十世紀末葉の日本で――欺瞞が欺瞞でなく、痛みが痛みでなく、屈辱が屈辱でなく、私の知るかぎり、いまだかつて人類の精神史において最もどうしようもない、この腐蝕しきった社会で……なおしかも自らのありあまる絶望を、生涯のすべての時間を費やしても語り尽くせない絶望を、「ガス室のなかの希望」へと転化させながら生きようとすること。

おそらく、それなのでしょう。私の求めているものは。

〔二〇〇〇年四月脱稿〕

天皇・死刑・人権

――『狼煙を見よ』

「東アジア反日武装戦線」とは、何か。これについては本書でも述べられているし、仮に本書によってのみ、その存在や歴史を知った読者にとっても、以下の私の文章は、それを読んでいただくことにさしたる困難が存在するものとは思わない。何らかの予備知識が要求されるわけではないし、何より私自身、他の人びとより特別に多く、彼らに関して知っているわけでもない。

ただ、こうした場合ともすれば生じがちな極端な思い入れや崇拝、悪しき意味での〝劇画的〟な神格化、さまざまな過大評価や偶像化の危険を慎重に斥けつつ、なお、私は本稿を書き進めるにあたって、最初に次のことを確認しておきたい。

東アジア反日武装戦線と、彼らの行動をめぐる問題について語っておくことは、他の多くの事柄と同様、一九四五年八月十五日から、とりあえず現在この瞬間にまでいたる「戦後」日本の欺瞞について語ることとの一つであり、また日本と天皇制、天皇制と日本人の関係について語ることとの、極めて重要な一つである。さらに同様に、国家による〝合法的〟殺人としての「死刑」の問題について語ることとの一つであり、日本における「人権」と「自由」の問題に極めて直接的に連なる行為であるのだ、と――。

その上で、以下、右の諸点についての私自身の見解を、発表当初から巨きな反響を呼んだ本書『狼煙を見よ』自体に対する感想も折り込みつつ、簡略に記すこととしたい。

したがって――読者の煩を避けるため、あらかじめ明言するなら、この小文で私は、東アジア反日武装戦線の思想と行動に対する一定の評価と、おそらくそれより深く巨きな批判、そしてそれらの評価や批判とはいっさい関係なく、彼らのうち死刑が「確定」している大道寺将司・益永利明両氏を含む、この世の誰もが、ただ一人として国家によって死刑の執行を受けてはならないことを述べるつもりである。

追い込まれた警視庁は土田警視総監が「非常事態宣言」を発して、都内の主要企業一一〇〇社を再点検し、戦前戦後を通じアジアを中心に海外経済進出に関連した企業八十八社を「重点防衛対象」に指定する。これらの企業に対しては機動隊員五〇〇人を含む一五〇〇人の警官を配置し、常時一企業に十人から五十人が二十四時間態勢で監視の眼を光らせることになった。

（本書・第四章「都内非常事態宣言」3）

これが一九七五年早春、前年から東アジア反日武装戦線「狼」「大地の牙」「さそり」の〝三部隊〟が首都を震撼させてきた、その成果の最高到達点――〝戦線〟の最大拡大時に、国家権力が示した対応だった。容易に諒解されるとおり、警視庁が「再点検」をする必要のある「海外経済進出」を行なった企業が東京都内に「一一〇〇社」存在し、そのうち「八十八社」がただちに「重点防衛対象」として「二十四時間態勢」での警備を要するものであったという、この事実を一定程度、引き出しえただけでも、それはそれで一つの意味のある行為であったという評価も不可能ではないだろう。

――なお、著者はここで（警察発表を踏襲してか？）、「海外経済進出」なる〝言い換え〟を用いているが、これには私は疑問が残る。少なくとも「戦前」および戦中に関しては、それら企業の「経済活動」は紛れもない「侵略」の一翼を担った、むしろその基底を支え、侵略を促した要素にほかならないからだ。戦争とは、必ずしも兵員や兵器によってのみ遂行されるものではない。そしてむろん、戦後においてもそれらが「経済侵略」であったことは疑いない。瑣末なことのようだが、「侵略」が「進出」と言い換えられてはならないのは、歴史教科書の記述だけではないはずなのだ。

将司がクラス闘争委員会の中心メンバー七人と語らって研究会を始めたのは、八月からである。このままではいけないという焦燥に駆られていた。この研究会では、朝鮮に対する日本の侵略史が大きなテーマとなっていく。それは将司の元々の意向には違いなかったが、この年七月七日の入国管理法案反対の集会において華僑青年闘争連合が突きつけた訣別宣言に、彼等が衝撃を受けたということも大きな動機になっている。華青闘は七・七集会において、「日本階級闘争のなかに、ついに被抑圧民族の問題は定着しなかったのだ」「抑圧民族としての立場を徹底的に検討してほしい。われわれは、さらに自らの立場で闘いぬくだろう。このことを宣言して、あるいは訣別宣言としたい」という声明を発して新左翼への不信を突きつけたのだが、在日朝鮮人・中国人にとって生死を賭けた入管法案反対運動を、日本の左翼運動はどこまで本気で闘っているのかという糾弾でもあった。被抑圧民族の側からこの日本を見直すということが、将司達の研究会の緊要なテーマとなっていった。（第三章「狼の誕生」1）

大道寺氏らのみならず、東アジア反日武装戦線メンバーが日本現代史の問題に強い関心を寄せ、学習を重ねていたことは、たとえば「さそり」が鹿島建設を標的とした爆破を「花岡作戦」と呼んでいたエピソードなどからも窺い知ることができる。花岡事件については、能代市在住の野添憲治氏による四十年来の持続的で篤実な研究があり、近年は多くの「市民運動」の場でも日本人が当然わきまえておくべき史実としての位置づけが遅まきながら定着しているが、七〇年代中葉のこの時期に、二十代のメンバーが自らの行為にこうした名称を与えていたことは、「歴史」に対する彼らの姿勢が一定の意識に裏打ちされたものであることを示しているようだ。

六七年春、高校を卒業して以降、大阪外語大の入学試験に「失敗」した後、釜ヶ崎を振り出しに実現した大道寺将司氏の痛覚のような現実認識に促された彷徨は、私にはある種、眩しいほどの特権的な「青春」の軌跡とも映る。

彼等はこの学習に必要なことから、簡単な朝鮮語も学び始めたが、その一方でアルジェリア革命やキューバ革命など第三世界の革命運動にも眼を向け、フランツ・ファノンやゲバラの論文を読んだ。彼等のもう一つの大きなテーマが武装闘争であったからで都市ゲリラの実際を学ぶために、フランスでのナチスに対するレジスタンス、アルジェリアでの対仏ゲリラ闘争、ウルグアイのツパマロスの都市ゲリラ戦などの資料を収集しては読んだ。　(同前)

『腹腹時計』の命名の由来の一つに、「ハラ」という音が朝鮮語の「せよ」に似ている、という点があったというエピソードなどにも、ある種の若わかしさを感じる。

(ちみなに「ハラ」は「〜する」という動詞「ハダ(하다)」の普通命令形。「ハラハラ」でなく「ハラ(하라)」のみで「〜せよ」となる。日本語と同様、熟語名詞に直接、つけて使うことができ、たとえば「釈放せよ《ソッパンハラ》!」となる)。

三井物産に爆弾を仕掛けるという〝大地の牙〟に〝狼〟が忠告したのは、一つは予告電話のことである。自分達の痛恨の失敗を生かして、十五分以上前に予告することを念押しした。聞いてみると爆弾の弾体にはブリキの湯タンポを使うというので、パテを塗って補強するようにという注意も与えたが、それ以上の容喙は一切しなかった。東アジア反日武装戦線に参列する各部隊はそれぞれに独立していて、互いに拘束はし合わないというのが将司達の基本的方針である。

（第四章「都内非常事態宣言」2）

上意下達の党派の論理ではなく、おのおのが自己責任と自己決定において何事かを取り決め、実行してゆくという方式は、彼ら東アジア反日武装戦線が、いわゆる「マルクス・レーニン主義」の組織ではなく、ある種、広義のアナキズムの緩やかなグループであったことを示している（むろん、私が考えるアナキズムの思想と行動が、すべて東アジア反日武装戦線に代表される——ないしは帰結するという意味ではない）。彼らが、当時七〇年代前半のさまざまな「新左翼」組織と異なっていた点については、松下竜一氏による本書『狼煙を見よ』においても何箇所か、直接間接に言及されている。

事実また、新左翼を含めて既成左翼陣営からの彼等に対する評価は厳しかった。国家権力に直接爆弾を仕掛けずにいくら企業の各個撃破を続けても、それでは革命には至りえないという戦術的批判は当然あったが、それ以上に問題とされたのが東アジア反日武装戦線に欠如している「階級的視点」である。たとえば、日帝本国における労働者の賃上げ闘争も植民地からの収奪につながるのであり、反革命労働運動に過ぎないという『腹腹時計』の規定は、この国の被抑圧階級である労働者の存在を全面的に否定することであり、労働者階級による革命を真っ向から否定していることにもなる。これは、既成左翼の存在基盤を根こそぎにしてしまう。新左翼までが〝狼〟に猛然と反撥する最大の理由がここにある。

（第一章「死の機会を逸して」3）

事件当時の東アジア反日武装戦線において特徴的であった「帝国主義労働者」の問題は、本書第一章の4で大道寺将司氏の供述調書を引用する形で示されている（第六章の4で松下氏が言及しているとおり、この大道寺氏の供述調書は、本書成立の時点で大道寺氏自身が撤回を要求しているものであることも、ここで併せて付言しておく）。

全共闘の学生達は、自らが大学生であるという「特権」を否定して闘ったが、反日武装戦線の彼等は更に進んで、自らが「日本人」であるという「特権」をも否定した点で、自己否定は徹底していた。

（第四章「都内非常事態宣言」4）

だが、ここで語られている問題は、実は微妙である。なるほど、東アジア反日武装戦線の人びとには、いわゆる〝「死刑・重刑」攻撃〟が続けられている。ただ、彼らはほんとうに〝「日本人」であるという「特権」をも否定し〟得たのか。そもそも、そうした「自己否定」は、果たして可能なことなのか。もしも不可能ではないとすれば、それはいかにして可能となるのか。

実はこの問題に関しては、すでに二十年ちかく以前から、真摯な問題提起が行なわれている。

日本人が〈反日〉と言う場合、それはなんとも奇妙なものではないのか？　その辺が私にはどうしても引っかかる。（略）

従って、過渡期権力としての「反日共同体」という考えには賛成できません。私から見ると、あまりにも空想的過ぎます。（略）

マルクスにしても、レーニンにしても、時代的な、またヨーロッパ人であることからまず発想せざるを得ないという存在論的な制約をもっていると考えますが、その中から全世界をひっくり返し、獲得していこうとし、実践していったことは、今こそ正しく評価され、継承されるべきだというのが、私たちの立場です。

（山岡強一『山谷《やま》――やられたらやりかえせ』「KFの諸君へ」一九九六年、現代企画室刊）

一九四〇年、北海道の炭鉱労働者の家庭に生まれた山岡強一は、六八年、上京。山谷に入って、東京日雇労働組合（東日労）に加入する。七二年、暴力手配師追放釜ヶ崎共闘会議（釜共闘）の闘いと連動して山谷悪質業者追放現場闘争委員会（現闘委）を結成、八三年十一月以降、右翼政治結社化した暴力団・悪徳手配師たちとの対立の先頭で、日雇い労働者たちの生命と権利を擁護するために闘いつづけた。

八四年、山谷の記録映画を撮影中の佐藤満夫監督が、日本国粋会金町一家西戸組組員・筒井栄一に刺殺された後、その遺志を継いで映画『山谷《やま》――やられたらやりかえせ』を完成させる（八五年十二月）。その直後、一九八六年一月十三日午前六時五分、東京・新宿の路上で、山岡強一は日本国粋会金町一家金竜組組員・保科勉が放ったピストルの兇弾に斃《たお》れた。享年四十五歳。

右に引いた書翰「KFの諸君へ」は、一九八一年八月二十二日、「東アジア反日武装戦線」の黒川芳正氏からの、公判廷における情状証言の要請に対する回答として書かれた。松下竜一氏も本書で一部「KAZ兵士団」に言及しているが、KF部隊（準）は獄中で大道寺将司・黒川芳正・荒井まり子の三氏によって結成された組織で、Kは斎藤和、Fは船本洲治両氏の名前に由来している。

八一年七月十五日、黒川氏から弁護士に宛てて要請のあった、具体的な六項目からなる自らの証言への希望に対し、山岡はこの書翰で黒川氏への渝《かわ》らぬ友情を確認し、「これまで、意見らしい意見も明らかにせずにきた点を深く自己批判し」つつ、「証人に立つに当たっての私の立場」を示している。その標題以降に展開された見解は実に精緻を極めていて、全体として黒川氏の「実質的には、下層労働者解放という動機面の正当性の立証」については「保留させてほしい」旨を述べたあと、具体的な要請項目六箇条のうち、最初の四点（山岡が黒川氏とともに山谷「越冬闘争」を闘ったこと、黒川氏の「下層労働者解放」についての真情、寄せ場の状況、鹿島建設や間組の「あくどいやりかた」）に関しては「証言可能」であるが、最後の二項目、（前項、前前項からして）「鹿島・間爆破は当然である。下層労働者は、支持している。よくぞやってくれたと喜んでいる」と、「下層労働者は、反日兵士の無罪釈放を要求している」の二点については、証言が「困難であることを了承して下さい」と応じる。

この問題は極めて大雑把に括ってしまえば、前出のアナキズムかマルクス・レーニン主義かという問題に帰結する要素も含んでおり、また松下氏が確認している「新左翼」諸党派の東アジア反日武装戦線に対する批判の視点ともまったく無縁ではない。だがここでの山岡の黒川氏に対する問い直しは、さらに東アジア反日武装戦線の「反日」という理念それ自体の深度や正当性についてなされている点が最も特徴的であると言えよう。「例えば、朝鮮における一九二〇年代の義烈団から三〇年代以降の東北部パルチザンへの展開、更に五〇年代初期の太白山脈、智異山のパルチザン闘争という連続性」に示されたような歴史性・現実性が、現代日本において、日本人によって、いかにして可能かという問いとして、それは繰り出されてくる。

「私は、〈反日〉というのは帝国主義による植民地化支配の中で表出される階級性であると考えますし、植民地化というのは植民地資本制化というふうに、非常に大雑把だが考えています」と山岡が書くとき、この時点における限りの黒川氏との「反日」という概念をめぐる見解には明らかな懸隔があることが認められるだろう。

さらに山岡は、荒井まり子氏の「現闘（引用者註／現闘委＝山谷悪質業者追放現場闘争委員(会)）・釜共闘の闘いの限界性を総括する中からこの反日武装闘争は生み出されてきたのです」という見解に対し、「私には、首肯できません。……現闘委・釜共闘の闘いのどのような限界が、総括されたのでしょう。実際には、決してそのように進んでいないのが現実です。だからこそ、自供という敗北があったのだろうし、F（引用者註／船本洲治）の単身決起があった、と私は考えています。私はFは『東アジア反日武装戦線の闘争……』に希望を持ちつつも、その敗北に批判を持っていた、その実践的表明という意味をF6・25は孕んでいるのではないか、と考えています」と応える。

……沖縄の米軍嘉手納基地前で焼身自殺をした元釜ヶ崎共闘会議幹部船本洲治（二九）の書き残したメッセージは、将司達の胸を突き刺した。

船本は釜ヶ崎や山谷で活動し〝さそり〟の黒川芳正との関係が深かったが、皇太子の沖縄訪問に反対し〈皇太子暗殺を企てるも、彼我の情勢から客観的に不可能となった。したがって、死をかけた闘いではなく、死をもって抗議する〉という言葉を残し、昨年（引用者註／一九七五年）六月二十五日夜ガソリンをかぶり自ら火を放って焼身自殺をとげた。

（本書・第六章「死刑宣告」1）

山岡が「単独者として決起せしめてしまった」と嘆じた船本は、朝鮮戦争開始から四半世紀後の一九七五年六月二十五日午後九時、「これはイショではない、私は生きるために死ぬのだから」と記した文書を残し、沖縄本島・米軍嘉手納基地第二ゲート前で焼身抗議を行なった。

私は沖縄へと旅するとき、しばしばその地へ赴く。一度、九六年の陽春には、フェンスごしに写真を撮っていたら、監視所から警備員が腰のホルスターに手を置いて近づいてきたことがあった。つい最近、二〇〇〇年の五月十五日には、ヤマトから帰還した沖縄出身者もまじえたグループが「基地がなくなる日」の幟を立て、三線《サンシン》で『安里屋《あさどや》ユンタ』のメロディを奏でながら、開いていたゲートからそのまま敷地内に入って行き、基地構内の黙認耕作地を巡るという企てに同行することができた。「黙認耕作地」は、それと説明されなければ、ここが基地のなかとは分からない、高圧線が渡る下の起伏に富んだ丘陵地帯である。トタンや竹垣で仕切られた段段畑のような土地で、葉物が丹精して育てられていた。

私たちが最初の畠を一周して道路まで上がると、ベレー帽をかぶった軍雇用の警備員があわてて駆けつけてきた。黒人の警備員も続く。

「誰かの許可を得たんですか」

「許可もらうなんて反対だわ。ほんとうは、あんたたちが許可もらわなきゃいけないんだわ」

「誰が責任者ですか?」

「みんなが三三五五、集まってきただけよ」

そんなやりとりをしながら、『安里屋ユンタ』は奏でつづけられている。

次いで回った嘉手納基地第三ゲート前では、第二ゲートでの大失態に対し米軍側からおそらく猛烈な抗議を受けたのだろう、慌てふためいた沖縄県警がすでに機動隊を配備して待機しており、入構どころかフェンスに近づくこともできない厳戒態勢が張られていたのだったが。

ここでアピールが始まり、途中から参加していた「沖日労」(沖縄日雇労働組合)の代表も挨拶する。「沖縄解放」の肉太な四文字が鮮やかに白抜きとなった上に「万国の労働者団結せよ」、下に「沖縄日雇労働組合」の文字が配された赤旗が薫風を孕み翻るさまを見ながら、私は船本の「単独者として」の〝蹶起《けつき》〟からさらに四半世紀後に、嘉手納基地第二ゲートをくぐった感慨に涵《ひた》っていた。

(そうした意味では、状況は変わったということになるのか? いや、必ずしも根本的な状況が変わったわけではない。これについては、次章で少し述べる)

前掲の引用部分で山岡強一は、たしかに問題の所在の一端を明示している。山岡の言う、日本人でありながら「反日」を言うことの、一見自己矛盾とも言える隘路は、それ自体重要な着目点である。だが同時に、私見ではそれはすなわち日本人であるかぎり、日本との対峙《たいじ》は不可能だということを意味しもしない。

民族や国家、ないしは国民国家という一つの集団への帰属が個人にあり、それが個個の人間の属性として扱われるとき、人はすでに歴史に対して決定論的な正義性、ないしは不正義性をあらかじめ負ってしまっていることになる。

だが、実は問題がそのように単純なものでないことは、言うまでもない。被抑圧者・被搾取者・被差別者であるとされる集団に帰属するとされるなかにも悪しき者が存在することは、現実を見るなら明瞭であり、また当然――その逆もありうる。

このとき、人間を集団的属性として境界線の彼我に分類しているかぎり、たとえば政治的・「革命戦術論」的には、資本主義社会の労働者は「革命」の敵であり、「革命」は第三世界でしか行なわれえないことになり、強大な資本主義国家や多国籍企業の基幹労働者の支持を断念した、高度資本主義諸国における革命は小規模な蜂起として多数、生起しながら、その成功にはついに到らないだろう。一方、こうしたある種の断念は、既存の資本主義システム内部の労働者の頽廃や腐蝕をいっそう加速するだろう。

これらのことは、結果的に「巻き添え」の死者を発生させた三菱重工爆破事件における「暴力」の意味が、単に「セジット爆弾」の爆発力、それが設置された具体的な状況における結果としての「殺傷力」の程度を見誤ってしまったという、いわば〝技術的な〟問題よりはるかに手前の、また表層の次元で、その一九七四年晩夏の日本・東京の風景のなかで行なわれていた、「敵」と「味方」という分類のあまりに簡単明瞭な――あえていうならナイーヴすぎる概念操作のしかたそのものに、おそらく起因しているのだろうという気が、私にはする。

第四章「都内非常事態宣言」4で、大道寺将司氏が「中学時代の同級生でアイヌ女性である」チカップ美恵子氏に宛てた一九八二年十二月二十一日付の書翰が引かれる。ここでの「……当時のぼくらの未熟さは、当時の〝狼〟部隊の思想的な未熟さにも規定されていたと思います。それは、日本人民の歴史的に蓄積されてきた重く深い反革命性に対するやりきれなさ、（略）多くの日本人民に対する絶望感、不信感が抜き難くあったことから、ぼくたち自身をも含む日本人民の生命に対する軽視があったということだと思います。そしてぼくたち自身日本人民の一員であり、日本人民を否定しようが肯定しようが日本人民とともに歩んでいかなくてはならない、という最も基本的なことを忘れてしまっていたということでしょう」と確認される見解は、「反日」の一つの最低限の思想的地平として、今後、共有されていかなければならない把握であるだろう。

関連して言うなら、

〈（前略）ぼくが『豆腐屋の四季』に感動し涙を流したのは、決して〝大衆〟としてくくってすますことのできない生活を見せてもらったからだと思います。ぼくが人民とか大衆とくくってしまう中に松下青年（当時の）の生活があった訳だし、三菱で死傷した人たちも含まれます。ぼくはそういったものが全然見えなかったのじゃないかと思いました。その反省と、見せてもらった喜びがありました。（感動は、お二人の愛の清さに対するものでもありましたけど）〉

（第二章「釧路・大阪・東京」4）

という述懐もまた、大道寺将司氏における「民衆」観の変遷の結果と見えなくはない（ただし、ここでの「愛の清さ」という概念は一般論として私には肯んじ得ないものだが）。

本書で大道寺将司氏らの言葉として、いわば東アジア反日武装戦線と松下竜一氏とを直接的に結びつけるきっかけとして提示されている『豆腐屋の四季』についての私の見解は、先行する「燦然たる黎明」に示したとおりである。

武装闘争をこのまま続けていくのか、それとも断念するのかという苦しい選択が四人の前にはあった。死者や重軽傷者のことを思えば、ただもう気分が萎えるだけで打ちひしがれるのだったが、さりとてせっかく何年もかかって準備してきた武装闘争を、緒戦にかかったばかりで断念するとすれば余りにも悔いが残りそうだった。それにこの失敗で闘いを放棄してしまうなら、いったいあの大量の犠牲者達はなんだったのかということになる。死者の意味を無にしないためにも、もう一度立直って闘うしかないのだという意見に、次第に四人の結論は収斂されていった。

（第四章「都内非常事態宣言」2）

これは『狼煙を見よ』の著者・松下竜一氏によるまとめでありであり、彼ら東アジア反日武装戦線自身の言葉ではない。ただもしも当時、メンバーのなかに「死者の意味を無にしないためにも」という類いの〝論理〟がいささかなりとも生成していたのだとすれば、私はそれを政治と暴力との関係における、この上ない頽廃として批判しなければならないだろう。

しばしば「（誰それの）死を無駄にしない」という言い方がなされる。私の最も嫌悪する〝論理〟の一つだ。日本の〝「戦後」民主主義〟は、実のところ常にこの「死の功利主義」――裏返せば「生命の功利主義」の如きものを前提として成り立ってきた。だが、「死」がなんらか通貨のようにやりとりされ、〝有効〟に使われたり〝無駄〟になったりなどしようのないものであることが曖昧にされてはならない。

彼らはおそらく「死者」の発生を想定しえず、したがって当然のことながら、その事態に立ち至った際の思想的準備もまた、なされてはいなかったのだ。そう考えるしかない。

その限りにおいて、彼らの「罪状」は、現行刑法ではどのように考えても過失致死、ないし傷害致死と見倣されねばならないものであると、私には思われる。一方で「爆発物取締罰則」は劈頭の第一条に「死刑」を設置しているが、人身被害の程度をいっさい明記せず、単に「爆発物ヲ使用シタル者及ヒ人ヲシテ之ヲ使用セシメタル」だけで死刑が科される可能性のあるこの規則もまた、現在の日本の反人権的な法体系のなかでも、やはり異様なものとしか言いようがない（「死刑」そのものの根本的な問題性については、後述する）。


ところで、日本人であることへの屈辱や嫌悪というものが、いかに現実的なありようを日本人として示しうるかという回路は、必ずしも複雑でも困難でもない。が、その論理を「日本人」対「非日本人」という、一元的な領域に限定して論じているかぎり、この問題には本来の解決は見えてくるまい。そうした意味で、前述した死者への責任の問題も含め、「連続企業爆破」に示された彼らの意志は、それのみではついに「反日」の思想を主体的に担う足場を形成しえなかった、と私は考える。

だが、実は東アジア反日武装戦線は、そもそもの三菱重工爆破以前に、もう一つ別の——それこそが彼らの思想の必然の帰結であり、彼らにとっての本来の「反日」を意味するはずだったある〝計画〟を構想してもいた。


土田警視総監が一連の企業爆破事件の全容はほぼ解明されたと発表したのは六月九日のことで、一斉逮捕からわずかに二十一日目であったが、検察を震撼させる事実が明らかになるのはそれから間もなくである。

取調べの主任検事親崎定雄が、押収した膨大な証拠品を調べていくうちに、〝狼〟達が連続企業爆破以外に重要な何かを隠しているのではないかと気付いたのは、きわめて早い時期であったようである。証拠品の中に連続企業爆破とは結びつかぬ奇妙な物が幾つもあって、それらを抜き出して検討してみるとある恐るべき事実が浮かび上ってきたのだ。余りの重大さに、親崎がこれらの抜き出した証拠品を自分の手元に引揚げ、公安部長辰巳信夫に〝ある推定〟を報告したのが五月二十五日である。辰巳検事もまた事の重大さに驚き、この件は当分伏せるようにと指示して、親崎の手元の証拠品は他の検事にも知らされることなく金庫に密封された。

　だが結局、親崎検事はその件を調べざるをえなくなる。三菱重工ビル爆破に使った爆弾の製造日が、〝狼〟達一人一人の供述で喰い違ったのだ。事件の真相を解明していくためには爆弾の製造日を確定させねばならないが、この供述の混乱はおそらく彼等が伏せているある事実から生じていると親崎は推定した。

（第五葦「虹作戦」1）

本書でも、ある意味で最も緊張感の高い部分である。と同時に、これは「東アジア反日武装戦線〝狼〟部隊」（本書・副題）の思想と行動の突出した嶺であるとも言える。

「……天皇ヒロヒトの場合、〝たまたま天皇の地位にいる〟というのではありません。ヒロヒトの戦争犯罪というのは極めて大きいものがあります。（略）

　何故この国では反権力の闘いが持続しないのか、ということを話し合いました。たしかに、少数の闘いはあります。しかし大衆的に持続しない。それは天皇制イデオロギーに圧倒的に浸されているからであり、また暖衣飽食の中で闘う相手を見失っているということを考えました。

　そうであればこそ、天皇を攻撃することは必要なのだと」

（第五章「虹作戦」2）

この指摘は、その前半に関するかぎり、いまもまったく意味を失っていない。ここで語られていることが理解できない限り、「日本」の度し難さは分からないのであり、「いまさら天皇制などと言っているようでは……」とうそぶく者には、何ひとつ日本の現実が見えていないだろう（たとえばこの『狼煙を見よ』が発表された一九八六年秋、かつては〝全共闘の闘士〟だったと自称する男が、私に向かって平然と、まさしくそう言い棄てたのに、私は茫然としたことがある）。そして実際、今回の皇太后死亡報道が、その直前の「南北会談」成功の成果や続報、また東京都知事や総理大臣の「失言」問題の隠蔽にどのような役割を果たしたかは、現実の展開が示すとおりである。

大道寺将司氏のこの見解を相対化しうる者は、自らよりよく天皇制と闘った者だけである。そして、よりよく天皇制と闘った者は、たとえそれが結果的にも彼ら東アジア反日武装戦線よりはるかに周到に考え抜かれた闘いであったとしても、だからといって東アジア反日武装戦線の闘いそれ自体を取るに足らない過てるものと一蹴してしまうこともまた、絶対にしないだろう。

しかし同時に、右の見解の後半は、率直に言ってあまりにも雑駁に過ぎる。「暖衣飽食の中で闘う相手を見失っている」（ほんとうに、そうか？）という問題に「天皇」を〝標的〟とすることだけで突破口を見出そうとする考えは短絡的である。そしてこれらを強引に貫流する論理の雑駁さは、「連続企業爆破」における、その「革命思想」と日本の「民衆像」との乖離《かいり》にまで及んでしまっている。

結論からいうなら「虹作戦」は、東アジア反日武装戦線の企てたさまざまな「作戦行動」のなかでも、その倫理性・思想性が国際的・歴史的な検証に耐えうる構想ではあったろう。戦後日本人が、自ら人間であるために、一度は抱懐され得る可能性を持つ、それは思想的手続きの一つだった。この企てに関するかぎり、それを行なおうとした者を、行なわなかった者が単純に黙殺する資格はない。

だが、ただし、それを〝戦術〟的に見たとき、さまざまに付随する要素があまりにも夥しく、この還択を即自的に肯定することには、また別の次元での問題も簇生《そうせい》してくることは事実である。

しかも――その「虹作戦」に用いられるべき「セジット爆弾」二個は、結局、本来、用いられようとした一九七四年八月十四日午前十時五十七分に荒川鉄橋を通過した「短い列車」にではなく、三菱重工事件に供され、八名の死者と多数の負傷者を出してしまった。

『國體の本義』は一九三七年、文部省思想局が編纂・発行した〝教科書〟である。当時の右派人文学者を糾合して、天皇の「万世一系」を機軸とした「国体明徴」のパンフレットとして作成され、敗戦までに全国の教育機関に二〇〇万部以上が配布されたといわれる。直接には美濃部達吉が主唱した「天皇機関説」等の近代主義的解釈を真っ向から否定する目的で、大日本帝国「国体」の賞揚がなされた結果、世界の他のいかなる「君主制」とも決定的に異なる、唯一無二絶対で置き換え不可能な天皇の〝現人神〟化、神権天皇制鼓吹《こすい》の奇怪を極めたプロパガンダとなった。

同書を繙《ひもと》けば、「天皇」は古今東西のいかなる君主とも次元を異にした存在として、日本国家に君臨していたことが解る。〝臣民〟の膏血《こうけつ》を〝養分〟として膨脹《ぼうちょう》したこれだけの「神話」は、たかが「敗戦」ごときで日本人の心性から容易に除去されるものではあるまい。

《暴力と同時に「仁慈」の反面がある》（竹内好「権力と芸術」一九五八年）天皇制。《「トルソに全ギリシアがある」ように、一木一草にある》（同前）天皇制――。

そこからの脱却を、私は、単なる政治的暴力で可能になるものとは考えていない。ただ、それを問題化しようと命を賭してきた先行者たちの苦闘が無意味とも、もちろん絶対に思わない。

私は、徳川幕府崩壊以後、現在にいたる日本近代史を通覧して、日本社会が真に「近代市民社会」となり得る可能性が高まりつつ、しかもそれが決定的に潰《つい》え去ったのは一九一一年一月、近代世界を通じても空前のフレイム・アップであった大逆事件の十二被告が絞首されたときだと考えている。

昨夜は私自身の死後の事をも考へた。三寸の呼吸が絶へて、一の肉塊となつてからはどうだって好さうなものではあるが、(略)着物の事も今迄は万一掘返されて曝されでもする様な場合に、余り見苦しくな〔い様にして居たいと思つた――抹消〕くして居たいと思つたので、あつたが、然しこれはもう何うでもよいと考へた。汚れて居やうが破れて居やうが、ふだん着の儘の方が却つて自然でよいと思ふ。

(管野すが『死出の道艸』「廿三日　晴れ」/神崎清編『大逆事件記録』第一巻「新編獄中手記」一九七一年、世界文庫版/字体は新字に改めた。かなづかいは原文のまま)

管野スガについてもまた、多く書かなければならないことが残っているが、このくだりを読むたび、明治天皇制国家で「大逆」を決意した者に強いられた負担の底知れぬ深さを思わずにはいられない(菅野スガは、十二被告中、宮下太吉・新村忠雄らとともに、実際に「行動」を計画した、ごく少数の当事者だった)。

ちなみに、この「廿三日」とは、一九一一年一月二十三日。翌、二十四日には、午前八時前の幸徳秋水に始まり、以下三十分ないし四十分ごとに、新美卯一郎・奥宮健之・成石平四郎・内山愚童・宮下太吉・森近運平・大石誠之助・新村忠雄・松尾卯一太・古河力作の十一名が呼び出され、同一の絞首縄で縊死してゆくという凄惨な虐殺が行なわれる。かつて私は、この執行記録を見たとき、おのおのの絶命時刻の記載が、刑吏の昼食休憩とおぼしき時間帯だけ、すっぽり空いている陰惨さ、残忍さに、いっそう暗澹たる思いのしたことがある。

午後四時、古河力作の絶命が確認されたとき、すでに早い冬の日は暮色が迫り、当初、同日の最後に予定が組み込まれていた管野スガの執行は翌朝に延期された。だが、おそらく同志の死刑執行は知らなかったはずのスガが、まさに十一名が縊《くび》り殺されつづけていた、そのさなかに綴った『死出の道艸』の最後のページの記述の重苦しさには、強く胸を衝かれる。


堺・増田の両氏と真ア坊へ発信。

堺さんには在米の弟に紀念品を送つて貰ふ事を頼む。

紙数百四十六枚の判決書が来た。在米の同志に贈らうと思ふ。

吉川さんが『酔古堂剣掃』を差入れて下すつた。

針小棒大的な無理強ゐの判決書を読んだので厭な気持になつた。今日は筆を持つ気にならない。

吉川さんから葉書が来る。

夜磯部・花井・今村・平出の四弁護士、吉川・南・加山・富山の数氏へ手紙や葉書をかく。

（同前「廿四日　晴れ」）


何より絶望的なのは、この日本には決して天皇および天皇制をほんとうに峻拒《しゅんきょ》している日本人が、思いのほか乏しいことである。とりわけ一定世代以上の人びとの多くにあっては、むしろ声高に「天皇制」批判、日本の戦争責任追及を言い立てて見せるような人びとの内部においてほど、その実、〝憎んでも憎みきれない〟天皇への愛が深く息づいている……といった事態に茫然とさせられる思いを、私は長く味わわされてきた。

臆面もなく「天皇のために本気で死ぬつもりだった」自らの「軍国少年」ぶりを公衆の面前で披瀝《ひれき》し、一九四五年八月十五日に〝一切の価値観が顚倒した〟ことに震撼し、そこから〝生まれ変わった〟と称する自らをでれでれと喋喋《ちようちよう》するこれらの手合いの、しかし天皇および天皇制と骨絡みになった、千篇一律の〝感情相反的《アンビヴアレント》〟な（?）自己肯定・自己宣伝を見よ。そのとき自ら死にもせず、結局のところ「天皇のために死ぬはずだった」のが「天皇とともに戦後をぬくぬくと生き続けてきた」彼らの意識の胚に、実は抜きがたくこの礼讃は染みついている。そしてこうした、自ら〝天皇の敵〟であると称しつづけ……しかしもその実、何より愛憎分かちがたい、自らの精神の物神的・性愛的関係の基底を搦《から》め捕られ、差し押さえられた似而非〝進歩的文化人〟どもに不当に「論壇」とやらが占有されることにより、この絶望的な擬似〝国民主権〟国家のお粗末極まりない世代的ルサンチマンによって矮小化された〝反「天皇制」〟思想は、「戦後」五十五年のあいだ、終始一貫して欺瞞的な空洞化をしつづけているのだ。

一体、私が奇異に思うのは、「戦後」日本の代表的知識人らの自己肯定・自己免罪・自己慰藉・自己特権化の強さである。これまで、大岡昇平や丸山真男の問題点を見てきたが、『暗闇の思想を』論「資本主義の悲願へ」で簡略に触れた、冤罪の松川事件に関して司法権力への手放しの迎合を表明した詩人・鮎川信夫（一九二〇～八六年）についても、再度、記しておく。

埋葬の日は、言葉もなく
立会う者もなかった、
憤激も、悲哀も、不平の柔弱な椅子もなかった。（略）
「さよなら、太陽も海も信ずるに足りない」

（鮎川信夫『死んだ男』部分）

空中の帝国からやってきて
重たい刑罰の砲車をおしながら
血の河をわたっていった兵士たちよ（略）
ぼくははじめから敗れ去っていた兵士のひとりだ
なにものよりも　おのれ自身に擬する銃口を
たいせつにしてきたひとりの兵士だ

（同前『兵士の歌』部分）

いずれも日本の「戦後」詩の原点に位置するとされる高名な詩行である。それにしても——。

そもそも「憤激も、悲哀も、不平の柔弱な椅子もなかった」のは、当然だろう。この者は、ただ〝巨いなる歴史の流れ〟に身を任せただけなのだから。しかも詩は、集団的熱狂に自己陶酔を同化させた十五年戦争当時の〝知性〟に「太陽も海も信ずるに足りない」と表白させることで、あたかも最後まで一つの決定的な拒絶権を、なお留保し続けていたかのごとく扮飾する。

いま一方『兵士の歌』の「空中の帝国」「重たい刑罰の砲車」といった文学語（これら全体に私は萩原朔太郎の、とりわけ最も完成度の高い〔『青猫』以後〕の残響を聞くが）の選択には、それ自体、十五年戦争の残忍さや非道義性を、表現とイメージの〝技巧〟のなかに塗りこめようとする手つきが明白だ。さらに「おのれ自身に擬する銃口」に、私は立ち止まらざるを得ない。

ほんとうにこの「兵士」は「おのれ自身に」「銃口を」「擬し」てなどいたのか？　同作・最終行の高名な《おお　だから　誰もぼくを許そうとするな。》をも含め、私はここに、自らの戦争責任を演劇化する〝幸運な〟「生還者」としての自己神話作用を、ひたすら感ずる。

パウル・ツェラン（一九二〇〜七〇年）の『死のフーガ』に対し、ナチスドイツ絶滅収容所の現実を「詩の力」の操作で〝文学〟化しすぎたとの主旨の批判があるという。私はそうした批判にもいったん存在意義を認めつつ、最終的には『死のフーガ』を評価する立場を採るが、鮎川の「詩の力」の発露に関しては、より厳しく検証されるべき要素を抱え持つと考えるものだ。

だが一方で私たちは、西欧近代古典音楽のそれのような、明澄さや明晰さとはやや異なっているかに見える——そうしたいかなる〝文学趣味〟とも異質の意識と方法から、「戦後」の「天皇」に関与した小説を、実はすでに四十年も昔に持ってもいる。

手もとに、一冊の古ぼけた雑誌がある。表紙は、卵色をした冬の花の描かれた上村松篁《うえむらしょうこう》の絵。広告も目次の内容も、戦後日本にこんな一時代があったのかとの感慨を抱かせられるものばかりだ。

その巻末に一篇の小説が掲載されている。見開きになった右側のタイトル・ページの木版画ないし切り絵風の挿画は、谷内六郎の手になるもの（ちなみに私はこの画家を好む）。遠くで大小の花火が打ち上げられ、その上に蜃気楼のごとく日章旗が浮かんで、左下には旭日旗が地の底から湧いた瘴気《しょうき》のように浮游している。中景で列をなし横並びになった人びとが手足を振り回しているのは……これは何かを踊っている仕種のようだ。画面の右手前には、一人、少年が立っている。少年は、手にした「祝」の文字の提灯を人びとの踊っている方向へ向け、佇んでいるものの——目を硬く閉ざした顔は反対方向に背《そむ》けられ、あどけないが、思いがけないほどのきっぱりとした拒絶を示している……。

この画家らしい、可憐な風景のなかに驚くべき深さと拡がりを感じさせるそんな挿画の付された小説は、雑誌の三百二十八ページから三百四十ページにわたって掲載されている。それにしても、このわずか十三ページの小説が、どうしてあれほどの「事件」となったのか。なりえたのか。

あの晩の夢判断をするには、私の持っている腕時計と私との妙な因果関係を分析しなければならないだろう。

……こう語り出される——言うまでもない、深沢七郎「風流夢譚」。私が手にしているのは、この作品が掲載された月刊『中央公論』一九六〇年十二月号である。

……私が変だと思うのはこんな秩序を乱すようなことをふだん私はしないのに、そんなことをして、また、まわりの人達も文句を言わないのはどうしたことだろう。（略）

「革命ですか、左慾《サヨク》の人だちの？」

と隣りの人に聞くと、

「革命じゃないよ、政府を倒して、もっとよい日本を作らなきゃダメだよ」

と言うのである。日本という言葉が私は嫌いで、一寸、癪にさわったので、

「いやだよ、ニホンなんて国は」

と言った。

「まあキミ、そう怒るなよ、まあ、仮りに、そう呼ぶだけだよ」

と言って、その人が私の肩をボンと叩いた。

（深沢七郎「風流夢譚」／『中央公論』一九六〇年十二月号）

ここでのやりとりは、この小説の他のすべての部分と同様、奇妙なところがあるが、それはもともと「夢」の話なのだから不思議はない（それにしても、日本という言葉が私は嫌いで……以降の極限的に短い「会話」の秀逸ぶり！）。

私が重要だと思うのは（……と深沢七郎調になってしまうのも変だが）、ここでたとえば「革命で

すか、左慾《サヨク》の人だちの?」と尋ねるが如き、「こんな秩序を乱すようなことをふだんはしない」――しかも「いやだよ、ニホンなんて国は」と口にする人びとと、東アジア反日武装戦線の「兵士」たちとの距離を計測することである。それはまた、換言すれば、

天皇五十七歳の誕生日。配達に行った東野商店のテレビで宮城参賀風景の実況中継を観る。天皇を祝うために群れて来るこのおびただしい群衆の心理が、私にはまるで分からない。私は実にみにくいエゴイストなのだろうか。

（松下竜一『あぶらげと恋文』一九五八年四月二十九日の項）

と日記に記すような二十一歳の自営業者の青年との距離である、と言ってもよい。

この深沢の意識や方法が、その後の日本の表現とのあいだに、どのような水路を形成していったか。先回りして言っておくなら、ナイーヴなふりをした、その実、したたかな近代人・深沢七郎の、単に老獪な小説技法ばかりではない、自らの存在のしかた全体に及ぶ計算ずくの演技は、その点で、さらにいっそう――真にナイーヴな山下清との対談では、「やっぱり似たもの同士」という付されたタイトルとは裏腹に、その決定的な違いが露呈してもしまうのだが。

話を本書『狼煙を見よ』に戻すなら、この作品が制度的なメディアで「東アジア反日武装戦線」を正面から相手取った、ほとんど初めての作業であるという努力の意義は十分に認めつつも、またたからこそいっそう、その内容に私は一定程度の不満を持っている。

むろん、松下竜一氏のノンフィクション作家としての熟練した伎倆は、いよいよ冴え冴えとしている。

上京した翌日からが連休で、浅草寺、仲見世、新宿などを将司の車で案内された。つつじが満開の上野公園では、動物園に入ってパンダを見る行列に並んだ。ベレー帽をかぶった直が年子と並んで上野の西郷さんの銅像前であや子のカメラに納まったのは、五月四日である。この日は曇りとなったが年子の頬は血色よく上気して、蒼白い顔の直と対照的だった。直の希望でそのあと寄席を覗いて落語を聴いた。五月五日は、日比谷公園で沖縄海洋博宣伝のブラスバンドパレードを見た。釧路の港まつりのパレードを指揮してきた直は、山本直純の指揮を熱心に見入っていた。

（本書・第一章「死の機会を逸して」1）

ニュースを読み上げるアナウンサーの声を聞きながら、あや子はテレビの前に棒立ちになっていた。アナウンサーが告げていることの意味をどう理解すればいいのか分らなかった。午前九時といえばもう間もなくである。自分はここに居ながら、その自分の逮捕をニュースで知らされるという奇妙さにとまどい混乱していた。何かこのニュースには落とし穴がありそうで、足元からむくむくと不安は湧いてくるのだった。それとも本当に同志の誰かに逮捕の手が迫っているのだろうか。

（同前）

――この一九七五年五月十九日朝のことなら、私もよく覚えている。私は当時、豊島区の山手線のすぐ脇の、大家一家の住む貧しい木造モルタル造りの家の二階の一室を間借りする、東京に出て来たばかりの美術大学生だった。すでに大学から足が遠のいていた私は、映りの悪い自室のTVで、このニュースを観たのだった。とても、いやな雨の降りしきる朝だった。私は、十九歳だった。

将司夫婦の居た南千住のアパート大友荘が、画面に映し出された。玄関のドア脇の柱に画鋲で止めた紙に、大道寺将司・あや子と並べて書かれた表札がクローズアップされ、カメラが室内に入って行くと家宅捜索で開けられた押入れの中に花柄の布団が見えた。年子は余りの切なさに声を挙げていた。

「おとうさん、ほら、あのお布団――」

その布団に自分達が寝たのは、つい十数日前のことではないか。（第一章「死の機会を逸して」2）


あやちゃんは写真を送れなかったんだろうなという思いが、放心した年子の胸中に去来した。通勤途上で逮捕されたというのだから、おそらく約束の写真を投函する余裕はなかったと思われる。あるいは投函するつもりで、写真を持ったまま逮捕されたのではあるまいか。ふっとわれにかえって、そんなどうでもいい些事にこだわり続けている自分に年子は驚いた。（同前）

いずれも、読む者をして「ああ、巧いな」と感じさせる部分である。報道の人権侵害の問題へと通ずる回路の萌芽が仄見える部分もある。ここでは、一つの時代の〝気分〟を背景に、たしかに幾人かの登場人物による「物語」が成立している。船本洲治が嘉手納基地第二ゲート前で自らガソリンを浴びた軀に火を放ったのは、大道寺直・大道寺年子夫妻が「沖縄海洋博宣伝」のパレードを見た五十日ほど後、本年――二〇〇〇年の「サミット」にも比すべき欺瞞的な「沖縄海洋博」の開催される地に皇太子・皇太子妃がやってくるに際してのことだった。

だが、果たしてそれだけで良いのかどうか――。二十世紀末葉の日本で「東アジア反日武装戦線」について書くということは、実はもっと事柄の別の次元、別の意味を掘り起こさなければ無意味な作業となってしまうのではないか。

本書の最大の弱さと考えられるものは、かねて私が松下氏の作品に接するたびに気に懸かっていた点（後述する）のほかに、対象として東アジア反日武装戦線が選ばれたとき、この天皇制の問題を、ついにその全体的・本質的な意味において把握し、提示されえていないことに、結局、帰結しているような気がする。「虹作戦」への評価を示さずに、東アジア反日武装戦線が書かれることに、私は物足りなさを感じる――というより、それは不可能なことだとしか思えないのだ。その意味で、私は本書『狼煙を見よ』が書かれるにいたった最終的な動機が理解できない。

むろん、それ自体が一つの技巧であるという擁護論も成立しうるだろう。だからこそ、全体として「記述者」「報告者」にとどまり、とりわけ「虹作戦」への内在的な評価なしに、氏はこれを書いたのだろうか。だが、そもそも松下竜一氏のこれまでの著述活動を見るかぎり――とりわけ豊前火力発電所建設阻止闘争の一連の記録を読めば、氏が「記録文学」「ノンフィクション」の書き手として「不偏不党」「公正中立」「両論併記」の立場の臆面もない欺瞞にとどまっていることを潔しとしているはずはない。

にもかかわらず、本書の読まれ方においては、私の印象からすると、松下竜一氏が「虹作戦」ないしは天皇制の問題について、何事かを――さらにいうなら、極めて決定的な何事かを、すでに語ったかのような気分が流布している。その点には、私は本書や松下氏に対する批評とは別に、現在の日本で「天皇」および「天皇制」に関する論議がいかに衰弱した領域に押し込められているかを改めて痛感せずにはいられない。

そして、この東アジア反日武装戦線の記録で、「虹作戦」への内在的な評価の代わりに、著者が造形し提示したものの一つは〝母と子の愛〟の物語である。

だが、このときの私は半身の構えであったと白状しなければならない。大道寺将司と真正面から取組むことの重苦しさから、むしろ母親である年子さんを主人公に据えて、彼女の眼を通しての息子像を書きたいという構想であった。私の見るところ大道寺年子さんはごく平凡な母親であり、その彼女が息子夫婦の逮捕という衝撃的なニュースに動転した日から、どのような心の葛藤を経て息子を理解していくのかを追うことで、私もまた〝狼〟を知っていくことになるのではないかと企図したのだ。いわば母親という緩衝材を置くことで、私は大道寺将司と真正面から取組むことで生ずるだろう苛酷さから、逃れようと企んでいたことになる。

（第二章「釧路・大阪・東京」2）

「ごく平凡な母親」とは、そもそもどのような人間の存在形態であるか。私はそれを詳《つまび》らかにしないが、ともあれここにまたしても「母」というキーワードが現われるとき、『豆腐屋の四季』以来、この著作集に収録された作品群を通じても枚挙にいとまのない、「母」ないし〝はるか年長の慈母のごとき存在〟というモチーフが、松下竜一氏にとって、いかに根深いものであるかを改めて思わずにいられない。

だが、前段で述べた事柄との関連でいうと、本書『狼煙を見よ』においては、その松下竜一氏の他のノンフィクション作品のいくつかを貫流してきた、この「母」や「母的なるもの」への傾斜は、私がかねて指摘してきた、政治的・歴史的問題を（たとえば）母や母性の「物語」として情緒的に溶解させてしまう危険を、対象をほかでもない「東アジア反日武装戦線」に採った作品に到ったとき、最高度に増幅させたのではないかとの憾《うら》みが残る。

また、たとえば……。

……私は彼女が息子との文通や面会を通して、次第にあの爆弾闘争の意味を理解していった過程を段階的に知りたいのだったが、その期待は満たされなかった。彼女の場合、段階的に頭で理解していくというよりは、その濃厚な愛情によって最初から将司を信頼し、そのまま一貫して寄り添い続けたという事実を確認させられることになってしまった。彼女は一度として将司を親不孝な息子とは思わなかったし、獄中の息子から逃げたいとも思わなかったのだ。劇的に変貌していく母親像を勝手に想定していた私は、最初の構想を捨てざるをえなくなった。

私が四日間の取材を終えて釧路を発つとき、強く印象づけられていたのは、あの衝撃的な事件によっても揺るがなかった彼女の愛情の濃さであった。それは彼女が生母ではないということと関係しているのではないかと私には思われた。（同前）

ここで「衝撃的な事件によっても揺るがなかった彼女の愛情」が、なぜ「生母」でなかったことと関係していると松下竜一氏が思ったのか。それは私にはさだかではない。だが、少なくともこうした論理は、私には二重の意味で極めて差別的であるように思われる。

むろん、松下竜一氏ならではの人びとの機微を捉えた場面も少なくない。

ある日年子は、直が自殺未遂を起こしたという噂を耳にしてびっくりする。直の友人が診察を受けに行った病院で、医師から真偽を真顔で聞かれたと伝えて来たのだ。世間は自分達夫婦に自殺まで期待しているのかと思うと、年子は肌寒い思いがした。（略）

八月一日に始まった釧路市最大の祭りである港まつりでは、例年必ず流されていた直作曲の「まりも踊り」はもう流れなかった。二人は祭りの町へは出て行かずに、近くの仏舎利塔まで行って花火を見ただけだった。（第五章「虹作戦　3」）

こうした部分は、単なる技巧を超え、さきほどのＴＶに映し出される家宅捜索の場面の非道さ以上に、日本社会の偏見や無形の相互監視の圧力を伝えてくれる場面である。

だが、それら日本の精神風土への、本来、極めて重要な批判もまた、本書は旧来の因襲的な人情、母子関係の情緒に還元してしまってはいないだろうか。むしろ、そうした情緒に依拠して差別や偏見、相互監視のシステムもまた成立している、あの旧弊な人間関係の価値観に。

私は、これらの問題をもなお母というなら、むしろまったく新しい「母」の像、家族というなら「新しい家族」関係へと、人と人とのつながりを組み替え直す作業として考えられなければならないような気がする（この問題については、いずれ後続の諸作をめぐっても、いま少し踏み込んで触れることとする）。

かつて黒川芳正氏が「獄中監督」という位置から制作した映画『母たち』（一九八七年）を、私は観たことがある。その映像表現としての歴然たる稚拙さにもかかわらず、いわゆる完成度を求めないその映像作品が、所期の制作意図においては、日本の政治的転向を母性主義による支配（この見解がどこまで有効であるか、それはそれで検証してみなければならないのだが）の問題として捉え、そこからの脱却を図ろうとする意志の存在だけは、見出すことが必ずしも困難ではなかったという記憶がある。彼ら東アジア反日武装戦線のメンバーが「政治犯」当事者として自らの精神の被支配構造における家族制度的限界を凝視しようとしていたのに対し、この問題を含む松下竜一氏の方法は、明らかに重大な後退を抱え込んだ地点から始まっていたような気がしてならない。

ちょうどこの頃、将司は両親との往復書簡を私に見ないでほしいと拒んできていた。〝狼〟の闘争の軌跡を辿るのに、そんなプライベートな部分まで覗く必要はないはずだというのが彼の拒否の理由である。

「いや、私があなたを知っていくためには、そんな素顔まで見る必要があるのです。それこそ小市民的理解だといわれるかも知れませんが、そんな素顔を介して私はあなたを全面的に理解できるはずですから。多くの読者にとっても、きっとそうなのだと思います」

（第六章「死刑宣告　2」）

もしも私が、誰かからこんなことを言われたら、そのあまりの疎ましさ、厭わしさ、礼節の臆面もない特権的な欠如ぶりに、身の毛のよだつ思いがするだろう。そして松下竜一氏が自らも認める、こうした「小市民的」な方法意識に、佐々木鉄也氏の、ある意味では論理的に完結した苛烈な糾弾の言葉を対置して、どちらが耐えられるかと読者に二者択一を迫ってしまうとき（――当然〝一般の小市民的な読者〟は自らの手法を支持するはずだという予断のもとに）、私の考える「東アジア反日武装戦線の意味と真実」は、その佐々木氏と松下氏のいずれにも全一には収斂していかないという懸隔のあいだで、この作品からあらかじめ欠落してしまっているという印象を否めないのだ。「供述調書」の扱いをめぐる大道寺将司氏と著者・松下竜一氏との「溝は埋められないだろうと思う」（第六章「死刑宣告」4）と、松下氏自身が言明する事態は、むしろ必然の帰結だろう。

関連して言っておくなら、これは必ずしも松下竜一氏の主張ではないが、東アジア反日武装戦線をはじめ、いくつかの事例に対してしばしば用いられる「若い人たちの純粋さ」なる論理についても、私はそれに与しない。たとえば東アジア反日武装戦線の行為を個別・具体的〝情状〟や情緒主義に溶解してしまうこと――思想的判断を棚上げし、肯定するにせよ否定するにせよ、正面から相手取らないことは、彼らに対する侮辱であり、歴史に対する怠慢ではないか。

こうした外的現実のなかで、裁判が始まる。自ら「東アジア反日武装戦線兵士」を標傍する彼ら自身にしてみれば、その彼らを日本の裁判所は論理的に裁き得ないのだから、これはすなわち〝軍事法廷〞であるとの認識が醸成されていたとしても不思議はない。

十一月十四日、将司ら三人は一連の企業爆破に加えて、虹作戦容疑で起訴される。戦後の新憲法下では大逆罪はなくなっているので、罪名は殺人予備と爆発物取締罰則違反である。

（第五章「虹作戦」3）

殺人予備。果たしてそうか。たしかに「大逆罪」はない。では、仮に天皇を殺害することは「殺人」罪であるのか。この場合、直截の対象を天皇と措定して「殺人予備」を問うのだとするなら、そもそも「天皇は人であるかないか」が、実は本来、日本国司法の場で、『日本国憲法』との関係においても改めて問われ直さねばならない問題であるだろう。

（そして、私見では、あるべき最も平和的な手続きを含め、日本人の日本人による天皇制の存続・廃絶の論議の問題は、なんとしてもこの一点に帰結するように思われる）

さてしかし、三島は戦後の日本は十九世紀的な意味でさえ「国家」と呼びえない、といったあとで、どのような戦略をみずからに課したか。一言でいえば、その「戦後の日本」を根底において規定している新憲法の矛盾を剔抉することによって、戦後の民主主義国家それじたいの矛盾を衝こうとしたのである。かれが「楯の会」に配布した『問題提起（日本国憲法）』には、憲法の第一条と第二条を引用併記したうえで、次のように書かれている。

第一条（天皇の地位・国民主権）

天皇は、日本国の象徴であり日本国民統合の象徴であつて、この地位は、主権の存する日本国民

> の総意に基《もとづ》く。
> 第二条（皇位の継承）
> 皇位は、世襲のものであつて、国会の議決した皇室典範の定めるところにより、これを継承する。
> とあるが、第一条と第二条の間には明らかな論理的矛盾がある。すなはち第一条《ママ》には、「皇位は、世襲のものであつて」とあり、もし「地位」と「皇位」を同じものとすれば、「主権の存する日本国民の総意に基く」筈のものが、「世襲される」といふのは可笑《おか》しい。世襲は生物学的条件以外の条件なき継承であり、「国民の総意に基く」も「基かぬ」もないのである。
> こういった三島の矛盾剔抉の論理は、それこそ「悪魔的」に鋭い。
> （松本健一『北一輝伝説』第三章「革命伝説」戦後民主憲法の矛盾／『文藝』一九八五年九月号）

そうか？　〝それこそ「悪魔的」に鋭い〟？　……何が〝それこそ〟なのか不明だが、私見では、三島由紀夫のこの論理も雑駁に過ぎる。

天皇の「地位」と「皇位」とが同じものであるとする解釈は、むろんそれで良いだろう。この点に関しては、そのほかにいかなる解釈も成立しえない。だが、そうであるとして、憲法第一条と第二条とのあいだには、ほんとうに「明らかな論理的矛盾」が存在しているのか。

十分条件と必要条件とを考えるなら、これは必ずしも論理矛盾ではない。「天皇の地位」「皇位」の必要条件が「世襲」であり、十分条件が「国民の総意」であるとするなら、ここにはそもそもなんの矛盾もないのである。また時間的に解釈すれば、第二条に規定されたような皇位＝地位を、第一条はあらかじめその起点において承認したものであると確認したとするなら、いっそう全体の整合性は高まる。第一条は、××天皇、○○天皇という個別のそれではない、「天皇」一般という「地位」を国民の総意において規定したものと考え、そこで規定された「地位」を個別に満たすものの条件が、第二条における「世襲」――「継承」であると解釈するなら、その限りにおいては、日本国憲法第一条と第二条とのあいだにはなんらの齟齬《そご》も生じない。だからこそ、第二条には条文中にちゃんと「国会の議決した皇室典範の定めるところにより」と、「継承」に関する但し書きが含まれているではないか。「象徴天皇制」はこの限りにおいてまったく矛盾なく存立し、三島は〝それこそ「悪魔的」に鋭くもなんともないのである。

では「象徴天皇制」は日本国憲法的に安泰か。

いや。私見では、むしろ明らかに問題なのは、第一条後段の「十分条件」たる、その「国民の総意」そのものの方だ。「総意」とは何か。辞書にあたるまでもない、それは「全員の意志」のことである。いかなる日本語辞典にも、おそらく同様の解釈が見いだされるだろう。「天皇の地位」が「多数決」によって承認されたのでは不都合なのであるから（反対者の存在を認めることになる）、ここに「総意」という全体主義的な概念が援用された理由は、それなりに忖度しうる。

だが、だとするなら、まさにこの一点こそが「日本国憲法」象徴天皇制の「明らかな論理的矛盾」なのだ。

私は日本国民であるが（これは、まことに残念ながら事実だ）、私自身は、自らが帰属せざるを得ない擬似的な「国民国家」に統合されることは肯《がえ》んじないし、いかなる「天皇」によっても、また「天皇」以外の何物によっても、自らの意志に関わらず成立するような統合が「象徴」されることを認めもしない。「総意」であると謳われている以上、たとえ私一人でもそれを認めないこと、拒絶することは、これを無効にするはずである。間接民主主義という欺瞞を認め「国権の最高機関」としての国会の権能を最大限に拡大解釈するとしても、この「日本国民の総意」は絶対に強弁しきれまい。このこと自体の方が、よほど憲法第一条においては致命的な破綻ではないのか。

象徴天皇制とは、その条文の冒頭において、そもそも砂上の楼閣にすぎない。〃「戦後」民主主義〃があれほど好きだった多数決原理をここに盛り込まなかったのは、やはり返す返すも失敗でなければならなかった。

「天皇」の位置づけに関して、かくも論理的破産を抱えた現行憲法体系を、あろうことか「国民主権」「平和主義」の立場から墨守しつづけてきた「戦後」日本の平和運動、〃「戦後」民主主義〃の欺瞞が、今日の惨憺たる「改憲前夜」状況の直接の原因となっていることは疑いない。そしてこうした人格的破産・思想的欺瞞に対する告発の声の一つとして、東アジア反日武装戦線の訴えは受け止められるべきものと、私は考える。

花や鳥、魚に「人間の共同体」を「象徴」させることはできる。だが「人間」に「人間の共同体」を「象徴」することなど、できない。逆に言うなら「人間の共同体」を「象徴」しうるのは、少なくとも「人間」ではない。

判決が出る。「この爆弾事件に対しては、一般予防・社会防衛の見地から厳罰が必要であること等を考えると、被告の刑事責任は極めて重い」（本書・第六章「死刑宣告」3）と、裁判官は「一般予防」「社会防衛」に関する死刑の〃効果〃を隠さない。

東アジア反日武装戦線の大道寺将司・益永利明両氏の「死刑」宣告に関連して、第四章「都内非常事態宣言」4での一九八五年九月二十八日の京都の講演会での質疑応答は、ある意味で重要な問題を含んでいる。だがここでの論議は、ついに問題の本質に至らないまま、その周縁部を撫でさすることに終始しているという印象を私は否定し難い。

松下竜一氏の講演のあと、「二人の若者」が「『思想的なことはともかくとして、八人もの人間が死んだ事実に対しては罪を負うべきではないか。救援運動の人達は死刑に反対しているが、では二十年の刑なら納得するのか』といった趣旨の質問をした」——これに対する、松下氏をはじめ、「この若者を説得しようとして」会場から「次々に立って考えを述べた」参加者たちの誠意は否定しない。しかし私は、「天皇」や「チッソ」を引きあいに出す他の参加者はもとより、かなりの程度までこの問題の枢要に近づいている松下氏自身もまた、「罪」の問題と「死刑」の問題とのすり替えの欺瞞に足をとられている気がする。

私に言わせれば、八名の死者と、大道寺氏らに「死刑」が求刑され、確定し、あるいは執行されてしまうかもしれないということとは、ある意味で、まったく、なんの関係もないことなのだ。現実に不可能な前提であることを確認した上で言うなら、当の八名の死者自身といえども、自らの死に関して他者の死を要求する「権利」はない。誰かが別の誰かに「死」を強いることは、いかなる権利の範疇にも属さない「犯罪」である。そして、犯罪は犯罪によって相殺はされ得ない。

にもかかわらず「国家」が「正義」の偽装のもと、その主権者の総意をあたかも代理するかのように見せかけ、絶対に逃れようのないシステムの内部で、被執行者を「生きるに値しない者」「生きていてはならない者」の定義とともに、汚辱にまみれた死を冷徹に強いる——すなわちその当事者の、並びに普遍的な「人権」を否定する死刑とは、この世のいっさいの罪や悪から隔絶した、いっさいの事象を超越した「絶対悪」である。死刑をもって処断されるべき罪も、処断する権限も、この地上のどこにもないのだ。

そもそも一九八五年九月二十八日の京都の講演会の後の質疑応答における、当の「一人の若者」の論理のあまりの雑駁さ、倫理の低さに、私は限りない憤りを覚える。「思想的なことはともかくとして、八人もの人間が死んだ事実に対しては罪を負うべきではないか。救援運動の人達は死刑に反対しているが、では二十年の刑なら納得するのか」——。

「思想的なことはともかくとして」？　善でも悪でも、この世の人間の行為で、それがその当人の「思想」に由来しないものがあるか。それを「ともかくとして」とは、すでに行なわれた行為とそれを行なった人間的主体とを分離し、行為を矮小化しようとする企みである。なんという言い種か。

「八人もの人間が死んだ事実」？　前述したとおり、私は必ずしも「死者を数える」志向に対して一概にこれを否定するものではないが（たとえばヴェトナム戦争における、アメリカ兵五万の死に対しての、ヴェトナム民衆三百万の死者という圧倒的重み。しかし、それは同時に「量」の問題ではなく、失われた生命の「歴史的位置」の問題でこそある）、基本的にはそれを常用しない。理由は明白で、人は一回しか死ぬことがないし、一人の生命は全世界〝よりも重い〟のではなく〝全世界と同一〟だからだ。そしてここでの「八人もの人間が死んだ事実」という論理は、その生命を数量化する手つきの最悪の事例となっている。

「罪を負う」とは、どういうことか。この言い回しには言葉としても舌足らずだが、いずれにせよ何をもって、ではこの発言者は「罪を負」った（？）と解釈するのか。また「べきではないか」とは、誰がそのように主張しているのか。この発話者自身か。だとしたら発話者は、より直截で主体的な責任をもった要求として、これを自ら口にすべきではないか」？　事は、これから合法的に抹殺されようとしている生命そのものに関わるのだから。

「救援運動の人達は死刑に反対しているが、では二十年の刑なら納得するのか」にいたっては、なんらかのコメントを試みる気力もなくなる愚鈍な反問である。だが、問題は何より「死刑」、まさに「死刑」そのものにあるのだとだけは、いま一度、砂を噛むような思いをもって確認しておこう。「死刑」とは、では××なら……たとえば何年の有期刑なら「納得する」などといった、相対的・数量的な問題、他と「計量」「比較」するがごとき問題ではない。生ではなく死をもたらす絶対悪なのだ。

なお、こうした〝議論〟が発生する背景をめぐって、大道寺将司氏らが「死者に対する謝罪を表明していない」事実に対する松下氏の忖度には、傾聴すべきものがある。だが確認しておくと、しかもここでの「一人の若者」に象徴される〝論理〟の問題点は、たとえば大道寺氏の内面の事情とは、やはり、それ自体、まったく関係がない。大道寺氏が死者たちに「心の痛み」を感じていようといまいと、氏は絶対に死刑になど処されてはならないのだ。それを容認することは、人類の一員である私自身にとっての最低最悪の屈辱である。死刑とは、そうしたものなのだ。

つけ加えておくなら、この「若者」のような論理に、当日の「東アジア反日武装戦線の闘いと私たちの現在」の講演会場は根底的・絶対的な「死刑」批判を対置し得ずに終始したという印象を、本書からは私は受ける。そして、そのことがもどかしくてならない。

死刑存廃の問題を「有実」の刑事犯を基準にして論じることそれ自体、「死刑」をめぐる論議の一つの悪弊であり、死刑の本質を見失ってしまう陥穽に嵌《は》まり込むものだと、私は考えている。そうした際、「加害者の人権」と「被害者の人権」とを、あたかも金融ゲームのようにやりとりし、計量しようとするような手つきの彼方に、絶対的な「国家悪」としての死刑制度が自らの姿を巧妙極まりない形で晦《くら》ましてゆくことを、私は深く危惧する。

私は死刑に反対する。それは「死刑」が国家権力による「正義」の名のもとの〝合法的な〟殺人だからであり、私が反対するのは、私たちにおける「人権」の普遍性と、国家権力による「正義」の名のもとの〝合法的殺人〟にいかなる意味でも加担したくないという私自身の魂の名誉とを根拠としてのことだ。

「罪」はあったか。それは、あった（ただし、この「罪」の認識については、私自身のそれと他の人びとの見解とは、必ずしも完全には合一しないかもしれない）。だが、これに報いるべき「罰」が、国家によって与えられる罰――なかんずく「死刑」であってはならない。

　では、彼らは何によって償うのか？　その罪が果たして償いうるものであるかどうかは、別に議論されなければならないが、私見では少なくとも、それはいかなる意味での「宗教」でもありえないだろう。没主体的な、人間を疎外したものとして、宗教は国家とは別の悪である。私は娼婦ソーニャの欺瞞を認めない。

　では、私は彼らにいかなる「償い」がありうると考えているか？　それは私が決めるべきことではなく、当事者である彼ら自身の全人的判断（自己免罪であれ、あるいは自己処罰であれ）に任せられるべき問題と、私は考えている。


　周知のように日本は、いまなお死刑制度を残している数少ない国であり、限定的な用法をあえて用いるなら「先進資本主義国」――すなわち大航海時代以来、産業革命以来の植民地主義・帝国主義に依拠して〝繁栄〟を謳歌してきた系列の時間的に最後尾に連なる一連の国家群――のなかでは、いまなお死刑を存置している唯一の国である（アメリカにおける死刑制度は、個別存置州のシステムであって、連邦政府としては死刑は存在していない）。

　日本が、人権に関してこのように鈍感、抑圧的であることは、私見ではその国家システムと精神風土のいずれにおいても、「天皇制」という、この現実世界に人間以上の価値を置く、人を人とも思わぬ、眼前の人間の生命を〝鴻毛《こうもう》〟（軍人勅諭）よりも軽いものとする……そうした非人権的なシステムと直接、極めて濃密に関わり合っている。このことは、一九四五年以前の絶対天皇制と、以後の「象徴天皇制」とを通じ、実は一貫して変わるところがなかった。

　現在の日本の国家主権が、事実上、象徴天皇に制約されているならば、死刑制度を座視する思考停止もまた天皇制に担保されている。人間が人間として生きるために――とりわけ日本人が真に人間として生きるためには、天皇制の廃滅と死刑制度の廃絶を行なう以外にない。たとえ、それがどんなに困難に満ちた長大な道程とみえようと、日本人として生まれ生きざるを得ない者は、そうするしかないのだ。

大道寺将司氏、益永利明氏の死刑を執行させてはならない。他のすべての政治犯、一般刑事犯、そして冤罪被害者の死刑がそうであるように。

〔二〇〇〇年五月脱稿〕

「世界」を縦に切ることと横に切ること
――『怒りていう、逃亡には非ず』

本作は、一人の人間の生涯を、その重大な転機の持った意味において捉えようと試みたノンフィクション小説である。と同時に、作者である松下竜一氏にとっては、氏がこれまで必ずしも奏功することの多いとは言えなかった――と、私には感ぜられる――狭義の「政治」的主題をめぐって、いくつかの事情から従来とは異なった作家的方法が選ばれた結果、一つの貴重な「記録文学」の地平が開かれた作業であったかもしれないという気もする。

一九八八年一月二十九日の家宅捜索の対象になった者達は、いわば市民運動として公然と獄中の大道寺将司らを支援し、あるいは死刑制度廃止運動をしているという点で共通している。警視庁がいうようにアデフという地下組織にかかわれるはずもない公然たる活動家であり、警視庁公安部がブラックリストにすでに登載済みの者達に接近して来るような危険を、地下組織が冒すはずもないのだ。そのことを一番よく知っているのも警視庁自身であり、丸岡・泉水関係で全国を席捲した強制捜査でアデフ解明の端緒がつかめるなどとはつゆほども信じていなかったと思われる。

（本書・第一章2）

同日朝八時、突然に作者を襲った理不尽な家宅捜索に始まる、緊迫感に満ちたこの出だしは、ある意味でそっくり、本書が収斂・結実してゆく行方をも暗示している叙述である。

松下竜一氏は、さらに本書「あとがき」で「この作品を書く契機を与えていただいた警視庁に対し、皮肉ではなく、感謝を表したい。（略）おかげで一人の同年輩者の数奇な運命を辿り返すという、得難い機会を与えられることになった」とも述べるが、これもまた否応なしに自らの「時代」と向き合わざるを得ない表現者としての率直な思いの吐露であったろう。それがしかも〝警視庁に対する感謝〟として述べられるという論理が、フレイムアップへの連座を「作品を書く契機を与え」られたと規定することのできる高名なノンフィクション小説家ではない――自らの表現手段も発言の回路も奪われた、より弱い立場の被害者においては、おそらく成立しようのないものである点は、少なからず気に懸かりもするにせよ。

意図は別にあって、おそらく警視庁は丸岡修・泉水博の名を最大限に利用して、この際、東アジア反日武装戦線の獄中者を支援する市民運動や死刑制度廃止の市民運動（同時に、この両者は反天皇制でも共通している）の全容をXデーを目前にして把握しようとしたと見るべきであろう。反天皇で括れる市民運動の人脈図を全国的に洗い出そうというのが真の意図であったと見て間違いない。

更に副次的な意図としては、あたかも私などが日本赤軍と深い関係を持つかの如く印象づけることで、広範な市民運動（例えば主婦層の参加が多い反原発運動など）から分断孤立させようという狙いも重ねられている。

（第一章2）

的確な分析だと思う。私も当時、一連の報道に接し、まさしくそうした印象を受けた。

ところで、この家宅捜索が、形の上ではその前年、一九八七年十一月二十一日深夜の丸岡修氏の逮捕に基づいていることが、本書では引き続いて述べられる。

逮捕した男が日本赤軍ナンバー2の丸岡修と判明して、この大物幹部の帰国目的は何だったのかと警視庁は色めきたった。丸岡は逮捕されたときボストンバッグに日本円と米ドル、フィリピン紙幣と香港ドルなど合計五〇〇万円を持ち、更に沖縄への航空便と大阪発ソウル行き日航機を予約していたことから、日本赤軍としてのなんらかの行動を国の内外で計画していたのではないかと疑われたが、その標的として推定されたのが連続企業爆破事件で死刑が確定し獄中にいる大道寺将司らの奪還である。更には翌年のソウル五輪阻止に照準を定めての下準備かとも疑われた。（第一章1）

本書によれば、松下氏の『狼煙を見よ――東アジア反日武装戦線〝狼〟部隊』は、同じ東アジア反日武装戦線「さそり」に属し、獄中にある黒川芳正氏から、その「小市民的理解」を「手厳しく批判」されたと言う。私は黒川氏のその批判の意味をそれなりに推測し得るし、私自身の『狼煙を見よ』への不満や疑問は、エッセイ「天皇・死刑・人権」で詳述した。

だが本作において採られた方法は、『狼煙を見よ』とは明らかに異なっている。前著の制作期間中から発表後に及ぶ期間の作者自身の内省と、そして一九八八年一月二十九日早朝の家宅捜索のいわば被害当事者となったという空前の歴史的経験が、松下竜一氏に狭義の「政治」の領域へのアプローチを、いわば氏において納得可能な形で試みようとする地平を開いたことが想像される。

ここで松下氏が選択したのは、家宅捜索令状にその名を見いだした際、いったんは「なんですか、これは。泉水博なんて、まったく知りませんよ私は」と、警察権力の牽強附会《けんきょうふかい》の「馬鹿馬鹿しさに、思わず薄笑いを浮かべてしまった」（第一章1）――当の「二人の同年輩者の数奇な運命」について、改めて書くことにほかならなかった。

思いがけぬ経緯から東アジア反日武装戦線のメンバーたちと生の軌道を近寄らせ、レバノンからアジア、ヨーロッパにかけて国際的に活動することになる泉水博氏の「伝記」を書くにあたっても、当然のことながら、松下竜一氏は自らの作家的方法に忠実であろうとする。通常、それがたとえば他の「日本赤軍コマンド」の評伝なりドキュメンタリーなりであろうとするなら、当然のごとくまたしてもここで松下竜一氏のノンフィクション小説の方法と書かれる実在の対象とのあいだには取り繕い難い乖離《かいり》が生じ、私は微妙な、ないしは歴然たる不満を禁じえなかったかもしれない。ところが、本書においてはそうした破綻や違和感が最小限に留まっている。理由は、やはりそれが泉水博氏の評伝であるからかもしれないという推測に、私は行き着く。

急いで確認しておくなら、これはノンフィクション小説家としての松下竜一氏の、声楽家で言うならば「音域」や「声質」に最も近しく似つかわしい存在として泉水博氏(の、ある局面)が見えていたらしいという問題であり、松下氏自身がそこに踏み込むことに対する不安や困惑を自らしばしば述べてきた(たとえば『狼煙を見よ』において)狭義の「政治」の領域への言及を、可能なかぎり最小限に留めるか——またどうしてもそれを行なわなければならない場合には、作中に登場する第三者の談話や文章を媒介として行なうという方法が選択されていることとも密接な関係があるだろう。

松下氏にとって泉水博氏は、「日本赤軍コマンド」であるにもかかわらず、狭義の「政治」の領域への踏み込みを最小限に留める形で作品化することが可能な対象と考えられたのであり、またしかも泉水博氏のそうした面や、さらには自らへの不当な家宅捜索といった経験は、むしろより普遍的な別の「政治」性へと通ずる回路をも、あるいは成立させうるものとして位置づけられていたかもしれない。すなわち本書の執筆は、松下竜一氏自身の内部における(黒川芳正氏の言を援用するなら)「小市民」性を維持したまま、しかも現在の日本の制度的な職業文筆家としては異例の弾圧を受けたという事実に、一種〝論理的決着〟をつける行為として選ばれたことが容易に推測される。

そして、細部のさまざまに異質な点をあえて捨象していうなら、松下氏の熱心な読者はすでに御存知の先行する和田久太郎の評伝のそれと、本書における作者の息遣いは微妙に似通うものがある。私自身の認識では、大逆事件という巨大な分水嶺の後、すでに商業ジャーナリズムによって腐蝕し、擬似的な日本近代市民社会に溶解しつつあった大杉栄周辺の多士済済の〝大正期アナキスト〟群像のなかで、松下竜一氏が描こうとしたのがほかでもない和田久太郎であったように、「日本赤軍」をめぐって氏が書きたいと考える人物がいたとすれば、それはやはり泉水博氏であったにちがいない。本書は、いわば松下竜一氏にとって二冊目の――現代の『久さん伝』なのだ。

ただ、その「日本赤軍コマンド」のたたずまいは、往時の豪放磊落な無頼のアナキストのそれより、いっそう戦後日本の偽装された〝一億総中流〟社会とやらの矛盾を色濃く滲ませている。幻の高度経済成長の裏側で遺棄されていった人びとの存在が、松下氏と同い年のこの人物の半生に落としている影は、おそらく本書の内包する最も重要な真実である。

〈私は母の手一つで育てられました。
母は日雇いをしたり、海で貝を拾ってはそれをむき身にして売ったり、冬の夜には拾い海苔といって、生産した人が捨てたごみの中から拾ってきた海苔を売るため、ごみを落として働いておりました〉
（前掲供述調書）

〈家が経済的に貧しかったため、私は小学校三年生の時から、母がむき身にした貝を近所の家に売りに回って母を助け、小学校五年生の時には　納豆売りや新聞配達をしました。六年生になってからは八百屋で働き、リヤカーを引いては住宅街を売り歩きました〉

（前掲供述調書）

（第二章1／引用者註「前掲供述調書」とは一九八八年六月十五日の警視庁本部における取り調べの際の供述書のこと）

――泉水博氏自身によって回想される幼少年期の記憶の一種痛いたしい輝きに満ちた描写については、本書「第五章　1」に松下竜一氏による詳細な引用が示される。「回想すること」「書くこと」の至福に噎《むせ》ぶような、泉水氏のその精緻で重厚な描写には、私は目を瞠《みは》る思いがした。

だが、この物語において「母」は、いわば泉水博氏自身の回想としてのみ語られつづけるだろう。そして作者・松下竜一氏にも容易に容喙《ようかい》しがたい、泉水氏におけるこの堅く封印された「母」の記憶のかけがえのなさは、結果としてこれまでしばしば松下竜一氏に抜き難くあった、さまざまに変奏された〝母物〟への傾斜ともいうべき嗜好を斥け、むしろ現代日本社会の既存の秩序（「家族」「家庭」を中心とした）から逸脱せざるを得なかった泉水氏と兄・和夫氏の、ある極限的な兄弟愛（和夫氏が博氏を終始、「弟」ではなく「舎弟」と呼んでいることは、私にとっては象徴的である）を描くことによって、結果的に旧来の「家族」をはじめとする血縁共同体以上の同志的連帯を素描し得ているのではないかという気もする。

……警視庁は博の兄和夫をアパートに訪ねて来て、「特別に弟と面会させるから、転向するように説得してほしい」と暗に提案する。和夫はこれをきっぱり拒んだので、彼が博を間近に見ることになるのは、九月五日に東京地裁で開かれた泉水博の勾留理由開示公判においてである。（第一章4）

こうした兄・泉水和夫氏の存在は、この作品を貫く重要な副旋律となるだろう。

国への怨みを弟になりかわって吐き出すような兄の意見陳述であった。両隣りの刑務官に囲まれて座る博は一度も振り向かなかったが、彼が涙をぬぐう所作を和夫は確かに見た。公判が終って手錠を掛けられ連れ出されるとき、初めて博がチラッと和夫の方を見た。「身体に気をつけてがんばれよ」と兄が声を掛けると、弟は黙ってうなずいた。（同前）

私も、この作品に関する限りは、松下竜一氏の採った方法を支持する。その理由については、以下の拙文の全体からお汲み取りいただきたいが、一点だけ触れておくと、それはこの二十世紀末葉以降の世界にあって、紛い物でない「民衆連帯」「国際連帯」が――そしてあえて言うなら「世界革命」がいかにして可能かという問題と、おそらく関わっている。

〈……ベトナム革命戦争の挫折とわれわれとの関係においても又然りである。日帝本国中枢に於けるベトナム革命戦争の展開ではなくて、「ベトナムに平和を」と叫んでしまう。米帝の反革命基地を黙認し、日帝のベトナム特需でわれわれも腹を肥やしたのである。支援だとか連帯だとか叫ぶばかりで、日帝本国中枢に於ける闘いを徹底的にさぼったのである。ベトナム革命戦争の挫折によって、批判されるべきは先ずわれわれ自身である〉（松下竜一『狼煙を見よ』第三章「狼の誕生」4）

むろん最初に東アジア反日武装戦線がこの「ベトナムに平和を」のスローガンの欺瞞性を問題としていたわけではない。彼らに先行する少なからぬ人びとが、当時、日本の戦後大衆社会で最も人口に膾炙《かいしゃ》しやすかった欺瞞的な平和主義を批判してはいたのだ。

にもかかわらずヴェトナムの民衆が、ただわけもなくあれほど悲惨な対米戦争を続けていたはずはない――という、そのことの意味すら理解し得なかったほどに、当時の日本の〝「戦後」民主主義〟

大衆は、人間として最低限度の礼節と想像力を欠いていた。

しばしば「ヴェトナム戦争はアメリカの敗北に終わった」との認識が示される。だが――では、ほんとうにヴェトナムは勝ったのか。

言うまでもなく、米軍兵士五万の死者に対し、ヴェトナムの死者三百万という凄惨な事実がある。むろん生命は数量的に計量すべきではない。しかし「あの強大な超大国アメリカを撤退させたのだから」「挫折感を与えたのだから」というだけが「勝利」の論拠だとしては、それはあまりにも薄弱である。それ以上に、私がいまなおヴェトナムの勝利を肯定できないのは「現在」の状況があるからだ。

一九八九年の「ベルリンの壁」崩壊、その後のソ連邦の消滅以降、史上空前の大反動が世界を席捲している。私は現ヴェトナム政権の政策を部分的にはなお評価しているが、しかしあれほど闘い抜いた敵国・アメリカの資本主義的価値は、洪水のように流入しているではないか。アメリカ(と、そしてその〝同盟国〟たる日本)は、あれだけの軍事力をもってしても突破できなかったヴェトナムの防衛線を、二輪車やラジカセ、ハンバーガーやコカ・コーラであっけなく突破したのである。

若者たちが「アメリカに留学するのが夢」だと真顔で語るような国家を作るために、ヴェトナムの民衆は命を落としてきたのか。私がヴェトナムの「敗北」とは言わないまでも、ついに「勝利」を確言できないのは、何よりそうした現在に由来している。

本二〇〇〇年四月、ハバナで途上国グループ(G77)による首脳会議が開かれ、アジアや中東、ラテンアメリカ等から多くの代表が参加した。アメリカ資本主義の覇権のもと、強引に押し進められる経済のグローバル化や情報技術(IT)革命が、持つ者と持たざる者との差をさらに広げ続けているとするキューバのカストロ国家評議会議長らの問題提起は、その時期も内容も、まさしく「サミット」=「G8」的な権力に対する痛烈な批判と言えよう。並行して進む「ジュビリー2000」の

〝開発途上国〟の〝先進国〟に対する債務帳消しの訴えを、私は大航海時代以来五世紀に及ぶ世界の富の偏倚《へんい》と収奪の歴史に対し、可能なかぎりの決着をつける問題として捉えている。

今般の欺瞞に満ちた「九州・沖縄サミット」の最重要議題の一つは「世界の安定」であるという。ふざけた話だ。「世界が安定する」とは、そもそもどういうことか。サミット参加国にとってなら、それは現状における差別と抑圧とをそのまま固定化し、自らの既得権と今後の利権とを併せて確保し続けようとする「持つ者」の支配の恒久化にほかなるまい。

そうした現実状況を一方に措定するとき、二十世紀末葉から二十一世紀前葉にかけ、とりわけフランス大革命から九二百年を経て、そのさまざまに致命的な問題点をも含め、なお今世紀の思想的可能性であり得た現存社会主義体制の大規模な崩壊の始まった一九八九年以後——私自身が「新しい中世」と規定する現在の世界状況にあって、〝ゲリラ戦〟的な方法がほんとうの意味での「世界革命」を実現する道筋だとは必ずしも考えない。私は「暴力」の有効性を最終的には認めないし、その使用範囲は、つねに高い倫理性と最も根源的な意味での「知性」の裏付けをもって必要最小限以下に留められなければならないと位置づけるものである。私は、できることなら彼我に一人の犠牲者も出さない「世界革命」を理想とする。理念は、いくら高く設定してもしすぎるということはない。そしてこれは単に抽象的な理念にのみ留まらない、同時に眼前の私たち自身の人命の問題でもあるのだ。

このあり得べき「国際連帯」の障壁となるものは、それでは個別に現存するさまざまな「国家」権力だろうか。

むろん、それらは当然、少なからぬ障壁ではあるだろう。だが私見では、「国際連帯」の内実を最も手ひどい形で腐蝕し、その根本の意義を損なおうとするものは、必ずしも既存の国家システムばかりではない。よりいっそう隠微で悪質な形でそれらを衰弱させ、頽廃させるのは、既存のさまざまに個別な社会集団をあたかも〝代表〟するかのような身振り・面持ち・口吻のもと、しかし実際には彼ら自身の既得の特権性を維持し続ける——ただそのことのみが全目的と化した、前衛党の官僚や労働組合専従幹部、〝革新政党〟所属の議員や市民運動団体の「ボス」たち、そしてそれらと双方向的な共依存関係にある擬似文化人らにほかならない。

「世界」をいかに切るべきか——「世界」という分厚いパンケーキにどんな方向からナイフを入れるべきかを、私は考える。そのとき私の内部に浮かぶのは、「世界」を「縦に切る」ことと「横に切る」こととという概念だ。

これまで「世界」はつねに上下に・垂直方向に・縦に分断されてきた。だが真に必要なのは「世界」をあくまで左右に・水平方向に・横に分割することではないか。私の言う、「世界」へのこのナイフの入れ方は、言葉の原則的な意味での「階級」というものの地層の分かれ目にある程度、則《のっと》っていると理解されてもさほど誤まりではない。

しかも、その「国際連帯」が、あらかじめいっさいの最初において分断されている。真に出会うべき「民衆」相互を、その出会いだけは永久にさせまいと無限に先延ばしさせようとする、そのことに自らの最も切実な「政治的」利害を持つ職業的運動屋やその茶坊主たちによって。そして現状では、個個人の経済力（とりわけ「時間」の融通性）や学習の蓄積（とりわけ「語学力」）、さらにそれ以前の〝持って生まれた〟さまざまな特権性の隔たりにより、ことさら日本ではこの傾向が著しい。

旧来の帰属集団や制度的なシステムの固陋な構造性の根本にはいっこうに手を着けようとはしないまま（なぜなら、それらの矛盾こそが自らの存在理由・商品価値を発生させる〝飯の種〟にほかならないことを、彼ら自身が知悉《ちしつ》しているから）、それら望ましからざる分断、絶対に認められてはならない既成の文化の権威性の上に胡座《あぐら》をかき、本来、出会うべき民衆相互を分断する、彼ら〝語学屋〟や〝呼び屋〟〝思想キーワード輸入ブローカー〟的な運動代理店は、百歩譲っても一般民衆そのものを代理することが事実上、困難な人びとである場合が多い。〝市民運動〟や〝民衆運動〟〝革命運動〟であったはずのもののなかにすら、新たな「階級」が発生する。特権的な専門家や独裁者が形成され、自らが否定すると称していたはずのものと相同性を帯びた構造が形成される。

何より日本の場合、事態は甚だ深刻だ。アジア民衆との連帯と称するものすら、大学教員や企業ジャーナリスト、弁護士、専業通訳、一部学生など、双方の「接点」となると称する一部特権層に横領され、真に出会うべき民衆同士は、ついにあいまみえることがない。

これに対し、現在の融和主義に隠蔽されている欺瞞的な構造を明らかにする作業は、「世界」をほんとうの意味で横に切ること――本来、経済的な諸条件その他で物理的にも意識的にも相互に分断され続けている民衆相互の「出会い」によって初めて実現するだろう。

そんなことは可能なのか？

少なくとも……と、私は考える。少なくとも、代理人を立ててはならない。誰か、既存の権威や専門家に自らを委任してしまってはならない。そして頼まれもしないのに自らを代理しようとする者、姿を現わしたときからすでに〝民衆の特命全権大使〟の張りぼての仮面をかぶっている者に、容赦ない石礫《つぶて》を浴びせること。それが、この「世界」を横に切ってゆこうとする作業の上で不可欠の手続きであることだけは間違いないだろう。

つけ加えるなら、前述の問題は、ひとり政治や「革命」の次元にとどまらない。たとえば表現――まさしく括弧つきの「文学」「藝術」にあっても。あれら「運動」の腐敗や衰弱は、実は「文学」や「思想」の腐敗や衰弱と、完全に同質の根拠に由来する。

自らが帰属する、と標榜する（ないしはレッテルを貼られる）被抑圧集団の集団性が、そのまま「表現」においては思想的特権性とも商品的利用価値にもすり替えられてしまう――そんな、いとも安易な〝コペルニクス的転回〟を遂げ、そのエキゾチズムやエスニック性に〝付加価値〟が発生する光景は、とりわけ近年、さまざまな「外界」（沖縄や在日、韓国、あるいはさらにさらに〝遠く〟――）や「異物」（と、露骨な商業主義が作り笑いを浮かべながら暗黙のうちに規定する、たとえば「障碍者」――と称される、個別の個人）の導入において、ひときわ顕著である。それら差別の問題をも、実は表現・藝術そのものの力をもいっそう腐蝕し貶めてゆく操作という意味でなら、いまこの瞬間、日本の「文化」の状況は、あまりにそうしたぶざまで滑稽な光景に溢れている。

それはそれとして、では――すでに誰の目にも分かりやすい形で「行動」の〝一線を踏み越えた〟者は、自らをどのように位置づけようとしているのか。


「次からって、いつからだ」

「二〇年後でも、三〇年後でもだよ」

「もうじいさんじゃねえか。俺はもう引退しているよ」

「私は引退しないよ」

「お前、生きてる内に革命がおこってほしいんだろ、ムリだよ」

「そんな事、あんたにわかるかよ。また、革命の時まで俺が生きていたいとも思ってないよ。革命は俺のためにあるんじゃないのだから」

「わからねえ。生きている内に楽しみたくないのか」

「それがあんたらと我々の違いだよ。これ以上あんたに言ってもムダだからやめるよ」

（丸岡修「獄中報告」／本書・第三章3）


強いて言うなら、ここでの丸岡修氏や、また「連続企業爆破」事件における東アジア反日武装戦線の人びとの自らの位置づけが、単に「革命家」や、あるいは「人間」というそれにとどまらない――

「兵士」という概念に踏み入ったものである点が、私には、自分自身の世界観・価値意識とは異なるらしいとの推測は持つ。

前回の拙稿「天皇・死刑・人権」で触れた深沢七郎『風流夢譚』の発表された『中央公論』一九六〇年十二月号は、ほかにもさまざまに興味深い論考の並ぶ、往時の「論壇ジャーナリズム」のある種の〝活況〟を窺わせる一冊である。

そこに寄稿されていた一篇、埴谷雄高『暗殺の美学』は「レーニンの兄、アレキサンドル」の言葉として「私達インテリゲンチャは組織されていず、また、肉体的にも弱いので、現在のところ公然たる闘争に従事する立場にない。……このかよわいインテリゲンチャ、大衆の利益にまだ専念していないインテリゲンチャは、その思考する権利をただテロリズムの手段によって擁護するより仕方がないのである」を掲げ、それを受けて「革命家はすでに死刑を宣告された者である。彼は個人的な興味も個人的な感情ももたない。彼自身の名さえもたない。彼はただ一つの観念をもっている。革命がそれである」という、バクーニンとセルゲイ・ネチャーエフによるパンフレット『革命家の教義問答』を引く。

埴谷雄高自身のこの問題についての最終的な見解は、当該のエッセイにおける限り明瞭には示されきっていない。だがそれはそれとして、少なくともここでのネチャーエフの「死刑を宣告された者」をめぐる見解は、ただちにたとえば次のような「場面」を想起させるだろう。

麻布署での取調べに完全黙秘を続けた将司は夜になって留置場に入れられたあと再び連れ出され、浴場で裸にされてまたしても身体捜検が繰り返された。その身体捜検のものものしさから、彼等の探しているのが青酸カリ入りカプセルであることを将司は察した。ということは、同志の誰かがカプセルを呑んで自決したのに違いなかった。

（松下竜一『狼煙を見よ』第一章「死の機会を逸して」1）

これが、すなわち「革命は俺のためにあるんじゃない」という規定に通ずる問題なのであるかどうか。ただ私は、あらかじめ「死刑を宣告された者」としてしか参加し得ないようなそれではない「革命」という理念を、まだ棄て去ることができないのだが（そしてそれは、だが戦いの全過程を通じ自らの身命だけは最後まで守り通したいとする態度とも、必ずしも同一ではない）。

たとえば「被抑圧者」のなかの一人の幼い子どもの瞳を直視しえないような領域に「革命」が迷い込んでしまうとき、それはすでに革命ではなく「軍事」の論理に陥っているのではないか。自らを「すでに死刑を宣告された」「兵士である」と言い切ってしまうとき、人が失うのは、単に自己自身の未来や生命だけではなく——より普遍的な意味での市民社会との接点、「人間」の一員としての全体性だったのではないか。

むろん、それでも人が「兵士」であらざるを得ないような局面もまた、現実にはたしかに存在するだろう。だがそれには、自らを「兵士である」と規定することが、なお「社会」とも「人間一般」そのものとも引き裂かれずに済むような状況の裏打ちを伴っていることが不可欠なのであり、そうした倫理的な基底物を、少なくとも現在の日本社会は有していないという印象を私は覚える。

そうだとして、そもそも今、人が戦うべき場所は、おのおの、どう位置づけられているか。

日本赤軍が指名した九人のうち、出国を拒否したのは沖縄刑務所の知念功、京都拘置所の大村寿雄、東京拘置所の植垣康博の三名で、残り六名は出国に同意した。（略）

公表された知念の拒否理由は「沖縄解放のために戦っている自分を（沖縄から）離そうとしているのは、沖縄軽視である」というもので、（略）

（本書・第二章4）

この前後の知念功氏の思想と行動とについては、氏自身の著作から必要最小限の引用をしておこう。

> 天皇アキヒトは皇太子時代の一九七五年七月、戦犯天皇ヒロヒトの名代として沖縄の地に足を踏み入れた事がある。その当時私と「本土」青年Kは「ひめゆりの壕」において一週間にわたる沖縄戦の追体験を通して、皇太子アキヒト、皇太子妃ミチコらに沖縄戦の告発・糾弾・弾劾へ向け「ひめゆりの学徒」らへの空涙の礼拝中に一発の火炎ビンを叩きつけた事がある。
>
> （知念功『ひめゆりの怨念火《いにんび》』「はじめに」一九九五年、インパクト出版会）

「沖縄戦の追体験」という明瞭な意識をもって行なわれたとされる、この一週間余に及ぶ「ひめゆり壕」における潜伏を、一九七七年六月二十八日付の検察による「控訴趣意書」は、たとえば「神聖な壕内において十数日も起居生活し（その間、同所内で食事をし、酒を飲み排尿・排便したと推認される）、ひめゆり学徒の霊を冒瀆するなど、目的のためには手段を選ばないという暴挙に出たものであって、全く情状酌量する余地はない」と浅はかにも貶《おとし》める。知念功氏らに対するそれとまさしく両極端ともいうべき「ひめゆり学徒」に対するこうした空ぞらしい〝神格化〟（日本国検察が「ひめゆり学徒の霊を冒瀆」などと！）は、彼女らが合祀《ごうし》されている靖國神社の論理と同様、あたかもそれに「敬意」（？）を払うかに装いつつ、実はそこから犠牲者が生身の人間であった事実を剝奪し、理不尽で危険極まりない歴史の改竄と扮飾を施す行為にほかならない。

この様な状況下において沖縄では様々な動きがある。沖縄県政は沖縄人の血で染まって土と化した摩文仁が丘に「平和の礎」を建設した。「平和の礎《いしじ》」とは、沖縄戦で亡くなった沖縄住民、強制連行されてきた朝鮮人・中国人、そして日本兵、アメリカ兵など二十万人余の戦没者を加害者、被害者の区別なくいっしょくたにして形だけの石碑を建てようという計画で、沖縄戦が終結されたとされている六月二三日に建立された。

（同前）

ちなみに、ここで語られている「沖縄県政」は、現在の稲嶺某によるそれなどではない。あの大田昌秀知事の「革新県政」である。

私自身、これまで二度、この「平和の礎」に赴き、そしてそのたび——たとえば「この作品をヴェトナム戦争のすべての死者に捧げる」といった戯《たわ》けた〝献辞〟つきで始まる類いのハリウッド製ヴェトナム戦争映画を見せられたときのような苛立たしい気分に襲われるのを如何ともしがたかった。その意味で、大田県政もまた〝「戦後」民主主義〟の欺瞞の上に成立していた擬似的な融和主義にすぎないとすれば、知念功氏は、その根底を明らかに見据えていたということができる。

皇太子沖縄上陸を目前に控え、皇太子アキヒト・皇太子妃ミチコをひめゆりの壕で待ち受けることを最終的に決定したのは七月一〇日の夕方であった。準備や連絡の都合で当初の予定よりは四、五日間の延長であったが、警察の警備体制との関係でこれ以上は延ばすことはできなかった。ひめゆりの壕に入り込むのは一一日午前深夜の予定とした。（略）

「ひめゆり部隊」に関する沖縄戦体験などの書物を再度読みあさり、更には鍾乳洞についての資料も図書館などで調べ、ひめゆりの壕に関する資料収集も行なった。直接壕に入り込み、寝泊まりできそうな場所、荷物や梯子を隠す場所をはじめ、ハブやコウモリなどの生物の有無、壕の深さや壕内の通路など内部構造を詳細に調査した。（略）

……警察は完全武装した秘密の狙撃部隊も配置する予定という情報が入っていたので防弾チョッキなどの入手も検討してみた。しかし、我々の完璧な戦犯天皇糾弾・沖縄戦告発のたたかいには狙撃部隊も簡単には手が出せないであろうと判断し、不安ではあったが行動しやすい軽装で臨むことにした。自動発火装置のついた火炎ビン一本と爆竹などを皇太子らに叩きつけるものとして用意していた。しかし我々は皇太子等を殺傷するなどのテロ行為を目的化しているのではなかった。

（同前「潜入前夜――一九七五年七月一〇日」）

この点は、現在であったとしたらどうだったろうか。すでにその本性を露にした警察国家は、容易に狙撃部隊を配備し、有無を言わさずその暴力を行使したかもしれない――。そんな一抹の危惧を覚えないでもない。だが私は、当時にあってもそうした不安を抱えながら、しかも知念功氏らが最終的には「我々の完璧な戦犯天皇糾弾・沖縄戦告発のたたかいには狙撃部隊も簡単には手が出せないであろうと判断し」防弾チョッキの用意を見合わせたという、その一点――自らの道義性の高さへの確信に、ほとんど衝撃にちかい感銘を覚える。

火炎壜とともに用意された爆竹。沖縄語《ウチナーグチ》では「パーシンゴー」と呼ばれるそれは、この「蹶起」に先行する四年前、一九七一年十月の衆議院「沖縄返還協定」国会で、時の首相・佐藤栄作が演説中、沖縄問題に言及した瞬間、傍聴席で炸裂させた、いわば沖縄の「烽火」でもあった。沖縄青年同盟行動隊の人びとが「全ての在日沖縄人は団結して決起せよ！」と題したビラを議場に撒《ま》きながら。

事前対策を立てていたのは警察権力だけではなかった。国家権力の一機構である沖縄刑務所でも対策は練られていた。二〇〇人から三〇〇人の大量逮捕に備え、那覇市楚辺にある刑務所では受刑者の一部を九州各地の刑務所へ移し未決収容者の受け入れ準備を完了していたのである。

そして警察官のうち何名かは出向で刑務官として刑務所へ送られていた。

（同前「準備完了——七月一一日午前〇時」）

那覇を出発後、南風原《はえばる》村に入り、大里村運玉森《うんたまむい》を背後に、東風平《こちんだ》村、やがて糸満市へと、知念功氏らが南下してゆくコースは、そのまま沖縄戦末期、米軍に追われ、日本軍に楯とされ、また虐殺された、沖縄民衆の絶望的な退路そのものでもあった。彼らが「蹶起」のため「ひめゆり壕」へと向かう深夜のこの部分の緊迫感に満ちた歴史的誠実は、読む者を圧倒する。

少なくともこの闘いには、昨今の「沖縄」問題をめぐる、「批判」や「反対」の言論それ自体が同時に現下のシステムを補完しているかのような——制度に公認されたアリバイ作りと自己欺瞞はない。ここには、眼前に進行しつつある現実を絶対に受け容れ難い、明確な憤りと苛立ちがある。

そして、ついに「そのとき」が訪れる。

地上にかけ上がるまでに待機する時間は壕生活の中でも最も長い時間であった。ミーン・ミーンと壕内に伝わってくる蟬の泣き声は緊張した壕内の我々を解きほぐしてくれた。

一時五分過ぎ頃であろうか、皇太子らがついに「ひめゆりの塔」に到着した。（略）

梯子を掛ける準備をしているとヘリコプターが一機頭上を通過した。（略）

ヘリコプターが完全に頭上を通過するのを見届けてから梯子をかけ、ただちに駆け上がる。一段一段と力強く駆け上がる。

その度に梯子が大きく揺れ動くがバランスをとっている余裕はない。イヤホーンで実況中継の放送を継続して聞いていたがアナウンサーは白銀病院前での糾弾の闘いを繰り返し述べている。

梯子を一段一段上がっていくたびに「ガラッ・ガラッ」と壕からのこだまが返ってくる。地上への接近に比例して太陽の陽射しは強力になり汗が体中から「ドッ」と吹き出る。見下ろすとKも梯子を掛け登ってくる。梯子の揺れが一段と激しくなる。
梯子に登ってから七・八秒後に地上に着いた。腰を屈めて辺りの様子を見る。左側では「カ
シャッ・カシャッ」と音がする。マスコミ関係者らが皇太子らを撮影するために柵の外側に並んで
カメラのシャッターをひっきりなしに押していたのであった。
我々を激励するかのように蟬の泣き声は強烈な陽射しとともに体中に伝わってくる。
皇太子らを捜すために立ち上がると二、三名の者らが我々の登場に気づいたらしく口を大きく開
けて何やら叫んでいる。
もう遅い、もう遅いのだ。我々の戦犯天皇糾弾の闘いを阻止することはもう不可能だ。右側の献
花台付近は黒山の人だまりである。

（同前「糾弾闘争の勝利了――七月一七日」）

この知念功氏が、では「ダッカ事件」の渦中ではどのような状況に置かれていたか。やや長くなるが、本書の中心主題との関連でも重要な部分なので、併せて引く。

九月二八日いつものように起床し洗面を終え食事を終えた。その後新聞が配達されてくるが、第一面からスミで消されていたので、窓の外へ持って太陽の光線で黒く塗りつぶされた記事を見ようとするがぜんぜん見えない。その時は暴力団抗争の記事があるのかと思っていた。
午後の食事前、巡回の刑務官が声をかけて来た。披いわく、「日本赤軍が釈放を要求したら行くのか」と言ったので、「あんたと一諸にだったら旅行のつもりで行ってもいいよ」というと、顔は青ざめてすぐに去って行った。その時には日本赤軍の動きについては全く知らなかった。（略）
同日午後一二時前私は突然刑務官に起こされた。私とよく話をする久米島出身の刑務官であっ

た。そういえば昼間、日本赤軍の話をした事がある。日本赤軍の考え方と私たち沖縄解放同盟の考え方には違いがあるといろいろと話をした刑務官である。この刑務官は家は妻が雑貨店をしていると言い、釈放後は訪ねて来いと言っていた。しかし隣の刑務官会議室までに行く間は何の事で起こしたのか、理由も知らせなかった。

獄外で何かあったのだろうか、といろいろと想像してみたが思いあたるふしがない。あれこれ考えているうちに会議室に着いた。

刑務官がドアを開けると左右に分かれた席には二〇数人位の見なれた顔の人たちが座っている。左手には上間弁護士をはじめ「支持する会」メンバーの数人がいる。戦旗派の仲山、烽火派の牧瀬、沖解同(準)の仲島など「公判対策委員会」の者たちである。右手には長谷川永沖縄刑務所長をはじめとする刑務官幹部十数名である。刑務官の制服を着用している者もいれば私服の者もいる。たぶん警察官も居たかもしれない。

大きな机の上には二~三台の小型のテープレコーダーが置かれている。マスコミ関係者らの物ではないようだ。その時点でも何があったのか理由は全く知らなかった。

私が端の席に座った後上間弁護士が、一言長谷川刑務所長に何かを述べた後、私に対して「日本赤軍がハイジャックをし、知念君の釈放を要求している」と言った。その時は一瞬頭の片隅にあった昨日の新聞の朝刊がスミで塗りつぶされているのがよみがえってきた。(略)

話し合いは全て録音され、内閣、マスコミ等に公表されるであろう。これで、私の考え方も日本赤軍に伝わると考えた。私は「日本赤軍とは組織的な関係は一切ない」「政治的・思想的な一致点は何もない」「沖縄解放の闘いは沖縄を拠点にするものであり、沖縄――「本土」の沖縄人の連帯によって実現するものである」等々と述べ、約一時間あまりにわたる話し合いは終了した。(略)

何日かしてから東アジア反日武装戦線の大道寺将司君から「出国拒否」は反革命的行為であると

の葉書が届いたが、私は沖縄の地で沖縄解放闘争を闘うと返事を出した。
（同前「怨念火は消えず／日本赤軍から私に対する釈放要求ハイジャック闘争――七七年九月二八日」）

こうして見るとき、「闘いはどこにでもある」という紛れもない事実と「人はどこにいても闘える」という態度表明とのあいだには、実は一つの懸隔が横たわっているのではないかという感慨を禁じ得ない。そして人の抵抗が真実であるのは、いかに迂遠であろうとも自らが存在する、その歴史的現場との関係においてでしかないのではないかという気もする。

泉水博氏の例を別にすれば、私にはこの「ダッカ事件」の際、レバノンから発せられた出国要請を拒否した人びとの論理が、興味深い。そしてまたこの文脈でいうなら、むしろ泉水博氏の一連の事件をめぐっては、七七年に福田赳夫内閣がとった「超法規的措置」に対する、帰国・逮捕後の裁判での、弁護団と泉水博氏自身の論理が極めて正当なものであるとも考える。その意味で、本書でも第三章の後半以降、この点に詳細な叙述を割り当てている作者・松下竜一氏の態度は、一つの見識を示している。

そもそも「超法規的措置」とは何か。レッテルやスローガン、キャッチフレーズが割り当てられさえすれば、あたかもそれに対応するなんらかの実体が存在しているかのように思い込むのは、ある意味では人間一般の性情とも言えるかもしれない。だが――それがとりわけ「法」の問題として、しかも戦後日本というこの不完全で欺瞞的な憲法（最高法規）下の擬似的な法治主義において用いられるとき、その奇怪な曖昧さはほとんど極点に達するかに見える。

なるほど、福田赳夫内閣は当時、いかにも「人命」を最優先してそうした判断を下したかに喧伝された。だが、こうした安直な「超法規」性は、むしろこの日本国家においては逆に人権を抑圧する方向においてこそ、いっそう易やすと発揮されがちで（現に、個別の場では無数に発揮されつづけている)、そしてより巨きな問題に対しての歯止めを外してしまう危険をも学んでいる。

むろん、丸岡修氏が生彩に富む筆致で伝えているような「出国」後の泉水博氏のレバノンを中心とした地域でのエピソードは、北島三郎を愛唱した話にしても、戦艦ニュージャージーの艦砲射撃(!)に備えての塹壕掘りの際の逸話にしても、泉水氏の人となりを髣髴させるものではある。フィリピン時代の描写も、それはそれで興味深い。

ただそれらとは別に、そもそも最初の「超法規的措置」としての釈放・出国をめぐっては、(一義的には「日本赤軍」のそれとしてではない)日本政府の責任の在り方が、最後まで粘り強く追及されねばならないだろう。

一九九一年一月十八日、東京地方裁判所刑事第二〇部は、泉水博氏に対し旅券法違反についての「懲役二年」の判決を下す。当然のことながら、それは前述したかつての「超法規的措置」と抵触するものであり、国家自らが「法」に対していかに没主体的で無責任でしかないか、その支離滅裂を露呈する行為にほかならなかった。

「国は受刑者に対し、刑罰としてその自由を拘束するが、他方、受刑者が社会復帰するための強化改善をなすべき義務を負っている。(略)しかも、被告人は一六年以上の受刑生活の中で真摯に更生に務めていた受刑者であったのである。国の超法規的措置は右義務の放棄以外の何物でもありえない。/国は本来であれば、その拘束下にある被告人をいかに保護すべきかにも最大の配慮をしなければならなかったにも拘わらず、みずからその義務を放棄し、のみならず、ハイジャック犯らからの要求に対して国としてなすべき判断をも回避して、一人被告人にその判断を委ねて、その責任から逃避せんとしたのである。……しかし、国はハイジャック犯らの要求に対しては、およそ被告人の意思を確認するまでもなく、手続上そのような措置はできない旨回答することができたのであり、国は被告人に対してそのように回答し、あるいはその他の方法により被告人を保護すべき義務があったのである」――こう、一審判決を批判する同年六月二十九日付の弁護団の「控訴趣意書」は、このかんの問題点を剔抉《てっけつ》して余すところがない。泉水博氏自身の「控訴趣意書補充書」もまた、同様である。

「……更に、当時私は、勿論『超法規的措置』ということも知らなければ、また釈放出国したら『逃亡』となるということの認識は全くありませんでした。私が出国意思確認で接見した総ての人達の誰一人からも、そうした件については全く聞かされていなかったのが事実です」

この意味で、前掲引用部分に見る知念功氏に対しての意志確認を行なった沖縄刑務所の対応と較べたとき、泉水博氏が置かれ、判断を迫られた状況はあまりにも苛酷であり、あえていうなら差別的であった。

弁護団と泉水博氏自身による、日本政府のとった「超法規的措置」へのこの透徹した批判が、先行する『狼煙を見よ』の場合と異なった「一九七七年九月二十九日夜の旭川刑務所の厚い壁の内での泉水博の苦悩の選択」に即して語られてゆくことにより、本書では泉水博という一人の〝人間の物語〟が完結している。その内在的な連帯感（少なくとも、松下竜一氏の側から見たそれとしての――）が、本書・冒頭でも述べられている、不当極まりない意図の露骨な家宅捜索との関連上にあることは明らかだろう。

アルジェリアから来ていた泉水と同年輩の人がいた。泉水の獄中十七年というのを聞いて、「私はフランス軍に捕われ、アルジェリア革命が成功するまでの十五年間、監獄に放り込まれていた。わが同志よ」と握手を求めた。他の同志がそれを訳して泉水に聞かせると、泉水は「いや、自分は強盗殺人だから自慢できない」と言った。

（丸岡修「証言」／第五章3）

〈母の生活が楽ではなく、面会に来る費用だって馬鹿にならないことを知っていた私は、母に「もう来なくていいよ」と声をかけ、その後母は姿を見せませんでした。

ですから刑務所でのこの面会が母と会った最後となりました。

母は字が書けませんでした。刑務所から私が母に手紙を出せば、返事を寄越すにも近所の人に頼んで代筆してもらわなければなりません。

そんな母の立場を考え、手紙も出さないようにしました〉（前掲供述調書）（第二章2）

そして、こうした生のありようは、ひとり泉水博氏だけのものでもなかった。


博が母の死を知ったのは偶然的であったと述べているが、私が兄の和夫氏に「あなたはおかあさんの死をいつ知ったのですか」と問うたときの返事は、もっと思いがけないものだった。

「それが全然知らないですよ」

えっと驚いてまじまじと正視してしまった。（同前）

ここには、ともあれ制度的な「文学」が現実に関与したぎりぎりの形の一つが現われている。その上で、しかもなお泉水博氏の「沈黙」があるということの意味を、私はよりいっそう重く受け止めるが——。


この作品が「文藝」に掲載された段階で、弁護士によって獄中の泉水氏に差し入れられ、読まれたということだが、その感想もまた黙して語らないという。

その沈黙の重さの前に、作者はたじろいでいる。（「あとがき」）

いかにも、「書くこと」はとりあえず果たされた。そしてしかも「書かれた」側が、自らを「書いた」側に対し、どのような言葉を――ないし「沈黙」をもって応えるかは、「文学」と呼ばれる制度と現実そのものとの関係の在り方から新たに始まる、まったく別の位相の問題なのだ。

〔二〇〇〇年六月脱稿〕

「贖罪」の功利性をめぐる、簡略な覚書
――『汝を子に迎えん』

聖ピリポ慈善病院晩餐のちりめんざこが砂のごとき眼　　（塚本邦雄「聖金曜日」『装飾樂句《カデンツァ》』）

本書に向かい合おうとするとき、私にとって気にかかるのは、その基調音の一つともいうべき論理が、現行の死刑制度との関連において、いわば〝「贖罪」の功利主義〟とでも呼ぶべきそれに裏打ちされているという印象を受けることである。これはとりあえずは、宗教（とりわけキリスト教）の問題点の一つであるだろう。

また現在、世界的にも死刑廃止論の多くが、なお狭義の刑事事件における「〝有実〟の殺人者」と「被害者遺族の感情」との清算関係にあるとする水準に留まっている事実もある。結果としてそれらの論議の水準と本書とは、互いに補完しあう関係となっていると言わざるを得ない。

死刑と〝「贖罪」の功利主義〟とを対置する、このある「狭さ」の問題に加え、松下竜一氏の他の著作にも実にしばしば出現する「母恋い」のモチーフの、一種逆方向の構図からの異様な肥大、それに付随する親子関係、血縁や家族制度、性差別の問題がそこに混在していることを指摘すれば、それで本書に対する私の一通りの「批評」は完結することになる（はずである）。

すなわち――本書は、二人の成人女性と一人の小児を惨殺し、しかもその過程で二人の成人女性には性的凌辱をも加えた青年と、彼を「養子」として「子に迎え」るキリスト教信仰を持つ女性（彼女自身、牧師の妻であり、三人の子の母でもある）の物語でもある。

それにしても本書を読み進めれば進めるほど、作中世界に対する一種本質的な嫌悪や反撥を私において醸成させてしまうのは、くだんの人物の「罪」のみならず、その「罪」が二つの欺瞞――キリスト教と母子関係（それも、日本の現行民法に依拠した「養子縁組」という母子関係）によって糊塗されようとしているという、その結果であるようだ。

本論は、これら二点の欺瞞の、主として前者に即して、「贖罪」の功利性――また結果的に人間としての主体性の欠落という点において問題を検討しつつ、管見の一端を指し示すこととなるだろう。

ただ、ことは「死刑」をめぐる問題である。そして、本書においても弁護人によって示された死刑制度批判には、これまで確認されてきた死刑反対の論拠の少なくとも二つについて、従来よりさらに透徹した地平へと向かう可能性が仄見えている部分があるという印象を受ける。

これらをめぐって、以下、簡略に考察しておきたい。なお、あらかじめお断りしておくなら、私の感想は、あくまで松下竜一氏の著作『汝を子に迎えん――人を殺めし汝なれど』に描かれた範囲においての笠井孝子氏や前田陽一氏らに対するそれに留まるものであることは言うまでもない。そしてこれが、松下氏の他のノンフィクション作品をめぐっての私の批評にも通ずる問題であることも、繰り返し確認してきたとおり、また同様である。

付言すれば、本書で語られる椎名麟三（一九一一年―七三年）については、初期の三部作『深夜の酒宴』『重き流れのなかに』『深尾正治の手記』と、そして最初の中篇小説『永遠なる序章』までの四作に深く感銘を受けた者として――その一方、僅かに目にした「受洗」後の彼の作品には、何よりほとんど小説としての魅力を覚えがたい者として、当然、私は本書の作中人物とは別の見解を持つことになるだろう。
「芥川が自殺し、有島武郎も太宰も自殺して、今度死ぬのは椎名だとささやかれていたけど、彼はキリスト教の中に文学としての救いを見出していったんだよ」と、後に主人公の「夫」となる人物が「言葉を添え」る場面が、本書「第一章1」にはある。私は寡聞にしてこのような風評が一時期の椎名麟三をめぐって囁かれていたことを知らない。また「文学としての救い」という言葉が何を意味するのか、まったくもって理解不可能である。が、それでもこの場面に触れて、いくつか思うところはある。
一つには、芥川龍之介や、ぎりぎり有島武郎まではともかくとして、太宰治をも同列に置いてしまっては、あまりにも往時の椎名麟三に悪いのではないかという疑義が残るということだ。しかもその上で、ここで語られるように「文学としての救い」を「キリスト教の中に」「見出していった」のだとすれば、人には、もしかしたら生物としての「死」以上に、魂を滅ぼしてしまう過ちがありうるのかもしれないという気さえ、私にはする。

……とかく信仰を魂の救済ととらえることで心の問題へと抽象化し、具体的な現実の問題から逃避する傾向が強いのが教会だが、そのことに孝子は悶々としていた。イエスはもっとなまなましく現実の社会とぶつかって闘ったのではないかという疑念がくすぶりながら、どう踏み出せばいいのか迷い続けていたのだ。

（本書・第一章1）

「なまなましく現実の社会とぶつかって闘った」――それが決して「イエス」一人であったはずはないのに、なぜそれらがすべて〝ほんとうのイエス〟はどうあったかという問題に局限・矮小化されねばならないのか。そんなものは最初から誤っているに決まっている「教会」などとの対立の図式のなかで、「イエス」に改めて〝ヒーロー〟としての花飾りを施すことだけを繰り返す行為に、宗教改革を含めて私は「キリスト教」思想のなかの〝革新運動〟（？）とされるものの根本的な限界を、そのつど見出す。


果てしなく広い草原を懸命に逃げていた。なんに追われているのかわからない。とうとう力尽きて立ちどまったとき、気がつくと傍に小さな子どもが立っていた。

「かあさんのふくろのなかにあるあまくてまるいしろいものをたべてきょうまでいきのびてきたよ」と、その子は訴えるように言う。名乗ったわけでもないのに、孝子にはその子が前田陽一とわかっていた。

目覚めたあと、ありありと耳に残っているその不思議な言葉の意味を孝子は解こうとしていた。

（第一章4）


ここは、本書のなかでも印象的な場面である。これが、前田陽一氏の二件の性暴力・殺人・死屍の性的凌辱の具体的な細部を伝える一九八六年三月十三日の第一回公判における検察側冒頭陳述の、その引用の直後に置かれている意図は、よく理解できる。

そして、だが――それら酸鼻極まりない凶行と対置されてしまったことによって、この重要な場面は、同時にその本来持つべき力を喪失してしまっているのではないかとの疑念も、私には拭い去ることができない。というのは、これらは本来いかようにしても〝対置〟しようのない事柄だったはずだから。にもかかわらず「取り返しのつかないこと」と――強いて言うなら「かけがえのないもの」とが、ここではあまりにも易やすと並べられ、あえていうなら〝バーター〟されようとしている。

何はともあれ、これらはそれぞれ別個に検討されるべき問題ではなかったか。一方が一方を贖《あがな》い、相殺《そうさい》することなどできないのではないか。命で命を贖うことはできない。だからこそ、「死刑」制度はその一点においても破綻しているのだから。

前掲の叙述の意味はむろん分かるし、そこに込められた意味を〝解く〟ことも困難ではない。また強いて言うなら、ここには宗教が「文学」の霊性の高みへぎりぎりまで迫ろうとする意図が示されていなくもない。だがそれはなお所詮、宗教にあっては比喩ないし修辞にすぎないのだ。

許せる殺人はある（私見ではそれは、少なからずある）。だが、許せる性暴力はない（絶対に、ない）。そして、この罪科は「かあさんのふくろのなかにあるあまくてまるいしろいもの」をもってしても、ついに償い得ないのだ。——私は、そう考える。

「あなたの詫び状ができないと、母さんだって行けないわ」

三人の被害者の一年目の命日が迫っていて、孝子はできれば被害者を訪ねたいと思っていることを、陽一への手紙に記していた。しかしその訪問は、陽一の心からの詫び状を携えてでなければ意味がない。そう言ってかなり早くから詫び状を書くようにと促してきたのだが、いまだに陽一が書き始めた様子はない。（略）

「大切なのは、あなたの懺悔の心なのよ。残された遺族の立場になって、あなたのしたことを考えて考えて考え抜いてほしいの」

（第二章2）

少なくとも私自身は、人が他の者の立場になることなどできないと考えているし、たとえば性暴行殺人事件の被害者遺族の立場に加害者がなることなど、絶対にあり得ず、またあってはならない、とも考えている。

「心からの懺悔」「被害者遺族の立場になること」――なんとそらぞらしい、浅薄にして倣慢な論理か。取り返しのつかないことをした者は、許されないし、許しなど求めてもいけない。絶対に。にもかかわらず「懺悔」を口にし「許し」を求める……。私はこれらの論理に、〝許しの強要〟と表裏一体となった、いわば〝懺悔の功利主義〟といったものを強烈に感ずる。

ただ、それと死刑制度を是認することとは、まったく別の問題なのだ。死刑は加害者も被害者も「被害者遺族」をも超えて、人が人として認めてはならない国家悪だから。

この意味で、実は当の前田陽一氏自身の、たとえば次のような言葉は、私には彼を「救おう」とする人びとの欺瞞的な宗教性より、はるかに人間というもの、世界というものの度し難さの実相を示し得た、その限りにおいて真実の言葉であるように思われる。

母さん、父さんに慰められても、励まされても、無理です。書こうとしても、文が前に進みません。嘘書いたら、何にもならないでしょう。少しも、自分は反省してないんでしょう、この態度では。

それにね、別に悩みはないし、苦しみもありません。亡くなってしまった三人の人達には、運が悪かったと思って貰うしかないです。遺族の人達も同じく。正直言ったら、三人殺して悔いはないのです。殺す気で殺したから。

母さん、解りませんか？　悩んでいたら、苦しんでいたら、こんなに元気で居られる訳ないからね。気にしてないから、元気が出るんです。詫び状は書けません。

母さんと父さんの真心は、有難いほど解るのですが、自分の心は動きませんのです。（第二章3）

検察調書にある二つの事件の加害当時者として、いかなる「反省」も「慨悔」も無意味である地点に開き直った、このときの前田陽一氏の論理を、私はそれなりに「真実」であると思う。そうでなければ、氏はそうした事件など起こさなかったかもしれないし、少なくとも、起こしたあとでの「反省」や「懺悔」の弁を拒絶し続けるこの姿勢には、論理的・倫理的整合性をも感ずる。彼は取り返しのつかないことをしたのだから。

だが、なんとも奇怪なことに――本書の主人公は、そうは考えない。

三人を殺めしことのざんげなく命日の陽の落ちなんとする　（第二章3）

本書において異様なのは、起こされたことの人びとすべてにとっての意味に先駆け、それらを〝超越〟して、この差し出がましい主人公の女性においては、徹頭徹尾、ただ前田陽一氏の「懺悔」そのものが一切の目的と化していることだ。「加害者」に強引にそれをさせ、またいったんさせたそれを〝「被害者」遺族〟に納めさせるという一連の経緯が、ここでは人間の魂にとっての最も高圧的な強要となっている。

いかにも、陽は落ちるだろう。陽など、いくらでも落ちるのだ。地球が始まって以来、「三人」の命日の陽も、そうでない他の日の陽も。だが、そんなことが何だというのか。すでに行なわれてしまったことは、取り返しのつかないことなのだから。

「どんな償いといわれても……ぼくは二人の命を返してほしいだけですから……」

声低く告げられたその答えに、孝子も稔夫も返す言葉もなくうなだれた。自分の口から発した償うという言葉の不遜さが、緊迫した部屋の空気に浮き上がった気がして無性に恥ずかしい。（略）

帰りの電車の中で、孝子も稔夫も黙ってうなだれていた。　（第三章2）

確かに陽一の心の闇の深さは孝子の想像を絶しているのだろうが、しかしキリストも癒やせないほどの暗さがこの世に存在するとは、どうしても思えないのだ。まだまだ私の祈りが足りないのだ――という結論にゆきついて、孝子はいっそうひたぶるに祈るしかない。（略）そしてそれらの祈りの最後は、「この世から死刑制度がなくなりますように」という祈りへと収斂されていくのだ　（第二章3）

そう思えば思うほどに、焦りも湧いてくる。何といっても時間が足りないのだ。陽一が信仰に目覚める前に、判決は下されようとしているのだ。充分な時間があれば改心させられる者を、それを許さずに断罪してしまうとは何なのかと、孝子は考え込まずにはいられない。　（第三章4）

この予定調和。この功利主義。「キリストも癒やせないほどの暗さ」なるものは「この世に存在」しないのだという。また三番目の引用部分の論理（「改心」までの「時間の足りなさ」という論理）についていては、後で触れる、それはそれで私には異論のある「死刑」論とさえ矛盾しているような印象も受ける。

ともあれ、こうした「信仰」の功利主義、「懺悔」の功利主義は、やがて当人自身からも次のような「成長」となって返ってくるだろう。

「すさむ心に母の愛」泣けてきましたね、これ読んだら。母さんの写真が載ってたけど、バリバリに陽一に対する愛というか、思いが漂ってる母さんに見えました。（略）

母さん、ありがとうね、陽一は頑張るぜ！（略）

自分は、本当にとんでもない事を犯してしまったなあと、反省しており、悔いております。

被害者の遺族の人達は、どうしたら自分の事を許してくれるのかなあと、その一つの問題に悩んでいる自分です。

話変わって、この前の面会の時、自分は〝母さんの事は思い出さない〟っていってたけど、そんな事はないんです。（略）母さんの心に刺すような発言ばかり言ってきて、自分はとても反省します。ごめんなさい。

母さんは、自分に何を求めてるのか？

生でしょうね、やっぱり。


（第三章3）


このこともなげな甘え。悩みという言葉の、かくも驚倒すべき軽さ。「許す」「許される」という概念を宗教的予定調和のなかに持ち込んだ典型ともいうべき自己正当化の論理が、ここには横溢しきっている。「被害者の遺族の人達は、どうしたら自分の事を許してくれるのかなあと、その一つの問題に悩んでいる」と言うなら、私はこう答えるだろう。「許す」権限は、必ずしも「被害者の遺族の人達」のみが占有しているものですら、本来はないはずだ、と。この世の誰が許しても、少なくとも私自身は許さない、と。

だが、しかも、死刑は排除されねばならない。前田陽一氏のためなどではなく、人間一般のために――。

何度か、簡略に（はなはだ簡略に）述べてきた通り、私は「死刑」廃止の問題は「被害者感情」とは、直接には完全に別次元の事柄として考えている。私は「死刑」を「戦争」と同様、国家の権限によって行なわれる最も悪しき権力の行使であると位置づけてきた。そして誰であろうと（たとえ被害者の家族であろうと、仮に被害者自身であろうと）、誰か、ある人間に死を強いる「権利」はない、と私は見做している。被処刑者が犯した罪と、国家がその人物に「死刑」を執行するという行為とを、私は完全に切り離して考えている。

死刑廃止論が、ともすれば「被害者感情の救済」論に新しい地平を切り開こうとするのは、現実に制度としての「死刑」を「凍結」ないし廃止しようとする具体的なプログラムのなかでの選択としてはやむを得ない部分もあるかもしれない。だが、この論議は、たえず「死刑」の主宰者としての「国家」の存在を、「死刑」存廃論争の前景から隠し、遠ざけてしまう作用を持っている。

犯罪被害者に対する支援が重要であるのは当然だ。だが、ほんとうはそれはあくまで別個の問題にほかならず、「死刑」廃止のための絶対的な前提条件ではない（また、あってもならない）。

――そして、しかも本書における人間関係には、さらに新たな問題が生じてくる。

「養子縁組の件も、一日も早く進めた方がいいですよ。裁判官には絶対にいい印象を与えますからね」と言われて、孝子は「そうですね。本人はぐらついていますが、必ず説得します」と答えた。

（第二章4）

稔夫と孝子はすみやかに養子縁組手続きを進めることを、速達便で答えた。若い日に喪った子供に代り君を迎えますという返事だった。そして改めて三人の子らの意志を確認した。三人の子らにしてみれば、戸籍上にわかに兄が存在することになるのだ。それも重罪を犯した兄である。（略）長女の芳乃は「いいよ」とだけ短く答えて、複雑な思いを覗かせた。孝子が一番気にかけたのも年頃になる彼女のことで、いずれ結婚の話が起きれば戸籍が問題になりかねないが、それを乗り越える賢い子であってほしいと願っている。

（第三章1）

そうだろうか。ほんとうにここで「長女」（「長男」と同様、ある時期から私が用いないことにしている言葉だが）が逡巡したのは、その「複雑な思い」は、単に「結婚」や「戸籍」の問題に関してだけなのか。私は、「兄」の「犯した」その重罪が性犯罪を伴っていたことの意味に、ここで――他の箇所ではなく、まさしくこの部分において――松下竜一氏がまったく触れていないことに、なんとも奇異な印象を覚える。「賢い子」なる言葉の、なんと絶望的なまでに自己都合に引き寄せられた軽さ！　この母親は「長女」の心のありようを〝世間体〟への思惑の低みに矮小化してしか、考えていない。これは「長女」に対する侮辱であるだろう。

しかし冷静になって考えてみると、これは避けては通れぬ問題なのだ。孝子は陽一が二人の女性被害者に加えた性的凌辱を、思い出すさえおぞましい行為として心の奥に封印してきているのだが、いつかは陽一の中にある性欲のゆがみと向かい合わねばと考えていた。

（第四章2）

果たして、こうしたことが可能なのだろうか。「二人の女性被害者に加えた性的凌辱を、思い出すさえおぞましい行為として心の奥に封印してきてい」ながら、その加害当事者に「懺悔」を――「謝罪」を要求しつづける、などということが。しかも自らの家族をも巻き込みつつ。

陽一君、いくら強がってもこれでは頭隠して尻隠さずですよと、孝子は心に呟いて一人でくすくす笑い続けた。

はたして、もう文通もやめるはずの陽一が孝子の手紙に応えてくる。

（第一章2）

この「一人でくすくす笑い続け」る主人公のありように、私は強烈な拒否感を持つ。だが本書はここから、一連の問題を正面から見据えるのではなしに、むしろ松下竜一氏にとっても氏の愛読者にとっても、ある意味ではすでに親しいものとなっている本来の〝主旋律〟を奏で始めるのだ。『豆腐屋の四季』『母よ、生きるべし』を双璧とした〝母的なる女性〟との、双方合意の上の擬似恋愛という主旋律を。

今も思い出しますが、面会の時の母さんの顔は、とても奇麗でした。涙を流してる最中でも、セクシーでした。自分は、そう思いました。（第二章2）

突然に申します。母さん、マブイね。ウエディングドレスに包まれている母さんの写真を見たら、見惚れてしまいました。とても奇麗です。マブイ！

自分が母さんの時代に生きていたら、父さんから奪って、自分の嫁さんになって貰うのになあ……。でもね、こんな大切な写真を送ってくれちゃって、ありがとうございます。（略）

この写真には、何か「なぞ」が掛けてあるんではないですか？　母さんは悪戯と書いてありましたけど……。（略）

自分は、このように思わせて頂きます。（陽一さんの婚約者としての恋人と思って、写真に話しかけて下さいとね。大事に持ってて下さいとね）（第二章3）

これまでも陽一からの手紙には、孝子を母というよりも異性として意識した言葉が散見されるのだったが、孝子はそれはそれで構わないと思っている。恋情も陽一が人間性を取り戻していくための手がかりになるかもしれないのだ。

どうやら、陽一には恋愛体験も異性体験もなかったようなのだ。ゲイバーに勤めて男を相手に金を貰っていたというし、そのことが知られて名古屋の刑務所ではホモの餌食にされたというのだから、性的にもいびつにゆがんでいたのだろう。そうだとすれば、こうして陽一が自分に恋情を打明けてくることも、人間性が回復されつつある証のように孝子には思えてならない。（第二章3）

用語の問題点については、必ず〝時代的な制約〟を理由とした擁護論が出てくることが明らかなので、いまは措《お》く（それにしても、時代性を超えてここでの叙述には疑問と嫌悪を覚えるが）。だが、これは果たしてキリスト者としてみるなら「それはそれで構わない」と言って済ますことのできる問題であるのかどうか。孝子の、その自己諒解自体、『聖書』に背く「姦淫」にほかならないのではないのか。

そして、両者の関係にはさらに法的な「家族制度」が持ち込まれることとなる。


帰りつつ、孝子には一つの決意が固まっていた。陽一の入籍の件である。（あなたを綾瀬のお母さんのもとへ帰したい）という言葉に、あれほど過敏に傷ついた陽一と知って、彼を絶対に見捨てないという証を示したいと思うのだ。それは前田陽一を笠井稔夫・孝子の養子として正式に迎えるということ以外にない。「あなたといっしょに地獄へでも落ちる」と宣言した以上、入籍はその第一歩でなければならない。そのことを稔夫は理解してくれるだろうが、息子や娘たちのことを考えると、さすがに孝子の心は重くなる。それに、やはり実の母定子と直接会って了解をとらねばならないだろう。（第二章2）

「だったら、本当の母子になって、いっしょに苦しみながらざんげしましょうよ。（略）」

（第二章3）


キリスト教においてなら「地獄」とは「一緒に落ちる」ことができるものなのか。「ざんげ」とは「いっしょに苦しみながら」することが可能なものなのか。私は、やはりここでも「苦しむ」という言葉の軽さに驚く。まるでそれは、相互の〝関係〟を維持するための方便に過ぎないかのような——。


一度もまともに眼を向けようとしない陽一を見ながら、ああ、この子の心の中で何かが消えようとしていると、孝子は直感していた。これまでの面会では彼女を異性として見つめる視線をしばしば感じていて、そういう感情もまた陽一の人間性の回復につながっていくのだと信じて孝子は肯定していた。

だが、この日の陽一からはもはや孝子を異性として見る視線が消えているようだった。（略）それが正式に母と子となったせいなのだとすると、皮肉ななりゆきだった。

（第三章2）


「陽一、母さんといっしょに祈りましょう。あなたの詫び状が受け容れてもらえるように、祈りましょう」

孝子に強く言われて、陽一は初めてうなずいた。

（第三章4）


百歩を譲って「許し」が問題なのだとしよう。だがそれは私にとって、「祈り」によって受け容れられたり受け容れられなかったりするものなどでは、まったくない。誰かが誰かを「許す」とは、もっとはるかに——人間の主体的な行為の範疇に属するものでなければならないという気がするのだ。そう考えてみるとき、本書において「許し」という言葉がかくも安易に飛び交うのは、それが実は「人間」によってではない、「人間」以外の存在に最終権限を委任した行為として取り扱われている——玩ばれている結果であるらしいとの結論に、私は避け難く逢着せざるを得ない。

私は前田陽一氏の性暴力と殺人とを許さない。だが、それと前田陽一氏が死刑となることとは、まったく別の次元の問題である。他の誰においても同様、前田陽一氏が死刑になることとには、絶対に反対する。これは、前田陽一氏に対する私の怒りや憎悪とは、「まったく」関係ない。私が前田陽一氏の死刑執行を止めたいと思うのは、前田陽一氏のためなどではない。

衣類入れてあるは郷里の林檎箱「紅玉」「優」の文字が眼にしむ　（第二章1）

私はいま、不安はありません。御国《みくに》を心から信じてゐるのです。（略）でも最後は神様にすべてを任せ、神様に頼ることができたのです。（略）
私はいかなる悔いも、少しも残してをりません。お詫びとして刑を受けることは、重々わかってゐるつもりです。ただ、キリストを信じてきてほんとによかったと言ふことです。永遠の愛を持つことができましたからです。（略）
それではほんとにお別れです。　（第二章1）

この多摩良樹氏の遺書は、まず「御国」と処罰としての「死」との関係がそもそも混乱している上、「お詫びとして刑を受ける」という論理自体、はなはだ危ういものを含んでいる。「抗し難い自然死」ではなく、死刑という最も人為的な死（国家による〝合法的〟殺人）が、たとえ「神」が存在するとしたところで決してその「意志」などであろうはずはなく、人間の権力の恣意的な運用に過ぎないことは明らかだろう。その当人がある瞬間、あるところで生を断たれねばならない、いかなる必然性も決定的理由も、この世界の「自然」のなかにはないのだ。その死は、国家機構によって設定された暴力にすぎない。人が国家により死刑に処されることで叶う「贖罪」とは、では「神」とやらにとっては何か？　死刑は「神」の代行装置か？　その意味で、

よしんば誤審の恐れを抜きにしても、国家が人を殺すということ自体が許されないことだと思われてならない。殺人者を罰するに、さらに人を殺すということは矛盾でしかない。まして造物主の創りたもうた命を奪う権利など誰にもないはずである。恐怖に髪を逆立てて刑場に曳き立てられる囚人を凝視した佐藤誠の歌が、孝子の心に焼きつけられている。死刑が残虐な刑であることは、まぎれもない。

（第二章1）

この見解――本書によれば「漠然とした考え」は――私自身は、厳密には「まして造物主の創りたもうた」の部分を否定した上で――それ自体、疑問の余地はない。これはこれで確たる死刑批判であり、廃止論の一つとなり得ている（補足しておくと、これだけではこの主張は、死刑の直接的な政治性の問題についての論点を欠くが）。

だがそれが、続く、すぐ次のくだりで、たちまち以下のような方向へと捩じ曲がってしまうのはどうしてか。

多摩良樹が処刑直前に孝子に書き残した手紙を何度も何度も読み返しながら、孝子ははっきりと死刑の非道さを見据えていた。こんなにも澄み切った心境の若者の命を突然に絶つということの不

条理に、眼をつぶるわけにはいかない。（第二章1）

この部分は、主人公の「内声」であるというより、それを忖度し敷衍《ふえん》した作者自身の見解と見做さなければならないだろう。そして当然、考えられなければならないのは、それでは「澄み切った心境の若者」でなければ死刑が執行されてもよいのか、という問題であるにちがいない。

言い換えれば、確定囚の精神状態が動揺したり乱れているときには執行されないが、心から悔い改め償いとしての死を迎える諦念に達したとみなされたときに処刑されるのだ。もはや抹殺される必要がないほどに真人間になったがゆえに殺されるという矛盾が、多摩良樹の遺書を読んだ孝子にははっきりと見えたのだ。（第二章1）

これもすでにさんざん用いられてきた〝論法〟だが、「もはや抹殺される必要がないほどに真人間になったがゆえに殺されるという矛盾」と言ってしまうとき、そこに発生する問題はあまりに夥しい。「真人間」という言葉の雑駁さも問題であるが、仮にそれを認めるとして、では「真人間」にあらざる者の「抹殺」は「必要」という裏の文脈が、この定義にはおのずから成立してしまっている。

ここでは、しばしば死刑廃止論で〝死刑囚との交流〟という経験主義に依拠するものの一つとしての、一種情緒的で没論理的な死刑廃止論の典型を、私は否応なしに想起することとなるだろう。そして私は、そうした主張に、たとえば〝死刑廃止〟を訴えるそれとして世評高いハリウッド映画『デッドマン・ウォーキング』Dead Man Walking（一九九六年／ティム・ロビンス監督）の欺瞞を重ね合わせてみる。

これは、果たして「死刑廃止」を訴える映画だったろうか。死刑囚（ショーン・ペン）と、彼の精神的アドヴァイザーとなる修道尼（スーザン・サランドン）との〝擬似恋愛〟。迫り来る死刑の恐怖、さらに修道尼の宗教的懐柔とに動揺して、凶悪な犯罪者もついに最後には改心し、蝦蟇《がま》が脂を搾《しぼ》り取られるように〝すべての真実〟を語る。そして、立ち会いの〝被害者遺族〟に涙ながらに謝罪しつつ、死刑という最も残忍な殺人行為を受け容れる（否応なしに、受け容れさせられる）。

この「死」が、自然死（さまざまな意味での）なら、それが迫り来ることに起因する「懺悔」や「改悛」の問題は、それはそれで別である。だが、これは「死刑」なのだ。

この映画は、結局のところ〝死刑による魂の浄化作用〟（と、作り手が思い込んでいるらしいもの）を礼讃し、人間が最後まで「人権」にもとづいて主体的に反対し続けなければいけない「死刑」制度に、際限なく宗教的光彩を与えていった挙げ句、宗教に「人権」を譲り渡してしまった地点で、論理の溶解した〝魂のメロドラマ〟を作り上げているにすぎない。――これが、私の簡略な感想である。

「死刑」は、それが人為的な死（通常の殺人というより、もっとはるかに組織された、意図的なプログラムとしての「死」）であることに、根本の問題があり、最大の問題がある。他の死ならいざ知らず、「死刑が迫る」ことによって起こる「心の動き」を、人の他の主体的な心の動きと同列に置くことなど、到底、容認できない。そして、そうした「心の動き」を、現実に惹き起こされるものとしても、また映像表現においても、私は批判せざるを得ない。

つけ加えるなら、この映画作品の抱え持つ「表現」としての根本的な問題は、当該の映画に主演した女優が、その後も現在にいたるまで死刑廃止運動に真摯に参加している、といった諸事情とは、当然、関係ない。むしろここでいっそう問題なのは、それら〝実話〟の諸要素が、作品としてのこの映画の持つ本質的な欺瞞を曖昧に溶解し、隠蔽してしまい、そのことによって「死刑廃止」論の水準をかくも低い次元に固定していることである。国家論ぬきの死刑論など、あり得ない。

「国家」が死を「強制した状況」とは、この世の多くの死のなかで最も決定的に「人」にある、「それなりの主体性」を否定するものだと、私は考えている。

連行される死刑囚の肩を抱き、接吻して処刑室に送り込んだ修道尼が、処刑用ベッドに括り付けられた青年の静脈に、麻酔薬のチオペンタールナトリウムに始まり、筋肉弛緩剤の臭化パンクロニウムを経て、最終的に心停止剤・塩化カリウムにいたる三種類の薬剤が次つぎと注入されてゆくあいだ、その合法的に殺されつつある人間に行なうことといえば、意味不明の宗教的（?）〝手かざし〟をするだけだ。彼女はなぜ、あのアクリルの壁を打ち破り、この兇行を自らの全存在をかけても阻止しようとしないのか？　国家権力により執り行なわれつつある、公然たる殺人の現場に居合わせながら。

ところで、これらに対し——本書「第四章1」に引かれた一九八七年十二月九日の最終弁論公判における大搗幸男弁護士の最終弁論は、とりわけ第八の「死刑論」が死刑制度の問題点を語って優れたものとなっている。なかんずく四「刑の本質と死刑について」のくだりは、その白眉といえるだろう。

「人の人格はその人格形成環境に、人の行動はその行為環境にそれぞれ制約され影響を受ける面のあることは否定しえない事実である。犯罪者が、自らの責任に基づかずに置かれた人格形成環境あるいは行為環境に負因的要素が存し、それが当の犯罪者の行為に直接あるいは間接に影響を与えているのではないかと思料されるときは、犯罪行為の責任を『全面的に』犯罪者に負担させることはできないはずである。／この場合に死刑を適用し彼の存在そのものを否定し去ることは、即ち犯罪行為についての責任を一〇〇パーセント当の行為者に負担させるものであり、行為者に何ら責任の存しない事柄に対しても責任を負担させるという非条理な結果をもたらすものである」「近い将来、死刑が違憲である、即ち『残虐な』刑罰であると判断され、死刑制度を肯定していた時代が『野蛮な誤った時代であった』と評価されるときが必ず来よう。そのときにおいて現在を回顧して、『当時としては、死刑

（人を殺害すること）を肯定したのも無理はなかった』などと涼しい顔のできる問題では決してない」……。

前者の指摘は、国家が社会防衛の功利主義から個人を抹殺する暴虐な行為の不正義を、また後者の予見は、時代によって生命の価値、その絶対的不可侵性に不平等が生ずる矛盾を見事に指し示している。

陽一は刑務所内では規則を守っておとなしく過ごしているが、強盗殺人を考え始めたのはこの姫路少年刑務所に居たときである。（略）たまたまこの刑務所内で観たホラー映画「十三日の金曜日」で鉈《なた》や斧が殺人の凶器に使われていることに強い印象を受け、自分もこれらを使おうと考える。

（本書・第一章4）

たとえばこのこと自体、「犯罪者が、自らの責任に基づかずに置かれた人格形成環境あるいは行為環境に負困的要素が存し、それが当の犯罪者の行為に直接あるいは間接に影響を与えているのではないかと思料される」恰好の事例そのものではないか。それにしても、少年刑務所で上映されるのが、よりによってホラー映画『十三日の金曜日』とは！　日本の行刑思想の貧しさに、改めて茫然とするものがある。

前年十二月一日に東京拘置所と仙台拘置所に在監中の確定死刑囚が一名ずつ処刑されたことが、孝子の心に重くのしかかっている。一九九四年が一名の処刑もないままに終るのかもしれないと期待していた矢先だけに、歳末にきての死刑執行は孝子にひどくこたえた。必ず毎年死刑を執行するのだという、国家の強固な意志を見せつけられた気がしたのだ。

（「エピローグ」）

そして本書は、現在の日本の精神風土の貧しさ、社会的な相互監視の因襲の根深さを示唆する文言をもって閉じられる。

……本書はノンフィクションであるが、主人公である笠井孝子をはじめとして殆どを仮名としている。そうせざるをえないほどに、まだ日本の死刑制度をめぐる世情は暗く閉ざされている。（略）最高裁は一九九六年十二月十七日に笠井陽一の上告を棄却して、彼の死刑は確定した。（「後記」）

ただし、これは単に「死刑制度」にのみかかわる問題ではなく、実は「犯罪」および「犯罪報道」一般にも共通する現実ではあるのだが――。

なお、ここまで述べてきた〝「贖罪」の功利主義〟は、実は決して個別の刑事事件等においてのみ見られる現象ではない。むしろたとえば〝日本がこれからアジアのなかで周辺諸国と対等につきあってもらうためには、植民地支配・侵略戦争の責任も認めなければいけない。さもないと諸外国から相手にされなくなってしまう〟というがごとき、より大がかりで歴史的な欺瞞や打算、あるいは、また〝広島・長崎を訴える被害者意識だけではアメリカに解ってもらえない。パールハーバーをまず詫びなければ……〟といった愚鈍で低劣な誤謬や問題の取り違え（最も単純に言っても、軍事施設への限定的攻撃と一般市民を対象とした無差別大量殺戮との対置）にも通ずるものであることは言うまでもない。

「取り返しのつかないこと」は決して「取り返しがつか」ず、世界の終わりが終わろうと罪は罪であり、世界と人間とには、ついに置き換えることも相殺することも贖うこともかなわぬ罪があるのだ。

そのことを、人はまず認めなければならない。

だが、にもかかわらず「～するためには、まず～しなければならない」という卑しい「交換」「取引」の打算と功利主義の論理が、なんと現在の世界には瀰漫《びまん》しきっていることだろう。とりわけ、日本の〝進歩的〟言論圏において――。

当事者がどのような状態にあろうと――すなわち、いっこうに〝改悛の情〟など示していない者であろうと、再び罪を犯すと明言している者であろうと、人は死刑になってはならない。死刑囚は、その状態のいかんにかかわらず、すべて「死刑囚」という非人間的な状況から解放されなければならないのだ。

そして、そこには同時に冤罪の死刑囚が存在し、また死刑の直接的な政治性において成立した「政治犯」の死刑囚が存在する。

〔二〇〇〇年七月脱稿〕

Ⅵ　そして、私たちは――

人が「世界」と出会うということ
――『5000匹のホタル』

いま、私のこの文章に向かわれているあなたは、この本『5000匹のホタル』を読み了えたばかりか、まだ読んでいる途中か、それとも、ひょっとしたらこれから読み始めようとしてるところなのかもしれません。

そこで、ひとつお願いがあります。もし、あなたがまだ『5000匹のホタル』を全部、読み了えていないとしたら、そしていずれは『5000匹のホタル』を終わりまで読もうと考えているのだったら――以下の私の文章を読むのは、どうか、その後にしていただきたいということです。というのは、私がこれから書くことは、この物語への幾つかの疑問を含むものとなるからです。

しかし、それはむろん、この本に限りません。本を読むとは、その本に書かれていることにも、また、いま自分が生きている世界に対しても、そして自分自身に向かっても、さまざまな「問い」を重ねてゆく――質問を繰り返してゆくということではないかと、私は考えています。そして、私の「解説」は、この本『5000匹のホタル』に対して、そうした「問い」を積み重ねながら、こういう読み方もあるのか、という考え方の道筋を、少なくとも読者の何人かに――できれば、あなたにも――開いてゆくものでありたいと、私はひそかに願っています。だから、この文章がいささかでもそうしたきっかけになってくれれば、とりあえずは私の最初の目的は達せられたことになるわけです（むろん、ほんとうは私自身は、それ以上のものをここに込めたいと考えているのですけれども）。

……さて、あなたはいま、もうこの物語『５０００匹のホタル』を読み了えましたね。そして、どんな気持ちがあなたを涵《ひた》し、どんな考えがあなたのなかに生まれ出ようとしているでしょう？

この本を読み了えて「感動している」という人は、たぶん少なくないと思います。事実、たとえば作者の松下竜一氏は、以前に発表したエッセイで次のような氏自身のエピソードを紹介しています。

「……私は感動して泪が出るような本が好きです。それで父母にねだり、とうとう『５０００匹のホタル』を買ってもらい無中《ママ》で読みました。読んでいるうちに何度か泪がこみあげてくるところがありました。こんな美しいお話を書く先生は、とても美しい心の持主だと思いました。先生、どうしたら美しい心になれるのか、教えて下さい」という小学校六年生の読者の「便り」（無中の「ママ」は元の本についているもの）を引いてから、松下竜一氏は、「美しい心の松下センセは、こんなひたむきな便りに、いたくどぎまぎしてしまう。いったい、なんと返事を書けばいいのだろう」と記した後で、こんな返事を書くのです。

「……あの本を読んで涙を浮かべた梨枝ちゃんは、それだけで美しい心の持主だなとわかります。だって、美しい心とは、他人のことを思いやる優しさのことなのですから。（中略）梨枝ちゃんが、あの本に登場する耳の聴こえない松二たちのことを涙の出るまでに思いやった、その優しさをいつまでも失わないで成長してほしいのです。（以下、略）」

（松下竜一『いのちきしてます』「小さな読者たち」一九八一年、三一書房刊）

しかし、この『５０００匹のホタル』は、ほんとうにそのように〝感動的な〟本なのでしょうか？

あるいは、もしもこの本を〝感動的〟だと思う人がいたら、その〝感動〟とは、一体どのような内容を持ったものなのでしょうか？　さらにいうなら――私たちが、この「物語」に「感動」するとは、そもそもどういうことなのでしょうか。そして、私たちがこの物語に「感動」するとは、果たして正しいことなのでしょうか？

……こんなふうに書くと、「何かの本を読んで感動するのに、正しいとか、間違ったとかいうことがあるのだろうか」と、あなたは奇妙に思われるかもしれません。いかにも、それについての私の考えを述べることが、すなわち――さっきも言ったとおり、私がこの文章を書く最初の目的にほかならないのです。

さて、私も今回、この本を初めて読みました。そして、いろいろと思うところがあります。

初めにお断りしておきますと、私は、よく大人がするように、特別に相手の年齢によって話し方を変えるということが好きではありません。もちろん、皆さんが初めて出会うにちがいない文字や言葉については、なるべく丁寧に説明した方がいいとは思っていますが。

ただ、ここでの私の考え方が、これまで聞いたこともないものだ、と思う人がいたとすれば、それはたぶん、皆さんの年齢とはあまり関係ありません。二十五歳になっても四十歳になっても七十歳になっても、以下に私が述べるような、ものの見方全体の輪郭については、こうしたことを夢にも考えたことがない、という人は、この国に……いえ、それだけでなく、外国の、たとえば「障害者」に対する「福祉」制度が進んでいるといわれる国にも、いくらでもいます。

その意味では、私がこれから書くことは、年若い皆さんにはいささか読み解きにくい内容を含んでいるかもしれませんが――ただ私は、できれば人生のなるべく早い段階から、とくに「障害」や「差別」という問題に関しては、こうした考え方が存在することは知っておいていただきたいと思っているのです。

さて、この本『5000匹のホタル』を読みながら、私が抱いたいくつかの問いとは、具体的には次のようなものです。

なぜ――この《あかつき学園》の子どもたちは「ろう児」だというだけで、他の〝普通の子ども〟と、こんなにまで異なった生活をさせられているのか？

なぜ――彼らは〝普通の子ども〟に近づくための「訓練」をさせられなければならないのか？

なぜ――主人公の保母・梶木玉子は、松本幸枝に対し、こんなにもひどい嘘を平気でつきとおすことができるのか？

なぜ――永野先生は、毎日、接し、自分が教えている生徒たちを「不具者」と呼び、そうした人びとの生まれてくる「危険」を「避けねばなりませんね」などと言ってしまえるのか？

そして……なぜ、この物語に登場する人びとは、最後の最後まで――誰一人、そうしたことのいっさいに、なんの疑問も感じずにいつづけるのか？

たとえば……

「いわば、この《あかつき学園》が、ろう児たちの家庭なのです。以前は六歳児からの入園しかできませんでしたが、今は施設も拡充して三歳児から入ります。両親、家庭から遠く離れて、高校を卒業するまで十五年間もここで生活するわけですから、この子らにとって、《あかつき学園》は本当に家庭そのものなんですよ」

と、今日、園長先生はとくに念を押して玉子に説き聞かせてくれたのだった。

（本書・第一章「ことばの森」文中のルビは省略・以下、同）

どうして、「ろう児たち」は《あかつき学園》を「家庭」とか「本当に家庭そのもの」としなければならないのでしょう。それも、三歳のときから。「聞こえる子どもたち」は、別に学校そのものが「家庭」などではないというのに。また、たとえば……

夏休みの前、子供たちの各家庭から約定書が送られてくる。
今般下記の通り子供を帰宅させたいのでお願いします。
帰宅中の子供の一身上のことについては私が全責任をもちます。
という、児童の保護者からの《あかつき学園》園長への帰省許可願なのだ。

（第三章「幸枝の母」）

もともと「児童の保護者」が子どもたちの身の上に責任を持つことなど、当然だと私は考えています。それなのに、なぜ「ろう児」の保護者は子どもたちを自分の家に連れ帰るのに、そのことを書類に書いた上、《あかつき学園》園長の「許可」をもらわなければならないのでしょう。

そういえば、この物語では「責任を負う」という言葉がたくさん出てきます。しかし、人が人に責任を負うとは、そもそもどういうことなのでしょう。そして「ろう児」（というより「子ども」）の生命に対して、たとえば《あかつき学園》の「先生」たちが「責任を負う」とは、どういうことなのでしょう。さらに、たとえば……

「新入園児のおとうさんおかあさんは、はじめてわが子を家から手離すことに、どんなに胸を痛めていられることでしょう。この手紙は、そんなおとうさんおかあさんに聞いていただこうと思って、持ってきたのです。……これは、今年この学園を卒園して行った生徒の母親から、私宛に来た手紙です。私信を無断で公開するのは、いけないことかもしれませんが、しかし、この手紙が、きっと今、不安な思いをしておられるあなたがたの心をはげますだろうと信じて、敢えて読ませていただきます」

園長先生は、こう前置きして、手紙を読みはじめた——

（第一章「ある母の手紙」）

そして、そこに書かれているのは、次のようなことです。

最初の夏休みを迎えて、今度こそ天下晴れて良樹を迎えにきた日のことも、一生忘れないでしょう。良樹が私に走ってくると、「おあああさん」と呼びかけてくれたのです。良樹が、はじめてものをいったのです。「おかあさん」とまではいえませんでしたが、私には夢のような気がするほどの喜びでした。

ああ、苦しくても悲しくても、良樹をこの寮にあずけて、ろう学校に通わせたのは正しかったのだ、と、心に喜びが突きあげたのでした。

今年もきっと、幾人ものふびんなおとうさんおかあさんが、十二年前の私のように胸はり裂けるような悲しみで、《あかつき学園》に子供を置いて、逃げるように去って行くことでしょう。

（同前）

なぜ、この手紙を書いた母親は、自分と同じ立場の父親や母親のことを「ふびん」だなどと言うのでしょう。そう言うとき、この母親は、そう言われる親たちの子どもたちや、そして何より自分自身の子ども——良樹を、これ以上ないほどのしかたで傷つけ、侮辱してしまっていることが、理解できないのでしょうか。

「脳性まひ」という「障害」があります。人が母親の胎内で「発生」してから、出産されるすぐあとくらいまでのあいだの時期に、脳になんらかの事情が生じた結果として、さまざまな運動や姿勢に不自由が出てくることです。その「脳性まひ」の当事者からなる「日本脳性マヒ者協会・全国青い芝の会」の人びとは、「障害児」をめぐる差別の問題として「親が最初の差別者だ」と言い切りました。いまから二十年以上前のことです。

「障害者」とされる当事者としての底知れぬ深い捉え方だと、私は思います。考えてみれば、生まれてきた子どもを「障害児」だと思ってみるとき、その瞬間から、当の親自身が、子ども本人にとっては「社会」と同じ「差別する側」に廻ってしまっているのですから。

「……だから、訓練しだいでは、ことばをいえるようになるのです。(略) 耳の聞こえないろう児たちを教育して、ことばをいえるようにする努力を、私たちは懸命につづけようとしているわけですよ」

(第一章「ことばの森」)

《あかつき学園》の園長は、そう誇らしげに語ります。

けれど私は、この手紙の子ども——良樹が「おあああさん」と「言える」ようになったという、その過程で、失われたもの、奪われたもの、あるいは押し止められていたものの重みを考えてしまうのです(誤解のないように言っておくと、わたしは子どもはすべて、親——たとえば母親と——と一緒に暮らすべきだ、などと考えているわけでは、決してありません)。

また一方で、この世界にはいくら「訓練」を重ねても「治らない」「取り返せない」現実も、紛れもなく存在します。それに対しては、この園長は、どう考えるのでしょう。

〔父親が砂浜に指で文字を書く〕
『おまえの耳は
なおらない
きこえるようには
ならない』
僕は……
お父さんを殴った
我を忘れ……夢中で殴った……
殴って……殴って……
腕はちぎれそうになり　気が遠くなり……
僕は　すべてを……
理解した!!
ああ!!
そして　僕は……生まれた
僕は……聴こえない
そして一生　治らない
その事が　判った時
僕はもう一度
生まれた

（山本おさむ、戸部良也・原作『遥かなる甲子園』第八巻・第八八話「僕が見た海」双葉社刊）

それから、

玉子は、ひとつひとつの作文を読んでいった。同じ県下に住みながら、十八年間もつづいているこんな清い友情の行事を知らずにきたことが不思議だった。片隅の小さな行事だからかもしれない。

（本書・第二章「友情の蛍」）

なぜ、玉子は「同じ県下に住みながら」自分が知らずにきたくらい、「片隅の小さな行事」を繰り返すだけの状態に、「ろう児」と「聞こえる子ども」たちとがお互い隔てられていることそのものにはまったく疑問を感じずに、そこに「清い友情」（そもそも友情に「清い」ものや「清くない」ものの区別があるのでしょうか）があると、すぐに考えたのでしょう？　一体、この双方の子どもたちのあいだには、蛍を贈るという〝伝統行事〟以外に、現実にどんな個人対個人の交流や友情が成り立っているのでしょう。また逆に、

蛍の行事がすむと、生徒たちの待ちはじめるのが施設球技大会だ。
これは県下の盲児施設、ろう児施設、養護施設、精薄児施設、教護院、整肢園などの施設の生徒が集まって、バレー、ソフト、野球などを競い楽しむのだ。
玉子がはじめて来園して園長室に坐ったとき、壁ぎわに並びきれないほどの賞楯やトロフィーにびっくりしたことがあった。
「県下の施設では敵なしの強さですよ」

と、園長先生はそのとき自慢したのだった。耳が聞こえないということは、スポーツの世界で余り不利にはならないのだ。

（第二章「蛍の死」）

こういう考えがあります。

なぜ、「障害児」と〝普通の健康な子ども〟との二つだけに、すべての子どもが分けられ、〝普通の健康な子ども〟以外の子どもたちが全部、同じスポーツ大会で競わされるようなことが許されているのでしょうか。そしてそのなかで「敵なし」だとかいう現実を、なぜこの園長はこんなふうに事もなげに「自慢」して見せるのでしょうか。

子どもたちの特殊学級への軌跡をたどるなかで、分けられたことをどんなに恨んでいるかを知らされた。

私は分けられた悲哀を少しでも減らそうと、交流にのりだした。ところが、交流のための学校の態勢はすでに整えておいて、「同じ学校の生徒なんだから一緒に学芸会やろうよ」と私が言ったとき、Hくんはまじまじと私の顔を見て、

「一緒がいいんなら何で分けた？」

と迫ってきた。（略）

（北村小夜『一緒がいいならなぜ分けた——特殊学級の中から』「一緒がいいならなぜ分けた」／一九八七年、現代書館刊）

このことは、次のような状態の起こる深い理由を説明してくれるようです。

卒業をひかえて、高等部三年男子たちの心が不安定になってきている。いよいよ社会に出ていかねばならぬことの不安に、苛立っているのだ。なんでもないことに、すぐけんかの起こるのも、彼らが苛立っているからなのだ。

（本書・第四章「カラーテレビ」）

そもそもある子どもたちを「ろう児」として「社会」から引き離し、特別の場所に囲い込んでいるという状態自体が、まっとうではないのだと、なぜ玉子は一瞬も考えないでいられるのでしょうか。「学校」もまた、本来なら一つの「社会」であるはずです。にもかかわらず《あかつき学園》は三歳という幼い段階から「ろう児」を、親や家族とも、また同年代の他の子どもたちとも——つまりは「社会」から引き離し、二十四時間、教員や保母だけに厳重に管理された環境に置いているのですから、これでは苛立たないほうが不自然というものです。

一体、なんのために？「聞こえる」ようになるため？「話せる」ようになるため？そもそも人が生きてゆく上でいちばん大切なものが何かが、ここでは根本的に見失われているような気がして、私はなりません。

「社会に出ていくことの不安」は、実は《あかつき学園》に入っている（入れられている）という状態そのものから生まれているのではないでしょうか。

「絶望してはいけませんよ。ろう者だって必ず自立できるのです。（略）……やがては大分のろう学校からも大学進学者が出る日がきます。（略）」

（第三章「葬式」）

では、人間にとって「自立」するということは、大学に「進学」することなのでしょうか。「ろう学校からも大学進学者が出る日」が来るというのは、そもそも「ろう学校」を見下し、また大学に

「進学」するということをそれ自体、立派なことだと考えている見方の現われではないでしょうか。

私はこの浅はかな考えに暗澹とさせられますが、さらに〝学者〟たちは、「ろう児」をさまざまに分析し、解釈します。さながら研究材料のモルモットのように。

夏季講座のろう児心理学午前の部で、先生は、ろう児の心は悲しいまでに執着に乏しく、ものごとにあきっぽく、歓び悲しみにも深さがないということを説いていたが、玉子は実の死を同室の子供らの胸に深く深く永く永く抱きつづけさせたいと考えている。

（第四章「実の花瓶」）

人が別の人の「歓び悲しみ」に「深さがない」などと一方的に判定することは、それ自体、私は大変、恐ろしく傲慢なことだと思います。もしもあなたが誰かから「あなたの歓び悲しみ」には「深さがない」などと決めつけられたら、あなたはそれに納得するでしょうか。にもかかわらず、相手が「ろう児」であるというだけで、「ろう児心理学」の「先生」とやらは、そう断言し、それを聴く玉子もまた、傲慢にも子どもたちの心の問題に踏み込んで、自らが勝手に考える感情を「抱きつづけさせたい」と思い込むのです。

そればかりか、この「先生」とやらは、こんなとんでもないことまで玉子に吹き込みます。

〈幼ろう児は、やや残虐な性格を持つ〉と講座で聞いたことばが、玉子に刺さるように思い出された。

（同前）

私には、このような偏見を平然と「講座」で説明する「ろう児心理学」の「先生」の方が、よほど

「残虐な性格」を持っているような気がしてならないのですが。

「ろう児」たちを分析し、解釈してみせる人びとは《あかつき学園》にもいます。

「(略)……ま、美術教師の私から見れば、やはりろう児ゆえの絵の特徴も指摘できるのです。たとえば、絵が表面的で奥行がないのです。……思考力の浅さ、感情の薄さが、絵にも特徴的に現われていますねえ。しかし絵の世界では、それも案外新鮮な表現形式としておもしろいんですよ」

(第四章「焼け残った絵」)


いやはや、あきれ果てた「美術教師」もいたものです。そもそもこの「美術教師」とやらに、どの程度「絵が分かる」というのか――。私自身は、「ま、美術教師の私から見れば」などと、なんのためらいもなしにこんなことを得得と口走る「美術教師」の方が、よほど「思考力の浅さ、感情の薄さ」、美術のみに限らず人間の知性の営み全般との絶望的な隔たりをさらけ出しているという気がするのですが。

したり顔で「障害児」の〝絵の特徴〟を説明する、こうした「美術教師」が仮にあなたの身近にいたら、あなたは絵を描くことがほんとうに楽しくなるでしょうか。子どもの描いた絵を材料にさまざまな「性格分析」や「心理判定」をしたがる〝心理判定屋〟や〝心理テスト屋〟のような手合いが世の中には少なからずいますが、私は「絵」というものをそうした分類や説明の対象とすること自体、そもそも藝術とはまったく無縁の、というよりそれと真っ向から対立する悍ましい営みだとしか考えられません。

こういうエピソードがあります。

『わたしたちのトビアス』という子どものための本がある。障害児を理解するためにスウェーデンでつくられた本である。ダウン症のトビアスの兄と姉が書き、母親がまとめたものである。（略）

私も必要な本だとは思ったが、障害児が理解される側に立たされることに若干の抵抗を覚えた。特に、自分がかかわっている子どもたちの一人ひとりを考えると、ダウン症についてはこう説明できても、そうはできないハンディをもつ子もいる。そのことが人権にかかわるような気もした。

しかし、多くの人がこの本でダウン症を理解しているとき、当のダウン症の子どもたちに見せないことがうしろめたく思われた。

ある日、思いきって三人のダウン症の子を含めて八人の生徒とこの本を読んだ。ところが読み終わるや、ダウン症のH君が「トビアスどこ？　トビアスどこ？」と言う。他の子も一緒になって「トビアスどこ？」と言う。そんなかわいそうな子がいるならいたわってやらなければなるまいが、いったいどこにいるだろうというのである。私はそのかわいそうなトビアスがH君たちと同じだと、ついに言えなかった。私が応じないので自分たちで結論を出した。この学校、この学級にはトビアスはいない。しかし、あの学校（Y養護学校）にはたくさんいると。

（前出『一緒がいいならなぜ分けた――特殊学級の中から』まえがき「子どもの言葉を聞く」）

――何度、読み返しても深く心に沁みる、いくつもの重大な「真実」と示唆に富んだ話です。いま私が引用した、このわずか五百字あまりの短い文章のなかには、どれほど重要なエピソードが、宝石のようにきらめいていることでしょう。
ダウン症とは何か――。いま一つだけ、御説明しようとすれば、それは人間の歴史（狭い意味では医学史）に「染色体」とか、その「異常」といった考え方が生まれてきて初めて出てきた事柄です。……そう言えば、たぶんあなたにも問題のポイントがお分かりになるでしょう。そうです。すなわち、それは人間を差別するための言葉の一つだと理解していただければいいと思います。

ここでもう一度、「日本脳性マヒ者協会・全国青い芝の会」の人びとの言葉を思い出してみてください——「親が最初の差別者だ」。

「ダウン症」の子どもの生まれた親が、そのことでたちまち、自らを失った混乱の極み、絶望の淵に追い込まれてしまったりしないこと。次にはその反動で、こうした〝特別な子ども〟が生まれたことは、自分に与えられた「試練」であったり、逆に神様からの素晴らしい「贈り物」「宝物」だなどといった、奇怪な言い繕《つくろ》いに走ったりもしてしまわないこと——。なぜなら、それらはいずれも、その子ども自身にとっても、また人間全体にとっても、現に存在している一人の「人間」の重みを離れた、はなはだしい侮辱であり、差別であるからです。

どんな子どもに対しても、後から作り上げられた、名づけられた、たとえば「ダウン症」などというレッテルを貼るのではなしに、あくまで一人の「人間」として接し、向かい合い、考えるところから出発すること……。

なお、このすぐれた本『一緒がいいならなぜ分けた』にも、ごくわずかですが、実は私がある不満を覚える部分がないわけではありません（それは「できる」「できない」「～ができるようになった」ということが、どうしても「価値」として出てきている、という点に関わってきます）。

が、こうした深く印象的な場面に出会うことができるというだけでも、『一緒がいいならなぜ分けた』は、とりわけ『5000匹のホタル』を読んだあなたには、ぜひ、おすすめしたい——むしろ、なんとしても読んでいただかなければならない本です。いますぐは、まだ少し難しいかもしれませんが、「障害」や「障害児」の問題、その「教育」の問題は、本来、最低限、こうした深みから語られてゆかねばならないという目当てとして、心の片隅に覚えておいて下さい。

それにしても「ダウン症児」とは——またあるいは「ろう児」とは、一体、誰のことなのでしょう？

「つまりね、ろう児たちは、ことばもとぼしく、それだけに考えも浅く、思いつめることもしないので、自分で自分の不幸に余り気づいていないのですよ。単純なんですねえ。中には、四年生頃まで、自分が普通の人とちがう身障児だということさえ、気づかない子もいるほどですよ。だから、こんなに明るいのです。あの明るさも、そこまで考えてみれば、やはり悲しく、ふびんな現象なんですけどねえ」

（本書・第一章「真の家庭」）

もはや引用するのもいやになってくるほどです。語られる一字一句すべてが差別であり、人間性への侮辱であるような言葉――。

ここでの《あかつき学園》園長の「考えも浅く」「自分で自分の不幸に気づいていない」「単純なんですねえ」「あの明るさも、そこまで考えてみれば」「ふびん」という言葉に満ち満ちた蔑みには、私はそれだけで息苦しくなるほどの憤りを感じるのですが、いまはこれ以上、触れません。

ただ、この蔑みと……たとえば次のような言葉は、どうでしょう？

ああいう人ってのは人格あるのかね。つまり意思持ってないんだからね。僕は自分で結論出してないんだ。逆にみなさんどう思うのかなあって思ってさ。もう絶対よくならない、自分がだれか分からない、生まれてきたか生きたかも分からない。ただ、人間として生まれてきたけども、ああいう障害で、しかもああいう状況になって。しかし、こういうことやってるのは日本だけでしょうな。人から見たら素晴らしいことと言う人もいるし、おそらく西洋人なんかね、切り捨てちゃうんじゃないかと思うけどね。そこらへん、やっぱり宗教観とかの違いだろうけど。（略）ああいう問題って安楽死なんかにつながるんじゃないかなって気がするんだけど。

（『朝日新聞』／一九九九年九月二十三日付・朝刊）

――右に引いたのは、現在の日本では極めて有名な〝小説家〟でもあるらしい東京都知事の石原慎太郎という人物が、一九九九年九月十七日、「知的障害」と「身体障害」を併せ持つ子どもや大人が入所している、東京都府中市の府中療育センターを視察した後の記者会見での発言です。この発言と、《あかつき学園》園長のあまりにも無知で傲慢な言葉とが極めて近いことは間違いありません。そしてそれは、単にこの園長個人の人格のそれを超えた問題でもあるとも、私は考えています。

それにしても、「自分が普通の人とちがう身障児だということさえ、気づかない」とは――もしそれがほんとうに事実だとすれば、なんと素晴らしいことではないでしょうか。そこには当然、周囲の人びとの深い配慮もあるでしょう（そしてこの配慮は、実は決してその子ども自身のためだけにあるものではありません）。

そもそも科学的に言ってすら「聞こえる」「聞こえない」という、その程度のどこに線を引くか、という問題もあるはずです。にもかかわらず、この「園長先生」は――そして他の登場人物たちもまた、自らそう「気づ」いてさえいない子どもたちに「障害児」というレッテルを貼り、「普通校」から《あかつき学園》へと入るのを当然のこととしています。

庭の池までが「耳の形に作られ」（本書・第一章「未明の別れ」）ているらしい、「聞こえない」という「障害」を四六時中、子どもたちに認めさせようと迫るかのようなこの異様な空間に、幼い、あるいは年若い人びとが「聞こえる」同世代の友人（となり得たかもしれない人びと）から隔てられ、園長をはじめとする職員らの偏見に何重にも取り巻かれて「収容」されているということ――。私はそれがくやしく、恐ろしく、憤ろしくてなりません。ここにみなぎっているのは、あらかじめ人間に対して設えられた「正常」「健康」という基準から〝外れる〟存在を、徹底して「人間」一般から「ろう児」「障害者」へと括り出そうという空恐ろしい執念のようなものです。

「青い芝の会」の人びとは「仲間が親兄弟の手で殺されていく現実に対する怒り、隔離と集団管理を目的とする福祉施設に追いやられてきたことに対する怒り」を訴え、「われらは、愛と正義を否定する」「われらは、問題解決の道を選ばない」と高らかに宣言しました。私は、彼らがまさしく命をかけて批判しようとする、その「隔離と集団管理を目的とする福祉施設」の一つが、本書の《あかつき学園》であるという気がしてなりません（その名前の〝由来〟に、物語の終わりちかくなって玉子はようやく思い当たることになっていますが、私にはこの学園の名称は、こうした施設にありがちな見せかけの看板としか思えないのです）。

まがいものの「愛」も「正義」も拒否して、「問題」を「解決」しようなどと称する安易なごまかしに陥らないこと。「障害者」を差別しようとする幾重もの罠と、差別を受ける当事者として、これほどまでに鋭い洞察や勇気をもって闘っている人びとが存在するという事実は、思い出すたび、私を深い部分から励ましてくれるものです。

ほかにも、本書『５０００匹のホタル』は、読んでいて、さまざまな疑問にぶつかる作品です。たとえば、これらは一見、些細なことのようですが、なぜ、「身障児施設という漠然とした思いの中に、玉子はなぜかろうあ学校のことは考えていなかった」（第一章「ことばの森」／傍点・原文）のか？　また、

幾人もの生徒が、異様な声を放つ。

（第二章「蛍の灯」）

なぜ、ここで「ろう児」たちの声は、著者から、ことさら「異様」と言われなければならないのか。もっと適切な表現はなかったのか。

そして――なぜこの物語では、主人公の玉子はやたらと「頬が赤くな」ると書かれるのか？（それは、もしかしたら玉子が〝女性〟であり、作者の松下竜一氏が男性であることとも関係あるのか？）

……………

しかし、そうした点は、また皆さんが自分の力でいろいろ「発見」してゆかれることを、私自身は望んでいます。最初にも言ったとおり、それこそが「読書」――本を読むということのなかでも、最も重要な意味を占める部分なのですから。

ですから、ここでは、あと二点だけ、私がどうしても気に懸かってならない――絶対に見逃すことのできない「問題」を、皆さんに指し示しておくだけにとどめましょう。

松本幸枝という子供が私の担任になりました。心のとても暗い少女です。どうしても私になじんでくれません。私だけでなく、同室の子らの誰とも親しくなろうとしないのです。

この子は小学校六年まで普通校にかよっていたのです。それが、六年生の冬にひどい中耳炎でとつぜん聴力を失い、中学生になってから、ろう学校へ移ってきたのです。普通校からとつぜんこのような世界に移ってきたのは、この少女にとって大変なショックだったでしょう。それはよくわかります。でも、なんとか早く心を切り換えて周囲に順応してくれないと、みんなが不愉快です。

（第一章「暗い少女」）

実はここには、玉子自身がろう学校という制度の差別を認めるのを自ら告白している言葉が忍ばされています。「このような世界」という表現が、それです。この「世界」が他の「世界」と決して同じではないという、心の冷えるような捉え方。「普通校」という言葉も大変、私には恐ろしいものなのですが、少なくともここで「このような世界」と言われてしまうとき、それがたとえば「あのような世界」(「普通校」の世界!)とは決定的に異なったものであることを、玉子自身がよく承知し、認めているということなのでしょう。

いずれにしても、人が人に「心がとても暗い」などというのは、さきほどからの園長や「ろう児心理学の先生」、また「美術教師」の断定と同様、あまりに傲慢な、そして横暴なことだと、私は考えます。誰が誰と親しくなろうとするか、誰と打ち解け、誰に心を開くかも(そうしないかも)また、私はその人自身の自由であると考えています。

そしてまた玉子は、どうして、自分が絶対に「分かる」はずもないことを「それはよくわかります」などと安易に言ってしまうことができるのでしょう。他者のことが、もしも少しでも「分かる」というなら、人は、誰かが「周囲に順応してくれな」いから「みんなが不愉快」になるなどと恐ろしいことは、口が裂けても言わないはずです。こうした、他の「みんなが不愉快」にならないために、人間がいまいるその場にまず何をおいても「順応」しなければならないというような考えを、別の言葉では「ファシズム」といいます。

こんな松本幸枝への冷酷な物言いとは逆に、玉子が好むのは、たとえば次のような存在です。

隣室に松二君という三歳の男の子が入ったのですが、とてもかわいくて私の部屋にもいつも遊びにきて、皆にマスコットのように愛されています。朝のおはようのあいさつも、頭をさげて私のする通りに真似ます。口をもぐもぐさせるのですが、まだ声は出せません。

（同前）

この玉子の憎悪と溺愛の対照には、私はとても恐ろしいものを覚えます。ただ、これは決して玉子個人の問題だけではないという気もします。それはたぶん、教員が望むとおりの「ろう学校」生徒となることが要求されている「ろう学校」という環境そのものの問題であり、さらにいえば、この点に関しては広く「学校」一般という仕組み全体の問題でもあるかもしれません。

さて、この幸枝に対して、園長は次のような態度をとります。

「梶木先生。この蛍の受渡式は、いちばん清く美しい友情の交流なんですよ。これまで十八年もつづいてきた純真な童心の交換なんですよ。この式に代表としてお礼を述べる生徒は、ただ、うまくしゃべれればいいというものではないのです。本当にこの友情の代表にふさわしい、心の優しい人が選ばれるのです」

（第二章「蛍待つ日々」）

ここにも、私は子どものうちのある存在を「障害児」と決めて行なわれてゆく「障害児教育」なるものの恐ろしさを感じます。そして、こうして考えてくると、この物語の前半での松本幸枝のかたくなさは、むしろそうした偽りに対しての――ろう学校という制度の欺瞞に対しての、年少の人間としての全存在をかけた必死の抵抗であったと考えることはできないでしょうか。

にもかかわらず、自らの〝職業意識〟に衝き動かされ、またその「仕事」の中身を露ほども疑ってみることもしない玉子は、なんとか松本幸枝の自立した心を突き崩そうとします。そして、どうしてもそれが突き崩せないと見たとき、人間として絶対に許されない、とんでもない挙に出ます。

幸枝の家庭の事情を「保母」という立場を利用して「つかんだ」玉子が採ったのは、自分も幸枝と同じ、生母と死別し、継母を迎えた境遇なのだ、と偽りを述べて、幸枝に接近し、懐柔（手なずけ、抱き込むこと）を謀《はか》る途《みち》でした。

　玉子はしかし、もう決心をひるがえさない。幸枝の家庭状況を知ってから、彼女のゆがんだ心をなんとかときほぐすには、この解放された夏休みに、自然の中に誘い出して、本当に心をつくして語り合ってみるしかない、と玉子は考えたのだ。今度はもう、幸枝の事情もつかんだので、説得の手がかりもあるはずだと思う。

（第三章「青の洞門」）

しかし、先ほど述べたとおり、それは実は玉子の用いた策略だったのです。卑劣にも、自らも松本幸枝の生い立ちと同じ「継母」に育てられたのだという嘘をなんのためらいもなくついて、玉子は幸枝を平然と欺いたのでした。

　泣いている幸枝の肩に手をまわして、玉子はもう何もいわない。
　私はこの子に嘘をついてしまった。こんなに自然に嘘をつけた自分に、玉子は不思議な気がしている。
　自分の母も早く死んだというのは、玉子の嘘だった。新しい母がきたことも、その母が家出したことも、綿入れの話も、みんなみんな玉子が作り出した嘘の話だった。
　でも、こういうしかないんだもの……と、玉子は自分の作り話を肯定しようとする。

（第三章「六人の願い」）

私たちは、一体何を読まされているのでしょう。これはさまざまな問題に満ちた、世にも恐ろしいこの物語のなかでも、私が最もいたたまれない気分になった場面でした。一体、何が「もう決心をひるがえさない」なのでしょう。何が「こういうしかないんだもの」なのでしょうか。

断っておきますが、人にとってその「母」が「生母」か「継母」かのいずれであるかが重要だというのでは、決してありません（この松下竜一氏の著作についての批評でこれまでも何度も、また自分自身のほかの本でもたくさん書いてきたことですが、私はいわゆる「血縁」――俗にいう〝血のつながり〟というのを、人間を支配する最も誤った考えの一つだと思っています）。そうではなくて、それとは全然、違って、一冊の物語において、少なくとも登場人物の一人にとってかけがえのない重大な問題が、かくも卑劣な偽りによって安易に「解決」されてゆくことに、私は絶望的に深い疑問を感じざるを得ないのです。私はここで、一種、血の気の引く思いがしました。これは読者にとっても、十分に一つの偽りであることでしょう。

そしてしかも『５０００匹のホタル』をいくら読み進めても、その嘘は明らかにはなりません。むしろ、物語が展開するにつれ、逆にいっそうこの嘘は補強されてゆくのです。

玉子の父母も、弁当をさげて、初めて耶馬渓から出てきた。玉子は、夏休みに幸枝に聞かせた作り話のことを気にしていて、

「おかあさんは、ほんとは二度目のおかあさんなんだから、生徒たちの前ではそのつもりでいてよ」と、母に注文をつけて、苦笑された。

（第四章「運動会」）

何が「苦笑された」なのか。ここで「苦笑」するだけで問題を済ませ、平然と玉子との共犯関係に加担してしまう母親も母親で、私にはなんとも不思議な、許し難い存在です。彼女は、自分の娘のついている嘘が、どれほど人間を愚弄《ぐろう》しているものであるか、気づくことができないのでしょうか。

幸枝の心がどのようにして変わりはじめたかを自分だけが知っている得意さに、玉子はすこし微笑したが、須田先生は気づかなかった。（第四章「紙の輪」）

これほど酷い偽りを抱えたまま続く物語に、棒を呑み込まされたような苦しさを覚えながら、私は以下の展開をたどるのを余儀なくされることになります。ちなみに、この玉子という主人公は、話が進めば進むほど、どんどん「教師」としての「権力」性を、むしろ自ら求めて身につけてゆくようです。こんな玉子に、騙《だま》された幸枝が、それからほどなく〈せんせい、すき〉と「はじめての手話」を送ってしまうことが、私にはなんともくやしくてなりません。〝腸《はらわた》が煮えくり返るよう〟というのは、こうした気分を言うのでしょう。

一人の人間をこのように欺いて、偽りの親近感、連帯感を作り上げたことは、直接には登場人物・玉子の許せない行為であり、またこうした事柄が作品の終わりまでそのままにされていることには、大変、苦い後味がするのです。こんなにまでしなければ、「〝生母〟を失い、途中、失聴して心を閉ざしている少女」とのコミュニケーションは不可能だと、作者は言いたいのでしょうか。松本幸枝ばかりでなく「血縁」でない関係の「母子」、あるいは「親子」にとっても、こうした描写は深く心を傷つけるものではないかという気がします。

作者の松下竜一氏は、『豆腐屋の四季』という作品で作家としてのデヴューを飾りました。ある思いがけない事情から、この三年ほどの間、すでに三十冊ちかく松下氏の本を読んできた私からみても、おそらく氏の作品としては「ベスト3」に入るでしょう（いまなお、代表作であるという見方もできると思います）。

そこでは、氏の青春期に遭遇した「継母」の問題も、短歌とエッセイによって切実に歌われています。

彼女は彼女なりによく働いたのだった。豆腐の売れぬ春に、おから寿司などを工夫したのも義母だ。稲荷寿司のごはんの代わりに、おからをつめて店々に卸したのだ。早春にふさわしい淡い味が好まれてわりとよく売れた。彼女が去ってのちの春、もう私たちはおから寿司をつくらない。

（『豆腐屋の四季』「義母のこと」）

こうした痛みを味わってきたはずの松下竜一氏が、本書で、この問題をこんなふうに扱ってしまっていることは、私にはなんとも信じ難く、心底やりきれない気持ちがします。ここには、ある意味で氏自身が自らを傷つけようとする気分すら漂っているような気もしないでもありません。しかし、それらはいずれにしても、私自身、読者として決して認めるわけにはいかないものです。それは、もともと物語や小説とは「つくりごと」だという話とは、まったく次元が違います。

そして――人を人とも思わない（としか、私には感じられません）玉子なる主人公のこうした嘘や、あるいは「ろう児心理学の先生」、「美術教師」、《あかつき学園》園長の「ろう児」に対する恐ろしい考え方は、やがてついに、そうなるべくしてなった地点にまで、到り着くことになります。

本書でこれを直接、語るのは「永野先生」です。

「あなたの部屋の子供たちは、つぎのようになっていますね」

永野先生は、何も見ずに説明してくれた。

「まず百合子さんですが、彼女は先天性ろう児です。つまり生まれつき聞こえないんです。その原因は、百合子さんのご両親が血族結婚なんですね。私たちは子供の入園時に徹底的に調査をするのですが、百合子さんのご両親は、ふたいとこの血族でした。……血族結婚は避けねばなりませんね。不具者の生まれる危険度が非常に高いのですよ。（略）

――松二君は先天性です。しかし先天性といっても、どうも遺伝的なものじゃないらしいと、私は考えています。ずいぶん調べてみたのですが、一族の中にろう者やその他の不具者は出ていませんし、血族結婚でもないのです。……」

（本書・第四章「失聴原因」／傍点は原文）

生徒一人一人の「失聴原因」どころか、その両親の結婚の事情まで、「何も見ずに」言えるほど、一人一人の個人的な秘密を――つまりプライヴァシーを、ろう学校の教員は摑《つか》んでいるものなのでしょうか（さきほどの玉子が幸枝の「家庭の事情」を容易に知ったことからすれば、この物語のなかでは、これはいささかも不思議ではないことなのかもしれません）。

それにしても、このように生徒の家庭のプライヴァシーをあばき、「ずいぶん調べてみたのですが、一族の中にろう者やその他の不具者は出ていません」などと人権侵害を得意げに語る教員のいる学校というのは、それだけで私にはなんとしても認めがたい施設にほかならないのです。

玉子の心は重苦しくなった。どうして、一人一人幼い者たちが、こんな不運を背負わねばならないのだろう？　本当に神様がいるのなら、なぜ神様はそんなことをなさるのだろう？

（同前「失聴原因」）

玉子の物語全体を通じての無神経さは、ここでも平気で、いま自分の目の前に現実にいる子どもたちについて「不運」などという言葉を用いてしまっています。〝本当に神様がいるのなら、なぜ神様はそんなことをなさるのだろう？〃……！

こんな風に書かれてしまうとき、それは現実にそうした条件を生きている個個の人間たち、子どもたちにとって、どれほどひどい侮辱であることでしょう。「小学校四年まで」それと気づかなかった子どもに対して「ろう児」「障害者」「不具者」（！）などというレッテルを貼り、選別・差別をするのは、誰なのでしょう。この教員たちは、現に生きている子どもたちをめぐって、そうした子どもたち（「不具者」）は、「血族結婚は避けねばなりませんね。不具者の生まれる危険度が非常に高いのですよ」――すなわち、なるべく生まれてこないほうがいい存在であると断言しているのです。

現に生きている人間に対して、これほどの侮辱があるでしょうか。


「問題は、百合子さんのように、本当に先天性遺伝の場合ですね。（略）……私たちもこういう問題にぶつかると、なるべくなら先天性同士の組み合わせでは結婚させないよう、おたがいを説得するのです。できるだけ、先天性には後天性を組み合わせようとするわけです。……そうすれば、正常児の生まれるチャンスも多いんですよ。正常児が生まれて大よろこびで学園に連れて見せにきたのも、もう幾カップルかありましたよ」

（第五章「愛情が決する」）


このぞんざいな傲慢さ……。〃連れて見せにきたのも〃？ なんという言いぐさ！

私は、そうした「カップル」が果たしてほんとうに「正常児が生まれて大よろこび」していたのかどうかを、その最も深い部分で疑っています。なぜなら、それがもし事実なら、この「幾カップル」かの男女は自分たち自身の存在を――自らの人間としての尊厳を否定してしまっていることになるからです。

（またもちろん「結婚」の目的が子どもを持つことでも、他人――たとえば「ろう学校」の教員から、トランプの札のようにその「組み合わせようと」された男女関係を作ることでもないことは、あなたもお分かりでしょう。）

この「永野先生」のような考え方を「優生思想」と言います。そして玉子も他の人びとも、『5000匹のホタル』に登場するすべての人物から、この明らかな優生思想＝人間の命に関する「差別」的な価値観への批判の視点は、まったく抜け落ちています。

「優生思想」については、あなたも御存知の、あのヒットラーのナチス・ドイツにおけるものが有名です。「T4（テー・フィーア）作戦」と呼ばれたそれでは、何十万人もの「身体障害者」や「精神薄弱者」が、ドイツ第三帝国の役に立たない〝厄介者〟としてガス室に送られ、虐殺されました。ナチス・ドイツはそれを「最終解決」と称しています。

現代の日本でも、しばらくまえ、ある〝評論家〟がある小説家に対し、その小説家の息子が遺伝的なものとされる病気を持っていることをあげつらって、こうした人間は社会的な利益を守るという意味で子どもを持つことを控えるべきだと公然と主張しました。ナチス・ドイツと完全に同じ、典型的な優生思想の考え方です。

当事者を直接には殺さないまでも「先天性ろう児」同士の「組み合わせ」は「正常児」ではなく「不具者の生まれる危険度が非常に高い」といって恋愛や結婚をやめさせようと説得するのであれば、それはやはりナチス・ドイツの「ガス室」の「最終解決」につながる、人間の尊厳を根本から踏みにじった「差別」「選別」の考えであると言わなければならないでしょう。

この「永野先生」の露骨な態度表明に、「ろう学校」――ひいては「障害児」教育のほんとうの目的とする意図が、図らずもさらけ出されてしまっています。

（なお、ナチス・ドイツのことを出したついでに触れておくと、私は玉子が吉田ながえの「原爆症」のことを聞いて思ったような、「戦争」を「国と国との憎しみ合い」とだけ、簡単に言ってしまうことにも賛成ではありません。そもそも戦争を始める人びとは、「憎しみ」というより、もっとずっと冷たく残忍な計算にもとづいてそうしているのだと、私は考えています。）

「普通」とか「障害」とかいった見方は、私たちが資本主義社会の要請する方向での上昇志向に毒されていることに他ならないし、互いに差別し合う方向にむいているのではないでしょうか。そうした発想そのものを変革していかなければならないと思います。

（大阪教育を考える会『ふつうのがっこにいきたいんや――「障害児」就学・就園運動の記録』「『障害児』はいまどこにおかれているか」／一九七九年、風媒社刊）

教育が子どもの側からでなく、期待される人間像から逆算して、何年生ではこう、中学校ではこうというような形でなされるとき、はじき出されるものが出てくる。いろいろに呼ばれる。問題児・障害児・学力不振児・登校拒否児……。

（前出『一緒がいいならなぜ分けた――特殊学級の中から』「ふり分けをこばむ子どもたち」）

前にも言いましたが、この『一緒がいいならなぜ分けた』という優れた本も、その「分けないこと」の意味の「証明」が、子どもたちが「生き生きとしてきた」「～ができるようになった」という目標が実現したという理由においてされようとしている点は、私にとって最後まで気になっているところです。なぜなら、「生き生きとしてく」るかこないか、「～ができるようにな」るかならないか、などとはまったく関係なく、人間を「正常」と「異常」、子どもたちを「健康児」と「障害児」とに「分ける」のは、それ自体、あってはならないことだからです。

しかし、それにしたところで、《あかつき学園》の教員たちと較べれば、はるかに程度としては少ない、ほとんど論《あげつら》うには及ばないものだと言わなければなりません。

「なに私たちは、耳は聞こえないでもりっぱな目がある。この目を生かして話をよみとります……」（第五章「耳の日」）

〝りっぱな目〟？　私は何人か、耳がまったく聞こえず、眼もまったく見えない――いわゆる「盲聾者」とされる――友人たちを知っています。そうした存在に対しては、ではこの《あかつき学園》初代寮長の「山室先生」はなんと言うのでしょうか。すでにこの段階で、この「障害児教育」教員の考え方は根本から崩れ去ってしまっているのです。

そもそも『５０００匹のホタル』の扉には、ヘレン・ケラーの言葉が記されています（この「めぐまれぬ人びとが／希望の道を／つよく歩めるように……」という言葉についても、私は少し、抵抗を感じる部分がありますが）。あなたも御存知のとおり、ヘレン・ケラーは耳が聞こえず、眼が見えない視聴覚二重障害を持った――いわゆる「盲聾者」です。初代寮長の「山室先生」は、こう言ったとき、たとえばヘレン・ケラーの存在を自らの世界から完全に「排除」していたのでしょう。

私は点字を書き、読むことができます（ただし、読むのは、点字そのものに直接、指で触れてではなく、その配列を目で見て――ですが）。また「視聴覚二重障害者」と会話する手段として、日本で初めて編み出され、いまでは世界に拡まっている「指点字」（二人の人間が互いの両手を重ね、おのおの左右の人さし指から薬指までの計六本、全体で十二本の指をブレーユ式点字の六点に対応させて、指から指へと「点字」信号を打つこと）も、ほぼ「視聴覚二重障害者」との日常会話には支障ない速度で行なう術を身につけました。手首から先の形で個個の文字を表わす指文字もある程度、そして手話も若干は理解できます。

そうした機会が得られたのは、すべて私自身が「視覚障害者」や「聴覚障害者」「視聴覚二重障害者」と呼ばれる、しかし実は個個の心と名前とを持った友人たちと〝隔てられることなく〟出会うことができたからでした。そしてその過程では、ときとして「障害者」自身の「障害」に対する特別視した考え方を私が批判する、という場面さえ、少なからずあったのです。毎年一回、「普通校」の生徒が「ろう学校」の生徒へ蛍を贈るという「清い友情」だけでは、この溝は決して埋まりはしないでしょう。

私があなたに知っていただきたいのは、この世界のほんとうの巨きさと、人間という存在のかけがえのない重さです。そして、それは狭く浅い出来あいの思い込みのすべてを上回って、どんなに豊かであることでしょう!

『5000匹のホタル』は一九七三年に初めて出た本だということです。いま、私の手もとにある一冊は一九九七年八月発行の「第三六刷」で、長い年月にわたって多くの人びとに読まれてきた作品であるらしいことが分かります。

しかし、「障害」や「障害児学級」、あるいは「障害児」のための学校をめぐる状況は、すでにその当時でさえ決して単純ではなく、この物語とは違って人間を事実区分して差別したりするのではない動きが、実はこの世の中には無数にある(あった)のだという事実、世界はもっと豊かであり、人間はかけがえなく重いものなのだという事実を、ぜひ、皆さんには知っておいていただきたいのです。

それこそが、人が生まれ、育ち、生きてゆくということ——人が「世界」と出会うということなのですから。

〔二〇〇一年五月脱稿〕

ただ一冊の「本」

――『まけるな六平』

暑ければ暑いほど、寒ければ寒いほど売れるのがとうふなのだ。だから、とうふの売れぬ春にくらべると、ま夏やま冬は三倍はいそがしい。それも、ま夏とま冬が同じていどのとうふの売れゆきだとしても、いそがしさからいえばだんぜんま夏である。

というのも、ま夏はとうふがくされやすいからだ。朝つくったとうふが夕方にはくさっている。したがって、一日分のとうふをまとめて一度に配達するという手ぬきができない。

（本書・第九章「おれは反対だ」）

もともと、年若い人びと――ごく普通の言い方をすれば、子ども向けに書かれているはずの物語のなかで、こうした文章に出会うことができる読者は幸福であると言わねばなりません。そしてそれが、作者の考えていたとおり、実際に子どもたちであったとすれば、なおのこと。

私は、ここ二年余りのあいだに三十冊ちかく、松下竜一氏の作品に目を通すこととなりました。そして今回、私がこの『まけるな六平』に到り着いて感じるのは、これはほんとうに作者である松下氏の自伝そのもの……一般に著者が自分自身のことを書き綴った本というその意味を、さらに何重かの意味で突きつめた、まさしく「魂の自伝」にほかならないということでした。松下氏のたくさんの著作のなかでも、とりわけ自伝的な色彩の濃いデヴュー作『豆腐屋の四季』や、それに遡る時期の日記をもとに構成された『あぶらげと恋文』などと、文字通り、一字一句の違いもなく、これはほとんど大部分の出来事が事実そのまま刻みつけられた、著者の青春の記録なのです。生活に追われ、家族の重みに耐え、行き場のない孤独に苛《さいな》まれた、困難な青春の――。

ただし、『豆腐屋の四季』や『あぶらげと恋文』が松下氏自身の書き継いだ手記として、いわば主人公はあくまで松下竜一氏自身だった物語であるとすれば、この『まけるな六平』では、主人公は兄弟のいちばん下、松下竜一氏自身の他の本でもひときわ細やかな情愛をもって描かれている末の弟の視点から描かれていて、当の松下竜一氏はいちばん上の兄の良樹の役割で登場してきます。

そのため、松下氏の立場からすれば「良い弟」の視点から「悪い（中間の）弟」を「罰する」という場面が、ときとしてまったく見受けられないわけでもないのですが、それでも二人のあいだのいずれも個性的な兄弟たちや父を、六平の目からなるべく等分の距離を置いて描こうとする工夫がいろいろ凝らされているため、結果として、単に児童文学としてというだけではなく、一篇の小説としても、『まけるな六平』はずいぶん内容の豊かな、巧みな物語に仕立て上げられています。

それにしても、この一人の青年ともう一人の少年の一時代のエピソードは、これまで松下竜一という作家によって何度、繰り返し、語られつづけてきたことでしょう。

第一章「ふろがま、たおれる」冒頭の、中学生の六平に年老いた父が「六平よ。おおごつがでけただい」と言う場面から、一気に私たち読者は、九州北部の小さな都市で母親を早くに亡くした男兄弟たちと老父の一家の、生活の重みに押しつぶされそうになった現実のただなかにぐいぐいと引き込まれることになります。

この「おおごつ」に始まり、その前の晩の「おかず」をめぐる争いも、良樹が死を思って決行する

「家出」も（おそらく、その書き置きの文面も）、「良樹が家出をして四日めの正午に、『皇太子妃御決定』の号外が出て、学校でも街でもそのことが話題となったが、六平の家では三人ともひっそりとだまっていた」（第一章「ふろがま、たおれる」）ことも、結局、死を思いとどまった良樹が帰りに買って帰る「回転焼き」のエピソードも、「もう、どうしていいかわからない」に始まる征雄からの速達も、「一日おくれのクリスマス」の造花の話も、「トーグルト」のアイディアも、結局それが失敗して「とうふ屋は、やっぱあこつこつととうふをつくるしかねえのう……」と溜め息をつくいきさつも、そして義母とその「連れ子」の物語も——ほとんどすべてのエピソードが、同じ著者の『豆腐屋の四季』という掛け値なしの傑作や『あぶらげと恋文』という痛切な記録にも出てくるといって過言ではありません。

『豆腐屋の四季』『あぶらげと恋文』という稀有の青春の記録で語られていたものを、もう一度、ただし今回は松下竜一氏からも、またおそらく他の兄弟たちからも、特別の情愛をもって接せられていた思春期の入口の少年の視点から描き直すことをしてみたいという抗し難い誘惑が、作家としての松下竜一氏には、このとき芽生えていたのでしょう。

その存在が単に〝予告〟だけされていて、実際の「作品」にこの『まけるな六平』で私が初めて出会ったという小説も、今回は含まれています。第二章の「たく父」が、それです。

……たきものの値は、製材所の若主人が車力の積みぐあいを見て目見当で決めるのだった。中の方に太い物をかくしこんでいるのを見破られまいとして、しきりに世間話をしかけて若主人の気をそらせようとしている辰吉を見ながら、六平はなんだか見たくないものを見せられているように気はずかしくてならなかった。

山に雪がふるようになると、製材所の仕事も少なくなり、製材くずもたえがちになった。杉皮ばかり持って帰る日もあった。杉皮は火勢が強くてあっという間に燃えたが、雪のように白いはいをふらせた。
「やっぱあ、あの電信柱を拾いにいくど」　（第二章「たく父」ルビはすべて省略。以下、同）

この第二章「たく父」は、その全体が見事な短篇小説となっていますが、実際、これは松下竜一氏自身も心中ひそかに期するところのある自信作だったようです。氏のエッセイ集『いのちき　してます』の「父の年譜」の章に「二百枚の作品『焚く父』」として出てくる、この〝「電信柱」をまるまる一本燃やしてしまう父親〟の物語は、私自身、右のエッセイ集に接したときから、読んでみたいと念願していたものでした。

当初のこの作品『焚く父』を構想し、完成するまでの経緯は、『いのちき　してます』のなかでその全体をすこぶる冗談めかして書かれてはいるものの、これが松下竜一という作家にとって会心の作だったことを窺《うかが》うのは、さして困難ではありません。結果的に、たぶん分量を圧縮して『まけるな六平』のなかに嵌《は》め込まれることになったこの部分は、そして事実、物語全体のなかでも忘れ難い章の一つとなっています。

「なんの、見ちょってみよ。おりが燃やしてみすっちゃ」
辰吉は、くどの口にかがみこんで松薪でたきつけはじめた。うちわでバタバタとあおぐ辰吉の、もうはい色にうすれたかみの毛がはかなくゆれるのを、六平は見おろしていた。外では、いつしか雪がやんでいた。　（同前）

この章は、燃料代を節約するため、一本の電柱（当時は木製でした）を「毎日、燃えた分だけ」

「くどの奥にさしこんでいき」「すこしずつ短く」してゆくという、一見、滑稽なような、しかし生きるということ、生活するということの厳しさを手摑みで剝き出しにしたような厳粛なエピソードそれ自体だけではなく、そのイメージの鮮やかさ、文章の美しさからしても、かなりの推敲が加えられた章であることが納得されます。


辰吉のかみにもかたにもゴム長にも、白々とはいがふり積もっている。くどをのぞくと、ひときり燃えさかった杉皮が、いまは深紅に燃えしずんでたちまちはいに変じていこうとしているのだったが、電信柱の先端がボーボーとほのおをふいている。白っぽいほのおであった。電信柱にはたてのひびがいくすじも走っているのであったが、そのひびから、うっすりと白煙がしみだしていて、それは古壁を解いたときのようなかびくさいにおいをたてるようであった。

「とうちゃんには、かなわんなあ」

義人が大げさに首をふってわらった。

「たく名人じゃら」

六平がいうと、良樹が声をたててわらった。

（同前）


「なんの音をきいたんか」

良樹がことばを切ったので、六平がつられたようにたずねた。

「電気の流れる音じゃら」

「そんなん、きこえるもんか」

六平がわらった。

「うん、そらあまあ、いま考えれば、それが電気の流れる音じゃったんかどうかはわからんけど、みんな子どもじゃからそう信じちょったんじゃら。雨上がりで電信柱がまだしめっちょるときがいちばんようきこえよった」

（同前）

またこの章で異彩を放っているのは、焼酎をひっかけては「ばかやろう！　なんのえらそうにすんのんか。どうせ最後はみんな死ぬんでこそあれ」とどなって、ひきつったような笑い声を響かせながら自転車で町を往き来する「中野の甚」の存在です。

拾ってきた木切れを五十円で売りつけようとして、それがうまく行かないとみると、一転して「電信柱をぬすんだち、いうていっちゃろ」と末松を脅迫しにかかり、最後に三十円を受け取ってから「のう末松よ。みんな次々に死んでしもうたのう。大江村小学校の同級生で、もう何人残っちょるかや。やっと五十五にしかならんちゅう年で、かぞえるほどしかおるめえがや」と嘆いてみせる「中野の甚」。そんなふうにしんみりしたかと思うと、次の瞬間には例によって焼酎をひっかけ「ばかやろう！　なんのえらそうにすんのんか。どうせ最後はみんな死ぬんでこそあれ」とどなって、「泣くような笑い声」とともに去ってゆくこの人物の姿には、『まけるな六平』のなかでも、たとえば福沢記念館の喜多村老人や、娘とともにやってくる屋形助教授、彼らよりさらに影の薄い「ラッキョ先生」そのほか、ぺらぺらの善玉たちが束になってもかなわないほどの、実はひときわ巨きな重いものが投影されています。一読して忘れ難いこの人物の背負っているものが、果たして何であるかは、皆さんにも少しずつ考えていっていただきたいと思うのですが、ほかにも橋の上で「よんべ、妹が頓死してまい」と陽気に繰り返す老婆（第九章「おれは反対だ」）など、点景人物の印象が鮮やかで生き生きとしているのも、この物語の特徴の一つです。

『あぶらげと恋文』によれば、この「妹の頓死」についてしゃべりつづける老婆に出会ったのは、実は松下竜一氏自身――すなわち『まけるな六平』でいうなら良樹で、このエピソードそれ自体は、内容の全体を良樹からではなく六平の視点から描こうとした本書の工夫が危うく破綻《はたん》しかかっている数少ない箇所の一つでもあるのですが、鋭敏な感受性を持った少年は十代初めでも、このときの六平のように老婆の「よんべ、妹が頓死してまい」を聞くことが出来たのではないかと解釈するのに、さほど不都合はありません。ほかにも、六平の作る「おしょろ舟」(第十一章「グッド＝ラック！」)のエピソードをはじめ、多くの素材・草稿が惜しげもなく投入されたこの『まけるな六平』は、ある意味でこれまで私が読んできた松下竜一作品のなかでも、最も本格的な長篇小説となっている一冊です。

一般に一人の作家がその生涯のあいだにほんとうに書くべきことは、実はそんなに多くないのではないかという気が、私にはします。そして松下氏の作品に繰り返し繰り返し現われるこれらのエピソードは、松下竜一という文学者にとって、この豆腐屋だった青春時代がいかに重要だったかを何より雄弁にものがたってもいるようです。すなわち、これらは作家・松下竜一のある意味で最も本質的な部分であり、氏はここから出発し、そしてこの題材を、作家としての自分自身の核に抱き続けてきたのだと言えなくもありません。氏の他の何十冊もの本とは別の次元に存在する、松下竜一氏自身にとっていわば「ただ一冊の本」ですらあるような。

おそらく作家とは皆、そうした一冊か、ないしは多くても数冊の「本」を自分の魂の内に持っているものだと私は考えていますが、松下竜一氏にとっては、後に「生活」と「文学」とをこれまでほとんど誰もできなかったようなしかたで劇的に結びつけた『豆腐屋の四季』という名作に結晶するにいたる十代終わりから三十代の初めまで——すなわちほぼ二十代の、とりわけ前半の濃密な気分が、この作品には封じ込められています。

「これは創作であるが、しかしあのころの生活体験をこく反映している。それゆえ、書きつつ想い出はあふれて、目はうるみがちであった」「どんなにつらい日々でも、過ぎ去ってみれば、そのつらさこそが生きていくことのなつかしさとうらはらになっているものだという、老人たちのことばの意味深さを、わたしもしみじみとさとるのである」「……やがていつか出あうかもしれぬつらい日のために、そんなことばを心のどこかにためておくことは、とてもたいせつだと思う」――この本の初版の「あとがき」で、松下竜一氏自身もそう書いていますね。

「つらさこそが生きていくことのなつかしさとうらはらになっている」というのは、この『まけるな六平』の物語では、季節が春から夏に変わるような、六平という一人の少年が自分自身の力で「世界」の全体と出会ってゆこうとする――そしてまた「世界」の側も少年のまえに自らの内側を開いてゆこうとする、美しくも胸苦しい、印象深い場面に見て取ることができます。

　良樹のきびきびした指図に、六平はちょっと思案してから、
「おれも今晩な徹夜するわ」
　といった。
「あしたはどうせ一日じゅうこき使われて勉強どころじゃねえき、今晩のうちに勉強しちょくわ」

（第四章「どなられて」）

　六平が良樹からそんな話をきくのははじめてだった。六平のまだすこしねぼけている目には、くどの奥のほのおのまわりが虹色ににじんで見える。

（同前）

そして、これらの美しく心ときめく――この『まけるな六平』でも、甘く流れすぎて作り物であることが露呈してしまっている屋形リエ子との交流や、いったんは壊れかけた良樹の見合いに六平の機

転で明るい転機が仄見えてきたりする、というような上ずった明るさではなく――ほんとうの意味で魂が顫《ふる》えるような心のときめきに満ちた場面は、やはり『豆腐屋の四季』の、とくにそこに鏤《ちりば》められた短歌の世界に直接、通ずるものであることを、私は指摘しておくことにしましょう。

泥のごとできそこないし豆腐投げ怒れる夜のまだ明けざらん　（『豆腐屋の四季』「歌のはじめ」）

この黒ぐろと烈しい、まさに叩きつけるような調べをもった一首から始まる歌文集『豆腐屋の四季』は、しかしなんと忘れ難い、痛切な短歌の数かずをその内に包み込んでいることでしょう。それら秀歌のそれぞれについては、いずれ皆さん自身で出会っていただくとして、同書でも最も力に満ちた歌の一つを次に紹介します。

かれらがいこうとしている小浦島は、河口の小さなデルタで、漁をする人々が住んでいる。いったんはいりこむと出口がわからなくなるような路地奥に、小さな食品店が六軒散在していて、その六軒の店にとうふを卸すのだ。　（本書・第四章「どなられて」）

本書『まけるな六平』で「小浦島」と書かれている、この島は、実際には小祝島。その後の松下竜一氏にとって巨きな意味を持つことになる、その「河口の小さなデルタ」です。

「おりるときのほうがむつかしいきのう。おれのあとについて、ブレーキをすこしずつしぼれよ」

義人のいうとおりに、六平はあとにしたがった。ハンドルをにぎっている指が、じんじんと音をたてるように寒にうずく。ぶじに坂をおり切り、畑とぶた小屋の続く道を通りぬけて、路地の入り

口までたどり着くと、六平はやっと緊張がゆるんだ。　（同前）

そう、まさしくこの「ぶた小屋」こそ『豆腐屋の四季』「ぎんなん」の章で、

豚小舎をぬくむる火らし雪の夜の小祝島にほのあかり見ゆ

と詠まれた、その絶唱のモチーフにほかなりません。

生活のため、いずれは食肉に供する目的で売りに出すことになる豚たちを、しかし単にその〝商品〟としてのためだけではないはずです、長くはない期間といえども、ともに生き、過ごす彼らに寒い思いをさせまいと、雪の降りしきる夜を徹して小舎を暖めるために火を焚く養豚業者がいる――。そしておそらく詠み手である松下竜一氏は、冬の寒夜の豆腐の配達の行き帰りに、その火を一つの心の目当てのように見ているのでしょう。見る側も見られる側も、歌う側も歌われる側も、まぎれもない「生活」「労働」の全重量を背負って向かい合いながら、しかもここに成り立ち、ひろがっている光景が包み込んでいるのは、決して単なる「生活」だけではありません。

これまでの漫然と花鳥風月を朗詠していた「短歌」の狭い枠を、一見、荒あらしく踏み越え、生活の現実そのものを、烈しいB音の炸裂するような歌い出しに乗せて突きつけているかに見えるこの一首は、しかしその巨きな「風景」の截《き》り取り方の確かさといい、結びの句の紛い物でない美しさの調べに向かって一首の全体が寸分の狂いもなく吸い込まれてゆく構造といい、単に歌われている内容の「世界」と人間にとっての尊さばかりでなく、短歌の技術としても（すでに出来上がった、ある「型」を最終的には踏襲しているとはいえ）、ほぼ完璧なものと思われます。

そしてこの島――小浦島こと小祝島が、『あぶらげと恋文』や本書『まけるな六平』に描かれた松

下竜一氏の青春前期の、その次の時代――いわば青春後期にあって、どのように別の意味を持った地として姿を現わしてくることになるのかについて、興味のある方は、それらが詳しく綴られた、たとえば松下竜一氏の秘められた精神の自伝『母よ、生きるべし』などを御覧になるとよいでしょう。

「ふとうな雪が積んじょるな。よう、こけんでこれたなあ」

おばさんは身ぶるいした。六平は本間商店に二十丁のとうふを卸した。かんの中の水は、できてのとうふのぬくみで湯のようになっていて、こごえた指をひたしていると気持ちいい。（同前）

とりあえずは「世界」のすべてに――たとえそれが悲しみや苦しみであってさえ、新鮮な感動に打ち顫える青春期の入口に、まだ六平自身は立っているはずなのですから。

ところで、この物語のなかで、繰り返し言及される一つに、福沢諭吉の存在があります。そして本書を読めば、単に一万円札の肖像画の人物であるという以上に、この思想家についての知識がある程度、読者には得られることでしょう。

「天は人の上に人をつくらず、人の下に人をつくらず」

この町の駅のホームにおり立つと、こんな文字が大きながくにかかげられている。福沢諭吉の『学問のすゝめ』の冒頭に出てくる著名なことばである。この町の下級藩士であった福沢諭吉は、封建時代の身分制度をはげしくにくみ、新しい時代の出発を告げる万民平等の思想をこの簡潔なことばにこめたのだ。日本の民主主義は、このことばとともにはじまったといわれる。

（第五章「少年福沢会誕生」）

第十二章「『西洋事情』」、そして第十三章「わかれの夜」でも繰り返し、賛美される福沢諭吉ですが、たしかに私もこの思想家は日本には珍しいタイプの明るい合理主義者だと思います。と同時に、最近では日本の内外で、彼の後半生の思想が、そのスローガンと目された「脱亜入欧」の言葉とともに批判されるようになっていることも、皆さんには知っておいていただきたいと、私は考えています。

「脱亜入欧」とは、日本が遅れた貧しいアジアから抜け出て、進んだ豊かな欧米諸国の仲間入りをすべきだという主張です。そしてそれは現実には、アジアの一員としての日本の立場をかえりみず、十九世紀までの世界各地を侵略・植民地支配した欧米列強に日本が追随することを奨励していました。実は、この言葉それ自体を福沢諭吉が用いたかどうかは微妙な問題でもあるのですが、彼の到り着いた場所がそうした考えであったことは、ほぼ疑いようがありません。晩年の福沢諭吉が口述した自伝『福翁自伝』は、途中まで、なかなかに面白い本であるにもかかわらず、最後の部分は日本の本格的なアジア侵略の始まりである「日清戦争」の勝利を喜ぶ、いわば囃《はや》し詞《ことば》めいた文句で締め括られています。

……日清戦争など官民一致の勝利、愉快とも難有いとも云いようがない。命あればこそコンナ事を見聞するのだ、前に死んだ同志の朋友が不幸だ、アヽ見せて遣りたいと、毎度私は泣きました。

（福沢諭吉『福翁自伝』）

たとえば本書『まけるな六平』の喜多村老人や屋形助教授は、こうした点についても、六平やウッしゃん、タコ川、ブチたちに自分の考えを伝えてほしかったという気がします。福沢諭吉がこんなふうに手放しで喜んでいる日清戦争は、その後、朝鮮半島が長く日本に支配され、さらに第二次世界大戦後は南北に分断される重大なきっかけになったことが明らかなのですから。

そこでしばらく前、起こったある事件の話を私は皆さんにしたいと思うのですが、そのまえに、本書『まけるな六平』の次の部分を、もう一度、読んでみて下さい。

「かあちゃんは三人姉妹の末っ子でのう、いちばん上のリカさんが、いまの千束のおばちゃんで、次がハルエさんで三毛門のおばちゃんじゃ。（中略）そんころはみんな貧乏じゃから、いなかのむすめたちはたいてい紡績にきたもんだい。ボーセキ太郎ちゅうて、なぶられよった。ボーセキ太郎がえんとつ学校に通いよるちゅうての」（中略）

六平はふと思いだしていた。母が、学級懇談会のことを、こんざんかいというので、なんだかとてもはずかしく思ったことを。えんとつ学校でしか勉強できなかった母だとは、そのころの六平の知るはずもないことであった。

（第八草「ボーセキ太郎」）

とても心に沁みる話です。

そして私が御紹介したいのは、こんな事件です。

……一九九一年暮れ、十二月六日午後四時のことです。韓国・釜山《プサン》の履物会社テボンでミシン工として働いていたクォン・ミギョンさんは、あまりにも非人間的な労働現場の状況に抗議して、会社の三階から飛び降り、亡くなりました。二十二歳でした。

ミギョンさんの遺体には、左腕の皮膚にボールペンで次のような文章が綴られていたといいます。飛び降りる直前、彼女が書いた、これは「遺書」なのです。

《愛する私の兄弟たちよ。私をこの冷たい土に埋めないであなたたちの胸の中に埋めてくれ。その時だけが私たちは《ママ》完全に一つになれるだろう。人間らしく生きたかった。これ以上私たちを抑圧するな。私の名前は「コンスニ」ではなくミギョンだ》

（以上は、韓国の月刊雑誌「キル（道）」一九九二年一月号に発表された釜山労働教育研究所のメン・ヤンジェ氏の文章を、日本語訳して掲載した全泰壹《チョンテイル》記念事業会日本支部発行の通信「韓国労働運動の現状と展望」第三号から引用しています）

ここでの「兄弟たち」というのが、現実のそれというより、もちろん——ともに働き、労働条件の改善のために闘っていた仲間を指すことはいうまでもありません。そして、説明によればこの「コンスニ」という朝鮮語は「女工」に対する、ひどい蔑称（蔑んだ呼び方）だということです。すなわちこの言葉と「ボーセキ太郎」は、よく似ていると言えるでしょう。

この意味で、私は福沢諭吉などより、「懇談会」のことを「こんざんかい」としか覚えられなかった六平の母親の方が、はるかに大切な気がするのです。紙に書いたのでは、死後、警察に奪われて闇に葬られてしまうだろうからと、左腕の皮膚にボールペンで「遺書」を書いて抗議の自殺をしたクォン・ミギョンさんに通ずるのは、そういう人ではないかと思います。

そして事実、この物語『まけるな六平』のなかには、その母親をめぐって、ほんとうに胸に迫る、鳥肌立つほど恐ろしく、しかも美しい「場面」があります。

母はじっと六平の目をのぞきこんだ。六平は、母がなにをいおうとしているのか、不安になった。

「水そうの中のとうふに字を書いてくれないかねえ。指で書くだけでいいんだよ。目には見えなくても、字の書いてないとうふはほんとうのとうふではないものねえ。一丁に一字ずつちがった字を書くんだけど、かあちゃんはもう十六丁以上は書けなくてねえ。かあちゃんはわかいときに勉強をしなかったもんだから……」

（第八章「ボーセキ太郎」）

「字の書いてないとうふはほんとうのとうふではないものねえ」「かあちゃんはもう十六丁以上は書けなくてねえ」――これらの言葉に出会うためだけでも、この物語は読まれる価値があるでしょう。夢のなかでの母のこの呟きは、「文学」というものの恐ろしさの一端を垣間見せてくれる場面です。

これとはやや異なりますが、『豆腐屋の四季』にも、本書『まけるな六平』の良樹同様、豆腐作りに悩み「出来ざりし豆腐捨てんと父眠る未明ひそかに河口まで来つ」と詠《うた》う松下竜一氏の夢枕に、ある夜「ゴムの前垂れを掛けて豆腐を造っている母」が現われるという、胸を打たれる場面がありま す。いずれも、松下竜一氏にとって、母や父、兄弟という家族、そして「豆腐屋」という労働が、いかに重く深い、厳粛な真実に満ちた主題であったかが改めて確かめられる思いのする部分です。

最後に一つだけ、この物語を読んでいて、私のなかでかすかなしこりのように残っている点を書き留めておきます。

「あの二人、中学を卒業して高校にもいかんちゅうから、どっか遠くに就職していくんかと思うちょったら……」

とんだあてはずれだといったふうに、六平がつぶやいた。

「ポン太郎は菓子問屋の配達人、チョン公は荒物屋の店員になっちょる。どうせ、なごうはつとまらんよ」

（第六章「公園での対決」）

ウッしゃん、タコ川、ブチ、そして主人公の六平にくらべ、この二人は、いわば「敵役《かたき》」です。なぜ彼らが、いわば「いじめっ子」なのか、そのあたりの事情についてもほんとうは私はもっと知りたい気持ちがするのですが、ともあれポン太郎の方には、物語の最後でいわば〝救われる〟場面が与えられます。

「まあ、おれにも手伝わせてくれ。……おれ、二、三日したら大阪に働きにいくんだ。福沢公園ともおわかれちゅうわけだ」

ポン太郎は、照れたようにそういった。(中略)

「あーあ、いつまでも子どもんままでおりたかったな」

なににさそわれてか、ポン太郎がそんな心細いつぶやきをした。

「――おれ、ほんとは大阪に働きにいきたくねえんだ」

粗暴なばかりとしか見えなかったポン太郎の、そんな力なげなつぶやきが六平の心をしみじみとさせた。

(第十三章「わかれの夜」)

この場面は児童文学・少年小説の〝本道〟を行く、ごくオーソドックスな終わり方となっています。「貧しさ」や「生活」の粗い手触りが全体を涵している、子ども向けの物語としてはやや異色のこの作品にあって、締め括りがこうなってゆくことはいささか物足りない気もしないでもありませんが、作者は〝安全策〟を採ったのかもしれません。

一方、ここでいわば「復活」するポン太郎はともかく、途中で惨めに逃げ去ったきり、最後の最後まで姿を現わさない「チョン公」のことが、そのあだ名ともども、私にはどうしても気になるのです。

この物語で、ウッしゃん、タコ川、ブチ、六平たち四人のあだ名の謂《いわ》れははっきり書かれているのに、「ポン太郎」と「チョン公」の名には、その説明がありません。そして「チョン公」というのが、日本では朝鮮人に対して最もよく使われる「蔑称」であることを考え合わせると、作中人物としての彼に、わざわざこの名前がつけられる必要があったのでしょうか。物語のなかでこうした役割を振り当てられる少年に、その扱いだけでなく、名前のつけ方としても、もっと別の形が採られていたら、この小説『まけるな六平』の印象は、またさらに変わったものとなっていたかもしれないのですが――。

最後まで名前の由来の説明もないまま、ポン太郎とも違って、この「物語」のなかでついに〝救済〟されずに終わった一人の少年のことが、私にはいまも気に懸かっているのです。

〔二〇〇一年六月脱稿〕

引かれた線の、こちら側の「幸福」
――『ケンとカンともうひとり』

お読みいただければ明らかなとおり、この作品『ケンとカンともうひとり』は、いまある「家族」のなかに、さらに新しいメンバーが生まれてくる――参加してくるという物語です。より精確に言えば、その新たなメンバーが生まれてくるまでの日日の記録というべきでしょうか。

松下竜一氏の「自伝」的な作品、また作家となってからの身辺の細ごまとした事情を綴った作品のほとんどすべてがそうであるように、ここに描かれた一連の出来事の多くもまた、年若い皆さんのために書かれた本書と並行する形で、松下氏の他の本でも、小説・エッセイの隔たりなく、ほんの少しだけその装いを変えながら、しかし基本的には同じ経験として語られています。

いずれにしても私が強く感じるのは、本書の中心に位置づけられているような、「家族」「家庭」という主題の、作者・松下竜一氏にとっての重さです。

いかにも、この物語を読めば、大人にとっても子どもにとっても、幼い子どもたちと若い両親のいる家庭に起こるさまざまな出来事が、生き生きとした手触りや息遣いをともなって実感されるにちがいありません。

ケンの心の中には、まだとまどいがある。（おかあさんがあかちゃんを生むなんち……ほんと考えんじゃったもんなあ）弟のカンが生まれたとき、ケンはやっと二歳だったから、あかちゃんを生むおかあさんの記憶はない。そのカンがもう七歳になるのだから、あかちゃんを生まないおかあさんと七年間一緒に暮らしてきて、いつのまにか、もうおかあさんはあかちゃんを生まないものと思いこんでいた。

いま、なんだか急に新しいおかあさんのように見えはじめて、ケンは少しどぎまぎしている。

（本書・第一話「いのちの火」原文ルビは略／以下同）

若い両親と幼い兄弟という一家に、こうして始まった新しい「劇」は、その後に——やや手垢のついた言い方をすれば、一定の年代ならではの、さまざまな「通過儀礼」とも呼ぶべきものをも呼び込んで、展開してゆきます。

たとえば、第三話「はしか騒動」での「おかあさん」とケンとのいさかい、そしてそれに続く、思いもかけず離れ離れになった兄弟二人——ケンとカンとのやりとりはどうでしょう。

はははははは、わがはいわかい人にじゅめんそだぞ。かんくん、おまえのたからもののめんこのはこを、こんや10時にとりにくるよ。あけちくんにも知らせたまい。はしかわもうなおたかね。ははははは

（第三話「はしか騒動」）

このケンの手紙に対するカンの返事も、また、読者が長いこと、その文字の上に視線を落としていたくなるような味わい深いものでした。

けん一にいちゃんがぼくのためおうちにかえられんでごめんね。そしてぼくわごめんね。ぼくがなおたらめんこ50やる、そしてぼくわプラモでる一しゅかんかしちる、そしてぜたいやくそくする、やぶたらはりせんぼんのむ。
（同前）

おそらくこの兄弟二人はすでに敏感に気づいているとおり——「家族」に〝新しいメンバー〟が加わってくるということは、ただ単に賑やかな、心浮き立つ側面をばかり持っているわけではありません。それは幼い人びとに、時として思いがけない「孤独」を……自分自身とひそやかに向きあう時間をも、もたらしてくれるものとなるようです。

むろん、ここで松下竜一氏の描く「孤独」は、そのなかにもどこか、あどけないユーモアが滲んだ形で注意深く指し示されてはいますが……。

このごろでは、男の子の間でもあやとりがはやっているのか、よくケンはそれで一人遊びをしている。（べんじょでたいくつな方は、あやとりをどうぞ）とトイレの戸に貼り紙をしたのも、ケンのしわざだ。
（第九話「祈りのように」）

こうした孤独と「独り立ち」の形を最も象徴的に示すものとして——また物語の一つの頂点として、第七話「小さな冒険」の兄弟二人の旅があります。この列車のなかで少年たちが出会う、煙草臭いやりとりをしていた「太ったおじさん」や「痩せたおじさん」は、とりもなおさず、子どもたちにとっての「社会」そのものなのです。

また私が印象深く読んだのは、幼い子が早くも自らの個性を示し出し、それに対する若い親の仄かな寂しさが、さりげなく、しかし的確に造形されている点です。

（親というもんは、あかんぼうが生まれるたびに、それこそまったく白紙のようなあかんぼうを、今度こそ思いどおりに育ててやろうと思うてしまう。だが、すぐにそんな夢は破られていくもんだ。どうしてだろ？　子供はみるみる親の気づかぬ人格をつくってしまう……）

（第四話「おとうさんの一発」）

なお、ここで問題が、どうしたわけか、いつになく逞《たくま》しい（？）「おとうさんの一発」で〝解決〟したかに見えることが良かったのかどうか――。「体罰」ということのさまざまな問題も含めて。ともあれ、その「おとうさん」は彼なりに、ある「淋しさ」に耐えてもいるようです。

（あの夜、バケツを持って星をくみに北門の海に行ったんじゃったかなあ……いや、そうだ、あの夜はカンが夕飯をたべながら眠ってしもうたんじゃった。あんころのカンは、よく、ご飯を口にほおばったままこっくりこっくり眠ったもんだ……）

おとうさんは、淋しい微笑を浮かべていた。

（同前）

……それにしても、新たに一人の仲間を迎え入れるにあたって、若い両親と幼い兄弟のあいだには、その一年足らずの中身のずっしりと詰まった時間の内部にも、また彼ら四人がそこまでくる「歴史」のなかにも、なんと多くの「物語」を忍ばせていたことでしょう。

（そうやなあ……これから八年後にも、この子のためにうちはやっぱり運動会の玉入れの玉を縫いよるんやろうなあ）おかあさんは、ちょっと遠くを見るような目つきになった。

（第六話「ナゾのタネ」）

「あれっ、こん石はなんでぇ?」ケンが、折り鶴の陰から小さな石ころをひとつ拾いあげた。「ああ、それは――」おかあさんが笑いだした。「ケンちゃんに初めて靴をはかせて、二の丸公園の地面に立たせたとき、ケンちゃんが最初につかんだ石ころやら」

（第九話「祈りのように」）

とりわけ登場人物たちの思いが、深くいっせいに寄り添ってゆくのは、ある色鮮やかな名前で呼ばれる小動物をめぐってのエピソードにおいてです。

「あんなあ、昔なあ……おかあさんは紅雀がとってもほしいなあち思うたことがあったんよ。紅雀ち、知っちょるやろ?」

「うん」カンが小声でうなずき、ケンが「生物店に売りよるもん」といった。

「そうなんよ。おかあさんも生物店の店先で見かけてね、ほしいなあち思うたんよ。そしたら、おとうさんが買おちゃろうちゅうてね……買いに行こうとしたらケンちゃんにじゃまされて、とうとう買おてもらえんやった」

「えーっ、ぼくそげなんこつおぼえちょらんよぉ」ケンがとんきょうな声を出した。

「そらぁ、ケンちゃんなおぼえちょるはずないわ」おかあさんがにやにやした。

（第五話「月夜の道」）

そんな両親の「物語」に、子どももまた、さらに新たな意味づけをしようと試みます。

「おかあさん」カンが布団の中から初めてかぼそい声を出した。「そじゃったら、この十姉妹も悪いんやないでぇ？」
（同前）

まさしく――幼い者たちとともに、その「成長」を見守りながら過ごす歳月は、当の子どもたちにとってとは別の意味で、実は大人の側にもまた、かけがえなく貴重なものなのです。そしてそう言ってしまえば、この物語は全篇に、そうした二度と繰り返すことのできない、生きることの豊かな手触りに満ちた時間が止むことなく流れているとも言えるかもしれません。

「ほら、ケンもカンも見てみろ。おとうさんな新発見をしたぞ。シャボン玉がふくれて来るときに、吹いているおかあさんの顔が、シャボン玉の下半分にはまっすぐ映るんに、上半分にはさかさまに映りよろうが。おもしりい現象だなあ。――こういうことは、リアリズムでないと、気づかんもんだ」
（第十話「名を考える」）

こうした時間のなかで、大人は子どもに、さらに彼らが生きてゆくことになる世界の歴史を伝えようとします。これから新しい仲間が生まれてくる世界に、実はすでにこうした「小さな歴史」や劇があったということを――。

「いや、おじちゃんの小さいころは竹馬ちいいよったよ。……さぎあしちゅうのはな、もっともっと昔、ほら、こんお城にさむらいが住んじょった江戸時代んことじゃら」おとうさんは、首をねじまげてお城の天守を仰いでみせた。

「ヒャー、そげなん昔から竹馬で遊びよったん？」

子供たちは、初めてそんなことを考えてみたという、驚きの顔を見合わせた。

（第八話「さぎあしの六」）


こんなふうにして説き起こされる第八話「さぎあしの六」の物語もまた、過去の、たしかにどこかにあった――いいえ、ひょっとしたら、それは無数にあったのかもしれない――確かな「歴史」として、大人から幼い子どもたちへと伝えられてゆくことでしょう。いかにも、いま「新しい生命」が生まれ出ようとしているのは、そんな「歴史」の地層の重なり合った世界の、そのいちばん新しい地表なのです。ただし、それは人が誰かの「娘」であったり、誰かの「妹」であったり、というよりも、もっとはるかにはるかに巨きな〝つながり〟として捉えられなければならないはずの「関係」のなかでの――。


「ふーん、ぼくもカンもそうやって生まれたのん？」

「おお、そうじゃら。――おとうさんも、じいちゃんのいのちの火と、仏壇にいるばあちゃんのいのちの火から生まれたんど。そうやって、いのちの火が新しいいのちの火を生んでいくんど。次から次へな」

（第一話「いのちの火」）


その意味では、すべての人間関係が基本的に決まって「家族」「家庭」という枠組みを通して眺められ、語られ、取り扱われることになる松下竜一氏の作品には、私としてはつねにある種の「違和感」「異質感」とでも呼ぶべきものが伴ってもいます。

それは、このあまりにも繊細で哀切な物語の場合もまた、その全体がそうだともいえるでしょう。松下氏のそうした方法が姿を見せていない部分は、ただの一ページ、ただの一行、ただの一字たりともないと言ってもいいくらいですが……たとえば次のような部分。


夜の町に、雨の音がはげしくなった。

ぬれた舗道に、かどの家の窓の灯が流れるように映っている。

こんな夜、大通りを歩いて来る人は、灯のともった窓を遠くから見つつ、（あの窓の内には——）と、きっと想うにちがいない。（いったい、どんな家族がいて、どんなことを話し合っているのだろう？）

（第一話「いのちの火」）


「灯のともった」「窓の内」には、必ず「家族」がいるかのような、こうした作者の視点に、私はやはり強い抵抗を覚えずにいられないのです。

「家族」を持ちたくても持てない者——あるいは、人間関係が「家族」という括られ方をすることに疑問を感じる者は、おそらく松下竜一氏の世界からは、あらかじめ除外されているようです。その一方、人間をあくまで当人自身として——一個の個人として見るのではなく、必ずその家族関係（さらに言うなら「血縁」関係）の「物語」のなかに嵌め込んで意味づけをしようとする松下竜一氏の姿勢は、個個人が「家族」とか「血縁」とかいった、あらかじめ外側から決められた条件を乗り超えて新しい世界をかいま見ようとするような意思や努力を、ことごとく小さく古めかしい「型」に引き戻してしまうような危うさを感じないでもありません。


「家族」とは何か。

「人が生まれる」とは、どういうことか？

これらの問題についてはさまざまな近づき方ができると思うのですが、そこから「個人」というものを薄め、弱めてしまう態度は、結果的にどうしても、いま目の前にある現実を受け容れさせられることに疑問を感じない状態に人を陥らせがちなのではないかという気が、私にはします。

そうした兆しは、少なからぬ子どもが自分自身で自覚した形としては最初に出会う「政治」の一つである――すなわち「学校」という場の描かれ方としても出てきます。

今日、授業ちゅうに、おとうさんは毎日何をしていますかとたずねて、一人一人に答えてもらいました。おとうさんのお仕事をちゃんと理解しているかどうかを確かめたかったからです。

（第二話「つばめの死」）

なるほど、こうしたことはしばしば訊かれます。学校という異様な場では。〝教育の一環〟としての子どもたちへのこの種の質問や調査は、日常茶飯事と言ってもいいのでしょう。しかし、これは明らかに「プライバシーの侵害」というものではないでしょうか。場合によっては、何をしているか言いたくない「おとうさん」もいるでしょう。また「おとうさん」のいない家だって、いくらでもあるでしょう。にもかかわらず、どんな権限でこんな無神経な質問が子どもたちにはぶつけられるのか。学校というのは――教員というのは、どうしてこのように鈍感で傲慢なのか。「ちゃんと理解しているかどうかを確かめたかったから」？　なぜ？　何の権限があって？

これらはいかにも現実にしょっちゅう起こっている事象で、それ自体はとりあえず作者の責任ではありません。ただここで私が問題だと感じるのは、松下竜一氏にそうした「学校」という権力の横暴さに対しての怒りや批判がまったく欠けているかに見えることです。そして、そんな教員に向かってまで「才能のとぼしい私」などといった、心にもない一捻りを加えたポーズで自らを演じようとしていることです。それが自らを「庶民」「生活者」として提示する、氏の〝方法〟なのだとしても。

そもそも教員が子どもたちに対し「おとうさんのお仕事をちゃんと理解しているかどうかを確かめたかった」などというのは、まったく〝余計なお世話〟であり、それ以上に傲慢極まりない暴力だという気が、私にはします（教員たちは「確かめ」て、さて、それでどうしようというのか？）。

しかも、登場人物の「おとうさん」は、それに素直に答えること——さらに〝世の中の他の一般的な仕事と違って、すぐには理解されにくい〟「小説家」という仕事をめぐってのやりとりを、一種軽妙に面白おかしく描き出そうとする（……というここでの作者の意図が、私自身は必ずしも成功しているとは受け止めなかったのですが）ことで「小説を書く」という作業を——意識するとしないとにかかわらず——結果として何か特別な、「会社に行」ったり「市役所に行」ったり「畑仕事をしてい」たり「お店で働いてい」たり「貝掘りに行」ったりするのとは明らかに違う、むしろ「特権的なもの」にしてしまっているのではないでしょうか。そして、その微妙に特権的な含みを持った〝ユーモア〟と引き替えに、人には言えない立場に置かれた他の「おとうさん」や、その子どもたち、あるいは「おとうさん」のいない子どもたちが受け、現に負っている傷や痛みを——またそこに強引に踏み込んでくる、教員や学校という「暴力」を正面から見つめる機会を、とりあえずは完全に手放してしまっているのではないでしょうか。

この場面では、どこかに必ずいるにちがいない（——というより、現にいる）「おとうさんのお仕事」について担任教員から訊かれることによって傷つく子どもの姿が見えません。見えないばかりか、そうした存在が否定されてしまっていることによって、この場面は成り立っているということもできます。

たしかに……「小説を書くこと」は「仕事」である（それも、ある意味で「仕事」そのものである）と、実は私自身もまたひそかに思ってはいます。ですが、学校からの調査に対し、このようにその調査に対する憤りのないまま「私の仕事は小説を書くことです」と、「連絡帳」に教員への返事を書いてしまうことのできるこの物語の「おとうさん」には、私はどうしても違和感を覚えずにいられないのです。

そして問題は、学校に関することばかりではありません。

「ああ、そうやら。手帳を見たらわかるわ」

おかあさんは立って行くと、しばらくして古びた『母子健康手帳』を探しだして来た。おかあさんがにんしんしてから、体重のふえた変化、出産、さらにあかちゃんの一年間の成長の記録が、その小さな手帳に残されている。

（第九話「祈りのように」）

ここで章の題名として「祈り」という言葉が用いられていることは、それ自体、いろいろな思いを私に喚《よ》び起こします（これらについては、後で少し触れます）。が、それはそれとして、ここに出てくる「母子健康手帳」――いわゆる「母子手帳」とはどんなものなのかについて、私は皆さんに説明しておきたいと思います。

この説明は少し長くなりますが、しかし皆さんも知っておいて良いのではないかと、私は考えます。いえ、むしろ、こうしたことはこれからの時代――ほんとうに貴重な情報がすべて遮断され、歴史というもののつながりが切り離されてしまった現在以降の時代を生きなければならない皆さんにこそ、より知っておいていただく必要のある事柄ではないかとも、私はひそかに思っているのです。

まず、簡単な年表を見てください。

一九三一年……日本医師会が「遺伝の濃厚な疾患について断種の法的規制を」との答申を政府に出す。

一九三四年から三八年まで……毎年、「民族優生保護法」案が国会に提出されつづける（否決が続く）

一九三七年……「母子保護法」「保健所法」が制定される。

一九三八年……厚生省が設置される。保健所も設置される。

一九三九年……人口問題研究所が設立される。

一九四〇年……「国民体力法」「国民優生法」が成立する。

一九四一年……厚生省人口局が「人口政策確立要綱」を提出、「東亜共栄圏の『悠久にして健全なる発展を図る』ことを趣旨に『差当り昭和三五年総人口一億を目標』として」「今後一〇年間に一夫婦平均五児を目標」という方針を打ち出す。「国民優生法」が施行される。


「明治維新」以来、軍備を増強し、アジアのさまざまな地域を侵略して植民地としてきた日本が、とくに一九三一年以降、後に「十五年戦争」と呼ばれることになる大規模な侵略戦争を繰り拡げるようになったことは、皆さんもすでに御存知だと思います。その戦争の展開とまさしく歩みを同じくして、侵略戦争を担う兵士を「増産」するため、「産めよ殖やせよ」というスローガンが掲げられるようになった、こんな時代のただなかに、次のような制度も生まれたのでした。

一九四二年……「立派な子供を産み、お国のために尽くしましょう」との趣旨のもと、「妊産婦手帳」制度が始まる。


御承知のように、この侵略戦争は一九四五年八月十五日、日本の「敗北」によって、形の上では終わります。

しかし、そのなかから生まれた「妊産婦手帳」の制度は、ただちに表向きの装いを変え、「戦後」

もずっと続いてゆくことになるのです。

一九四八年……厚生省が「母子手帳」の配布を始める。

一九六五年……「母子健康法」制定。「母子手帳」が「母子健康手帳」に変更される。

（以上の略年表の内容は、立岩真也氏作成のデータベース http://ehrlich.shinshu-.ac.jp/tateiwa/b11c0000.htm を利用）

ちなみに、現在の「皇后」は「皇太子」を妊娠した一九五九年、〝皇族として初めて〟「母子手帳」の交付を受けたのだそうです。そしてこのことは、宮内庁病院での出産や、戦前の乳人《めのと》（乳母）制度に拠らず自身の母乳で育てることなどとともに、「戦後」〝民主化〟された皇室の姿を示す「美談」として大変な反響を喚んだのだとか。「母子手帳」とは、「戦中」も「戦後」も、なんと底知れない政治的な意図を秘めていたものだったかに、改めて衝撃を受けざるを得ません。

「母子手帳」は一九六五年に制定された「母子健康法」により、「母子健康手帳」と名前を改めます。しかしここにも「母と子の健康をまもり、明るい家庭を築きましょう」とのモットーのもと、「まず自分の健康を」「健康な赤ちゃんをもつために」「生まれた赤ちゃんに異常がある場合」……といった小見出しを含む「母となるまでの心がまえ」や「精神と運動機能の発達」が「平均値」のグラフ入りで盛り込まれています。「立派な子供が生まれるように注意しましょう」という考え方は、基本的に受け継がれていると言ってよいでしょう。

ではそもそも――一体「立派な子供」とは何なのか？

「のう、ケンよ。おまえが生まれるときには、おとうさんなほんと心配したんど」

「なしてなあ？」（略）
「おとうさんな、こげなんふうで体が弱いやろうが……とても一人前の子供は生まれんのやないかち思うての……」
（どうやら一人前のあかちゃんが生まれたと知ったときから、おれはこの世を生きてゆく自信が生まれたのだった）おとうさんは、声には出さないがそう思った。産院に駆けつけたとき、玄関脇に咲いているめだたぬ八ツ手の花が、なんと凛々とみえたことか。

（本書・第九話「祈りのように」）

こうした妊娠や出産の問題をめぐっては、ある時期以降、女性たち自身のなかから「産む産まないは女が決める」という意識を明確にしようとする主張が出されてきました。この「産む産まないは女が決める」の構図の取られ方のなかには、さらに「障害」を持つとされる（実は人に対し「障害」という考え方を持つことは、それ自体が差別であると私は思いますが）人びとにどう向かい合うかを含め、いろいろな論点が含まれてくるものの、少なくとも「国」が女性の心や体を支配し、管理するという在り方に対しての批判としての意味がそこに盛り込まれていたことは明らかでしょう。
これに対し、この物語『ケンとカンともうひとり』における「家族」や「誕生」の描かれ方は、一方で彼女たちが批判した「国」による女性たち一人一人への管理に対してもあまりに〝素朴〟で〝素直〟すぎ、また同時に「障害」を持つとされる（そう決めること自体が、とりもなおさず差別であるのですが）人びとの指し示す深い問いに対しても、そうした問いが存在しないところでのみ成り立つことができるような〝感動的な物語〟に陥ってしまっているのではないかという印象を、私はどうしても拭い去ることができません。
松下竜一氏の言う「一人前のあかちゃん」という考え方。またさらにさかのぼって「おとうさんのお仕事」をさも当然のことのように訊きだそうとする教員のいるような「学校」という暴力――。
こうした先には何が待っているでしょうか。

これは――もうお分かりでしょう、松下氏の『5000匹のホタル』の「解説」でも、私が触れた問題です。「私たちは子供の入園時に徹底的に調査をするのですが、百合子さんのご両親は、ふたいとこの血族でした」「血族結婚は避けねばなりませんね。不具者の生まれる危険度が非常に高いのですよ」という《あかつき学園》の「永野先生」や「私たちもこういう問題にぶつかると、なるべくなら先天性同士の組み合わせでは結婚させないよう、おたがいを説得するのです。できるだけ、先天性には後天性を組み合わせようとするわけです」「そうすれば、正常児の生まれるチャンスも多いんですよ。正常児が生まれて大よろこびで学園に連れて見せにきたのも、もう幾カップルかありましたよ」という《あかつき学園》園長らは、まさしく典型的な「優生思想」の体現者にほかなりません。
しかし、この「優生思想」は、七〇年代の終わりから八〇年代に入って以降、アメリカのスリーマイル島の事故やソ連のチェルノブイリ事故に触発され、それまでの原子力発電批判とはまったく別の形で日本社会に起こってきた――いわゆる「反原発」運動をも色濃く染め上げてゆくこととなったものでした。

ちなみに、松下竜一氏は、氏自身がそう望んだか望まなかったかにかかわらず、結果的にこの時代における最も活潑な反原発運動の思想的な柱となった観があります。そして、これまでの何冊かの作品をめぐる考察でも述べてきたとおり、松下氏の一連の「反原発」の思想の在り方には、その根源の部分において、私は異議を持っています。このとき、「運動」の社会的影響力ということを理由にそうした根本的な問題点を〝黙認〟してしまうことは、まず何より道義的にも間違いですが、実は彼らがそれだけは守り抜こうとした「運動」そのものの〝力〟をも、結局は内部から蝕み弱めてしまうことになるのです。

　もともと私自身は、いっさいの「核兵器」に対してと同様、「原子力」の〝平和利用〟と称される「原子力発電」にも絶対反対するものです。ただその理由は〝「主婦」たちが担った〟とされる八〇年代の「反原発」運動の一部の、たとえば「変な子どもを産みたくない」といった差別的・優生思想的なものとはまったく異なります。

　これに対し、本書での「どうやら一人前のあかちゃんが生まれたと知ったときから、おれはこの世を生きてゆく自信が生まれたのだった」という「おとうさん」の感慨は、それら八〇年代「反原発」運動のある部分の考え方にも明らかに寄り添うものであると、私は言わざるを得ないのです。つけ加えると、これまで松下竜一氏の本の何冊かに即して私が指摘してきた問題点もまた同じであり、裏返せばそれが、松下氏の著作や発言がその「運動」のなかで直ちに小さからぬ影響力を持ったこととも、おそらくは決して無関係ではないとも思うのです。


　差別に対しての疑問を持たないということは、当人が自覚するとしないとにかかわらず、とりもなおさずそうした現実に加担してしまうことでもあります。「どうやら一人前のあかちゃんが生まれたと知ったとき」初めて「この世を生きてゆく自信が生まれた」と語ること——そう感ずることそれ自体、「一人前のあかちゃん」（というものがあるとして）を産めない人びとと、（この「おとうさん」から見て）「一人前」とは言われないであろう「あかちゃん」を、すでにその瞬間に差別していることにほかならないのです。

「就学時健診」や「優生思想」と闘っている親たちや子どもたちがすでにいた、同じその時代に生きながら、ここでの「おとうさん」が学校という仕組みに疑問を持たず、「一人前のあかちゃん」という考え方に囚われていることを、私は誤っていると考えます。

率直に言うと『ケンとカンともうひとり』に描かれている親や子ども、また学校の教員の姿には、人間を虐げる現実に対しての疑問があまりにも乏しすぎると私は思います。そしてこうした場合、現実を直視する代わりに出てくるのが「癒し」や「いたわり」「慰め」、そして「祈り」といったものではないかとも、私は疑っているのです。


親子四人、さながら何かにひれ伏したような夜の部屋となった。

（なんだか、家族みんなで眠りの前の切実な祈りをささげているようだぞ）おとうさんは、ふとそう思った。（そうだな……ひ弱な一家が生きていくには、祈らねばならぬことがたくさんあるからなあ。それも、ずいぶん虫のいい願いというか、祈りというか……）

（本書・第九話「祈りのように」）


「おかあさんに向かって二人の小さなどれいが、ひれ伏して許しを乞うているといった光景」（同前）と形容されるこの場面は「どれい」という言葉の是非もさることながら、「父親」であるにせよ「母親」であるにせよ、また「息子」たちにせよ、本来は一人一人の独立した人格であるはずの存在が、まるごと「ひ弱な一家」という形で括られてしまっていることに、まず、ある抵抗を覚えます。

ただそれ以上に気に懸かるのは、ここで「祈り」という言葉が用いられることにより、問題が注意深く曖昧にされてしまっているのではないかという点です。仮に「ひ弱な一家」というものがあるとして、だとするなら大切なのは、彼らを含む誰もが平等に安心して生きてゆける社会の仕組みを作ることであって、何かに「祈りをささげ」ることなどではないでしょう。そしてその願いが「虫のいい」ものなどとされねばならない謂《い》われは、まったくないはずです。

……おとうさんには、今夜たった今はじまった人生というのが、どうしてもまだ実感できない気がした。（そうか、キンが青春を迎えるのは、二十一世紀になったばかりのときなのか）おとうさんは遠い未来をふっと思った。その二十一世紀まで、きっとおとうさんは見届けるぞと思うと、なんだかおとうさんには、にわかに新しい力が湧いてくるようだった。

（第十一話「誕生」）

ここには、たしかに「幸福」についての一つの考えが述べられています。

ただ同時に、その「幸福観」はあまりにも狭く、人間の他のさまざまな在り方を「不幸」なものだとか「異常」なものだとか……ある一本の線を引いた、その向こう側に切り棄ててしまうところで語られている「幸福論」なのではないかという思いを、私は棄て去ることができません。「立派な子供」のいる「明るい家庭」こそが唯一の基準であるような「幸福」――。

世の中には、たとえばゲイやレズビアンなど「生殖」に結びつかない恋愛をする人もたくさんいます。また、子どもを持たない（あるいは持てない）という場合は、むろん男女間の恋愛にあってもいくらでも生じます。女性であれ男性であれ、恋愛をすることと子どもを産み育てることとは直接にはなんの関係もありません。こうした問題をめぐって私はいまから二十年ちかく前「ファシズムとしての性教育」と題した文章を書いたことがあります（小著『星屑のオペラ』一九八五年／径書房刊・所収）。「愛」や「性」に関わる「幸福観」がただ一種類しかないという状態が、本来、人間にとって好ましいはずはありません。

また、人間には恋愛をすることそのものに興味をそそられない生き方があっても構わないのです。さらに言うなら、人はたとえ「幸福」でなくとも、「不幸」であることを負い目として考えなければならないような理由はないのではないでしょうか。「不幸」であることは罪でも恥でもなく、少なくとも絶対に無価値ではなく――むしろ現在のような世界で「幸福」であることの方が、よほど鈍感で厚かましく狭く醜く浅く恥ずかしく邪《よこしま》なことかもしれないのですから。
人と人とを隔てる誤った残酷な線の、〝不運なあちら側〟ではなく〝幸運なこちら側〟に自分が入れたことでほっとするような――そんな「幸福」で満足できてしまうなら、それは人間として生まれてきながら、あまりにもむなしい人生ではないでしょうか。

――はい、おかあさんにてがみ。

杏子が封筒を差し出す。ちゃんと折った紙が入っていて、人形の絵と符号のようなものが並んでいる。杏子はまだ字を書けないのだ。

なんと書いてあるのかなあ。

あのねえ、あした、おかあさんがむかえにきてねとかいてあるの。

（松下竜一『ウドンゲの花』／「橋上にて」）


杏子よ、玄関はやめておきなさい。その代わり、父がここに記録しておいてあげよう。おまえが初めて自分の名を漢字で書いたのは、クレヨンでもサインペンでもなくて、クチナシの実の汁にひたした絵筆であったことを。

（同前「杏子が書く」）


本書『ケンとカンともうひとり』の結末で「勢いのいい」「産声」を上げた、物語のなかでは「キン」と名づけられたらしい女の児は、やがて――小説家である父親によって、こんなふうに瑞みずしく描かれることになるでしょう。

これらの場面を、私も、ある意味で幸福な美しさに輝いていると思います。

ただ、それと同時に、人間の「幸福」は決して一種類ではないのだという……また、たとえ「幸福」にはなれなくとも、人が生まれ生きてゆくことのなかには、「幸福」などより、もっともっと大切な価値がありうるのだという考えを、私はなんとしても手放すわけにはいかないのです。

〔二〇〇一年七月脱稿〕

「正しく偏る」ということ
――『あしたの海』

……いま、この汽車に千人の乗客が揺られているとしても、その千人がみんな今日の父の哀しみ苦しみと無縁に生きているのだという考えは、道代の胸にキュッと痛みを走らせる。
（第一章「1 チョーエキ一年」）

この物語『あしたの海』を読み始めて、私が強い印象を受けたのは、この年若い読者向けに善かれた物語『あしたの海』の作中世界にこそ、最も「小説らしい小説」を形作ろうとする松下竜一氏の意欲――「作家的野心」を感じたからです。

『あしたの海』は、作者・松下竜一氏の作家として――そうした言い方が可能だとすれば――人間としての生涯のエネルギーの何分の一かを注ぎ込んで支えられてきた「豊前環境権闘争」を、しかも年若い読者向けに描くにあたり、通常の小説、手紙、スライド台本……そして、ついには「模擬裁判」形式の戯曲など、さまざまな形式が駆使されているあたり、技法の上でも実に意欲的な試みがなされていると言っていいでしょう。

もちろん、闘いの経験そのものから「物語」を紡ぎだしてゆく、という――この困難な主題が、最初から順調に展開されてゆくわけでは必ずしもありません。

でも、それを玲子から指摘されたことが、道代には不愉快だった。
そんなことを思ってはいけないと自省しつつも、道代はこのシラクス党の仲間の中で、彼女だけは嫌いだった。もちろん道代も、最初からそんな偏見で玲子に接したのではなかった。むしろ最初は、思ってもみなかった玲子の応募に、感謝し歓迎したくらいだった。（略）
その玲子の、高慢で身勝手な態度に、たちまち道代は困らされることになった。皆の話し合いで役を決めていったとき、彼女は悪魔の役をふりあてられたが、それが彼女には不満のようであった。
（第二章「6　演技のあとの興奮」）

たとえば、この部分がなんとなく私にとっては〝坐りの悪い〟ものに感じられるのは、作者が道代の視線を借りて玲子を裁いているからだと思います。むしろ逆に作者自身の直接の肉声において批判が示されるのなら別ですが、「主人公」である人物を通して、間接的に玲子への否定を作者が述べていることが、かえって物語の厚みを損なってしまっているのです。

しかし、次の節の「この友情のゆくえ」で、やりとりのなかへ大沢先生が強引に割って入ってきてからは、その大沢先生の強引さを、いわば化学変化における〝触媒〟にするような形で、「シラクス党」の年若い人びとのあいだに早くも形作られている互いの距離——あえていうなら「政治的」な立場の違い、決して埋めることのできない溝《みぞ》のようなものがありありと描き出されていて、それは物語のなかでも優れた場面の一つともなっています。

というのは、それはまさしく作者・松下竜一氏が自らの現実の闘いのなかで経験してきた孤独や憎しみ、人と人との離反や、ときとして可能な「連帯」——協力関係が、まさしくその実際の現実の重みや手触りをもって造形されているからです。本来、子どもたちのための作品が、これほど現実の闘いの経験の裏打ちを持ち、その現実の闘いのなかから否応なしに物語が——ちょうど電気分解の水槽の＋と－、二つの電極に元素が集まってくるように現実の重みをもって現われてくるという現象は、そうそうたやすく起こるものではありません。

すなわち、松下竜一氏や、氏と志を共有する人びととの闘いのために払われた莫大なエネルギーは、大人のための小説やルポルタージュだけではなく、年若い人びと向けに書かれた物語においても（いえ、むしろおいてこそ）、確かな実りをもたらしたということができるのでしょう。むろん、たとえば松下氏以外の人びとにとっては、それはあくまで一つの結果であり、おのおの一人一人が闘いに参加していこうとした動機には、より自らの存在と生き方そのものに即した、さまざまな中身があったにちがいないことを、読む者は結局のところ、想像してみることしかできないわけですが。

そしてこうした試みは、さらに子どもたちのなかの孤独をも照らし出すこととなったりもします。

「悟空のいいよることは、さっぱりわからんわあ。——負けるな、負けるなちゅうて……」

道代がそういいかけたとき、悟郎の手が止まり、顔が上がった。悟郎の思いつめた眼が道代の眼を正面からとらえた。

「おれの兄貴は刑務所に入っちょるんだ」

エーッと、道代は反射的に声をあげていた。

「なーに、おれん兄貴はほんとのワルなんよ。刑務所に入れられたんも、仕方ねえんよ。……じゃけどなあ、おれは前の学校でさんざんいわれたぜ。刑務所野郎、刑務所野郎ちゅうてな。なあに、面と向かっていいきる奴はおらんのよ。おれからふっとばされるからな。陰でひそひそいいやがるんだ。そして、おれには誰も近寄らん。先公だって、おれをいやあな眼つきで見るもんな」

（第二章「8ふたりだけの秘密」）

この部分を読んで思い出すのは、以前の作品『まけるな六平』で、「チョン公」という、しばしば朝鮮人に対して用いられる「蔑称」が名前とされた少年が、最後まで、作者によってついに救われることなく物語が終わっていることです。それに較べれば、ここでの悟郎に対する照明の当てられ方には、ある変化が見られるということができます。


「ある日ね、教室の掃除のときにね、男の子がとっても意地悪したんやわ。それで、先生にいいつけてやるちゅうたら、その子がなぶったんよ。やあい、おまえんとうちゃんなローヤに入っちょるちゅうて」

「そんな奴が、おるんだよな」

「わたし、最初なんのことだかわからんやったの。そのうちに哀しくなってね。ワーワー泣きながら家に帰ったんよ。――やっぱり、わたしもなにか勘づいちょったんだと思うわ。それで、あんなに泣いたんやと思うわ。おとうさんがローヤに入っちょる、おとうさんがローヤに入っちょるちゅうて、ワーワー泣いたんよ」

　道代の眼にうっすりと涙がたまっている。（同前）

そして、そうしたなかでまた新しい人間関係も作られていきます。

　一人一人、劇に応募して来た動機もさまざまなのだから、今日こうして幾人かの仲間が現われなかったのも、当然のことだと道代は思う。現われなかった者のことを恨みに思うような気は少しもない。（第二章「9周防灘を望む城で」）

「やはり、メロスよ、来てくれたかっ」

　道代がセリヌンティウスのせりふで応じたので、一同がどっと笑った。その笑いで、悟郎はあの日の乱暴な行為を皆から許されることになったようだ。なんといっても、守夫は現われなかったのだし、来た者こそが仲間なのだから。（同前）

「来た者こそが仲間なのだから」――。この言葉は、現実の闘いのなか、これこそがすべての出発点になる受け止め方だとも、むしろここからしか新しい何かは始まらない最低条件の確認であるとも、さらにはすでに現実のなかのある一線を踏み越えた者だけに共有することのできる感覚が凝集したものであるとも、言えるでしょう。
　続いて登場する「本を書く先生」――小山さんの姿は、すでに松下竜一氏の他の作品を読んできた人には容易に頷かれるかもしれない、松下氏自身の「自画像」です。「そのせん細な内容に」久美が「びっくりするだろう」と道代が想像する『町に来たホタル』という本ともども、ここには松下竜一氏が年若い人びとに〝自らの姿がこう映っていたい〟という願望が示されているようでもあります。（なお、ここで『町に来たホタル』なるタイトルの与えられた、実際には『５０００匹のホタル』という作品――ここでこのように取り扱われるほどなので、松下氏にとってはよほどの〝自信作〟ということなのでしょう――についての私の深い疑問は、すでに「人が『世界』と出会うということ」と題した文章に詳しく記しました）
　これら闘う仲間として当然、必要な人間関係の確認を経て、作者は次第に闘いそのものの厳しくも感動的な中身をも読者のまえに指し示してゆきます。人生の始まりにあたって、こうした現実と物語の内部で出会うことのできる読者は、幸運だと言わねばなりません。

「そうなんだ。しかし、自分たちはもう反対運動をやめたのに、まだそれをつづけている者がいるということが、目ざわりになるらしいんだね。それで、おとうさんたちのことを過激派呼ばわりするんだ。……」

（第二章「11　竜神海海戦の一幕」）

「……こういう問題では、賛成を表明するか、反対を表明するか、この二つ以外にないんですよ。黙っていてはだめなんだ。心の中ではいくら反対だと思いよっても、黙っていたらその人は賛成のほうにかぞえられるんだからね。……」

（同前）

そして、物語は一つの頂点を迎えます。

学校に着く頃には、ほとんど雨がやんでいた。校門の脇の桜の木が、濡れた地面に花びらをいっぱいに散らせていた。水溜りに浮いて動く花びらを、自転車を降りながら道代は見た。さすがに、まだ生徒の姿はなかった。入ってゆく自分の教室もまだ定まらぬ学校というのは、なんとなく変な具合だ。

（第三章「13　自分の頭で考える」）

……こんな描写に続く入学式の場面は、この本のなかでも重要なものの一つです。「新入生代表・瀬木道代」の「今日の決意」は、大変感動的です。

「私が自分自身に期待する中学生活とは、ただ学校の教科書を暗記するように勉強したり、試験の成績がよくなるだけが目標ではありません。どんなことに対しても、ほんとうに自分自身の頭で考え抜き、判断できるような、そんな強い意志と考える力を育てたいと思います」――この言葉は、難を言えばやや紋切り型の匂いがありはするものの、もちろん堂堂たる立派なものであることは間違いありません。しかしそれ以上に私が強い印象を受けたのは、次の部分です。


「なんだ、失敗があったんか」

飯台の前に坐った慎二が、びっくりして歌子と道代の顔を見較べた。

「ううん、わたし、ちゃんと落ちついて読んだわ」

「そうなんよ、道代ちゃんはちゃんと読んだんやけど、その読んだ内容が問題なんやら。おとうさん、あんたのことが出てくるんよ。うちはもう、聞いちょってはらはらしたわ。校長先生の表情がブスッと変わるんがわかったもん」

「ほう、それはおとうさんも聞きたかったな」

「道代ちゃん、あんた下書きがあるんやろ。持って来て、おとうさんに見せなさいよ」

道代は部屋に行って、下書きを取ってくると慎二に渡した。読んでゆく父の表情を道代はそっとうかがったが、何の変化も起きなかった。

「いい挨拶じゃないか。中学生としては、立派なもんだ。少なくとも、この挨拶は道代の頭で考えちょることが、よくわかる」

（同前）


父・慎二が、表情に何の変化も見せずに道代の「今日の決意」の下書きを読み終える、というこの部分は、私が実は物語全体のなかで最も好きな場面なのです。ほんとうに真っ当なこと、人間として正しいことなら、たとえその後にどんな試煉《しれん》が待ち受けているにせよ、それ自体、当然の道理として受け容れ、あるいは自ら行なってゆく人びとの存在があって、初めて真の歴史は築かれてゆくのだということが分かる場面です。

「竜神海海戦」における慎二の行動ももちろんですが、自宅の茶の間で焼酎のコップの置かれた飯台に向かいながら、娘がきょう、中学の入学式で校長らの顔色を変えさせることになった「決意」の下書きを淡淡と読み了え、そして事もなげに右のような感想を伝える慎二には、「海戦」のときに優るとも劣らぬ人間の尊厳が輝いているという気が、私にはします。

しかし、道代の闘いは、これでは終わりません。

大沢先生が、にわかに声を高めた。

「校長に抗議をして来た馬鹿な親がおるんですからなあ」

「どういうところがいかんちゅうんですが」慎二がたずねた。

「B火力発電所問題をだすなんて、中学生にしては政治的に偏向しちょるちゅうんですな。それでいっそう、校長や教頭がオロオロしちょるんですわ。いや、ぼくはいうてやりましたよ。校長は、自分の頭で考える中学生がおったんでは困るようですなちゅうてね。いや、さすがに校長もぐっと言葉につまりましたよ」（同前）

「だから、中学校という公教育の場で、その一方だけにかたよった劇をやることは、校長の立場として許可できんわけです。誤解してもらったら困るが、こういったからといって、わたしが電力会社や開発希望の側に立っているというんじゃないですよ。わたしは、教育者として全く中立の立場からいうてるんですからな。こんな劇を許せば、わたしは父兄から非難されますよ」（中略）

……そのとき、思いがけなく信が声を上げていた。動悸しているのがわかるほどに、声がうわずっている。

「校長先生、こんな問題では中立という立場はないはずです。（中略）竜神海岸を埋めて発電所を建てるんを、認めるんか認めんのか、この二つの立場以外にないんです。中立ちゅうことは、結果的には賛成になってしまうんです。校長先生が、この劇を許さんちゅうことは、電力会社の立場に立ったということじゃないのですか」

校長は、不意を突かれたように表情を変えたが、かえってひややかな声でたずねた。「君は、名前はなんというのかね。クラスは？」
（第三章「15　これは政治活動か」）

この信と校長との応酬で述べられていることは、実はとりもなおさず「政治」における最も重要な原則に関わってきます。「中立」とは何か。「偏る」とは、そもそもどういうことなのか？

――ここで、私と私の友人たちとの、ある企てについて触れることをお許し下さい。

私の場合、この十余年のあいだに十回ちかく、広島を訪ねることが続いています。とりわけ九〇年代前半、絵本を通して平和を考える会ＳＨＡＮＴＩ（シャンティ／フェリス女学院大学学生有志）の絵本『さだ子と千羽づる』（現在までに、一九九四年の日本語版・九五年の朝鮮語版・九六年の英語版が、オーロラ自由アトリエから刊行）のプロジェクトの全過程に、私自身「アドバイザー」として参加して以降、八月六日前後の平和記念公園を中心にその「街頭朗読会」を行なうというスタイルが定着してきました。

むろん私がめざしているのは、この時期の広島にいなければできないものではありません。けれど、二歳で被爆、十二歳で原爆症のために亡くなり、その後、平和記念公園に築かれた「原爆の子の像」のモデルともなった佐々木禎子さんの生涯を軸に、無差別大量殺戮の核兵器の非人道性と、その前に日本が行なったアジア侵略の問題とをともに見つめようとするこの絵本の、広島での「街頭朗読会」は、私や友人たちにとって明らかにとても重要な企画となっています。真夏の広島特有の炎天下、〝飛び入り〟参加の方がたも歓迎しての朗読会で、携えていった伴奏用のチェロを弾くことは、この日本という国のなかで、私自身、他に得難い時間をかいま見る経験としてもあるのです。

その絵本『さだ子と千羽づる』の、一九九四年に最初に出た日本語版の「解説」で、私は次のように書きました。


……この絵本に限らない。一般に人間と世界の問題を考える上で最も大切なことの一つは、偽りの「公正中立さ」を離れ、人がほんとうの意味で「正しく偏る」ことだ。

それを装う者にとって「公正中立」とは、いかなる判断をも、価値の評価も、主体的な行動をも、自らがなさないという宣言にすぎない。世界が誤っているとき、この悪しき世界を悪しきままにとどめておこうとする勢力に、「公正中立」を装う者は、そのことで結局、実は十分に加担している。そしていま、世界は明らかに誤っている。だとすれば、人間が真に取らなければならない態度は、この過てる世界に対して「正しく偏る」ことにこそほかならない。「偏る」ことは、現在あるがままの世界を変えるための第一歩なのだ。

（拙稿「ＳＨＡＮＴＩが断ち切ったもの、ＳＨＡＮＴＩが切り開いたもの――絵本『さだ子と千羽づる』日本語版に寄せて／一九九四年）


この絵本『さだ子と千羽づる』を、私は大学生の女性たちとの共同作業で作りました。その過程で、アメリカによる原爆投下にいたった経緯、また広島と長崎への原爆投下に、日本に侵略されたアジア各国の人びとが――何重もの意味で、痛ましくも――〝拍手喝采〟したという事実の意味を明らかにするため、日本が何をしてきたかを、幼い子どもたちに向けても（むしろ幼い子どもたちに向けてこそ）明らかにしなければならないというのが私の考えだったのです。

後に「侵略の見開き」と呼ばれることになる、その日本の歴史的責任を説明した同書一〇ページ〜一一ページをめぐって、制作に参加した女性の一人からの「うちのお父さんが、この内容は偏っている、と言った」との発言に接し、私が答えとして伝えたのが、さきほど記した「正しく偏る」という考え方です。その後、同様の反応が少なからぬ日本人のあいだからも出てくるのが予想されるところから（実際、それはそのとおりだったのですが）、私は文章でも、右に引いた部分を含め、「正しく偏る」ことをめぐっての自分の考えを伝えました。

さて、そうした、この誤った現実のなかで世界を変えようとすること——世界の、いわば「重心」をずらすために「正しく偏る」ことを選び取った道代たちには、それでは何が待ち受けていたでしょうか。

彼女たちには、仲間を露骨に引き裂き、分断しようとする校長や教頭たちの、さらに陰湿な圧力が加わってきます。物語のこの部分の現実感は息苦しいほどです。


「ついでに、みんな一人一人、クラスと名前をいってもらおうか」（中略）

教頭の手帳に名前を書きこまれそうになった、あれがみんなをおびやかしたのだと、道代は思った。

澄子の眼に、みるみる涙があふれてきた。

「チーフ、ごめんね。わたしんこと、悪く思わんでね。わたし、ほんとに一緒に劇をしたかったんよ」

「いいんよ。悪くなんか思わんわ。これからも友達でいてね」

（本書・第三章「15　これは政治活動か」）

道代がそういうと、澄子の眼から涙がこぼれ始めた。澄子は教室を小走りに出て行った。

（同前「16　いやがらせの手紙」）

「……いや、それが、劇を許可せん校長に対する抗議じゃなくって、絶対にそんな劇を許すなちゅう抗議なんじゃから、がっかりですわ」

（同前）

こうした展開のなかで、ついに耐えきれず、いったんはいま自分を取り巻いている一切から逃げ出して行こうと、道代が「家出」を決意する場面があります。「蛇足ながら念を押しておくと、この作品はあくまでもフィクションである」と作者によって確認されていることは、もちろん承知の上で、しかもあえていうなら、作者・松下竜一氏の青春の日の「家出」と――その状況も周辺の事情も大きく異なってはいるものの――やはり通じるものがあるように思われてなりません。

皆さんも今後、『豆腐屋の四季』や『あぶらげと恋文』など、作者がその青年期そのものの日日の記録を差し出した本を手にされる機会があるかもしれません。そうして、そこに綴られている感情とこの道代の思いとは、ともに、人間の感情のいちばん根本に生なましく息づいているものだという気が、私はするのです。

ほかにも、松下氏の作品において中心的な登場人物が物語の「山場」でこの行為へと踏み切る場面があることを思い合わせるなら、「家出」は作者・松下竜一氏にとって、決して単なる物語の運びの上での都合にとどまらない、もっとはるかに深い内側からの要請に基づいて選び取られる「脱出」として位置づけられているのだと考えられなければならないでしょう。

なお、やはり自伝作品風の要素ということでつけ加えれば、お別れ会のだしものをめぐつてクラスで人が集まらないことにがっかりする道代に「こうなったら、学年全部に呼びかけるんよ」「誰がそんなこと決めたのよ。わたしたちが先例を作っちゃえばいいじゃないの。このお別れ会は生徒が自主的に決めてやることなんだからさ」と言い放つことのできるケロ子――病気で一年、学校生活が遅れている、この魅力的な登場人物には、私は作者の松下竜一氏自身が何度か、他の本でも書いている、高校時代の同級生で、やはり実際には一歳年上だったという「青春の友」の面影が、仄かに漂っているような気がしなくもありません。

一方、道代が中学に入って出会う、新しい友人たち――「ションベン博士」こと遠山修をはじめとする人間像は、小学校を卒業して中学に入ることが、他の小学校からやってきた、同年の未知の人びととの新しい出会いでもあるという事情を巧みに示しています。

続く第四章「判決」は、まさしくこの物語のクライマックスです。

関 そうです。わたしは、この法廷でもし有罪にされるのだとしても、やっぱりもう一度ああいう場に立たされたら、わたしは同じことをやります。――もし、ああいう場で、阻止行動もせずに見逃したりして、その臆病さを自分の娘などから批判されることのほうが、つらく恥ずかしいでしょう。のちの世代からの批判を、わたしはこの判決以上に恐れます。(第四章「19 判決まで＝第二幕」)

こう、きっぱりと断言する関新一こと瀬木慎二の姿に、そして私は――これは「家出」の場合より、いっそう密接な近しさをもって――松下竜一氏の他の著作、たとえば『明神の小さな海岸にて』や『豊前環境権裁判』に登場する、松下氏の盟友ともいうべき梶原得三郎氏の面影を見ないわけにはいきません。この点に関していえば、さきほどの松下氏による「この作品はあくまでもフィクションである」という断り書きは、完全に誤りだとは言わないまでも、もはやほとんど不要のものではないかという気さえするほどです。

それでは、物語の最初で、

道代の手を握る母の手に、もう一度力がこもった。顔を上げると、四人の弁護士のあとを受けて慎二が最後の意見を述べるために立ち上がっていた。道代の眼に、父は落ち着いて見えた。裁判長に一礼した慎二は、用意の文書を取りだすと静かにしかし力強く読み上げ始めた。

（第一章「1　チョーエキ一年」）

とだけ述べられた瀬木慎二の「最終意見陳述」がどんなものだったか――。そのあらましを、ここで『あしたの海』の読者は初めて知ることができる仕組みですが、これについては、さらに『明神の小さな海岸にて』での梶原得三郎氏自身の陳述を引いておきましょう。

この日のため、さっぱりと散髪して出廷した得さんは、裁判長が理由書を読みあげた時、ひとこといわせてほしいと求めて許された。

「裁判長、あなた自身は、このままではわが国が公害によって滅んでしまうということを真剣に考えたことが一度でもあるのですか。これは人間として問いたいのです。……あなたは今、私に罪があるから勾留を続けるといった。私に罪があるかないかは歴史が決めるのであって、あなたではない。今、私はあなたたちによって手錠をかけられている。接見も禁止され読み書きも禁じられ、洗濯さえ許されていない。まさにこれは合法的リンチ以外の何ものでもない。だが、私は今正しいことを貫いているのだという誇りと自負が突きあげているのです」

（松下竜一『明神の小さな海岸にて』第二章「殺されゆく海」）

さかのぼって触れておくと、本書の第一章「2　ハトがくる窓の中」には、松下竜一氏の読者ならすでによく知っている、有名なエピソードが綴られています。道代が「小学二年生で、サヨはまだ幼稚園に行く前の夏だった」時期から、繰り返し語られる、その逸話――。

これは私自身、別の文章で、これまでも二回にわたって引いた部分ですが、やはりどうしても本書『あしたの海』の読者にも、御紹介しておかないわけにはいきません。

梶原得三郎氏の娘・梶原玲子氏宛ての手紙は、こうです。

「でもお父さんたちは、会社がほうりつをちゃんとまもってもこれまでにたくさんの人たちが公害で死んだり、公害病になったりしたことを知っています。だから今の日本のほうりつでは、どうしても公害から人間のいのちをまもることができないと思っています。／ほうりつをもっときびしいものにつくりかえようと思っても、会社というのはお金をたくさんもうけていますからほうりつをきめる人たち（国かいぎいん）にそのお金をやってきびしいほうりつをつくらせません。／だから、人はだれでも自分のすんでいるちかくに公害を出す工場がたてられようとしている時は、自分たちで力を合わせてそれをとめなければなりません。お父さんはそう考えています。だまっていたり、口だけではんたいといってても何のやくにもたちません」（『明神の小さな海岸にて』第三章「山の神、海の神」）

これに対し、梶原玲子氏は、獄中の梶原得三郎氏への返信で、書きます。

「おとうさんのいるへやにはハトが来るそうですね。だからおとうさんの食事がもしパンだったら、少しのこしておいて、それを小さくしてハトにやればいいと思います。そうすればハトと友だちになれるかもしれません」（同前）

「慰められたあとにまだ少し残っている哀しみといったような、なにか甘くやるせない気分の目覚め」（第一章「3　道代は孤独だった」）に、道代自身、忘れていた、ずっと幼い頃のそんなやりとりを思い出させてくれた父・慎二からの一通の手紙は、単に「ミーヤ」という鳩の名前の由来が明らかにしてくれているばかりではなく、そこではもう一つ、重要なことが語られています。

思えば、おとうさんが逮捕されたあの日から、道代とは一度もじっくりとそのことについて話し合ったことがなかったね。ひとつは、なぜおとうさんが逮捕されねばならなかったかは大変複雑な問題なので、それを本当に道代に分かってもらうには、或る年齢まで待つしかないとおとうさんは考えたからだ。特に、おかあさんの方針がそうだった。おかあさんは、おとうさんが一方的な考え方を幼い道代の頭に吹きこんでしまうことを、とても警戒したわけだ。

（第一章「3　道代は孤独だった」）

ここでの「おとうさん」の判断は、私にはある意味でもっともだと思います。しかし、「おとうさん」の説明によれば「おかあさん」が懸念していたという、「おとうさんが一方的な考え方を幼い道代の頭に吹き込んでしまう」という点に関しては、私の意見は異なります。

なぜなら、「おとうさん」の説明がこんなふうに遮断されると、残された道代は「おかあさん」や他の周囲の人びとや、何よりＴＶや新聞、その他のマスメディアにつねにさらされ、そこからの影響を受けざるを得ないことになるからです。もちろん、道代ばかりではありません。一般に、こうした状況に囲い込まれた現代の子どもたちにあっては、「おとうさんが一方的な考え方を幼い道代の頭に吹き込んでしまう」ことなど心配する、そのはるか以前に、「おとうさん」の「一方的な考え方」の何百倍、何千倍、何万倍もの規模で、さらに別の――まったく逆の「一方的な考え方」が、しかもあたかも〝公正中立〟な、〝客観的な〟ものであるかのような装いのもと、「幼い頭に」どんどん、どんどん吹き込まれてきているからです。

この点は、本書全体を通じて「政治的とはどういうことか」「人間が一つの判断を迫られたとき、どうしなければならないか」という問題との関連でも、繰り返し、出てくるものですので、ここではこれまでにしておきます。ただ、一部の〝意識の高い〟人たちが、たとえば自らの子どもにどのような「教育」(ほんとうの意味での「教育」)を施そうかと考えるとき、「まだ自分で判断できない子どもに親が自らの偏った一方的な考え方を押しつけるのは良くない」という言い方は必ず出てくる典型的な反対意見でもあり、この点、私は以前から気にかかっていました。実際、親などが何も伝えないでいるうち、子どもには現在の社会を染め上げているいちばん保守的で支配的で「事なかれ主義」の価値観が、どんどん流れ込んでくるのですから。

「おとうさんは勇気があるなあ。だって、テレビ・ニュースや新聞(きっと、けさの新聞に出てるはずだわ)で、懲役一年を求刑された〝被告瀬木慎二〟はすっかり知られてしまったんだもの。魚市場やら行商先で、人びとの好奇の視線に一日じゅうさらされることになるんだわ」(同前)

小学校を卒業したばかりで、早くも「この社会のしくみのこわさ、冷たさ」を見てしまった道代。第一章の終わり、そうした少女を、「黒光りしている帽子をひょいとかぶっ」た父親が、生業である魚の行商に誘う「三すじの谷間の里」は、本書でも最も美しく厳粛な場面の一つです。道代や慎二から、魚の入っている保冷庫をなかなか覗こうともせず、里の近くに新しくできた「ブラジャー縫製工場」の噂話に熱中している三人の老婆にいたるまで、「人間」の姿が誠実に造形され、その全体を清列な「自然」が包んでいます。

ちなみに、以前、ほかのところでも述べたことがあるのですが、私がこの物語の重要な登場人物、瀬木慎二に——すなわち梶原得三郎氏から強く連想するのは、同じ九州——熊本県水俣市で、水俣病患者として闘い抜いた川本輝夫さん（一九三二〜九九年）に通ずる在りようです。とりわけ、人間として見過ごしてはならないことに、身をもって抗議するという、その姿勢において。

……チッソは創業以来、安全無視、人間無視の伝統のもとに、数多くの労働者を殺して来ました。その伝統は労働者のみならず、漁民に及び、市民に及び、自然破壊につながり、数知れぬ犠牲者を出しました。（略）

検察官や警察は、このような社会的な大きな犯罪事実には、なぜ目をむけないのでしょうか。最高裁は、人の命は地球よりも重いと判決で明示しました。水俣ではチッソの犯罪により、地球何個分の人命が失われたでしょうか。水俣病が発生して二十年と言われております。そんな中で闇に葬られていった潜在死亡者は数知れません。

私は、今回の起訴について検事がやっていることは、チッソの代弁者、代行者としか思えてなりません。

検事は論告求刑の「情状および求刑について」という中で、水俣病の悲惨さは云々と述べ、私にも同情を惜しむものではないと言い、次にチッソの民事責任の明確さを述べています。そして次の接続詞として「しかし」の言葉を用いて私を断罪しておられます。

私が先に述べたチッソの行為は、犯罪的行為である。検事は刑事責任の存在を民事責任にすりかえ、「しかし」という言葉ひと言で、検事が云うところの私の罪との関係はどうなっているのでしょうか。（中略）

私の全生命の存在の、時間的なもの、歴史的なものは、この悠久の世界においてシミにもならないものかも知れません。だがこの人間文明、文化の進化のなかで、公害病のため、水俣病のために、無数の人間が殺されていく歴史の時間は、決して、小さく短かいものではないと思います。

この歴史のなかで、私が起こした行動のうちに如何程の罪に価するものがあると言うのでしょうか。

裁判官も、裁判官である前に、私と同じく人間として生きておられるのならば、私は同じ人間の裁きとして、私は喜んでどんな処罰でも受けるつもりです。

（川本輝夫二審第十五回公判最終意見陳述――一九七四年十月二十八日・東京地方裁判所刑事第二六部／『水俣病自主交渉川本裁判資料集』／一九八一年、川本裁判資料集編集委員会）

川本輝夫さんが逮捕された経緯も、その表面的な現われこそは違え、実は瀬木慎二――梶原得三郎氏の場合と、問題の根本の構造においては、大変よく似通っています。

一九七一年二一月、水俣病患者六名は、チッソ株式会社と直接交渉（自主交渉）すべく上京した。社長と「あいたい」で話をする中で、心からの謝罪と誠意ある償いを得る――これは、その身に水俣病の被害を負ったすべての人々の宿願であった。以来、チッソとの間に補償協定が結ばれる一九七三年七月まで、実に二〇か月にわたって自主交渉の闘いが繰り広げられた。「川本輝夫に対する傷害被告事件」は、この自主交渉のさなか、交渉要求を阻もうとするチッソ従業員と患者とが揉み合った際、患者の一人である川本氏が傷害を働いたとして起訴されたものである。この起訴をチッソへの加担と捉えた被告・患者側は、検察官の公訴権濫用を理由として公訴棄却を主張したが、一審においては罰金五万円執行猶予一年の判決となった。その後、控訴審において日本で初めて公訴権濫用が認められ、公訴棄却の判決をみた。

（同前「序」）

結果的には、この一審判決の後、検察側の上告に対して、八〇年十二月十七日、最高裁はそれを退ける決定を下して第二審判決が確定、最高裁でもこの日本初の検察による「公訴権の濫用」は認定され、確定しました。川本輝夫氏の「直接行動」は、日本の裁判所をも、当時は衝《つ》き動かさずにはおかなかったのです。

最後に、松下竜一氏の年若い人びと向けに書かれた作品のなかでも明らかに優れたものである、この『あしたの海』に関して、物語の本流からやや離れた話題である関係から、私が「解説」の流れに盛り込むことを避けた二、三の事柄について、簡単に補足しておきます。

まず、道代たちが舞台にかけ、またそのことが彼らのグループの名前「シラクス党」の由来ともなった『走れメロス』に関して――。

発表されて以後、ずっと、とりわけ若い世代のあいだに人気の高い、太宰治のこの小説ですが、私自身は、これは「日本文学」のなかでも最もくだらない、愚かしい作品だと考えています。こんな作品がいまもって読まれていること自体、「文学」や「小説」の問題以前に、この国にはものを正面から考えることのできる人間が極端に乏しいということの証拠のような気がしてなりません。

これは何でしょうか。もともと邪な暴君に押しつけられた、脅迫としての理不尽な約束を守ることが美徳だという物語。自分自身が「殺されに戻る」ことを「約束」するばかりか、それに一方的に友人をも巻き込む、というすべての構図が誤っており、また不潔に滑稽であると、私は思います。この「約束」を結んだ時点で、実は主人公メロスは、とりもなおさず暴君に自ら殺されることを承諾したことになるわけですが、そもそも民衆を救うために暴君を亡き者にしようとしたメロスの、当初の目論見は一体どこへ行ってしまったのか。

まるで最初からこういう設定にするためであるかのように、のこのこ宮殿に赴いた主人公は、ほんとうに王を殺す計画をまじめに立てていたのかと思うほど、いともあっさりと捕らえられ、自らの計画を進んでぺらぺらとしゃべって死刑を宣告されます。何より奇怪なのは、主人公メロスが自分に下された「死刑」判決に、なんの異議も抗議も申し立てないことです。挙げ句の果て、しかも、その期に及んで「妹の結婚式」うんぬんという馬鹿な話を持ち出し、死刑執行の猶予を願い出るわけですか、この瞬間、誤った「約束」を友人の生命まで巻き込んで結んだメロスという愚かで軽薄な青年は、そっくり「暴君ディオニス」の圧政に〝協力〟しているのです。

最後に安っぽい結末として、「暴君ディオニス」はメロスとセリヌンティウスの「友情」に打たれ、死刑を〝免除〟するわけですが、現実にはこんなことはあり得ません。またこの程度の「友情」に打たれて人への信頼を回復し、圧政をとりやめるような王の浅はかな「人間不信」によってのことだとしたら、これまで殺されてきた人びとはたまったものではありません。

この小説は、「殺されに戻る」という、醜い、過《あやま》てる〝約束〟が全篇の主題となることで、人と人とが「約束」する、という、本来とても大切なことの根底を冒瀆しているのではないでしょうか。私はこの小説を、「日本文学史」のなかでも最悪のものの一つと考えているのですが、そうした小説が今日にいたるまで支持されてきているという事実には、単なる「文学」趣味の問題を超えて、ある意味で絶望的な日本という国の特質があるような気がします。

この作品全体に、いよいよもって、不合理な「道徳」の押しつけはあっても、人間にとってほんとうに大切な「倫理」のかけらもないことが、私には不快でなりません。太宰治という小説家の欺瞞が露わになっていると考えます。

これはたしかフリードリヒ・シラーの詩に、そっくりの物語があったはずで、全体が太宰治の「独創」と思い込まれているそのあたりの事情にも、私はかねて釈然としないものを感じていました。中学生のころ、私は「国語」の時間に、この作品のさまざまな誤りを述べ立て、またくだんのシラーの詩の写しを謄写版で刷ってクラス全員に配ったりしたのですが、授業でこれを扱う「国語」教員は、まったく私の言うところを理解しなかったことを思い出します。

次に、第四章「20　六七六名分の署名」で、作中の作家・小山宏さんが説明する仁保事件とは、小山宏さんこと松下竜一氏自身が、社会的な問題に関わるきっかけともなった、冤罪――人が無実の罪を着せられる事件です。

ただ、ここでは「ヒエーッ、犯人でもないのんに、死刑にされたらたまらんぞ」「裁判官が、そんな大きな間違いをすることがあるんですか」という反応を示す悟郎やケロ子に対し、「神様が裁くんじゃない、人が人を裁くんだから、やはり間違いはあるんだね」うんぬんと説明する小山さんが、もう一歩を踏み込んでそもそも「死刑」そのものが誤った刑罰であることを彼らに説明してくれていたとしたら、もっと良かったと、私は思ったことでしょう。

それから、慎二が道代に話す「奇形魚」の問題については、私はまた少し別の考えを持ってもいます。環境汚染の恐ろしい実例としてのみ、これらの生き物を捉える見方からは、決定的に抜け落ちてしまう問題があるのではないかというのが私の異論なのですが、これに関しても、長くなるので、ここではこれ以上、触れません。もし皆さんにいずれ機会があったら、松下竜一氏の本『ウドンゲの花』について書いた私のエッセイ「『労働』としての〝文学〟」をご覧ください。

……ともあれ、全体として私がこの物語を優れたものと考えるのは、こうしたさまざまな問題が提示された、作品としても極めて完成度の高い小説が、しかもその内部にも外部にも、現実の緊張感に満ちた「闘い」――「闘争」の重い経験を裏打ちとして持っていることです。これは「文学作品」としては、極めて稀な事態だと言わなければなりません。

人間同士の、まさに「政治」的な緊張関係を、年若い人びとのための作品としてこのようにまとめ上げる作業は、作家として甚だ手応えを感じるものだったにちがいありません。作品においても現実の闘いにおいても、この「豊前環境権裁判」は、やはり松下竜一氏にとっても畢生《ひっせい》の――生涯の大事業の一つだったことを改めて感じさせます。

その意味でも、一連の問題を扱った松下竜一氏の他の作品――とくに『明神の小さな海岸にて』『豊前環境権裁判』の二冊を、この物語『あしたの海』をお読みになった皆さんへは、私はおすすめします。

〔二〇〇一年八月脱稿〕

愛と友情の「歴史」
――『小さなさかな屋奮戦記』

……日本中にいったい何千軒のさかな屋があるのか知らないが、まずこんな看板を立てている店は、大分県中津市の梶山鮮魚店くらいなものではあるまいか。立看板に書かれているのは、日本国憲法第九条「戦争の放棄」の全文なのだ。「日本国民は、正義と秩序を基調とする国際平和を誠実に希求し……」という、あの格調の高い条文である。もう三年近くたって雨ざらしで汚れてしまっているが、いまでもその全文は正確に読みとれる。

これだけは譲れないという決意をこめて得さんが立てた看板だったが、いままでさかなを買いに来る近所の人でこの看板のことを話題にした人は誰もいない。

（本書・第一話「看板」／ルビ一部略・以下同）

こんな「さかな屋」――梶山鮮魚店を舞台に、本書で繰り広げられるのは、すでに松下竜一氏の愛読者にとってなら親しみ深い物語……「売れない小説家」間島良一――すなわち、この本の著者・松下竜一氏と、梶山得二こと梶原得三郎氏や、氏の妻――ノンノンこと梶山満智子こと梶原和嘉子との、すでにあまりにもよく知られ、また繰り返し語られてきた愛と友情の物語です。

ただ、この小説の方法は、とりわけ最初のうち、必ずしも成功しているとは言えない印象を一部の読者にもたらすかもしれません。というのは、松下竜一氏の作品を読みつけてきた者、またその一冊でも、氏があの「松下センセ」という主人公に託してその身辺を語っているエッセイを読んだことのある者には、あまりにもその登場人物が誰と誰を指すかが明らかであり、またその多くがこれまで書かれてきたエピソードと重複するため、事情を知っている読者には、なぜ彼らが「仮名」であるのか、むしろ訝《いぶか》しい思いをする内容と、なっていないくもないからです。

なかでも第二話や第四話などについていえば、形の上では三人称の小説の形式で書かれながら、その書き手の意識が作中の間島良一とぴったり重なり合う、ほかでもない松下竜一氏自身のそれであるため、小説の「話法」としても、ある曖昧さが出てきてしまっている部分さえ、なくもありません。この点は、作品を読み進むに従い、次第に気にならなくなってきますが、内容としては、これまでも松下竜一氏の他の作品で何度か語られてきたエピソードが綴られる、という特徴は最後まで続いており、人によってはその点に、旧友と再会したようなある懐かしさの感覚を覚えることもあるのでしょう。

ただ、いくつかこれまでと重複するエピソードが語られているにせよ、それらが（エッセイの場合は別として）小説の形式では、これほど伸びやかに、ある意味では作者自身の「書く歓び」をも伴って綴られたことは、これまでにはなかったものではないかという気も、私にはします。それはこの作品の発表場所や、さらには一話ごとの分量、制作される時間的な間隔（つまりは「締め切り」のペース）など、作家を取り巻いていた外側の条件とも、微妙に関係してくる事情かもしれません。

松下竜一氏の極めて本来の資質に近い部分で、歌い手でいえば自身の声帯の本来の音域で歌い上げられている歌という気が、私にはします。たとえば、こんな点景人物の造形ひとつをとって見ても——。

魚市場で皆から貞あんやんと呼ばれる南部貞之助は、どこかに店を構えているわけではない。小型バイクの荷台に冷蔵ボックスを載せて市内を行商するのだが、魚市場でもおそらく五本の指にかぞえられるほどの包丁さばきの彼は、大きな料亭にさかなを納めたり、ときには忙しい日の大きなさかな屋にも加勢を頼まれたりしている。

（第三話「師匠」）

しかし、「小さなさかな屋」梶山鮮魚店をめぐつて展開する愛と友情の歴史は、もちろん単に平穏なだけのものだったわけではありません。

夫が獄中にあったとき、満智子はどれほど間島をうらんだかしれない。しかし間島良一と梶山得二の関係は深まりこそすれ薄れることはなかったのだから、男同士の間には女にはかれぬものがあるのだろう。

（第一話「看板」）

「おまえは、いつからそんな卑しい心の人間になったのか！」

たしかに夫はそういった。あたかももうけをむさぼりでもしているような非難に、ノンノンはあとで涙がこぼれた。くやしくて、間島に打ち明けると、「それは得さんのいいすぎだ。一生懸命いのちきしていくことまで否定されたんでは、ノンノンの立つ瀬がないよね」と、得さんの前で味方してくれた。いのちきというのは、なんとかぎりぎりの生計を立てて生きていますといった、この地方にだけある切ない方言なのだ。いのち生きるがつまったのかもしれない。得さんがそのときしぶい顔をして黙っていたのは、さすがにいいすぎたという悔いがあってのことだろう。

（第二話「モジズリ」）

さて、この『小さなさかな屋奮戦記』では、とりわけ私が印象深く読んだのは、やはり仕事――

「さかな屋」という生業そのものの現実が描写された、たとえば次のような部分です。

「おとうさん、お客さんが着いたんだって」

ノンノンが困った顔でいうと、得さんは包丁の手を休めずに吐き捨てた。

「そんなこといわれても、おれの手はこれ以上は早く動かん」（中略）

受話器を置いたノンノンが店を出て行こうとしたので「どこへ行くんだ」と得さんの怒声が飛んだ。

「先に刺身のケンだけでも届けようかと思って――」

刺身のツマの刻み大根だけでも先に届けて弁当の重箱に並べてもらおうと思ったのだ。

「そんなことして、なんになるのか」

（第八話「諭吉茶屋」）

これもまた、松下竜一氏の読者にはすでに知られた事件であったような気が、私にはします。しかし、まさに「生活する」――「いのちきする」ことの重みを伝えてくれるという意味では、他のさまざまな労働にも通ずる普遍的なものが、ここには精確に示されています。

それがさらに、「小さなさかな屋」ならではの、いっそうの厳しさとなったものを、たったいま丸太のなかから削りだされた木彫りのように生なましく造形しているのが、第九話「歳末の魚市場」です。

「天然のブリは入ってますか」

豊前水産の社長に声をかけた。この魚市場には豊前水産と中津魚市場という二つの会社が入っているので、社長が二人いる。

「ああ、梶山さん。あんたが要るやろうと思うて、福岡の市場から入れたけど……今年は天然は少ないでぇ。潮の関係で来んやったらしい」

得さんが天然物しか扱わないことは、もうこの魚市場では知れ渡っているのだ。社長について行くと、セリ台の横のトロ箱に十五本の天然物のブリが青々と光る精悍な体を並べている。（中略）

「社長、十本を先取りさせてください」

得さんは思いきって賭けに出た。

「そらあ、そうした方がいい。よっしゃ、梶山に十本」

社長はメモに書き込んだ。

「しかし、高くなるでぇ、今年は――」

社長のつぶやきに、得さんはまた不安になる。（中略）

……結局、セリ値は一本六千円だった。得さんは溜息をついた。とてもじゃないが、これにもうけを上乗せすることなんてできそうにない。

おまけに丸ごと一本引き取るという客はいなくて、今日明日は棒のように立ちっ放しで切りまくることになる。

（第九話「歳末の魚市場」）


「もっとみんなイワシを食べるといいんですけどね。ほとんど養殖のブリやハマチの餌にされるんですからね。ブリの体重を一キロふやすのに、イワシ七キロも食べさせるそうですよ」（第十七話「エノコログサ」）という得さんの歎きは、魚についてもっぱら消費するだけの立場の私にも、実によく理解できるつもりです。

百人分の刺身作りを了え、つかのま訪れた休息に、得さんが漏らした「今日のは関アジの刺身じゃったが、みんなわかってくれたかなあ……」（第八話「諭吉茶屋」）という呟き。

いまどき、耕ちゃんみたいにさかな好きの子供は貴重な存在といわなければならぬ。若者や子供のさかな離れが進行している。梶山鮮魚店に来る母親たちも、たいていは「子供が食べませんのでねえ」と嘆く。フライとか、から揚げ風にすればともかく、煮つけにはほとんど箸をつけないという。

若い者たちの食物の嗜好が洋風になってきて、さかなのなまぐささに耐えられなくなっているのだろうか。それに、学校給食の影響も大きいのではないかと、得さんはにらんでいる。箸を使わない学校給食にさかなの煮つけなど出るはずもないので、子供たちがさかなの身を箸でむしれなくなっているのだ。

（第四話「耕ちゃんの反抗」）

ここで「学校給食の影響」を考えた梶山得二氏の炯眼《けいがん》は、さすがと言うべきでしょう。では、そもそもなぜ学校給食は最初から「箸を使わない」スタイルで始まったのか――。

日本の食事のパターンは、高度経済成長によって自然に変化してきたと説明されるが、実際には、学校のパン給食をはじめ、あらゆる機会を利用して、政府が変化を促進してきたのである。それは、一九五〇年代末に開始されたアメリカの対日小麦輸出戦略、つまり余った小麦を日本に押し付けることと、それに迎合した日本の政府によって、変えられてきたのである。他の生活習慣と比べて、食習慣はもっとも変わりにくいとされている。それは、生命の維持に直接関るからであろう。したがって、食生活パターンは、そう短期間に急激に変わるものではない。それがわずか二～三〇年の間に、一億二〇〇〇万人の国民が食生活のパターンを変えてしまったということは、驚くべきことではないかと思う。（略）

食生活は、その風土と農法に適合するように定着してきた。風土、農法、食生活、食糧自給は、それぞれが密接に関連しながら、一つの社会システムを作ってきた。湿潤で高温な日本は水稲に適し、米が主食となってきた。水田は連作が可能なので、二千年にわたって水田に水稲だけを連作しても、生産性は衰えず、しかも、温暖な気候のおかげで、いもや豆や野菜は随時穫れる。近海は豊かな漁場で、タンパク源にも事欠かない。米を主食にし、雑穀と野菜と魚という日本型食生活は、風土とそれに適合した農・漁法によって、食糧自給を可能にしてきた。

それと同じように、寒冷乾燥のヨーロッパでは、パンと食肉と牛乳の食生活体系ができあがってきた。ヨーロッパでも、戦後、経済成長にともなって、食生活の体系は多少の変化をしてきた。しかし、彼らは、伝統的食生活体系と自給を基本に考えていくという社会システムを崩さなかった。ところが日本は、アメリカの対日小麦輸出戦略の下、その基本を崩してしまった。はじめに見てきた日本のさまざまな「列島改造計画」によって、日本農業を縮小し、工業中心の産業重点策をとってきた自民党政府は、アメリカの要請をいわばこれ幸いと受け入れ、食生活は変えられていったのである。

（遠藤京子「『列島改造』に破壊された日本農業」四「法の規制に敏感でも、巧妙な世論操作に鈍感では、自由は守れない」／『蜚語』第十九号・一九九七年十二月、オーロラ自由アトリエ発行）

ところで、さきほど得さんが問題にしている「崎形魚」の問題については、前に『あしたの海』の解説「『正しく偏る』ということ」でも記しました。そして、それが「人間」に「応用」された場合の、まったく別の――私の考えでは、より恐ろしい危険については、やはり松下竜一氏の『ウドンゲの花』に関する私のエッセイ「『労働』としての〝文学〟」に書いておきました。

それと、ある意味で関係してくるのですが、本書の次のような部分については、私の感想は間島のそれと、若干、異なります。

作家という自由な身で自在に動き廻る間島が身近にいるだけに、いつもまな板に縛りつけられたような自分が、得さんには腹立たしくて情けない。

「この大事故は人類に対する最後の天啓かもしれないね。ここで地球上の全原発を廃棄できなければ、人類の未来はないと思った方がいいだろうね」

昨夜遅くの電話で間島は沈んだいいかたをしたが、得さんも同じことを思いつめている。いわば人類の瀬戸際もしれぬときに、相変わらず卑小ないのちきに縛られて身動きのとれないおのれに、得さんはいたたまれないのだ。

（第二話「モジズリ」／傍点は原文）


という部分に、私はある引っかかりを覚えるのです。

たとえばここに見られるような、一九八六年のチェルノブイリ原子力発電所の事故をこう捉える人びとの姿勢に対し、かつて私は、水俣病をめぐるエッセイのなかで、そうした考え方に対する強い異議を「人間は、教訓のための消耗品ではない——その自明の原理に対する確認」として書いたことがあります（拙稿「世界を支える微笑——一九八八年夏・不知火海沿岸紀行から」／『蛩語』第七・八合併号・一九八八年、未完舎発行）。

ここでは「得さんも同じことを思いつめている」と、作者の判断が述べられていますが、しかしむしろ私自身は、こうして「いつもまな板に縛りつけられたような自分」「人類の瀬戸際かもしれぬときに、相変わらず卑小ないのちきに縛られて身動きのとれないおのれ」にいたたまれない思いを持て余し、釣り針に刺された指のチタテクとする痛みに耐えながら、なお世界全体にかかわれないかと思いを凝らしている得さんの方に、はるかに人間的なまっとうさを感ずるのです。

チェルノブイリ原子力発電所の事故を「人類への最後の天啓」と解釈し「ここで地球上の全原発を廃棄できなければ、人類の未来はないと思った方がいいだろうね」と宣告する間島の言葉は、「得さん」の思いとは、一見、その言葉の現われが似ているようで、実はまったく隔たっているのではないかという気がしないでもありません。

ついでに、この本で少し気になった点について触れておきます。

春野ゆきえは、梶山鮮魚店にとっては一番気のおけない客で、まあ客というよりは身内みたいといっていい。

（第四話「耕ちゃんの反抗」）

この「春野ゆきえ」の「春野」とは、どうやら「結婚」した相手の姓らしいのですが、この「ユニークな視点」の持ち主らしい女性（「旧姓」の分からない女性）が、残念ながら私には、あまり「ユニークな」存在とは思えないのです。「結婚」というものに関しては、それをすることの方が、むしろ人生における奇妙な選択ではないかと考えている私にとって、「ひょっとするとこのまま結婚しないのじゃないか」という言葉が当然のように出てくるものの考え方、そうしたものがあたかも大多数であるかのような（そして実際、これまでのところ大多数でもあるのですが）見方は、早い話が、一種憂鬱な現実の一つにすぎません。しかし、「彼女の心をつかむ」というような表現によって、結婚相手となったことが示されたらしい「春野敏治」との関係というのが、どう考えても私にはこの世で最も「ユニークではない」「結婚生活」ではないかという気がしてならないのです。「玄米食」がいやだというなら、「春野敏治」氏はただ単に自分でそれ以外の食事を用意しさえすればよいだけのことであって、なんで「玄米食だけは勘弁してくれ」と「春野ゆきえ」氏に「懇願」し、結局「二通りの食事が用意されることになっ」たりするのでしょう。仮にこの食事を「春野敏治」氏が自ら用意しているのだとしても、自らの食べたいものを「懇願」しなければ作らせてもらえない「結婚」生活とは、ずいぶん不自由なものだとしか言いようがありません。そんなにまでして「結婚」（それも、文脈からすれば、おそらくは「婚姻届」を出し、妻が夫の姓を名乗る「結婚」）をする必要は、どこにあるのでしょうか。

また、この文脈でみるかぎり、「二通りの食事」を「用意」したのは「春野ゆきえ」氏であると読み取るのが自然な気がします。それぞれが「玄米食」とそうでない食事とを個別に自分の分だけ「用意」したとすれば、それをわざわざ「二通り」と表現する必要はないし、そもそも「勘弁してくれ」という必要もないわけですから。テレビや電話と同じ、同一空間で暮らす二人にとって、共通の影響がでるものの一つとして、ここでは「春野ゆきえ」氏が自分たち二人のために「用意」する食事の内容が問題にされているのだと言えます。

以下、この「仮定」にしたがって考えを進めると……。

だとすれば、ここにあるのは、昔の民放のホームドラマか新聞の四コマ漫画にでも出てきそうな、最も「ユニークではない」陳腐な「結婚生活」そのものです。もちろん、個別の「テレビは置かない」「電話はつけない」「玄米食」などという「三条件」は、おのおの生活の選択肢の一つにすぎず、それら自体は「ユニーク」でもなんでもありません。それは、そのようにして育てられた子どもが「やがて」「自分の家では観られないテレビを、隣近所の家に上がりこんで観るようにな」ることと、とりあえずの「選択」としては、まだなお同じ平面上の問題としてあります。そして問題の「玄米食」という条件が、このように「妻」が「夫」の食事を作るのが当然という前提においてこともなげに語られていることによって、ここに描かれた「結婚」は、もともとがそうである「結婚」全体の中でも、はなはだ陳腐極まりない——少なくとも、ごくありふれたものとなったのです。

一体に、かねて感じていることですが、松下竜一氏には「結婚」というものを特別に重要なことと考える傾向があるようです。そしてこれは本書の場合、それは反対に「独身」——特に女性の「独身」という点に、いちいち説明がつくこととも表裏一体となっています（第十三話「車椅子のチーちゃん」の「宿利久仁子」の説明でも、また第十四話「春の本部」に出てくる「今仁元子」についても、その人物を説明するのに、「女性」はともかくとして、わざわざ「独身」と冠されている点、など）。

第十五話「贈る詩」には「メンバーに祝福されてこの塔の前での門出の式とは、いずみちゃんもすてきなことを思いついたもんだと、得さんは嬉しいのだ。いずみちゃんたちを第一号にして、『平和の鐘の塔』の前での結婚式が続くようになったら、なんとたのしいことだろう」といった言葉も出てくるのですが、およそ恋愛という最も個人的な関係を、世の中が何世紀にもわたって用意してきた枠組みに当てはめて、それで何事か、華ばなしく晴れがましく立派なことでもした気になっている「結婚」というものが、人間にとって最もくだらない――それればかりか、社会の差別や不平等の重要な原因であると考えている私にとっては、なんともうとましい話です。

この章では、戯れに書かれたパロディとされている〝詩〟のなかに「お嫁にゆく」だの、しかもそのことが「よその男のこころのままになる」ことであるだのといった言葉も見出されますが――そして最後には、「結婚」する当の女性が「大きな眼」を「キラキラと涙で濡」らし始めたりもするわけですが……私としては、それらすべてに到底、受け容れ難いものを感じざるを得ません。

それから、この第十五話「贈る詩」で「鐘が鳴り終わると、すかさず独身男性トリオによるエレキギターでの『戦争を知らない子供たち』の曲が流れる」とある、この曲（その題名を記すのも恥ずかしい曲）は、日本という国の「戦後」という時代の偽りに満ちた、その内容に、これはもはや、ただ単に気恥ずかしいというだけでは済まない、重大な問題を感じざるを得ません。

――ほんとうに、あなたがたは戦争を知らずに育ったのか？

この地球上のいたるところで――何より、日本に最も近い朝鮮半島でも沖縄でも、戦後半世紀以上、一度たりとも「戦争」がなくなったことなどなかった事実を思うとき、「戦争を知らずに僕らは育った」などと甘ったれきってうそぶいていられる、あまりにもいい気な精神は、実はこの「日本」のなかにも十分に存在した「戦争」に、まったく気づくことができずにきたか、さもなくば、それに目をつむっている偽りと自己陶酔に骨の髄までひたされきった人びとにだけ可能なような「嘘」で塗り固められている言葉にこそほかならないからです。
私は、この歌をしばしば外国でまで平然と歌う日本人がいるとき、その無神経さに、改めて日本人であることのやりきれなさを感じずにはいられません。

さて、本書・第六話「信頼」もまた、松下竜一氏の読者にとってはすでに馴染み深いエピソードの数かずが盛り込まれた章です。氏のある種の作品に登場する「作家である主人公」の物語を、ここでも読者は読むことになりますが、ただ、そうしたときしばしば感ずるある種の気恥ずかしさは、ここでもやはり完全に拭い去られてはいません。それは、たとえば、

取材や講演旅行に出ているか病臥でもしてない限りは、一日か二日に一度はこの店に顔を出す間島が、もう四日も顔を見せてない。最後に来たとき聞かされた話が重かった。

（第六話「信頼」）

……この作品は東京拘置所に在監中の政治犯Mを主人公にした重いテーマで、間島は何度も面会に行ったり手紙による取材を重ね、むしろMの協力のもとに執筆を続けてきたのだが、途中から作品をめぐっての考え方が対立し、この大詰めにきてMが作品発表に不同意を表明するに至ったのだ。

（同前）

といった部分に、ひときわ強く感じられるものです。

そもそも、この世の中の、人間に関することで「軽い話」など、本来あり得ないのだという自明の理屈に照らしたとき、「重い話」「重く受け止める」といった表現はすべて言わずもがなの鬱陶しいものになってしまうのだというその点はともかくとして、私がここを見過ごすわけにはいかないのは、「小さなさかな屋」の梶山得二こと梶原得三郎氏の視点に一応、足場を取って書かれてはいるものの、ここでの作家・間島良一が、作品世界のなかでも、またこの物語の読者にとっても、あまりにも松下竜一氏そのものであり、そしてここで問題にされている「長篇ノンフィクション」なるものが、その後ほどなく発表されることになる、東アジア反日武装戦線に取材した作品――『狼煙《のろし》を見よ』であることが歴然としているせいです。

つまりこの場合、松下竜一氏は、間島良一なる分身をつかって、自分自身の作品『狼煙を見よ』をめぐって生じた事件を「重い」と言い、また自らの作品をその「重さ」と関連づけ、〝作家としての苦悩〟を語り、Mとの関係において自然と、ある種の自己正当化を図っているわけですが、そうした取り扱いの構造全体が、作家として本来、誤りではないか、〝フェア〟ではないのではないかという気が、私にはするのです。

さらに、その自分自身の扱い方が、梶山夫妻の会話として、

「今日を入れて、あと四日か……。おれにはとても良一さんのような仕事はつとまらんなあ。おれだったら、とうに胃の壁に穴が空いてる」（中略）
「あんたと良一さんの決定的に違うところよ。――あの人は芯から強い人なんよ」

……というところまでくると、これら一連の表現に明瞭に嗅《か》ぎ取られてしまう強烈なナルシシズム

には、私は気恥ずかしさを覚えます。こうした会話が実際、モデルとなった夫妻の間でなされていようといまいと。

これは松下竜一氏の作品にしばしば見られる傾向ですが、とりわけこの『狼煙を見よ』に関しては、ここに出てくるM氏が、作品発表の可否をめぐる問題の一方の当事者でありつつも、同時に現実にはいまも葛飾区小菅《こすげ》の東京拘置所に「確定死刑囚」として囚われている、社会的には圧倒的に弱い立場に置かれた存在である一方、本人がどれほどしばしば韜晦《とうかい》の自己戯画化をしてみせようと、今日の日本では多くの読者を持つ高名な作家の松下氏が優位の強者なのは明白である以上、当時の問題の扱われ方について、事後においても、作家自身の「自画像」の提示だけにとどまらない、より厳しく倫理的な姿勢が要請されるのではないでしょうか。

さて――。

「おとろえた姿をさらすのは、花にとって残酷なことですからね」（第七話「アラカブ合唱団」）

「生花の先生」が語ったという、この言葉は、どうなのでしょう。私には、これは実は恐ろしい考えのような気がしなくもありません。

チーちゃんが学齢に達した年、中津市の教育委員会は彼女が車椅子に乗ることを理由にすぐ眼の前にある普通小学校への入学を拒み、訪問教育を指定した。週にたった二日間先生が自宅に来て、二時間たらずの個人授業をするというのが訪問教育である。両親はくやし泣きしたが泣き寝入りするしかなかった。（中略）

夫を喪ってからの光代は、一変したように気丈な女になった。自分の画塾に車椅子で来るチーちゃんが小学校に通っていないと知ると、光代はすっかり憤慨した。しりごみするチーちゃんの両親を説き伏せて、光代は市教委との交渉に乗り出した。途中から得さんも応援に駆りだされ、さらには間島も加わった。

それでも頑強に立ちはだかる市教委にあいそをつかして、とうとう交渉は大分県教委や知事を相手にするようになり、得さんは商売を休んで大分市まで出かけ、光代やチーちゃんの両親と共に深夜の交渉にのぞんだりした。

そうして入った普通校で、チーちゃんはたくさんの友達に囲まれて、もう六年生になっている。頓智のいい子供で、よく得さんはやりこめられている。（同前）

このチーちゃんは、さらに第十三話「車椅子のチーちゃん」でも、そのタイトルどおり、中心的な役割を務めます。

ただ「そんな君子に火をつけたのが、東山光代だった。自分の画塾に通って来る明るいチーちゃんが、眼の前の小学校に入れてもらえないと知って光代は憤慨した」（第十三話「車椅子のチーちゃん」）という表現は、私には抵抗があります。そもそも現実の人間に対し「明るい」「暗い」という言葉を比較的安易に用いる傾向が、残念ながら松下竜一氏にはあるという気が、私にはするのですが（たとえば、松下氏の作品のなかでもひときわ多くの問題点を含む一冊である『５０００匹のホタル』における「松本幸枝」のことを「心のとても暗い少女です」と母親に宛てて書いた梶木玉子の手紙など）、私はといえば、かつて八〇年代にたとえばフジテレビ系のスタジオお笑い番組が、人を「暗い」「明るい」と二分し、吉本興業系ないしは太田プロダクション系のお笑いタレントの愚にもつかぬ擽《くすぐ》りや、そこに居合わせる誰かを材料にしてのいじめで、一緒に笑わない者を「暗い」とレッテル貼りする、この「笑いのファシズム」（皆に同じ考えを信じ込ませたり、皆を同じ型に嵌めようとしたりすること)」「明るさのファシズム」を、絶対に容認することができないのです。

この問題は、さらに直接の深刻さをもったものとして、そっくり本書・第二十四話「お地蔵さま」にも現われてきます。「小さなさかな屋」の前を通るたび、「さかな、くさーい」と甲高い声を響かせる女の子。


あんな憎しみの声を出す女の子の家庭には、何か不幸な陰があるように思えてならない。あの子が子供らしい明るさを取り戻しますようにと、ノンノンは願を掛けたのだった。

(第二十四話「お地蔵さま」)


問題とされている現実は、たとえば地蔵に「あの子が魚臭いと言わなくなりますように」と「願を掛け」るという行為でなど、解決するはずはありません。そこには、より社会的に——さらに言うなら、より人間的に、その原因と解決とが追究されなければならない問題が含まれているからです。

しかし、その問題もさることながら、それ以上に私が疑問に思うのは、この「女の子」の「憎しみの声」に対する、作者の考え方です。ここには、明白に『5000匹のホタル』の問題点に通ずるものがあるのですが、それがさらに「家庭に」「何か不幸な陰がある」とまで勝手に忖度されてしまうことは、一般的な社会通念で〝「不幸な陰」がある〟とされるような「家庭」への、あまりにも露骨な差別ではないかと思われてなりません。

現在の世界が暗いのだから、人間が暗いとしても、何の不思議もありません。むしろこの世界のなかで「明るく」振る舞う者が、どんな力のまえに身を屈し、自らを裏切っているかをこそ、人は考えなければならないのではないでしょうか。

第十三話「車椅子のチーちゃん」の文脈では、それでは「チーちゃん」が「暗」ければ「眼の前の小学校に入れてもらえない」こともやむを得ないのか、という、単純で横柄的な反問を当然、しておかなければならないわけで、このあたりは「いわれなき差別」という言葉の偽りと表裏一体のものがあります。

なお、ここに登場する「障害児とその親達と共に隣市で『一歩の会』を創設し、『つどいの家』を開放している独身女性」「宿利久仁子」のモデルとなっている人物は、私の友人でもあります。

松下竜一氏の描く人物の大半（ほとんどすべて）には、たとえ小説・物語として「仮名」で書かれる場合でも、松下竜一氏自身をはじめ、たいていの場合、容易に指摘できる「モデル」があり、しかも私は、松下氏自身をはじめ、そのほぼすべての人びとと、まったく面識がないのですが、ここで「宿利久仁子」の名で登場する女性は、松下竜一氏の畏敬する記録文学者・上野英信、冤罪「甲山事件」の被告とされた女性、そのほか数名の人びと同様、私が直接、会ったことのある一人であり、またなかでも親しく往き来したことのある方でした。

　君子の声が半泣きになっている。シーンとなったとき、久仁子が静かな声をはさんだ。
「上林さん、本当に必要なことは、先生も生徒も一丸となってチーちゃんを仲間にしていこうとする姿勢じゃないでしょうかね。この確約書にはそういうかんじんな姿勢はなくて、最初からそこを逃げてるとしか思えませんね」
（第十三話「車椅子のチーちゃん」）

その女性の低く諄諄《じゅんじゅん》と語る声音《こわね》が、私の耳にも蘇ってくるようです。

ともあれ、少なくともここでは、現在の社会で「障害者（児）」と呼ばれる人びとに対する平等性、子どもたちなら他の子どもたちとともに「普通学級」で学ぶ、その当然の権利に関しても、松下竜一氏は明白に認めていると、私は考えます。

その上で、ひるがえっていえば、「ろう児たちの家庭」と、そこの校長が平然とうそぶく《あかつき学園》を舞台にした物語『5000匹のホタル』の問題点もまた、改めて明白になっていることを、私は確認しておきたい気がします。そのとき、もしも「車椅子が必要な子どもと『ろう児』とは違う」「訪問学級とろう学校とは違う」ということを主張する人びとがいるとすれば、それこそがまさしく「差別」にほかならないのですから。

ほかにも、この世の中にはさまざまな「制度」の枠組みがあります。そして、それは必ずしも古くからある、誰の目にも分かりやすい「制度」としてばかり現われてくるのではありません。たとえ一見、これまでの「制度」とはかけ離れた、新しく革新的なものとしての装いをもったものであっても、実はしょせん、もう一つの「制度」にすぎないという場合もあるのです。

あやめが高校受験を迎えたとき、光代は新聞で「自由の森学園」の開校を知る。これまでの管理教育にはない自由でのびやかな教育をめざすという遠藤豊校長の方針に飛びついた光代は、直ちに上京して遠藤氏と会い「学費はいま払えないかもしれませんが、必ず先で払いますから――」と掛け合う。

ところが県立高校二年生の括也までが「自由の森学園」に行きたいといいだし、肝っ玉かあさんは「それもいいなあ」と賛成した。かくて、一九八五年四月に、活也はあやめと揃って新一年生として埼玉県飯能市の「自由の森学園」に入学する。三年生になるのを棒に振ってまで入学した活也は、新聞のインタビューで「生徒会までが管理されたような高校生活はまっぴらです」と答えている。自由にのびやかに生きたいという血は、光代から子供たちに脈々と受けつがれたようである。

（第十一話「光代の生き方」）

という言葉は、果たしてどうでしょうか。

ここでは「光代」の判断として、この「これまでの管理教育にはない自由でのびやかな教育をめざすという」学校についての手放しのあこがれが述べられているのですが、少なくとも作品としては、その学校が真にそうした場であるのかどうか、また仮にそうだとして、では現在の日本のなかで、そこのみが「自由でのびやかな教育」を享受するような学校が作られ、そこに通う者とそうではない圧倒的多数とが二通りに分かれて存在するようなことが、同じ時代に生きる者同士の問題としてどういう意味を持つのかについても、作者である松下氏自身の判断が、ある種の「気分」（たとえば「肝っ玉かあさん」というような言葉の用いられ方にかすかに滲んでいる――）の仄めかし方に留まるのではなく、明確な「批評」の言葉として、ここではどうしても述べられておく必要があったのではないかという気が、私にはします。

それにしても、まず何より「自由にのびやかに生きたいという血」などというものが、ほんとうに人間にはあるのかどうか？　そして、そうした「血」が、母親から「子供たちに脈々と受けつがれ」るなどと言ってしまうことが許されるものなのか。いずれも、私には甚だ疑問です。人間に関して「血」などという言葉を、このように用いるべきではないのではないかと、私は考えます。私には「自由でのびやかに生き」るということと「血」を「受けつ」ぐということとは、根本的に相容れないもののように思えてなりません。

そして結局のところ、ここで語られているのは、その説明を読むかぎり「いまは払えないかもしれない」が「必ず先で払う」ことを約束して、母親が労働する、その金で子どもたちに購《あがな》った「自由」ではないのかという疑問も残るのですが。

ともあれ、「厚さ二一センチ五ミリの厚板をくり抜いた」「十色のうろこを持つ丸々としたタイ」（第十九話「軒先のカスケどん」）が、軒先の風に重たげに揺れている——そして、『日本国憲法』第九条の看板を立てているその「小さなさかな屋」は、しかし生きるために魚を仕入れ、さばき、売る、という以上の思いを、そこを訪ねる人びとに伝え、共有しようとする店だったようです。

ただ「これだけは譲れない」という決意をこめて得さんが立てた看板だったが、いままでさかなを買いに来る近所の人でこの看板のことを話題にした人は誰もいない」というのは、いささか意外な気がしないでもありません。得さんの「これだけは譲れないという決意」は、それがどのように受け止められたにせよ、近所の人びとにも伝わっていたのではないか、と。

そんな梶山夫妻の愛の歴史については、作者はこの物語全体を通じ、生き生きとそれを語ってくれます。「そうだなあ……おれもおまえも一番苦しくなって、どうしていいかわからなくなったときにあけようや」（第十二話「宝の箱」）というような手紙のやりとりのされている「若き日の『愛の往復書簡』」が何百通も眠っているという——。

梶山夫妻と間島夫妻——というより、梶原夫妻と松下夫妻との関係は、これまで何冊か、松下竜一氏の作品に書かれ、さまざまに魅惑的なエピソードを幾つも秘めています。まさしく〝大人の友情〟の歴史そのものに立ち会う思いがします。

そして、こうしたなかにも歳月は確実に過ぎてゆくでしょう。

「タイムカプセルって罪なもんやなあ。——これから十年後の小さなさかな屋はどうなってるのかしらねえ」（第二十五話「タイムカプセル」）とノンノンが「冗談めかしにつぶやいた」という最後の章にいたって、この『小さなさかな屋奮戦記』は「複数性の私小説」ともいうべき、何人もの人びとの個人史がそのまま一つの時代の記録となっているような、これまでありそうで、なかなかなかった新しい形式の物語となっていることに気づきます。

では実際には、「小さなさかな屋」はどうなったでしょうか。

梶原夫妻は小さなさかな屋をたたみ、一九九二年夏から中津市内の女子短大の学生寮の管理人として住み込んだ。

（松下竜一『底ぬけビンボー暮らし』「十四　カモメのおじさん　注」）

私が承知しているのはここまでです。

ただ、長年、取り組まれている「司法制度改革」の問題をはじめ、その後も梶原得三郎氏が、さまざまな活動・発言を精力的に続けておられることは、インターネット上の情報としてのみですが、私もこのかんずっと仄聞《そくぶん》してきたところです。

〔二〇〇一年九月脱稿〕

私たちはどんな「世界」に生きたいのか

――『どろんこサブウ』

それにしても、私たちは、どんな「世界」に生きたいのでしょうか。

そして、そこに自分が生きたいと願う、そんな「世界」を作るためには、どんな道筋があるのでしょうか。


で、ちっとも有名じゃないサブウが、いったいなにをしたのかって？

ゴミをひろったのさ。

えーっ、たったそれだけのことかって？

それだけのことさ。――だけど、それがどんなすごいゴミひろいだったかは、この一さつの記録でも、とても書ききれないほどでね。


（「プロローグ」ルビはすべて略／以下同）

こんなふうに、この物語は語り起こされます。読み進めてゆくと、ほどなく、それまでのサブウは、現実のなかでたえず何かを求め続けながら、同時に夢見がちでもあるような若者だったことが描かれています。

大学をやめたあとも、そのまま新聞はんばい店ではたらきながら、東京の古本屋をまわっては、本を買いあさるというくらしがつづいた。なにを目標に生きたらいいのか、それを見つけ出そうとして、むさぼるように本を読みつづけたのだ。

あるときは、「昆虫記」のファーブルにひかれ、あるときは、アメリカの大富豪ロックフェラーの人生に心ひかれたりしていた。

（「ゴミにうもれた海」）

では、そのサブウにとって、青春のすべてをかけて行なわれたといっても誇張ではない、壮大な「ゴミひろい」は、どんなふうにして始まったのでしょう。

サブウがそこへきてみたのは、新聞にのった小さな記事と、一まいの写真がきっかけになっている。（中略）

その記事にそえられた干潟の写真に、サブウの目はひきつけられた。干潟のなかほどに、しろじろと光る水の流れがあって、そこにならんでいる黒いぼうくいに見おぼえがあるのだ。ねころんで新聞を読んでいたサブウは、思わずおきあがって声をあげていた。

「これは〝ふかんど〟じゃないか」

長い間わすれていた、なつかしいことばが口をついていた。

（「ゴミにうもれた海」／傍点は原文のまま）

そのころ、サブウが育ち、そして長い旅をしてきたような時間の果てに還ってきた海は「戦後」の歴史のなかで、これまでにない状況に置かれ始めていました。

東京湾で海岸のうめたてがさかんになるのは、一九五〇年代のおわりごろからのことで、日本の経済が大きくのびていくのも、このころからだ。

それに、大きな力をはっきしたのが、コンビナート方式だった。石油コンビナートに見られるように、関連のある工場を一か所にあつめてしまって、そこだけで原料から製品になるまでが、ぜんぶつながっているという生産方式なので、むだがないのだ。

このコンビナートには、ひろい土地がひつようになるが、その広大な土地をいちばんやすく手にいれる方法として、海岸のうめたてがあった。（「いのちのゆりかご」）

埋め立てられた海から失われたものが、いかに巨きかったか。その全体を明らかにするには、何より、奪われるまえの海を知る人の思いが重要であるにちがいありません。

そして、それこそが、サブウを動かした底にあるものだったことは、たとえば次のような場面にも鮮やかです。

「みんなあ、これから水族館をつくるぞお」

マーちゃんのよび声で、みんなてのひらの上の魚をこぼさないようにかばいながら、またいっせいにさっきの場所へとかけもどっていくのだ。

干潟にはちょっとした深さの潮だまりが、大きいのや小さいのやいくつもあって、鏡のように光っている。その潮だまりに、てのひらの魚をはなてば、たちまち〝水族館〟だ。

魚はなにごともなかったように、潮だまりのなかでゆうゆうとおよいでいる。まわりにすなのかべをきずき、なかに海草やもをいれて、魚のおうちもつくってやらねばならない。

「もっと、いろいろあつめてこいや」

マーちゃんの指令で、サブウたちは干潟の潮だまりをさがしあるく。ウミニナ、イソギンチャク、クラゲ、ウミホオズキ、とにかく目につくものはなんでもあつめてきて、〝水族館〟にしずめていく。
（「あみひきじいさん」／傍点は原文のまま）

谷津干潟をめぐる、サブウの記憶の輝きは、本書のさまざまな部分に雲母《うんも》のかけらのようにちりばめられています。

なお、途中、干潟での黄金時代を回想する「ターザンごっこ」や「やばん人」のくだり（「楽園の子どもたち」）は、「未開」と、ヨーロッパ諸国やアメリカを尺度としたとき言われた国ぐにや地域に対する差別的な見方や、「女の子」に対する、また別の差別が、あまりにもあっけらかんと出ていて、それ自体は明らかに問題であることは指摘しておかなければなりません。ただ、これはそもそも、もともとのE・R・バローズの『ターザン』という小説や、それを原作としたハリウッド映画そのものが抱え込んでいる要素であることも事実です。

ところで、これら、サブウが「ゴミひろい」に踏み出したきっかけ、そしてまさしく東京湾にまつわる事柄として、私が思い出すのは、千葉県側ではない――東京湾の東京都側のゴミに埋もれた……というよりゴミそのもので出来た埋め立て地で、大まかにいえばほぼ同じ時代に起こっていた、もう一つ別の出来事です。

第五福龍丸。それは私たちにとって忘れることのできない船。決して忘れてはいけないあかし。知らない人には心から告げよう。忘れかけている人にはそっと思い起こさせよう。いまから十四年前の三月一日。太平洋のビキニ環礁。そこで何が起きたのかを。そして沈痛な気持ちで告げよう。

いま、このあかしがどこにあるかを。

（武藤宏一／『朝日新聞』一九六八年三月十日「声」欄）

東京都江東区夢の島三―二。高度経済成長期のごみを埋め立てて造成された「夢の島公園」の一角に「東京都立第五福龍丸展示館」はあります。

第五福龍丸とは、一九五四年三月一日、太平洋マーシャル群島ビキニ環礁北東沖で操業中、アメリカ合衆国による世界最初の水爆実験によって被爆した、日本のマグロはえなわ漁船です。焼津港《やいづ》を「母港」としていました。乗組員二十三名のうち、無線長・久保山愛吉さんの被爆症状はとくに重く、帰国後の同年九月二十三日、入院先の国立東京第一病院で、放射能症のため亡くなります。

一九七六年六月十日、当時の知事・美濃部亮吉の都政の末期に開館したこの施設には、全長三十メートル、総重量一四〇トンの第五福龍丸がまるごと収められています。いったんは船名まで消され、ごみ捨て場の一角に放置されていたこの漁船が保存・展示されるにいたったのは、右に引いた、当時二十六歳の一青年による投書がきっかけだったそうです。

私はこの場所を、これまでに何度も訪れました。

一度は、安置されている第五福龍丸のその甲板上で、元東組員・大石又七さんの話を、友人たちとともに聞いたこともあります。当時二十歳の大石さんは、冷凍士として乗り組んでいた五回目の航海で、被爆しました。久保山愛吉さんの死を経て、大石さんは事件の翌年、退院していったん焼津に戻ったあと、漁師をやめ、改めて東京に出てきます。苦労して技術を身につけ、大田区内でクリーニング店を開業して現在に至っています。

最初、東京での新しい生活を始めた当初は「ああ、これで事件のことを忘れられる」という思いが、大石さんにはあったそうです。しかし、「やはり被爆のことを言わなければ」という気持ちになったのは、さきほど引いた、「夢の島」に廃棄されている第五福龍丸の保存を訴える新聞の投書を目にしたときのことだったといいます。以後、大石さんは自らの体験と思索を、人びとに進んで語るようになります。

この大石又七さんや、そして忘れ去られていた第五福龍丸に世間の関心を再び向ける役割を果たす投書をした青年もまた、自分自身がどんな「世界」に生きたいのかを求めつづけ——そして、自分が生きたい、そんな「世界」を作るための道筋を考え続けている人びとなのでしょう。

なお、その後、この海域で繰り返された核実験で被爆したのは第五福竜丸だけでなく、他にも多くの漁船、そしてもちろん周辺諸島の住民も深刻な被害に遭《あ》っていることが、次つぎと明らかになってきました。さらに、こうした事情は、世界の他の核実験場でも、また原子力発電関連施設も同じなのです。

ちなみに——一点だけ、この物語を読む人たちの注意を喚《よ》び起こしておきたいのは、サブウのしたのが、ただ黙黙と「ゴミひろい」をする、というだけの行為ではなかったということです。

サブウの考えは「ともかく始められなければならないから、まず自分が黙黙とやる」ということばかりだったわけではありません。同時に、サブウは「常に声をかけ、世の中にも訴える」という方向も選択しており、その二つの道を同時に押し進めたことが重要だったいきさつが、この本を注意深く読んでいると、推測されるようになっています。

少なくともサブウこと森田三郎氏が、やがて習志野市会議員、そして千葉県会議員と歩みを進めたことは（議員になることが、必ずしも唯一最善の選択というわけではないにせよ）、「一人」から始まる思いは、さまざまな形で社会に広く共有されなければならないものであること、また逆に、何かある訴えが社会に広く共有されるためには、その最初の「一人」の思いなくしては、何も始まらず、何も続かないことを、併せて示しているようです。

私がそんなふうに確認する理由は、もしも、まず一人が始めたことが巨きな「全体」へとつながってゆくときの、この「訴え」の部分を見失い、そうした社会とのつながりを離れた「黙黙とした善意」だの「努力」だのだけが、ただ賞讃されるようになってしまうと、場合によってはある行ないが、別の力によって、本来の願いとはまったく反対の方向へと利用されてしまうおそれもあるからです。そうしたとき、社会の仕組みを変え、問題を解決する、という方向をめざしての努力がされることはなくなり、一人一人の曖昧な「善意」や「努力」は、それらさまざまな矛盾の根本の原因を覆い隠す役割を、結果的に果たしてしまうことになるでしょう。

私自身は、世の中でしばしばもてはやされる「美談」の類は、その大半がこうした誤った作用を及ぼしているものだと考えています。


それともある意味で関連するのですが、結末として持ってこられている、「吉川英治文化賞」のエピソードは、そこで作者により断られている内容によれば、サブウこと森田三郎氏も要望していたというとおり、この物語の締めくくりとしては触れられていなかった方が良かったのではないかという気が、私にはします。

「吉川英治文化賞」がほんとうに、著者・松下竜一氏の書くような「〈日本の文化のはってんにつとめた人〉だけにおくられる、とっても名誉な賞」（「エピローグ」）であるのかどうか——一体に「賞」というのがそもそもどういうものであるのかという問題もあるのですが、いずれにせよ「賞」を与えられ、それがまたこの物語の結末を飾るという、こうした全体がまた、サブウの考え、やろうとしたことを、つねに「美談」という狭い枠のなかに引き戻してしまう傾向を持つのではないかと、私は危ぶむからです。

ともあれ、私たちは、どんな世界に生きたいと考えるのか――。
心ある人びとの、輝かしくも困難な闘いが未来に向かって担われつづけてゆく道筋が、少しでも明るいものとなることを、私は願っています。

〔二〇〇一年十月脱稿〕

自註ノート

Ⅰ　燦然たる黎明

燦然たる黎明——『豆腐屋の四季』

松下竜一氏のこのデビュー作（初版／一九六九年四月、講談社）について最初に書くことで、私は氏の全三十冊にのぼる著作を「批評」する作業を、なんとか完遂できるとの感触を得ることが叶った。以後に、たとえどれだけ率直な批判をしなければならない作品が来るとしても、この一篇によって私の「批評」の公正さは証明されるだろうから。それを担保する、いわば〝原器〟のごときものとして、劈頭《へきとう》の本論はある。

「後記」に記したとおり、この後、二〇〇五年にリブリオ出版から刊行された「大活字本」『豆腐屋の四季／ある青春の記録』があり、その全四分冊・函入りのセットの各巻にも本論「燦然たる黎明」は四分割して再録された。またそこでは『豆腐屋の四季』すべての章についての詳細な「鑑賞」も、私は書き下ろしている。

なお本稿のみは河出書房新社版『松下竜一　その仕事』巻末「解説」の初出形と、一字一句の異同もない。

間奏曲、ただ一度だけの黄金――『潮風の町』

関係資料によれば、この清楚な小品集（初版／一九七八年五月、筑摩書房）は、もともと七一年・七二年に自費出版された二著『人魚通信』『絵本切る日々』からの再録とのこと。松下氏にとって「青春」の最後の残照の余光が漂っていた時期の作品との思いが、強くする。

「生活者」が「運動者」となるとき――『いのちき　してます』

一九八一年四月に初版（三一書房）が刊行された本作が重要なのは、単に〈環境権〉の概念の歴史的提示によってだけではない。そこに国家権力が直接、冷徹な弾圧の意志を剝き出しにすること、さらに「民主連合政府をつくれば、こんな個々の問題は政治の段階で一挙に解決される」と主張するような既成党派の欺瞞性に「市民運動」がどう対処したかの思想的試煉が克明に記録されているためだ。

「労働」としての〝文学〟――『ウドンゲの花』

初版は一九八三年十一月、講談社刊。『いのちき　してます』からの、既存の〝運動〟の党派的欺瞞を問う思想的展開・深化はさらに著しい。

「やさしさ」と「憎しみ」――『小さな手の哀しみ』

一九八四年七月、初版（径書房）。〝運動〟の体験を通じ、手探りで掘り当てられてきた闘いの論理の思想は、いよいよ鮮やかである。ただ、それに対置すべき理念が「やさしさ」であるかどうかについては、私が記したとおり、検討の余地があるだろう。

II　生命の秘儀

青春の第一次史料――『あぶらげと恋文』

三〇年前の日記を基にし、一九八八年一月に上梓されたこの記録（径書房）に〝近代〟日本「文学」が過去一五〇年、定着してきたはずの〝青春〟の「文学」的扮飾の大半は及ぶまい。

この稿を綴りつつ、しばしば去来したのは浜田康敬《やすゆき》（一九三八年～）の短歌だった。「豚の交尾終わるまで見て戻り来し我に成人通知来ている」（歌集『成人通知』一九六一年）「あお向けに寝ながら闇を愛しおり動けば淋し自慰終えし後」「文選に黒く汚れし我の手で我に縁なき愛語を拾う」（同前）

松下氏と完全に同世代で、同様に労働の現場から作歌の出発を遂げた両者の資質は、一見、相通うかに見えつつ、しかし決定的に違う。それは「文学」との距離の取り方の差異であり、松下氏のその後の歩みの必然性をも示唆するだろう。

「歴史の著作権」は誰にあるか――『右眼にホロリ』

対象としたエッセイ集は『あぶらげと恋文』と同年の八月、同じ書肆から刊行された一冊。一九八六年のチェルノブイリ原発事故後、おそらく松下竜一氏の存在と影響力が日本社会で最も高まっていた時期の著作である。

同時に、氏の思想とこの時期の「市民運動」の昂揚との相乗関係のその後の過程には、私が繰り返し指摘する〝運動〟の功利主義――優生思想的志向や血縁家族共同体に回収される「幸福」観等の諸問題が根深くあったと考える。そしてこれはむろん、実はひとり松下竜一という文学者のみをめぐる事態では、ない。

「青春」の秘儀、精神の「性愛」——『母よ、生きるべし』

一九九〇年五月の義母の死を経、同年十二月に刊行された本作（講談社）で、多くの人は義母と松下竜一との〝交情〟に注意を惹かれるにちがいない。しかし私は、その娘——妻となった女性と松下の関係こそが、ほんとうは全体の構造の機軸と考えている。「恋愛」という手続きの側面と質量とを義母に仮託し担わせつつ、いきなり「婚姻」として設《しつら》えられた一少女との〝蜜月〟が、松下氏の生涯に占めた意味の大きさを思う。

荘厳の書——『ありふれた老い』

前年逝去した父の晩年を描いた本書は、一九九四年十二月、初版（作品社）。内容の率直な普遍性において、今後も「老い」「介護」「看取り」の基本文献となり得よう。

本稿は今回の推敲にあたり〝父と息子〟の関係から作品を書いてきた〝近代〟日本「文学」の「私小説」作家の数かずと松下氏との違いを解析した部分を、紙数の関係から大幅に割愛した。

「私小説」から／「私小説」を超えて——『底ぬけビンボー暮らし』

一九九六年九月、筑摩書房刊。晩年の松下氏には「ビンボー」を書名に入れたエッセイ集が三冊、九六年・九八年・二〇〇〇年と同じ出版社から出ているらしい。この方向性には、日本社会における松下竜一という文学者の〝取り扱われ方〟の危うさの一端が仄見える気もする。

Ⅲ　資本主義の彼岸へ

〈女たち〉から個個人の「連帯」を――『風成の女たち』

本稿で指摘した幾つかの問題点はあるものの、この作品は松下竜一氏のノンフィクション系列でも屈指の秀作だろう。最初期の『豆腐屋の四季』関連作品群のすぐ後、一九七二年八月という段階で本書（朝日新聞社）が刊行されていることは、後年の旺盛な活動の胚が最初から作家の原形質に内包されていたことを強く印象づける。

資本主義の彼岸へ――『暗闇の思想を』

松下竜一氏の〝代名詞〟の一つともなった「暗闇の思想」から私がただちに連想するのは、一九七四年三月刊行の同書（朝日新聞社）に六十一年遡る、田中正造（一八四一～一九一三年）の言葉だ。

「物質上、人工人為の進歩のみを以てせバ社会ハ暗黒なり。デンキ開ケテ世見暗夜となれり。」――日付は「一九一三年七月二一日」、死の一箇月半前である。さらに田中は続ける。「日本の文明今や質あり文なし、知あり徳なきに苦むなり。悔改めざれバ亡びん。今已ニ亡びツツあり。否已ニ亡びたり」（同前）。なんという先見性。そして、なんという気魄――。

縁あって知り合った栃木在住の書家が、自ら深く関わった市民活動グループ「田中正造大学」（栃木県佐野市）で毎年作るカレンダーを送ってきてくれていた。これはその二〇一二年版に掲げられていた揮毫で、すなわち東京電力・福島第一原発事故の翌年であり、田中の洞察は史上最悪の原発事故の九十八年前ということになる。

ずっと連絡をとりたかったこの書家が、すでに物故していたことを、昨二〇二三年、思いがけない形で知った。多く、思うところがある。

本稿は今回の推敲にあたり、「元号」と天皇制論、武谷三男の〝市民の科学〟論を援用しての考察等を、紙数の関係で割愛した。ちなみに武谷に関しては、私は後続の「『転向』と『玉砕』――沖縄の友への手紙」初出形で、B・ブレヒト『ガリレイの生涯』との関連からの批判を行なったが、それも本書では省いている。

人が人であり続けるための闘い――『五分の虫、一寸の魂』

原著の刊行は一九七五年十月(筑摩書房)。

私が一九九九年八月に脱稿した本論で、その〝思想〟の行方に強い危惧を表明しておいた元・水俣病認定申請患者協議会会長の緒方正人氏は、果たして二〇一一年三月の東京電力・福島第一原発事故後、歴然たる水俣病加害国策企業に関し「チッソは私であった」との主張をし始めた。

これは福島原発事故の一年後、私が緊急に上梓した『原子野のバッハ――被曝地・東京の三三〇日』(二〇一二年/勉誠出版)でも書いていることだが(同書・四二一～四二四頁)、くだんの緒方氏の主張は当然、福島第一原発事故をめぐり〝私たちも東京電力である〟と相似形を成し表裏一体である自己規定といえよう。そしてこの含意は、すなわち日米両政府の軍事的国策の結果にほかならない原発問題を脱政治化し、一切の「加害」と「被害」の関係を捨象して〝電気を使っていた者皆が同罪〟といった〝一億総懺悔〟のなかに問題を溶解し、国家悪を最終的に隠蔽するだろう。

水俣病患者として社会的影響力も強い高名な人物が、この時点でこうした言説を広めることが自民党歴代政治家や東京電力にとってどれほど好都合だったか。暗然たる思いがする。

〝いわれなき「差別」〟とは何か？——『檜の山のうたびと』

『風成の女たち』の翌翌年、一九七四年九月の刊行（筑摩書房）で、作家的出発から数年の間に厖大な取材を必要とするノンフィクション作品を立て続けに上梓した松下氏の力量には瞠目する。ただし内容に関しては、とりわけ「差別」に関わる問題に向き合う際、一気に露呈する作者の弱点が、本書でも随所に目につきもする。「黒髪小事件」の「母親」たちをめぐる無造作な叙述など、松下氏のさまざまな弱点が綯《な》い交ぜとなったありように、苦い思いを覚えた。

本稿は今回の推敲にあたり、初出・河出書房新社版に書いた「高松宮記念ハンセン病資料館」探訪記、岡山の長島愛生園への探訪記、『きけわだつみのこえ』批判、歌人・松倉米吉と偉星北斗への評価と作品鑑賞等を、紙数の関係で割愛している。

「ほんとうの怒り」の美しさについて——『砦に拠る』

私見では『豆腐屋の四季』に次ぐ秀作である本書は、一九七七年七月に筑摩書房から刊行されている。私の論攷では、初出形から本書への再録にあたって『砦に拠る』そのものの内容とは直接関係のない紀行風のテキスト——一九九九年の盛秋、私が友人らと連れ立って錦繍の九州・脊梁《せきりょう》山脈を走破し、〝蜂ノ巣城址〟の下筌ダムはもとより、大分県玖珠郡日出生台をも訪ねた折りの記録部分をすべて割愛した。

この日出生台訪問は、故郷が陸上自衛隊に加えアメリカ海兵隊の実弾射撃演習の「持ち回り移転先」の一つにもされた国家悪への反対運動を続ける衛藤洋次さんにお会いすることも目的だった。このとき衛藤洋次さんが語られた「闘いの希望」の美しさは忘れ難い。その美しさは、いかなる特権性にも依拠せず、またいかなる代償をも求めない——ほんとうの「怒り」の裏打ちによってのみ、初めて可能となるものなのではないか。そんな思いが、本稿のタイトルとなった。

河出版の本巻の「解説」は松下竜一氏自身も喜ばれたようで、本稿をめぐり当時の『草の根通信』でも松下氏と旧知の衞藤さんとのやりとりが掲載されているのを、私は担当編集者の長田洋一さんから見せていただいた記憶がある。

この前に衞藤さんには、私も協力していた雑誌に現地闘争の報告も寄稿していただいている（衞藤洋次「大分・日出生台から」季刊『批判精神』第二号／一九九九年六月、オーロラ自由アトリエ発行）。

二〇二四年八月一八日、その衞藤洋次さんが急逝されたとの報に接した。非常な喪失感がある。

Ⅳ　闘いこそが民の「遺産」

日本の擬似〝近代〟の形——『疾風の人』

一九七九年十月、朝日新聞社刊。このとき松下竜一氏はまだ四十代初めだったはずだ。しかし本作の叙述には、一種老獪な歴史小説家の趣が漂ってさえいる。

本論で私が提示した大岡昇平・丸山真男についての見解は、かつて出されたことがなかったものと考えている。今回の推敲にあたっては、橋本昌樹『田原坂』・島崎藤村『夜明け前』についての論及、『福翁自伝』への批判的考察等を、紙数の関係から割愛した。


人を「直接行動」から隔てるもの——『ルイズ——父に貰いし名は』

原著は一九八二年三月の刊行（講談社）。

私の河出書房新社版・準「全集」に付した旧稿には、一九九八年、私が訪ねた「パリ・コミューン」ゆかりの地の紀行に始まり、ルイーズ・ミッシェルのいわば〝評伝〟ともいうべき厖大な論攷が含まれていたが、今回、それらはすべて割愛した。ほかにエンマ・ゴールドマン、ネストル・マフノ、そしてペルーの日本大使館を占拠したMRTA（トゥパク・アマルー革命運動）「エドガル・サンチェス」コマンドの指揮者ネストル・セルパ・カルトリーニらについての言及、ホワイトハウス前で反戦・反核を訴えるスペイン出身の移民コンセプシオン・ピシオット氏らへの言及、私が同じ場所で一九九八年の「ナガサキ・デイ」に行なった抗議のことなども――。

覚醒を促しつづける「声」――『久さん伝』

前著の翌一九八三年七月、引き続いて「大正アナキスト」を取り上げた著作である（講談社刊）。私の論攷は冒頭、昭和天皇死亡直後の管野すがへの墓参の経緯をかなり詳しく記していたが、それは割愛した。

闘いこそが民の「遺産」――『憶ひ続けむ』

原著は一九八四年八月刊（筑摩書房）。河出書房新社版の準「全集」を通覧しても、私は、松下竜一氏の政治や社会に「母性」を絡めた作品の場合、結局、後者の因襲的な俗情に前者が呑み込まれてしまう傾向を、多かれ少なかれ感ずるのだが、本作に関してだけは、ほとんどそれがなかった。これは対象との間に、例えば「天皇を戦争犯罪者として認識し」ながら、その一方「勅題」で歌を作るといった矛盾なども丹念に拾う距離を保ちつつ、表題の痛切な慟哭へと収斂する主人公の思いの実在が胸に迫るからかもしれない。割愛箇所は「天皇制」と「慰霊」の関係をめぐるいくつかの考察、そのほか。

「美しい文章」は、きょうもまた、なお──『記憶の闇』

一九八五年四月、河出書房新社刊。甲山事件のことはむろん、発生当初から私も知っていた。後にそこで山田悦子氏ともお会いする「場」を主宰していた宇佐市のYさんとは、私は、本作が世に出た一九八五年より早く面識があって彼女の著書の装幀も批評もしていたし、また別の経路で『甲山裁判支援通信』が毎号、送られてもきていた。

新たに本書を編むにあたって旧稿からの割愛分は「冤罪死刑事件」の一つ・島田事件や、米国で警察官殺害嫌疑の冤罪で逮捕され、当初の死刑判決が無期に〝減刑〟されたものの今も獄中にあるジャーナリスト、ムミア・アブ＝ジャマール氏と、当時まだ有効だった死刑判決の執行停止・撤回を求め友人らと行なった米大使館への行動等の叙述を削減した。

ただしムミア氏に関しては、私はこれまでもさまざまな場で触れ、また獄中から続けられる言論活動を紹介してもいる。むろん今後も、あらゆる機会に、それはするだろう。

なお末尾ちかく、初出形には入れていた堀川正美作品の引用を削ったのは、この詩人については、別に稿を改めて書く必要があると考えたがゆえのことだ。

V　天皇の影の下に

沖縄の友への手紙──『私兵特攻』

『記憶の闇』と同年七月の刊行（新潮社）で、またしても、松下氏の旺盛な創作力に瞠目する。ただ私は本作に関しては、それを正面から取り上げたくない思いが明確にあった。そこで私はここに描かれた「帝国軍人」「将官」が、ただ自らの思い入れのためだけに部下を巻き添えにしたばかりではなく、その地で言語を絶した惨苦に遭い続けていた民の存在など眼中にないまま『ポツダム宣言』受諾後の〝特攻〟なる挙に及んだ、その目的地――琉球弧で生まれ育った友に宛てての「手紙」として、本稿を綴っている。

沖縄に関してはこの後、私自身、二〇一三年に東京から移住し現在に至っている。そのかんさまざまに思い、綴ってきたことも厖大だが、いまは触れない。

天皇・死刑・人権――『狼煙を見よ』

一九八七年一月、河出書房新社刊。この作品については、当時、毎号、送られてきていた『文藝』の掲載号（一九八六年冬季号）で拾い読みしているし、翌年の刊本も見たような気がする。そしてその当初から、本稿に記した私の中心的な読後感は変わっていない。

本書に収録した改稿版も三万字を超えるが、初出の『松下竜一 その仕事』第二二巻「巻末解説」は総三五三頁の本の六八頁に及んでおり、六万二千字に達する有り様である。関係各位によくも受け容れていただいたものだと、改めて茫然とする思いでいる。

冒頭からかなりの紙数を充てた小説的な描写をはじめ、削減箇所は多岐にわたるので詳述しない。一点だけ、本作の数年前、やはり『文藝』に発表され、現在まで一定の評価を得ている桐山襲『パルチザン伝説』について、その小説の――たとえば「細身のジーパンに長い髪」の「自ら志願した」「美しい娼婦」といった、いかにも「男性」性の妄想が生成した臭気芬々たるヒロイン造形の、一種〝七〇年代風〟俗流〝文学趣味〟の安易さについての指摘には、それなりの言を費やしたことを付記しておく。

「世界」を縦に切ることと横に切ること――『怒りていう、逃亡には非ず』

一九九三年十二月、河出書房新社刊。本作は、八八年に受けた「日本赤軍関係の家宅捜索」により

「書く機会を与えられた」作品なのだと作者は記す。
今回、本稿の推敲・削減作業を進めながら、おのずから、終始、伝えられるパレスチナの現在に思いを馳せ続けていた。ここに登場する何人かの人物もその後、大きな変遷を遂げている。

「贖罪」の功利性をめぐる、簡略な覚書――『汝を子に迎えん』

原著は一九九七年四月、河出書房新社刊。〝母的女性〟との、双方同意の上の擬似恋愛という、松下氏に深く、抜き難く根ざした情動の図式の変奏ともいえよう。〝キリスト教的救済〟の欺瞞の問題で、椎名麟三の変質を、埴谷雄高や、彼らの先行者たる「日本文学」屈指の作家・松永延造（一八九五～一九三八年）と対置した部分を、初出の「解説」からは割愛した。

Ⅵ　そして、私たちは――

人が「世界」と出会うということ――『５０００匹のホタル』

一九七四年二月、理論社刊。この本について語るのは、とりわけ気が重かった。だが松下氏の最初期、作家的出発の直後、商業出版としては五冊目という早い段階で、広く知られた児童書の〝老舗〟出版社から公刊され、ながく版を重ねているらしいこともあり、批判を提示しておく必要を強く感じもした。当該作品を未読の方にも、数かずの問題点が伝わるよう、私としては留意したつもりである。

本作での「ろう児」をめぐる内容は、作品の〝時代性〟と関係なく誤りだと私は考える。なかんずく主人公・梶木玉子が「心のとても暗い少女」松本幸枝に吐《つ》く嘘の犯罪性にいたっては、人間が人間としてあろうとする限り、世の終わりまで絶対に許されてはならないものと断言したい。それに平然と加担する主人公の母の倫理観の欠如も異様だ。しかも、にもかかわらず作者は、幾度となくこの本の〝反響〟に言及している。

前述の「嘘」の場面のやりきれなさに、じっとりとしたテキストの湿度と温度とがよく似通っていると私の感ずる箇所が、松下氏のこの三〇巻の他の著作にある。本書の私の論攷でも引用している――『記憶の闇』第二章の2で、西宮署警視の山崎某が、山田悦子氏を陰湿、卑劣に追い込む「取り調べ」がそれだ。

他にも松下竜一氏の作品で、氏と私との、世界や人間に対する立ち位置の違いを確認した著作は少なくない。ただ本書は、なかでもそれが際立っていると感じた一冊にほかならない。

ただ一冊の「本」――『まけるな六平』

一九七九年七月、講談社から刊行されたこの作品は、後述する同年の『あしたの海』とともに、松下竜一氏の「児童文学」系列の秀作だと感ずる。ただ本論の末尾で私が触れた問題は、必ずしも小さなものではないと考えるので（時として、それは人の命を奪うこともある）一言している。

引かれた線の、こちら側の「幸福」――『ケンとカンともうひとり』

このいかにも松下氏らしい作品も『まけるな六平』と同じ七九年の刊行（四月、筑摩書房）。本論では初出形から、国策としての「母子手帳」の背景をめぐる関連資料、「就学時健康診断」の差別性に対する「教育を考える会連絡会」の機関誌『がっこ』からの引用、安藤鉄雄さん（本書「『青春』の秘儀、精神の『性愛』」に既出）の主著『エイズを語ることの救い』（一九九三年）の「非感染証明書」の差別性をめぐる考察等を割愛した。

「正しく偏る」ということ――『あしたの海』

前述のとおり、本作も七九年の刊行（十二月、理論社）で、しかもこの年には他に歴史小説『疾風の人』も上梓されているという充実ぶりである。子どもたちの主体的行動への学校という「制度」の圧力の生なましさが本書の白眉と言えよう。導入部で「風土」の全体を呑み込んだ作品世界を構築する松下氏の小説技巧に、私も〝鑑賞者〟の立場から助奏《オブリガート》を施したテキストは、今回、削減した。

愛と友情の「歴史」――『小さなさかな屋奮戦記』

一九八九年十月、筑摩書房刊。すでに先行する何冊もの作品を通じ、読者にも親しい存在となっている盟友の物語である。準「全集」の完結が迫る慌ただしい進行のなか、私自身、個人的にいくつかの事情が重なり、疲労しながらの作業となった。

私たちはどんな「世界」に生きたいのか――『どろんこサブウ』

最終巻は、一九九〇年五月に原著が講談社から刊行された作品で、私は第五福竜丸を媒介としてエッセイを綴る方法を採った。乗組員だった大石又七さんとは何度かお会いし、都内で経営されていたクリーニング店へも伺ったことがある。

改めて本稿の脱稿時期を確認すると、ここから現在までの二十四年という歳月に、さまざまな思念が錯綜するのを押し止めがたい。

後　記――四半世紀ののちに

三〇篇の論攷が、四半世紀の歳月を経て、ここに一冊の書物の形を取る機会を得た。少なからぬ感慨がある。

本書は、私が一九九八年から二〇〇一年にかけて集中的に制作し、毎月一篇ずつ、後述の形式で発表してきたテキストをまとめたものである。今回、相当程度の削減と最小限の加筆を施し、当初の無慮二〇〇〇枚が一五〇〇枚弱へと変わった最終形の本書を「定本」としたい。

始まりは、一九九八年の早春だった。

それまで数冊の著作を、いずれも偶然の折りに目にしたにすぎなかった作家・松下竜一氏（一九三七年～二〇〇四年）に関し、私は思いがけず、その三十冊に及ぶ主要作品を読み、それについて語る運びとなる。当時、河出書房新社編集委員で、かねて私の担当編集者でもあった長田洋一さんから、このノンフィクション作家の準「全集」ともいうべき総三〇巻の著作集の企画の立ち上げにあたり、第一期「私小説」篇とされた最初の一〇巻の各巻「解説」を依頼されてのことである。

この打診を受け、私に躊躇がなかったわけではない。幾つかの理由の最大のものは、それまで作品をきちんと読んだことのなかった松下竜一氏ではあったが、講演の再録や新聞・雑誌等への寄稿の一部に触れた範囲での判断として、明らかに私自身の価値観・世界像とは、到底、相容れない重大な懸隔が、氏と私との間には横たわっているだろうとの予感があったためだ。

――私の場合、最初から自らの志向とは異質と考える人物に関連して何かを求められる場合、一応事前にその旨は編集者やコーディネーターには明らかにしておく。これは松下氏の企画に前後しての、たとえば宮崎駿氏［註1］や李《リ》禹《ウ》煥《ファン》氏［註2］との「対話」の際も同様で、それでもお引き受けしたところ、前者は従来の自らの見解を、より明瞭に確認する思いがした一方、後者では逆に、私のそれまでの見方が劇的に反転するという経験もしている。

そこで、ひとまず私の松下竜一氏をめぐっての懸念を率直に長田洋一さんに伝えたところ、長田さんは言下に「構いません。あなたには自由に書いていただきたい」との御返事である。そして、ほどなく送られてきた第一巻本文の校正刷の持ち重りのするページを、とりあえず繰るうち、次第に私のなかである変化が生じるようになった。

単にその一冊目『豆腐屋の四季』が優れていたからばかりではない。すでに世評高いこの作品の、しかしながら、それに内包され、そこかしこ、粘膜の破れ目から漿液のごとく滲出して、しかもその半ばはすでに人知れず形成された肉芽組織の下、うっすらと乾きはじめているかのような深奥の「痛み」の本質を解析し言語化し得るのは、私を措いてほかにないとの確信めいたものが生成されてきたためである。

さらにそれは、とりもなおさず松下氏の他の諸作に関しても事情が同じであることを意味した。すなわち、仮にそれらに疑問や批判を提示しなければならないような場合にも、私と同様の深度においてなしうる評者が他にいなければ、少なからぬ問題はそのまま見過ごされてしまうにちがいない。

こうした危惧とも表裏一体の判断として、その「仕事」をともかく〝引き受ける〟こととしたとき、同時に私には、早くももう一つの予測もあった。私がくだんの第一期一〇巻の「解説」を手がければ、続く二〇巻についても自ずから、おそらく同じ役割が要請されるだろうとの——。

果たして、私の作業が第一期一〇巻の半ばを過ぎた頃、長田さんからは第二期「ノンフィクション」篇・全一四巻についても引き続き「解説」を書くことを求められた。私も、松下氏が生涯を賭して向き合った、まさに彼の中心主題ともいうべき諸テーマの犇《ひし》めくそれら「ノンフィクション」作品群に関しては、いよいよ他者の手による生半可でおざなりのそれとなりかねない〝解説〟が付される光景は見るに忍びないとの思いはあった。

ほどなく第三期「児童文学」篇・全六巻についても同様の運びとなった際には、もともと「児童文学」という表現領域を大切なものと位置づけてきた私に、もはや異存のあろうはずはなかった。付け加えるなら、この第三期に関しては、とりわけ『５０００匹のホタル』という作品の孕む問題を、余人に任せず私が明らかにできたことは有意義であったと考えている。

結果的に「全三〇巻個人解説」となった作業を通じ、私は、今日までに公刊されている松下竜一氏の著作の、少なくとも七割ほどには目を通したことになるのだろう。

第二期と第三期との間の丸一年近い刊行休止期間を含め、結果的に三年半以上にも及ぶこととなった作業は、それが終わってからもなお、私自身のなかでその位置づけを決めかねている側面もあった。「日本文学」の風景のなかで、時として〝壮大な徒労〟か、との懐疑もなかったわけではない。

だが今回、全三〇篇の論攷が最終的に手を離れて二四年の歳月を閲した後に、新たな書肆からこれらを一書にまとめるという奇蹟のごとき機会をいただき、上がってきた校正刷に目を通したとき――そうした不安は、おのずから薄まっていった。何より、それらの諸作で松下氏が取り上げてきた問題の半ば以上が、むしろそもそもの初版本群が上梓されていた一九六〇年代末から九〇年代にかけてばかりか、くだんの著作集が毎月刊行されていた世紀の変わり目と較べても、外的な現われは変えつつ、新たに切実な意味を増しているのだから。

松下氏の没後七年を経ての、二〇一一年「3・11」東京電力福島第一原発事故とその実相の隠蔽をはじめ、最低限の真っ当な理性を具備した者なら、もはやこの国に、人が生きられる未来が残されていそうには思えないほどの限界状況がとめどなく拡大・深化している。かつてこの三〇巻のうちの何冊かが提示しようとした問題は、むしろ今日以降のものとして、私たちの前にあるのだ。

付言すると、四半世紀前の『松下竜一　その仕事』全三〇巻のために当初、用意した「解説」では、私は必ずしも氏の当該の著作そのものに留まらず、それに関連した、より多岐にわたる諸問題を対象に全展開しようとする方法を採った。

今回、本書を「定本」とする作業は、それらを削減・割愛したのが主で、残した部分は初出形成立の時点の現実状況に即したものとしている。こうした処理を通じ、その所期のテキストの〝精髄〟に近く圧搾された内容が、一種化学変化のごとき反応を経て、現在へと投影された写像のごときものとなっているさまを私自身が確認し了えたことが、前述した「負」の思いが薄れていった〝という印象の所以《ゆえん》である。

一九九八年六月、この著作集の第一巻『豆腐屋の四季』が河出書房新社から刊行されたすぐ後、私のもとに、松下竜一氏から一通の書翰が届いた。同巻末の私の解説「燦然たる黎明」に関しての、鄭重な礼状である。

これはその後、やはり長田洋一さんのプロデュースによって実現した「大活字本」『豆腐屋の四季／ある青春の記録』全四分冊セット（二〇〇五年／リブリオ出版）に依頼された私の「解説」にも引いたものだが、私自身、引き受けはしたものの、遠大な行く手にさまざまな困難を覚悟していた「仕事」を完遂する上での〝目当て〟となった内容でもあり、再録しておきたい。


初めまして。

第一巻の解説を読ませて頂いて、ただただ感激しています。

これほどの解説を頂いたことはありません。『豆腐屋の四季』はすでに持っている読者にも、この解説を読むためだけでも、この第一巻を勧めることができます。

それにしても、十巻全部の解説とは、なんという厄介な仕事を引受けて下さったものかと、恐縮しています。

どんなふうに料理されようとも、ありがたく思います。


——ここで松下氏が「十巻全部の解説」と書いているのは、既述のとおり、まだこのときは私の担当分が第一期「私小説」篇のみと発表されていたためである。

私は松下竜一氏の生前、御本人とは一度もお会いしていない。東京でも九州でも、その機会は何度か、あったはずだったにもかかわらず——。

何より、そもそもこの「全巻解説」の「仕事」を引き受けるずっと以前、一九八〇年〜八八年の期間、私は——その後、袂を分かったとはいえ——松下竜一氏の著作のうち、ここでも取り上げている三冊（『小さな手の哀しみ』『あぶらげと恋文』『右眼にホロリ』）を刊行した出版社の「顧問」でもあったのだ。八〇年の創業前に突然、就任の要請を受けてのことだった。

またもう一冊、私が松下竜一氏の著作でも『明神の小さな海岸にて』とともに、『豆腐屋の四季』に次ぐ評価を惜しまない秀作『砦に拠る』は、ちょうど同書の版元と私が関わりを持った時期の刊行だったこともあり、私はできたばかりの見本を手にしている。おそらくは、松下氏自身の手に渡るより早く。

――ただし、それら四冊のいずれも、刊行当時には一行も読んではおらず、実際の「読書」はこの「全巻解説」の「仕事」においてという有り様だった。

人間関係における偶然と、相互の波長・波動の然らしむるところの何か、というべきか。たった今述べた小出版社での〝出会い〟の数かずとは対極の、絶対に邂逅しない軌道を動く、何がしかの天体の運行にも似た運命だったか――。

そうした意味では、もともと松下竜一氏と私との〝縁〟はなきに等しく、にもかかわらずそこに「関係」を設定してくれたのが河出書房新社の長田洋一さんだったということになる。まことにもって、松下氏の言う「豪腕編集者」の面目躍如たるところというべきかもしれない。

ゆくりなくも一人の同時代作家の大半の著作について批評を書くことになった折角の機会に、私はそれを単独の作家論・作品論にとどめず、そこから関連づけられる問題の総体を提示するような営みをめざすことを考えた。と同時に、したがって、当の作家――松下竜一氏の個別の作品に関しても、そこで私が疑問とするところも努めて率直に記そうともしてきた。

ここでとくに記しておくと、松下竜一氏からは、全三〇巻の刊行が進み、当初、第一期・一〇巻のみの担当と思われていた私が、三〇巻すべての「解説」を担当することとなってゆく一方、その内容が慣習的な〝賞讃〟からは大きく〝逸脱〟してゆくものであることが明らかとなったであろう時期以降も、それに対する何らかの意向が私に対して伝えられたということは一切、なかった。また長田さんからも——私自身の小説や他の原稿に対する場合と同様——御自身の御言葉としてなんらか、私の批評に〝要望〟を出されるといったことは、なかった。

その意味で、著者・松下竜一氏はまさしく最初に私によこされた書翰どおり「どんなふうに料理されようとも、ありがたく思います」との姿勢を最後まで貫かれ、また担当編集者・長田洋一さんも「自由に書いていただきたい」との〝約束〟を完璧に守られたのだ。

それらこそが、松下氏の従来の数多くの読者にとっても、またこの準「全集」の難事業を手がけた版元にとっても、決して心穏やかでも平坦なものでもなかったはずの……それどころか、さまざまな意味で空前の困難に満ちた全三〇巻の刊行を完結まで支えてきた核心であったに違いないと、私としては推測している。

——もともと私は長田洋一氏からの執筆依頼はすべて引き受けることに決めていて、断ったことは過去三九年間で一度しかない。それがこの松下竜一氏の準「全集」の後半の時期から始まった『辻井喬コレクション』全八巻（二〇〇二〜〇四年）の「全巻個人解説」の提案で、何より辻井喬＝堤清二という人物については「戦後」民主主義と「日本文学」との関係そのものの問題として、書いておくべきことがあった。

しかも、もともと辻井喬氏は私の書いてきたものもお読みくださっており、後から長田さんが辻井氏に「もう一押しすれば、山口さんは引き受けたかも知れない」と言われた際、辻井氏が大変、悔しそうにされたとの話も伺うと、私こそ最大級の痛恨事の一つと、自らの不明を呪ったことだった。たぶん、頭がどうかしていたのだろう。

結局このシリーズは、私がお断りした結果、各巻末に辻井氏自身のエッセイが付されたのみで「解説」なしでの刊行となり、私はといえば最終巻の月報に小文を書いただけに終わったのだったが、それと他の合計二三人の月報寄稿者の文章とを読み較べても、やはり私がきちんと「解説」をお引き受けすべきだったとの悔いが、いよいよ強まった。辻井氏にはまことに申し訳ないことをしたとの思いが、今もある。

その〝幻の辻井喬論〟の内包するはずだった〝「戦後」民主主義と「日本文学」〟論から翻って思っても――とりわけ七〇年代～八〇年代、松下竜一と「その仕事」が疑いなく日本の「市民運動」の指標であったという事実に、この国の「戦後」の特質と、同時に忌憚なくいえば「限界」もあったことを、今回、改めて感じている。

ともあれ、くだんの準「全集」総三〇巻が無事完結した翌翌年、松下竜一氏は逝去され、私がその「解説」を手がけたときから四半世紀が過ぎた。そしてこの四半世紀の歳月は、少なくとも日本の「戦後」にとって最悪のそれであり、世界史的にもかつてない新たな危機が加速度的に進行している。そうしたなか、私にとっても「旧作」の一つであるこれら三〇篇のテキストの推敲には、暗夜の大洋を終わりもなく泳ぎ続けるような日日のなか、仄かに微弱な光源の残照を視認するのにも似た感覚があった。

単に「旧作」というだけなら、それは表現者にとってもはや厳然たる「過去」に属する。創造が要請する命を切り刻むようなエネルギーの蕩尽を思えば、いかなる意味でも、決して再度、向き合いたいものではない。

たとえば私の盟友たちの韓国民衆美術の画家が、かつての軍事独裁政権との闘いのなか、自らも逮捕され拷問を受けたのはもとより、当時そのときの年齢と時代状況の中でしか描き得なかった、自らの生存の証でもある唯一無二の絵画作品の数かずを、押収され、毀損され、焼却され、湮滅《いんめつ》された上……それだけでも何重もの苦痛である体験を経たのち、さらに歴史への証言として、それら諸作を、当時は写真機材すら買えなかったところから、一部は記憶に基づいて「復元」した例を、私は少なからず知っている。彼らのその索漠たる、暗澹たる、心が頽《くずお》れるような表現者として最大級の苦痛から比べればもちろん、すでに刊本となっているテキストを彫琢する作業の徒労感など、比較になるまい。

ただ私自身の他のすべての著作と広い意味では同様、その孤絶性は、人びとが多く進んで自らを不可視の鎖につないだ、透明な牢獄のなかの窒息状態と表裏一体のものではある。そして現在、この相互監視と自己規制による事態はさらに悪化し、もはや精神から生体反応が消失したに等しい思考停止状態が拡がっている。そうしたなか、往時の松下氏の営為と、それに対し、私が加えた検証は、いま何らかの意味を持つか——。

ここに収めた三〇篇の論攷のみならず、私の他の著作も、それ以外のすべての表現も、基本的に孤立し孤絶している。だが、そこに理解を及ぼしてくださる他者の一切から完全に切断されていると考えるのも、また傲慢というものだろう。かつて最晩年の埴谷雄高は私との対談［註3］で、現在に関し「まだ少数者が少数者を認める時代で、少数者の持続しかない」との見解を表明していた。

現に今、その四半世紀前の作業を、ながく信濃・安曇野の地で病を養われてきた長田洋一さんが、まったく新たな展開の場へと導いてくださっている。

御紹介いただいた田畑書店の大槻慎二さんは、今日の空前の困難を極める出版状況のなか、この破天荒の論集の刊行をお引き受けくださり、さまざまに御尽力いただくこととなった。しかも所期の全体像を損なわないばかりか、むしろその核心をさらに敷衍した大部な一冊となることを受け容れていただいた雅量の深さに、感謝してもしきれない思いがある。

本書のタイトルに、三〇篇の論攷の最後の一本の表題を躊躇なく選んでくださったのも大槻さんである。いまだ電子メイルのやりとりのみで電話ですらお話したことのない編集者が、著者の企図をこのように精確に見抜いてくださったことに、私はすこぶる驚愕した。

なお今回、私が旧稿を再度、彫琢してゆく底本の確定にあたっては『松下竜一　その仕事』の読者で私の読者でもある、三重在住の古典日本文学研究者・鈴木昌司さんの御協力も得ている。

私自身、これまでのいかなる時期にも増して困難を覚える状況下、お力添えいただいた皆さんに厚く御礼申し上げる。

——私たちは、どんな「世界」に生きたいか？

私の場合、それはおそらく、あらゆる欺瞞の狎《な》れ合いを潔癖に斥けながら、一人の幼子の苦しみにすべての者が心を注ぐような「世界」ということであるのだろう。

本書が、真に出会うべき読者のもとに届くことを願いたい。たとえそれが、想像も及ばぬ天文学的時間や長大な回路を経てのものとなるにしても。

二〇二四年十一月七日

山口　泉

［註1］対話「我執でなく、さりとて、無我でもなく」（隔月刊『アート・トップ』二〇〇七年十一月号／芸術新聞社）。

［註2］対話「引き裂かれながら生きていく存在のために」（月刊『ユリイカ』一九九七年八月臨時増刊号「宮崎駿の世界」／青土社）。

［註3］対談「預言者の運命」。初出は山口泉『「新しい中世」がやってきた！』（一九九四年／岩波書店）。のち埴谷雄高対談集『超時と没我』（一九九九年／未来社）、『埴谷雄高全集』第一八巻（二〇〇五年／講談社）にも再録。

山口泉（やまぐち　いずみ）
作家。1955年、長野県生まれ。1977年、東京藝術大学美術学部在学中に『夜よ天使を受胎せよ』で第13回太宰治賞優秀作を得、文筆活動に入る。以後、小説と評論の両面から現代世界の自由の問題を追求。2019年以降、絵画制作も再開。
〈著　書〉
『吹雪の星の子どもたち』（1984年／径書房）
『旅する人びとの国』〈上巻〉〈下巻〉（1984年／筑摩書房）
『星屑のオペラ』（1985年／径書房）
『世の終わりのための五重奏』（1987年／河出書房新社）
『宇宙のみなもとの滝』（1989年／新潮社）
『アジア、冬物語』（1991年／オーロラ自由アトリエ）
『ホテル物語——十二のホテルと一人の旅人』（1993年／NTT出版）
『悲惨鑑賞団』（1994年／河出書房新社）
『「新しい中世」がやってきた！』（1994年／岩波書店）
『テレビと戦う』（1995年／日本エディタースクール出版部）
『オーロラ交響曲の冬』（1997年／河出書房新社）
『ホテル・アウシュヴィッツ』（1998年／河出書房新社）
『永遠の春』（2000年／河出書房新社）
『神聖家族』（2003年／河出書房新社）
『宮澤賢治伝説——ガス室のなかの「希望」へ』（2004年／河出書房新社）
『アルベルト・ジャコメッティの椅子』（2009年／芸術新聞社）
『原子野のバッハ——被曝地・東京の三三〇日』（2012年／勉誠出版）
『避難ママ——沖縄に放射能を逃れて』（2013年／オーロラ自由アトリエ）
『辺野古の弁証法——ポスト・フクシマと「沖縄革命」』（2016年／オーロラ自由アトリエ）
『重力の帝国——世界と人間の現在についての十三の物語』（2018年／オーロラ自由アトリエ）
『まつろわぬ邦からの手紙——沖縄・日本・東アジア年代記／2016年1月—2019年3月』（2019年／オーロラ自由アトリエ）
『死の国からも、なお、語られ得る「希望」はあるか？』（2021年／オーロラ自由アトリエ）
『吹雪の星の子どもたち　翡翠の天の子どもたち』（2023年／オーロラ自由アトリエ）
上記のほか、未刊作品、多数。

2019年5月から『週刊金曜日』に同時代批評『肯わぬ者からの手紙』を連載中。
2023年10月〜12月、初の絵画作品個展『死の国からも、なお、語られ得る「希望」はあるか？』を足利市立美術館にて開催。

ブログ『精神の戒厳令下に』
http://auroro.exblog.jp/
X（旧ツイッター）
https://twitter.com/yamaguchi_izumi
ウェブサイト『『魂の連邦共和国へむけて』
http://www.jca.apc.org/~izm/
その他、フェイスブック・インスタグラム・ノートもあり。

田畑書店

私たちはどんな「世界」に生きたいのか
——松下竜一論ノート

2025年4月 5日 印刷
2025年4月10日 発行

著者 山口泉

発行人 大槻慎二
発行所 株式会社 田畑書店
〒130-0025 東京都墨田区千歳2-13-4 跳豊ビル301
tel 03-6272-5718 fax 03-6659-6506
装幀・本文組版 田畑書店デザイン室
印刷・製本 モリモト印刷株式会社

Printed in Japan
ISBN978-4-8038-0464-5 C0095
定価はカバーに表示してあります
落丁・乱丁本はお取り替えいたします